U0164866

【劉再復文集】⑪〔古典文學批評部〕

紅樓人三十種解讀

劉再復 著

題贈知己摯友再復兄

古今中外，洞察人文。
睿智明澈，神思飛揚。

——高行健，著名作家，諾貝爾文學獎獲得者。

煌煌大著，燦若星辰。
光耀海南，特此祝賀。

——李澤厚，著名哲學家、思想家。

一枝巨筆，兩度人生。
三十大卷，四海長存。

——劉劍梅，劉再復長女，香港科技大學人文學部教授。

出版說明

劉再復

香港天地圖書有限公司即將出版我的文集，二零二二年出齊三十卷，這是何等見識、何等作為、何等氣魄呵！天地出「文集」，此乃是香港文化史上的盛舉，當然也是我個人的幸事、大事，我為此感到衷心的喜悅。

我要特別感謝天地圖書有限公司。「天地」對我一貫友善，我對天地圖書也一貫信賴，我曾為天地圖書的傳統題詞：「天地遼闊，所向單純，向真，向善，向美。 圖書紛繁，索求簡明，求質，求精，求好。」天地圖書的前董事長陳松齡先生和執行董事劉文良先生都是我的好友。和我情同手足的文良好兄弟雖然英年早逝，但他的夫人林青茹女士承繼先生遺願，繼續大力支持我的事業。此文集啟動之初，她就聲明：由她主持的印刷廠將全力支持文集的出版。三四十年來，「天地」歷經多次風雲變幻，對我始終不離不棄，不僅出版我的《漂流手記》十卷和《潔白的燈芯草》、《尋找的悲歌》等，還印發了《放逐諸神》和八版的《告別革命》，影響深遠。現在又着手出版我的文集，實在是情深意篤。此次文集的策劃和啟動乃是北京三聯前總編李昕（現為商務顧問）和天地圖書的董事長曾協泰二兄，他們怎麼動起出版文集的念頭我不知道，但我知道他們都是性情中人，都是出版界老將，眼光如炬，深知文集的價值。協泰兄和李昕兄商定之後，請我到天地圖書和他們聚會，決定了此事。讓我特別高興的是協泰兄拍板之後，天地圖書的全部脊樑人物，全都支持此事。天地圖書總經理陳儉雯小姐（陳松齡的女兒）直接代表天地掌管此事，編輯主任陳幹持小姐擔任責任編輯。其他參與「文集」編製工作的「天地」同仁經驗豐富，有責任感且好學深思，具體負責收集書籍、資料和編輯、打字、印刷、出版等事宜，讓我特別放心。天地圖書全部精英投入此事，保證了「文集」成功問世，在此我要鄭重地對他們説一聲謝謝。

閱讀天地圖書初編的文集三十卷的目錄之後，我的摯友、榮獲諾貝爾文學獎的著名作家高行健特寫了「題贈知己摯友再復兄：古今中外，洞察人文。睿智明澈，神思飛揚。」十六字評價，一言九鼎，讓我高興得好久。爾後，著名哲學家李澤厚先生又致賀，他在「微信」上寫道：「煌煌大著，燦若星辰。光耀海南，特此祝賀。」我的長女劉劍梅（香港科技大學人文學部教授）也發來賀詞：「一枝巨筆，兩度人生。三十大卷，四海長存。」我則想到四五十年來，數十卷書籍，至今之所以不會過時，多年不衰，值得天地圖書出版，乃是因為三十卷文集都是純粹的學術探索與文學創作，而非政治與時務。政治以權力角逐和利益平衡為基本性質，即使民主政治也改變不了政治的這一基本性質。我的所有著述，所有作品都不涉足政治，也不涉足時務，所以站得住腳，贏得相對的長久性。

我個人雖然在三十年前選擇了漂流之路，但我一再説，我不是反抗性的政治流亡，而是自然性的美學流亡。所謂美學流亡，就是贏得時間，創造美的價值。今天我對自己感到滿意的就是這一選擇沒有錯。追求真理，追求價值理性，追求真善美，乃是我永遠的嚮往。我對此無愧無悔。我的文集分兩大部份，一部份是學術著述，一部份是散文創作。無論是人文學術還是文學創作，我都追求同一個目標，持守價值中立，崇尚中道智慧，既不媚左，也不媚右；既不媚上，也不媚下；既不媚俗，也不媚雅；既不媚東，也不媚西；既不媚古，也不媚今。所謂中道，其實是正道，是直道，是大道。

最後，我還想說明三點：一是本「文集」，原稱為「劉再復全集」，後來覺得此名不符合實際，因為收錄的文章不全。尤其是非專著類的文章與訪談錄。出國之前，特別是上世紀七十年代末與八十年代初的文字，因為查閱困難，幾乎沒有收錄集子之中。所以還是稱為「文集」較好，可留有餘地。待日後有條件時再作「全集」。二是因為「文集」篇幅浩瀚，所以成立了一個編委會，我們不請學術權威加入，只重實際貢獻。這編委會包括李昕、林崗、潘耀明、陳松齡、曾協泰、陳儉雯、梅子、陳幹持、林青茹、林榮城、劉賢賢、孫立川、李以建、葉鴻基、劉劍梅、劉蓮。「文集」啟動前後，編委們從各自的角度對「文集」提出許多很好的意見，所有的意見都非常珍貴。謝謝編委們！第三，本集子所有的封面書名，全由屠新時先生一人書寫完成。屠先生是《美中郵報》總編。他是很有才華的追求美感的書法家。他的作品曾獲國內書法比賽中的金獎。

「文集」出版之際，僅此說明。

於美國科羅拉多州波德
二零一九年十二月三日

目錄

《紅樓人三十種解讀》

《紅樓人三十種解讀》目錄

自序：人性的孤本

劉再復

閱讀《紅樓夢》時，發現文本中有許多共名，也可說是人物的意象性與類型性通稱，如「夢中人」、「標致人」、「尊貴人」、「精細人」、「粗劣人」、「輕薄人」、「得意人」、「軟弱人」、「正經人」、「負心人」、「多心人」、「大俗人」、「畸人」、「淫人」、「奸人」、「麗人」、「佳人」、「高人」、「仁人」等，大約不下百種。有些名稱一目了然，無須多加解說，有些則含意寓意很深，更有一些則完全屬於曹雪芹，最後這一種如「檻外人」、「富貴閒人」、「鹵人」、「可人」、「冷人」、「玻璃人」等，完全是獨特的創造，即使辭書上有語義的註解，也無法與《紅樓夢》語境中的這些名稱內涵相提並論。二十世紀法國荒誕派作家卡繆，創造了舉世聞名的「局外人」（也譯作「異鄉人」）索爾默，還被公認為現代意識的象徵意象，可是，兩百年前的曹雪芹就創造了「檻外人」形象，這除了妙玉自稱「檻外人」之外，賈寶玉、林黛玉等都是檻外人，妙玉貶抑五代唐宋詩詞，惟獨喜歡范成大「縱有千年鐵門檻，終須一個土饅頭」兩句詩。檻的原意是鐵檻，是限定，是牢籠。檻外人便是走出鐵籠爭取自由人格和獨立人格的生命。在《紅樓夢》中，檻外人的政治意蘊，是拒絕「文死諫」、「武死戰」道統的異端，而從文化意蘊上說，則是走出儒家道德規範異端。曹雪芹真了不起，他最古典，又最先鋒，既是中國古典文化的集大成者，又是中國現代意識的偉大先驅。《紅樓夢》是部異端之書，而且具有多重的異端意義。通過對「檻外人」的解說，便可更靠近小說的主旨。

檻外人是妙玉的自我命名，而「富貴閒人」、「鹵人」則是薛寶釵、探春給賈寶玉的命名，寶玉本身也樂於接受。從表層上看，寶玉是賈府中的第一閒人，富貴之外還得以閒散，從深層上看，這正是精神貴族的特徵，與其父輩賈政等世俗貴族相區別之處就在這裏。誠如南懷瑾先生在論莊禪時所言：「所謂閒人，並非等閒之輩的事。……既然是一個人生，卻要『無心於事，無事於心』，做到『空諸所有』，而且『空諸所無』的悠閒自在，那定是隨隨便便就能一蹴而就的嗎？」[1] 富貴閒人與富貴忙人的衝突，指涉着精神貴族與世俗貴族的衝突。

寶玉被稱作富貴閒人十分貼切，而探春說他：「再沒有像你這樣的鹵人。」（見「鹵人解讀」）所謂鹵人，便是愚魯而不開竅的人，永遠存有一片「混沌」的人，曹雪芹讓此一筆下人物點破彼一筆下人物，十分見性。《紅樓夢》的基本衝突之一，正是鹵人與伶俐人、乖巧人、勢利人、嫌隙人等的衝突，是生命第一狀態——世俗功利狀態和第二人生狀態——詩意棲居狀態的衝突。這是生命能否走出常人的編排與邏輯而持守本真的永恆性主題。此一主題不屬於「時代」（更不屬於朝代），而是屬於「時間」。在《紅樓夢》中屬於「鹵人」之列的還有香菱等。小說敘事中說：「香菱之為人，無人不憐愛。」她的名字被改為香菱乃至秋菱，但性情卻永遠保留着小英蓮的率真。賈寶玉與她是天生的一對「並蒂菱」，均呆頭呆腦，鹵到人人愛。

在百種共名中，我選定了三十種解讀，與十五、六年前的拙著《人論二十五種》（香港：牛津大

1 《禪與道概論》，第六二頁，台北，考古文化事業有限公司，二零零三年。

學出版社）相比，此次選定的解說對象限定在《紅樓夢》中，即必須是小說文本提及的才能入圍，但解說時則是談開去，盡可能開掘一種人性的深層。《紅樓夢》中的重要人物，其命運皆有多重暗示，其個性全都不重複、不可替代，不是一個人物一種類型，因此一種共名只能解說其性情世界或精神世界的一角，如賈寶玉，曹雪芹除了通過其他人物之口把他界定為「鹵人」「富貴閒人」外，還把他界定為「真人」（「文妙真人」）「癡人」等；而薛寶釵，則被戴上「冷人」「通人」兩頂帽子；至於林黛玉，更是涉及「玉人」、「可人」、「癡人」、「真人」、「淚人」、「知音人」等多種意蘊。其中「淚人」一項，屬於人性的孤本，世界文庫裏恐怕找不到第二例。如果用癡人角度解讀她，就會發現她是癡絕，除了寶玉這一癡絕可相比之外，幾乎也找不到第二例。向來的《紅樓夢》讀者都說林黛玉是悲劇人物，這自然沒錯，但往往忽略薛寶釵也是悲劇人物，甚至具有更深刻的悲劇性。她是賈府中最有學問、貫通古今的通人，卻又是名聞賈府內外的冷人。如果從冷人的視角看她，就會發現她內心並非真冷。倘若真冷，為甚麼還要服「冷香丸」？因為身心之內明明有熱，有青春生命的激情，卻又屈服於世俗社會而壓抑下來。這種自我撲滅的悲劇比林黛玉的縱情流淚更痛苦。

關於《紅樓夢》的人物研究，著述已經很多，僅對王熙鳳的評介文字都難以計數，但是，如果用《紅樓夢》提示的命名去觀照她，又可有新的發現。李紈說王熙鳳是「水精心肝玻璃人」，竟用「玻璃人」來描述這個「女強人」，道破她外強中乾的「紙老虎」的脆弱一面，這也是歷來讀者所忽略的一面，當平兒告訴她錦衣衛來抄家的時候，她立即「氣厥」暈死過去，比誰都沒有支撐身心的力量。人性是脆弱的，曹雪芹最清醒地看到人性的真實，那些「不怕陰司報應」的豪言壯語都是假象與妄言，王熙鳳這個叱咤風雲的「能幹人」，又是一個不堪一擊的玻璃人，人性本就如此豐富複雜，鐵石人與玻璃人渾然一體，這又構成一種他人無法替代的人性的孤本。在評《紅樓夢》的文字中，王熙鳳曾被描述為「蛇」，也曾被稱為虎狼，但平兒卻能「與狼共舞」，和她和諧相處，在險惡的關係中展示出一種至真至美的自然人性奇觀。《紅樓夢》的後世讀者曾用「全人」、「完人」等美名形容平兒，而曹雪芹自己則通過寶釵之口兩次鄭重地說她是「明白人」。這是很重要的提示，她不僅是個明白事理、明白自己在世上的真實角色和地位，毫無妄心妄念，而且符合嵇康所定義的「明白四達」之人。這種人「無執無為」，自然地破除常人難以破除的名份之執、權力之執和財富之執，以真心對待一切人，也真心對待賈璉、王熙鳳等不真之人。如果說，寶玉做到了「情不情」（把情推向不情物與不情人）而具大慈悲，平兒則抵達「真不真」的境界，即把真誠推向不真之人以至感動不真之人。這種生命奇觀，當然也是舉世無雙的人性的孤本。

更有意思的是曹雪芹還通過命名對數千年一貫性的理念進行「翻案」，例如「可人」一詞，在小說中就寓意極為深廣。可人本指可託付之人，後來延伸為最可愛的人。《紅樓夢》的「可人」概念出現在第二十八回馮家聚會的曲子裏，而秦可卿則是作者筆下贏得這一命名的桂冠女性，像秦可卿這種具有婚外戀的性情女子，在《水滸傳》中屬潘金蓮、潘巧雲之列，即屬萬惡之首萬惡之源，必定要受盡淩辱最終慘死在英雄的刀下，而秦可卿則得到曹雪芹給予的「兼美」名號，死時又得到驚天動地的厚葬，備極哀榮。兩潘被施耐庵投入地獄，秦可卿則被曹雪芹送上天堂，成了太虛幻境中的仙子，這是對性情女子多大的尊重，又對中國壓迫美女子的理念造成多大的衝擊？

曹雪芹的敘事藝術真是了不得，他的每一個命名不僅極為準確，而且都為讀者提供一種認知人物的視角。正是發覺這一共名藝術，所以我決心給這些共名作註，且當解讀，不過，百種之多，全都解說力不從心，只選擇了三十種，除了上文提及的之外，還有「可人」、「玉人」、「乖人」、「正人」、「怯人」、「愚人」、「廢人」、「小人」及「夢中人」、「濫情人」、「冷眼人」、「知音人」、「伶俐人」、「勢利人」、「嫌隙人」、「尷尬人」、「穎悟人」、「讀書人」、「糊塗人」、「妥當人」等。用小説文本中提到的這些共名，對《紅樓夢》的眾多人物再作一番描述和評論，並借新的視角説些新話，這便是本書的框架。曹雪芹在這些命名中，有審美意識卻沒有「本質化」。名稱通過人物之口自然道出，並無善惡判斷的道德法庭與政治法庭，但我在解讀中，則不能不強化審美判斷，也不能不用當代眼光作些悟證與分析。例如賈政不承認飽讀詩書的賈寶玉是「讀書人」，因為在他眼裏，惟有閱讀孔孟經典和八股文章才算讀書，至於閱覽詩賦雜書，則只能算是沉迷於犬馬聲色。對此，為寶玉作些辯護恐怕是必要的。筆者從八十年代開始，就熱心於對「人」的研究與思索，相繼寫出的《人物性格二重組合原理》、《性格組合論》、《論文學的主體性》等，都屬於對人自身的探討。出國後出版《人論二十五種》也是企圖進入人性的更深層面。這之後走向《紅樓夢》，更是充分閱覽生命的奇觀奇蹟，對人性也有了更清明的認知與感悟。二十多年前，我曾作人道主義的呼喚，此時則覺得，如果人道主義不「落實」於個體生命，呼喚也屬空喊。對《紅樓夢》的閱讀和此書的寫作，使自己更具體地面對生命個案，更明白每一種生命都是豐富複雜的，過去那種把某一生命視為某一意識形態的載體的時代應該結束了。我們該面對的，是世上獨一無二的無比精彩的人性的孤本，不可替代的生命的主體圖畫。

二零零八年二月二十九日

【一】夢中人解讀

——鴛鴦、秦可卿、林黛玉等

賈寶玉的《春夜即事》詩寫道：

霞綃雲幄任鋪陳，隔巷蛙聲聽未真。
枕上輕寒窗外雨，眼前春色夢中人。
盈盈燭淚因誰泣，點點花愁為我嗔。
自是小鬟嬌懶慣，擁衾不耐笑言頻。（第二十三回）

這首詩中出現的「夢中人」，是《紅樓夢》共名中最重要的一種。《紅樓夢》把「夢」作為書名，這之前的名字是《石頭記》。一記一夢，有真有幻，有現實有理想，這才是偉大小說的基石。《紅樓夢》太奇特、太豐富，以至任何概念、任何主義都無法涵蓋。說它是現實主義，它卻有大夢大浪漫；說它是浪漫主義，它卻是最逼真的歷史記錄和最現實的見證；說它是古典主義，它偏是現代意識的先驅；說它是現代主義，它卻是古典主義的典範。何況它又是無可爭論的傷感主義、象徵主義的傑作。就以夢來說，它擁有一個夢的大系統，有大夢、中夢、小夢，有真夢、幻夢，噩夢、託夢；有夢中鄉、夢中國、夢中天、夢中夢，而最要緊的是夢中人。早在清代，王希廉在其《紅樓夢總評》中就如此說：

> 從來傳奇小說，多託言於夢。如《西廂》之草橋驚夢，《水滸》之英雄惡夢，則一夢而止，全部俱歸夢境。《還魂》之因夢而死，死而復生，《紫釵》彷彿似之，而情事迥別。《南柯》、《邯鄲》，功名事業，俱在夢中，各有不同，各有妙處。《紅樓夢》也是說夢，而立意作法，另開生面。前後兩大夢，皆遊太虛幻境，而一是真夢，雖閱冊聽歌，茫然不解；一是神遊，因緣定數，了然記得。且有甄士隱夢得一半幻境，絳芸軒夢語含糊，甄寶玉一夢而頓改前非，林黛玉一夢而情癡愈錮。又有柳湘蓮夢醒出家，香菱夢裏作詩，寶玉夢與甄寶玉相合，妙玉走魔惡夢，小紅私情癡夢，尤二姐夢妹勸斬妒婦，王鳳姐夢人強奪錦匹，寶玉夢至陰司，襲人夢見寶玉、秦氏、元妃等託夢，寶玉想夢無夢等事，穿插其中。與別部小說傳奇說夢不同，文人心思，不可思議。

王希廉講了《紅樓夢》前後兩大夢和甄士隱、甄寶玉、林黛玉、賈寶玉、史湘雲、香菱、妙玉、小紅、尤二姐、王熙鳳、襲人等人的具體中夢、小夢，僅他涉獵到的夢，就多姿多彩，足以構成一部夢的手冊。而另一評紅先行者則認為紅樓人皆夢中人。他說：

> 嘗謂《紅樓》之人不一，要皆夢中人也。而無人不是夢者，又無人可有夢。有夢不一境也，佳夢甚罕，惡夢恆多。書中歷敘各夢，如寶玉夢遊太虛幻境，夢與甄寶玉相遇，夢見晴雯死後

來別，夢至地府尋訪黛玉被石子打回，並甄士隱夢見僧道，甄寶玉因夢改行，黛玉因夢添病，湘蓮夢醒出家，香菱夢裏吟詩，小紅私情癡夢，妙玉走魔惡夢，鳳姐夢可卿勸立家業，又夢被人強奪錦匹，尤二姐夢見三姐勸斬妒婦，襲人夢見寶玉和尚冊子，茗煙說萬兒因母夢得錦匹而生，以及寶玉神遊幻境似夢而非夢，並因黛玉故後想夢而無夢。所言諸夢，皆是真夢。獨寶玉在可卿房中夢訓雲雨之事，絳芸軒中夢斥金玉之說，並屬假夢，非真夢也。是故元春之盡也，大夢同歸；熙鳳之衰也，舊夢反續。乃愈嘆人事在夢幻之中，浮生忽忽，擾攘間總屬渺茫；夢境出人情之外，魔劫層層，混沌裏別有嶮巇。則又不止《紅樓夢》中人所獨患也已。覆鹿何有，化蝶依然，矧惡夢乎哉？[1]

筆者閱讀《紅樓夢》，對夢自然也有濃厚興趣，但最關注的是以下兩項：一是《紅樓夢》作為一部偉大文學作品，它的總夢是甚麼？也就是說，它的審美理想是甚麼？第二項，作為作者的人格投影和靈魂意象，賈寶玉的「夢中人」是誰？是哪些人？而曹雪芹作為偉大作家，他在小說中寄託的審美理想。尤其是理想人格是甚麼？

關於第一項，我在陸續寫出的《紅樓悟語》中已一再說明，說曹雪芹是夢想一個少女的樂園，一個青春共和國，一個花朵不會凋殘、少女不要出嫁、不要死亡的烏托邦。這一總夢，既由林黛玉的《葬花詞》來表白，也由全書的歌哭、傾訴、吟唱以及蘊含於其中的無盡的眼淚來呼喚。關於第二項即誰是「夢

1 境遍佛聲：《讀紅樓札記》，原載《說叢》，一九一七年三月第一、二期。引自《紅樓夢研究稀見資料匯編上》第一六頁。

中人」則需要另作說明。它至少又得分為三個層面來悟證：

（一）小說文本中的夢中人。

（二）賈寶玉的「夢中人」。

（三）曹雪芹本身的夢中人。

先說小說文本中人的夢中人。可以說，每個人物都有自己的夢中人。所謂夢中人，並不是自己在夢中見到的人，而是指夢寐以求的意中人、心上人、戀人。夢中見到的朋友、兄弟、故人、親人，不算夢中人，即使是夫妻，同床異夢的現象多得很，各有自己的「夢中人」也不奇怪。總之，惟有心中所嚮往、所憧憬、所追慕的人，才是夢中人。青春少男少女的夢中人，就是他（她）們美的理想，愛的歸宿。平常人個個都有夢中人，「紅樓」中人也是如此，尤其是青春少年少女。對於少女，在心中保存一點「夢中人」的秘密，既是折磨，也是幸福。《西廂記》祝福「願天下有情人都成眷屬」，便是祝願「夢中人」都化為現實中人。《紅樓夢》人物齡官，她癡癡地在地上寫着一個「薔」字，把藏於心裏的夢中人漏露了，發現秘密的賈寶玉不僅不嘲笑，而且從中悟到情的大道理。賈薔是齡官所思念所追慕所憧憬的對象，是這位優伶的夢中人，沒有疑義的了。還有那位拔劍自刎的尤三姐，她自從見了柳湘蓮之後，心中便只有柳湘蓮，多年所思所想只有柳湘蓮。這位烈性女子的夢中人只有一個，最後用鮮血證明了自己對夢中人的真誠與絕望。從齡官和尤三姐的癡情可以了解，「夢中人」在真誠的女子心目中，有多高的位置和多重的份量。

說到這裏，我們必須分清「夢中人」與「妄想中人」的界線。像賈赦、賈璉、薛蟠等濫情人，他們沉迷於色，整天作虛妄的白日夢，自然有許多妄想佔有的人，如賈赦想鴛鴦，賈瑞想王熙鳳，他們自然也是夢想聯翩，但鴛鴦、王熙鳳只是他們的妄想中人，慾望的佔有對象。他們只有卑劣的功利的佔有慾，並無超功利的審美理想。這是兩種不同質的夢，也是兩種質的夢中之人。

齡官在地上透露出一個「薔」字，尤三姐以一腔碧血證明自己的所愛，都提供了證據，讓我證實她們的夢中人是誰？但是，許多人的夢中人只隱藏於心中夢中，甚至是潛意識中，不僅我們無法實證，連夢者自己也可能不知道或不願意確認。按照弗洛依德的潛意識學說，某種被壓抑在潛意識深層中借夢浮想出來的夢中人，並非夢者意識到或充分意識到的。一旦在意識層面上察覺，連自己也會覺得臉紅。對於這類夢中人，只可悟證，很難實證。例如妙玉那麼清高自許，是絕對不肯坦露自己的夢中人的。寶玉生日時她破例送賀帖，與寶玉相遇時問「你從何處來」之後又臉紅，她的夢中人是不是賈寶玉？第五回她的命運預示曲中說：「王孫公子嘆無緣」，這個公子應是她的夢中人。以往的讀者都認定這個公子是她暗戀的賈寶玉，但最近劉心武考證，認為妙玉的夢中人應是陳也俊。讀者可以不贊成他的論斷，但應當承認，妙玉的夢中人難以實證也難以驗證，對其夢中人進行猜想和審美再創造，乃是每個讀者的樂趣與權利，無可非議。

妙玉尚有跡可尋，另一些女子如鴛鴦，她的「夢中人」是誰，則只能猜想。寶玉向她討胭脂吃時，她的不冷不熱態度無法讓人了解她的心思。老惡棍賈赦遭她拒絕時也只能說說「自古嫦娥愛少年」的濫調，猜想她或看上寶玉或看上賈璉，難以下結論。至於鴛鴦自身，發表的則是不在乎甚麼寶皇帝的義正辭嚴的宣言，滿身正氣，幾乎讓人覺得她也許真的沒有甚麼「夢中人」。如果姑且認定，寶玉不是鴛鴦的夢中人，那麼，反過來問：鴛鴦是寶玉的夢中人嗎？可以肯定地回答：是。在第一一五回中，寶玉已即將結束人間之旅，他因聽了麝月的話，神色一變，把玉一摔，暈死過去，昏迷中魂魄出竅，作了雲遊

「真如福地」的總結性大夢，在夢境中，第一個見到的便是站在「引覺情癡」匾額下的鴛鴦，接着便由鴛鴦導引，又見到林黛玉、晴雯、尤三姐的亡靈。很清楚了，寶玉的夢中人很多，我們的問題只能是：誰是寶玉的第一夢中人、第二、第三夢中人。《紅樓夢》使用過「第一情人」的概念，就在第一一一回鴛鴦自盡後進入太虛幻境，遇到秦可卿之魂，她以警幻之妹的身份說：「我在警幻宮中原是鍾情的首坐，管的是風情月債，降臨塵世，自當為第一情人，引這些癡情怨女早歸入情司，所以該當懸樑自盡的。」可卿自封為「第一情人」，我們可以理解為眾女子中情感最豐富、全面的人，但她把誰視為第一情人和她是不是賈寶玉的第一情人則是一個永遠的謎。我們只能說，她是寶玉最重要的夢中人之一。至於她是不是寶玉的第一夢中人，則需與林黛玉、晴雯、史湘雲、妙玉等作一比較，這也只能仰仗悟證的方法，難以考證與實證。秦可卿因帶有更多的神秘性，也總是帶給研究者更多的興趣與麻煩。不僅她的原型讓人考證不盡，而就文本中這白紙黑字的「第一情人」四個字，也大約可讓人猜證不休。為了免於落入陷阱，我們姑且放下可卿，再說寶玉的夢中人。如果問誰是林黛玉的第一夢中人，問題就很簡單。因為她是「情情」者，專情者，她愛的只有寶玉一個，惟一也是第一。寶玉雖是「情不情」者，泛愛、兼愛者，但內心最愛的也只有林黛玉一人。毫無疑問，黛玉是寶玉的第一夢中人。但寶玉畢竟是個泛愛者，情感並不只屬於黛玉一人。他寫的《芙蓉女兒誄》，雖說也可讀作給黛玉的頌詞，但畢竟是獻給晴雯的輓歌。把晴雯說成兼有質美、性美、神美、貌美的天使，能不進入自己的夢境嗎？她死後能不魂牽夢繞嗎？襲人說，晴雯被逐，對於寶玉來說是第一等大事。又是第一，不是第一夢中人，會生第一件大事嗎？揚棄第一、第二的排座次遊戲，毫無疑問，黛玉和晴雯都是寶玉的前列夢中人。

在遊覽太虛幻境時，警幻仙姑稱賈寶玉是天下第一淫人，即第一意淫者，所謂意淫，便是愛慾的想像性實現，也可以說是夢中實現的情慾滿足。這樣說來，意淫也正是和夢中人、意中人在夢中想像中的邂逅、親暱、歡愛等，既然是天下第一淫人，意淫的對象自然不少，夢中人自然不只黛玉、可卿、晴雯等，那麼，除了這三個人之外，還有誰呢？在太虛幻境中遇到的四大仙姑：癡夢仙姑、引愁金女、鍾情大士、度恨菩提全在夢境中，這是不證自明的夢中仙子。這四仙子，劉心武猜想是幻入人間的林黛玉、史湘雲、薛寶釵、妙玉。這是可信的。筆者深信，儘管愛的深度有別，但這四個精彩女子，都是寶玉的夢中人，在他心目中佔有最重要位置的人。

把妙玉、史湘雲列入寶玉的夢中人，不會引起太多異議，寶釵則難免要受質疑。比起黛玉，寶釵確實世故，況且又總要勸誡寶玉走仕途經濟之路，但人性畢竟是豐富的，對於寶釵，寶玉雖沒有對於黛玉似的一份「敬愛」，卻也有一份情愛。寶釵表面上是沒有熱的冷人，但畢竟是一個擁有仙姿的美人，何況又是一個學貫古今的通人和一個溫存淑雅的賢人。「任是無情也動人」，寶玉是不能不面對其動人的一面的。按照史湘雲所說的「陰陽兩個字還只是一字」即陰陽一體，寶釵與黛玉，這一冷一熱，一圓一方，也是可以合一的。

兩人有別，但恐怕不能說是絕對的內外之別。不僅寶釵是寶玉的夢中人，其堂妹寶琴恐怕也是寶玉的夢中人。這個寶琴，是《紅樓夢》中最完美的少女，在現實中幾乎難以找到，所以曹雪芹讓她遊歷真真國，真真假假，她編造的外國少女漢學家的故事和自己編造的移入異國姑娘的詩，全都如夢中語。寶琴既沒有寶釵的矜持，也沒有黛玉的任性，更沒有可卿的浪漫和晴雯、芳官的野性。她是人人愛的另一個兼美者：學、識、德、才、質、性、神、貌全都兼備了，難怪賈母一見就破例地要把她留在自己的臥室裏，王夫人則要認她為乾女兒。而對於寶玉，當然是忘不掉的夢中人了。

除了黛、釵、湘、妙以及寶琴之外，寶玉曾傾慕過、邂逅過、癡想過、呆望過、調笑過或獻過殷勤、送過體貼的還有襲人、芳官、香菱、平兒、紫鵑、金釧兒等，甚至連傅秋芳，寶玉一聽到她的名字與故事後，也想做一夢。這些美人麗人佳人可人，有的是寶玉永遠的夢中人，有的則是瞬間的夢中人。和襲人初試雲雨情，給香菱獻上新裙子，給平兒悲傷時獻上一席話，給芳官起了個近乎野驢子（耶律黑奴）的名字，都算圓了一次夢。人性是極為豐富的，一個有情人擁有一打或兩打夢中人是很正常的。金陵十二釵有正冊、副冊，之後還有正冊、副冊。十二個正是一打，賈寶玉有兩、三打夢中人是肯定無疑的。只是夢有深有淺，全靈魂全身心投入的也只有林黛玉一個。前世的林黛玉（絳珠仙草），今世的林黛玉，逝世的林黛玉，他都衷心地夢，熱烈地夢，只是黛玉有時來入夢，有時不來入夢。

賈寶玉的夢中人並不等於就是曹雪芹的夢中人。這裏有重疊也有區別。《紅樓夢》作為曹雪芹的心靈史和自敘性小說，作者本身就是小說主人公的生活原型，其家族就是作品的小語境，這一點是愈來愈清楚了。但是，《紅樓夢》是小說，不是傳記，是真事隱於其中的假語村言，同此，又有對自己經歷的虛構與提升。藝術昇華是文學作品的應有之義。《紅樓夢》的主人公也是藝術昇華的結果，他做了許多夢，擁有許多夢中人，而他本身卻是曹雪芹的首席夢中人。賈寶玉既是曹雪芹的靈魂投影，又是曹雪芹塑造的理想人格。曹雪芹與賈寶玉並不相等，換句話說，賈寶玉這個文學形象與賈寶玉的生活原型（曹雪芹）並不相等，前者更理想，更帶夢的色彩。作為現實主體，生活原型，曹雪芹生活雖然潦倒，但他並沒有出家當和尚，並非「情僧」。他既未銜玉入世，也未離家出世。賈寶玉最後的「解脱」，只是曹雪芹的夢。因此，賈寶玉正是曹雪芹的審美理想。他希望自己有寶玉似的人生，寶玉似的情愛，寶玉似的性情，寶玉似的大慈大悲，寶玉似的昇華與結局。按照「假作真時真亦假」的結構，甄寶玉與賈寶玉是二為一體，兩者都以作者為生活原型，但這兩個形象，只有一個是作者的夢中人——審美理想，這就是賈寶玉。

賈寶玉的夢中人林黛玉、秦可卿、晴雯等，倒也是曹雪芹的夢中人。他的天才除了塑造賈寶玉這個理想人格之外，還塑造了一大群被稱為「玉人」、「可人」、「癡人」、「知音人」、「檻外人」等的女性夢中人。在未進入小說之前，這些女性原型可以極聰明極美麗極有個性，但不一定都是那麼傑出的詩人。這些女子進入小說後，既有仙姿，又有靈竅，既有絕世的美貌，又有作詩的天才。但是可以肯定，無論是林黛玉、薛寶釵還是史湘雲、妙玉以及探春、香菱等，她們的詩，全出自一個人之手，這就是《紅樓夢》作者曹雪芹。賈寶玉的《芙蓉女兒誄》是曹雪芹所作，林黛玉的《葬花詞》，也是曹雪芹所作。這位偉大作家把自己寫作的精彩詩篇，放到「夢中人」的名下，以實現自己的審美理想。他以全副心力投入建造一個理想國，這就是名為海棠社的詩國，也以全副心力塑造一群詩化生命，這就是那群在大觀園裏如蠶抽絲的詩人。關於賈寶玉係曹雪芹的夢中人，一九二八年北平《益世報》曾有一篇署名「芙萍」的評論說破，這位評論者雖從未被列入「紅學家」之列，卻有真知灼見。他說：

> 「賈（假）寶玉是甄（真）寶玉的影子」，換言之：甄寶玉才是一個真實的信託物，賈寶玉不過是一個宏大而「夢幻」的背景；進一步也可以說賈寶玉是「夢中人」！甄寶玉才能老老實實的表白出作者的真態度，——真實的生活，而他的一切化外的思想情感已然盡量由賈寶玉代表出來了呢。

由上說來：可見甄寶玉就是曹雪芹的真替身，賈寶玉不過是一個夢想的影子，作者曹雪芹之生活，——態度、牢騷、情感——我們讀《紅樓夢》的人盡可以把眼光放在甄寶玉的一人身上去領略，便能夠整個的告訴我們賈府乃為「夢中之事」了！這是我們研究《紅樓夢》的人應該嘗試的滋味。[1]

芙萍指出賈寶玉只不過是曹雪芹的「一個夢想的影子」，一個審美理想化的夢中人，這並非貶低《紅樓夢》的作者與主人公，而恰恰是明白《紅樓夢》是一部小說，不是傳記，但它又不是全然虛構的小說，而是作者身世家世的一次藝術提升，尤其是曹雪芹本真己我的一次重新發現。夢是發現，只有非常清醒的人才知道人生原來是一場大夢，才知道自己曾經沉淪其中的世界是個非實在的世界，也才知道在紛紛擾擾中忙忙碌碌的那個世俗的自我並非真我。當年的真我從本真的自己那裏滑落到「惟有金銀忘不了」的世俗人群中，今天清醒了，再做一場從常人編排的生活程序中出逃而返回本真己我的大夢，賈寶玉就是這場大夢的主人公。莊子一再暗示，世人的一生迷迷惑惑，作的是無意義的白日夢，惟有超越常人的邏輯，重新遊心於物之初和遊心於精神世界，才能找回故鄉。《紅樓夢》設置那麼多大小夢境，塑造了那麼多充滿詩意的夢中人，其偉大作者在流了十年的辛苦之淚後，該體驗到進入夢境的「至樂」了吧。

1 北平《益世報》，一九二八年十二月十二、十三、十四日。

【二】富貴閒人解讀

——賈寶玉、賈母等

「富貴閒人」這一概念出自《紅樓夢》第三十七回（《秋爽齋偶結海棠社　蘅蕪苑夜擬菊花題》）。此回文本描寫探春發起建立詩社，立即得到寶玉、黛玉、寶釵、迎春、惜春、李紈的響應。結社時，黛玉、李紈建議大家起個別號，相當於當代人所說的「筆名」。商議之後，確定探春為「蕉下客」，黛玉為「瀟湘妃子」，寶釵為「蘅蕪君」。寶玉迫不及待地要「詩翁」們幫他起號，於是，便討論出一個「富貴閒人」：

> ……寶玉道：「我呢？你們也替我想一個。」寶釵笑道：「你的號早已有了，『無事忙』三字恰當的很。」李紈道：「你還是你的舊號『絳洞花主』就好。」寶玉笑道：「小時候幹的營生，還提他作甚麼。」探春說：「你的號多的很，又起甚麼。我們愛叫甚麼，你答應着就是了。」寶釵道：「還得我送你個號罷。有最俗的一個號，卻於你最當。天下難得的是富貴，又難得閒散，這兩樣再不能兼有，不想你兼有了。就叫你『富貴閒人』也罷了。」寶玉笑道：「當不起，當不起，倒是隨你們叫去罷。」

在這之前，曹雪芹在敘述中早就把賈寶玉界定為「第一閒人」了。那是賈元春省親回宮之後對賈府狀況的一段描寫：

> 且說榮寧二府中因連日用盡心力，真是人人力倦，各各神疲，又將園中一應陳設動用之物收拾了兩三天方完。第一個鳳姐事多任重，別人或可偷安躲靜，獨他是不擺脫得的；二是本性要強，不肯落入褒貶，只掙扎着與無事的人一樣。第一個寶玉是極無事最閒暇的……只和眾丫頭們擲骰子趕圍棋作戲。（第十九回）

曹雪芹把王熙鳳界定為第一忙人，寶玉則是第一閒人。前者為「事多任重」的富貴大忙人，後者為「最閒暇」的富貴大閒人。關於「富貴閒人」的這段故事與這一別號，我在《紅樓悟語一百則》的第四則曾作這樣的初步解讀：

> 中國門第貴族傳統早就瓦解，滿清王朝的部落貴族統治，另當別論。雖然貴族傳統消失，但「富貴」二字還是分開，富與貴的概念內涵仍有很大區別。《孔雀東南飛》男主角焦仲卿的妻子蘭芝，出身於富人之家但不是貴族之家，所以焦母總是看不上，最後還逼迫兒子把她離棄。《紅樓夢》中的傅試，因受賈政提攜，本來已發財而進入富人之列，但還缺一個「貴」字，所以便有推妹妹攀登貴族府第的企圖，三十五回寫道：「那傅試原是暴發的，因傅秋芳有幾分姿色，聰明過人，那傅試安心仗着妹妹要與豪門貴族結姻，不肯輕意許人，所以耽誤到如今。

且今傅秋芳年已二十三歲，尚未許人。無奈那豪門貴族又嫌他窮酸，根基淺薄，不肯求配。那傅試與賈家親密，也自有一番心事。」

第三十五回的曹雪芹此段敍述，使用「暴發」一詞，把暴發戶與貴族分開。暴發戶突然發財，雖富不貴，還需往「貴」門攀援，然後三代換血，才能成其貴族，可見要做「富」與「貴」兼備的「富貴人」並不容易。賈寶玉的特異之處，是生於大富大貴之家，卻不把財富、貴爵、權勢看在眼裏，天生從內心蔑視這一奪目耀眼的色相。他也知富知貴，但求的是心靈的富足和精神的高貴。海棠詩社草創時，姐妹們為他起別號，最後選用寶釵起的「富貴閒人」，寶玉也樂於接受。他的特徵，確實是「富」與「貴」二字之外，還兼有「閒」字。此一「閒散」態度便是放得下的態度，即去富貴相而得大自在的態度。可惜常人一旦富貴，便更忙碌，甚於忙於驕奢淫逸，成了慾望燃燒的富貴大忙人。寶釵說寶玉是「富貴」與「閒散」二者兼有，實際上富、貴、閒、散四者兼有。「富貴閒人」這一別號覆蓋四者的內涵，寓意甚深，屬於「大俗即雅」的名號。

我在《悟語》中以《孔雀東南飛》的女主人蘭芝被逐為例，說明寫富與貴區別，並非我的首解。著名的中國文學史家劉大杰先生在他的專著《魏晉思想論》中就說：

> 蘭芝的被遣，不是因她本身少德的缺陷，實因她門第卑賤的原因。魏晉時代，是階級制度最嚴門第觀念最發達的時候。富貴二字，在魏晉人的眼裏，分辨得很清楚。貴人可以富，但富人不一定可以貴。因此有許多富豪，情願賠本去弄官做，好誇耀鄉里，以與貴人交接來往為無

上的光榮。這種故事，在當日的史書裏，我們是時常看見的。看蘭芝出嫁的時候，帶去了那麼多的嫁妝，她家裏恐怕是一個富户或是商家，但門第一定很微賤，在社會上沒甚麼地位。由蘭芝的哥哥那麼想同官家攀的一點看來，這種推想似乎很靠得住。焦家卻不同，門第很高，年青的兒子已在衙門內做官，前途是無限的。所以他的母親不滿意這種婚姻，非叫兒子媳婦離婚不可。她這種觀念，在她勸慰她兒子的那幾句話裏，表現得很明顯。「汝是大家子，仕官於台閣，慎勿為婦死，貴賤情何薄。東家有賢女，窈窕艷城廓，阿母為汝求，便復在旦夕。」所謂「台閣」所謂「貴賤情何薄」等等，便是悲劇的基礎。[1]

劉大杰先生說，富貴二字，在魏晉人的眼裏，分辨得很清楚。因為在魏晉之前，中國就經歷過漫長的貴族時代，那是周朝的氏族貴族統治時代。《詩經》中的許多詩，都是貴族交往的唱和之詩。秦漢統一中國後，打擊貴族諸侯，以文官代表皇帝到各地取代諸侯統治，貴族制度開始瓦解。可是到了晉代，卻又有門閥貴族興起，於是，「富貴」之分仍然界限森嚴。隋、唐、宋、明由於恢復中央集權和推行科舉，貴族統治也隨之崩潰。雖無貴族制度，但仍有豪門與寒門之別，權貴與庶民之分，因此富與貴的區別仍然未從中國人的頭腦中消失。滿清王朝建立之後，部落貴族統治中國，富、貴界線自然也更加分明。所以在《紅樓夢》裏便出現與貴族一詞對應的「暴發」概念，也就是當代人所說的「暴發戶」。所謂暴發戶便是突然崛起的富人富豪，出身低賤而擁有巨大財富，只沾上富貴二字中的一個字。魯迅先生

1 《魏晉思想論》第五章，引自《魏晉思想．甲編三種》第一五九至一六零頁，台北，里仁書局，一九九五年。

《文壇三戶》一文描繪暴發戶、破落戶和「暴發又破落」等三戶，破落戶係貴族破落，變成空有門第品牌的窮光蛋，有貴字沒有富字，和暴發戶一樣，兩字未能兼有。賈寶玉出身的賈家，不僅錢財無數，而且有世襲爵位，又出了個當朝王妃，是典型的大富大貴的豪門之家，而他又是家族寵孫，當然是個顯赫的富貴人。然而，賈寶玉最幸運之處，還不在於富貴，而是兼得閒散。正如寶釵所言，天下難得富貴，又難得閒散，二者難以兼有，而寶玉卻兼而得之。不過，賈府裏的富貴閒人，雖以寶玉最為典型，但絕不是只有他一個人。實際上，連想出這個概念的薛寶釵，以及她的詩社夥伴林黛玉、探春、李紈、迎春、惜春以及後加入的史湘雲等都屬富貴閒人。因為有閒，才能作詩。像王熙鳳那麼忙，就作不了詩，所以一輩子僅作「一夜北風緊」一句。她生病時，探春、寶釵、李紈忙了一陣，其他時間裏，她們也是閒人。至於寶釵的母親薛姨媽及寶玉的母親王夫人等，下邊都有一干子丫鬟忙着侍候着，自己其實也只是個閒人。而位於賈府寶塔頂上的權威愛說愛笑愛看戲的賈母，更是大富大貴大閒之人。她和她寵愛的孫子賈寶玉這一老一少，正是賈府富貴閒人群中居於寶塔尖頂的兩位代表。雖說都是富貴閒人，但富貴與閒散的內涵卻大不相同，對待富貴的態度也大不相同。即使是賈母史太君與賈寶玉之間，閒散的哲學意蘊也有很大的差別。概括的說，賈母是世俗意義上最高級的富貴閒人，賈寶玉則是從世俗階梯邁向精神階梯的哲學意義上的最高級的富貴閒人。說到底，賈母還屬世俗貴族，賈寶玉才算精神貴族。

先說賈母，這位「史太君」的富、貴、閒都抵達登峰造極地步，她的富與貴不是踏上賈府之門才有的，其出身本來就是「保齡侯尚書令史公之後」，屬顯赫豪門。「阿房宮，三百里，住不下一個史」。婆家與夫家皆是名宦大族，關於她的富貴，無須多言。她的聰明才智主要是善於享受一個閒字，或者說善於利用富貴條件而享福。所以小說文本特送她一個「享福人」的無冕尊號，第二十九的回目為《享福人福深還禱福》，指涉的享福人正是賈母。目的意思是說，這個貴族老太太本已生活在幸福之中了，但還要延伸擴展幸福。端午節時她還率領賈府的大群公子小姐到清虛觀去打醮求福。

富、貴、閒都有了，夠福氣了，還求甚麼福中福？賈母還想得到一個壽字。沒有長壽，富貴豈不「浪費」，她想得有理。到清虛觀燒香拜佛，就求一個壽字。張道士給她祝福，也是永遠健康，萬壽無疆一類的變種語言。大富貴閒人，不僅懂得享受生活的質，還懂得享受生命的量。雖不敢妄想萬壽無疆，但求個有疆百歲也好。關於這一點，傻頭傻腦的賈寶玉就大不如老祖母聰明。他竟然動不動就說要化作一縷煙火一堆灰，要和「女兒」們一起去死，只觀青春相，不認「壽者相」，生在福中不知福更不求福。

賈母這個閒人雖然世俗化一些，可也是一個不簡單的人。她的「閒」也自有一番俗人沒有的學問。中國有個成語，叫做「閒情逸致」。賈母的厲害，就是閒情中有逸致，即有脫俗的趣味與情思。也就是說，作為閒人，卻又帶有逸人的某些特色。凡逸人都得講究一點逸趣、逸韻、逸操。

首先是逸趣。光是被孝子賢孫兒媳丫鬟們包圍、奉承着，雖有虛榮卻未必有趣。要有趣，就要有人幫她逗樂湊趣，或者說，雖有閒，還得有人幫閒。賈母深懂人生三昧，所以她看中了鳳丫頭、鳳辣子、孫媳婦王熙鳳。這個王熙鳳真是個幫閒的奇才。她那一副伶牙俐齒可謂天下無雙，既可把活人罵成死人（如尤二姐），也可把死人說成活人，更何況哄一個老太太。王熙鳳的幫閒技巧之高在於她能逗得賈母開懷大笑，捧得賈母前傾後仰，拍馬屁拍到她老人家的心坎裏，卻不露一點吹捧的痕跡。王熙鳳在鐵檻寺裏是個「奸雄」，在協理寧國府時是個「能臣」，在賈母面前，則是一個出色的喜劇演員，其有聲有色而又有心有機的表演，真給賈母在閒情中增添了無窮的樂趣。然而，王熙鳳的逗趣，雖未流入惡俗，卻也稱不上是種逸趣、雅趣。賈母的高明是既能雅俗共賞又能雅俗分賞。

賈母享福生活有一重要內容是看戲，其逸情、逸韻就在藝術欣賞中。賈母不僅喜歡觀賞，而且有鑒賞能力。她「破陳腐舊套」，批評嘲諷「才子佳人」千篇一律的創作模式，是《紅樓夢》的重要思想，也是她豐富內心的一種呈現（參見第五十四回）。《紅樓夢》評論者往往只注意賈母的孫女史湘雲的名士風度，忘記賈母骨子裏也有名士文化，她不拘一格，最討厭傳統老套，有藝術眼光，有獨到的思想見解，有豐富的內在情韻，這就把老年人的享福推向深層，這與只知喝人參湯和聽歌看戲之後昏昏然的老頭老太太大不相同。

除了逸趣、逸韻之外，還有一點是容易被我們忽略的是「逸操」。這就是高尚慈悲的情操與品格，許多只知享受生活的人忘記中國一條極為重要的思想，即「富貴不能淫」。《紅樓夢》所嘲諷的「濫情人」如賈璉、賈珍、薛蟠等，並沒有真幸福。賈寶玉則與濫情無關，他守持逸操，富貴之後既不媚俗又看清榮華富貴並非人生的根本。賈母雖然不如寶玉，但可貴的是她也富有同情心與慈悲胸懷，她親熱地和劉姥姥這個莊稼人交談說笑，劉姥姥稱她為「老壽星」，她稱劉姥姥是「老親家」，不像妙玉那樣嫌劉姥姥「髒」。她到清虛觀時，王熙鳳兇狠地打那因慌張撞到她的小道士，「照臉一下，把那小孩子打了一個筋斗」，小道士往外跑時，寶釵和眾婆娘媳婦都喊着追打，惟有賈母立即制止，並說：「快帶了那孩子來，別㩟着他。」並命賈珍給他些錢與果子，撫慰他。此一細節，可見賈母沒有王熙鳳等人的「我相」、霸相，別有一種情操。王熙鳳那麼聰明能幹，最後當不了享福人，究其根本原因，就缺了賈母這種情懷情操。一個還有等級掛礙、尊卑掛礙、輸贏成敗掛礙的人怎麼可能幸福呢？一個被小孩子無意碰了一下就大發雷霆的人怎能有逸趣、有情韻、有容納觀賞天地萬物美好的幸運呢？賈母見到王熙鳳打小道士，連說「可憐見」，一派悲憫之心，她的這種同情，這種悲憫，這種愛，也是一種幸福，愛別人比讓別人愛更幸福。王熙鳳和寶釵及眾人們不懂得這一道理。

寶玉的奇異之處，也是可愛之處，是生於大富大貴之家，卻不把財富、貴爵、權勢看在眼裏。雖有天生的玉質，卻沒有富人相與貴族相，更不爭那些功名利祿，因此贏得了最深刻意義上的心閒，即內心贏得大自由、大自在。賈寶玉在潛意識層裏明白，到地球上來走一回，是來過他想過的生活，詩意狀態的生活，因此，他天生就拒絕被物所役。既不被功名、財富所役，也不被皇統、道統、八股文章和各種概念所役。閒，對於他來說，就是逃避身外之物和身外理念的奴役；不過，他在閒中也有忙，這種忙，是「無事忙」，是享受當下生活的忙，無事於心、無心於事的忙。他珍惜每一天，珍惜每一刻與姊妹、朋友相逢相處的時光，他說他愛說的話和寫他愛寫的詩文，不說他不情願說的話。他寬待各種人，心裏沒有仇恨與積怨，腦子裏沒有算計與機謀，他與林黛玉吵吵鬧鬧，也屬「不是冤家不聚頭」（第二十九回），有對立才有密切，吵鬧也是相戀的一種形式。他一再宣稱自己是個「俗人」，他的「俗」正是能夠打破一切尊卑等級界線，與被蔑視的「下等人」沒有分別。

寶玉的閒人狀態，用寶釵的話說，是閒散狀態。從表面上看，像是「散仙」，曠達不羈，自由自在，白居易晚年便是這種狀態，他的詩云：「欠將時背的遺老，多被人呼作散仙。」（《雪夜小飲贈楚得》）清代黃遵憲也有這種嚮往，所以才有「登樓北望方多事，未許偷閒作散仙」的吟嘆。寶玉表面上是散仙狀態，骨子裏卻是持守生命的本真狀態，即不把富貴當作人生目的，不把自己羈絆於世俗的目標之上的狀態，這是老莊真人、至人的存在狀態，人的原初生存狀態，也就是生命毫無遮攔毫無芥蒂的敞開狀態。

賈寶玉通過閒散把自己和眾人常人區別開來了。眾人殫思竭慮、爾虞我詐、巧取豪奪，汲汲於功名、權力、財富，追求「金滿箱、銀滿箱」和「衣錦還鄉」，錙銖必較，機關算盡，一生忙得很，累得很，而寶玉則完全拒絕這種人生狀態，而以放下世俗負累、敞開心靈為自己的使命，讓存在的意義在閒散中充分展開。老子在《道德經》中曾描述一種人，這也許就是真人、至人：

眾人熙熙，如享太牢，如春登台。我獨泊兮其未兆，如嬰兒之未孩；儽儽兮，若無所歸，眾人皆有餘，而我獨若遺。我愚人之心也哉，沌沌兮！俗人昭昭，我獨昏昏。俗人察察，我獨悶悶。澹兮其若海，飂兮若無止。眾人皆有以，而我獨頑且鄙，我獨異於人，而貴食母。（第二十章）

這段話如果作為賈寶玉的獨白，倒挺合適。賈母雖然不簡單，但她的享福，說到底還是「眾人熙熙，如享太牢，如春登台」，太為自己的富貴而心滿意足，而寶玉在富貴面前卻是一片孤獨，若無所歸。他這個富貴閒人，是一個在現實功名關係網絡中找不到歸屬的人，一個心靈遊走於物之初、身心歸屬於自然整體和宇宙整體的人。他的富貴是一種精神性的巨大擁有，他的閒散，是自然生命的充分敞開。

賈寶玉這種閒人，實際上是唐、宋之後禪師們的一種人生姿態，即充當了無一事的「閒道人」的姿態。關於這一點，南懷瑾先生講得十分清楚。他在《禪宗概要》一文中說：

……唐、宋以後的禪師們，也有採用呵佛罵祖的教授方法，用來破除固執盲目信仰的宗教性，高唱佛是「乾屎橛」等名言，但他仍然標榜以達到不是成佛，只是完成一個「超格凡夫」，或「了無一事的閒道人」等為目的。其實，這些作用，都是為了變更經常含有過份宗教色彩如佛菩薩等的佛號，而代之以最通俗明白的觀念而已，所謂「超格」，所謂「閒人」，並非等閒易學的事，試想：既然身為一個凡夫，卻要在凡夫群中，超越到沒有常格可比；既然是一個人生，卻要「無心於事，無事於心」，做到「空諸所有」，不是「實諸所無」的悠閒自在，那豈是隨隨便便就能一蹴而就的嗎？倘使真能到達如此地步，縱使不稱他為佛，而叫他任何其他虛名，在他自然都無所謂了，猶如莊子所說或牛或馬，一任人呼，又有何不可呢？我們若了解禪宗的中心與目的以後，就可明白唐、宋以來禪宗宗師們所標示的了生死、求解脫，是如何一回事了？[1]

賈母和賈寶玉都是富貴閒人、享福人，如果必須作一判斷，兩者誰擁有更高的幸福，誰更富貴，那麼，我們將會回答：年幼者更幸福更高貴。年邁者雖然也有精神文化生活，但真正生活在精神深層、人性深層、文化深層的人是年幼者。與其說賈寶玉是個富貴人，不如說他是一個高貴人，一個在內心放下物質幻象而守持生命本真本然的富貴人。寫到這裏，不妨引述一下馬爾庫塞的一段話：

> 文化的含義與其說是一個美好的世界，不如說是一個富貴的世界。這個富貴世界的出現，並不需要推翻物質生活秩序，只要借助個體靈魂的活動就行了。人性因為一種內在的狀態，自由、善行和美，皆成為精神的性質：即對所有人類創造物的理解，對任何時代之偉大成就的知

1 南懷瑾：《禪與道概論》，第六二—六三頁，台北，考古文化事業有限公司，二零零三年。

識，對任何艱難和崇高之物的領悟，對使所有這些東西在其中皆成為實然之物的歷史人尊重。這種內在狀態，必定成為不會與既定秩序發生衝突的行為的源泉。於是，文化就不屬於那個把人性的真理理解為戰鬥吶喊的人，而是屬於那個在他身上文化已成為恰如其分的行為舉止的人。……文化的王國在根本上是靈魂的王國。1

賈寶玉所以比賈母幸福，是因為他屬於馬爾庫塞所說的「內在狀態」閒散即放得下的人，正因為這種狀態，所以他不是反抗現存秩序的高聲吶喊的戰士，而是借助個人靈魂去把人性轉化為自由、善行和美的人。這種人是富貴閒人，更是高貴閒人；是世俗貴族，更是精神貴族。惟有這種人，才沒有任何物役的痕跡，才沒有任何精神奴役的創傷。

1 《現代文明與人的困境——馬爾庫塞文集》，上海三聯文庫第十種，一九八九年。

【三】檻外人解讀
——妙玉、寶玉、林黛玉等

「檻外人」是《紅樓夢》的一個極為重要的概念，而且是幾個主要人物的哲學共名。

這一共名出現在第六十三回。讀過《紅樓夢》的人，都知道妙玉自稱「檻外人」。這一回（回目前句是《壽怡紅群芳開夜宴》），寫寶玉生日時，襲人、晴雯、麝月、秋紋四人，每人出銀子五錢，芳官、碧痕、小燕、四兒，每人出三錢，共三兩二銀子，交給柳嫂子，預備了四十碟果子，單替寶玉過生日。有這些小人物、小知己替自己祝壽，寶玉喜得眉開眼笑，更有一個意外之喜，是妙玉給他留下一個祝壽的拜帖，上面寫着「檻外人妙玉恭肅遙叩芳辰」。這個孤絕傲絕的仙女般美女給自己下帖祝壽，可非同小可，該怎麼回帖，一時沒有主意，便想去問他的林妹妹，路上正巧碰上妙玉的好友邢岫煙，這岫煙便告訴他關於「檻外人」的來歷和意思：

> 岫煙聽了寶玉這話，且只顧用眼上下細細打量了半日，方笑道：「怪道俗語說的『聞名不如見面』，又怪不得妙玉竟下這帖子給你，又怪不得上年竟給你那些梅花。既連他這樣，少不得我告訴你原故。他常說：『古人中自漢晉五代唐宋以來皆無好詩，只有兩句好，說道：「縱有千年鐵門檻，終須一個土饅頭。」』所以他自稱『檻外之人』。又常讚文是莊子的好，故又

或稱為『畸人』。他若帖子上是自稱『畸人』的，你就還他個『世人』。畸人者，他自稱是畸零之人；你謙自己乃世中擾擾之人，他便喜了。如今他自稱『檻外之人』，是自謂蹈於鐵檻之外了；故你如今只下『檻內人』，便合了他的心了。」寶玉聽了，如醍醐灌頂，噯喲了一聲，方笑道：「怪道我們家廟說是『鐵檻寺』呢，原來有這一說。姐姐就請，讓我去寫回帖。」岫煙聽了，便自往櫳翠庵來。寶玉回房寫了帖子，上面只寫「檻內人寶玉熏沐謹拜」幾字，親自拿了到櫳翠庵，只隔門縫兒投進去便回來了。

岫煙的解釋沒有錯。妙玉自稱「檻外人」，有時也自稱「畸人」，兩個概念相通。畸人是莊子原創的概念，檻外人則是妙玉的發明，但也是從畸人那裏延伸過來的，所以必須先說「畸人」。

莊子在《刻意》篇中有段話：

子貢曰：「敢問畸人？」曰：「畸人者，畸於人而侔於天，故曰，天之小人，人之君子，人之君子，天之小人。」

這也許是莊子偽造孔子的話，或者說，是借孔子之口而說自己的觀念：甚麼人才算是奇異之人呢？奇異之人就是不同於常人、眾人而同於造化之天的人。所以就產生造化標準與社會標準的差異。以造化之天的標準看，其所謂小人物，在我們眼裏就已經是君子了，而我們這些自以為君子的人物，其實在造化之天的眼裏，只是個小角色而已。這也正是道眼與俗眼的區別，天眼與人眼的區別。

妙玉以畸人自居，便是以擁有天眼、道眼的奇異人自居，即自外於「世人」與「擾擾之人」，超越於眾人、常人、俗人之上。不與世俗社會同流，而與造化共此，在莊子的理念中，畸人還得與五種高等一些的人劃清界線，也得對他們有所超越。在《刻意第十五》一開頭就說：

刻意尚行，離世異俗，高論怨誹，為亢而已矣；此山谷之士，非世之人，枯槁赴淵者之所好也。語仁義忠信，恭儉推讓，為修而已矣；此平世之士，教誨之人，遊居學者之所好也。語大功，立大名，禮君臣，正上下，為治而已矣；此朝廷強國之人，致功並兼者之所好也。就藪澤，處閒曠，釣魚閒處，無為而已矣；此江湖之士，避世之人，閒暇者之所好也。吹呴呼吸，吐故納新，熊經鳥申，為壽而已矣；此道之士，養形之人，彭祖壽考者之所好也。

莊子這裏講五種人五種立身態度：第一種山谷之士立身於砥礪心志，崇尚品行，超凡脱俗，喜笑怒罵；第二種治世之士立身於仁義忠信，恭儉推讓，潔身自好；第三種朝廷之士立身於追求功業，謀取功名，維護君臣上下秩序；第四種江海之士立身於隱居山澤，棲身曠野，釣魚閒居，無為自在；第五種養形之士，更是遠離世間，吹嘘呼吸，吞吐空氣，像老熊吊頸，飛鳥展翅，只是為了延長壽命而已。這五種人，有隱者，有仕者，但都不屬於畸人。在莊子眼裏，真正的奇異之人，是真人、至人，他們「不刻意而高，無仁義而修，無功名而治，無江湖而閒，不導引而壽，無不忘也，無不有也，澹然無極而眾美從之」。這種人的根本特徵是順其自然，尤其是順其內心自然，完全擺脱外物外形的牽制與奴役，不借助「仁義」、「功名」、「朝廷」、「江湖」等外在有形之物而馳騁於天地之間。此五種人的立身態度雖有隱、仕之別，但都過於「刻意」（不自然），都只重視外部有形可視的東西，而不重視內在無形不可視的心性。因此，這五種人即使隱逸於山谷江海之中，也不算真正得大自在。妙玉喜歡莊子，以畸人自居，說明她不僅是以隱居於櫳翠庵當隱士為滿足，而且是以超越隱者、仕者所確定的活動範圍為自己的嚮往。她自稱「檻外人」，除了岫煙所解釋的超越「千年鐵門檻」這一豪門貴冑的狹義之檻，還超越了廣義之檻，這就是中國歷代朝廷之士、山林之士、江湖之士的價值系統和立身準則，從而追求一種更加廣闊的、與天地萬物相融相契、與本真己我也和諧一致的精神空間。因此，「檻外人」，不是朝士，不是志士，不是隱士，而是走出傳統價值體系、走出眼睛、耳朵等視覺有限性而得大自由、大自在的人。

賈寶玉格外敬重妙玉，稱她是「世人意外之人」，知道妙玉給自己送生日帖子正是他也「有些知識」，即宇宙人生見解能夠相通。但寶玉還是謙卑地稱自己為「檻內人」，不敢與妙玉相提並論。其實，妙玉雖然自稱為檻外人，但是仍然執着於檻內的等級之分、尊卑之分，如對劉姥姥和對賈母的態度就有天淵之別。生活態度太刻意，不僅茶喝極品，人也以極品自居，極品相太重，所以才有曹雪芹給她的「云空未必空」的判詞。而寶玉雖然謙稱自己為「檻內人」，其實，他倒是一個真正的檻外人，一個完全不同朝廷之士、山林之士、江湖之士、養形之士的人。他不走仕途經濟之路，不去爭當朝廷之士，也不以隱士自居。他作為「富貴閒人」，不是刻意地把自己放入山林江湖之中，而是以「不二法門」即無偏執之心、無虛妄之念、無分別之心立身於人境之中，從執着於有形的外在的色相轉入寧靜澄明的自然心性中，也就是本真本然的大自由中。他倒是真正做到「不刻意而高，無仁義而修，無功名而治，無江海而閒」。《紅樓夢》的偉大成就，正是創造賈寶玉這樣一個「檻外人」主人公形象。

在以往的評紅文字中，我把曹雪芹所創造的檻外人形象，視為中國「現代意識」的開端，視為了不起的現代哲學意識的黎明似的創造。

就在《紅樓夢》產生的近二百年後，即一九四二年，出身於阿爾及利亞的法國作家卡繆的代表作《局外人》問世。這部小説的中心意識，被視為西方典型的現代意識。這部著作的英文譯名為 *The Stranger*，即異樣人。中文譯為《局外人》。

無論是畸人、檻外人還是局外人，都是與常人、俗人、眾人不同的奇異人，都是和傳統的、流行的價值形態格格不入的人。卡繆的《局外人》震撼西方文壇並獲得諾貝爾文學獎之後，「局外人」便成了現代人的代表性符號，其指稱所涉便是現代意識。這部小説的主人公默爾索，對其寄身的家庭、社會格格不入，對流行的價值觀念、立身態度、行為方式更是不能認同，甚至對母親的死亡也不在乎。在他看來，常人、眾人所理解的追求的故鄉、陽光、功名、幸福等等，全是誤會。他與莊子不同，並不退出社會，仍然生活在社會中，仍然與社會有密切關聯，只是用一種反常規的態度與之關聯，或者説，是以一種荒誕的態度和社會保持着聯繫。賈寶玉正是十八世紀中國的默爾索，清王朝時代的局外人。

特別值得注意的是，卡繆的《局外人》，也被譯為《異鄉人》。一九七二年王潤華先生的中譯本就叫做《異鄉人》。此書由台南大華出版社出版。最有意思的是，卡繆與曹雪芹一樣，也在《鼠疫》小説文本中重新定義故鄉。他説：

> ……在這些堆積如山的屍體中間，在一陣陣救護車的鈴聲中，在這種一潭死水似的恐怖氣氛以及人們內心的強烈反抗中，有一陣巨大的吶喊聲在空中迴盪不息，在提醒着這些喪魂落魄

的人們，告訴他們應該去尋找他們真正的故鄉。對他們所有的人來說，真正的故鄉在這座窒息的城市的牆外，在山岡上的這些散發着馥郁的香氣的荊叢裏，在海裏，在那些自由的地方，在愛情之中。[1]

卡繆在這段話裏提醒那些喪魂失魄的人們，告訴他們只有意識到自己是異鄉人才能得救。不要把鬧着鼠疫的地方當作故鄉，只有走出鼠疫之城的門檻，才能贏得新生。《紅樓夢》的第一回就重新定義故鄉，提醒眾人不要「反認他鄉作故鄉」，也是在告訴人們，歸根結底，我們都是「異鄉人」。但是卡繆的故鄉是「有」，是鼠疫門檻之外的山岡、森林、海洋，是現實世界中的潔淨地。而曹雪芹的故鄉是無，是莊子的「歸精神乎無始而甘眠乎無何有之鄉」（《列禦寇》），是無可命名無可稽查而姑且命名的靈河岸邊三生石畔，其實是天人合一、物我匯聚的可以讓自己的生命敞開的澄明之境。所謂故鄉，乃是靈魂的歸屬。眾人以為他們的寄寓之地以及此地派生的關係是他們的歸屬，是衣錦顯耀的地方，但曹雪芹無歸屬、無立足境才是真正的歸屬和真正的靈魂皈依之境，才是最可靠的家園。這個「無」，這個萬物萬有的發源地，這個天人相融相契的聚合點，這個可以把世俗的妄念、執着，分別放到一邊而可讓自己的本真生命充分敞開的地方才是最後的故鄉。這個故鄉不在世俗世界的檻內，而在這個世界之外。寶玉、妙玉、黛玉，他們雖然身在檻內，但靈魂都在檻外，所以他們既可稱作檻外人，也可稱作異鄉人。不管是局外人、異鄉人還是檻外人，名稱不同，本質只有一個，這就是異端。無論是曹雪芹筆下的賈寶玉、

1 《鼠疫》中譯本，第三三八頁，顧方濟、徐志仁譯，台北，林鬱文化事業有限公司，一九九四年。

林黛玉、妙玉，還是卡繆筆下的默爾索都是異端。只是異端的內涵即異端的反叛鋒芒有相同處也有不同處。相同處是都不滿局內檻內的現狀，不安於局內檻內的生活，不遵從局內檻內的傳統性、習慣性理念與思維方式。賈寶玉與默爾索皆如此，兩者相像得如出一轍，默爾索宣稱：「這沒有愛情的世界就好像是一個沒有生命的世界，但總會有這麼一個時刻，人們將對監獄、工作、勇氣之類的東西感到厭倦，而去尋找當年的伊人，昔日的柔情」。[1] 賈寶玉正是對當下世界的監獄（即八股科舉等）、工作（讀聖賢書）、勇氣（文死諫、武死戰）感到懷疑的人。正統世界沒有真情，所以他要在另類中尋找真情。林黛玉就是「當年的伊人，昔日的柔情」。作者曹雪芹本身也是異端，他對當下世界也是絕望，因此，他思念着當年的閨閣女子，用筆書寫昔日的柔情。但是賈寶玉與默爾索、曹雪芹與卡繆面對的「檻」、面對的「局」不同，卡繆他的默爾索面對的是西方的理性主義和基督教思想體系。他把懷疑投向人們正在崇尚的神性與理性，看破在神聖旗幟下的世界依然是無法克服的鼠疫氾濫的世界。他寧肯相信推大石上山的薛西弗斯的荒誕，也不會把生命奉獻給理性教條和神性教條。而賈寶玉面對的「檻」和「局」，則是統治中國兩千年的道統，是檻內的窒息生命的科舉制度、八股文章和男權社會，是爭名奪利、巧取豪竊、縱慾濫情的泥濁世界。當檻外人，就是要置身局外，站立於泥濁世界的彼岸，質疑從來如此的道統秩序與僵化制度。那麼，從檻內到檻外，這檻外有存在之家嗎？有另一意義的故鄉嗎？這又是檻外人、局外人必須回答的。曹雪芹和卡繆找到的一個共同點是「情」，是當年的伊人，昔日的柔情。如果沒有這點立足之境也許都得自殺。其次，他們也都找到自己的本真生命，不過，曹雪芹找到的故鄉和立足之

1　卡繆：《鼠疫》，第二五四頁，上海譯文出版社，一九八零年。

境比卡繆具有更深廣的哲學內涵，這一故鄉近有林黛玉等女兒的青春生命，她們天然和泥濁世界對立，也就是天生的檻外人。而遠處還有青埂峰下、三生石畔等自然家園，更深處還有不可言說的「無」境無無境。除了身外故鄉，曹雪芹還發現一個身內的巨大故鄉，這就是「心」。這顆心，不是物性的心臟，而是主宰自身也主宰萬物的真心、本心，它不是生命本能，不是工具和手段，而是世界本體，是本真己我的故鄉。《紅樓夢》中檻內人與檻外人的衝突，是正統與異端的衝突，但其衝突不僅有時代性內涵，還有永恆性內涵，即不僅是封建意識形態與反封建意識形態的衝突，而是還有異化生命與自然生命的衝突，世界原則與宇宙原則的衝突，道德秩序與審美秩序的衝突，世俗棲居方式與詩意棲居方式的衝突，進而還有以「物」為本體還是以「心」為本體的哲學衝突。質言之，把握了「檻外人」的深邃內涵，就可以把握《紅樓夢》的基本精神內涵。

#【四】鹵人解讀

——賈寶玉、史湘雲、香菱等

《紅樓夢》第八十一回（《占旺相四美釣游魚　奉嚴詞兩番入家塾》）寫探春與李紋、李綺、岫煙等四美人在沁芳亭釣魚，寶玉也來湊趣，他搶着釣竿等了半天，那釣絲兒動也不動。剛有一個魚兒在水邊吐沫，寶玉把竿子一晃，又唬走了。過一會兒又見釣絲微微一動，寶玉高興得用力一兜，把釣竿往石上一碰，折作兩段，絲也振斷了，鈎子也不知往哪裏去了。在大家的笑聲中，探春對寶玉說：「再沒見像你這樣鹵人。」

用「鹵人」來稱賈寶玉，實在是再貼切不過了。他豈止在釣魚時是個鹵人，整個人生中他都是鹵人。所謂鹵人，便是愚魯之人。鹵與魯二字相通。魯迅原名周樹人，起「魯迅」這一筆名一是因為母親姓魯；二是他自謙為魯愚之人，也就是說，魯迅也樂意當個鹵人。

《漢語大詞典》把鹵人解釋為鹵莽之人，這雖沒錯，但詞義似乎被狹窄化了，還是解為愚魯之人更貼切些。因為許多鹵人其實是魯而不莽，魯而不鈍，即形似魯愚，神則聰敏，賈寶玉就是這樣的人。這一點，連賈政都承認。第七十八回（《老學士閒徵姽嫿詞》）寫賈政與眾幕友們談論尋秋之勝，興致勃發之時，講起林四娘的故事，並以此為題，讓大家作一首《姽嫿詞》，寶玉、賈環、賈蘭也參與。見到他們三人，賈政心中作了評論：他兩個（指環、蘭）雖能詩，較腹中之虛空雖也去寶玉不遠，但第一件他兩個終是別路，若論舉業一道，似高過寶玉，若論雜學，則遠不能及；第二件他二人才思滯鈍，不及寶玉空靈涓逸，每作詩亦如八股之法，未免拘板庸澀。那寶玉雖不算是個讀書人，然虧他天性聰敏，且素喜好些雜書……賈政對寶玉雖有偏見，但也不能不承認他的「空靈涓逸」。寶玉和賈環兩兄弟氣質正相反，賈環是外精內粗，形活神劣，而寶玉則是外愚內明，形魯神秀。

但在世俗的眼睛裏，寶玉是個徹頭徹尾、徹裏徹外的呆子。第三十五回記載，他被父親打得皮破血流，正在養傷。玉釧端着藥湯要給他喝。正好房裏來了生客，兩個人的眼睛都只看人，不想伸猛了手，便將碗碰翻，竟將熱湯潑在寶玉手上。玉釧兒倒不曾燙着，只是唬了一跳。寶玉自己燙了手倒不覺的，卻只管玉釧兒：「燙了哪裏了？疼不疼？」玉釧兒和眾人都笑了。玉釧兒道：「你自己燙了，只管問我。」寶玉聽說，方覺自己燙了。見到這幕情景的兩個婆子，走出屋子，便有一段對寶玉的評論。無意之中，她們倒是把寶玉的鹵愚內涵說得分外明白。曹雪芹寫道：

那兩個婆子見沒人了，一行走，一行談論。這一個笑道：「怪道有人說他家寶玉是外像好裏頭糊塗，中看不中吃的，果然有些呆氣。他自己燙了手，倒問人疼不疼，這可不是個呆子？」那一個又笑道：「我前一回來，聽見他家裏許多人抱怨，千真萬真的有些呆氣。大雨淋的水雞似的，他反告訴別人『下雨了，快避雨去罷。』你說可笑不可笑？時常沒人在跟前，就自哭自笑的；看見燕子，就和燕子說話；河裏看見了魚，就和魚說話；見了星星月亮，不是長吁短嘆，就是咕咕噥噥的。且是連一點剛性也沒有，連那些毛丫頭的氣都受的。愛惜東西，連個線頭兒都是好的；糟蹋起來，那怕值千值萬的都不管了。」兩個人一面說，一面走出園來，辭別諸人回去，不在話下。

賈寶玉是個鹵人，而林黛玉算不算鹵人呢？她是性情中人，總是率性任性，不知利害得失，這不也是「傻」的表現嗎？她對寶玉說：「你也試着比我利害的人了。誰都像我心拙口笨，由着人說的。」（第三十回）黛玉用心拙口笨作自我評價，並非矯情，她確有呆拙、愚魯之處。這一點是寶釵絕對沒有的。論大智慧，寶釵是不及黛玉的，但她卻處處比黛玉聰明。

寶釵和黛玉性情上的巨大差別，是寶釵甚麼話都能守得住，而黛玉則不能。脂硯齋說「罕言寡語，人謂藏愚，安份隨時，自云守拙」這「十六字乃寶卿正傳」。能藏愚守拙，才不會落入鹵人之列。寶玉、黛玉缺的正是這種藏守的世故本事。

儘管黛玉也有呆拙的一面，但她還不像寶玉那樣一鹵到底。關於這一點，王夫人的比較評論大致不差。她說：「林姑娘是個有心計兒的。至於寶玉，呆頭呆腦，不避嫌疑是有的，看起外面，卻還都是個小孩兒形象。」（第九十回）王夫人對林黛玉是有偏見的，她不說黛玉有天真，而說黛玉有心計，這就是偏見。但她說自己的兒子「呆頭呆腦」，是個小孩兒形象，倒是真話。所以，《紅樓夢》中真正的鹵人，首先是賈寶玉。

說寶玉「呆頭呆腦」，始終是個小孩兒形象，是個非常片面但又非常準確的描述。所以片面，是沒有看到寶玉的頭腦極為聰明，而且很有智慧，不是真呆。所以準確，是它說明寶玉身上有一種永遠的「渾沌」，即永遠的天真，始終沒有學會世俗世界的生存技巧和思維方式。就以直呼寶玉為鹵人的探春而言，她雖是年輕的貴族小姐，但已具備成熟的算計性思維，難怪寶釵要稱她為「聰敏人」。（第五十六回）

當她與寶釵李紈暫時主持家政時，便提出一套興利除弊之改革方案，聰敏至極。而她的聰敏，是一點也不鹵，一分一厘的利益也不放過。她對平兒說：「一個破荷葉，一根枯草根子，都是值錢的。」這句話可以算是典型的探春語言、探春思維。這也是寶玉頭腦中最大的闕如。探春在這種精細思維，延伸到寶玉的住處，竟然說：「可惜，蘅蕪苑和怡紅院這兩處大地方竟沒有出利息之物。」（第五十六回）賈寶玉跟誰都好，也愛探春這個能幹的姐妹，但是對於她的這種精密的算計性思維，實在無法理解，更無法接受。他向來不在背後臧否人物，這回也不得不向黛玉發出關於探春微詞：「……這園子也分了人管，如今多掐一草也不能了。又蠲了幾件事，單拿我和鳳姐姐作筏子禁別人。最是心裏有算計的人，豈只乖而已。」（第六十二回）在探春背後說探春——在背後說人「壞話」，這可是第一回，也是僅有的一回。寶玉對探春的精打細算如此反感，正好暴露出鹵人的一個基本特點：完全沒有算計性思維，也完全拒絕算計性思維。關於寶玉和探春的性情之別，我在《紅樓悟語》第四十五則中曾作這樣的評論：

> 賈寶玉極少發洩不滿，這裏的不滿是美和功利的衝突。探春只想到花草的「經濟價值」，想到稱斤論兩賣園裏的花草可以賺錢。寶玉則把花草視為「美」，視為可以觀賞之物。一個想到「利」，一個想到「美」。所謂「美」，乃是超功利，難怪寶玉要對探春進行批評了。寶玉與探春的區別是他完全沒有探春式的算計性思維，或者說，「算計」二字是寶玉最大的闕如。他一輩子都不開竅，便是一輩子都不知「算計」，一輩子都不知何為「吃虧」，何為「便宜」，何為「合算不合算」，難怪聰明人要稱他為「呆子」、「傻子」。探春要稱他為「鹵人」（第八十一回）。但是，不可以對春玉之爭作善惡、是非、好壞的價值判斷，不能說探春「不對」，

因為她要持家齊家，肩上有責任，而寶玉則純粹是「富貴閒人」。不過，文學藝術世界天然是屬於賈寶玉。這個世界是心靈活動的世界，它不追求功利，只審視功利。

中外文學經典中，也有「鹵人」形象，例如塞萬提斯筆下的唐·吉訶德，托爾斯泰筆下的彼爾（《戰爭與和平》的主角），陀斯妥耶夫斯基筆下的梅思金公爵（《白癡》主角）都是鹵人。中國著名的英雄人物魯智深，其英雄性中也帶鹵性，但他魯直而不魯莽，有李逵的剛勇而無李逵「排頭砍去」的殘暴，是水滸一百零八將中最可愛的豪傑。這些不同類型的鹵人，有個共同的特點，就是又癡又憨，都沒有完全打破孩提時代的那點渾沌，聰慧中都不失生命深處的那一點本真。像唐·吉訶德，正因為他保留着渾沌，才有那股傻勁，才能知其不可為而為之。賈寶玉其實也是一個唐·吉訶德式的「騎士」，天生願意扶助弱者，而且都崇尚女子。與歐洲騎士崇尚貴婦人不同，他們倆崇尚的都是少女。只是比起唐·吉訶德，賈寶玉內裹具有大智慧，是大智若愚之人，而不像唐·吉訶德那樣，從裏到外，都很呆傻。寶玉既是個鹵人，又是個詩人。他所以給人呆傻的印象，主要是他身上缺少常人眾人的一些生存機能。我在《紅樓悟語》中曾說：

> 《紅樓夢》的主人公賈寶玉，他自始至終沒有常人常有的一些生命機能，例如，他沒有嫉妒的機能，沒有恐懼的機能，沒有貪婪的機能，沒有虛榮的機能，沒有作假的機能，沒有撒謊的機能，沒有設計陰謀的機能，沒有結黨營私的機能，沒有奉迎拍馬的機能，沒有投機倒把的機能，甚至沒有訴苦叫疼和說人短處的機能。賈府上下的常人（黛玉例外）都笑他傻，笑他

「呆」，笑的恐怕正是他的身心缺少這些機能。

寶玉是典型的鹵人，但《紅樓夢》中鹵人並不只是寶玉。女子隊伍中的香菱也是很有趣的一個。這位一生下來就被一僧一道稱作「有命無運、累及爹娘之物」，在孩提時代的燈節中與父母失散，接着便顛沛周折，最後竟成了呆霸王薛蟠的小妾。到了薛家後，她原先的名字英蓮被寶釵改為香菱，後遭受金桂欺負，又被迫改為「秋菱」。在薛蟠妻妾的爭鬥亂局中，她本無足輕重，卻也被捲入家庭絞肉機，無端地捱了薛蟠的拳打腳踢，還差些被夏金桂的毒藥毒死。金桂是個「愛自己尊若菩薩，窺他人穢如糞土；外具花柳之姿、內具風雷之性」的女人（第七十九回），對於香菱，正是個災星。可是香菱聽說薛蟠要娶她，不僅不嫉妒，還巴不得她早些過來，幻想賈府中可以「又添一個作詩的人了」。寶玉說了一句擔心話，她還生寶玉的氣。儘管命運十分艱難，但她卻始終有一份天真天籟，一心學詩寫詩，並像小學生似地向寶釵、黛玉求教。她屬於莊子所寫的那種「混沌」人物，永遠都不開竅。《紅樓夢》回目中，常用一個字把握一個人的性情特點，所以有《賢襲人嬌嗔箴寶玉》、《俏平兒軟語救賈璉》、《敏探春興利除宿弊》、《慧紫鵑情辭試莽玉》、《憨湘雲醉眠芍藥裀》、《酸鳳姐大鬧寧國府》、《苦絳珠魂歸離恨天》等回名。香菱的名字上了兩次回目，一次是第六十二回的《呆香菱情解石榴裙》，第二次是第八十回《美香菱屈受貪夫棒》。曹雪芹用一個「呆」字、一個「美」字來形容香菱，其美貌在賈府中屬哪一級，似不清楚，而其呆相呆態在眾女子中則絕對是第一名。第六十二回之特別有趣，就是寶玉和香菱這一對呆子鹵人碰在一起，展開一場寶玉和香菱情契意淫的故事：寶玉生日那一天，香菱和小螺、芳官、蕊官、藕官、豆官等兜着採到的花草，坐在花堆裏玩「鬥草」遊戲，這是唐宋傳下的競相說出草名的趣味高雅的遊戲。鬥草中，有的喊出「觀音柳」，有的喊出「羅漢松」，有的喊出「君子竹」，有的喊出「美人蕉」，有的喊出「月月紅」，還有人喊出「牡丹花」、「枇杷果」、「姐妹花」，眾人喊過後輪到香菱，她竟冒喊出一個「夫妻蕙」，這顯然是杜撰，於是豆官便嘲笑她說：「你漢子去了大半年，你想他了，便拉扯着蕙上也有夫妻了，好不害臊！」香菱聽了，紅了臉，便要去擰豆官，兩人滾打在地上，結果一窪子水把香菱的新石榴紅裙子給弄污濕了，在眾人哄笑而散之後，香菱獨自起身正低頭瞧見裙子還滴着綠水，此時，寶玉出現了，問起緣由，香菱說：「我有一枝夫妻蕙，他們不知道，反說我謅，因此鬧起來，把我的新裙子也糟蹋了。」寶玉笑道：「你有夫妻蕙，我這裏倒有一枝並蒂菱。」口內說着，手裏真個拈着一枝並蒂菱花，又拈了那枝夫妻蕙在手內。香菱道：「甚麼夫妻不夫妻、並蒂不並蒂！你瞧瞧這裙子！」寶玉便低頭一瞧，「噯呀」了一聲，說：「怎麼就拉在泥裏了？」……寶玉知道來龍去脈，便抓住這一機會給香菱獻殷勤，請襲人拿來一條新裙子，香菱紅了臉接過裙子，然後叫寶玉背過臉去，自己向內解下石榴裙，繫上新的一條。這之後，襲人回去了，剩下這兩個鹵人，小說描寫道：

> 香菱見寶玉蹲在地下，將方才夫妻蕙與並蒂菱用樹枝兒挖了一個坑，先抓些落花來鋪墊了，將這菱蕙安放上，又將些落花來掩了，方撮土掩埋平伏。香菱拉他的手笑道：「這又叫做甚麼？怪道人人說你慣會鬼鬼祟祟使人肉麻呢。你瞧瞧！你這手弄得泥污苔滑的，還不快洗去！」寶玉笑着，方起身走了去洗手。香菱也自走開。
>
> 二人已走了數步，香菱復轉身回來，叫住寶玉。寶玉不知有何說話，扎煞着兩隻泥手，笑嘻嘻的轉來，問：「作甚麼？」香菱紅了臉，只管笑，嘴裏卻要說甚麼，又說不出口來。因那

邊他的小丫頭臻兒走來説：「二姑娘等你説話呢。」香菱臉又一紅，方向寶玉道：「裙子的事，可別和你哥哥説，就完了。」説畢，即轉身走了。寶玉笑道：「可不是我瘋了？往虎口裏探頭兒去呢！」説着，也回去了。

偶然的一個機會，讓這對總有一片混沌未鑿的呆子相遇並展開了一場彼此心照不宣的戀情。關於這一片刻的情愛故事，與其作詳細的解讀，還不如用我們的偉大祖先發明的一個四字成語來概説，這就是「憐香惜玉」，憐愛與珍惜，都如此真，如此純，的確太美了。寶玉調戲香菱而不傷大雅，香菱接受愛意而不失端莊，敍事藝術的分寸能掌握到如此程度，也只有天才之筆方能做到。就在這段敍事中，作者寫道：「香菱之為人，無人不憐愛的。」真是如此。其實，像香菱、寶玉這種傻頭傻腦又有真心慧心的鹵人，一旦果真贏得人人愛，無人不憐愛、無人不珍惜，而不是嘲笑對象，這個世界就會美得多，好得多。可惜世界的走向偏偏與此相反：世人是越來越聰明、越精明、越精於算計。「機關算盡太聰明」者越來越多，有智有慧且魯直者越來越少。從古典社會進入現代社會之後，除了機器更為精巧之外，人的生存技巧也更加精緻發達。在此人間社會中，惟有王熙鳳與賈雨村這類人物才有用武之地，前程無量；而像寶玉、香菱這類鹵人，恐怕會滅絕。迄今為止，人類只有保護獅虎熊貓的生態意識，尚無保護香菱寶玉的生存意識。

【五】可人解讀

——秦可卿、晴雯、芳官等

「可人」一詞出現在第二十八回（《蔣玉菡情贈茜香羅　薛寶釵羞籠紅麝串》）。寶玉帶着焙茗、鋤藥、雙端、雙壽四個小廝到馮紫英家參加有薛蟠、蔣玉菡和錦香院的妓女雲兒參加的朋友聚會。剛要飲酒時，寶玉建議酒面要唱一個新鮮時樣曲子（以悲、愁、喜、樂四個字說唱「女兒」）。酒底要席上生風一樣東西。馮紫英的唱詞中有這麼一段：「你是個可人，你是個多情，你是個刁鑽古怪鬼靈精，你是個神仙也不靈……。」

「可人」這一概念最早出現在《禮記．雜記下》：「其所與遊辟也，可人也。」孔穎達疏：「可人也者，謂其人性行是堪可之人也」。這裏的可人，顯然是指有德行的人。但「可人」的含義後來延伸為可愛之人、中意之人。即可心如意、稱心如意之人。《紅樓夢》第六十五回寫尤三姐對尤二姐說的一席心裏話，其中有句「終身大事，一生至一死，非同兒戲。我如今改過守分，只要我揀一個素日可心如意的人方跟他去。若憑你們揀擇，雖是富比石崇，才過子建，貌比潘安的，我心裏進不去，也白過了一世。」這段話是對可人極好的註釋。可人不是富人，不是才子，不是美男子或美女子，即不是外在讓人羡慕的人，而是能進入自己內心的人，也就是從情感深處去接受的人。在尤三姐心目中，這個「可心如意」的可人就是柳湘蓮。柳氏原屬世家子弟，現今雖常在戲子圈中客串，卻仍有一種脱俗的氣質風貌，加上酷好耍槍弄劍，很像一個英俊的俠客。薛蟠曾對他想入非非，而他卻憎惡薛蟠，不料後來於平安州無意中救了薛蟠的命，並結為兄弟。也是這段情節，使得尤三姐見到柳湘蓮，並認定非此人不嫁。後由薛蟠向柳氏提起這門親事，柳一口應允，並以家傳寶劍為定情之物。尤三姐接到此劍，更是把湘蓮視為可託終身的心中之人。沒想到柳湘蓮後來知道賈府名聲不好，竟說出連寶玉聽了也臉紅的話（「賈府裏除那兩個石獅子是乾淨罷了」），並疑心作為賈珍小姨子的尤三姐也不是乾淨女子，便推說其母訂婚在先，當面向賈璉退親。正在爭辯之時，尤三姐在房裏聽着，之後便走出房間，一面淚如雨下，左手將劍還給湘蓮，右手回肘，只往項上一橫，慘烈身亡。柳湘蓮此時才見真情真性，但已痛悔莫及，便在萬念俱灰中遁入空門。尤三姐把柳湘蓮視為「可心如意」之人——進入心中的可人，對他投入全部情感。因此一旦被可人拋棄，便招來致命打擊。在這裏，「可人」已衍化為最可愛的人。由此，我們又可把「可人」分為兩類：一類是可愛的人，一類是最可愛的人。前者為廣義可人，後者為狹義可人。從廣義上説，《紅樓夢》中的「女兒」——青春少女，幾乎個個都是可人，無論是貴族少女還是丫鬟、戲子，只是可愛的程度有差別而已。少女之外，像秦可卿、平兒這樣的少婦，也是可人。但從狹義上説，每個人都有自己認定的最可愛的人，以賈寶玉來説，他心目中最傾慕的可人應是林黛玉、晴雯、秦可卿、芳官等四位。儘管寶釵、襲人等也是可人，但不是他身心可以整個投入的最可愛的人。

寶玉雖然也喜歡薛寶釵，但因為理念性情不能完全相通相契，因此往往不能進入心的深處。雖然結了婚，但還不是身與心的整個投入，「縱使舉案齊眉，到底意難平」，因此，要説寶釵是寶玉的可人，就顯得勉強。至於史湘雲、妙玉，是不是寶玉最傾慕的可人，則需要讀者自經一番悟證。人與人之間的情感千差萬別，畢竟不是可以用幾個概念分析描述得清楚的。

可人如果解釋為心中愛慕之人外，也被用作心中敬慕之人。蘇東坡的《廣陵後園題申公扇子》詩云：「閒吟繞屋扶疏句，須信淵明是可人」。蘇東坡被流放到嶺南後，對陶淵明由衷仰慕，對陶詩由衷佩服，竟作了一百多首和陶詩，把陶淵明的詩歌地位排到李、杜之前。對於這樣一個進入自己內心深處的至敬至慕之人，蘇東坡也稱之為可人。可是，可人也用於情愛之外。我們讀詩讀文，也有相似經驗，有些作家詩人，儘管文學史書上評價甚高，但那是文學史教科書作者的說法與排座次，並非我們心中的「可人」。例如韓愈的文章被稱道千百年，但卻不是五四新文學家心目中的可人。當時的陳獨秀、胡適、魯迅等都「不信韓愈是可人」，但在錢穆先生心中，韓愈則是他最仰慕的可人。每個讀者與欣賞者心中都有自己的一些可人，文學批評的主觀性難以完全磨滅。對於《紅樓夢》中人物，未能被寶玉視為「可人」的寶釵，恰恰是許多讀者的可人和理想中人。而寶玉傾心的林黛玉，則進入不了許多讀者的心中，正如尤三姐所說「我心裏進不去」，各人的審美標準和慕戀尺度不同，這是很自然的。因此，《紅樓夢》中誰是可人或第一可人，可以討論，但不必爭個水落石出以至拳頭相向。

曹雪芹的巨著一開始就嘲弄「才子佳人」的寫作模式。可人這一概念既可覆蓋佳人，也可覆蓋才子，是個超越性別的概念，所以蘇東坡才稱陶淵明是可人。可人可覆蓋佳人，但佳人不一定就是可人。佳人雖然才貌雙全，卻未必可愛。在《紅樓夢》中，像惜春這樣的人，可稱佳人，但她又是個心冷意冷之人，因此很難成為可人。同樣是少婦，多數讀者大約會覺得秦可卿是個可人，而不會覺得李紈是個可人。因為可人並非道德標準下的美人，而是對人性整體的一種把握與感覺。李紈是賢妻良母，丈夫死後又守節，但她畢竟失去生命的活力與丰采，因此讓人感到可敬而不可愛。《紅樓夢》中的另一個少婦王熙鳳，是否可稱可人，更是得爭論一番。這位鳳辣子，在賈母眼裏毫無疑問是個可人，在賈瑞、賈璉、賈蓉等人眼裏也是個可人，甚至在劉姥姥眼裏也是個可人，但是這樣「機關算盡」之人在許多讀者眼裏，卻絕非可人——不是可愛之人，而是可怕之人。難怪詩人何其芳要稱她為是一條「美麗的蛇」。可見，可人是個主觀色彩很濃的概念。中國俗話説「情人眼裏出西施」，也可以説「情人眼裏出可人」。人類尋找情侶愛侶的過程，實際上是尋找可人的過程，而在精神領域裏，一切智者詩人，也會尋找自己的「可人」。

由於可人屬於主觀選擇，所以就女性而言，誰是《紅樓夢》的第一可人即誰是你最喜愛的人，總是爭論不休。有人最喜歡林黛玉，有人最喜歡薛寶釵，有人最喜歡史湘雲，有人最喜歡晴雯，有人最喜歡秦可卿，一定也有人最喜歡王熙鳳。賈寶玉的性情最寬厚，他兼容兼美兼愛，只要女子才貌雙全，他都視為可人。所以他對眾女子都有一份情意，一種心靈中的嚮往。尤其是對於未嫁的美麗的青春少女，他更是一律當作可人，不讓她們離開自己，生怕她們的疏遠。被父親的棍棒打得皮破血流不要緊，而如果是可人們疏遠他，那可是沉重的打擊。晴雯被逐，他傷心欲絕，襲人威脅要走，也使他驚慌，紫鵑對他冷淡，簡直大傷他的尊嚴，探春遠嫁，他竟落淚，鴛鴦懸樑，他更是痛哭，一個一個淨水世界中的「女兒」，都是他的可人，也都是他生命的一角。警幻仙子説自己是天下的第一淫人，從這個意義上説，就是他擁有天下最多的可人，即最多情投意合之人。這些可人不僅可愛可親，而且可欣賞、可崇仰，她們比釋迦牟尼和元始天尊還重要，還尊貴。

《紅樓夢》是一部異端之書。所謂「檻外人」，就是走出正統價值門檻的人，就是異端。不僅妙玉是異端，主人公賈寶玉、林黛玉更是異端。作為異端之書，《紅樓夢》做了一件大事，就是重新定義可人，即重新界定「誰是最可愛的人」，「誰是最有價值的人」。它一反過去的價值準則，不認為那些狀元宰相、那些「文死諫」、「武死戰」的朝廷棟樑才是可人，也不認為那些老爺貴婦、賢妻節婦才是可人，而把那些被正統道統的眼睛視為「狐狸精」、「狐媚子」的青春少女——哪怕她們是丫鬟、戲子、下人——定義為令人傾心傾倒的可人。也就是說，不僅是林黛玉，而且是晴雯、芳官，皆是第一流的可人。所以曹雪芹把最真摯、最精彩的頌歌《芙蓉女兒誄》獻給晴雯，獻給王夫人眼裏的這個狐狸精，這個世俗眼中的女奴隸。這篇長詩是石破天驚的禮讚，如同一篇人性解放宣言，它宣告，被視為「下人」、「奴隸」的青春「女兒」，她們「其為質則金玉不足喻其貴，其為性則冰雪不足喻其潔，其為神則星日不足喻其精，其為貌則花月不足喻其色。」正是這種兼備質美性美神美貌美等四美的女兒，是人世間最可愛的人。林黛玉、晴雯、鴛鴦、尤三姐、芳官等正是這種四絕兼備的可人。這裏特別應當強調的是《紅樓夢》把世俗眼裏最沒有地位的戲子芳官寫成第二晴雯，而且比晴雯還野，還富有「勾引性」，但是曹雪芹偏偏把她寫得分外妖嬈，甚至讓眾人誇她長得極似寶玉，「像是兩兄弟」。這些不同凡俗的書寫，都在翻歷史大案，都在重整價值，都在宣示：可人不僅在社會上層中，而且在社會底層中，可見，人間社會卻不斷在製造可人的大悲劇，尤其是社會底層可人的悲慘劇。

從定義可人的角度上看，《紅樓夢》還有另一了不起之處是為秦可卿這種被稱為「淫婦」的人翻案、正名。在《水滸傳》中，秦可卿屬於潘金蓮、潘巧雲這種具有外遇罪惡甚至是淫蕩罪惡的女子。武松、楊雄代表道德社會的「萬惡淫為首」的觀念，把尖刀直刺她們的胸膛，在她們身上宣洩仇恨與殺人的快感。中國歷來認定殺得有理，認同《水滸傳》的理念與邏輯。但曹雪芹卻把第一可人的桂冠送給秦可卿。可卿就是可人，就是可愛之人的共名。她不是一般的可人，而是「兼美」即兼有眾可人之美的了不得的可人代表。關於這一點，著名現代作家端木蕻良早已揭示：

夢境中，寶玉呼喚秦氏小名「可卿」，這個「可卿」，也就是「可人」的通稱。只因警幻仙姑之妹，兼有眾美，才名為「可卿」。秦氏兼有眾美，也可名為「可卿」。而榮寧兩府上下人等，都只知道秦氏或蓉大奶奶，並無大名，更無人得知她的小名，惟獨寶玉知道，這是甚麼緣故呢？道理就是：只有警幻仙姑的妹妹，當得起「可卿」命名，而眼前，也只有秦氏，當得起這名兒。所以，寶玉失神叫出「可卿」這個名兒來，是極其自然的事了。[1]

在太虛幻境中，警幻仙姑對寶玉說：「吾不忍君獨為我閨閣增光，見棄於世道，是以特引前來，醉以美酒，沁以仙茗，警以妙曲，再將吾妹一人，乳名兼美字可卿者，許配於汝。」端木蕻良先生點明：這個可卿，也就是可人的通稱。於是，我們可以明瞭，秦可卿不僅不被視為淫婦，而且是兼有眾美的首席可人。她生時被榮寧兩府上下敬重，死後則享受最大的哀榮——賈家給予驚天動地的葬禮。《水滸傳》把潘金蓮視為第一惡人，《紅樓夢》卻把秦可卿尊為第一可人。《水滸傳》把潘金蓮、潘巧雲送入地獄，《紅樓夢》則把秦可卿送上天堂。

這是多麼不同的、天差地別的理念。曹雪芹通過對秦可卿這一可人的塑造和對她的態度，宣告「情慾無罪」，這是劃時代的思想變革，值得中國思想文化史冊永遠銘記。

1 端木蕻良：《說不完的《紅樓夢》》，第一四頁，上海書店，一九九五年。

【六】冷人解讀

——薛寶釵、惜春等

《紅樓夢》中有三個冷人，這就是薛寶釵、惜春和柳湘蓮。三者都是立身處世態度冷淡的人。冷人也有情，但不熱情；冷人也有心，但不熱心；冷人也有淚，但沒有熱淚。對於王熙鳳，不管你評價如何，但她是個熱心人，而不是冷人，這是可以確定的。

「冷人」這一概念，出自第一一五回。地藏庵的兩個尼姑來賈府探望「老施主」。會見惜春之前，先向「二奶奶」請安。寶釵待理不理。寶玉原要和那姑子說話，見寶釵似乎厭惡，也不好兜搭。小說寫道：「那姑子知道寶釵是個冷人，也不久坐，辭了要去。」在兩個來客面前，寶玉、寶釵性情全然不同，寶玉想與之說話，顯然是熱心人，寶釵卻待理不理，甚至厭惡，顯然是冷面人。有趣的是一個外來作客的「姑子」，也知道寶釵是個「冷人」，可見，寶釵已經冷得有點名氣。人確實有冷、熱之分，但冷熱之分不等於好、壞之分。寶釵雖冷，在有些人眼裏卻特別好，如在史湘雲心目中，她幾乎是個完人。第二十回湘雲出場時被黛玉奚落，她反擊時就說：「你敢挑寶姐姐的短處，就算你是好的。」湘雲這麼敬重，可是，寶釵卻把湘雲送給她的戒指轉贈襲人，並不把湘雲的情份看重，此一行為中也透着一個冷字（見三十四回）。但湘雲知道後並不在意，仍然誇寶釵。她對襲人說：「我只當是林姐姐給你的，原來是寶釵姐姐給了你。我天天在家裏想着，這些姐姐們再沒一個比寶姐姐好的。」惟有一次，湘雲對「寶姐姐」的冷然有些微詞。那是中秋節，賈府裏的姐妹本說要一起賞月，可是寶釵卻借故不來，因此湘雲說：「可恨寶姐姐，姊妹天天說親道熱，早已說今年中秋要大家賞月，必要起社，大家聯句，到今日便棄了咱們，自己賞月去了。」（七十六回）湘雲是熱心人，喜歡姐妹們一起「說親道熱」，可是寶釵沒有這份熱情。不用說對姐妹們，即使對寶玉，她除了「勸誡」之外，也從未「說親道熱」過，更沒有林黛玉那種執着的戀情。

關於冷人，概念上無須多作解說，再說下去也不離缺乏熱情、處世冷淡冷漠等。但恰恰是曹寅作了一個準確而抓住性情特徵的解釋。他的《賦得貧家月不貧戲答冷齋》詩云：「莫作凡情看，惺忪屬冷人。」冷人必惺忪，這真是一語中的。所謂惺忪，就是警覺。用我們當代人的話說，便是聰敏清醒時時在心中緊繃一根弦的人，《二刻拍案驚奇》（卷二十一）中有句話：「他是個做經紀的人，常是提心吊膽的，睡也睡得惺忪，口不作聲，嘿嘿靜聽。」因此，曹寅說「惺忪屬冷人」，便可解為「提心吊膽」、身上裝着警覺器等性格特徵屬於冷人。薛寶釵正是屬於這種人，她聰明絕頂，知道周遭環境的險惡，做人的不容易，對人總是有所防範，因此，不肯輕意潑灑熱情，一切皆冷眼觀之，冷靜處之。而林黛玉、賈寶玉正相反，尤其是賈寶玉，他對人沒有任何設防，心中半根弦也沒有，更不用說提心吊膽。他對其父親也只是「畏」，並不是「防」，至於在其他人面前則一熱到底，在戀人前熱，在友人前熱，在三教九流的邊緣人前（如在蔣玉菡、柳湘蓮等面前）也熱。賈寶玉即使在小人面前也不防，而寶釵則即使在君子面前也是有所警覺的。至於林黛玉，她雖然沒有賈寶玉那麼熱，但也沒有寶釵那麼冷，「惺忪」二字是跟她連不上的。她率性而為，直來直去，也不知警覺。賈元春省親，那是王妃來臨，整個賈府天翻地覆，個個都規規矩矩，寶釵自然是不敢哼一聲。而黛玉此時不僅不提心吊膽，而且居然還「安心今夜大展奇才，將眾人壓倒」（第十七—十八回），讀者可能會以為這是黛玉好表現自己，其實，這正說明在最隆重莊嚴的場合也全然不知設防不知惺忪。在這種場合裏，寶釵肯定要多吃幾顆「冷香丸」。

曹雪芹寫寶釵的冷性格，最為精彩的是寫她有一種莫名的病症，需要服一種名為「冷香丸」的藥。第七回便是關於「冷香丸」的奇文。寶釵對周瑞家說，她身上的「病」憑甚麼名醫仙藥，從不見效。後來遇了一個禿頭和尚，說專治無名之症，便請他看了。這和尚說她從胎裏帶來一股熱毒，治這毒吃尋常藥是不中用的。和尚就給了這「冷香丸」，吃了倒真的效驗些。可是製作這藥方的藥料非常瑣碎，要春天開的白牡丹花蕊十二兩，夏天開的白荷花蕊十二兩，秋天的白芙蓉蕊十二兩，冬天的白梅花蕊十二兩。然後將這四樣花蕊，於次年春分這日曬乾，和在藥末子一處，一齊研好。又要雨水這日的雨水十二錢。如果沒有雨水，就用白露這日的露水十二錢，霜降這日的霜十二錢，小雪這日的雪十二錢……又是露，又是霜，又是雪，樣樣都冷。曹雪芹寫這段製藥用藥的故事，說明寶釵的天性並非真冷，她從娘胎裏帶出來的恰恰是「熱毒」。關鍵是如何解釋這種「熱」，即熱的內涵是甚麼。從意識角度上說，她放不下世俗功名，總是勸寶玉走仕途經濟之路，讓寶玉覺得她也入了國賊祿鬼之流，這正是熱的表現。「好風憑助力，送我上青雲」，這分明也是熱毒。但她為人處世，卻端莊大方，竭力掩蓋自己內心深處對榮華富貴的追求與迷戀，這樣就形成內熱外冷的分裂，變得十分世故。「冷香丸」的意義，是解熱毒的意義，也是療治內外分裂的意義。這種解釋，也能自圓其說。但近乎苛評。何況，這只是從意識形態的層面上去理解，而未從個體生命層面去開掘。

我很欣賞胡菊人先生的另一種見解。他對寶釵有一種理解的同情，在《寶釵的「冷香丸」》一文中，他說：「這藥丸可非同小可，是全書大悲劇的象徵。」胡先生這一論斷非常有見地。歷來的評「紅」文章，都只注意林黛玉的悲劇，不注意薛寶釵的悲劇。王國維的《紅樓夢評論》，講悲劇也只說林不說薛，而胡菊人先生則把「冷香丸」視為《紅樓夢》全書大悲劇的象徵，把薛寶釵視為大悲劇人物。這一看法絕非牽強之論。薛寶釵是個才、德、貌三全的人物，但她畢竟是個青春少女。她和林黛玉等少女一樣，有生命熱能，有情愛嚮往，但她接受了一套儒家的道德規範，竭力掩蓋自己的內熱，壓抑自己的內熱，以至用「冷香丸」來化解自己的內熱。在封建道德觀的威脅下，她竟然把自己的生命激情視為一種病，需要藥治。林黛玉的悲劇固然是悲劇，但她畢竟把自己的情感毫無掩飾地率性地表露過，宣洩過，任自己的眼淚揮灑過，暢流過，而薛寶釵則把一切真情感深深地壓縮到心底，然後裝出一副冷清的面孔去對付那個虛假的缺乏真情真性的世界。她是真正的封建道德的點綴品、犧牲品，她的心性表面上是被冷香丸化解掉，實際上是被封建道德專制理念吃掉埋葬掉。薛寶釵的悲劇是青春熱情自我壓抑、自我消滅的悲劇。如果說，林黛玉的悲劇是「共同關係」即共同犯罪的結果，那麼，薛寶釵的悲劇則是自我消滅的結果，是自己屈服於外部社會規範而犧牲自性心性的結果。這種自我壓抑、自我消滅的悲劇，是更深刻的悲劇。所以胡菊人先生稱之為「大悲劇」。以往的評紅文章，太強調薛寶釵是封建關係的維護者，忽視她是封建規範、封建理念的犧牲者：一個不得不用冷香丸冰凍青春熱情又不得不戴着「冷人」面具去面對險惡的社會，這是怎樣的悲哀。

與寶釵相比，惜春倒是個真冷人，她冷得更徹底，從口到心，從外到裏，都冷了個透。最充分地表現出她的冷心理的是對她的丫頭入畫的態度。王熙鳳等人抄檢大觀園時，發現入畫箱中藏有金銀，但這些東西是她哥哥託她保管的東西，並非贓物。就這麼點事，惜春便覺得有傷自己的面子，不分青紅皂白硬要把入畫逐出賈府。連王熙鳳都想饒她卻不饒，竟要求尤氏：「快帶了他去，或打、或殺、或賣，我一概不管。」無情、絕情到讓人震驚，但入畫還是向她求情：「再不敢了。只求姑娘看從小兒的情常，好歹生死在一處罷。」到此地步，惜春仍不動心，「咬定牙斷乎不肯」。難怪尤氏說她：「可知你是個心冷口冷心狠意狠的人。」惜春聽了尤氏如此評價，竟回答道：「古人曾也說的，『不作狠心人，難得自了漢。』我清清白白的一個人，為甚麼教你們帶累壞了我。」（第七十四回）尤氏的評論是準確的，惜春不僅口冷，而且心冷，不僅一般地冷，而且冷到狠的地步，變成心狠意狠，屬於冷絕。中國有句成語，叫做「冷語冰人」，意思是說用冷酷的語言傷害人，惜春的口冷，便是冷語冰人。難怪尤氏向眾人說惜春說話，「雖然是小孩子的話，卻又能寒人的心」。（第七十四回）寶釵雖也是個冷人，但從不「冷語冰人」，更沒有冷到心狠意狠。惜春承認自己就是要作狠心人，理由是不作狠心人，難得自了漢。但她這種「自了漢」骨子裏卻是極端自私的人，極端愛惜自己身上羽毛的人。人間的情與慾二字，差別極大。慾講收入，情講付出，甚麼都捨不得付出，哪有情誼、情義可言。惜春是一個甚麼都不想承擔、甚麼都不想付出的人。她最後削髮為尼，但即使在古佛青燈之下，也不會生長出慈悲之人。在賈府眾姐妹中，她是最不可愛的人。既沒有青春生命，又沒有人間情懷。

《紅樓夢》還有一個冷人，是柳湘蓮。尤二姐在向賈璉說明她妹妹（尤三姐）五年前看上作小生的柳湘蓮，並拿定主意，非他不嫁。賈璉聽了之後，如此評說柳氏：「怪道呢！我說是個甚麼樣人，原來是他！果然眼力不錯。你不知道這柳二爺，那樣一個標致人，最是冷面冷心的，差不多的人，都無情無義。……」一下子就道破了尤三姐看上的是個冷人。他隨身所帶的傳家之寶鴛鴦劍，也是「冷颼颼，明亮亮，如兩痕秋水一般。」（第六十六回）他經結拜兄弟薛蟠的拉牽，應允尤三姐的親事，並與此劍為定情之物。沒想到偶然聽到寶玉信口說了尤氏的二姐妹「真真是一對尤物」，就跌足悔情，竟說了絕話：「這事不好，斷乎做不得了。你們東府裏除了那兩個石頭獅子乾淨，只怕連貓兒狗兒都不乾淨。我不做這剩忘八。」（六十六回）冷語冰人之後，便找賈璉索回定親之劍。尤三姐聽到柳氏對賈璉說的話之後，便毅然自殺。此一剛烈行為，終使冷人感動，他泣道：「我並不知是這等剛烈賢妻，可敬可敬。」扶屍大哭一場，等買了棺木，眼見入殮，又俯棺大哭一場。到薛蟠家後，又幻覺到尤三姐在環珮叮噹聲中從外而入，一手捧着鴛鴦劍，一手捧着一卷冊子，向他泣道：「妾癡情待君五年矣。不期君果冷心冷面，妾以死報此癡情。」經此情難，柳湘蓮終於「掣出那股雄劍，將萬根煩惱絲一揮而盡，遁入空門。」柳湘蓮雖然也是冷心冷面的冷人，但沒有像惜春那樣冷到心狠意狠，他經受了「冷迷」之後進入了「冷覺」，升起了無限悔恨之情，其遁入空門的行為語言，也可解讀為對尤三姐永遠的緬懷和對自身永遠的悔恨。「冷二郎一冷入空門」的故事，說明一些冷人的人性深處並非全是冰霜。他們在人間的真情熱血面前，也會有所覺，有所悟。

【七】通人解讀

——薛寶釵、薛寶琴等

「通人」這一概念出於第五十六回。探春與李紈、寶釵一起共同主持家務。三人在商談中，寶釵對探春笑道：「……你們都念書識字的，竟沒看見朱夫子有一篇《不自棄文》不成？」探春笑道：「雖看過，那不過是勉人自勵，虛比浮詞，那裏都有真的？」寶釵道：「朱子都有虛比浮詞？那句句都是有的。你才辦了兩天時事，就利欲熏心，把朱子都看虛浮了。你再出去見了那些利弊大事，越發把孔子也看虛了！」探春笑道：「你這樣一個通人，竟沒有看見姬子書？當日《姬子》有云：『登利祿之場，處運籌之界者，竊堯舜之詞，背孔孟之道。』」寶釵笑道：「底下一句呢？」探春笑道：「如今只斷章取意，念出底下一句，我自己罵我自己不成？」寶釵道：「天下沒有不可用的東西；既可用，便值錢。難為你是個聰敏人，這些正事大節目事竟沒經歷，也可惜遲了。」李紈笑道：「叫了人家來，不說正事，且你們對講學問。」寶釵道：「學問中便是正事。此刻於小事上用學問一提，那小事越發作高一層了。不拿學問提着，便都流入市俗去了。」（第五十六回）

寶釵稱探春為「聰敏人」，探春稱寶釵為通人。所謂通人，便是博古通今、學識淵博之人。這一名詞很早就出現在《莊子．秋水》中：「當桀紂而天下無通人，非知失也。」漢代王充還給通人下了定義，他在「論衡．超奇」中寫道：「博覽古今者為通人。」現代生活中，人們常把人才劃分為專才與通才。

通才除了學識廣博之外還得兼有多種才能。有人博古通今，但沒有政治、經濟操作能力，更沒有軍事能力。因此通人不一定就是通才。《紅樓夢》中的主角賈寶玉、林黛玉、妙玉等都是博覽群書很有學問的通人。尤其是黛玉、妙玉、寶釵、湘雲等女子，甚至包括李紈、薛寶琴等，都是滿腹詩書。女子不僅有超人的美貌，而且有打通古今的學識，真是奇麗的生命景觀。只是寶玉、黛玉、妙玉等都不能稱作通才，倘若讓寶玉、黛玉管理家務、國務，就會一塌糊塗。

寶釵被稱為「通人」，倒是名副其實，當之無愧。在大觀園中，如果稱林黛玉為首席詩人，寶釵應是首席學人。「不拿學問提着，便都流入市俗去了。」如此自覺把學問視為立身之本，視學問為與俗流分別的界線，這本身就很特別。在賈府中，她的學問是很有名的。賈政與賈寶玉父子二人的人生觀雖有很大的差異，對人的認識也相去很遠，但都佩服寶釵的學問。第三十回寶玉奚落寶釵，但承認「姐姐通今博古，色色都知道。」賈政的誇獎則從香菱間接說出。第七十九回中寶釵的嫂子「河東獅」金桂問香菱是誰給她起的名字，香菱便說是「姑娘起的」，即寶釵起的。金桂冷笑說：「人人都說姑娘通，只這一個名字就不通。」金桂用心不善，想貶抑一下寶釵通人的名聲。香菱則駁辯說：「噯喲，奶奶不知道，我們姑娘的學問連我們姨老爺時常還誇呢。」賈政是賈府中的孔夫子，他雖輕視詩詞，但熟讀儒家經典，是賈府中最有學問的。他對下輩要求極嚴，從不給寶玉一句好話，因此能夠誇寶釵，說明寶釵的學問真的不假。她除了熟讀聖賢之書外，對中國古典詩詞、繪畫藝術的素養也很深。第十八回，元妃省親，命弟妹們作詩，寶釵幫寶玉改了一個字。僅一個字的來歷就知道她的詩學功力了：

> 彼時寶玉尚未作完，只剛作了「瀟湘館」與「蘅蕪苑」二首，正作「怡紅院」一首，起草

> 內有「綠玉春猶捲」一句。寶釵轉眼瞥見，便趁眾人不理論，急忙回身悄推他道：「他因不喜『紅香綠玉』四字，改了『怡紅快綠』；你這會子偏用『綠玉』二字，豈不是有意和他爭馳了？況且蕉葉之說也頗多，再想一個字改了罷。」寶玉見寶釵如此說，便拭汗道：「我這會子總想不起甚麼典故出處來。」寶釵笑道：「你只把『綠玉』的『玉』字改作『蠟』字就是了。」寶玉道：「『綠蠟』，可有出處？」寶釵見問，悄悄的咂嘴點頭笑道：「虧你今夜不過如此，將來金殿對策，你大約連『趙錢孫李』都忘了呢！唐錢珝詠芭蕉詩頭一句：『冷燭無煙綠蠟乾』，你都忘了不成？」寶玉聽了，不覺洞開心臆，笑道：「該死，該死！現成眼前之物偏倒想不起來了，真可謂『一字師』了。從此後我只叫你師父，再不叫姐姐了。」寶釵亦悄悄的笑道：「還不快作上去，只管姊姊妹妹的。誰是你姐姐？那上頭穿黃袍的才是你姐姐，你又認我這姐姐來了。」

寶釵不僅自己是個通人，連她的堂妹薛寶琴也是個小通人。她年紀雖小，卻極有才華。在蘆雪庵即景聯詩時就初露鋒芒，讓眾人一震，接着在妙玉的櫳翠庵賞完梅後，又作《詠紅梅花》，壓倒群芳，讓寶玉感到驚異。（第五十回）她不僅很會作詩，而且很有歷史知識和歷史見識。她到處遊歷，以所經過各省內的古蹟為題，作了《赤壁懷古》、《交趾懷古》、《鍾山懷古》、《淮陰懷古》、《廣陵懷古》、《桃葉渡懷古》、《青冢懷古》、《馬嵬懷古》、《蒲東寺懷古》、《梅花觀懷古》等十首懷古絕句，要大家猜謎，結果沒有一個人猜得出來（第五十一回）。這些絕句不僅通史實，而且有史識。大家聽了之後都稱奇道妙，惟寶釵說：「前八首都是史鑒上有據的，後兩首卻無考。」薛氏姐妹能成為大小通人，其實是有家學淵源的。薛家雖是富商，但從祖輩起就好藏書讀書。第四十二回，釵黛和好，寶釵向黛玉交心交底說：

你當我是誰，我也是個淘氣的。從小七八歲上也夠個人纏的。我們家也算是個讀書人家，祖父手裏也愛藏書。先時人口多，姊妹弟兄都在一處，都怕看正經書。弟兄們也有愛詩的，也有愛詞的，諸如這些「西廂」「琵琶」以及「元人百種」，無所不有。他們是偷背着我們看，我們卻也偷背着他們看。後來大人知道了，打的打，罵的罵，燒的燒，才丟開了。

值得一提的是薛寶琴在和寶玉、黛玉、寶釵談詩時，還說起她八歲時跟父親到西海沿子上買洋貨，遇到一個真真國的十五歲的黃頭髮的西洋女孩子，長得像西洋畫上的美人，滿頭戴的都是珊瑚、貓兒眼、祖母綠等寶石，她竟然也是一個小通人，「他通中國的詩書，會講五經，能作詩填詞，因此我父親央煩了一位通事官，煩他寫了一張字，就寫的是他作的詩。」大家不信，求詩作證，她便脫口唸出：「昨夜朱樓夢，今宵水國吟；島雲蒸大海，嵐氣接叢林；月本無古今，情緣自淺深；漢南春歷歷，焉得不關心」。（五十二回）。這一故事透露一個未來信息，中國的通人，除了須通中國的古今，還需打通中西的文化血脈。《紅樓夢》誕生後的兩百年，通人的內涵就必須在縱向上通達古今，在橫向上通達中西。而薛寶琴所遇的外國年輕的女性洋漢學家，倒是一個這種兼備中西古今的通人先鋒了。兩百多年前，竟然有洋少女漢學家的形象出現，這也是一種奇筆。不過，當薛寶琴被人稱讚為「畫中美人」，而我們再琢磨一下她誦出的詩，卻會發現她故事中的西洋女才子，可能正是她自己。《紅樓夢》太奇太特別，這又是一絕。

除了薛氏姐妹之外，其實賈寶玉、林黛玉也是通人，也很有學問。賈政視寶玉為邪派，是說他不愛讀聖賢書，但承認他讀了許多雜書。所謂「雜」，其實就是博。除詩詞之外，他還博覽各種書籍，所以第一次和林黛玉見面時，年紀大約只有七、八歲，打量了黛玉之後第一句問話便是：「妹妹可曾讀書？」接着便要給黛玉起字，說：「我送妹妹一妙字，莫若『顰顰』二字極妙。」又解說道：「《古今人物通考》上說：『西方有石名黛，可代畫眉之墨。』況這林妹妹眉尖若蹙，用取這兩個字，豈不兩妙！」聽寶玉這麼說，探春笑道：「這恐又是你的杜撰。」寶玉回答說：「除《四書》外，杜撰的太多，偏只我是杜撰不成？」黛字的來歷，也許不在「通考」上，但出自雜書卻無可懷疑，寶玉除了讀「四書」外，對莊子等古經典也爛熟於心，否則就不會趁着酒興信手寫出讀莊子的《外篇‧胠篋》之文。儒、道學問之外，對「佛」也瞭如指掌，他與黛玉談情說愛，禪語脫口而出，都有出處。他在元春省親前夕於「大觀園試才題對額」，和眾清客相比，他不僅才氣過人，而且處處見其學養不同凡響。詩識學識不僅在清客之上，也在賈政之上，只不過是賈政總是端着個「父親相」，不肯表揚他一句話。他敢在父親與眾文人面前提議說：「嘗聞古人有云：『編新不如述舊，刻古終勝雕今。』」要從「舊」與「古」的典籍中提取命名的根據與詩意，沒有通古知舊的學問是難以想像的。從「通人」這一視角重新閱讀他的代表作《芙蓉女兒誄》，我們也會發現，這篇祭文學問、情感、文采融為一爐，雖是「隨意所之，信筆而去」，卻挫千百年詩書典籍於筆端，醞釀時獨自思索，就決心師法《大言》、《招魂》、《離騷》、《九辯》、《枯樹》、《問難》、《秋水》、《大人先生傳》等，直接面對屈原、宋玉、庾信、莊子、東方朔、揚雄、阮籍等先人先師的智慧靈魂。行文之中又涉獵《山海經》、《詩經》、《尚書》、《禮記》、《楚辭》、《南華經》、《淮南子》、《史記》、《述異記》（任昉）、《漢書》、《西京雜記》、《晉書》、《舊唐書》、《樂府詩集》、《世説新語》、《處州府志》、《廣博物志》、《太平廣記》、《太平御覽》等經書典籍中的史實、故事、知識等，寶玉作為詩人，不是只會抒情只會詠嘆的詩人，而是通古今閱千典的詩人。此時，他不屬於主觀之詩人，而屬於客觀之詩人（王國維的概念）。或者説，此時他不屬於自然之詩人，而且文化之詩人。《芙蓉女兒誄》是詩作者以博返約的結果，也是以通馭情的絕唱。賈寶玉雖是通人，卻又是一個低調的生命。沒有半點學問的姿態，從不賣弄，這篇祭辭，也是悄悄而作、悄悄而發，聽者只有死了的晴雯和活着的黛玉。何況，晴雯的亡靈還不一定聽得見。

《紅樓夢》女子中，林黛玉、探春、妙玉都是有學問的人。就林黛玉而言，她寫《五美吟》，表現出來的是非凡的史識；給寶玉補上「無立足境，是方乾淨」，表現的是非凡的禪識；給香菱説詩，表現的是非凡的詩識。最後這一項，她對香菱説：「……你若真心要學，我這裏有《王摩詰全集》，你且把他的五言律讀一百首，細心揣摩透熟了，然後再讀一二百首老杜的七言律，次再李青蓮[1]的七言絕句讀一二百首。肚子裏先有這三個人作底子，然後再把陶淵明、應瑒、謝、阮、庾、鮑等的一看。你又是一個極聰敏伶俐的人，不用一年的工夫，不愁不是詩翁了。」（第四十八回）林黛玉不僅通「詩」、通「禪」、通「莊」、通「史」，而且還通音樂，説她是「通人」也無不可。但和寶釵相比，仍有兩點差別：一是不如寶釵博；二是她的詩識禪識和其他才智主要是靠先天秉賦，而寶釵則是靠後天之學。第二十二回，寶釵與寶玉討論戲劇時説：「你白聽了這幾年的戲，那裏知道這齣戲的好處，排場又好，詞藻更妙。」寶玉道：「我從來怕這些熱鬧。」寶釵笑道：「要説這一齣熱鬧，你還算不知戲呢。你過來，

1 即李白——引者註。

我告訴你，這齣戲熱鬧不熱鬧——是一套北《點絳唇》，鏗鏘頓挫，韻律不用說是好了；只那詞藻中有一支《寄生草》，填的極妙，你何曾知道。」寶釵不僅通詩，而且還通戲。黛玉可以和寶釵比詩知識，卻不能和寶釵比戲知識。所以在這一段描寫之後，脂硯齋有段評點對林、薛二人作了比較：「寶釵可謂博學矣，不似黛玉只一牡丹亭，便心身不自主矣。真有學問如此，寶釵是也。」又說：「總寫寶卿博學宏覽勝諸才人。顰兒卻聰慧靈智非學力所致，皆絕世絕倫之人也。寶玉寧不愧殺。」賈寶玉在林、薛面前總要感到慚愧，因為自己雖也是個通人，但比起薛寶釵這位大通、廣通來只是小通，學問功底大大不如；而自己雖然也是詩人，但詩的靈氣才華又大大不如林黛玉。好在他有自知之明，甘拜下風。

賈寶玉除了「通」不如寶釵之外，在「專」方面也不如。寶玉、黛玉、寶釵三位都是詩人，在詩壇上他們可以玩玩比比，但是，對於畫，寶釵可稱為「專家」，寶玉則是門外漢；對於音樂，黛玉可稱作琴師，而寶玉也是門外漢。寶釵這位通人，不僅其博學宏覽為諸才子所不及，而且其對於繪畫的專門學問，更是諸才子難以相比。對於畫，她不僅通，而且是精通。有了這一項，寶釵便成了又博又專的通人，很了不起。她不僅有一套畫識，而且有一套畫法，精細得令人驚嘆。第四十二回，她發表了畫論說：

> 寶釵道：「我有一句公道話，你們聽聽。藕丫頭雖會畫，不過是幾筆寫意。如今畫這園子，非離了肚子裏頭有幾幅丘壑的才能成畫。這園子卻是像畫兒一般，……是必不能討好的。這要看紙的地步遠近，該多該少，分主分賓，該添的要添，該減的要減，該藏的要藏，該露的要露。這一起了稿子，再端詳斟酌，方成一幅圖樣。第二件，這些樓台房舍，是必要用界尺劃

的。一點不留神，欄杆也歪了，柱子也塌了，門窗也倒豎過來，階磯也離了縫，甚至於桌子擠到牆裏去，花盆放在簾子上來，豈不倒成了一張笑『話』了。第三，要插人物，也要有疏密，有高低。衣摺裙帶，手指足步，最是要緊；一筆不細，不是腫了手就是跏了腿，染臉撕髮倒是小事。依我看來竟難得很。……」

寶釵雖然是博通加上精通，但畢竟是學問知識，即便是她的畫論，主要也是技藝之學，並不涉及作畫主體的精神心性和由此派生的筆力與神韻等等。與寶釵不同，黛玉精通的是音樂，但音樂對於她，不是知識、技藝，而是她的靈魂的形式。她撫琴時不是用手用腦，而是用她的全身心、全靈魂，正如她的詩是她的真性情。八十七回寫寶玉與妙玉在瀟湘館外偷聽她彈琴，也懂音樂的妙玉立即聽出「君弦太高了，與無射律只怕不配呢。」正議論時，果然琴弦磞然一聲斷了。妙玉感知到這是不祥的預兆。對於黛玉來說，撫琴時，琴就是她，她就是琴，身心與音樂完全融合為一，琴聲過高，琴弦斷裂，意味着已經琴化的生命內心的憂思太烈。黛玉與寶釵最大的區別，一個是用腦生活用腦把握各種知識，一個則是用心生活用天性把握各種藝術。寶釵用頭腦寫詩說畫，黛玉則用心靈賦詩撫琴。寶釵觀法靠意識，黛玉觀法靠根性。中外的通人常有一種通病，就是寶釵這種為博學所誤的知識障礙的病，有知識概念的障礙，就難以「明心見性」，難以抵達精神的最深處，所以無論寫詩或者說禪，寶釵總是比黛玉遜色。「無立足境，是方乾淨」的至深感悟，只屬於林黛玉，不屬於薛寶釵。真正走到精神的巔峰和心靈的深淵的，只有黛玉一人而已。

從通人的角度看，《紅樓夢》的女性主要人物，與《金瓶梅》的女子有三點區別：（一）《紅樓夢》

的女性通人皆是貴族女子，而《金瓶梅》的女性則是平民女子；（二）《紅樓夢》的這些女性用現代術語說，是知識人，而《金瓶梅》中的女人則是老百姓；（三）《紅樓夢》中的女性通人身心都很精緻，尤其是心靈很精緻，因此，她們不僅是雅人，而且是學人與詩人。而《金瓶梅》的女性則是離詩很遠離學問也很遠的俗人，其中幾位也有美貌，但心靈則粗糙甚至粗俗。中國曾有一種偏見，認為「女子無才便是德」，但《紅樓夢》完全打破這種觀念。薛寶釵這些通人，不僅才貌雙全，而且也很符合傳統道德的要求，她們不僅是雙全，而且是三全。美貌、德性、才華都在鬚眉男子之上，甚至在貫通古今這一歷來被男子所獨霸的世襲領地上，她們也比男子高出一頭。從這個意義上說，《紅樓夢》不僅為中國女子進入現代社會開闢了道路，也為現代女子打開學問大門發出了先聲。

【八】玉人解讀

——黛玉、寶玉、妙玉等

《紅樓夢》開篇第一回，就有玉人概念，那是賈雨村在甄士隱的家宴中所吟之詩的最後一句：「蟾光如有意，先上玉人樓。」意思是說，月光如果有情意，就先照玉人樓吧。不過賈雨村當時並未開悟，功名之心極重，因此，吟罷再作一聯時，玉就變質了。他吟道：「玉在匵中求善價，釵於奩內待時飛。」抒發的是他自己的待價而沽的抱負，離玉人的精神本質相去萬里。玉人本有多義，通常是指美女，元稹在《鶯鶯傳》中的「隔牆花影動，疑是玉人來」和韋莊的「玉人襟袖薄，斜憑翠欄杆」等詩語中的玉人顯然就是美人。但玉人還有重要的一義是指仙女、神女，自然也是美到極處的仙女、神女。賈島《登田中丞高亭》詩云：「玉兔玉人歌裏出，白雲誰似莫相知。」杜牧《寄珉笛與宇文舍人》詩云：「寄與玉人天上去，桓將軍見不教吹。」以及他在另一詩中的名句：「二十四橋明月夜，玉人何處教吹簫。」等詩句中的玉人，指的便是仙女或有仙女美貌與仙女氣質的美人。《紅樓夢》中的兩個名帶玉字的美人——黛玉與妙玉，就是後一意義的玉人，帶有神性的玉人。

黛玉與妙玉這種玉人古已有之。而曹雪芹的天才是塑造了另一種前無古人也是舉世無雙的玉人，這就是賈寶玉。他到人間來，就口裏銜玉而來。「……說來更奇，一落胎胞，嘴裏便銜下一塊五彩晶瑩的玉來。」（第二回，冷子興的敍述）之所以奇，就奇在他是一位玉人。賈寶玉是名副其實的玉人，第一，生而銜玉，玉人身份有天生的玉石作證；第二，雖是男性，卻是「絳洞花主」，係仙子般女性的知己、知音；第三，身心天生玉質，厭惡泥質男人，其面貌，其性情，其品格，都無愧寶玉，正如北靜王水溶見到他時所說：「名不虛傳，果然如『寶』似『玉』。」（第十五回）第四，口銜而來後又佩戴於胸的玉石，早已通靈，不僅是身體的象徵，而且是靈魂的「晴雨表」。寶玉如果保持原來的生命本真，玉石就靈驗，如果向聲色靠近，玉石就會失靈。十三歲那年，趙姨娘作魔法，他中了邪，玉石本來就能除邪祟，此時卻不靈驗，後來經癩頭和尚和跛足道人摩弄點撥，才恢復了靈氣。可見賈寶玉從形到靈，皆是玉人。

玉人自有玉人的眼睛，在他眼裏，還有另一個與他同質同心即身心皆為玉質的玉人，這就是林黛玉。他們第一次相見時，寶玉就問黛玉：「可也有玉沒有？」這段描寫十分要緊：

……（寶玉）又問黛玉：「可也有玉沒有？」眾人不解其語，黛玉便忖度着因他有玉，故問我有也無，因答道：「我沒有那個。想來那玉亦是一件罕物，豈能人人有的。」寶玉聽了，登時發作起癡狂病來，摘下那玉，就狠命摔去，罵道：「甚麼罕物，連人之高低不擇，還說『通靈』不『通靈』呢！我也不要這勞什子了！」嚇得地下眾人一擁爭去拾玉。賈母急的摟了寶玉道：「孽障！你生氣，要打罵人容易，何苦摔那命根子！」寶玉滿面淚痕泣道：「家裏姊姊妹妹都沒有，單我有，我說沒趣；如今來了這麼一個神仙似的妹妹也沒有，可知這不是個好東西。」賈母忙哄他道：「你這妹妹原有這個來的，因你姑媽去世時，捨不得你妹妹，無法可處，遂將他的玉帶了去了。一則全殉葬之禮，盡你妹妹之孝心；二則你姑媽之靈，亦可權作見了女兒之意。因此他只說沒有這個，不便自己誇張之意。你如今怎比得他？還不好生慎重戴上，仔細你娘知道了。」說着，便向丫鬟手中接來，親與他戴上。寶玉聽如此說，想一想大有情理，也就不生別論了。

童年時代的寶玉聽說黛玉沒有玉，覺得「大悖情理」，可見他深信黛玉和他一樣，必帶玉來到人間，也是一個玉人。賈寶玉摔玉的行為語言歷來都解說為情的表示，情的深邃，這自然不是錯解，但它還暗示另一內涵，即賈寶玉認定林黛玉也是一個「戴玉」之人，一個當然的玉人，即使她不是寶玉那種口中銜玉而來的玉人，那也可謂：不是玉人，勝似玉人。《紅樓夢》以這雙玉人為主角，加上妙玉，這三個玉人便構成《紅樓夢》精神內涵的玉柱。因此，《紅樓夢》也可解讀為「玉人樓夢」。

《紅樓夢》的人物命名，極為研究。名中不可隨便帶玉字。例如林之孝的女兒，寶玉的丫鬟小紅，原名叫做紅玉，就因犯了寶玉的名，便改喚為小紅。（第二十七回小紅對王熙鳳自我介紹說：「原叫紅玉的，因為重了寶二爺，如今只叫紅兒了。」）《紅樓夢》全書數百人物中只剩下妙玉一人，可以與寶玉、黛玉並稱為「玉」了。

妙玉是富有仙女氣質的美人，這是無可爭議的。第五回寶玉在夢遊中飲仙酒並傾聽警幻仙子預示十二釵命運的十二支仙曲中，指涉妙玉的「世難容」之曲就說她「氣質美如蘭，才華馥比仙。天生成孤癖人皆罕」。在大觀園眾詩人中，她被視為「詩仙」。第七十六回寫黛玉與湘雲在中秋夜裏即景作詩聯句，就在此次聯詩中，黛玉寫出預示自身未來命運的驚人詩句：「冷月葬花魂」、「人向廣寒奔」等語，硬是把湘雲「壓」了下去。湘、黛聯句剛畢，在欄外山石後頭偷聽的妙玉轉身出來，並作評論說：「……有幾句雖好，只是過於頹敗凄楚。此亦關人之氣數而有，所以我出來止住。……」她們三人一同來到櫳翠庵，興致都很高，尤其是妙玉，她竟然主動提出要續湘、黛剛吟出的二十二韻，就說：「我意思想着你二位警句已出，再若續時，恐後力不加。我竟要續貂，又恐有玷。」黛玉從沒讀過妙玉的詩，見她這麼自告奮勇自然是說「好」。於是，妙玉便道：「如今收結，到底還該歸到本來面目上去。若只管丟了真情真事且去搜奇撿怪，一則失了咱們的閨閣面目，二則也與題目無涉了。」於是，她便提筆一揮，寫了《右中秋夜大觀園即景聯句三十五韻》。「鐘鳴櫳翠寺，雞唱稻香村」，「有興悲何繼，無愁意豈煩」，「芳情只自遣，雅趣向誰言」等自然古雅之句一湧而出。黛玉、湘雲二人皆讚賞不已，說：「可見我們天天是捨近而求遠。現有這樣詩仙在此，卻天天去紙上談兵。」黛玉是大觀園的首席詩人，湘雲也是大觀園詩國中的強將，竟異口同聲地稱妙玉為詩仙，可見妙玉具有何等超人的才華，只是她的超凡性不肯輕易表露。妙玉自稱為「檻外人」，也自知與俗人、常人、眾人不可同日而語，也難以同處相安。這個污濁的人間世界最終也容不得她。在中國幾千年的文學中，幾乎找不到像妙玉這樣一個極淨、極潔、極有才華的玉人形象。曹植《洛神賦》中的洛神，近似玉人，但其形象卻遠不如妙玉豐富。蒲松齡《聊齋志異》中的狐女，形象雖也是情性靈性兼備的極可愛者，但稱作玉人，卻不妥當。

和妙玉相比，黛玉的仙人氣質顯得弱些，她在人間的複雜人際關係中廝混，還得陷入情愛的糾葛與悲情中。但是，在她身上卻有一種無人可比的靈性與悟性，這也是一種神性，一種與神性相通相契的超常的智慧與才華。她的「冷月葬詩魂」，她的《葬花詞》，她的「無立足境，是方乾淨」的禪悟禪語，都是神來之筆，詩仙之句。她來自天外，前身就是「仙草」（絳珠仙草），入世之後還是還淚還珠的仙子式的詩意生命。儘管在小說中，作者沒有像敘述妙玉那樣強調仙人氣質，但也暗示太虛幻境的四大仙姑之一。第五回中，寶玉在警幻的導引下，遊歷幻境，見到四大仙姑。

……寶玉看畢，無不羨慕。因又請問眾仙姑姓名：一名癡夢仙姑，一名鍾情大士；一名引愁金女，一名度恨菩提，各道名號不一。

最近，劉心武在《紅樓夢》的新探討中，通過文本細讀，悟出這四大仙姑乃是林黛玉（癡夢仙姑）、史湘雲（鍾情大士）、薛寶釵（引愁金女）、妙玉（度恨菩提）。這是發前人所未發，相當可信。這四人都是帶有仙質的玉人，尤其是癡夢仙姑和度恨菩提的黛玉與妙玉，從未染上俗世「仕途經濟」塵埃，更是純正的玉人。林黛玉最後怎麼死，回歸何鄉何處，讀者論者尚有爭議。筆者只覺得續書描寫黛玉死後寶玉在夢中追尋她並不唐突。第九十八回（《苦絳珠魂歸離恨天　病神瑛淚灑相思地》）寫寶玉聽到黛玉「亡故」的消息後放聲大哭，倒在床上，然後又寫道：

……忽然眼前漆黑，辨不出方向，心中正自恍惚，只見眼前好像有人走來，寶玉茫然問道：「借問此是何處？」那人說：「此陰司泉路。你壽未終，何故至此？」寶玉道：「適聞有一故人已死，遂尋訪至此，不覺迷途。」那人道：「故人是誰？」寶玉道：「姑蘇林黛玉。」那人冷笑道：「林黛玉生不同人，死不同鬼，無魂無魄，何處尋訪！凡人魂魄，聚而成形，散而為氣，生前聚之，死則散焉。常人尚無可尋訪，何況林黛玉呢。汝快回去。」

此處作者界定林黛玉為「非常人」：「生不同人，死不同鬼」，完全符合原著的仙姑暗示，也可證明，她是一個超凡脫俗，不同於佳人、美人的玉人。

寶玉、黛玉、妙玉這三位玉人，有其上述超越世人的共同點，但又有區別。從人生向度上說，寶玉心懷慈悲，不避俗眾，不輕「下人」，所以我用嵇康的「外不殊俗，內不失正」八個字形容他，並用準基督和準釋迦比喻他。而黛玉則心懷癡情，專注於一，潛意識裏只有「還淚」，意識層裏卻佈滿詩情慧性。但她逃避俗眾，絕不與三教九流來往，稱男人時，前邊還加一個「臭」字。妙玉則刻意遠離俗世，蔑視社會，孤僻標高。黛玉尚談戀愛、作情詩，她卻把一切都藏於心中，讓人猜不透她的心思。三個玉人，一是慈，一是癡，一是孤，三者分殊。從個體情感態度上說，賈寶玉是兼愛者，「情不情」者；黛玉是專愛者，情情者；妙玉則是觀愛者，度情者。三者的心靈都奇異至極，黛玉是癡絕，妙玉是孤絕，寶玉是善絕。從生命結局上説，一是世難容，為世糟蹋（妙玉）；一是世難愛，被世拋棄（黛玉）；一是世難知。一個最聰明、最善良的玉佛似的人，卻被視為「蠢物」、「孽障」等等（寶玉）。三者中在心性上首先悟到空的黛玉，所以才有「無立足境，是方乾淨」的覺悟；在行為上真正實踐空的是寶玉，因為他是看透了色之後而昇華的空，是真實的空。而妙玉則從空到空，未曾在「有」與「色」中磨煉的空，所以不是實「空」，而是虛「空」。曹雪芹判她「云空未必空」，大約也是對於虛空的微詞。

曹雪芹作為大文學天才，他的筆下沒有俗套，沒有俗筆。《紅樓夢》一開篇就嘲笑「才子佳人」那種千篇一律的創作模式。千百年來，文學中的佳人形象，無非是一有姿色，二有才氣，三有風流，但曹雪芹卻一改佳人一般面目，賦予佳人們以大性情，大靈魂，大智慧，其筆下的女性玉人，更是超越佳人百層千層，是一種天地人大融合的詩意生命。這種生命形象不僅是中國文學中所僅有，也是人類文學所僅有。甚麼叫做文學原創，領悟一下天人合一、人性神性共在的玉人，就會明白。

曹雪芹是一個對人間社會的庸俗與黑暗極為敏感也極為憎惡的人，所以在他筆下才有那樣一個以國賊祿鬼為主體的泥濁世界，也才刻劃那麼一些可悲可憐的小人、廢人、濫情人、尷尬人、嫌隙人、輕薄人、粗劣人、勢利人等，但是，他不僅面對泥濁世界，還嚮往淨水世界。他不是憤世疾俗，而是充滿審美理想。《紅樓夢》之夢，有小夢，有中夢，有大夢，這些都是真夢。但還有一種呈現作者審美理想的總夢，這雖不是真夢，卻是曹雪芹的審美理想。在《紅樓夢》中，曹雪芹寄託着兩大理想，也可以說是兩種宏觀夢，一是詩國夢，二是玉人夢。詩國是曹雪芹的理想國，夢中國；玉人是曹雪芹的理想人，夢中人。古希臘柏拉圖的理想國把詩人逐出，曹雪芹的理想國則是以少女詩人為主體的青春共和國，是人類詩意棲居的社會模式，這是一個遠離功名爭奪、權力爭奪、財富爭奪的國度，是保持生命本真狀態的永恆家園。曹雪芹的總夢是「詩國長存、玉人永在」。

【九】淚人解讀

——林黛玉

「淚人」在《紅樓夢》中出現過兩次，一次是秦可卿死後，寧國府裏哭聲搖山振嶽，「賈珍哭的淚人一般」（第十三回）；一次是芳官被她的乾娘打罵之後，「只穿着海棠紅的小棉襖，底下絲綢撒花夾褲，敞着褲腿，一頭烏油似的頭髮披在腦後，哭得淚人一般」。（第五十八回）

《紅樓夢》除了用「淚人」這一概念形容哭得很傷心很厲害的模樣之外，還塑造了一個中國文學與人類文學中舉世無雙的淚人形象，這就是林黛玉。淚人一詞固然不能涵蓋林黛玉的全部（因為林黛玉太豐富了，她是詩人，癡人，可人，玉人），但說她是淚人，卻能把握住她的一個根本的生命特徵。她和寶玉的情，是戀情，是詩情，這種情有時用詩語表述，有時用禪語表述，但最經常的是用淚語表述。就在五十八回寶玉看到芳官哭得像淚人一般之前的一刻，他才剛剛看到真淚人的落淚。那時，他正為藕官燒紙錢納悶，便踱到瀟湘館，因此「瞧黛玉益發瘦的可憐，問起來，比往日已算大癒了。黛玉見他也比先大瘦了，想起往日之事，不免流下淚來。」寶玉瘦了，本是平常事，幾乎無事的事，但黛玉見了竟也要流淚。淚人的第一個特徵是愛哭愛流淚，動不動就流淚。

《紅樓夢》寫林黛玉的傷感落淚之處很多，幾乎舉不勝舉。文學本是情感的「事業」，離開眼淚與哭泣就不是文學。但是，林黛玉的眼淚不是一般的眼淚，她的哭泣也不是一般的哭泣，那真是「淚天淚地」，不僅令人心動，而且令鳥驚飛。第二十六回最後就寫到她的嗚咽讓附近柳枝上的宿鳥棲鴉聽了後驚飛而走了：

……越想越傷感起來，也不顧蒼苔露冷，花徑風寒，獨立牆角邊花陰之下，悲悲戚戚嗚咽起來。

原來這林黛玉秉絕代姿容，具希世俊美，不期這一哭，那附近柳枝花朵上的宿鳥棲鴉一聞此聲，俱忒楞楞飛起遠避，不忍再聽。真是：

花魂默默無情緒，鳥夢癡癡何處驚。

因有一首詩道：

顰兒才貌世應希，獨抱幽芳出繡閨；
嗚咽一聲猶未了，落花滿地鳥驚飛。

哭到令鳥驚飛，這是林黛玉哭泣的奇處。但這位淚人的奇處還不在於此，而在於另外三處「前無古人」的特點：

第一，她降臨人間，是為了「還淚」而來。還淚就是還情。《紅樓夢》開篇第一回就說明這一存在目的：

那絳珠仙子道：「他是甘露之惠，我並無此水可還。他既下世為人，我也去下世為人，但把我一生所有的眼淚還他，也償還得過他了。」

第二，她在人間的人生過程正是還淚的過程，生命尚未終止，其淚道淚痕總是不乾，用俗話說，便是生命不止，淚流不已。第二十七回首先透露這一信息：

紫鵑雪雁素日知道林黛玉的情性：無事悶坐，不是愁眉，便是長嘆，且好端端的不知為了甚麼，常常的便自淚道不乾的。先時還有人解勸，怕他思父母，想家鄉，受了委曲，只得用話寬慰解勸。誰知後來一年一月的竟常常的如此，把這個樣兒看慣，也都不理論了。所以也沒人理，由他去悶坐，只管睡覺去了。那林黛玉倚着床欄杆，兩手抱着膝，眼睛含着淚，好似木雕泥塑的一般……

這裏說的是「淚道不乾」，而第八十九回，又再次說明淚人「淚漬終是不乾」。

黛玉清早起來，也不叫人，獨自一個呆呆的坐着。紫鵑醒來，看見黛玉已起，便驚問道：「姑娘怎麼這樣早？」黛玉道：「可不是，睡得早，所以醒得早。」紫鵑連忙起來，叫醒雪雁，伺候梳洗。那黛玉對着鏡子，只管呆呆的自看。看了一回，那淚珠兒斷斷連連，早已濕透了羅帕。正是：

瘦影正臨春水照，卿須憐我我憐卿。

紫鵑在旁也不敢勸，只怕倒把閒話勾引舊恨來。遲了好一會，黛玉才隨便梳洗了，那眼中淚漬終是不乾。

第三：這位淚人的生命不像常人、眾人那樣以年齡（「多少歲了」）計量，即不是年少、年青、年老計量，而是以眼淚多少計量。當她的生命逐漸衰竭時，其象徵跡象不是皺紋多了，白髮生了，牙齒動了，而是眼淚少了。第四十九回，描寫了這一現象：

黛玉因又說起寶琴來，想起自己沒有姊妹，不免又哭了。寶玉忙勸道：「你又自尋煩惱了。你瞧瞧，今年比舊年越發瘦了，你還不保養。每天好好的，你必是自尋煩惱，哭一會子，才算完了這一天的事。」黛玉拭淚道：「近來我只覺心酸，眼淚卻像比舊年少了些的。心裏只管酸痛，眼淚卻不多。」寶玉道：「這是你哭慣了心裏疑的，豈有眼淚會少的！」

「豈有眼淚會少的！」連寶玉都覺得這種說法太古怪，難以理解。他雖然也是癡人情種，也有揪心的哭泣，但畢竟不是淚人，不知淚人是以眼淚的多寡為生命的尺度，也不知道淚人乃是以還淚而始，以淚盡而亡。最後林黛玉悲憤至極，焚稿吐血，只剩下血，沒有淚，對着寶玉也只有無言的傻笑。她的死亡不是以心跳的停止為標誌，而是以淚盡為標誌。

第四，林黛玉不僅是淚人，而且是詩人。因此她淚中有詩，詩中有淚。她的淚含在眼裏是淚水，流入筆端則是詩。寶玉命晴雯送兩塊舊帕子給黛玉，激起她一脈情思，便淒然提筆在手帕上寫下詠淚之詩：

（一）
眼空蓄淚淚空垂，暗灑閒拋更向誰？
尺幅鮫綃勞惠贈，為君那得不傷悲！
（二）
拋珠滾玉只偷潸，鎮日無心鎮日閒；
枕上袖邊難拂拭，任他點點與斑斑。
（三）
彩線難收面上珠，湘江舊跡已模糊；
窗前亦有千竿竹，不識香痕漬也無。

關於這三首詩，啟功先生作了一個很好的闡釋，也給「淚人」作了最中肯的解說：

這三首詩，集中寫了黛玉的「淚」，起因是因為寶玉捱打，受傷甚重，黛玉去看他，心痛不已，又不能都用言辭來傾訴自己的痛惜。寶玉對黛玉也是一樣，雖心甚繫念，而無從溝通，不得已寶玉只好遣惟一的知心小婢晴雯去傳達自己的心意，但又不能明說，只好借送手帕這件事，來傳達自己的心意。特別應該注意的是，此時的寶、黛已是經過三十二回「訴肺腑」之後，寶玉囑咐黛玉「你放心」，黛玉「聽了這話，如轟雷掣電，細細思之，竟比自己肺腑中掏出來的還覺懸切」，所以寶玉的手帕，實是不言之言，是「此時無聲勝有聲」。慧心的黛玉自然終於領悟了寶玉的深意。所以，從《葬花吟》到題帕詩，是寶、黛感情的飛躍和深化，以前黛玉的眼淚，是由於誤會和外因，如開頭的摔玉，如夜訪時晴雯閉門不納，這些都是由外因引起的，而這次的題帕詩的「淚」，卻是由於內因，是由於雙方互相進一步的溝通和感悟而引起的，所以黛玉這次的「淚」，是雙方思想感情完全溝通並深化的一個標誌。「眼淚」，對黛玉來說，實際上就是她的語言，她心頭有所感觸，不能用言語來表達，就自然地用眼淚來表達。因為眼淚的包容性大，各種內心的感觸，都可借用眼淚來表達，從外部來看，眼淚只有一種形式，但其內涵卻往往有很大的差別。眼淚更是黛玉生命的象徵，二十二回脂批說黛玉「將來淚盡夭亡」，則可見黛玉的「淚」，更是黛玉生命的「量」詞。現在黛玉為寶玉而大量拋灑自己的眼淚，也無異是為寶玉而不惜自己的生命。題帕詩的第三首，是用的湘娥斑竹的典故，這是一種化用，而不是死板的照搬，作者只是用來說明黛玉眼淚之多之悲，說明她為寶玉而椎心泣血，不惜自己的生命。從人物形象創作的角度看，作者正好用這種詩的手段，來深化人物的內心世界，思想感情。這三首詩的內容，如果要用敘述文字來加以表達，其效果和所能達到的深度，肯定比不上這三首詩的功能，所以這三首詩，不僅僅是切合林黛玉的身份口氣，而且是大大深化和豐富了林黛玉這個形象。

對於啟功先生的解說，我們可以補充說，這些詩句，是黛玉的靈魂。換句話說，黛玉不僅是身體（眼睛）流淚，而且靈魂也流淚。這個淚人是身也淚，心也淚，外也淚，裏也淚，天上流淚，地上也流淚。

人類文學史上，許多人物形象都哭泣、悲傷、落淚，但沒有一位作家創造出類似林黛玉這種徹底的淚人形象。「春蠶到死絲方盡，蠟炬成灰淚始乾」，春蠶只抽絲，蠟燭只流淚，兩者都有生命的純粹性。林黛玉的生命也只抽絲（詩），只流淚，詩即淚，淚即詩，只有一片純粹。至此，我們可以明白，所謂淚人，乃是至真至純至粹之人，或者說，是以淚為生命、為靈魂、為生命標尺的至情之人。

【十】癡情人解讀

——賈寶玉、林黛玉、尤三姐等

讀《紅樓夢》回目，可以見到「癡人」一詞，如第一百一十八回的《記微嫌舅兄欺弱女　驚謎語妻妾諫癡人》）。這之前，回目中還有「癡女兒」、「癡情女」、「癡公子」、「癡丫頭」以及「癡郎」、「癡聾」、「癡魂」等，讀完回目，進入文本後又可讀到僧人的「慣養嬌生笑你癡」的詩句，還可發現作者自己也癡，他在題記（指第一回中所說的《金陵十二釵》題記）中說：「滿紙荒唐言，一把辛酸淚！都云作者癡，誰解其中味。」這樣看來，曹雪芹著述《紅樓夢》，乃是癡者寫癡人著癡書。然而，癡者癡人並非止於癡，而是止於悟，最後是癡悟、情悟（下文再繼續解說）。所以，說《紅樓夢》是癡書又是悟書，應無可非議。

《紅樓夢》的「癡人」，有時也稱作「癡情人」。在第一百零九回中，寶玉思念晴雯，把情移到五兒身上，半夢半醒迷迷糊糊時，把五兒的手一拉，讓五兒急得紅了臉，心裏亂跳。第二天早上，寶玉又想起五兒說的寶釵襲人都如天仙一般的話，便怔怔地瞅着寶釵。此時，五兒才把昨夜寶玉夢中說的「擔了虛名」、「沒打正經主意」的話告訴寶釵，接着，小說寫道：

這日晚間，寶玉回到自己屋裏，見寶釵自賈母王夫人處才請了晚安回來。寶玉想着早起之事，未免赧顏抱慚。寶釵看他這樣，也曉得是個沒意思的光景，因想着：「他是個癡情人，要治他的這病，少不得仍以癡情治之。……（第一百零九回）

寶釵是個冷人，不是癡情人。但她深知寶玉是個癡情人；而且還知道，寶玉已經癡到無可救藥，只能以癡治癡。

《紅樓夢》塑造了一系列的感人肺腑的癡人癡情人形象，幾乎是一部癡人的形象百科全書。其中不僅有各種癡人的生命風貌，而且有評說不盡的各種癡情，還有讓人忍俊不禁的各種癡話。僅最後這一項，可以肯定，人類文學裏再也找不到著作有如此豐富的至情至性的癡語。

《紅樓夢》的癡人主要有兩類，一類是詩癡，其代表人物是香菱。另一類是情癡，第一級情癡自然是兩位主角：賈寶玉與林黛玉。第二級情癡則是尤二姐、尤三姐、司棋、潘又安等因情而死的女子與男子。還有那個在地上癡癡地劃着「薔」字的齡官，為芳官燒紙、為芳官哭得死去活來的藕官等戲子們，自然也是癡人。除了這兩類癡人外，還有一類是義癡，在秦可卿死後立即也觸柱而亡的丫鬟瑞珠，她也是一種癡迷。紫鵑對黛玉的真誠，也達到癡境。還有一類癡人，是傻大姐這種「白癡」，無須多加說明。

我在十五年前出版的《人論二十五種》（牛津大學出版社）中，就有《癡人論》一篇。其中的例證就有賈寶玉與林黛玉。在論述時，我說明這兩位主角，不是一般的癡人，而是「癡絕」，即極端性的癡人。為了免於重說，且把這段論說抄錄於下：

癡人有許多種，有詩癡，有文癡，有書癡，有情癡，有事業癡。癡人有癡氣呆氣，但並不是傻子笨伯。癡人往往絕頂聰明。《紅樓夢》中就有許多極聰明的癡人，如賈寶玉、林黛玉等，都是很有才能的絕代癡人。賈寶玉常為他所愛的林黛玉和其他姊妹發癡發呆，曹雪芹稱他為「癡公子」。而林黛玉更是一個徹頭徹尾的癡人兒，她對寶玉是那樣一片癡情：情癡，意癡，神癡，所作的詩詞也句句癡。她去葬花，就已經癡得出奇，而她的葬花詞，更是句句癡得出奇，「儂今葬花人笑癡，他年葬儂知是誰」，這真是癡人之音，癡人之淚。難怪「寶玉聽了不覺癡倒」，同時也發出癡音。聽了這聲音黛玉心想：「人人都笑我有癡病，難道還有一個癡子不行？」黛玉和寶玉真真都是癡子，真真都害了癡病。因此，當他們的祖輩父輩決定讓寶釵和寶玉結婚的時候，這兩個癡兒再也承受不住了。一個變得瘋瘋傻傻，一個變得恍恍惚惚。當黛玉從傻大姐那兒得知這個消息時，身子變得千斤重似的，兩隻脚像踩着棉花一般，脚已輕了，眼睛也直了，她迷迷癡癡地東轉西轉，當紫鵑挽着她走到寶玉屋裏時，他們倆都只剩下嘻嘻地傻笑——癡情被摧殘了，精神也崩潰了。林黛玉受了致命的打擊後，做了最後一件事——燒掉她和寶玉那些癡情的詩稿，最後念着「寶玉，寶玉，你好……」而死了。而寶玉也從此喪魂失魄，瘋瘋癲癲，最後帶着迷惘和絕望離開他的家了。……曹雪芹塑造的這兩個癡心人，不僅是一般的癡，而且可以說是「癡絕」。人一癡到絕處，癡也就是生命本身，摧殘了他的癡情，也就是摧殘了他（她）的生命。「癡絕」一詞，並非我的發明，晉《顧愷之傳》中說：「故俗傳愷之有三絕：才絕、畫絕、癡絕。」可見人世間的癡絕早已有之，而且早已被命名。賈寶玉、林黛玉的這種發展到極致的癡情，正是人的真性情。他們打動人的地方，也是這種真性情。明末袁氏兄弟和李贄提倡性靈說、童心說，呼喚人的真性情，而《紅樓夢》中這種刻骨銘心的癡情，恰恰把他們的呼喚表現為偉大的劃時代的藝術。

「癡絕」出自顧愷之，「癡病」則出自曹雪芹。怎樣說明寶、黛癡情的極端性，曹雪芹乾脆用「癡病」來形容，即癡到變態、病態，其實是癡到常人無法理解的情感深淵。第二十九回寫道：「原來那寶玉自幼生成有一種下流癡病，況從幼時和黛玉耳鬢廝磨，心情相對；……那林黛玉偏生也是個有些癡病的，也每用假情試探。」這一回寫的正是兩人癡病大發，吵得大哭大吐，吵得死勁砸玉，吵得驚動賈母王夫人，其實吵得死來活去，都不過是癡情的燃燒，用恨來作為愛的變態形式而已。

儘管寶、黛都是癡絕，但在癡人榜上不得不分個先後次序的話，那麼，賈寶玉還是應當放在前頭，列為首席癡人。因為他的癡情不僅癡在愛情上，而且還泛化到物我不分，天人不分，即癡情癡到普遍化、宇宙化。「時常沒人在跟前，就自哭自笑的；看見燕子，就和燕子說話；河裏看見了魚，就和魚說話；見了星星月亮，不是長吁短嘆，就是咕咕噥噥的。」（第三十五回）癡情推到天上的星星月亮，地上的燕子魚兒，已經夠絕了，更有甚者，他竟癡到書房牆上掛着的畫中美人，第十九回寫道：「這裏素日有個小書房，內曾掛着一軸美人，極畫的傳神。今日這麼熱鬧，想那裏自然無人，那美人也自然是寂寞的，須得我去望慰他一回。」除了畫中美人令他癡之外，廟中美人也讓他癡。劉姥姥給賈母講故事時編造了一個在她村莊雪地裏突然出現的極標致小姑娘的故事，還編造這位叫做茗玉的姑娘十七歲時一病死了，思念她的老爺太太便為她蓋了祠堂，塑了茗玉小姐的像，還派人燒香撥火。寶玉聽了之後，癡情又作，他擔心茗玉日子過得不好，第二天竟然親自去探訪祠廟，結果只見到一座破廟和破廟裏的一尊青臉紅髮的瘟神爺。明顯上了劉姥姥胡謅的當，還說「改日閒了再找去。」癡情到了這一步，就是越過生死界線了。陸游有詩云：「癡人癡到底，更欲數期頤。」賈寶玉真是癡到底了，從地界到天界，從生界到死界，從人界到物界，全都癡到底。

黛玉雖然也有癡的徹底性與純粹性，也一癡到底，但她是「情情」之癡，是「還淚」之癡，是對寶玉一癡到底，從淚盡到吐血，癡到眼淚流乾了——流到最後一滴才放下。寶、黛兩人同樣是癡絕，但其「絕」的形式有區別。

從文學作品精神內涵的深度上說，《紅樓夢》的深刻不僅描寫了癡人的癡情極致和詩意細節，而且呈現了一個從情癡到情悟的過程，完整呈現這一過程的主要是賈寶玉，但黛玉、尤三姐、晴雯、鴛鴦等也都有「情悟」，只是所悟的內涵不同而已。尤其值得一提的是，為寶玉所傾心的同性愛友秦鐘，也是個癡人，但他死前所悟的方向卻與寶玉完全相反。

寶玉從小就是個癡兒、癡頑，第一次見到黛玉知道林妹妹無玉就砸玉發癡狂，但從那時開始，之後一段人生過程都只是癡而已，還談不上悟。作者特別讓警幻仙子說了話。第五回寫道：「警幻見寶玉甚無趣味，因嘆：『癡兒竟尚未悟。』」寶玉從「未悟」到「覺悟」，到最後大徹大悟，並非是對癡情的否定，而是明白情為何物即情的真諦。覺悟者有兩種，一種是被啟悟、被開悟，一種是自悟、自覺。第一種如甄士隱，他大徹大悟得很早、很快，但主要是得益於一僧一道兩位「仙師」的幫助。第一回裏就記載他的請求：「弟子愚濁，不能洞悉明白，若蒙大開癡頑，備細一閱，弟子則洗耳恭聽，稍能警省，亦可免沉淪之苦。」甄士隱自稱「癡頑」，請求仙師幫助開悟，但甄氏之癡未必是情癡，可能是別種癡迷，如賈雨村便是功名場上的癡迷。賈寶玉與甄士隱不同，他到人間來走一遭，是自己樂意來體驗體悟的，因此他充分珍惜生活，充分享受生活，喜聚不喜散，在生活的浮沉中不斷去接近生命的真理與情感的真理，最後自明自悟。但是，他也有啟蒙「仙師」，這就是許多世人不喜歡的林黛玉與晴雯，我在以前所寫的文字中，說林黛玉和晴雯是導引寶玉精神飛升的第一女神和第二女神，並非虛言。這兩位被稱作「芙蓉仙子」的女子以自己最真純的生命與情感，也以超凡的智慧與心性幫助寶玉守持了生命的本真狀態，幫助寶玉從慾向情、向靈、向空飛升，使這個愛吃女子胭脂的癡兒最終悟到甚麼是真情真性真人真品。通過自我體驗與黛玉晴雯的幫助，最後寶玉這個癡人，不是止於癡，而是止於悟。寶玉知其所止，從而完成了人間之旅——「因情而悟」的過程。關於這一點，在七十七回中，脂硯齋有個極為精闢、極為重要的評點：

> 寶玉至終一省全作如是想，所以始於情終於悟者，既能終於悟而止，則情不得濫漫而涉於淫佚之事矣。

筆者著寫《紅樓夢悟》，強調前人已道破的「《紅樓夢》是部悟書」。其悟的內涵非常深廣，但在「情」的層面上，全書通過主角道破大徹大悟的內容，這就是，情乃人之根本，但所謂情，至貴至堅的乃是真情，而非矯情、濫情。有情人不是濫情人，多情人不是無情人，癡情人不是癡迷人。《紅樓夢》一開篇就宣告要放下「才子佳人」的千篇一律的模式，後來賈母又再次破「才子佳人」陳腐舊套，這也是曹雪芹對文學大悟的結果。破才子佳人的舊套，首先是破情的舊套。情不是風月之情，不是偷香竊玉之情，不是色鬼淫濫之情，而是香菱對詩歌那種如癡如醉之情，是寶玉、黛玉、晴雯、鴛鴦、尤三姐等至真至善至美之情。

《紅樓夢》中的癡人很多，有大癡人，有中癡人，還有小癡人，自成一個世界文庫中獨一無二的、數量最大、情感最為豐富的癡人形象系統。曹雪芹雖受佛教思想影響很深，但他又超越佛教。佛教以「貪、嗔、癡」為三毒，曹雪芹也讓主人公從癡中跳出，以免陷入癡迷，續書領會此意，所以最後讓賈寶玉了斷癡，止於覺而不是止於迷。但浸透全書的是對癡人真情真性的謳歌與讚美。他的天才生花之筆為種種癡人留下千古不滅的生命景觀。從這個意義上說，曹雪芹是在為「癡」字正名，為「癡」字翻案，為癡人請命，為癡絕立傳。通過癡人的描寫，曹雪芹把人間戀情之真之美推向了極致，除了莎士比亞的朱麗葉、羅密歐、屈力奧特佩拉、娥菲莉亞等構成的癡人系統可以相比之外，其他的再也無人可比。有了《紅樓夢》的癡人星座在，我們便可以知道人類世界曾有過如此純粹、如此真摯、如此深邃、如此美好的情感在，在人間愈來愈向物質功利傾斜的今天與明天，這一星座將成為永遠無法再現的遺蹟與奇蹟。癡人們的眼淚和林黛玉一起流盡了，取代癡人的伶俐人、勢利人已成為世界的主體，想到這裏，覺得二三百年前那些發生過悲劇的有情人和癡情人，真是可愛。

【十二】正人解讀

——探春、賈政等

第五十五回有一段王熙鳳為賈家「慮後」的話，也是從管理家政的角度評價人物的話，甚有見識，很值得一讀。就在這段話裏，出現了「正人」概念。她說：

咱們且別慮後事，你且吃了飯，快聽他商議甚麼。這正碰了我的機會，我正愁沒個膀臂。雖有個寶玉，他又不是這裏頭的貨，縱收伏了他也不中用。大奶奶是個佛爺，也不中用。二姑娘更不中用，亦且不是這屋裏的人。四姑娘小呢。蘭小子更小。環兒更是個燎毛的小凍貓子，只等有熱灶火炕讓他鑽去罷。真真一個娘肚子裏跑出這個天懸地隔的兩個人來，我想到這裏就不伏。再者林丫頭和寶姑娘他兩個倒好，偏又都是親戚，又不好管咱家務事。況且一個是美人燈兒，風吹吹就壞了；一個是拿定了主意，「不干己事不張口，一問搖頭三不知」，也難十分去問他。倒只剩了三姑娘一個，心裏嘴裏都也來的，又是咱家的正人，太太又疼他，雖然面上淡淡的，皆因是趙姨娘那老東西鬧的，心裏卻是和寶玉一樣呢。比不得環兒，實在令人難疼，要依我的性早攆出去了。如今他既有這主意，正該和他協同，大家做個膀臂，我也不孤不獨了。

賈家表面上雖還繁榮，但內裏空了。這主要是因為發生「斷後」危機，即沒有產生足以支撐豪門大廈的「接班人」。寧國府只剩下賈蓉這種「下三爛」，秦可卿的喪事，自己辦不了，只好請榮國府的王熙鳳去操辦。王熙鳳雖是女強人，但畢竟是女性，是媳婦，不可當接班人，所以她產生為賈家擔憂的憂患意識。秦可卿死時託夢給她，講的也是「月滿則虧、水滿則溢」、「登高必跌重」、「樹倒猢猻散」、「盛筵必散」等盛世危言，也是滿腹憂患。這兩府的世家子弟除賈政之外，沒有一個有秦、王這兩個媳婦的這種危機意識。王熙鳳知道，在她和賈璉這一輩裏，個個都不中用，惟有一個探春（三姑娘）是人才。

王熙鳳說探春是「咱家的正人」。這「正人」二字在這裏指的是嫡系親屬，像秦可卿和她這位鳳姐就不算。但正人還有一個意思是指正派的人，不走旁門左道、歪門邪道的人。從這個意義上說，王熙鳳雖是能人，卻也不是正人，她機關算盡，甚麼黑道邪道都敢走，甚麼黑錢污貨都敢要。

王熙鳳雖有許多邪惡之氣，但我們不能因人廢言。她確實是賈氏二府中的第一幹才。她對賈府人物所作的評論可謂「句句是真理」。而說探春是「咱家的正人」，更是多重意義的真理。探春確實「正」。她的母親趙姨娘雖屬邪派，但她自己畢竟是賈政的女兒，屬貴族嫡系。更重要的是，她做人端正，不走邪門歪道，旁門左道，大公無私。當她和李紈、寶釵在王熙鳳病倒時出面主持家政時，所作的事全都不存私心私念，例如她的舅父趙國基死了，她堅持原則，按例只給二百兩銀子的喪禮錢，趙姨娘爭道：「你如今理說一是一，說二是二。如今你舅舅死了，你多給了二三十兩銀子，難道太太就不依你？」（第五十五回）探春就是不肯讓步。她還廢除了以寶玉、賈環、賈蘭上學的名義發給襲人、趙姨娘、李紈的月錢，幾乎做到「六親不認」。做事不講私情，連母親的面子也不給；有弊就除，不愛涉及到甚麼名目，這就是「正」。她的興利除弊改革，正得連王熙鳳也畏懼三分，她提醒平兒說：「他雖是姑娘家，心裏卻事事明白，不過是言語謹慎，他又比我知書識字，更利害一層了，如今俗語說『擒賊必先擒王』，他如今要作法開端，一定是先拿我開端。倘或他要駁我的事，你可別分辯，你只愈恭敬，愈說『駁的是』才好，千萬別想着怕我沒臉，和他一強，就不好了。」（第五十五回）

王熙鳳這番叮囑，很有心眼、心術。探春的不同處，是沒有這種生命機能。王熙鳳雖沒有甚麼文化，一輩子只寫過「一夜北風緊」的一句詩，但很有眼力，她說探春在王夫人心目中的地位「卻是和寶玉一樣」，即一樣疼愛。我們引申一下則可以說，兩人都值得疼愛，因為都心正人正。寶玉儘管被視為「傻頭傻腦」之人（王夫人語），但其心正即沒有心術心計心機則是公認的。探春儘管腦子靈活，有一種天生周密的算計性思維，主持家政時連一片荷葉、一根枯草也知可以賣錢，但這只是頭腦中的算術，卻不是心術。她的心地未能抵達寶玉的境界，以致產生過不認親舅（趙國基）只認寶玉之舅王子騰的帶有勢利的心思，但這是不爭氣的母親使她絕望的結果，從根本上說，她不是勢利人。她那麼算計，也是為了大家族，興利除弊所賺的錢，她一分一厘也不會放入自己的腰包。《後漢書．桓譚傳》中有句話：「刑罰不能加無罪，邪枉不能勝正人。」唐代司空圖還有一句詩：「窮辱未甘英氣阻，乖疏還有正人知。」（「爭名」）王善保家仗勢欺人的「乖疏」，就探春心知肚明，不僅不買賬，而且狠狠給了一巴掌。這一巴掌，是以正壓邪的一巴掌，宣示「邪枉不能勝正人」的既響亮又漂亮的一巴掌。僅憑這一行為語言，探春就是一個名副其實的響當當的正人。王熙鳳生病，選擇她作為家政主持人（和李紈、寶釵一起主政）是選對了。探春與王熙鳳都有法家風度，都有執法不阿的氣派，但兩人還是有邪正之分。探春絕沒有王熙鳳那種「寧我負人，毋人負我」的哲學，也沒有王熙鳳在賈母面前曲意奉承的心計心術，更沒有借刀殺死尤二姐的兇狠性情和收賄包攬、重利盤剝的黑暗行徑。這又涉及到「正人」的第三義，即正人乃是善於處理政務、辦事講究原則的人。中國古書中「正」與「政」二字常互相借用、通用。《道德經》第八章的「言善信，政善治」，在帛書本上刻印的則是「言善信，正善治」，正與政相通。這樣看來，王熙鳳說探春是正人便是非常準確的界定。這一界定貼切地包含着三義：（一）賈家「根正苗紅」之人；（二）正派人；（三）善於政務並可主持家政的人。

《紅樓夢》中還有一個典型的正人是賈政。他的名字乾脆就叫做賈政。政字與正字既然相假相通，那他的名字也就是賈正。這位賈府的脊樑倒是名副其實，是個正人君子。

賈政除了具有探春的正人三義之外，還比探春多了一義，就是他還是個政府官員，不像探春僅涉及「家政」，他還直接就是政府的「行政」長官，這更符合古代經典和現代辭典關於正人的定義。《書．康誥》：「惟厥正人，越小人諸節。」孫星衍疏：「正人者……即上文政人。」王引之《經義述聞．尚書上》曰：「正，長也，為長之人。」這就是說，正者，長官也。中國稱村長似的小官為「里正」，這里正便是鄉村長官。曹雪芹給寶玉之父命名為賈政，也許已知孫星衍的「正人者即上文政人」之義。賈政以主事而陞工部員外郎，後又放江西糧道，算是真正做官長的人，不像賈赦、賈珍等只是掛個世襲空名。不過，賈政之為賈正，並不在於他是個不大不小的官員，最為重要的是，他在賈府中，是惟一承繼其祖父的遺風，自幼酷愛讀書，為人端方正派，是賈氏貴族府中的孔夫子。他的「正」，首先是忠於中國沿襲千百年的封建正統，包括皇統、道統與學統。他討厭賈寶玉，視他為「孽障」，乃是覺得他離正統太遠，走的不是正道：只迷詩詞，不好文章，是違背學統；和三教九流交往，太近女色，蔑視「立功立德」，不在乎自己是皇親國戚，不知皇恩浩蕩，不思「治國平天下」，還冷諷熱嘲忠於皇上的「文死諫、武死戰」，是違背道統。一個兒子夭折（賈珠），一個兒子不像人樣（賈環），一個兒子乖張乖僻（寶玉），真是傷透了他的心。他為人忠厚，但用人常常不當。雖然一心想做好官清官，但家人多半不爭氣，在外招搖撞騙，弄得名聲不太好。一個正人政官，是不可以循私走後門的，賈政也盡量避免。但是，當妹夫林如海（賈敏之夫、林黛玉之父）為黛玉的「西席」（私塾老師）賈雨村活動補缺時，他也只好幫忙。賈雨村赴金陵應天府剛上任，便碰上薛蟠霸佔英蓮（香菱）而打死馮淵的訟事，而雨村為了討好賈府，居然徇私枉法，胡斷此案，還分別給賈政、王子騰寫了邀功信函。這種事情一旦為社會所知曉，誰還會承認賈政是個正人。社會風氣太壞時，正人也變成「風氣中人」，做出不正之事。但這往往不是出自本心，而是被家屬親戚包圍的結果，屬於「逼上梁山」。既然有了危害社會的「結果」，正人也是需要負責的。像賈雨村和薛蟠這種徇私枉法之事，賈政是有責任的。

正人雖是正派之人，但並不是完美之人。且不説他們偶而也會走點後門，丟失原則，就以性情而言，正人因太執着於正統也往往會做出一些不近人情的事。賈政對寶玉「下死笞楚」，把兒子往死裏打，就太苛嚴、太過份。正人往往功名心、道德心過重而導致反人性的錯誤。劉鶚的《老殘遊記》，寫了一些清官正人形象，這些人都是道德家，但在廉政的旗號下卻製造出許多殘酷的刑罰與命案。廉政與苛政只隔一道門檻，廉而苛的官員一旦搞「逼、供、信」也很可怕。五四新文化運動的改革家們，如魯迅，他的筆鋒頻頻射向「正人君子」，便因為正人們已經變形變質，在道貌岸然的背後，完全不顧人的尊嚴與價值，儒冠儒服包裹着的是一顆不知珍惜護愛個體生命的老朽靈魂。「正人君子」一詞從褒義變成貶義。賈政這位「正人」在二十世紀的學界中也跟着遭殃，變成一個代表封建專制的偽君子。筆者二十幾年前寫了一篇短文，為他説幾句公道話，意思是説，不管他的立場、思想如何，其人格、其作風，屬正派無可爭議，而好作風和好品格有其獨立的價值，而且是可敬重的價值，不要簡單地把他劃入打擊革命派（寶玉、黛玉等）的封建主義者，不可把「正人」視為惡人。

可是，賈政只是在理念上知道有正邪之分，而心目中掌握的正邪標準則大有問題。例如他把兩個兒子——賈寶玉和賈環都視為同樣的邪派，不知寶玉才是天下第一正心正覺之人，與賈環完全是兩回事。第七十五回，寫賈政眼中對兩個兒子的印象：

……賈環近日讀書稍進，其脾味中不好務正也與寶玉一樣，故每常也好看些詩詞，專好奇詭仙鬼一格。今見寶玉作詩受獎，他便技癢，只當着賈政不敢造次。如今可巧花在手中，便也索紙筆來立揮一絕與賈政。賈政看了，亦覺罕異，只是詞句終帶着不樂讀書之意，遂不悅道：「可見是弟兄了。發言吐氣總屬邪派，將來都是不由規矩準繩，一起下流貨。妙在古人中有『二難』，你兩個也可以稱『二難』了。只是你兩個的『難』，都是作難以教訓之『難』字講才好。哥哥是公然以温飛卿自居，如今兄弟又自為曹唐再世了。」

賈政以「正人」自居，倒是無可非議。他的言論行為都有一定的「規矩準繩」，無可厚非。但是，他的規矩是認定讀書只可讀聖賢之書，正路只有仕途經濟之路，這未免過於偏執。在此標準下，他籠統地把寶玉和賈環視為「不好務正」的邪派，一起下流的難兄難弟，更是專橫武斷。說賈環屬於不正的邪派，倒沒有太冤枉賈環，但因喜歡詩詞而把寶玉歸入邪派，則是大錯特錯。寶玉固然不是賈政似的正人，尤其不是「政人」，他從內心深處厭惡政治厭惡謀官求榮的仕途經濟之路，離「政」極遠，但他卻是最準確意義上的正派人、正直人、正義人，甚至是基督、釋迦牟尼似的正覺人、正悟人、正心人。他沒有任何心機、心計、心術，連世故都沒有。整個佛教的千經萬典，翻來覆去講放下妄念、放下分別、放下執着（我執），他卻無須修煉，天然就沒有虛妄心、分別心、自私心以及報復心、嫉妒心、貪慾心等等。他的生命像大自然一樣「純正」，正到骨髓深處。可惜賈政沒有佛眼、天眼，只有肉眼俗眼，他不認識兒子寶玉這種類型的正人，感知不了兒子的純正心靈。父與子的心靈內涵與心靈方向相去太遠了。

賈政與賈寶玉這對父與子的矛盾內涵非常豐富，它涉及到儒與道、儒與佛、聖與凡、仕與逸、貴族原則與平民原則、世界原則與宇宙原則等多方面的衝突，也涉及到「正」的標準的衝突。就以儒與禪這項衝突而言，儒講的是仁性，是聖性，禪講的是自性，是心性。一說有，一說無；一說秩序，一說自由；一說家國，一說個體；一說教化，一說大化，等等，很難說到一處去。以正邪而言，禪宗乃至佛家體系，講真心就是正，妄心就是邪。所謂「正覺」，就是放下妄心妄念，放下成見，放下分別執着，直見本真之性，而賈寶玉正是如此，他始終保持本真狀態，真心地對待一切人，完全放棄尊卑之別、貴賤之別、主奴之別、內外之別，甚至天人之別、物我之別，完全符合「佛」的要求。而賈政則滿身滿心是人造的分別，不僅有嚴格的主奴之別、貴賤之別、尊卑之別等等，還是詩詞與文章的嚴酷分別，以為會作八股文章才是正道，玩賞詩詞雜書則屬邪路，讀四書五經才算讀書，談詩賦詞曲則不算讀書。賈政這種「正」的標準有沒有道理？五四新文化運動的改革家們回答說：沒有道理！於是，他們便起來反對孔家店。因此，五四運動可以說是賈寶玉們針對賈政們的一場「審父運動」，也是賈寶玉這些新正人批判賈政這些舊正人君子的一場「辨正運動」。在「五四」運動中，魯迅寫了一篇著名的文章，叫做《我們現在怎樣做父親》，其主題是說我們不可再以長者為本位，而應以幼者為本位，價值尺度應當變了。倘若我們把此文的意旨用於《紅樓夢》的解說，便可以說，賈政把賈寶玉視為邪派完全錯了。正確的價值觀應是：賈政是舊正人，寶玉是新正人，但應以後者為中心為本位，再不可把寶玉、黛玉們視為異端了。

【十二】真人解讀
——林黛玉、賈寶玉、晴雯等

《紅樓夢》從頭到尾，常有「真人」一詞出現。

真人本有兩義，一是道家所指稱的存養本真、修行得道的人，也泛稱成仙成道之人；二是指品行端正、情感真切的人。《紅樓夢》中的人物，屬於第一義的真人有「空空道人」、「茫茫大士」、「跛足道人」、「癩頭和尚」等，後來甄士隱也進入真人之列。屬於第二義的則有賈寶玉、林黛玉、晴雯、鴛鴦、尤三姐、史湘雲等。第一義的真人，其對立項是常人、俗人、眾人；第二義的對立項是假人、巧人、偽善人等。

在莊子（《南華經》）中，真人是個重大的核心概念。真人和至人是莊子的人格理想。莊子的種種論說，都在追尋一個人生的最高境界，這就是超世間、超物累、得大自由（「逍遙遊」的真人、至人境界）。他所描述的藐姑射之仙子，就是真人的樣板。通觀莊子全書，可以知道莊子把人分為四種境界。一是常人眾人俗人境界，這些人生活在世俗價值理念之中，拘拘於禮俗中的社會模範人格，時時不忘自己的世俗角色，因為這種角色可以帶給自己榮耀與世俗利益。二是超世俗、超常人的半自然人格，莊子筆下中的宋榮子（見《胠篋》篇）便是這種人格。他不以世俗的是非為是非，具有一種自然人格的廣闊情懷，對於一切成敗得失均淡然笑之，「且舉世譽之而不加勸，舉世非之而不加沮，定乎內外之分，辯乎榮辱之竟，斯已矣。」第三種境界則是列子的境界。這是完全的自然人格，與大自然的關係大於與社會的關係，但是仍然達不到最高的大自由的「至樂」之境，因為他雖能御風而行，但仍然「有待」，一是有待於風，二是有待於立足之境。而最高的境界是第四種境界，即無待、無立足境之界。這便是至人、真人、神人的境界。這種人完全打破物我界限，時空界限，與萬物齊一，與造化同構，「天地與我並生，萬物與我為一」（《齊物論》）。其認識萬物，不是站在萬物的對立面去分析和辨別，而是在與萬物萬有的共同運化中，以整個身心去體悟，因此，其心靈常常遊於太極，遊於物之初。

賈寶玉在文本整體中（一百二十回）兼有真人兩義。在第一義上，是他常常與星星對話，與鳥兒魚兒交往，帶有與萬物共同運化的特徵，最後大徹大悟，止於覺，歸於大化，進入真人境界。不過續書寫聖上賜予「文妙真人」的道號，實在是一大敗筆。真人本來是超世俗、超物累之人，其精神境界不知高於皇帝多少倍。既是真人，哪能還有文妙、武妙的限制，如果執於文妙、又如何遨遊於無何有之鄉？又怎能得大自由、大自在？總之是既為真人就不可「文妙」，即為文妙便非真人。世俗世界裏的欽定真人，只是曹雪芹的調侃對象。第二十九回就出現的張道士，曾作榮國公的替身，先皇御口親呼他為「大幻仙人」，並封他為「終了真人」，現今王公藩鎮都稱他為「神仙」，不敢輕慢。這哪裏是甚麼真人，不過是以道之名沽名釣譽的大俗人，接受這種道號，與接受皇帝賜予的爵位差不多，歸根結底也是為了榮華富貴。賞給賈寶玉一個「文妙真人」的封號，賈政等自然是要感激「皇恩浩蕩」，但對於賈寶玉本身，則是佛頭點糞，名為褒獎，實為褻瀆。

《紅樓夢》小說的總題目曾有過斟酌，除了《石頭記》、《風月寶鑒》、《金陵十二釵》之外，還有《情僧傳》。倘若選用《情僧傳》，寶玉第一義真人的色彩可能會更濃更重，但這並不是好的選擇。莊子的真人，作為人格理想和人生境界，無可厚非，但畢竟不是現實中有血有肉的人。因此，曹雪芹最後還是選擇《石頭記》與《紅樓夢》作為書名，書寫的重心也放在第二義的真人上，全力塑造的是一個立足於現實地面上的人——一個守持生命本真狀態、性情極其天真、極其誠摯的人，從而在文學上獲得了最大的成功。在紅樓的人榜裏，可稱寶玉為鹵人，為癡人，為穎悟人，為素心人，又可稱作至真的真人。賈寶玉始終是一個嬰兒，一個赤子，一個完全沒有面具的人，一個不知防範的人，一個遠離世故的人，一個拒絕圓滑的人，一個從裏到外人格最完整的人，一個像口銜玉石那樣不為濁泥所浸染所腐蝕的人。清代周亮工在《與王先生書》中云：「孝廉於僕稱莫逆交者二十年，真人真品，肅然敬之者亦二十年。」文中的「真人真品」四個字，正好可用在寶玉身上，他是真人格、真人品、真人性。誰是最可愛的人？倘若需要回應，筆者要答：賈寶玉。為甚麼？就因為他徹頭徹尾、徹裏徹外都是「真」。

《紅樓夢》受莊禪影響很深。在整個思想框架中，道之真人比儒之聖人地位高得多。真人與聖人的區別，是聖人謀求世俗大角色而真人則是世俗角色的空無化，賈寶玉在林黛玉「無立足境」的禪思導引下，由莊入禪，走上「無」境，這一無境連「真人」也空無化，非常徹底。莊與禪最大的區別是莊子還嚮往真人、至人等理想人格，而禪則打破一切權威偶像只求神秘性質的心靈體驗，從而更加內心化、靈魂化。

關於莊、禪的區別，尤其是禪對「真人」等理想人格的空化，李澤厚先生講得最為清楚。他說：

> 莊所樹立誇揚的是某種理想人格，即能作「逍遙遊」的「聖人」「真人」「神人」，禪所強調的卻是某種具有神秘經驗性質的心靈體驗。莊子和魏晉玄學在實質上仍非常執着於生死。

禪則以參透生死關自許，對生死無所住心。所以前者（莊）重生，也不認世界為虛幻，只認為不要為種種有限的具體現實事物所束縛，必須超越它們；因之要求把個體提到宇宙並生的人格高度。它在審美表現上，經常以氣勢勝，以拙大勝。後者（禪）視世界、物我均虛幻，包括整個宇宙以及這種「真人」「至人」等理想人格也如同「乾屎橛」一樣，毫無價值，真實的存在只在於心靈的覺感中。它不重生亦不輕生、世界的任何事物對它既有意義也無意義，過而不留，都可以無所謂。……從而，它追求的便不是甚麼理想人格，而只是某種徹悟心境，某種人生境界、心靈境界。莊子那裏雖也已有了這種「無所謂」的人生態度；但禪由於有前述的瞬刻永恆感作為「悟解」的基礎，便使這種人生態度、心靈境界，這種與宇宙合一的精神體驗比莊子更深刻也更突出。在審美表現上，禪以韻味勝，精巧勝。

筆者在以往的文學中一再說：沒有禪，就沒有《紅樓夢》。禪是《紅樓夢》的哲學基點，也是賈寶玉的立身態度。這種態度使他拒絕一切功名，也拒絕一切常人眾人所羨慕的「皇恩浩蕩」，當然也不會接受皇帝「文妙真人」這一強加給他的有限的「歸屬」。寶玉如同黛玉「質本潔來還潔去」，他在返回不受世俗世界任何編排的永恆故鄉時，《紅樓夢》續作者送給他的這個道號，實在是牛頭不對馬嘴。不過也不能因為某些敗筆而否認續作者的文學成就。

寶玉之真，可說的話太多，即使長篇論文也難以盡意。這裏還想說一點，是寶玉之真真到連假人都自形慚愧。連江湖騙子在他面前也不敢說假話。那個來給寶玉治病的老王道士諢號「王一貼」，對別人都吹噓膏藥靈驗，只一貼百病皆除，惟有在真人寶玉面前不敢說假話。他對寶玉和茗煙說：「……實告你們說，連膏藥也是假的。我有真藥，我還吃了作神仙呢？有真的，跑到這裏來混？」（第八十回）真人赤子能夠讓假人也心有所正，甚至暫時放下面具。這就是力量。

寶玉所以那麼愛黛玉，就因為黛玉也是一個真人，一個一派天真、任性率性，而且可以幫助守持本真狀態、生命自然狀態的人。寶釵就不是這樣的真人，她的面具非常精緻，常人難以發覺，包括史湘雲這個憨姑娘也無法覺察，但寶玉明白，在眾女子中，徹底撕毀面具的，就是林黛玉，還有晴雯。寶玉所以那麼喜愛晴雯，為她的死亡寫下《芙蓉女兒誄》那樣感天動地的真切的輓歌，就因為晴雯也似黛玉，是個率性的真人，沒有任何心機、任何面具。她不像襲人那樣，喜歡戴上「賢人」、「好人」的面具，以至教寶玉要在老爺面前裝着喜讀書的樣子——也戴上好學的面具。晴雯撕毀一切面具，撕毀一切俗念假念和正統偏見之念。晴雯撕扇子，可視為一種象徵性行為，挑戰的不是寶玉，而是貴族的尊卑之念。撕扇之前，她說的話，堪稱經典性語言，不妨再重溫一遍：

……偏生晴雯上來換衣服，不防又把扇子失了手跌在地下，將股子跌折。寶玉因嘆道：「蠢才，蠢才！將來怎麼樣？明日你自己當家立事，難道也是這麼顧前不顧後的？」晴雯冷笑道：「二爺近來氣大的很，行動就給臉子瞧。前兒連襲人都打了，今兒又來尋我們的不是。要踢要打憑爺去。就是跌了扇子，也是平常的事。先時連那麼樣的玻璃缸、瑪瑙碗不知弄壞了多少，也沒見個大氣兒，這會子一把扇子就這麼着了。何苦來！要嫌我們就打發我們，再挑好的使。好離好散的，倒不好？」寶玉聽了這些話，氣的渾身亂戰，因說道：「你不用忙，將來有散的日子！」（第三十一回）

「要踢要打憑爺去！」這簡直是宣言書，挑戰書。一個身為奴隸的女子有這樣的氣概，這樣的話語，真讓石破天驚。寶玉雖一時氣得渾身亂戰。但他畢竟是個真人，最終能理解另一個真人的真性情。身為下賤，心比天高，這高，不是野心，不是奢望，而是一種高於奴隸也高於貴族主人的高氣概、高精神。

晴雯不像黛玉、寶釵、湘雲、探春等貴族少女，就有從小學文化的機會，因此，她不是詩人，但是，她卻用自己不同凡響的行為語言呈現出詩意的性格，這是至真的性格。她在很短暫的青春人生中，有三首最精彩的行為詩篇，一是剛剛說過的撕扇子，二是在抄檢大觀園時，她面對王夫人的粗悍奴才進行抗爭。當王善保家到怡紅院叫着要搜箱而襲人剛要替晴雯打開時，「只見晴雯挽着頭髮闖進來，豁一聲，將箱子掀開，兩手提着底子，往地上一倒，將所有之物盡都倒出來。」在此作為反抗言語前，王善保家也自覺沒趣，紫漲了臉。（第七十四回）上一回是「撕」（扇子），這一回是「倒」（箱子），還有一回是臨終之前，對着寶玉用剪刀「鉸」下二寸長的指甲，然後囑咐激勵寶玉：「回去他們看見了要問，不必撒謊，就說是我的。既擔了虛名，越性如此，也不過這樣了。」（第七十七回）一「撕」一「倒」之後還有這一「鉸」，全是真情真性的詩篇。晴雯是一個脾氣很大、言詞鋒利、具有許多缺點的少女，但她卻讓寶玉傾心也讓後世讀者格外喜愛，就因為她渾身都有剛直的真氣，這正是虛偽黑暗王國裏的一線光明。

《紅樓夢》女子，除了黛玉、晴雯外，還有一個真人可能會被遺忘，這就是鴛鴦。鴛鴦可列入「正人」榜，也可列入「真人」榜，何況兩者本就相通。好走旁門左道的歪人哪有真情可言？沒有真情真品格，又何能談得上「正」。鴛鴦最後的自盡，把她不屈的剛直之性表現得淋漓盡致，無須多論。而最值得我們注意的是她的一次行為語言，那就是她在無意中在府內撞見司棋和潘又安的偷情幽會，下人作出這種事可了不得。事發之後，潘又安逃亡，司棋也嚇得因此抱病不起。按照常規，鴛鴦是一定要去「回」主子的，但是，她不僅替司棋瞞下此事，而且在得知司棋犯病的消息後又去看望與安慰司棋。此事完整地托出鴛鴦的真情真性、真人真品，在奴隸沒有情愛自由的時代，鴛鴦的行為很了不起。不妨再讀一下鴛鴦看望司棋的那一段文字：

鴛鴦聞知那邊無故走了一個小廝，園內司棋又病重，要往外挪，心下料定是二人懼罪之故，「生怕我說出來，方嚇到這樣。」因此自己反過意不去，指着來望候司棋，支出人去，反自己立身發誓，與司棋說：「我告訴一個人，立刻現死現報！你只管放心養病，別白糟蹋了小命兒。」司棋一把拉住，哭道：「我的姐姐，咱們從小兒耳鬢廝磨，你不曾拿我當外人待，我也不敢待慢了你。如今我雖一着走錯，你若果然不告訴一個人，你就是我的親娘一樣。從此後我活一日是你給我一日，我的病好之後，把你立個長生牌位，我天天焚香禮拜，保祐你一生福壽雙全。我若死了時，變驢變狗報答你。再俗語說，『千里搭長棚，沒有不散的筵席。』再過三二年，咱們都是要離這裏的。俗語又說，『浮萍尚有相逢日，人豈全無見面時。』倘或日後咱們遇見了，那時我又怎麼報你的德行。」一面說，一面哭。這一席話反把鴛鴦說的心酸，也哭起來了。因點頭道：「正是這話。我又不是管事的人，何苦我壞你的聲名，我白去獻勤。況且這事我自己也不便開口向人說。你只放心。從此養好了，可要安份守己，再不許胡行亂作了。」司棋在枕上點首不絕。（第七十二回）

這又是一則黑暗王國裏的光明詩篇。在司棋處於恐懼無助的時候，恰恰是這個掌握她私情「罪證」的目擊者來安慰她，來與她一起落淚，人世間的真人真品是何等溫馨何等美好呵。

可惜，真人並不容易讓人理解，讓人喜歡。像黛玉、晴雯就讓許多人討嫌。那位王夫人，簡直對晴雯恨之入骨。其實，晴雯的命運恰恰暗示真人的命運。這一點，連從甄家來到賈家的僕人都有所意識。初進賈府的那一天，他與賈政有一席話。賈政道：「你們老爺不該有這事情，弄到這的田地。」包勇道：「小的本不敢說，我們老爺只是太好了，一味真心待人，反倒招出事來。」賈政道：「真心是最好的了。」包勇道：「因為太真了，人人都不喜歡，討人厭煩是有的。」賈政笑了，道：「既這樣，皇天自然不負他的。」（第九十三回）

因為太真，人人不喜歡，討人厭煩是有的。這是賈府中一個奴隸說出的真理。在一個充滿面具、充滿謊言的貴族府第裏，太真的真人是對眾人的一種威脅，其存在就讓人討厭。晴雯正是犯了這種莫須有的可厭罪。她死於自己的美，也死於自己的真，這是極為深刻的人生悲劇。

【十三】乖人解讀（兼說「妥當人」）
——襲人、探春等

「乖人」出現在第六十二回。那是探春暫掌家務並做了幾件興利除弊之事之後，難得有寶玉和黛玉一起「臧否人物」，幾乎是惟一的一次。小說寫道：

> 黛玉和寶玉二人站在花下，遙遙知意。黛玉便說道：「你家三丫頭倒是個乖人。雖然叫他管些事，倒也一步兒不肯多走。差不多的人就早作起威福來了。」寶玉道：「你不知道呢。你病着時，他幹了好幾件事。這園子也分了人管，如今多掐一草也不能了。又蠲了幾件事，單拿我和鳳姐姐作筏子禁別人。最是心裏有算計的人，豈只乖而已。」黛玉道：「要這樣才好，咱們家裏也太花費了。我雖不管事，心裏每常閒了，替你們一算計，出的多進的少，如今若不省儉，必致後手不接。」寶玉笑道：「憑他怎麼後手不接，也短不了咱們兩個人的。」黛玉聽了，轉身就往廳上尋寶釵說笑去了。

黛玉稱探春是個乖人，似乎無褒無貶。「乖人」一詞，本有三義：一是「離人」，如劉楨詩云：「乖人易感動，涕下與衿連。」（《贈徐幹》）二是機靈、乖巧之人，如《初刻拍案驚奇》卷一中的話：「文若虛是個乖人，趁口答應道：『只要有好價錢，為甚不賣？』」三是奸滑之人，如李漁在《奈何天．鬧封》中所寫：「幸癡人，福分與天齊；笑乖人，枉自用心機。」

這三義中，第三義顯然不適合用於探春。黛玉也不會把探春視為奸滑之人。探春雖與王熙鳳一樣都是很有能力的幹才，也很用心，但不像王熙鳳那樣「機關算盡」，專橫跋扈，為所欲為。她的所作所為，還是有分寸、有原則，並非耍弄心機、心術，因此絕不能用「奸滑」來形容她。但前兩義，卻與她相符。首先，她的結局是個「離人」，離家遠走，遠嫁給海疆統制周瓊之子，夫家家境雖好，可惜遠離故園遠離父母兄弟。不知道林黛玉說探春是乖人時有沒有包含這一層。如果沒有，那她指的就是探春乃是個機靈乖巧之人。

說探春機靈乖巧，有褒有貶。褒揚之處是說她聰明能幹，做人做事細心周到，有為有守。第五十七回寶釵見到弟媳岫煙戴着碧玉佩問她是誰給的，岫煙答是探春，寶釵便點頭稱讚說：「他見人人皆有，獨你一個沒有，怕人笑話，故此送你一個。這是他聰明細緻處。」不僅主持家務周到細緻，組織詩社也是如此。四十九回寫寶琴、李紋、李綺等親戚美人入園，寶玉正感嘆在這些精華靈秀之前，自己不過是「井底之蛙」，想見她們又沒有辦法，而探春卻想到等過幾天通過詩社活動可把這些才女都納進來。她對寶玉說：「越性等幾天，他們新來的混熟了，咱們邀上他們豈不好？這會兒大嫂子寶姐姐心裏自然沒有詩興的，況且湘雲沒來，顰兒剛好了，人人不合式。不如等着雲丫頭來了，這幾個新的也熟了，顰兒也大好了，大嫂子和寶姐姐心也閒了，香菱詩也長進了，如此邀一滿社豈不好？咱們兩個如今且往老太太那裏去聽聽，除寶姐姐的妹妹不算外，他一定是在咱們家住定了的。倘或那三個要不在咱們這裏住，咱們央告着老太太留下他們在園子裏住下，咱們豈不多添幾個人，越發有趣了。」寶玉聽了，喜的眉開眼笑，忙說道：「倒是你明白。我終久是個糊塗心腸，空喜歡一會子，卻想不到這上頭來。」

探春的乖巧不是心機，而是心細，巧中有理。所以她主持家務興利除弊時算計得特別周密，認為「一個破荷葉，一根枯草根子，都是值錢的。」（第五十六回）把大觀園中本作觀賞之用的花草也要拿出去賣。這種乖巧，雖是「興利」，但終究只是算計之巧。賈寶玉是個審美者，毫無算計性思維，自然受不了探春這種精打細算，所以才對黛玉發出那樣的微詞：「豈只乖而已。」（第六十二回）其實，寶玉、黛玉的性情也沾上「乖」字，只是離乖巧很遠，屬於曹雪芹所鑒定的「乖張」、「乖僻」。寶玉是「行為偏僻性乖張，那管世人誹謗」（第三回）。而黛玉呢？連賈母在決定與寶玉的婚姻時也這麼評價她：「林丫頭的乖僻，雖也是他的好處，我的心裏不把林丫頭配他，也是為這點子。」（第九十回）賈母是很了解寶玉與黛玉的，她對乖僻的性格也不否定其「好處」。只是甚麼好處賈母未說明，如果讓我們說，這應是不知算計、不知務實、率性而愛、率性而為的本真性情。

對於「乖滑」，我們可作「近惡」的價值判斷，但對「乖巧」、「乖張」、「乖僻」則難以作好壞、善惡的判斷。賈母說黛玉乖僻時是有分析的，只是覺得這種性情不適合於當孫媳婦。寶玉的乖張，在黛玉和丫鬟們眼裏是種真性情，在賈政眼裏則是「於國於家無望」。探春精打細算的乖巧，在寶玉看來是圖小利，可是他不管家，不知生計之難。一旦管家，誰能不作點算計。林黛玉稱探春為乖人，也不過是乖僻之性對乖巧之性的微詞，並不是一種道德判決。因為有各種人等，社會才成為社會。我們理解寶玉，也應理解探春。

不過，一個明白人，或者說一個具有清明意識的人，還是應當把乖巧而不失正氣的人和乖巧而落入奸滑的人分開。前者會算計卻沒有心術心機，不搞陰謀詭計，後者則不然。王熙鳳說探春是「咱家的正人」，雖是指探春乃賈家嫡系子孫，但也暗示自己承認探春是正派人、正經人。而王熙鳳身上則缺少一個正字。在賈母面前，她可算乖巧至極，幫閒幫得讓賈母開懷大笑，而又沒有奉承拍馬之嫌，可是她的機靈注入太多人性毒液，其乖巧也變成乖猾，以至奸滑。因此，以乖人稱王熙鳳便顯得太輕。

林黛玉稱探春為乖人，可能更側重於從處世的態度和技巧着眼。這也是乖人最確切的意義。所謂乖人，其實就是處世能手。從這一意義上說，薛寶釵、襲人都是乖人。而林黛玉、晴雯則離乖人最遠，最缺乏生存技巧和處世能力。幸而她們永遠都沒有「學乖」，因此也永遠遠離世故。同樣善於處世，仍有很多差別。例如探春與《金瓶梅》中的孟玉樓都可稱為「乖人」，但兩者又有大氣、小氣之分，優雅與庸俗之分。

小說評點家張竹坡在其《金瓶梅讀法》中就把孟玉樓界定為乖人。他說：

> 西門慶是混帳惡人，吳月娘是奸險好人，玉樓是乖人，金蓮不是人，瓶兒是癡人，春梅是狂人，敬濟是浮浪小人，嬌兒是死人，雪娥是蠢人……若王六兒與林太太等，直與李桂姐輩一流，總是不得叫做人，而伯爵、希大輩，皆是沒有良心的人，兼之蔡太師、蔡狀元、宋御史，皆是枉為人也。[1]

1　張竹坡：《金瓶梅讀法》第三十二章。

張竹坡是繼毛宗崗之後的一個有見地的文學批評家。他的這段評語，道德氣太重，但說孟玉樓是個「乖人」則大致不差。她原來是個布匹商人的妻子，丈夫死後，繼承了一大筆財富，家底殷實富足。但她生得風流俊俏，百伶百俐，絕不辜負自己的二十五六歲年華，決心再嫁，她的這一選擇，本身就屬機靈，不在乎社會倫理加給寡婦的羈絆。她決定嫁給西門慶時，其亡夫的四舅竭力勸阻，說西門慶「那廝積年把持官府，刁徒潑皮。他家現有正頭娘子，乃是吳千戶女兒。過去做大還是做小，卻不難為你了！況他房裏，又有三四個老婆，並沒上頭的丫頭。到他家人多口多，你惹氣也。」夫舅說的全是實話，但孟玉樓深信自己的處世本領，不在乎世道人心的險惡。她回答說：「自古船多不礙路。若他家有大娘子，我情願讓她作姐姐，奴做妹子。雖然房裏人多，漢子歡喜，那時難道你阻他？漢子若不歡喜，那時難道你去扯他？不怕一百人單擢着。休說他富貴人家，那家沒四五個。着緊街上乞食的，攜男抱女，也掣扯着三四個妻小。你老人家忒多慮了！奴過去，自有個道理，不妨事。」（《金瓶梅》第七回）僅僅這一席話，我們就可明白孟玉樓是怎樣的乖人。她對世道世情世故看得多透?!面對即將來臨的複雜家境處境，她心中多麼有數，三四個、四五個冤家對手又如何？船多不礙路，不妨事。果然，她進了西門家之後，和西門慶的成群妻妾，個個相處得很好，連最難相處的潘金蓮也成了她的知己。她不僅不生事端，而且還會充當妻妾中的「和事佬」，在嚴酷的充滿嫉妒、仇恨的關係中，她竟然能游刃有餘，善始善終。西門慶死後，其妻妾樹倒猢猻散，下場不是悲涼就是悲慘，惟有她卻又戴上紅羅銷金蓋袱、抱着金寶瓶，滿頭珠翠，坐着大轎，再嫁給李衙內做了正室。兩次再嫁，竟然兩次皆風風光光，冠冕堂皇，這不能不說是她的為人處事有很大的本事。所以張竹坡稱她為乖人，實在是非常貼切。

與孟玉樓相比，探春雖也是個善於處世的乖人，但是她出身豪門貴族，所以處世中處處都顯示出剛正之氣，沒有孟玉樓的圓滑，也沒有孟玉樓的俗氣。她給王善保家狠狠一巴掌，呈現的是正氣，這是孟玉樓所沒有的。孟玉樓的乖巧，用的是包藏着心計的柔術，她嫁給李衙內後，用計打擊陳敬濟，雖不用王熙鳳殺人的表面功夫，但用心更富陰柔之術，這是探春絕對想不出來做不出來的。

如果以孟玉樓為參照系，把乖人界定為乖巧之人，即善於運用生存技巧的處世能手，那麼，黛玉把「乖人」這頂帽子送給探春似乎欠妥。她應當把這頂帽子送給另外兩個人，這就是薛寶釵與花襲人。在《紅樓夢》女子群中，最缺乏生存技巧和處世能力的是林黛玉、晴雯，而最有這種本事的則是寶釵與襲人。不過沒有人說她們是乖人，在王夫人眼中，她們是「妥當人」。乖乖巧巧，妥妥當當，四面玲瓏，滴水不漏，這才是王夫人的理想媳婦。下面我們不妨解說一下相當於乖人的另一名稱，在《紅樓夢》中多次出現的「妥當人」，以證寶釵與襲人。

妥當人，也可稱作妥人。秦鐘病危時，寶玉回明賈母。賈母吩咐：「好生派妥當人跟去，到那裏盡一盡同窗之情就回來，不許多耽擱了。」（第十六回）在同一回的上半節，賈薔要下姑蘇聘請教習，採買女孩子，這之前來「請示」王熙鳳。鳳姐對賈薔說：「既這樣，我有兩個在行妥當人，你就帶他們去辦，這個便宜了你呢。」

妥當人，詞面上並無深意。但在貴族豪門裏，「妥當」二字卻是他們選人用人的標準，不僅是辦事需要妥當人，選擇媳婦更需要選出妥當人，像林黛玉、妙玉、晴雯等當然不能入妥當人之列。《紅樓夢》塑造兩個在貴族家庭裏十分標準的妥當人，即在王夫人這種貴族主婦眼裏的理想女性，這就是薛寶釵與襲人。對於王夫人來說，這兩位女子最讓她稱心如意，因此，最後她要排除林黛玉，選擇寶釵與襲人作自己的正、副媳婦。

妥當人除卻第十六回賈母、鳳姐所指的「會辦事之人」這一意義之外，最關鍵的意義是會做人。寶釵是個著名的會做人的女性，贏得賈府上下普遍的誇獎。僅以史氏一老一少所言，就知道她是如何得人心。湘雲說：「我天天在家裏想着，這些姐姐們再沒一個比寶姐姐好的。」（三十二回）賈母也作如此評價：「提起姊妹，不是我當着姨太太的面奉承，千真萬真，從我們家四個女孩子算起，全不如寶丫頭。」（第三十五回）寶釵所以會得到這麼高的評價，在於她會做人，而會做人，在正統的理念裏，就是要知禮，要在複雜的人際關係中擺平各種位置，面面俱到，處處小心，穩重平和，說得體的話，做得體的事。哪怕做一件小事，都得想到方方面面，正是如此，她做人做到連趙姨娘這種粗夯人都無話可說。薛蟠從外邊帶來一些土特產，寶釵拿來送人，該怎麼送，送甚麼人，她想得真是周到。不僅送寶玉、黛玉，而且也想到應送人人討厭的賈環。這一送，可樂壞了趙姨娘，讓這個姨娘把她大大誇獎一番。六十七回寫道：

且說趙姨娘因見寶釵送了賈環些東西，心中甚是喜歡道：「怨不得別人都說那寶丫頭好，會做人，很大方，如今看起來果然不錯。他哥哥能帶了多少東西來，他挨門兒送到，並不遺漏一處，也不露出誰薄誰厚，連我們這樣沒時運的，他都想到了。若是那林丫頭，他把我們娘兒們正眼也不瞧，那裏還肯送我們東西？」一面想，一面把那些東西翻來覆去的擺弄瞧看一回。忽然想到寶釵係王夫人的親戚，為何不到王夫人跟前賣個好兒呢。自己便蠍蠍螫螫的拿着東西，走至王夫人房中，站在旁邊，陪笑說道：「這是寶姑娘才剛給環哥兒的。難為寶姑娘這麼年輕的人，想的這麼周到，真是大户人家的姑娘，又展樣，又大方，怎麼叫人不敬服呢。怪不得老太太和太太成日家都誇他疼他。我也不敢自專就收起來，特拿來給太太瞧瞧，太太也喜歡喜歡。」

寶釵何嘗喜歡賈環母子，內心怎能沒有數。但她知道做人既要取媚君子，又不可得罪小人，更知道一點小恩小惠就可征服小人的淺薄之心。像寶釵做的這件事，是林黛玉絕對做不到的，她是率性任性之人，絕對不可能掩蓋自己的真情去俯就小人，連敷衍一下都不可能，別以為妥當二字容易，黛玉就永遠妥當不了。這就是釵黛的差異。

還有一件很能表現寶釵「妥當人」功夫的事，是她聽到金釧兒投井自盡的消息之後，立即想到應當去慰藉王夫人。見面後：

……王夫人點頭哭道：「你可知道一樁奇事？金釧兒忽然投井死了！」寶釵見說，道：「怎麼好好的投井？這也奇了。」王夫人道：「原是前兒他把我一件東西弄壞了，我一時生氣，打了他幾下，攆了他下去。我只說氣他兩天，還叫他上來，誰知他這麼氣性大，就投井死了。豈不是我的罪過。」寶釵嘆道：「姨娘是慈善人，固然這麼想。據我看來，他並不是賭氣投井。多半他下去住着，或是在井跟前憨頑，失了腳掉下去的。他在上頭拘束慣了，這一出去，自然要到各處去頑頑逛逛，豈有這樣大氣的理！縱然有這樣大氣，也不過是個糊塗人，也不為可惜。」王夫人點頭嘆道：「這話雖然如此說，到底我心不安。」寶釵嘆道：「姨娘也不必念念於茲，十分過不去，不過多賞他幾兩銀子發送他，也就盡主僕之情了。」王夫人道：「剛才我賞了他娘五十兩銀子，原要還把你妹妹們的新衣服拿兩套給他妝裹。誰知鳳丫頭說可巧都沒甚麼新做的衣服，只有你林妹妹作生日的兩套。我想你林妹妹那個孩子素日是個有心的，況且他也三災八難的，既說了給他過生日，這會子又給人妝裹去，豈不忌諱。因為這麼樣，我現叫裁縫趕兩套給他。要是別的丫頭，賞他幾兩銀子也就完了，只是金釧兒雖然是個丫頭，素日在我跟前比我的女兒也差不多。」口裏說着，不覺淚下。寶釵忙道：「姨娘這會子又何用叫裁縫趕去，我前兒倒做了兩套，拿來給他豈不省事。況且他活着的時候也穿過我的舊衣服，身量又相對。」王夫人道：「雖然這樣，難道你不忌諱？」寶釵笑道：「姨娘放心，我從來不計較這些。」一面說，一面起身就走。王夫人忙叫了兩個人來跟寶姑娘去。（第三十二回）

這件事是寶釵作為妥當人表現的極致，既有妥言，又有妥行，還有妥心。而且無論是對肇事者和受害者她都表現得很妥當，達到「雙妥」。她送給王夫人一頂「慈善人」的高帽，這是一妥，二是送給金釧兒一頂「糊塗人」的小帽，兩個命名都足以安慰王夫人。金釧哪兒能生那麼大的氣，肯定是貪玩失足，即使是真生氣而投井，那也是糊塗，既是糊塗人，便不足以痛惜。但王夫人畢竟還有惻隱之心，要做兩套妝裹新衣以慰內心，在為難時她立即說明自己不怕忌諱的理由，成全了王夫人的心願，這又是一舉兩得，既可慰藉生者的生理，又可慰藉死者的亡靈，處處都照顧到，妥當得貼貼切切，這不能不說寶釵很有做人的功夫和技巧。但是，恰恰在這件事上暴露出妥當人的致命不妥處：掩蓋基本事實，一味討好迎合，缺乏正直正義之心，欺騙自己也欺騙他人。從這件事也可說明：妥當人走到底便是圓滑的世故人，說話做事不是從本心出發，而是從關係從討好（利益）出發。

寶釵做「妥當人」已經做得夠乖巧了，但還有另一人可與她比美，這就是襲人。王夫人說：「若說沉重知大禮，莫若襲人第一。」（第七十八回）她把襲人視為第一賢人，一路誇獎過來。在下「第一」斷語之前她就稱讚說：「你們那裏知道襲人那孩子的好處？比我的寶玉還強十倍呢！」（第三十六回）連寶玉也調侃地說她：「你是頭一個出了名的至善至賢的人。」（第七十七回）襲人所以能夠贏得賢人善人的好名聲，就在她的「知禮」，說白了，就是知道如何妥當地處理各種人際關係，而關鍵是善於用各種辦法穩住寶玉、控制住寶玉。她不僅是寶玉的首席丫鬟，而且與寶玉又有初試雲雨情的非常關係，又將是寶玉的未來之妾。正是這樣，她一方面用心地護愛着寶玉，另一方面也用心地為自己的命運着想。為此她不僅要在賈府的主子們面前表現自己的妥當，也要在寶玉面前有分有寸地「軟硬兼施」，掌握好關係的分寸，甚至還得為寶玉操心如何做人如何擁有前途。也就是不僅自己要做妥當人，也引導寶玉要做妥當人。於是，便發生她與寶玉約法三章的重要故事。襲人深知寶玉愛她，便編造她家就要把她贖回去的謊話，在寶玉焦急之後，她就向寶玉提出三點要求。第一點是要寶玉改掉動不動就說灰飛煙滅的話，這一點名為懇求，實則表示至真至愛。有此前提，下邊兩點要求自然就更為妥當。第二點是「你真喜讀書也罷，假喜也罷，只是在老爺跟前或在別人跟前，你別不管批駁誚謗，只作出個喜讀書的樣子來，也教老爺少生些氣，在人前也好說嘴。他心裏想着，我家代代讀書，只從有了你，不承望你不喜讀書，已經他心裏又氣又愧了。而且背前背後亂說那些混話，凡讀書上進的人，你就起個名字叫作『祿蠹』；又說只除『明明德』外無書，都是前人自己不能解聖人之書，便另出己意，混編纂出來的。這些話，怎麼怨得老爺不氣，不時時打你。叫別人怎麼想你？」襲人講的這些話，可謂句句在理，句句妥當，既為寶玉着想，也為老爺着想，自然也為自己着想。她深知寶玉性情，所以在要求他改弦更張時，並不苛求寶玉「脱胎換骨」，但至少得做出喜歡讀書表面功夫，雖作作様子，也有討得老爺喜歡避免老爺生氣的意義。想得真是又妥又深，幾乎無隙可擊。所以我們可把襲人稱作寶釵之後的另一個十分乖巧的妥當人。但是，在無隙可擊中，我們又會發覺妥當人的另一致命問題，就是會裝，會作假。襲人規勸寶玉要裝着喜讀書，這等於要天真的寶玉戴上面具。不管襲人的動機如何又賢又善，但是讓一個真人充當假人，無論如何是有傷心靈與品性的。襲人的第二點要求暴露了妥當人的一點真實面目，即妥當往往是世故，是策略，是面具。難怪襲人要擔心寶玉會與黛玉終成眷屬，倘若真的如此，妥當人的面具與策略，一定會遭到率性之人的撕毀。

【十四】怯人解讀——迎春、秦鐘等

《紅樓夢》第三十九回寫劉姥姥拜見賈母時有一作者敘述：「那板兒仍是怯人，不知問候。」板兒乃是劉姥姥的外孫，稱之怯人，是說他是個懦弱、膽子很小的人。晉代葛洪的《抱朴子內外篇》曾定義過「怯人」：「被抑枉而自誣，事無苦而振懾者，怯人也。」講了怯人兩個特徵：一怕惹事，二怕困難。歸根結蒂是膽怯之人。

板兒只是一筆帶過的小人物，不足多說。但《紅樓夢》卻書寫了另外兩個重要怯人，一是秦鐘；一是賈迎春。兩個清秀而懦弱的人，偏偏一個遇到狼虎之父，一個遇到狼虎之夫。

秦鐘第一次到賈府，由秦可卿、王熙鳳引見給寶玉，那就完全是一個怯人模樣：

> 果然出去帶進一個小後生來，較寶玉略瘦些，眉清目秀，粉面朱唇，身材俊俏，舉止風流，似在寶玉之上，只是怯怯羞羞，有女兒之態，靦腆含糊，慢向鳳姐作揖問好。鳳姐喜的先推寶玉，笑道：「比下去了！」便探身一把攜了這孩子的手，就命他身傍坐了，慢慢的問他：幾歲了，讀甚麼書，弟兄幾個，學名喚甚麼。秦鐘一一答應了。

秦鐘雖靦腆羞怯，卻秀麗非凡，讓寶玉一見鍾情，幾乎目瞪口呆。而且，怯人並非一個模式，有的一怯到底，怯得連人間性情都沒有，而這個秦鐘卻是弱中有強，追求情愛時還是有些膽量。他姐姐秦可卿剛剛亡故，尚在鐵檻寺做佛事，他竟抓住這個機會，與頗有風情的小尼姑智能兒在後屋裏幽會。可惜秦鐘畢竟是怯人，弱不禁風，正如小說所寫：「偏那秦鐘秉賦最弱，因在郊外受了些風霜，又與智能兒偷期繾綣，未免失於調養，回來時便咳嗽傷風，懶進飲食，大有不勝之態。」（第十六回）更糟的是智能兒私逃進城來看視秦鐘時，被秦父秦邦業發現。這老父便將秦鐘痛打一頓，自己也氣得老病發作而死。「秦鐘本自怯弱，又帶病未癒，受了笞杖，今見老父氣死，此時痛悔無及，更又添了許多症候。」（第十六回）待到寶玉得知消息來看望時，他已奄奄一息，僅剩一口悠悠餘氣在胸。寶玉見此情狀不禁失聲，李貴立即制止，並說了句話：「不可不可，秦相公是弱症，未免炕上挺扛的骨頭不受用……」，此語恰恰道破怯人的致命處：犯的是弱症，挺扛的骨頭不受用，秦鐘不僅軀體弱，信念也弱。他向判官請求返陽間片刻以會寶玉，竟是忠告寶玉要浪子回頭：「以前你我見識自為高過世人，我今日才知自誤了。以後還該立志功名，以榮耀顯達為是。」（第十六回）秦鐘在最後一息時靈魂跪下了，從身到心全都屈服於功名之念。不像寶玉那樣，真的外柔內剛，至死不以榮耀顯達為人生目標，一鹵到底，從不知卑怯二字。

另一位怯人是賈迎春。從小說敍事藝術上說，她是探春的對應物，一強一弱，強的強至強悍，弱的弱至卑怯。第五十七回作者在敍述中說「迎春是個有氣的死人」，即弱得沒有人的活力。第七十三回以她為主角，回目是《懦小姐不問纍金鳳》。突出的也是一個「懦」字。《紅樓夢》回目，常用一個字概括一個人的性格，在眾女子中，迎春得到的不是敏（敏探春），不是慧（慧紫鵑），不是憨（憨湘雲），不是俏（俏平兒），不是呆（呆香菱），不是賢（賢襲人），不是勇（勇晴雯），不是酸（酸鳳姐），不是美（美優伶），不是癡（癡女兒），不是苦（苦尤娘），統統都不是，惟有懦（懦小姐）屬於她的。她的乳母將她的攢珠纍絲金鳳偷去典當作賭本，她竟不問一聲。丫鬟繡桔要去王熙鳳那裏回明，她怕惹事，連忙阻止道：「罷，罷，罷，省些事罷。寧可沒有了，又何必生事。」如此退讓，連丫頭繡桔都受不了：「姑娘怎麼這樣軟弱。都要省起事來，將來連姑娘還騙了去呢。」後來乳母的子媳王住兒媳婦又向迎春威逼討情，而且認準了迎春的懦弱，反而捏造假賬說自填了月錢。這明明是欺負人，迎春卻又是退讓，不僅不讓繡桔去告狀，而且又是「罷，罷，罷」，只說「我也不要那鳳了，便是太太們問時，我只說丟了」，把繡桔氣得痛哭。司棋聽不過，幫起繡桔問那媳婦。迎春毫無辦法，只能拿起「太上感應篇」來讀，難怪黛玉要取笑她：「真是『虎狼屯於階陛尚談因果』。」也正是這種懦弱的悲劇性格最後導致她的悲劇命運：沒有任何力量反抗荒唐父母的安排，嫁給「中山狼」孫紹祖。「金閨花柳質，一載赴黃粱。」

有意思的是迎春身邊的丫鬟司棋卻是一個不知「怯」為何物的「烈女」。首先稱司棋為烈女的是王昆侖先生。他在《紅樓夢人物論》中讚頌鴛鴦、司棋、尤三姐為「三烈女」。這三個人都是為自己的生命尊嚴而斷然自殺。

司棋是王善保家的外孫女兒，從小就和表兄潘又安在一處廝混頑笑，並產生了感情。王熙鳳奉命抄檢大觀園時，在她的箱子裏，抄出了一個同心如意和一個字帖兒（情書），但她「並無畏懼慚愧之意」。被逐出大觀園後，她的母親想拆掉她與潘又安的戀情，她卻斷然不肯，聲明道：「一個女人配一個男人。我一時失腳上了他的當，我就是他的人了，決不肯再失身給別人的。」「他一輩子不來了，我也一輩子不嫁人的。媽要我配人，我願拚着一死的。」說到做到，當她的媽繼續哭罵時，她「便一頭撞在牆上，把腦袋撞破，鮮血直流，竟死了。」而被誤解為畏罪潛逃的潘又安，此時回來，見此情景，也把帶着的小刀往脖子上一抹，也就抹死了。他用自己的行為證明自己不是畏罪而逃的怯人，而是無愧於戀人的「烈性孩子」（第九十三回本有的概念）。主子迎春那麼「怯」，奴隸司棋卻如此「剛」如此烈。世上不怕死的勇敢的生命，多數是單純的、沒有財富與名聲負累的少男少女。司棋就是這樣的人，她與鴛鴦、尤三姐一起唱出了慘烈的悲歌。

不過，對於「怯人」也不可一味指責。關於迎春，以往的讀者和評論者只注意到她被中山狼無情獸作踐的悲劇，忘記這個弱者潛生命裏也有自己淒清的憧憬，並非真死人。關於這一點，劉心武在《紅樓夢揭秘》第二部裏有段精彩的描述，他充分地注意到迎春的一個詩意細節——花針穿茉莉：

> 想到迎春，我就總忘記不了第三十八回，曹雪芹寫她的那一個句子：迎春又獨在花陰下拿着花針穿茉莉花。歷來的《紅樓夢》仕女畫，似乎都沒有來畫迎春這個行為的，如今畫家們畫迎春，多是畫一隻惡狼撲她。但是，曹雪芹那樣認真地寫了這一句，你閉眼想想，該是怎樣的一個嬌弱的生命，在那個時空的那個瞬間，顯現出了她全部的尊嚴，而宇宙因她的這個瞬間行為，不也顯現出其存在的深刻理由了嗎？最好的文學作品，總是飽含哲思，並且總是把讀者的精神境界朝宗教的高度提升。迎春在《紅樓夢》裏，絕不是一個大龍套。曹雪芹通過她的悲劇，依然是重重地扣擊着我們的心扉，他讓我們深思，該怎樣一點一滴地，從尊重弱勢生命做起，來使大地上人們的生活更合理，更具有詩意。那些喜愛《紅樓夢》的現代年輕女性們啊，你們

當中有誰，會為悼懷那些像迎春一樣的，歷代的美麗而脆弱的生命，像執行宗教儀式那樣，虔誠地，在柔慢的音樂聲中，用花針，穿起一串茉莉花來呢？

無論是秦鐘還是迎春，他們雖懦弱，但又都是極單純的人。他們從不傷害他人，騷擾他人，只有一點性情上的追求（秦）和憧憬（迎春），但是，社會上最終還是沒有他們的位置，還是毀滅了他們的幸福與生命。怯人的懦弱確實會導致是非不明，但是怯人的天性本無善無惡，社會總該給他（她）們應有的尊嚴吧。

無論是秦鐘還是迎春，其「怯」都是天生的怯，即性格意義上的怯人。但是，還有另一種「怯人」是險惡生存環境造成的「怯人」，這種怯人是大量的，無處不在的。曹雪芹説女子一嫁出去就會變成「死珠」，其深刻處是一個青春活人，在中國婚後就進入嚴酷的倫理系統，就要被嚴酷的丈夫或婆婆折磨成一個心驚膽戰的「小媳婦」，這種小媳婦便是怯人。在中國金碧輝煌的宮廷裏，除了皇帝一人之外，其他人均「伴君如伴虎」，從大臣到宦官到嬪妃，多數都是自稱「奴才」、「臣妾」、「罪臣」的怯人，所以一旦出現敢於直諫、死諫的非怯人，便被視為大丈夫，受人崇敬。魯迅説，專制使人變成死相。也就是説，專制使活人變成怯人。一部專制的機器，尤其是極權的機器，一定是產生大群怯人的機器，當然，也一定是產生大群倀人、巧人、伶俐人的機器。當然，這種怯人並不是一直怯着，也如魯迅所説，他們在狼面前是羊，而在羊面前則是狼，如阿Q一到公堂上看見那個光頭坐在公堂上，膝蓋骨就自動發軟，本能地跪了下去，真「怯」到家了。但在小D、小尼姑面前，則要要點威風和伎倆，無端地欺負他們一番。宮廷內的怯人，走出宮廷門外如狼似虎，這也是常見的現象。

《紅樓夢》常常揭示人是會變的。怯人與強人並非永遠不變。上文所說的潘又安，在被抄出情書之後，開始可能也有點「怯」，「畏罪逃跑」也許是真，可是最後他在戀人的鮮血與屍首面前以死相報，則是驚天動地的強者行為。反之，由強者變成「怯人」的也有。王熙鳳是公認的強者，「有名的烈貨」，可是做了一些壞事之後，到了生命的最後年頭，膽子變得很小，說起瀟湘館內有人啼哭，寶玉便想進去逛逛，而王熙鳳則嚇得「寒毛倒豎」，並說，「寶兄弟膽子忒大了」，湘雲則糾正說：「不是膽大，而是心實。」（第一百零八回）寶玉從不做虧心事，心實而不怯，而王熙鳳做了許多虧心事，便心虛而膽怯，一個原先叱咤風雲的女強人，到頭來變成魂不附體的「怯人」了。可見，人的怯或不怯，畏或不畏，不僅是先天膽子大不大的問題，還有後天做人正不正問題。一個為人處世光明正大的人，一定也是一個無畏的人。

【十五】愚人解讀——夏金桂、賈瑞等

《紅樓夢》多次出現「愚人」概念，此一共名用不着多作註釋，但在小說中，愚人卻有三種類型：一是大智若愚的愚人，如賈寶玉；二是大愚若智的人，如惜春；三是全愚無智的人，如傻大姐。

先說第一種人。第九十八回出現的「愚人」概念，指涉的是賈寶玉。那是黛玉死後，寶玉傷心至極，「病神瑛淚灑相思地」，有時甚至放聲大哭。病中常作噩夢奇夢，有回竟作走到陰司道上求見黛玉，而所遇的「那人」，彷彿就是她。可那人就直指寶玉是愚人。

小說寫道：

> 忽然眼前漆黑，辨不出方向，心中正自恍惚，只見眼前好像有人走來，寶玉茫然問道：「借問此是何處？」那人道：「此陰司泉路。你壽未終，何故至此？」寶玉道：「適聞有一故人已死，遂尋訪至此，不覺迷途。」那人道：「故人是誰？」寶玉道：「姑蘇林黛玉。」那人冷笑道：「林黛玉生不同人，死不同鬼，無魂無魄，何處尋訪！凡人魂魄，聚而成形，散而為氣，生前聚之，死則散焉。常人尚無可尋訪，何況林黛玉呢。汝快回去罷。」寶玉聽了，呆了半晌道：「既云死者散也，又如何有這個陰司呢？」那人冷笑道：「那陰司說有便有，說無就無。皆為

世俗溺於生死之說，設言以警世，便道上天深怒愚人，或不守分安常，或生祿未終自行夭折，或嗜淫慾，尚氣逞兇無故自殞者，特設此地獄，囚其魂魄，受無邊的苦，以償生前之罪。汝尋黛玉，是無故自陷也。且黛玉已歸太虛幻境，汝若有心尋訪，潛心修養，自然有時相見。如不安生，即以自行夭折之罪囚禁陰司，除父母外，欲圖一見黛玉，終不能矣。」那人說畢，袖中取出一石，向寶玉心口擲來。寶玉聽了這話，又被這石子打着心窩，嚇的即欲回家，只恨迷了道路。

此處文本中的「那人」，是寶玉的「夢中人」，可解釋為陰司的知情者，也可解釋為就是林黛玉。那人說「上天深怒愚人」，並警告寶玉，「汝尋黛玉，是無故自陷也」，也是愚人。「那人」告訴寶玉：地獄是為愚人開設的。那人列舉的愚人共三種：一是不守分安常者，二是生祿未終自行夭折者，三是嗜淫慾尚氣逞兇無故自隕者。這三種愚人，寶玉屬第一種，可享受榮華富貴，偏不安份，最後離家出走。另一方向的不守分安常也有，如夏金桂，但與寶玉是兩碼事。自行夭折者尤三姐、鴛鴦、司棋、潘又安等，在「那人」眼裏也是愚。這是愚忠，或忠於戀人，或忠於自己的心性人格。賈瑞、薛蟠等則屬嗜淫自隕的一類，薛蟠愚頑，終成廢人；賈瑞愚妄，終於自毀。那人警告寶玉不要自行夭折，應繼續活下去，以期待有一日在太虛幻境中與黛玉相會。那人並不把寶玉視為必定要進入地獄的愚人。

在《紅樓夢》中，寶玉被世人視為呆子、傻子、愚人，黛玉焚稿斷癡情後，寶玉更是陷入呆傻狀態。王熙鳳在看着他的模樣，猜不透他是明白還是糊塗，因又問道：「老爺說你好了才給你娶林妹妹呢，若還是這麼傻，便不給你娶了。」寶玉忽然正色道：「我不傻，你才傻呢。」這是寶玉第一次嚴肅地否定自己是傻子，是愚人。實際上，他正是一個大智若愚的人。他能看透那些功名、權力、財富乃是幻相，他能拒絕那種扼殺真情真性的仕途經濟之路，他能那麼尊重天地精英靈秀凝結成的詩意生命，他能承擔別人的過錯與罪惡，他能打破貴族官僚社會上下尊卑的等級偏見，他能感悟人生的根本並守持人生的本真狀態，等等，哪一點不是大智慧。但是，因為他沒有世人的小聰明、小伎倆，沒有各種伶俐人的心計、心術、心機，一派天真，反而讓人誤以為愚人。就王熙鳳與寶玉兩人而言，一個機關算盡，呼風喚雨，一個不知算計，有靈有慧；到底是哪一個才傻，哪一個才是真愚人？倘若地獄真有公正，真有警世功能，該把哪一個送入地獄？

像寶玉這種大智若愚的人不多，但像傻大姐那樣連春意兒是甚麼也不懂的真愚人也不多，人間世界裏多的是大愚若智或者只有小聰明卻自以為很有能耐的愚人蠢人。賈府中的賈赦是這樣的人，夏金桂是這樣的人，邢夫人、趙姨娘等都是這樣的人。以夏金桂為例，此人便是典型的大愚若智者。她總是自以為是，自作聰明，最後是搬起石頭砸自己的腳。寶玉夢中立於陰司泉路的「那人」所定義的三種愚人特性，她全部具備。首先是不守份安常。她作為薛蟠的正房妻室，有名目、有地位、有金錢，衣是綾羅錦緞，食是山珍海味，住是金屬銀閣，行是麗車絲轎，加上婆婆慈和，丫鬟在側，過的是神仙般的日子，但她偏偏要興風作浪，把身邊的親者一個一個樹為敵人，連一片天真天籟、與世無爭、衷心歡迎她來薛家的香菱也容不得，連最能做人、最好相處的薛寶釵也要欺負，更有甚者還下毒手企圖殺害香菱，結果自取其咎，「逞兇無故而自殞」，這是怎麼回事？這就是要小聰明的大愚蠢，玩小伎倆的大拙劣。世上愚人很多，但夏金桂之愚帶有瘋狂性與侵略性，屬於愚妄、愚狂、愚瘋子。這種愚人對社會的破壞性極大，常常會攪得內內外外雞犬不寧，倘若執政，則會帶給國家百姓無窮盡的災難。

屬於愚妄者，除了夏金桂，那就是賈瑞。此人之是極為愚蠢又自作聰明。他屬於賈氏敗落一支的落魄子弟，沒有靠山，自己又不努力，一無所依，二無所能，只能在私塾裏打雜，本也該安份守己，偏偏又想入非非，大做白日夢。其非份之想，想別的也罷，偏偏想王熙鳳，偏偏打這隻碰不得、摸不得的母老虎的主意，這就叫做妄心妄想妄念。別的且不說，就聰明才智而言，他連王熙鳳的萬分之一都不及，但又偏偏妄想她，結果不僅自取其辱，而且自取滅亡。此人之愚，是完全不自知、不自明、不自量力的妄愚，既愚且妄。可悲的是至死不悟，而對「風月寶鑒」，他還心存僥倖，不顧道人的警告，一妄到底，結果只能一死了之。賈瑞正是「那人」所定義的第三種愚人：「嗜淫慾尚氣逞兇無故自殞者」，嗜淫嗜到家了，愚妄也愚到家了。

【十六】能幹人解讀

——王熙鳳、探春等

「能幹人」一詞出現在第二十五回，那是趙姨娘與馬道婆在策劃謀害王熙鳳時說的：「怎麼暗裏算計？我倒有這個意思，只是沒有這樣的能幹人。」趙姨娘大約也知道必須「以毒攻毒」，對付王熙鳳這樣的能幹人還須能幹人。王熙鳳是個能者、能人、能幹人，恐怕誰都不會有疑義。《紅樓夢》文本中雖沒有讓其他人物直接指說王熙鳳是能幹人，但在「弄權鐵檻寺」的策劃中，老尼說的奉承話中也稱王熙鳳為能者：「……只是俗語說的，『能者多勞』，太太因大小事見奶奶妥貼，越性都推給奶奶了，奶奶也要保重身體才是。」毫無疑問，王熙鳳是賈府裏的第一號能幹人，雖然還有探春這樣的能幹人，但首席幹才絕對屬於王熙鳳。

王熙鳳這個人極為豐富，不是一個本質化的概念可以描述的，也不是「能幹人」可以涵蓋的。筆者與朋友談論此人時，總是用「鬼才」一詞來形容她。她有才，但屬鬼才。所謂鬼才，就是善變之才，翻手為雲，覆手為雨，變化莫測謀事謀人殺伐入化，不留痕跡，陰謀暗算功夫更是高強，即使施行最惡毒的鬼計，也在逗樂談笑之中。

她讓你恨，讓你愛，讓你笑，讓你哭，讓你躲，讓你追，讓你琢磨不定。她在賈府裏倒海翻江，叱咤風雲，有她在，賈府就熱鬧，沒她在，賈府就寂寥，她是大英雄，又是大壞蛋。你說她「能」，是對的；你說她「毒」，也是對的，你說她「假」，是對的，你說她「真」也是對的。你說她「好」是對的，你說她「壞」也是對的。你說她是鐵娘子，是對的；你說她是「玻璃人」也是對的。這個「能幹人」，說到底是個「能變人」，善變人。在賈母面前一副面孔，在王夫人面前一副面孔，在鐵檻寺老尼面前一副面孔，在賈珍面前一副面孔，在賈蓉面前一副面孔，在賈瑞面前一副面孔，在賈璉面前一副面孔，在賈寶玉面前一副面孔……至少有一百副面孔，一萬個心思。

此文從「能幹人」的視角即從才幹的角度來界定她，也需要作些解說。因為她不是一般的能幹人，而是「機關算盡」的能幹人，是「明是一盆火、暗是一把刀」的能幹人，是讓人快樂又讓人膽寒的能幹人，是「亂局奸雄、治局能臣」的能幹人，是具有狼虎之威又有猴子機靈的能幹人。第二十九回賈母問她：「猴兒猴兒，你不怕割舌下地獄？」其實，她早已回答：我是不怕陰司報應的。不怕報應，才有幹的膽量，這是能幹人的心理前提。接着，便是能幹的能力。這一點王熙鳳更出色。兼得「幫閒、幫忙、幫兇（包括自己行兇）」三才的能幹人（參見筆者的《王熙鳳兼得三才》一文，收入《紅樓夢悟》中）。王熙鳳的三才不是一般的幹才，而是才絕，三者全是才絕。就幫閒來說，她可以把賈母這個很有智慧的大閒人玩得身心俱樂從而把自己變成賈府老權威的寵物，直鑽入賈母的心坎，以至達到「阿鳳一至、賈母方笑」的境界（脂評語）。她的幫閒幫得好，是她有一套幫閒技巧與幫閒策略，這些技巧的要義是在玩笑中極盡奉承之能事，時時不忘放低自己而抬高被幫者的權威地位。例如賈母開玩笑地說她太伶俐會活不長，她卻反應說：「這話老祖宗說差了。世上都說太伶俐聰明怕活不長，世人都說，人人都信，獨老祖宗不當說，不當信。老祖宗只有伶俐聰明過我十倍的，怎麼如今這樣福壽雙全的？只怕我明兒還勝老祖宗一倍呢，我活一千歲後，等老祖宗歸了西，我才死呢。」（第五十二回）表面上是在反駁賈母，實際上則句句在捧賈母，從生捧到死，從福捧到壽，又有幽默，又有玩笑，但沒有一點拍馬的痕跡，其幫閒功夫真無人可比。

王熙鳳是幫閒的高手，也是行兇幫兇的高手。她不僅殺人不見血，而且殺人還落得軟心人的美名。這才算是「能幹」。中國的成語「心狠手辣」，這個被賈母稱為「鳳辣子」的手辣源於心狠。她「從小兒頑笑着就有殺伐決斷」之氣（第十三回），成人之後又「從來不信甚麼是陰司地獄報應」（第十五回），懷抱着的又是「寧我負人，毋人負我」的極端利己哲學，所以才有一種敢為善為的超人狠毒功夫。王熙鳳這個能幹人，正是這樣一個殘酷的奇才。英國著名思想家 Acton 說過兩句著名的話：一句是「絕對權力產生絕對的腐敗」；一句是「大人物多半是大壞蛋」。王熙鳳是賈府裏的大人物，但也是大壞蛋。然而，她又是賈府的大英雄，所以我們寧可說她是大英雄與大壞蛋的二重組合。《三國志．魏志．武帝紀》「莫能審其生出本末」句，裴松之註引晉孫盛《異同雜語》曰：「（曹操）嘗問許子將：『我何如人？』子將不答。固問之，子將曰：『子治世之能臣，亂世之奸雄。』太祖大笑。」王熙鳳在協理寧國府時表現的能幹，是能臣的才幹，而在殺尤二姐的謀略上，則是奸雄的幹才。她的幫忙之才在「協理寧國府」中表現到極致。甚麼是法家氣概，看王熙鳳便知。她權、法、術並用，只信霸道，絕不信甚麼王道。頭一天處置那個「睡迷」而遲到的管迎送之人，不僅聲威俱下而且立即打二十板，嚴立法規，賞罰分明，分工有度，一下子就讓寧國府的僕人們知道鳳姐有多厲害。如果說她幫閒的能幹是靠猴兒似的靈活技巧，那麼她幫忙的幹才則是憑借自己的狼虎之威和韓非式的無情法治。至於幫兇與行兇，那就全靠心機、心術與惡毒的陰謀詭計了。她殺賈瑞，殺尤二姐，接受三千銀子之賄賂間接害死金哥一對情侶等等，都極為狠毒。殺人行兇者，有些是極為粗魯的人，無謀無術。但王熙鳳的殺人卻也表現出能幹人的才能。她殺尤二姐，是用借刀殺人法，唆使秋桐去打先鋒，自己坐山觀虎鬥，等到尤二姐吞金自殺後，她還煞有介事地悲傷痛哭，結果是賈母痛罵秋桐是「賤骨頭」，而她卻得賈母的好感。殺人不用一刀一劍，也不用一爪一牙，殺得乾淨利落，神不知鬼不覺，這才是高明。

綜上所述，便可知道王熙鳳的能幹是超乎尋常的能幹，即幫兇時不露血跡，幫忙時不露汗跡，幫閒時不露獻媚之跡，換句話說，是所謂殺人不見血，害人不見毒，媚人不見俗。做正事時熱火朝天，幹壞事時也緊鑼密鼓。王熙鳳這種人，是無師自通的法家，也是無師自通的馬基雅弗利主義者。後者的《君主論》教導君王帝王們的統治術，就是王熙鳳式的不講道德與良心的霸術與權術。認為治國時只認絕對的政治原則，絕不講道德原則。他破天荒地第一次，把政治學從倫理學中抽離出來，獨立出來。馬基雅弗利啟迪所有的大人物，你若要成功，就必須具備兩樣東西，一樣是獅子般的兇心；一樣是狐狸般的狡猾。看王熙鳳謀殺賈瑞和尤二姐，便可斷定此人二者皆備，既有足夠的兇狠，又有足夠的機謀。賈瑞與尤二姐被她置於死地，可是恐怕到死都不知道怎麼回事，生為糊塗人，死時還當不上一個明白鬼。質言之，當能幹人是有危險性的，如果一味只知幹，為了幹好，不僅使盡霸道，而且兼用獸道，能幹人便會變成善於吃人的怪物。

王熙鳳固然有可怕的一面，但其人性深處還有另一面，那是人性光明的亮點，例如她對老莊稼人劉姥姥就沒有勢利眼，在對待劉姥姥這個村婦的具體事上，她表現得比妙玉更有人情味。她不信陰司報應，但她對劉姥姥的這點常人之情卻使自己的女兒（巧姐）找到一個安寧之鄉。

分析王熙鳳的文字已經很多，僅王朝聞先生的《論鳳姐》一書，就有數百頁之重。本文只能講述這位「能幹人」很小的一角。言下之意是想說，王熙鳳之所以道不盡而且有其認識的意義是在於她包含着人類世界所有政治家和權術家的全部密碼，遠不只中國法家的全部密碼。政治家、大人物都是非常豐富的，他們的人生是多種層面的，以至我們不知道該把他們放在人榜上的哪一個位置。

【十七】玻璃人解讀

——王熙鳳等

「玻璃人」出現在第四十五回（《金蘭契互剖金蘭語　風雨夕悶製風雨詞》）。當時李紈、探春正在籌辦詩社，缺少資金，想請王熙鳳幫忙，就給她一個頭銜，讓她作個「監社御史」。正式提出後，王熙鳳笑道：「你們別哄我，我猜着了，那裏是請我作監社御史！分明是叫我作個進錢的銀商。你們弄甚麼社，必是要輪流作東道的。你們的月錢不夠花了，想出這個法子來拗了我去，好和我要錢。可是這個主意？」一席話說得眾人都笑起來了。李紈笑道：「真真你是個水晶心肝玻璃人。」

此處的「玻璃人」容易發現，還有一處實際上也在暗示玻璃人則容易被忽略。這是芳官經過和趙姨娘打了一仗之後，結束了玫瑰露、茯苓霜事件，並因此而名動賈府上下。在事件中，芳官表現出一種不可欺的野性，讓寶玉十分欣賞，便在玩笑時把她改名為帶有北方野性味的「耶律雄奴」。此名不易叫，被人喚作「野驢子」，於是，又引來了一個「玻璃」名字。第六十三回寫尤氏帶着到榮國府玩耍。

……一時到了怡紅院，忽聽寶玉叫「耶律雄奴」，把佩鳳、偕鴛、香菱三個人笑在一處，問是甚麼話，大家也學着叫這名字，又叫錯了音韻，或忘了字眼，甚至於叫出「野驢子」來，

> 引的合園中人聽見無不笑倒。寶玉又見人人取笑，恐作踐了他，忙又說：「海西福朗思牙[1]，聞有金星玻璃寶石，他本國番語以金星玻璃名為『温都里納』，如今，將你比作他，就改名為『温都里納』可好？」芳官聽了更喜，說：「就是這樣罷。」因此又喚了這名。眾人嫌拗口，仍翻漢名，就喚「玻璃」。（第六十三回）

這裏又暗示芳官雖露出野性，卻並非真的有力量，她到底是一個柔弱的歌女，如同玻璃，身心透明而脆弱，外野內溫，屬另一類的玻璃人。芳官單純，給予玻璃的比喻，內涵也單純。通過玻璃意象，說芳官是個明麗而終於在命運的一擊就破碎的青春少女，意思大抵不會相去太遠。而王熙鳳則很複雜，我們不妨對李紈的評說作點悟證。

李紈用「水晶心肝玻璃人」形容王熙鳳，既獨到，又準確、七個字中包含着兩相關的意象，一是「水晶心肝」，一是「玻璃人」，雖沒有鮮明的善惡判斷，卻也擊中王熙鳳性情緊要處。

從字面上讀，玻璃人應是透明人。但李紈恐怕不是指這一特點。王熙鳳表面上潑辣爽快，但肚裏卻不簡單，要起陰謀，能置人於死地。她對待賈瑞、尤二姐，在鐵檻寺裏與老尼籌劃退婚事，一點也不透明。她心裏想些甚麼，懷着怎樣的「鬼胎」，不那麼容易猜着，李紈說她是「水晶心肝」，恐怕不是透明之意。這裏的「晶」字，可讀作諧音的「精」字。王熙鳳無透明心肝，卻有眾所公認的精明心肝。《紅樓夢》給她的判詞是「機關算盡太聰明，反誤了卿卿性命」，太聰明即太精明，「水晶」不妨解作「鬼

1 即法蘭西——引者註。

精」。王熙鳳這個女人，玩起陰謀詭計，真有魔鬼般的精明。謀殺尤二姐時，借刀殺人，了無痕跡，不僅無過，還得到賈母的同情。一方面表現出「精」，另一方面又有水晶般的冷酷，這種心被曹雪芹準確地界定為「心肝」，與動物較近，不可稱作心靈。不過，王熙鳳這個人太複雜豐富，除了「水晶心肝」的一面，也有「水樣心靈」的一面，她對待劉姥姥，沒有勢利，為此還得到好報應。水晶心肝不徹底，反倒是好事。

水晶心肝玻璃人還有一個根本特點，就是易碎。《紅樓夢》給她「機關算盡太聰明，反誤了卿卿性命」的判詞之後，緊連着的是「生前心已碎，死後性空靈」。水晶心肝是易碎的，玻璃人是脆弱的。何止玻璃人脆弱，其實人性本身就是脆弱的，既經不起富貴，經不起貧賤，也經不起威武的壓迫，所以才有孟子「不能淫」、「不能移」、「不能屈」的呼喚。一般人的人性脆弱，玻璃人的人性更脆弱。玻璃人與一般人相比，具有更亮堂、更燦爛的外表，但內裏卻格外脆弱。很像當代人所說的「紙老虎」、「泥足巨人」，外強中乾，並非真英雄、真好漢。王熙鳳就是這種紙老虎。她在賈府裏掌握財政，叱咤風雲，協理寧國府時「軍令如山」，誰都知道她臉酸心硬，是個烈貨與潑辣貨。但她的威風全是來自後台賈母的寵信和撐腰，並有尚未敗落的賈府作她的活動平台。而她自己，作為一個生命個體，既無人生信念，也毫無文化底蘊，既不讀聖賢書，也不讀雜書，更不懂得詩詞，壓根是個文盲。她的聰明，歸根結蒂是小聰明，她的本事，歸根結蒂是生存小技巧。缺少文化底蘊與靈魂底蘊的人，其內心也注定沒有力量。因此李紈說她是空有其表的玻璃人就很準確了。

以往談論王熙鳳的文章很多，但多數注意到精明能幹和善用心機心術的一面，似乎未充分注意她的紙老虎即脆弱的一面。倒是哲學家牟宗三先生偶而著寫《紅樓夢》的文章注意到這一面。他在《紅樓夢悲劇之演成》的文章中說，王熙鳳連「奸雄」的資格都夠不上：

……最足以表示出她不夠奸雄的資格的，便是一聽查抄的消息立刻暈倒在地。後來竟因心痛而得大病，所以賈母說她小器。這那裏是奸雄？再賈母死時，家道衰微，她也是兩手掛空，沒有辦法。比起當年秦氏協理寧國府的時候差得多了。經不起大波折，逆境一到，便露本相。所以，王熙鳳只是一個服上的人，在有依有靠、無憂無慮的時候，她可以炫赫一氣。一旦「樹倒猢猻散」，她也就完了。至於寶黛的悲劇，更不干她的事，她不過是一個工具而已。[1]

牟宗三先生說她「逆境一到，便露本相」，確乎，平素飛揚跋扈，不可一世的王熙鳳，一旦遇到權力的「威武」——「錦衣軍查抄寧國府」（第一百零五回回目名），便土崩瓦解。不是威武不能屈，而是屈得魂飛魄散，「氣厥」過去。錦衣軍來抄家，害怕是人之常情，而王熙鳳則嚇得比別人更多一層，連雙腳也撐不住身體。當平兒拉着巧姐兒報了「查抄」消息後，「王邢二夫人等聽着，俱魂飛雲外，不知怎樣才好。獨見鳳姐先前圓睜兩眼聽着，後來便一仰身栽到地上死了。」……賈璉見鳳姐死在地下，哭着亂叫，又怕老太太嚇壞了，急得死去活來。還虧平兒將鳳姐叫醒，令人扶着。（第一百零五回）在危難降臨之際，王熙鳳一下子從氣最足變成「氣厥」（第一百零七回語），從威風第一變成倒數第一。她不僅不能去安慰賈母和其他長輩，反而是賈母帶着王夫人、寶玉、寶釵來看望她。見到賈母親自來

1《紅樓夢悲劇之演成》，引自《紅樓夢藝術論》第二百八十一頁，台北，里仁書局，一九八四年。

瞧，她才「心裏一寬，覺得那擁塞的氣略鬆動些」。這一次王熙鳳從趾高氣揚到暈倒氣厥，把「玻璃人」本質暴露無遺，原來，這隻「母老虎」不過是隻紙老虎，一個拳頭下來，就一頭栽到地上暈死了。玻璃最脆弱，未有動靜，倒是光彩四射，耀眼奪目，可惜最經不起風浪的打擊，一擊即碎。

王熙鳳如此外強中乾，除了其人性深層本就脆弱之外，還有一個原因，就是她做了許多壞事而心虛。心虛自然就膽小。在第一百零八回的故事裏，寶玉聽到瀟湘館裏有哭聲，不僅不怕，而且還想到那裏去走走，而王熙鳳一聽到那裏就「寒毛倒豎」，又是嚇得渾身抖顫。她說：「寶兄弟膽子忒大了。」史湘雲糾正說：「不是膽大，倒是心實。不知是會芙蓉神去了，還是尋甚麼仙去了。」史湘雲一語中的，王熙鳳所以會變成一隻紙老虎和死貓子，除了內裏性弱之外，還有一個心虛即欠了許多良心債和人命債。欠下一身債的玻璃人，勢必更沒有力量。

書寫至此，想起聶紺弩老人贈與筆者的詩中有「彩雲易散琉璃碎，惟有文章最久堅」的提示。「文章」二字在此也可以延伸解釋為文化底蘊，像王熙鳳這種沒有靈魂底蘊的人，注定如彩雲易散，玻璃易碎。玻璃人，說到底是只有水晶心肝、沒有真實心靈的人。

【十八】明白人解讀——平兒等

「明白人」一詞在《紅樓夢》裏屢次出現，有的只是一般地說說「你不糊塗」；有的則是認真一些地說「你清楚事理」；還有一種是很鄭重地對一個人進行總體評價。第二十回，林黛玉見到寶玉一聽說史湘雲來立即和寶釵趕到賈母房裏，黛玉又吃醋又生氣，賈寶玉連忙悄悄向她說：「你這麼個明白人，難道連『親不間疏，先不僭後』也不知道？我雖糊塗，卻明白這兩句話，……」這裏的「明白人」是屬於前兩種含義，不是確切意義上的明白人，而寶釵兩次對平兒的評價，卻是鄭重的評價，也是對平兒為人處世最貼切的界定。第一次在第四十四回中。賈璉在自己的房裏私通僕人之妻鮑二家的，而且一起「聲討」王熙鳳，鮑二家的咒「閻王老婆」早死，賈璉則訴閻王婆的苦：「如今連平兒他也不叫我沾一沾了。」王熙鳳聽到之後氣得渾身亂戰，便疑心平兒素日背地裏也有憤怨之語。怒氣更上一層，立即不分青紅皂白回身先把平兒打了兩下，然後一腳踢開門去抓住鮑二家的撕打。接着便是打得天翻地覆，混鬧中王熙鳳賈璉又拿平兒出氣。平兒蒙受大委屈幾乎尋死之後，除了賈母、寶玉的慰藉之外，寶釵正正經經勸說平兒：「你是個明白人，素日鳳丫頭何等待你，今兒她多吃一口酒，他可不拿你出氣，難道倒拿別人出氣不成？別人又笑話他吃醉了。你只管這會子委屈，素日你的好處，豈不都是假的了？」先不論寶釵這種「打人有理」的世故邏輯是否正確，但她說平兒是「明白人」可不是一般說說，所以在另一年慶賀平兒生日時，寶釵又對寶玉說：「平兒是個明白人，我前兒也告訴了他，皆因他奶奶不在外頭，所以使他明白了……」（第六十二回）且不詳說這段話的語境和語義，只注意一下寶釵又在寶玉面前再次說平兒是個「明白人」就夠了。

平兒在《紅樓夢》的人物榜上，可界定為麗人，因她是「俏平兒」（第二十一回）。即俏麗之人；可界定為「可人」，因為她是眾口皆碑的可愛之人；也可界定為「佳人」，因為她是有貌有才有德也風流的人。有的評《紅》者甚至認為應當用「全人」來形容她。因為找不出她的缺點。不管從哪個角度上看，都很難挑出她的「不是」。在繁多的評說平兒的文章中，舒蕪先生的《平兒與鳳姐》[1]可說是最為精彩的一篇。此文的開頭就引證涂瀛的「全人」之說：

> 讀花人（涂瀛）《平兒讚》云：「求全人於《石頭記》，其惟平兒乎！平兒者，有色有才而又有德者也。然以色與才德，而處於鳳姐下，豈不危哉！乃人見其美，鳳姐忘其美；人見其能，鳳姐忘其能；人見其恩且惠，鳳姐忘其恩且惠。夫鳳姐，固以色市，以才市，而不欲人以德市者也；而相忘若是。鳳姐之忘平兒與？抑平兒之能使鳳姐忘也？嗚呼！可以處忌主矣。」

舒蕪先生的文章並不是對「全人」這一概念的闡釋，只是以「全人」之說作為引子而已。用「完人」、「全人」界定人物，總有可擊之隙。因為如果把「全人」放到一個更高的參照系裏，總要發現他的「不

---

1 收入《說夢錄》，上海古籍出版社，一九八二年。

全」，例如把平兒放在「玉人」的參照系裏，我們就會發現平兒缺乏三玉（寶玉、黛玉、妙玉）的深邃，更缺少她們的超凡的才華，只有在世俗社會的層面上，我們才會覺得她是中國男人所期待的那種賢惠的理想人格。即使我們姑且用「全人」、「完人」來描述平兒，也只能說明她為人長處的種種表現，卻很難進入平兒的生命質點。因此，寶釵所界定的「明白人」，倒是我們解開平兒的匙。

所謂明白人，應有兩義：一是通常所指的洞明事理之人，或者說是做事既合情也合理的人。但還有一義是到了禪宗才更為明確的明心見性之人。慧能所講的明心見性，實際上是講人的心靈原是一塵不染的潔白純淨主體，那是佛性的藏存之所，明了這個「白」，開掘這個「白」，放下「白」之外的一切「執」、一切妄念而見其真性，便是「覺」，便是「悟」，便是佛。平兒這個明白人，兩義兼有，前者是她的意識，後者是她的潛意識——無師自通地明瞭一種禪性大道理，從而形成一種奇異的人性與神性。

平兒原是王熙鳳的四個陪嫁丫頭之一，其他三個最終消失，惟有她留下並從「屋裏人」「提升」為賈璉的小妾。她的人生處境本是很險惡的，這不僅因為她出身低微，是從下人堆裏走出來的姨娘，而且與她同處一室的除了俗不可耐的丈夫之外，還是一個具有狼虎之威、機關算盡的王熙鳳。也就是說，她天天都必須「與狼共舞」，其人生的難點也就在如何與這個如狼似虎的女強人同舟共濟、和平共處。然而，在此險境中，平兒居然亦真得家園，既能討得賈璉的喜愛，又能得到王熙鳳的容納和信任，以至王熙鳳連匙都交給她。人同此心，心同此理，王熙鳳再淩厲，內心也知道平兒的性情品格無可挑剔，不能接受她，還能接受誰？難怪李紈要說：「我成日家和人說：有個唐僧取經，就有個白馬來馱他；劉智遠打天下，就有個瓜精來送盔甲；有個鳳丫頭，就有個你！你就是你奶奶的一把總匙，還要這匙做甚麼？」

又說：「鳳丫頭就是個楚霸王，也得兩隻膀子好舉千斤鼎，他不是這丫頭，就得這麼周到了？」（第三十九回）

用李紈這段語言為引子，我們要說，平兒作為一個明白人，就是她明白在這個大貴族府中，歸根結底是個「丫頭」，即使成為「妾」了，在人們的眼裏還是「丫頭」，明白這一點，了解自己的真實處境和角色，才能把自己放低也就是放在最妥當的地位，避免落入寶蟾、秋桐那樣的命運，也避免和王熙鳳爭寵的任何妄念。而且，她又明白，與她共室的是一個霸王，她是在霸王的權威下生活，沒有力量爭霸，也不想爭霸，但她又完全明白這個霸王的心理以及霸王種種行為的意圖，於是，在人前她會替王熙鳳的行為辯解，不說一句王熙鳳的壞話，在人後即在王熙鳳面前也有分有寸，既會開開玩笑又嚴守妻妾次序，不越過非禮界線。就以剛才所說的捱打一事，過後怎麼處理，也非易事。她開始讓李紈拉入大觀園哭泣，到了怡紅院，聽進寶玉的勸告：「姐姐還該擦上些脂粉，不然倒像是和鳳姐姐賭氣了似的。」何況這一天又是鳳姐的生日。平兒一聽就明白，便接受寶玉的意見，理妝打扮起來。這一打扮，既給王熙鳳面子，也給賈母、賈璉面子，化解了一場家庭的風波。（第四十四回）就在大鬧的第二天，賈母逼着賈璉向王熙鳳賠禮，又命賈璉和王熙鳳安慰平兒，可是，平兒在這個重要時刻卻明白讓王熙鳳給自己賠禮將會產生甚麼後果，於是，她在王熙鳳開口之前卻先走上一步給王熙鳳磕頭，並說：

「奶奶的千秋，我惹的奶奶生氣，是我該死。」又說：「我伏侍了奶奶這麼幾年，也沒彈我一指甲，就是昨兒打我，我也不怨奶奶，都是那娼婦治的，怨不得奶奶生氣。」說完這一席明明白白、妥妥貼貼的話，又要跪下，這怎能不使王熙鳳感動，於是，王熙鳳「又是慚愧，又是心酸，忙一把拉起來，落下淚來」。王熙鳳不是個簡單的人，雖有虎狼之威，也有人之常情，她不能不憐愛身邊這個通情達理的明白人了。

與王熙鳳相處難，與賈璉相處也非易事。賈璉是個色鬼，但又是貴族公子。她比誰都明白賈璉是個甚麼人，但她接受生活，接受命運，接受丈夫是個濫情的花花公子。她仍然真誠地對待他，當他色慾發作時，她獻給無限的風情，當他困難時，她變賣自己的家私援助他，當他在外頭偷香竊玉時，她沒有醋意也沒有慫恿，只有勸導與擔心。當賈璉娶過尤二姐之後，王熙鳳仇恨在心，濫施技巧，借秋桐百般折磨她。其他奴才更是看王熙鳳臉色，牆倒眾人推。惟有平兒還對尤二姐同情理解，以姐妹相待。臨終的那個晚上，趁賈璉在秋桐房中歇了，王熙鳳已睡，平兒趕緊過來照看尤二姐，兩人說了推心置腹的最後一席話。先是平兒勸尤二姐不要理秋桐：「好生養病，不要理那畜生。」尤二姐拉他哭道：「姐姐，我從到了這裏，多虧姐姐照應。為我，姐姐也不知受了多少閒氣。我若逃的出命來，我必答報姐姐的恩德；只怕我逃不出命來，也只好等來生罷。」平兒也不禁滴淚説道：「想來都是我坑了你。我原是一片癡心，從沒瞞他的話。既聽見你在外頭，豈有不告訴他的。誰知生出這些個事來。」尤二姐忙道：「姐姐這話錯了。若姐姐便不告訴他，他豈有打聽不出來的，不過是姐姐説的在先。況且我也要一心進來，方成個體統，與姐姐何干。」二人哭了一回，平兒又囑咐了幾句，夜已深了，方去安息。

尤二姐進賈府，是平兒的建議，她一片真心，既為賈璉好，也為尤二姐好，實際上也保護了賈家的體統臉面，沒想到造成悲劇。尤二姐一來，王熙鳳用「借刀殺人」之法，坐山觀虎鬥，先借秋桐殺了尤二姐，自己再殺秋桐，於是便挑動秋桐，這秋桐果然犯賤充當打手。同樣是「妾」，一個那麼善良（平兒），一個那麼惡毒（秋桐）；一個以平常心慈悲心對待尤二姐，一個以嫉妒心虎狼心對待。兩個妾都是俏俊之人，平兒是「俏平兒」，秋桐呢？賈母這樣説她：「人太生嬌俏了，可知心就嫉妒。鳳丫頭倒好意待他，他倒這樣爭鋒吃醋的。可是個賤骨頭。」」（第六十九回）與秋桐對比一下，就知道平兒內心完全沒有世俗的那種爭鋒吃醋的品性。如果說，平兒在和王熙鳳相處即與狼共舞時的表現是意識層面上的「明白人」，那麼，她在對待無助的尤二姐時的表現，則完全沒有經過頭腦的意識考慮，純粹是天性使然，此時，她是潛意識層面上的「明白人」，即天然地抵達潔白純淨本心的人，直接與自身的佛性相通的自然人。平兒與所有的人都相處得很好，一切與她接觸的人都無須防範。慾是收入，情是付出，她是一個只懂付出、不懂收入的無可爭議的好人，一個人人愛人人敬服的人。「眾口皆碑」，這四個字用在平兒身上再也合適不過了。她不僅在賈府裏眾口皆碑，在《紅樓夢》的後世知音裏也眾口皆碑。

剩下最後的問題是：平兒為甚麼能眾口皆碑？為甚麼能在險惡的環境中不用生存技巧而用正當方式活下來並活得有品有格？這似乎是個謎。這一謎底，也許可用嵇康的另外四個字來回答，這就是「明白四達」。嵇康在《答向子期難養生論》中說：「若比之於內視反聽，愛氣嗇精，明白四達，而無執無為，遺世坐忘，以保性全真，吾所不能同也。」而這之前，《莊子．刻意》寫道：「精神四達並流，無所不極，上際於天，下蟠於地。」總之是說明白便能通達四方。平兒正是用明白的心靈打開通往四方的道路，用絕對誠絕對善對應複雜的人際世界，終於也創出一種讓人欽佩的平凡而有詩意的人格。

從嵇康的話語中，可以了解兩點：（一）平兒所以被後世讀者稱為「全人」，乃是因為她保持性情的「全真」，不管對待甚麼人，都以真對待，包括對賈璉、王熙鳳這種不真之人也以真對待，絕無二心與機心。雖「色色想得周到」（第四十四回），卻樣樣均非計謀。這一點極難。如果說，賈寶玉「情不情」（把情推及不情人與不情物）是大愛大慈悲，那麼，平兒這種「真不真」（把真情推及無真情真性之人），則是對人的大寬容與絕對信賴。兩者的生日相同（第六十二回），又都是生命奇蹟，舉世難以尋覓的人性孤本。（二）除此之外，嵇康還提示我們，能明白四達，與「無執」相關。無所執，破一切執，超越常人常有的嫉妒、猜忌、妄想、仇怨、貪婪、兩舌和功於算計、精於比較等執着，放下遮蔽本真自性的陰影，才能自明與明他，也才能解牛游刃有餘，與狼共舞如履平地。人性異常複雜，也異常豐富，每一生命個體都有獨特的稿本，平兒這種明白人看似平和平淡，實則極為精彩而他人難以摹倣和重複。

【十九】穎悟人解讀

——寶玉、柳湘蓮、紫鵑、賈雨村等

「穎悟人」一詞出現在第一百零三回（《施毒計金桂自焚身　昧真禪雨村空遇舊》）。作者在敍述中說：「雨村原是穎悟人，初聽見『葫蘆』兩字，後聞『玉釵』一對，忽然想起甄士隱的事來。……」這裏說賈雨村原來是一個聰穎有悟性的人，說的是「原是」，並非今日。他後來在功名場、勢利場裏陷得太深，幾度浮沉後，似悟非悟，最後還是「迷」了。

《紅樓夢》作為一部悟書，其筆下人物有無穎悟之性，是一個很重要的觀照角度。曹雪芹集中國文化之大成，對中國各家文化均真知真通。他吸收各文化的精華，但又調侃其旁門左道。即使對他最為敬重的禪宗文化，也在回目中就明白地寫出「真禪」與「妄禪」之分，真了不起。《紅樓夢》對莊子對道也敬重，其跛足道人也是啟迪寶玉啟迪人間的「真人」。但是，對於賈敬那種走火入魔的煉丹吞砂求道，他是不以為然的。賈敬雖求道但未悟道，只求道的表面粗俗功夫，實際上是屬於不覺不悟之列，絕非穎悟人。

以「穎悟」為尺度，可以看到《紅樓夢》的人物可分為四類：（一）先知先覺先悟者，如甄士隱、林黛玉；（二）後知後覺後悟者，如賈寶玉、尤三姐、鴛鴦、紫鵑等；（三）似知似覺似悟者，如剛剛所說的賈雨村、惜春等；（四）不知不覺不悟者，如賈瑞、薛蟠、賈赦、賈環等一大群俗人、常人。在作如此劃分之後，還有一些人雖然最後未至於大徹大悟，但始終具有穎悟之性，也可算是穎悟人，如賈母和大觀園裏的一群詩人。不是穎悟人是寫不出詩的。詩人理所當然應是穎悟人，只是穎悟程度不同，最後真能大徹大悟的只有賈寶玉與林黛玉。

甄士隱是個特例。他遭遇了火災與丟失心愛女兒的劫難之後，經「真人」指引，很快就大徹大悟，成為《紅樓夢》第一個覺悟者。屬於穎悟奇才。跛足道人唱出《好了歌》，他一下子就抓住歌心歌眼，作了精彩的解註，直讓道人拍掌叫好。曹雪芹在敍述中評價說：士隱本是有「宿慧」的，一聞此言（指《好了歌》），便頓生徹悟。所謂宿慧，是佛家所說的前世帶來的即天生的超人智慧。因為有這種智慧，一經點破，就一步抵達徹悟境界。

與甄士隱相比，林黛玉的徹悟還須一個「還淚」過程。如果說甄士隱屬於一次性的頓悟，那麼，林黛玉與賈寶玉則是一生性的「漸悟」。雖然都是漸悟，但相比之下，即比起寶玉，林黛玉又是先知先覺先悟。她在智慧的層面總是高出寶玉一籌，對於人生的高境界，她總是先抵達一步，因此，寫作呈現穎悟之性的詩歌時，寶玉和其他詩人總是無法與黛玉相比。我們稱黛玉為大觀園的首席詩人，她是當之無愧的。要知道林黛玉的穎悟之性有多高多深，只要讀讀她的《葬花詞》就可以了。她的悟性抵達到「天盡頭」，抵達到智慧的極處，詩的極處。黛玉的先知先覺先悟，寶玉早已明白。二十二回寫寶玉與黛玉寶釵參禪，黛玉提出「寶玉，我問你：至貴者是『寶』，至堅是『玉』。爾有何貴？爾有何堅？」等問題，寶玉竟不能答。黛玉便笑他：「連我們兩個所知所能的，你還不知不能呢，還去參禪呢。」此時寶玉想了一想，倒是想明白了：「原來他們比我的知覺在先，尚未解悟，我如今何必自尋苦惱。」（第二十二回）寶玉是承認黛玉為先覺者的。至於寶釵，她雖也是個穎悟人，可惜最終未能大徹大悟。儘管她往往表現得比寶玉聰明，但她絕對不可能像黛玉那樣，在寶玉的「你證我證……是立足境」之後畫龍點睛，給寶玉一個震撼心靈的啟悟：無立足境，是方乾淨。憑這八個字，就足以說明林黛玉是個天才的穎悟人。與黛玉相比，寶玉只能算是後知後覺後悟，但最後他卻大徹大悟：走求名利無雙地，打出樊籠第一關。

與寶玉相似，尤三姐也屬後知後覺，但畢竟一覺而悟。她舉劍自刎後，靈魂與柳湘蓮相會並說：「來自情天，去由情地。前生誤被情惑，今既恥情而覺，與君兩無干涉。」（第六十六回）尤三姐最終止於情覺，雖是剛烈之女，卻也是穎悟之人。在她的情覺啟悟下，柳湘蓮也毅然掣出雄劍，斬斷塵緣。應當說，他也是一個穎悟人。

柳湘蓮出家是頓悟，惜春的出家卻不能算是覺悟，她自始至終心冷意冷，最後要絞去青絲、立志為尼，其理由也是一些「父母早死、嫂子嫌我、孤苦伶仃」的理由，完全是被迫出家，並非有所徹悟，惜春與妙玉有交往，想走妙玉的路，但悟性不及妙玉。因妙玉有仙人氣質，也聰慧到極點，自然是個穎悟人，可惜她始終沒有達到大慈大悲的境界，打不破世俗的尊卑界限，因此，也未能大徹大悟。妙玉的例子說明，穎悟人並非注定可達最高境界，云空未必空，真要走上空境空空境，大覺大悟，還要經歷許多修煉。

賈雨村原來也是一個穎悟人，可是，他與甄士隱那種迅速徹悟正相反，總是把功名利祿、榮華富貴看得很重。儘管有過窮困潦倒和被革職的體驗，仍然不能看破「權勢」等幻相。他的恩人兩次開導他，頭一次在破廟裏，他看見一個老道，很像甄士隱，但因功名妄念的牽制，終於未能悟出玄機妙化，依然在仕途經濟的路上奔波掙扎。第二次，在急流津覺迷渡口再次相遇，兩人在草庵裏作了一次推心置腹的長談。但是，無論甄士隱如何開導他，他總是無法徹悟。乃至甄士隱把賈寶玉已經覺醒的大事告訴他，他還是昏昏然，不知自己的終身該如何着落。《紅樓夢》最後一回寫道：

食畢，雨村還要問自己的終身，士隱便道：「老先生草庵暫歇，我還有一段俗緣未了，正當今日完結。」雨村驚訝道：「仙長純修若此，不知尚有何俗緣？」士隱道：「也不過是兒女私情罷了。」雨村聽了益發驚異：「請問仙長，何出此言？」士隱道：「老先生有所不知，小女英蓮幼遭塵劫，老先生初任之時曾經判斷。今歸薛姓，產難完劫，遺一子於薛家以承宗祧。此時正是緣塵脱盡之時，只好接引接引。」士隱説着拂袖而起。雨村心中恍恍惚惚，就在這急流津覺迷渡口草庵中睡着了。

賈寶玉「覺」了，他卻「睡着了」。甄士隱無法使他開悟，接着空空道人又來到「急流津覺迷渡口」賈雨村身邊。在「覺」與「迷」的江津渡口，對於賈雨村可是要緊的重大的瞬間。按照禪的佛理，此刻覺則佛，迷則眾，須作一次決定性的抉擇，可是，賈雨村作了怎樣的抉擇呢：小説寫道，空空道人——

……直尋到急流津覺迷渡口，草庵中睡着一個人，因想他必是閒人，便要將這抄錄的《石頭記》給他看看。那知那人再叫不醒。空空道人復又使勁拉他，才慢慢的開眼坐起，便接來草草一看，仍舊擲下道：「這事我已親見盡知。你這抄錄的尚無舛錯，我只指與你一個人，託他傳去，便可歸結這一新鮮公案了。」空空道人忙問何人，那人道：「你須待某年某月某日某時到一個悼紅軒中，有個曹雪芹先生，只説賈雨村言託他如此如此。」説畢，仍舊睡下了。（第一百二十回）

空空道人先是「叫不醒」，復又「使勁拉他」，才慢慢張開眼睛，可是，最後「仍舊睡下了」。小說最後以賈寶玉的「覺」與賈雨村的「迷」作為結局，一者止於覺，一者止於迷，為佛為眾在覺迷渡口分曉，前者為佛，後者為眾，這個蘊含佛教大道理的終結，是續書的成功之筆。如同《卡拉瑪佐夫兄弟》（陀思妥耶夫斯基）最後基督與宗教大法官的結構性寓言，《紅樓夢》結局這個「覺」（賈寶玉）與「悟」的結構性寓言，也將是一個永恆的啟示性情節。前者是東正教背景下的啟示性真理，後者是佛教背景下的啟示性真理。《紅樓夢》啟示後人，悟與覺並非易事，尤其是大覺大悟，正如老子之《道德經》所呼喚的「回歸」（復歸於嬰兒、復歸於樸等）並非易事。有許多大小人物，走到榮華富貴之地後，再也回歸不了，開悟不了了。

賈雨村原是穎悟人。「原是」二字用得很準確：原來是，現在不是。賈雨村本可以成佛，最後卻變成一個大俗人，神仙來點化也覺不了。《紅樓夢》中有兩個人物暗示一條重要道理：人是會變的，人的真性悟性也會變的。這兩個人物，一個是王夫人，一個是賈雨村。第七十四回寫王夫人打擊晴雯的故事，作者穿插了小議論說：「王夫人原是天真爛漫之人，喜怒出於心臆，不比那些飾詞掩意之人。……」王夫人原先也是一個天真爛漫的少女，現在面對晴雯，卻是一個城府極深的敢下毒手的貴婦人。幾十年的歲月就把一個天真女子變得面目全非。賈雨村原先也有真性，他和嬌杏的故事，是《紅樓夢》中惟一的才子佳人故事，當時的嬌杏只是個丫鬟，賈雨村一見鍾情後還一往深情，算是難得。他補授了應天府之職，上任時就遇到薛家仗勢殺人之案。一聽案情，他大怒道：「豈有這樣放屁的事！打死人命就白白的走，再拿不來的！」（第四回）此一態度也有正氣在。可是一聽門子使眼色，知道兇手是自己恩人賈政的親戚，便改正走邪，做起另一種人了。他在仕途上愈走愈遠，離生命的本真和書生的正氣也愈來愈遠，走到最後，只剩下迷迷糊糊，任憑點撥，也睡着了——覺悟不了。他和王夫人一樣，只是幾十年的歲月就變得面目全非，一點穎悟性也全被官場的護官符剝奪得乾乾淨淨。從王夫人與賈雨村的質變中，我們更可感到賈寶玉不簡單，他生在貴族豪門之家，在財富、權力、功名的威逼和誘惑之下，其本真之性卻一直未變，與黛玉一樣，質本潔來還潔去，來是赤子，往也是赤子。在天是神瑛侍者，在地也是神瑛侍者，最後仍然守持生存的本真狀態，很了不起。

賈雨村未能走向悟而走向迷，寓意很深。東方的宗教皆是無神論宗教——沒有上帝與人格神。禪宗更是以悟代替佛，以覺代替神，完全靠自看、自明、自度、自救，賈雨村在功名利祿的泥濁世界中陷入太深，終於無力回歸本真狀態，人生止於一頂冠蓋遮羞的國賊祿鬼，讓人感慨。

【二十】知音人解讀

——賈寶玉、林黛玉等

《紅樓夢》裏不僅有「知音」這一概念，而且還有「知音人」這一概念。第八十九回，黛玉與寶玉兩人說琴，作者作如此描述：

「妹妹這兩日彈琴來着沒有？」黛玉道：「兩日沒彈了。因為寫字已經覺得手冷，那裏還去彈琴。」寶玉道：「不彈也罷了。我想琴雖是清高之品，卻不是好東西，從沒有彈琴裏彈出富貴壽考來的，只有彈出憂思怨亂來的。再者彈琴也得心裏記譜，未免費心。依我說，妹妹身子又單弱，不操這心也罷了。」黛玉抿着嘴兒笑。寶玉指着壁上道：「這張琴可就是麼？怎麼這麼短？」黛玉笑道：「這張琴不是短，因我小時學撫的時候別的琴都夠不着，因此特地做起來的。雖不是焦尾枯桐，這鶴山鳳尾還配得齊整，龍池雁足高下還相宜。你看這斷紋不是牛旄似的麼，所以音韻也還清越。」寶玉道：「妹妹這幾天來做詩沒有？」黛玉道：「自結社以後沒大作。」寶玉笑道：「你別瞞我，我聽見你吟的甚麼『不可惙，素心如何天上月』，你擱在琴裏覺得音響分外的響亮。有的沒有？」黛玉道：「你怎麼聽見了？」寶玉道：「我那一天從蓼風軒來聽見的，又恐怕打斷你的清韻，所以靜聽了一會就走了。我正要問你：前路是平韻，到末了兒忽轉了仄韻，是個甚麼意思？」黛玉道：「這是人心自然之音，做到那裏就到那裏，原沒有一定的。」寶玉道：「原來如此。可惜我不知音，枉聽了一會子。」黛玉道：「古來知音人能有幾個？」寶玉聽了，又覺得出言冒失了，又怕寒了黛玉的心，坐了一坐，心裏像有許多話，卻再無可講的。

寶玉說「可惜我不知音」，是說他不懂得撫琴，不懂得音樂，並不是說他不是黛玉的知音人。黛玉說「古來知音人能有幾個？」則是語義雙關，她知道寶玉不懂音樂，卻是她惟一的知音人。妙玉倒是懂得音樂，和寶玉一起偷聽黛玉彈奏「素心如何天上月」時便預感到琴弦太急的後果，但她卻不是黛玉的知音人。脂硯齋說《紅樓夢》最後的「情榜」給林黛玉的斷語是「情情」，如果這是真實的話，那麼，林黛玉全部情感所投入的便是惟一的知音人。對於寶玉，他雖然屬「情不情」，是個兼愛博愛者，不僅愛黛玉，也愛晴雯，甚至也愛寶釵、襲人、秦可卿等，但是，他也只有一個知音人，這就是林黛玉。黛玉也是寶玉惟一的知音人。他們互為知音，把愛從「情」推向「靈」，身心全都相戀相惜，所以愛得特別深，特別癡，成了一對癡絕。

正是如此，一提到「知音」二字，黛玉就會想到寶玉，就有戀情泛起的羞澀之感。第八十六回就寫了一個這樣的詩意細節。那時寶玉走進瀟湘館，看到黛玉正在讀一本古怪的書，上頭有數字，也有像「芍」、「茫」等字，寶玉一個也不認得，就說：「妹妹近日愈發進了，看起天書來了。」黛玉嗤的一聲笑道：「好個念書的人，連個琴譜都沒有見過。」直到此時，寶玉才知道黛玉讀琴譜、知音樂。說開之後，黛玉引述一部曲書所言：「師曠鼓琴，能來風雷龍鳳。孔聖人尚學琴於師襄，一操便知其為文王。高山流水，得遇知音。」接着小説寫道，「説到這裏，眼皮兒微微一動，慢慢的低下頭去。」（第八十六回）為甚麼説起「高山流水，得遇知音」就感到羞澀而低下頭去？就因知音人就在眼前。

黛玉説「古來知音人能有幾個？」這是很深的感慨。寶玉一定也會共鳴。知音與知己還有很大的區別。知音人當然是知己，但知己者則未必是知音人。寶玉的知己不少，身邊的襲人、晴雯、芳官以及秦鐘等，都可算是知己。對知己可以説私話、貼心話，可以有情感的交流甚至有性的交流，但是不一定能在靈魂層面的最深處相通。寶玉的知己好幾個，知音卻有一個。黛玉的知己有寶玉、紫鵑，知音人則只有寶玉一人。寶玉和黛玉在談到深處時，無論是談詩談禪還是談西廂記，都能產生靈魂的共振。寶玉與晴雯、芳官雖然情感相投，但靈魂卻不可能深深相吸。所謂知音，應是知其內心，即知靈魂深處之音。這種聲音可直接從口中流出，也可化為文、化為詩、化為歌。寶玉雖聽不懂黛玉的琴聲，卻能充分讀懂黛玉的詩。黛玉是賈府中的首席詩人，她的心聲主要是注入詩而不是注入琴，而寶玉則是黛玉詩的第一激賞者，在內心產生最深共鳴的知音。姐姐元春省親時，他作詩三首，黛玉「作弊」為他作了一首，他一讀，立即覺得黛玉之作比自己的三首「強十倍」。在大觀園詩社裏比詩，他每次都落在黛玉之後，但他都為黛玉鼓掌，讚揚李紈的評判極公平。他聽完黛玉的《葬花詞》，幾乎傾倒昏厥過去，他是黛玉真正的知音人。而黛玉也是寶玉的知音人，寶玉那麼多怪論，對八股文章、聖賢之書那麼反感，對仕途經濟之路那麼拒絕，惟有她最了解他。人們都笑寶玉又呆又傻，她也知道寶玉的靈性悟性未必能與她相及，但她深深愛他，因為她知道寶玉是個成道中的釋迦牟尼，是個具有大愛大慈悲大善根的知音人。惟有他們兩人之間，才知道彼此的內心是怎樣的一片天地，彼此的嚮往與世人的追求有多遠的距離。他們或談禪，或談詩，或相思，或流淚，或吵架，或沉默，都發出一種可以引起靈魂共振的聲音，彼此而知道這些聲音包含着怎樣的訴説，怎樣的深情，怎樣的生命信息。對於寶玉來説，才貌雙全的薛寶釵也是可愛的，但她的心靈和自己的心靈總是有一段長長的距離，因為她不是他的知音，她聽不懂他從靈魂深淵裏發出的那些信息，包括赤子之心的那些信息。寶玉與寶釵可以結為夫婦，但未能成為知音，即可以成為屋裏人，但不可能成為心裏人，更不成為知音人。那種永恆的隔膜，正是他們永恆的苦痛。《紅樓夢》的悲劇內涵之一，是知音人難以成其眷屬，或者説，知音人的詩意之戀終於被世俗的合力所毀滅。

關於寶玉與釵、黛二者關係的區別，牟宗三先生早已作了中肯的説明，他雖未能把「知己」與「知音」加以區別，但指出了只有黛玉才是寶玉的知己。因為「寶玉寶釵之間的關係，是單一的，一元的，表面的，感覺的；寶玉黛玉之間的關係是複雜的，多元的，內部的，性靈的。」[1]

《紅樓夢》第二十八回寫道：

> 此刻忽見寶玉笑道：「寶姐姐，我瞧瞧你的那香串子呢。」可巧寶釵左腕上籠着一串，見寶玉問他，少不得褪了下來。寶釵原生的肌膚豐澤，一時褪不下來。寶玉在旁邊看着雪白的胳膊，不覺動了羨慕之心，暗暗想道：「這個膀子若長在林姑娘身上，或者還得摸一摸，偏長在他身上，正是恨我沒福！」忽然想起金玉一事來，再看看寶釵形容，只見臉若銀盆，眼同水杏；唇不點而含丹，眉不畫而橫翠，比黛玉另具一種嫵媚風流，不覺又呆了。寶釵褪下串子來給他，他也忘了接。寶釵見他呆呆的，自己倒不好意思的起來。

1 牟宗三：《紅樓夢悲劇之演成》，收入《紅樓夢藝術論》，台北，里仁書局，一九八四年。

牟宗三先生以此段敍述為證說：

寶玉是多情善感的人，見一個愛一個，凡是女孩兒，他無不對之鍾情愛惜。他的感情最易於移入對象，他的直覺特別大，所以他的滲透性也特別強。時常發呆，時常哭泣，都是這個感情移入發出來的。現在一見寶釵之嫵媚風流，又不覺忘了形，只管愛惜起來。然這種愛之引起，卻是感覺的，表面的，因而也就是一條線的。……這種表情又打動了他的心，不覺忘了形。任憑鐵石人也不能無動於衷，何況善感的寶玉。然這種打動，也只是感覺的，一條線的。對象離了眼，也可以逐漸消散，雖然也可以留下一種感激之情。

因為這個緣故，所以其愛寶釵之心遠不如愛黛玉。他雖然和黛玉時常吵嘴，和寶釵從未翻過臉，然而也不能減低了他們的永久的愛，其原因就是：於嫵媚風流的仙姿而外，又加上了一個思想問題，性格問題。由於這個成份的摻入，遂使感覺的一條線的愛，一變而為既感覺又超感覺的複雜的愛。既是複雜的，那愛慕之外，又添上了敬重高看的意味，於是，在這方面，黛玉便勝利了，寶釵失敗了。黛玉既是愛人，又是知己。一有了「知己」這個成份，那愛便是內部的性靈的，便是不容易消散的，忘懷的。雖然黛玉說他是「見了姐姐，忘了妹妹」，雖然寶玉見一個愛一個，然從未有能超過黛玉者，也從未有忘過黛玉。因為他倆之間的愛實是更高一級的。

牟宗三先生說知己應是內部的，性靈的，而「知音人」更是如此，這是至深的內心，至深的靈魂層面上的知己，最為難求。

知音人的難求，還有一個原因倒是在曹雪芹之前的一千多年就由劉勰作了説明。劉勰在《文心雕龍》的《知音》篇裏説，知音之難關鍵還是人性原因，其次才是鑒賞能力上的原因。即首先是人性的弱點阻礙，其次才是欣賞者去對同代天才與卓越者的確認。他講三種原因，有兩種是人性原因：「故鑒照洞明，而貴古賤今者，二主是也；才實鴻懿，而崇己抑人者，班、曹是也；學不逮文，而信偽迷真，樓護是也。」而在此之前，《淮南子・修務訓》中就説過：「世俗之人，多貴古而賤今，故為道家，皆託之於神農、黃帝，而後能入説。」劉勰知道人性弱點，總結歷史經驗，發覺無論是識深者、才鴻者還是學疏者都有「貴遠賤今」、「崇己抑人」的弱點。賤今與抑人，表現形式不同，實質上同一回事：害怕肯定同一代傑出者會沖淡自己的光輝，影響自己的文壇地位。因此，即使懂其音，也不願意證其音、服其音、頌其音。這是主要原因。至於那些根本就聽不懂、讀不懂的才疏學淺者（學不逮文）就更是害怕一旦肯定同代的大音真聲就要丟掉飯碗，因此也更難正視其不同凡響之音了。

貴古賤今，貴遠賤近，貴耳賤目，這種人性弱點不僅中國有，其他國家（包括西方國家）也有，是人類的一種普遍性的精神缺陷。黑格爾在《精神現象學》中所指出的「侍僕眼中無英雄」的現象，也正是這種人性弱點。他説：

> 諺語説，「侍僕眼中無英雄」；但這並不是因為侍僕所服侍的那個人不是英雄，而是因為服侍英雄的個人只是侍僕。當英雄同他的侍僕打交道的時候，他不是作為一位英雄而是作為一個要吃飯、要喝水、要穿衣服的人，總而言之，英雄在他的侍僕面前所表現出來的乃是他的私

人需要和私人表象的個別性。[1]

黑格爾揭示的這一道理是真的，同時代的身邊人所以不能認識同時代卓越人物，乃是被表象個別性所遮蔽。愈近表象愈多，遮蔽層愈厚。黑格爾講的不是嫉妒這類人性原因，而是被表象遮蔽的原因。劉勰講的是道德論，黑格爾講的是認識論，兩人加起來，便知要正視、理解一個卓越人物和一顆傑出心靈是需要克服重重障礙的，其中有認識對象的表象障礙，有認識主體的狹隘心胸障礙，有大眾輿論的俗氣障礙等。黑格爾的論述給我們一點最寶貴的啟迪是，看英雄不應當用俗眼去看，俗眼肉眼只能看到表皮。只有用慧眼（或佛家所説的天眼）去看，才能看到深層那些難知難得的一切。

林黛玉和賈寶玉相處於一個府第，一個大觀園，彼此都知道各人的弱點，但賈寶玉完全忽略黛玉「任性」等弱點，而黛玉也不在乎寶玉的「情不情」和「傻頭傻腦」，寶玉知道黛玉擁有怎樣的智慧與心性，黛玉也知道寶玉擁有怎樣的心性與心胸。他們彼此都看到心的深處，情的深處，靈的深處，這是極為難得難能的，因此，他們確實是一對最深刻意義上的知音人。

1 《精神現象學》下卷，第一百七十二頁，北京，商務印書館，一九八一年。

【二十一】冷眼人解讀——冷子興、秦可卿、惜春等

《紅樓夢》的「冷眼人」概念在第二回一開篇就出現：「一局輸贏料不真，香銷榮盡尚逡巡。欲知目下興衰兆，須問旁觀冷眼人。」

這種冷眼旁觀者有三類：一是完全站在故事情節框架的邊緣，在小說中雖與某些人物相關，但其角色功能只是旁觀者和敍述者。這類冷眼人主要是冷子興。二是帶有神性的旁觀者，但他們是半人半神，屬於虛化與神化的冷眼人，這是空空道人、跛足道人等。三是小說中人物，甚至是相當重要的人物，如妙玉，她是當事人，又是旁觀者，屬於帶有某種關切的冷眼人。

曹雪芹的主要敍述手法之一是諧音暗示。起名為冷子興，以冷為姓，其姓名的意思便是冷眼旁觀賈府的興衰命運。另一暗示，冷子興可讀為「能止幸」。《紅樓夢》哲學的重要內涵是起源於大乘佛教的觀止哲學。觀是慧，是看破；止是定，是放下。大觀園即大慧園，《好了歌》也可以說是觀止歌。佛教講究要「知止」。能知止就是幸運。冷子興的名字意味着他是用觀止哲學眼睛看世界、看賈府興衰浮沉，也就是用慧眼觀察，冷靜、真實地對待一切。小說在開端處設置這雙慧眼，真是天才之筆。

冷子興在小說中的身份只是一個古董商人，賈雨村的朋友。在後來的故事中，只說過他為了賣古董與人打官司，就叫妻子向賈府說情疏通。但在《紅樓夢》的開篇，他卻是一個重要敍述者。他在和賈

雨村的一席談話中把賈府的一些人物扼要地作了介紹，並稍加評說。在一部浩瀚的擁有數百人物的大作品，這個敍述者的敍述，相當於導言，冷子興也就像把讀者引入紅樓山海的嚮導。尤其難得的是這位嚮導是個冷眼人，即只作旁觀的邊緣人、觀察者，不作裁判者，他超越了政治判斷，也超越道德判斷，只冷靜地向朋友（賈雨村）實際上是向讀者介紹他的所聞所知所識，款款道來，沒有任何情緒性語言。這是《紅樓夢》敍事藝術的一絕。

冷眼人的眼睛，並非「以我觀物」，而是「以物觀物」（王國維語），也就是說，他在觀察社會觀察歷史觀察人物時，是懸擱了個人的情緒性判斷，即懸擱詩人似的浪漫的眼光，只以平常的心態、客觀的心態、無褒無貶的心態去觀看和敍述。冷子興持守客觀冷靜的眼睛看賈府，所以無論是敍事還是議論，均無激憤之辭，只有清明意識。如對賈府興衰之象的評說，他就調整了賈雨村的看法。

雨村道：「去歲我到金陵地界，因欲遊覽六朝遺蹟，那日進了石頭城，從他老宅門前經過。街東是寧國府，街西是榮國府，二宅相連，竟將大半條街佔了。大門前雖冷落無人，隔着圍牆一望，裏面廳殿樓閣，也還都崢嶸軒峻；就是後一帶花園子裏面樹木山石，也還都有蓊鬱潤之氣，那裏像個衰敗之家？」冷子興笑道：「虧你是進士出身，原來不通！古人有云：『百足之蟲，死而不僵。』如今雖說不及先年那樣興盛，較之平常仕宦之家，到底氣象不同。如今生齒日繁，事務日盛，主僕上下，安富尊榮者盡多，運籌謀畫者無一；其日用排場費用，又不能將就省儉，如今外面的架子雖未甚倒，內囊卻也盡上來了。這還是小事。更有一件大事：誰知這樣鐘鳴鼎食之家，翰墨詩書之族，如今的兒孫，竟一代不如一代了！」

賈雨村雖是進士，卻很佩服古董商冷子興，「雨村最讚這冷子興是個有作為大本領的人」（第二回）。冷子興的大本領首先來自冷靜的眼睛。其實，冷子興的大本領正是曹雪芹的大本領。雪芹經歷了家道中落，世事滄桑的折磨，也了解那個輝煌盛世下的政治黑暗，但他超越了政治糾葛。既超越了他不認同的那種政治，也超越了自己認同的政治，只關注個體生命的尊嚴和如何詩意地棲居於人間之中，因此，他揚棄了政治裁決與道德判斷的心態，不作裁判者，只作冷靜的觀察者和藝術呈現者。他對「從來如此」的正統理念和典章制度確有很深的懷疑和挑戰，但他既不是反皇帝的造反者，也不是保皇帝的衛道者，只是一個旁觀冷眼人，一個大觀思想者，一個款款道來的文學敘述者。因此，他才獨創千古一絕，完全別於「才子佳人」和「大賢大惡」的舊套。《紅樓夢》是偉大的作品，但又是低調的文學。它沒有「聖人言」、「警世恆言」、「喻世明言」的高調，不想去教導讀者和煽動讀者，只有「假語村言」、「石頭言」、「跛足道人言」、「冷子興言」、「甄士隱言」等平平常常說話、唱歌、講故事的漫談細論，所有的大眼淚、大悲傷都寄寓在佈滿詩意的審美形式中。

冷子興是現實中人，他作的是具體的現實的觀察。他之外還有另一種冷眼人是大徹大悟或已經成道的真人道人，他們也時時用冷眼旁觀賈寶玉及其家族。跛足道人和甄士隱，一個唱《好了歌》，一個寫詩作註，其思想的透徹可說是力透金剛。這都是冷眼觀察人間的結果。但是，他們與冷子興不同。冷子興的以物觀物，還屬以色觀色，而道人和徹悟之人則是以空觀色，跛足道人的眼睛與冷子興的眼睛之別，也許正是佛眼與慧眼之別。因為用空眼看世界。所以就看出世人被金銀、姣妻、功名所困即為色所迷的大荒誕。他們是特殊的冷眼人，在天地兩間走動的冷眼人。其大冷眼下的世界圖像——「陋室空堂，當年笏滿床；衰草枯楊，曾為歌舞場」，「亂烘烘你唱罷來我登場」等等，是另一人生景觀，更別有一種意義。

第三類冷眼人是介乎前兩類之間的人，這是妙玉。她尚未成道，不是跛足道人那種真人至人，也不是冷子興那種世俗世界中人，而是一種超凡俗超既定規則的「檻外人」。因此，她便用檻外的冷眼來看檻內的事情，包括看「木石之盟」與「金玉良緣」的曲曲折折。她隱居在櫳翠庵中，身為尼姑，卻沒有了斷塵緣，因此常到賈府裏下棋、走動，但畢竟和現實社會拉開了一段距離，所以她自稱「檻外人」也並非矯情。她與寶玉交往，並非檻內俗套，而是因為寶玉「有些知識」可與妙玉相通，即靈魂上可以相互印證。據劉心武所考，《紅樓夢》第五回警幻曲子中的命運預示：「又何須，王孫公子嘆無緣」。這「王孫公子」並非寶玉，而是陳也俊。倘若此說成立，妙玉就更是一個賈府浮沉的旁觀冷眼人。倘若不信心武所考，妙玉與寶玉確有心靈之戀，這也無礙她當冷眼人。她和寶玉一起在瀟湘館偷聽黛玉撫琴，聽出琴音過激，乃是不祥預兆。佛教中的「觀」，不僅是眼看，而且是耳聽，更是以六根之根性作整體把握。她靜聽黛玉之音，也是冷觀黛玉命運，相當神秘。

賈府中還有另一個冷眼人，讀者較容易遺忘，這就是寧國府中的秦可卿。她美麗絕倫而且聰慧絕頂。正如第五回中的敍述：「……賈母素知秦氏是個極妥當的人，生的裊娜纖巧，行事又溫柔和平，乃重孫媳中第一得意之人。」以往的評《紅》者較關注她的情際關係而忽略她的非凡才華。她是一個兼有形上哲學能力和形下管理才能的特別女性，可是藏而不露，直到彌留之際，才託夢給王熙鳳，說了一番盛世危言。這番警世之言，一方面是「月滿則虧」、「否極泰來」、「盛筵必散」等切中要害的哲學提示，這是中國哲學關於「物極必反」、「居安思危」的提示。簡直可說「句句是真理」。另一方面則又是切中家弊、救援賈府的兩項具體提醒：一是祖塋雖四時祭祀而無一定的錢糧；二是家塾雖立而無一定的供給。點破缺陷之後又道明補救措施。聽完可卿一席遺言，讀者不僅會驚訝地發現她原來是個「哲學家」和「管理家」，而且會驚嘆她的觀察多麼仔細，多麼準確。這番遺言，說明她是一個十分冷靜的觀察者，一個被誤解為「濫情人」的冷眼人。

有水平的旁觀冷眼人，是需要生命的精神底蘊的（文化底蘊也是精神底蘊的內容）。《無量壽經》上講極樂世界的人，眼明耳明心明，眼、耳、鼻、舌、身、受一體，同時感知世界。我在其他評紅文學中曾說，秦鐘和寶玉雖都長得清秀奪人，外貌都漂亮，但精神底蘊卻差別很大，所以秦鐘最後便撐不住原有的信念，彌留之際規勸寶玉改邪歸正，完全屈服於世俗的潮流。而他的姐姐秦可卿則大不相同。可卿與王熙鳳一樣都極其聰明，平時也相處得好。但是兩人的精神底蘊卻大不相同。秦可卿那種「盛筵必散」的哲學思維是王熙鳳絕對沒有的。因此，王熙鳳雖能幹，卻難以像可卿那樣地把握賈府的命脈，也感受不了已經逼近的危機。她有治家之才，卻無清明之識，得意之時，不知所止，結果下場極慘。

妙玉和秦可卿都很有文化素養，倘若活在今天，便屬「文化人」。其實，文化人在社會上的角色，不宜是政治的直接參與者，超脫一些，作冷眼旁觀者更為合適。曹雪芹本身也是選擇這種位置和角色，所以才有《紅樓夢》如此冷靜的筆調。《紅樓夢》中有大現實，也有大浪漫。所謂大浪漫是指天上人間相通的大境界，並非才子佳人的小悲歡，但是，這部偉大小說卻不能界定為浪漫主義小說，作者也無浪漫情懷，這原因便是曹雪芹雖是眼淚洶湧的有情人，但又是一個冷靜觀察社會人生和見證歷史的冷眼人。

【二十二】伶俐人解讀

——小紅、賈芸等

《紅樓夢》中出現過兩個詞形相近但詞意並不相同的概念：伶透人與伶俐人。「伶透人」在小說文本中出現過兩次：一次是在第六十八回：「妹妹這樣的伶透人，要肯真心幫我，我也得個膀臂。」還有一次在第八十三回：鳳姐叫平兒稱幾兩銀子，遞給周瑞家的，道：「你先拿去交給紫鵑，只說我給他添補買東西的。若要官中的，只管要去，別提這月錢的話。他也是個伶透人，自然明白我的話。」

與伶透人相近同樣也是聰明人的另一共名詞是伶俐人。但王熙鳳說紫鵑是伶透人而不說她是伶俐人是準確的。因為伶透人是聰明，伶俐人卻是精明。伶透人不一定很會說話，而伶俐人則一定善於言詞，甚至具有伶牙俐齒。和紫鵑一樣，襲人也只能稱作伶透人，不可稱為伶俐人。所以第一百二十回中，作者敍述時說：「襲人本來老實，不是伶牙俐齒的人。」因此，伶透人雖為中性詞而偏於褒，而伶俐人，雖也中性卻偏於貶，有時簡直就是貶義詞。

「伶俐人」出現在第五十二回，形容寶玉的小丫鬟墜兒。她因偷了「蝦鬚鐲」，被平兒發現。平兒告訴寶玉，特別叮嚀不要讓晴雯知道。「寶玉聽了，又喜又氣又嘆。喜的是平兒竟能體貼自己；氣的是墜兒小竊；嘆的是墜兒那樣一個伶俐人，作出這醜事來。」寶玉最終還是告訴了晴雯，晴雯果然把墜兒攆出去。晴雯在曹雪芹筆下雖是理想人物，但並不完美，表現在對待墜兒的事上，也真是暴炭（平兒語）

傷人，很不寬厚。

有意思的是被寶玉稱作伶俐人的墜兒，是《紅樓夢》中另一個伶俐人小紅的朋友。小紅和賈芸私授手帕的事，正是她從中拉線。這之前，小紅與卜世仁之甥賈芸已有一段浪漫故事，而這個賈芸更是一個十足的伶俐人。

伶俐人，本來是指機敏靈活的人。說一個人聰明伶俐，並非嘲諷，朱熹甚至把伶俐和「知」視為相關條件，也就是說，知識人可能正是伶俐人。他說：「仁，只似而今重厚底人；知，似今伶俐底人。」（《朱子語類》卷二十三）重仁者，是道德家，心地厚重，重知者即知識人，腦子比較靈活，容易轉彎，容易見風使舵，所以歷史變動中，機會主義者都不是工人農民或道德家，而是知識分子。朱熹的說法是很有道理的。

不過，《紅樓夢》中典型的伶俐人賈芸卻不是有「學問」的知識人，只是一個有心術的聰明人。他因為長得斯文清秀，有一副好身材好臉容，所以寶玉初次見到他時，便說了一句「倒像是我兒子」的笑話。賈芸比寶玉大幾歲，聽到這句話，竟認真地稱起寶玉為父親。正如文本中所描述：原來這賈芸最伶俐乖覺，聽寶玉這樣說，便笑道：「俗語說的，『搖車裏的爺爺，拄拐的孫孫』。雖然歲數大，山高高不過太陽。只從我父親沒了，這幾年也無人照管教導。如若寶叔不嫌侄兒蠢笨，認作兒子，就是我的造化了。」（第二十四回）這個伶俐人在賈府裏的地位很低，靠孝敬一大包香料、走了王熙鳳的後門才找到一個買辦花草和種植樹木的好差使，一心想往上爬，好容易遇上寶玉，怎能不抓住機會以致把自己縮小成「兒子」好鑽入寶玉的門縫。寶玉是個寬厚之人，也不會像當今知識人那樣來個刻意「蔑視」和鄙薄，只不當一回事。可是這個賈芸，過了些時候，又在賀帖上（賀賈政報升郎中）把「父親大人」改為「叔父大人」。襲人收到帖兒後，對寶玉說了一段關於賈芸的印象。小說原文如下：

> 晚間寶玉回房，襲人便回道：「今日廊下小芸二爺來了。」寶玉道：「作甚麼？」襲人道：「他還有個帖兒呢。」寶玉道：「在那裏？拿來我看看。」麝月便走去在裏間屋裏書子上頭拿了來。寶玉接過看時，上面皮兒上寫着「叔父大人安稟」。寶玉道：「這孩子怎麼又不認我作父親了？」襲人道：「怎麼？」寶玉道：「前年他送我白海棠時稱我作『父親大人』，今日這帖子封皮上寫着『叔父』，可不是又不認了麼。」襲人道：「他也不害臊，你也不害臊。他那麼大了，倒認你這麼大兒的作父親，可不是他不害臊？你正經連個——」剛說到這裏，臉一紅，微微的一笑。寶玉也覺得了，便道：「這倒難講。俗語說：『和尚無兒，孝子多着呢。』只是我看着他還伶俐得人心兒，才這麼着；他不願意，我還不稀罕呢。」說着，一面折那帖兒。襲人也笑道：「那小芸二爺也有些鬼鬼頭頭的。甚麼時候又要看人，甚麼時候又躲躲藏藏的，可知也是個心術不正的貨。」寶玉只顧拆開看那字兒，也不理會襲人這些話。襲人見他看那帖兒，皺一回眉，又笑一笑兒，又搖搖頭兒，後來光景竟大不耐煩起來。襲人等他看完了，問道：「是甚麼事情？」寶玉也不答言，把那帖子已經撕作幾段。（第八十五回）

襲人評價賈芸所用的幾個詞：鬼鬼頭頭，躲躲藏藏，心術不正等，可謂「真知灼見」。凡伶俐人一旦太伶俐，就心術不正。就《紅樓夢》文本而言（不以評註家、考證家和《紅樓夢》電影為據），賈芸着實無法讓人喜歡，這就因為他太精明、太伶俐了。襲人完全不能接受他，是有道理的。這個賈芸看上了寶玉的丫鬟小紅，可算是伶俐愛伶俐，小紅是個聰明絕頂的伶俐人。她是賈府大管家林之孝之女，本名紅玉，因「玉」字重了寶玉之名，便改喚作小紅。本來是寶玉的丫鬟，後來偶而給王熙鳳傳話，這個大伶俐人便發現傳話的小伶俐人：「林之孝兩口子都是錐子扎不出一聲兒來的。我成日家說，他們倒是配就的一對夫妻，一個天聾，一個地啞，那裏承望出這個伶俐丫頭來！」因為真喜歡她的伶俐，就向寶玉把她要去當了自己的丫鬟。

這個小紅可真不是一個簡單人物。小說中那句著名的「千里搭長棚，沒有不散的筵席」就是出自她的口。她的來歷、出身，她父親林之孝原是甚麼人，是考證學派關注的重要題目。而且據脂硯齋透露，賈家敗落之後，她並不投機，倒是守持一份對原主子的忠誠。但就目前我們能看到的文本，小紅只是一路伶俐，機靈得讓人不喜歡，尤其是薛寶釵，她甚至用「眼空心大」四個字評價小紅。第二十七回，寶釵於芒種節這天在園內在眾姐妹玩耍撲蝶，到了池中滴翠亭，聽到了小紅與墜兒的私語談的正是與賈芸的秘密情事。小說寫道：

> 寶釵在外面聽見這話，心中吃驚，想道：「怪道從古至今那些姦淫狗盜的人，心機都不錯。這一開了，見我在這裏，他們豈不臊了。況才說話的語音，大似寶玉房裏的紅兒的言語。他素昔眼空心大，是個頭等刁鑽古怪東西。今兒我聽了他的短兒，一時人急造反，狗急跳牆，不但生事，而且我還沒趣。如今便趕着躲了，料也躲不及，少不得要使個『金蟬脫殼』的法子。」

寶釵竟然把小紅看到「是個頭等刁鑽古怪東西」，其成見相當深。不過，這也不奇怪，賈政之外，寶釵算是賈府中的另一孔夫子，至少算是女賢人。孔夫子喜歡「剛毅木訥」者，不喜歡巧言令色之徒。伶俐人正是巧言令色之人，往往聰明有餘，誠實不足，不符合道德標準。但在混濁的泥濁世界裏，混得比較好的往往是這兩種人：一種像鱷魚，長滿犀利的牙齒，這是猛人、惡人、濁人等；另一種像泥鰍，一身油滑，善於穿梭鑽營，這便是伶俐人。環境太艱難，逼得人長出一身油，一身刺。寶釵對小紅的惡評中有一點讓人振聾發聵的是說伶俐人會「人急造反，狗急跳牆」，一旦「生事」，躲都躲不及。寶釵這一見解可視為曹雪芹對伶俐造反派的真見解，這種反派往往「眼空心大」，志大才疏，無真才實學，卻有一番抱負，急於出人頭地，於是便靠伶俐，靠刁鑽，靠激烈，靠急跳，靠造反。這種人在社會變動時總是挺紅火，但挺可怕，難怪寶釵要逃離他們。

寶釵、襲人屬於正統的女性，因此對賈芸、小紅這種伶俐人特別反感。但是，平心論來，伶俐本身無善無惡，不可作價值判斷。說到底，伶俐只是聰明一種類型。對於伶俐，倒是賈母的一種見解，最是公平。她不否定伶俐，只是說，不可太伶俐。第五十二回，她對薛姨媽、李嬸、尤氏評說王熙鳳：「我雖疼他，我又怕他太伶俐也不是好事。」鳳姐聽了忙笑話：「這話老祖宗說差了。世人都說太伶俐聰明，怕活不長。世人都說得，人人都信，獨老祖宗不當說，不當信。老祖宗只有伶俐聰明過我十倍的，怎麼如今這樣福壽雙全的？只怕我明兒還勝祖宗一倍呢！我活一千歲後，等老祖宗歸了西，我才死呢？」賈母笑道：「眾人都死了，單剩下咱們兩個妖精，有甚麼意思？」王熙鳳一心想討好賈母，未深思賈母「太伶俐也不是好事」的至理明言。最後自己終於因為自己太伶俐——機關算盡太聰明，反誤了卿卿性命。其實，賈母認為伶俐不可過份，是極為重要的人生經驗。它的言外之意可作許多種闡釋，而其中定有一種可作如下解讀：太伶俐者必定把自己的聰明才智投入生存技巧，讓自己的身心長出太多心機、心術，最後將喪失內心的質樸和整個生命的本真狀態，以至變成賈母所說的「妖精」。人之伶俐，既然可以發展成智慧，也可以墮落為妖精，因此，伶俐者最好還是不要一味發展伶俐，倒是應當保持一點「渾沌」，否則，一直開竅下去，真的要如莊子所預示的：七日而亡，活不下去了。

【二十三】糊塗人解讀

——史湘雲、賈寶玉等

「真真你是糊塗人。」（第三十一回）這是林黛玉對史湘雲開玩笑時說的，雖然無心，卻準確地道破了史湘雲的一項性格特徵。《紅樓夢》回目上有《憨湘雲醉眠芍藥裀》（第六十二回）也視史湘雲為憨人，是一個快人快語、豁達豪爽、聰明穎悟卻隨隨便便、糊裏糊塗的人。

糊塗人這一共名無須多加解釋。但被稱為糊塗人的，卻有真有假，被黛玉指為「真真糊塗」的，也不是真糊塗。日常生活中，說一個人糊塗，往往無褒無貶，倒是一種含有愛意的辯護。但也應當承認，人世間確有真糊塗、真真糊塗的人，糊塗得讓人生氣，讓人惋惜，讓人嘆息，《紅樓夢》中的迎春就是一個。在本書中，筆者對迎春充滿同情，但也不得不把她放入「怯人」之列，以描述她軟弱，怕事的心性；而現在以「糊塗人」界定她，則是說明她的「腦子」及其所派生的處世哲學，真是除了「糊塗」二字，真不知道該用甚麼別的字眼來解說她。她的乳媽因聚賭偷去她的攢珠，此事累及丫頭繡桔，這丫頭不平，要去回王熙鳳，她卻連忙阻止道：「罷罷罷，省事好些，寧可沒有了，又何必多事。」待到平兒來問，她才說出自己的處世態度。放下《太上感應篇》，說道：「問我，我也沒有法子。他們的不是，自作自受，我也不能討情，我也不去加責就是了。至於私自拿去的東西，送來我收下；不送來，我也不要了。太太們要來問我，可以隱瞞得過去，是他的造化，要瞞不住，我也沒法兒。……你們要說我好性兒，沒個決斷，有好主意可以八面周全，不叫太太們生氣，任憑你們處治，我也不管。」對於這段話，六十年前有一評論（作者陸沖嵐）評得很中肯：「善善而不能行，惡惡而不能去，無可無不可；是『好性兒』，也就是糊塗蟲。」[1] 迎春最終嫁給「中山狼」，並鬱鬱而死，這固然有家庭責任，但她自己的糊裏糊塗，任憑擺佈，也有責任。

講真糊塗人比較簡單，而講起林黛玉、史湘雲、賈寶玉這些非常聰明、非常有智慧的「糊塗人」，則別有另一番意義。先回到黛玉說史湘雲「真真糊塗」而湘雲反說黛玉糊塗的故事。那是湘雲來作客，還給襲人等帶來禮物。禮物包在手帕裏，寶玉就說：「甚麼好的？你倒不如把前兒送來的那種絳紋石的戒指兒帶兩個給他。」湘雲把手帕打開，果然是上次她讓僕人送來給黛玉、寶釵等的那種戒指，一共四個，於是：

> 林黛玉笑道：「你們瞧瞧他這主意。前兒一般的打發人給我們送了來，你就把他的帶來豈不省事？今兒巴巴的自己帶了來，我當又是甚麼新奇東西，原來還是他。真真你是糊塗人。」史湘雲笑道：「你才糊塗呢！我把這理說出來，大家評一評誰糊塗。給你們送東西，就是使來的不用說話，拿進來一看，自然就知是送姑娘們的了；若帶他們的東西，這得我先告訴來人，這是那一個丫頭的，那是那一個丫頭的，那使來的人明白還好，再糊塗些，丫頭的名字他也不記得，混鬧胡說的，反連你們的東西都攪糊塗了。若是打發個女人素日知道的還罷了，偏生前

1 上海《大公報》，一九四七年八月十七日。

兒又打發小子來，可怎麼說丫頭們的名字呢？橫豎我來給他們帶來，豈不清白。」說着，把四個戒指放下，說道：「襲人姐姐一個，鴛鴦姐姐一個，金釧兒姐姐一個，平兒姐姐一個：這倒是四個人的，難道小子們也記得這麼清楚？」眾人聽了都笑道：「果然明白。」寶玉笑道：「還是這麼會說話，不讓人。」（第三十一回）

黛玉說湘雲是糊塗人，湘雲不服，回敬一個「你才糊塗」，而且要大家來評評「誰糊塗」，誰明白。其實，黛玉說的對，湘雲回應的也對。黛玉、湘雲、寶玉這三個人，有時是大明白人，有時確實都是大糊塗人。沒有心機，沒有心眼，沒有那麼多俗世俗事的記性和算計，不懂得社會的規範與規矩，自然就糊塗。寶玉和湘雲兩人的最大共同點是常常傻頭傻腦，「因麒麟伏白首雙星」，如果真的是命運預告，最後兩個傻子能結成伴侶倒是一種生命本真的相融相契。

史湘雲的詩才之高，僅次於林黛玉，可與寶釵和其他姐妹比美。她們倆在中秋節聯句比詩，較量了一番，都屬才華橫溢，但在世俗社會裏，她們都是糊塗人，尤其是史湘雲。不過，史湘雲的糊塗，是鄭板橋式的糊塗，是鄭板橋所說的「難得糊塗」的那種糊塗，即名士風度的糊塗。史湘雲是賈府裏的名士，她隨和大度，寬厚待人，但就是不懂得那些規矩，尤其是女子的規矩，所以才有憨吃鹿肉、憨醉石櫈的浪漫。因為沒有心眼，對世事缺少深刻的思慮，偏又直爽，於是常會隨人俯仰地說出一些大糊塗話來。她勸寶玉要走仕途經濟之路，就是這種糊塗的一次最典型的表露（第三十二回）。那是在賈雨村來作客，賈政讓寶玉也去會會。寶玉不耐煩，說：「不願同這些人往來。」湘雲聽到這話就教訓起寶玉了：

寶玉道：「罷，罷，我也不敢稱雅，俗中又俗的一個俗人，並不願同這些人往來。」湘雲笑道：「還是這個情性不改。如今大了，你就不願讀書去考舉人進士的，也該常常的會會這些為官做宰的人們，談談講講些仕途經濟的學問，也好將來應酬世務，日後也有個朋友。沒見你成年家只在我們隊裏攪些甚麼！」寶玉聽了道：「姑娘請別的姊妹屋裏坐坐，我這裏仔細污了你知經濟學問的。」襲人道：「雲姑娘快別說這話。上回也是寶姑娘也說過一回，他也不管人臉上過的去過不去，他就咳了一聲，拿起腳來走了。這裏寶姑娘的話也沒說完，見他走了，登時羞的臉通紅，說又不是，不說又不是。幸而是寶姑娘，那要是林姑娘，不知又鬧到怎麼樣，哭的怎麼樣呢。提起這個話來，真真的寶姑娘叫人敬重，自己訕了一會子去了。我倒過不去，只當他惱了。誰知過後還是照舊一樣，真真有涵養，心地寬大。誰知這一個反倒同他生分了。那林姑娘見你賭氣不理他，你得賠多少不是呢。」寶玉道：「林姑娘從來說過這些混帳話不曾？若他也說過這些混帳話，我早和他生分了。」襲人和湘雲都點頭笑道：「這原是混帳話。」

湘雲在這裏竟勸寶玉要去經營仕途經濟的學問，真是太糊塗了。這可激怒了寶玉，給湘雲一個「混帳話」的回應。其實，寶玉太認真，湘雲的勸誡，只是說說而已，並沒有像寶釵想得那麼深。可見到底是誰糊塗，誰說混帳話，這可是仁者見仁，智者見智了。在三十一回，不光是黛玉湘雲在指對方為糊塗人，在這之前，襲人與晴雯也在爭說糊塗人。那是寶玉好意地勸正在生氣的晴雯出去走走，說：「好妹妹，你出去逛逛，原我們的不是。」晴雯一聽「我們」二字，自然是把襲人「們」進去的，於是更生氣。寶玉再解釋時襲人忙拉了寶玉的手道：「他是糊塗人你和他分證甚麼？……」晴雯冷笑道：「我原是糊塗人，那裏配和我說話呢！」這裏也是糊塗與明白之辯。可見，糊塗與否，並無標準。

其實，真正的智者、慧者是小事糊塗大事不糊塗。例如寶玉、黛玉，在大事上，即在人生道路的選擇上，人的存在方式抉擇上，是不糊塗的，因為不糊塗，才能拒絕走仕途經濟之路，避免落入泥濁世界的深淵之中。他們能明白甚麼是生命尊嚴與詩意生活，能明白人生的根本是甚麼，這是大聰明大智慧，怎可以說是糊塗呢？但是，在小事上，他們又確實是糊塗人，不懂得關係學問、經濟學問、生存技巧等，糊裏糊塗，連婚姻被掉包了，也不知道，這不是糊塗到極點嗎？湘雲說黛玉「你才糊塗呢！」一點也沒有錯。

至於湘雲，那更是一個道道地地的糊塗人。她勸寶玉注意經濟學問，與寶釵的勸導不同。寶釵是深思熟慮的，老道老成的，她的勸解是一種理念，一種決策，一種設計，一種籌劃；而湘雲則是快人爽語，是一時的人云亦云，彷彿連腦子都不動。湘雲是個不拘形骸、不拘一格的名士風流，從來就不把功名放在心上，也不可能看中經濟學問。她在襲人面前隨心所欲地說出那些勸解話，完全是有口無心。因此，同樣是勸說仕途經濟，兩者卻大有區別，一者是大明白，大精明，一者則是隨大流，大糊塗。因此，說湘雲是具有詩才的穎悟人是對的，說她是一個說話不知深淺的糊塗人也是對的。詩人與憨人，穎悟人與糊塗人，二者兼而有之，這就是史湘雲。在政治意識形態主宰《紅樓夢》評論的時期，有論者說史湘雲是機會主義者，完全站在封建衛道者寶釵的一邊，和寶釵一起疏遠、打擊林黛玉，這種說法，與其說冤枉，還不如說是抬高拔高。史湘雲確實崇拜寶釵，但她偶而說出「仕途經濟」的「混帳話」，完全不是自覺的人生見解，只是糊塗人的一次糊塗表現而已。她哪有甚麼主義，不過是個天真快樂的傻丫頭。那種把湘雲視為機會主義者的論者，倒是真糊塗。

講到糊塗，中國人總會想到「揚州八怪」之一、當過十二年縣令的鄭板橋。這位愛竹如命的著名詩人與畫家，就以「難得糊塗」四個字傳天下傳後人。這四個字是題給一個自稱糊塗老人的氣清志潔的退隱官員的，題字之後，他又補寫一段文字：「聰明難，糊塗尤難，由聰明而轉入糊塗更難。」鄭板橋如此肯定糊塗，早已成為藝術史、心靈史上的一段佳話。如果閱讀鄭板橋的整個人生和全部詩文，就會知道他的「糊塗」乃是缺少隨機應變的機能，生命中始終保持一種真純、耿介與氣節。這是一種拒絕投機、拒絕靈活的堅守，其實，又是一種與天地萬物相連的最清醒、最清明的意識。鄭板橋以愛竹聞名於世，也不過是以竹寄託自己的耿直胸襟與清高氣節。他的吟竹詩云：「不過數片葉，滿紙都是節；萬物要見根，非徒觀半截。」「濃淡有時無變節，歲寒松柏是知心。」「心虛節直耐清寒，閱盡炎涼始覺難，惟有此君醫得俗，不分貧富一般看。」等等，字字句句都在表明他脫俗的高風亮節。可惜世上的聰明人缺的正是「節」，一點也沒有耐力與定力。史湘雲表面上糊塗，其實內心也有鄭板橋似的耿介與高傲。尤其是林黛玉更有一種天生的內在的驕傲，絕對不容污泥臭氣玷污詩人之「節」。鄭板橋吟的是竹，林黛玉、史湘雲吟的是「菊」，謳歌的對象不同，卻有一種共同點，吟的都是精神上的孤標傲世。林黛玉的《問菊》吟道：「欲訊秋情眾莫知，喃喃負手叩東籬。孤標傲世偕誰隱，一樣花開為底遲。圃露庭霜何寂寞，鴻歸蛩病可相思。休言舉世無談者，解語何妨話片時。」史湘雲的兩首，也全是「傲世」氣節：

對菊

別圃移來貴比金，一叢淺淡一叢深。
蕭疏籬畔科頭坐，清冷香中抱膝吟。

數去更無君傲世，看來惟有我知音。
秋光荏苒休辜負，相對原宜惜寸陰。

供菊

彈琴酌酒喜堪儔，几案婷婷點綴幽。
隔坐香分三徑露，拋書人對一枝秋。
霜清紙帳來新夢，圃冷斜陽憶舊遊。
傲世也因同氣味，春風桃李未淹留。

讀了林黛玉、史湘雲的詩後，我們會覺得這是兩個清醒觀世、清明傲世的「同氣味」的真詩人，她們所爭辯的「誰糊塗？」的問題既是真問題也是假問題。最糊塗的最明白，最明白的也最糊塗。《紅樓夢》中的賈寶玉、林黛玉、史湘雲等都屬於鄭板橋所說的「由聰明而轉入糊塗更難」的人。人世間的大智者，其實都是大聰明之後又修煉得有點糊塗，即不知算計、不知轉彎、不知投機取巧，只知聽從自己內心絕對命令而傻傻做事、傻傻行走的人。

【二十四】讀書人解讀

——賈政、賈寶玉等

「讀書人」本不需要多加解說，但在《紅樓夢》中「讀書人」非同一般。一是曹雪芹借人物之口，對讀書人有所要求和期待；二是如何界定讀書人，理念上有尖銳衝突。

關於第一點，得先說賈雨村。他曾是寄居於葫蘆廟的窮儒，後得到甄士隱的幫助，赴京趕考。兩人相見那天晚上一起吃酒談笑，第二天甄士隱想給他寫封介紹信，沒想到賈雨村當夜就動了身，還留下一句重要的話：「讀書人不在黃道黑道，總以事理為要，不及面辭了。」（第一回）這是賈雨村尚未變成善於鑽營的官僚之前，也就是還滿身是書生意氣時的讀書人理念。這一理念也可視為曹雪芹的理念：讀書人應當超越黃道黑道，即超過吉凶利益判斷而站立於維護事理真理的立場。這真正是說到讀書人的關鍵處。無論是過去、現在還是未來的讀書人，如果還想守持自己的本色，是應當牢牢記住這句話的。但守持這一立場並非易事，賈雨村自己就背叛這一立場，在一己利益面前，擺在第一位的還是護官符，而不是事理與原則。只要有利於自己往上爬，甚麼道他都可以走。

再看看薛寶釵如何說讀書人。第四十二回中，寶釵因黛玉說錯了酒令，勸過她之後，作了一次推心置腹的談話，除了講身世之外，還講了讀書的目的：「男人們讀書不明理，尚且不如不讀書的好，何況你我。就連作詩寫字等事，這不是你我分內之事，究竟也不是男人分內之事。男人們讀書明理，輔國治民，這便好了。只是如今並不聽見有這樣的人，讀了書，倒更壞了。這是書誤了他，可惜他也把書糟蹋了；所以竟不如耕種買賣，倒沒有甚麼大害處。你我只該做些針黹紡績的事才是，偏又認得了字。既認得了字，不過揀那正經的書看也罷了，最怕見了那些雜書，移了性情，就不可救了。」這番講話，簡直可以視為正統的、保守主義的讀書宣言，也是中國傳統的「女子無才便是德」理念的最精確的闡釋。這篇講話，不僅是她的看法，也是賈政這些儒者的讀書理念。寶玉和寶釵在心靈層面的隔閡，也從這裏發生。寶玉最喜歡讀些雜書，她卻說「最怕見些雜書」；寶玉最怕讀「輔國治民」的聖賢之書，寶釵卻認定只有讀這種書才是好。兩種理念針鋒相對，難以妥協。薛寶釵在賈府中，得到普遍的喜愛與敬重，就因為她能堅守這種信念而保持性情的古典美。林黛玉聽了她的肺腑之言後，也十分敬佩，從此兩人再也未曾有過誤解與衝突。聽了寶釵這一席話，我們也可以「批判」一番，甚至可借用寶玉的語言嘲笑這是「酸話」，但不能不承認，中國傳統注重讀「正經書」對於保持美好性情是至關重要的。讀書是為了使人更好，不是使人更壞，而壞了不能怪書，得怪自己，薛寶釵這些道理即使對於二十一世紀的讀書人恐怕也有警示作用。理解寶釵，才能理解賈政，也才能明白賈政與寶玉父與子為甚麼會有那麼尖銳的衝突。

細讀《紅樓夢》文本，就會發現一件很有意思的事：賈政不認為賈寶玉是「讀書人」。第七十八回（《老學士閒徵姽嫿詞　癡公子杜撰芙蓉誄》），這位「老學究」命子弟作「姽嫿詞」（禮讚女子閒靜美好的詩詞）。此時寶玉、賈環、賈蘭均在場，賈政命他們看了題目之後，自己則觀照三人並作了心理評價：

> 他兩個雖能詩，較腹中之虛實雖也去寶玉不遠，但第一件他兩個終是別路，若論舉業一

道，似高過寶玉，若論雜學，則遠不能及；第二件他二人才思滯鈍，不及寶玉空靈涓逸，每作詩亦如八股之法，未免拘板庸澀。那寶玉雖不算是個讀書人，然虧他天性聰敏，且素喜好些雜書，他自為古人中也有杜撰的，也有誤失之處，拘較不得許多；若只管怕前怕後起來，縱堆砌成一篇，也覺得甚無趣味。因心裏懷着這個念頭，每見一題，不拘難易，他便毫無費力之處，就如世上的流嘴滑舌之人，無風作有，信着伶口俐舌，長篇大論，胡扳亂扯，敷演出一篇話來。雖無稽考，卻都說得四座春風。雖有正言厲語之人，亦不得壓倒這一種風流去。近日賈政年邁，名利大灰，然起初天性也是個詩酒放誕之人，因在子侄輩中，少不得規以正路。近見寶玉雖不讀書，竟頗能解此，細評起來，也還不算十分玷辱了祖宗。

此時賈政已經年邁，對寶玉比先前寬容多了，但是根深蒂固的偏見仍然存在：寶玉「不算是個讀書人」，看雜書不算讀書。在這之前，他對寶玉的評價可沒有這麼溫和，當着眾人的面，不斷地罵寶玉是「無知的蠢物」，是辱沒祖宗的「孽障」，就因為他不讀書，只有一些吟詩作詞的「歪才情」（第十七、十八回）。他那一回把寶玉往死裏打時先罵道：「該死的奴才！你在家不讀書也罷了，怎麼又做出這些無法無天的事來！」（第三十三回）「不讀書」是寶玉一切「罪」的前提。而兒子不讀書是他的心結。有此心結墊底，再有別的事，那就必然要火上加油，爆發出來。

在我們今天看來，賈政硬說寶玉「不讀書」，簡直是強加的莫須有的罪名，而說寶玉不是讀書人更是荒謬。從寶玉一出現，即初次見到林黛玉時所問的第一個問題便是「妹妹可曾讀書？」第二個問題則是「妹妹尊名是那兩個字？」當黛玉說「無字」之後他立即送給「顰顰」二字，並解釋道：「《古今人物通考》上說：西方有石名黛，可代畫眉之墨。況這林妹妹眉尖若蹙，用取這兩個字，豈不兩妙！」當探春說是「杜撰」時，他笑道：「除《四書》外，杜撰的太多，偏只我是杜撰不成？」此時的寶玉還是乳臭未乾的少年，就已讀《古今人物通考》，並知道《四書》之外的書籍太多杜撰，如果不是廣泛閱讀，怎能敏捷地給黛玉命名，怎能知《四書》與其他書籍的區別？至於在「大觀園試才題對額」中，他壓倒眾清客，命名新穎妥貼，各種命名都需引經據典，說明來歷，倘若不讀書，這些知識這些學問是從何而來？

說寶玉不算讀書人，那麼，賈府裏誰是讀書人？在賈政看來，至少他自己是讀書人，別人也認為他是讀書人。《紅樓夢》第二回冷子興在介紹府中人物時說到賈政，也是「自幼酷喜讀書，祖父最疼。」而他也確實是一個勤奮用功、兢兢業業而且知書識禮的人，而且對於詩詞題詠又很有見識，在「大觀園試才題對額」中，寶玉和眾清客各擬題詠，由賈政從優而擇。此時賈政的身份既是主人，又是一個文學批評家。在評選中，他指面對「作品」，不因人廢言（即不因平常對寶玉有偏見而影響抉擇），結果是全選中了寶玉的方案。他雖然不給寶玉一句讚揚話，但總是婉轉認可，甚至於「點頭微笑」過，他顯然認識到寶玉所擬比眾清客高明。在蘅蕪院，寶玉擬題對聯為「吟成豆蔻詩猶絕，睡足荼蘼夢亦香。」賈政笑道：「這是套的『書成蕉葉文猶綠』，不足為奇。」賈政一下子道出來歷，並在否定中肯定，沒有詩識學識是不行的。在第七十八回，他令寶玉、賈環、賈蘭在眾清客面前各作一首歌吟林四娘的《姽嫿詞》（輓歌）。賈蘭、賈環先分別各作了一首七絕、五律，賈政評價說：「還不甚大錯，終不懇切。」這是賈政以「懇切」為尺論詩，注重的是詩的真情感，標準不錯。寶玉顯然也贊成，他立即回應說：「這個題目似不稱近體，須得古體，或歌或行，長篇一首，方能懇切。」眾清客立即「拍手附和」說，這題目名叫姽嫿詞，且既有了序，此必是長篇歌行方合體的。這之後，小說文本便寫賈政、寶玉父子皆是詩詞內行。眾清客支持寶玉選擇長篇歌行後，小說寫道：

遂自提筆向紙上要寫，又向寶玉笑道：「如此，你念我寫。不好了，我捶你那肉。誰許你先大言不慚了！」寶玉只得念了一句，道是：

「恆王好武兼好色。」

賈政寫了看時，搖頭道：「粗鄙。」一幕賓道：「要這樣方古，究竟不粗。且看他底下的。」賈政道：「姑存之。」寶玉又道：

「遂教美女習騎射。穠歌艷舞不成歡，列陣挽戈為自得。」

賈政寫出，眾人都道：「只這第三句便古樸老健，極妙。這四句平敘出，也最得體。」賈政道：「休謬加獎譽，且看轉的如何。」寶玉念道：

「眼前不見塵沙起，將軍俏影紅燈裏。」

眾人聽了這兩句，便都叫：「妙！好個『不見塵沙起』！又承了一句『俏影紅燈裏』，用字用句，皆入神化了。」寶玉道：

「叱咤時聞口舌香，霜矛雪劍嬌難舉。」

眾人聽了，便拍手笑道：「益發畫出來了。當日敢是寶公也在座，見其嬌且聞其香否？不然，何體貼至此。」寶玉笑道：「閨閣習武，任其勇悍，怎似男人，不待問而可知嬌怯之形的了。」賈政道：「還不快續，這又有你說嘴的了。」寶玉只得又想了一想，念道：

「丁香結子芙蓉絛。」

眾人都道：「轉『絛』，『蕭』韻，更妙，這才流利飄蕩。而且這一句也綺靡秀媚的妙。」賈政寫了，看道：「這一句不好。已寫過『口舌香』『嬌難舉』，何必又如此。這是力量不加，故又用這些堆砌貨來搪塞。」寶玉笑道：「長歌也須得要些詞藻點綴點綴，不然便覺蕭索。」賈政道：「你只顧用這些，但這一句底下如何能轉至武事？若再多說兩句，豈不蛇足了。」寶玉道：「如此，底下一句轉煞住，想亦可矣。」賈政冷笑道：「你有多大本領？上頭說了一句大開門的散話，如今又要一句連轉帶煞，豈不心有餘而力不足些。」寶玉聽了，垂頭想了一想，說了一句道：

「不繫明珠繫寶刀。」

忙問：「這一句可還使得？」眾人拍案叫絕。賈政寫了，看着笑道：「且放着，再續。」寶玉道：「若使得，我便要一氣下去了。……」

接着寶玉果然一瀉無餘，直讓眾客「大讚不止」。這一節表現，只要平心而論，都會覺得賈氏這對父與子並非等閒之輩，一個有詩才，一個有詩識，兩個對長篇歌行都有真知。賈政注意到長詩不可靠詞藻堆砌，這是對的，寶玉說理雖如此但也要些詞藻點綴，這一見解也是對的。賈政點到「連轉帶煞」即注意到長歌轉快且要煞得住的難點，而寶玉立即付諸「實踐」，轉得乾脆利落。難怪眾清客要「拍案叫絕」。

父與子分明都是讀書人，但「父」偏偏否定「子」是讀書人。這原因就是賈政作為清代一個以功名為本的正統士大夫，只認「四書」等儒家經典為書，只認以科舉為目的的八股文章為書。只有讀「四書」和讀有關八股文章才算讀書人。至於詩、詞、誄、賦等，都是歪門邪道，雕蟲小技，全然不可提到「書」面上來。連《詩經》古文也一概不能提到書面上來。他罵寶玉：「你如果再提『上學』兩個字，連我也羞死了。依我的話，你竟頑你的去是正理。……甚麼《詩經》古文，一概不用虛應故事，只是先把《四書》一氣講明背熟，是最要緊的。」（第九回）在此絕對標準之下，賈政便武斷地認定寶玉「不喜讀書」，背叛其家族的讀書傳統，所以他又譴責寶玉：「我家代代讀書，只從有了你，不承望你不喜讀書，……凡讀書上進的人，你就起個名字叫做『祿蠹』，又說只除『明明德』外無書，都是前人自己不能解聖人之書，便另出己意，混編纂出來的。」（第十九回脂評：寶玉目中猶有「明明德」三字，心中猶有「聖人」二字）在賈政的理念下，即使寶玉讀遍《詩經》、楚辭、唐詩、宋詞、元曲，也難逃「不喜讀書」、「不習文」、「不好務正」等浪子罪名。賈政儘管為人清正，但思想卻極為刻板，人生只以榮宗耀祖、齊家治國為目標，書本也只是達此目的的即敲開功名之門的敲門磚。他深恨寶玉不爭氣，就在於寶玉竟然丟開敲門磚，竟然嘲弄這一打開龍門的法寶，竟然不知書之大道大義大利。此逆子之逆，就逆在一個「書」字：不喜書、不尚書，甚至把立身立家立國之本的四書經典扔在腦後而沉迷於詩色詞色花色之中。真是「潦倒不通世務，愚頑怕讀文章」、「於國於家無望」。而寶玉怕讀八股文章，怕讀孔孟經書，怕走仕途經濟之路，歸根結蒂，是怕這些書扼殺自己的真性情、真性靈，是怕這些文章毀掉自己的赤子般的生活。他來人間一回，就是為了自由自在的生活。那些沒有讀過四書沒有讀過八股文章的少女生命，晴雯、鴛鴦、芳官等等的生命，多麼純，多麼美，天地的精英毓秀就在她們的身上，他喜愛的是這些活生生的生命，而不是起、承、轉、合的八股文章，與之相應，他喜愛的是呈現生命尊嚴與生命詩意的詩詞歌賦，那怕是《西廂記》、《牡丹亭》，就不喜歡之乎也者。這個永遠孩子樣的貴族公子無法與常人、俗人同一思維和走同一條路，讀書也不可能聽從世俗世界的編排。他和父親的衝突不是對封建秩序、封建制度預設的、自覺的反抗，只是在讀甚麼書、走甚麼路的分歧。唐朝時代也是封建制度、封建秩序，但是，如果他與父親是生活在那個時代，其衝突就不會這麼尖銳，甚至不會有分歧，因為那時候科舉考試的主要科目就是詩賦（也還有策論）。詩文作得好，就可以中進士，即使不走科舉之路，傑出的詩人也備受敬重，也是「讀書人」，誰敢說「讀書破萬卷」的杜甫不算讀書人。所以，寶玉的「不喜讀書」乃是不喜以聖賢的名義把書本變成餌名釣祿的工具，更怕自己在八股文章的浸泡下成為失去靈性悟性的書蟲笨伯甚至成為國賊祿鬼。第七十三回中的一句話足以說明這一點：「……更有時文八股一道，因平時深惡此道，原非聖賢之制撰，焉能闡發聖賢之微奧，不過作後人餌名釣祿之階。」這段話說明，賈寶玉確實有反叛性，但不是對聖賢的造反即不是預設的意識形態導引下的叛逆性，更不是針對政治制度的叛逆性。總之，他不是反封建的戰士，而是封建制度下反抗窒息人性的科舉方式與讀書方式，也就是從根本上反抗當時知識分子的盲從道統的思維方式和人生道路。

寶玉與黛玉靈魂所以相通而與寶釵的心靈終隔一層，其重要的原因之一，也與讀書有關。寶釵的讀書觀與賈政相似。她對黛玉說：「……男人們讀書不明理，尚且不如不讀書的好，何況你我。就連作詩寫字等事，這不是你我分內之事，究竟也不是男人分內之事。男人們讀書明理，輔國治民，這便好了。只是如今並不聽見有這樣的人，讀了書，倒更壞了。這是書誤了他，可惜他也把書糟蹋了；所以竟不如耕種買賣，倒沒有甚麼大害處。……最怕見了那些雜書，移了性情，就不可救了。」（第四十二回）寶釵倒沒有像賈政那樣認定寶玉不是讀書人，但認定他的讀書方向是錯誤的，不讀正書，而讀雜書，結果是移了性情，愈讀愈壞。寶玉正是個雜學家，喜讀詩詞曲賦小説等雜書，「虧你每日家雜學旁收的」（第八回），「若論舉業一道，似高過寶玉，若論雜學，則遠不能及。」（第七十八回）在寶釵看來，對於寶玉，嚴重的問題就在於讀雜書，是雜書誤了他，害了他，以至把他推向不可救藥的地步。總之，寶釵不認定寶玉是「不讀書」，而是「錯讀書」，「讀錯書」，此説雖沒有賈政那麼獨斷，但骨子裏也覺得寶玉不是正經讀書人。

「早知日後爭閒氣，豈肯今朝錯讀書」。（第八回）讀書的方向決定命運。儘管對寶玉是否算一個讀書人或是否算一個錯讀書人，賈府內外永遠會有不同評價，但寶玉的命運與書的選擇緊密相關，則是無可爭議的。

讀甚麼書？甚麼才是讀書人？這個問題在賈政與賈寶玉父子之間變得如此尖鋭，這是有原因的。唐代科舉制度衝擊門第貴族制度之後，經過宋明直至清，社會風氣已有很大的變化。清朝雖然還保持部落貴族制度，但是科舉仍然積極進行，在社會上人們已看中才幹，不那麼看中血統，即使是在賈府這種貴族之家，也不是個個貴族子弟可以繼承爵位，也需要靠讀書獲得功名，才能榮宗耀祖，僅靠祖宗吃飯只會讓人瞧不起。賈寶玉不喜歡讀聖賢書，把心放到詩詞、雜書之上，這等於斷了讀書作官的希望，也意味着賈政的子輩斷了豪門雄風，這對賈政便是致命的打擊。整個賈府，雖然秦可卿、王熙鳳也感受到後繼無人的危機，但感受最深、焦慮最深的是賈政。惟有他，明白賈府斷後的嚴重性。《紅樓夢》第二回，那位冷眼觀看賈府興衰的冷子興講了一段話：「古人有言：『百足之蟲，死而不僵。』如今雖説不及先年那樣興盛，較之平常仕宦人家，到底氣象不同。如今生齒日繁，事務日盛，主僕上下，安富尊榮者盡多，運籌謀畫者無一。其日用排場費用，又不能將就省儉，如今外面的架子雖未甚倒，內囊卻也盡上來了。——這還是小事。更有一件大事：誰知這樣鐘鳴鼎食之家，翰墨詩書之族，如今的兒孫，竟一代不如一代了！」

賈府內外，最痛切地感到「一代不如一代」的是賈政。因為憂患意識最深，也就把子弟能否通過讀書進取一事看作第一等大事。第三十三回中，賈政怒不可遏，把寶玉往死裏打，直接的原因是忠順王府長令官來查寶玉私匿琪官（蔣玉函）和賈環進讒寶玉對金釧兒「強姦不遂」兩件事，但賈政對寶玉的「恨」卻是累積已久，其中最要緊的一條便是他竟不做正經的讀書人。好詩詞也如私藏戲子和調戲丫鬟一樣，屬於好色行徑，與讀書立功立德完全是兩碼事。一個只會詠花頌月的好色浪子孽障，怎可稱作讀書人。

【二十五】濫情人解讀——賈璉、薛蟠等

《濫情人情誤思遊藝　慕雅女雅集苦吟詩》，這是第四十八回回目。

濫情人在此回中指的是薛蟠。但《紅樓夢》中的人物，可稱作濫情人的還有賈璉、賈蓉等。這些人用現代語言說，便是色鬼、色狼，曹雪芹用濫情人來定義他們，算是很客氣了。

薛蟠的濫情是從小濫到大，從內濫到外，從女性濫到男性。最後這句話也許應當倒過來說，是從男性濫到女性。因為他從小就喜歡男色，第九回寫他到王夫人處住下後，便知有一家學，學中廣有青年子弟，便動了龍陽之興。於是，便藉口要上學讀書。名為上學，實際只圖結交些契友（男色朋友）。而學舍內有幾個小學生，圖他的銀錢吃穿，竟也被他哄上手，其中有兩個嫵媚風流外號叫「香憐」與「玉愛」的，也屬他所有。但他本是浮萍心性，今天愛東，明日愛西，有了香、玉，就棄了原契友金榮，過些時，有了新契友，又丟開香、玉。那時還是童年時代，他就已經是濫情前衛人物了。因此，他後來戀上柳湘蓮，然後被柳湘蓮設局痛打了一頓（還被迫喝了泥塘裏的髒水）就不是偶然的了。對於女性，薛蟠也是貪得無厭，打死了馮淵，把香菱收入房內之後，又娶了夏金桂，沒過多少時間，又迷上金桂帶來的丫鬟寶蟾。家裏有妻有妾，在外還要逛妓院。錦香院的妓女雲兒，也是他的相好。

賈府裏另一個濫情人是賈璉。他與鮑二家的偷情被抓住之後，賈母說他：「那鳳丫頭和平兒還不是

個美人胎子？你還不足？成日家偷雞摸狗，髒的臭的，都拉到你屋裏去。」（第四十四回）賈璉確乎如此，有一對嬌妻美妾在屋裏，還要和鮑二家的、和多姑娘（多渾蟲的老婆）鬧出風流韻事。尤其荒唐的是賈赦把秋桐賜給他作妾後他還在外頭偷娶尤二姐。最後又導致尤二姐吞金而亡。賈璉嗜色如命，平常離了王熙鳳就要另外尋歡。女兒生痘時，他獨宿兩夜就熬不住，竟將院裏的漂亮清俊的小僕人叫來「出火」。所以一再鬧出濫情的醜劇和慘劇。

除了薛蟠、賈璉，寧國府那邊也另有濫情人在。焦大大罵「爬灰的爬灰」，指的就是賈珍。此人身邊除了妻子尤氏之外，還有佩鳳、偕鸞、文花等小妾。凡是到寧國府中的漂亮女子，他一個也不放過。兒媳婦秦可卿的悲劇是他造成的，尤二姐、尤三姐也是他的捕獵對象。不過，比起那個色迷迷的「肉人」賈蓉，他還是一個有些本事的人。第七十五回寫中秋節前夕他和妻妾賞月行樂，忽聞牆下傳來嘆息之聲，便忙問道：「誰在那裏？」連問幾回，都不回答，此時尤氏說「必是牆外家裏人也未可知。」賈珍立刻斥為胡說。話還沒有說完，一陣陰風吹來，弄得大家汗毛直豎，他自己酒也醒了一半。此一細節說明他不是完全的迷醉之人。作為一族之長，他還是有點清醒意識。至於他和秦可卿的關係，到底有幾分真情，紅學家們一直有爭論，但在可卿死後他哭得像「淚人一般」，說自己的兒子比不上媳婦的萬一，也還可以求證出，賈珍對秦可卿是有情感的，至少比兒子賈蓉會欣賞可卿之美。也就是說，賈珍雖也有濫情之處，但又不同於薛蟠、賈璉、賈蓉這種見色忘情的濫情人。

《紅樓夢》中有兩個重要概念，一是「情誤」，二是「情弊」，這正是濫情的兩個苦果。情誤是濫情濫錯了對象而自食其果，薛蟠錯打了柳湘蓮的主意，就屬情誤。結果是白白捱了三十大板，被狠踢了一腳，還被迫喝了泥塘裏的髒水。這是鬧劇。而情弊則造成悲劇。「情弊」一詞出自第六十回：「探春聽了，雖知情弊，亦料定他們皆是一黨，……」講的不是濫情人之弊，但這一概念正好可借用來說明濫情必定要造成情弊，即情感糾葛的弊案。這可能正是濫情人的宿命。薛蟠造成的情弊是打死了馮淵，是造成屋內妻妾你死我活的爭奪，以至夏金桂想用砒霜毒死香菱而在陰錯陽差中反而毒死了自己。而賈璉的情弊則造成尤二姐吞金自殺，好端端的一個麗人就被埋葬在黑暗的爭鬥中。濫情人只有無休止的慾望，並沒有真正的情感，當然也不會有責任感。因此，在情弊中，被傷害的自然是那些無助的女子。

薛蟠作為濫情人的典型，他是一個慾望的化身。在世俗社會中，人有慾望是很自然的事，應當確認慾望的權利。「存天理、滅人欲」、「餓死事小，失節事大」的命題所以荒謬、虛假並且行不通，就在於它完全否定慾望的合法性。但是，處於社會之中，自己有慾望，又要尊重他人的慾望。而自己的慾望也應「適可而止」，有分有寸。濫情人的問題首先是沒有真情，只有慾沒有情。然後是不知止，放不下。賈瑞臨死之前，道士給他「風月寶鑒」，並囑他：「……千萬不可照正面，只照他的背面，要緊，要緊！三日後吾來收取，管叫你好了。」（第十二回）大乘佛教講「觀止」，曹雪芹說「好了」，常照為觀，寂然為止，如果賈瑞知止知了，就會好，不知止不知了就不好。但他不聽道士勸告，偏偏又着色相，放不下妄念慾念，結果只能一命嗚呼，自己也變成骷髏。所有的濫情人，都是賈瑞式的這種只有慾望沒有真情而且放不下慾望止不住妄念的人。薛蟠、賈璉等也是這種人。

濫情人與癡情人不同。癡情人有真情，濫情人卻沒有真情。癡情人尚需要知止，更不用說濫情人了。《紅樓夢》寫了一大群癡情人，但也暗示應當「始於癡、止於悟」，不知止即是「迷」，即是「眾」，知止則是覺，則是「佛」。關於這一點，脂硯齋說得很分明，本書在此論與癡人論中都須引用：

寶玉至終一著全作如是想，所以始可情終於悟者，既能終於悟而止，則情不得濫漫而涉於淫佚之事矣。

濫情人便是「情濫漫而涉於淫佚」，而且不知止。我在十五年前所作的《人論二十五種》，其中有一篇「肉人論」。所謂肉人就是只有肉沒有靈、只有慾望沒有精神的人。今天就情而言，肉人也可以界定為只有慾沒有情的人。如果說，美是自然（肉）的人化，那麼，肉人則是人的退化，是美的反方向。濫情人最終便成肉人。在文中所排列的二十五種人序中，肉人屬於倒數第二名，比最後的一名「小人」略高一些。這大約是肉人雖貪慾，但沒有小人的卑鄙。賈寶玉所以還能與薛蟠為友，便是蟠雖放蕩，但不卑鄙。

曹雪芹稱薛蟠為濫情人，但不會說賈寶玉是濫情人。讀者也絕對不會以為寶玉濫情。寶玉是個兼愛主義者。他不像黛玉那樣專情。他泛愛，鍾情於許多女子，被警幻仙子稱作天下第一淫人。為甚麼我們不會覺得他是個濫情人？只要不看表相，而看內裏，就會明白賈寶玉與薛蟠的天淵之別，而最大的區別有兩點：（一）寶玉有真情，薛蟠沒有真情。換句話說，寶玉是用真心去對待每個女子，而薛蟠則是用妄心去玩弄女子。同樣對香菱，寶玉和她是詩情關係，薛蟠則是慾情關係。香菱是寶玉的一個審美對象，一個情感寄寓對象；而對於薛蟠，則只是一個滿足慾望的小妾。香菱沉醉於詩，這對寶玉有意義，對薛蟠則毫無意義。（二）寶玉只有情，沒有慾（童少時有，成熟時就沒有），而薛蟠則相反。所謂「意淫」，就是非肉慾的情感嚮往，或者說，是戀情、傾慕之情在想像中的實現，它近似精神之戀，又不僅是精神之戀。它是審美，又是情感的滿足。賈寶玉確有癡情的泛化，但沒有情慾的氾濫，有「意淫」，但沒有濫淫。

現代社會是種多元社會，與此相關，人類的情感也趨向多元，所以很少有願意守寡守節的女子，這本來也無可指責。但是由於世界向物質傾斜，心靈原則退化，慾望也空前膨脹，於是，擁有權力與財富的人們，便無休止地追逐色相。這樣，在私人生活領域，便產生一種大現象，這就是癡情人愈來愈少，濫情人愈來愈多。像林黛玉這種癡人，甚至像寶玉這種癡人，成了稀有生物，而像薛蟠、賈璉、賈蓉這類濫情人則大量繁殖繁衍，未來的世界，很可能是濫情人一統天下的世界。

【二十六】嫌隙人解讀（兼說「小人」）

——趙姨娘、邢夫人、夏金桂等

《紅樓夢》第七十一回的回目上半句為《嫌隙人有心生嫌隙》。所謂嫌隙人乃是無事生非的人，刻意製造是非的人。中國人真是創造語言的天才。隙本是隙縫，牛角尖尖，但是太精明、善猜忌的人偏偏要去尋找隙縫，往死角裏鑽，因此猜疑便演成怨恨與仇恨。在《金瓶梅》中，潘金蓮、春梅等主角都是嫌隙人。但在《紅樓夢》中，嫌隙人只是配角，大都是一些已婚的太太婆婆媽媽，她們多半是尋隙的能手。賈寶玉擔心女兒出嫁後會變成「死珠」、「魚眼睛」，恐怕就是害怕好端端的純真的少女會變成嫌隙人，這可是由美向醜的大轉變。

第七十一回寫賈母八十壽辰，宮廷內外的王公貴胄都來慶賀。這是賈府頭等盛事，僅筵席就擺了好幾天。盛事中，不僅主人忙，奴才更忙，尤其是那些高等管家奴才，都要在這個時候表現一下自己的才幹，連那個平常倚老賣老的費婆子（尤氏陪房，原是邢夫人陪房）也坐不住。她看到別的陪房（包括邢夫人的陪房王善保家的，王夫人的陪房周瑞家的，王熙鳳的陪房來旺家的等）風風火火，自己卻冷冷清清，很是不平。本就有失落感，再加上周瑞家的仗勢捆了她的親家，她更坐不住，便要鑽到多事洞裏折騰一番。小說寫道：

這一個小丫頭果然過來告訴了他姐姐，和費婆子說了。這費婆子原是邢夫人的陪房，起先也曾興過時，只因賈母近來不大作興邢夫人，所以連這邊的人也滅了威勢。凡賈政這邊有些體面的人，那邊各各皆虎視眈眈。這費婆子常倚老賣老，仗着邢夫人，常吃些酒，嘴裏胡罵亂怨的出氣。如今賈母慶壽這樣大事，乾看着人家逞才賣技辦事，呼幺喝六弄手腳，心中早已不自在，指雞罵狗，閒言閒語的亂鬧。這邊的人也不和他較量。如今聽了周瑞家的捆了他親家，越發火上澆油，仗着酒興，指着隔斷的牆大罵了一陣，……

還有寧國府裏的賴升，榮府裏的林之孝夫婦，賴大夫婦、周瑞夫婦和來旺夫婦等，都是賈府裏的高等奴才，也是嫌隙的能手，夫婦一對，男的當管家，女的當陪房。一旦當上陪房，便是半奴半主，在貴夫人面前是奴，在其他丫鬟面前是主。為了爭寵爭地位，總喜歡逞才賣技，呼幺喝六，費婆子的不滿，也不過是沒有表演的機會。但這點不滿，往往要釀成大罵，甚至惡鬥。這些嫌隙人在主人面前自稱「下人」，但在其他丫鬟和小奴隸們面前則是如狼似虎的「倀人」。王熙鳳曾說：「這些管家奶奶，那一個是好纏的？……『坐山看虎鬥』，『借刀殺人』，『引風吹火』，『站乾岸兒』，『推倒了油瓶子不扶』，都是全掛子的本事。」（第十六回）嫌隙人的主要成份正是這些喜歡引風吹火的管家奶奶。

第七十一回作者在敍述中有句同情與理解的話：「婦女家終不免生些嫌隙之心」。對他者有所猜忌，這是人性的弱點。不可見到有點猜忌心，就給扣上「嫌隙人」的帽子。即使小說中最優秀的人物林黛玉也在所難免。但是，她追求的畢竟是詩意的生活，有些猜疑，也會自行化解。例如她原以為寶釵「藏奸」，經過心靈的交流，最終還是消解了這一嫌隙。第四十二回釵黛的一席心靈對話，留給讀者乃是永恆的人性光明。至於她倆靈魂路向的不同，一者重倫理，長於世故；一者重自然，長葆天真，這是人生不同的選擇，難以強求歸於一統。釵黛的分殊，與潘金蓮那種非致李瓶兒於死地不同，也與夏金桂非致香菱於死地不同。「呆霸王」薛蟠之妻夏金桂才是一個道道地地的嫌隙人。

夏金桂本來也傳說是有才有貌的佳人，不僅有幾分姿色，而且頗識得幾個字，若論心中的丘壑經緯，頗步王熙鳳的後塵。「只吃虧了一件，從小時父親去世的早，又無同胞弟兄，寡母獨守此女，嬌養溺愛，凡女兒一舉一動，彼母皆百依百隨，因此未免嬌養太過，竟釀成個盜跖的性氣。愛自己尊若菩薩，窺他人穢如糞土；外具花柳之姿，內秉風雷之性。」（第七十九回）嫁到薛家後，自以為要作當家的奶奶，比不得作女兒時的腼腆溫柔，須要拿出一點威風來，才鎮壓得住眾人。她的第一步是要制服氣質剛硬。舉止驕奢的丈夫，後又發現丈夫有香菱這樣一個才貌雙全的愛妾在室，便生猜忌之心。這個香菱便成了她嫌隙的主要對象。薛蟠是個喜新怨舊的傢伙，在新婚新鮮的興頭上，不得不凡事盡讓她些，但她卻愈發放肆，一步緊似一步，迫使薛蟠的氣概漸次低矮下去。更可憐的是她竟開始全力整治香菱。香菱是個極單純的又美又呆的女子，金桂尚未入閣之前，她滿心高興薛蟠又有新人，寶玉預示來者麻煩時，她還生寶玉的氣。這是一個天底下最好相處的人，但是，夏金桂就因為她才貌雙全而生嫉妒，無端地產生「宋太祖滅南唐」之意和「臥榻之側豈容他人酣睡」之心。然而，天真單純的香菱實在無隙可擊，無縫可鑽，即便如此，姓夏的嫌隙人還是從她的名字入手，先作挑釁，硬是把寶釵起的「香菱」之名改為秋菱。「就依奶奶這樣罷了」，香菱也沒意見。金桂更感到無處生非。正好此時，濫情人薛蟠「得隴望蜀」，娶了金桂，又看上了金桂的丫鬟寶蟾，金桂覺察其意，便想：「正要擺佈香菱，無處尋隙，如今他既看上了寶蟾，且捨出寶蟾去與他，他一定就和香菱疏遠了，我且乘他疏遠之時，擺佈了香菱。」

（第八十回）主意拿定之後，便實施其計劃，讓薛蟠把寶蟾納入房中。沒想到寶蟾卻漸漸跋扈起來，而且和薛蟠烈火乾柴，便把金桂忘在腦後，並一衝一撞地和金桂拌嘴吵鬧，急得金桂又罵又打，而寶蟾也抱頭打滾，尋死覓活，弄得薛家雞犬不寧，薛蟠也因此不得安生而躲出家門，之後卻又犯了人命官司而坐了牢。夏金桂在家裏耐不住寂寞，竟打薛蝌的主意。使盡各種醜陋伎倆勾引誘惑，但薛蝌總是逃躲迴避，有一次正是金桂拉住薛蝌往死裏拽時，偏又被香菱撞散，由此金桂更是對香菱恨入骨髓。最後，她竟然下了毒手，命寶蟾做了兩碗湯，給她和香菱喝，她在香菱的湯裏放下砒霜。想不到寶蟾因不服氣給香菱配藥，就在香菱的湯裏放了一把鹽，並調換了湯碗。剛端上湯，金桂又差使寶蟾出門僱車，鬼使神差之下她竟喝下了有毒的那一碗，死於自己的毒手。

夏金桂這類嫌隙人，總是相信自己的一點小聰明，喜歡耍弄一點小心計、小伎倆，伎倆倘若得逞，行之有效，其效果也是有限，倘若不能得逞則自討沒趣，自食其果，嚴重時便自毀名譽，自戕身心，落得悲慘下場。

曹雪芹真是大手筆，他既寫賈寶玉、林黛玉、妙玉等無比高潔、氣質非凡的玉人、可人形象，也寫邢夫人、夏金桂及一些昏聵奴才心思黑暗的嫌隙人，讓人在比較之中驚嘆人與人的差別如此之大，從而感到必須時時自救，千萬不可落入無謂的猜忌與怨恨之中。

在大家庭裏出一兩個熱中於引風吹火的嫌隙人，這個家庭便不得安寧。如果在社會中，嫌隙人多，甚至嫌隙成為一種社會風氣，這個社會雖不至於崩裂瓦解，但也難以清淨。嫌隙人對社會的破壞雖是小打小鬧無傷大局，但令人心煩意躁。中國的土匪強盜雖會危及社會大秩序，但也派生出一些可讓人神往的英雄梟雄故事，惟獨嫌隙人只能讓人噁心。魯迅先生希望自己的敵人是獅子、老虎、鷹鷲，讓人看了神往，千萬不要是一些癩皮狗，沒有任何審美價值。魯迅先生還多次呼籲不要把「姑嫂勃谿」的鬥法搬到文壇，其意思正是說別把嫌隙功夫等生存小技巧搬到文壇。一個創造美創造人間高潔境界的文壇，怎可以整天嘰嘰喳喳、引風吹火？怎可以不面對作品、面對精神價值創造的大真大美而盯着寫作者的私人隙縫？賈府裏的渾身俗氣的管家奶奶最高的樂趣是給主子打小報告，把晴雯、芳官這種至真至善的青春生命描繪成狐狸精，文壇怎可也如此充滿低級趣味甚至也熱中於給詩人們送陰風施冷箭？魯迅是中國現代文學史上的偉大靈魂，他是頂天立地的漢子，任何獅虎熊羆都無法把他征服，但對於以謠言和小道消息為武器的犬鼠般的嫌隙之輩，他實在無能為力，最後也只有遠離他們一法了。用他的話說，千萬別向他們靠近。

嫌隙人說到底就是小人，薛蟠與夏金桂這對喜劇性夫婦，可以說金桂是小人，卻不可說薛蟠是小人。薛蟠雖粗夯，卻心直口快，不搞陰謀詭計。凡小人，一定要使用見不得人的黑暗手段。曹雪芹抓住這一基本特徵，非常深刻地展示「小人」的惡劣人性。

《紅樓夢》第七十一回寫道：「又值一干小人在側，他們心內嫉妒挾怨之事不敢施展，便背地裏造謠生事，調撥主人。」小說文本中，「小人」一詞多次出現。僅這句話。就可知道在曹雪芹心目中，小人至少有如下特徵：善於嫉妒，善於挾怨（即善於怪罪他人），善於生事，善於造謠，善於挑撥。除了強烈的排他性之外，曹雪芹還特別準確地說明了小人的兩種基本人生策略：一是「背地裏」搗鬼，善於搞陰謀詭計，全然不知人間有「光明磊落」這一品格；二是「一干人」合作，即喜歡拉一派、打一派，好立山頭，好搞小圈子，好結黨營私。曹雪芹不說「一個人」，而說「一干人」。「一干人」即一夥、一團、一黨。曹雪芹很注意小人的團夥特點。第六十回寫小人鬧事，又提到這一特點。「……可巧艾官便悄悄的回探春說：『都是夏媽和我們素日不對，每每的造言生事。前兒賴藕官燒紙，幸虧是寶玉叫他燒的，寶玉也應了。他才沒話說。今兒我與姑娘送手帕去，看見他和姨奶奶在一起說了半天，嘁嘁喳喳的，見了我才走開了。』探春聽了，雖知情弊，亦料定他們皆是一黨，……」

這裏除了又說小人「造言生事」和「嘁嘁喳喳」的本色外，又點出「他們皆是一黨」，即一干人湊合結私黨，說私話，謀私利。曹雪芹兩段說小人的文字，把孔夫子關於小人的界定幾乎全說到了。孔子說：「君子群而不黨，小人黨而不群。」又說「君子坦蕩蕩，小人長戚戚」（《論語．述而》），「君子周而不比，小人比而不周」（《論語．為政》），「君子懷德，小人懷土」（即君子重品德，小人重財物，見《論語．里仁》），「君子和而不同，小人同而不和」（《論語．子路》）。「君子泰而不驕，小人驕而不泰」，「君子求諸己，小人求諸人」（《論語．衛靈公》）。最後這一特點，正是曹雪芹所說的「挾怨」，有責任不能自己承擔，總是埋怨別人，把責任推給別人。

孔、孟這兩個儒家奠基者，各自都有獨特的思想貢獻。孟子的三辨（人禽之辨，義利之辨，王霸之辨）和孔子的君子小人之辨，對中國的世道人心影響特別深遠。人為甚麼要自救，要不斷自我反省？在孟子看來，就是為了避免墮入禽獸之列，而在孔子看來則是為了避免墮入小人之列。而一個國家，一個社會，一個團體，如果被小人所擺佈，那就會災難無窮。人可以有不同的政治立場、政治選擇，但是，品格具有超越政治的獨立價值，無論作何種政治選擇，都不可做危害社會的卑鄙小人。這是孔孟留給中國人的寶貴的道德遺訓。關於《論語》中的小人概念，常有不同解釋，它有時是指「僕隸下人」（朱熹集註），但從《論語》的整個語境看，這一和君子對應、對立的「小人」概念，是指人格黑暗、品行卑劣的末人。所以文子把人劃分為二十五等時，把小人劃入最後一等，比肉人（妓女）還不如，還等而下之。

賈府的不幸是小人叢生。一個產生王妃的堂堂貴族府，竟有一干子小人，可見小人在府中的比例相當大。提起小人，大家都會想到趙姨娘和她的兒子賈環。趁賈府之危，策劃把巧姐賣給藩王的一干人：從賈環到賈芸到王仁到邢夫人，哪一個不是小人？但是，讀者可能首先會想到趙姨娘是小人，是因為她具有一個小人最重要的特徵，就是用見不得人的黑暗手段謀取利益甚至謀害他人的性命。而她犯的正是這一條。她忌恨王熙鳳與寶玉，竟買通馬道婆施用魔法想把他們兩人置於死地。她好壞是賈政的小妾，探春和賈環的母親，生活在貴族之家，可是她一點自尊心、羞恥心都沒有，完全不知人該有人樣，為了茉莉粉那一點芝麻大的事，她竟不顧臉面跑到怡紅院質問芳官，並和四個小戲子打成一團。這種人自然讓人瞧不起，連她的女兒探春也瞧不起她。探春有趙姨娘這樣的母親，還不能算不幸。而像秦可卿這種天生麗質、無比高雅的「可人」，卻嫁給賈蓉這樣一個只會吃喝嫖賭、沒有靈魂的小人倒是真正的悲劇。賈蓉在調戲尤氏姐妹時，尤三姐把口裏的東西連帶唾沫啐到他的臉上，他竟無恥地吃進肚裏。「尤三姐便上來撕嘴，……賈蓉忙笑着跪在炕上求饒，他兩人又笑了。賈蓉又和二姨搶砂仁吃，尤二姐嚼了一嘴渣子，吐了他一臉。賈蓉用舌頭都舔着吃了。」（第六十二回）小人的卑鄙以至於此，人性會墮落到甚麼地步，正常人往往想像不到。

要說君子與小人的對照，在《紅樓夢》裏，莫過於寶玉和賈環這對兄弟了。寶玉周而不比（愛而無私），賈環「比而不周」（偏執自私而無愛）；寶玉「群而不黨」，賈環「黨而不群」；寶玉坦蕩蕩，賈環長戚戚。寶玉懷德，賈環懷土；寶玉「泰而不驕」，賈環「驕而不泰」……寶玉屬文子所列二十五種人中的頭三等人（真人等），賈環則屬於最後的下三爛。人與人的差別，真比人與動物的差別還要懸殊。但是，值得注意的是寶玉從不把賈環視為小人，甚至賈環把蠟油燙傷他的臉肆意加害他，他也沒有把賈環當作小人。像寶玉這種具有大慈悲精神的博愛者，很難把某個人（包括敵人）視為小人，也就是說，寶玉的「不二法門」，貫徹之後，決不會輕易地作君子與小人之分。正像釋迦牟尼、慧能，他們也決不會作此分類。確認每個人的自性深處都有可開掘的佛性基因，這正是佛教的偉大性，比愛更偉大的超越情懷——大慈悲情懷。孔子只有道德的徹底性，沒有宗教的徹底性。所以，宗教境界乃是高於道德的天地境界，賈寶玉正是天地境界中人。

但是，寶玉畢竟是人而不是神。他活在人間，面對一干小人黑暗的行為，特別是他們無端摧殘至真至美的生命時，他也發出譴責之聲，其《芙蓉女兒誄》就對加害晴雯的小人進行抨擊，這是寶玉一生中最重的「微詞」。他用《山海經》和《離騷》的意象，用香草「茝蘭」「君子」隱喻晴雯，用惡草蒺藜隱喻憎恨晴雯的「薋葹」小人。他還借賈誼受屈遭貶的故事來影射晴雯因誣受逐的冤案。甚至還把晴雯比喻成剛烈正直的鯀，但鯀最後卻被祝融殺於羽郊。賈誼為甚麼被貶，鯀為甚麼被殺？全是小人枉加罪名。我們不妨重溫這段「微詞」：

> 孰料鳩鴆惡其高，鷹鷙翻遭罦罬；薋葹妒其臭，茝蘭竟被芟鉏！花原自怯，豈奈狂飆；柳本多愁，何禁驟雨。偶遭蠱蠆之讒，遂抱膏肓之疚。故爾櫻唇紅褪，韻吐呻吟；杏臉香枯，色陳顑頷。諑謠謑詬，出自屏幃；荊棘蓬榛，蔓延戶牖。豈招尤則替，實攘詬而終。既忳幽沉於不盡，復含罔屈於無窮。高標見嫉，閨幃恨比長沙；直烈遭危，巾幗慘於羽野。自蓄辛酸，誰憐夭折！仙雲既散，芳趾難尋。

面對賈寶玉的祭辭，我們要問：是誰驅逐晴雯並導致她的死亡？是誰把一個天使般的真人視為狐精？是誰才有能力顛倒黑白把瀰天大罪強加給一個美麗而天真的少女身上？這不是別人，正是王夫人。不錯，她先是聽到王善保家等奴才小人的讒言，但是，她的心思卻降低到與小人同樣水平。我們看看造成晴雯災難最初的一步：

王善保家的道：「別的都還罷了。太太不知道，頭一個寶玉屋裏的晴雯，那丫頭仗着他生的模樣兒比別人標致些，又生了一張巧嘴，天天打扮的像個西施的樣子，在人跟前能說慣道，掐尖要強。一句話不投機，他就立起兩個騷眼睛來罵人，妖妖趫趫，大不成個體統。」王夫人聽了這話，猛然觸動往事，便問鳳姐道：「上次我們跟了老太太進園逛去，有一個水蛇腰、削肩膀、眉眼又有些像你林妹妹的，正在那裏罵小丫頭。我的心裏很看不上那輕狂樣子，因同老太太走，我不曾說得。後來要問是誰，又偏忘了。今日對了坎兒，這丫頭想必就是他了。」鳳姐道：「若論這些丫頭們，共總比起來，都沒晴雯生得好。論舉止言語，他原有些輕薄。方才太太說的倒很像他，我也忘了那日的事，不敢亂說。」王善保家的便道：「不用這樣，此刻不難叫了他來太太瞧瞧。」王夫人道：「寶玉房裏常見我的只有襲人麝月，這兩個笨笨的倒好。若有這個，他自不敢來見我的。我一生最嫌這樣人，況且又出來這個事。好好的一個寶玉，倘或叫這蹄子勾引壞了，那還了得。」因叫自己的丫頭來，吩咐他到園裏去，「只說我說，有話問他們，留下襲人麝月伏侍寶玉不必來，有一個晴雯最伶俐，叫他即刻快來。你不許和他說甚麼。」

不能說王夫人是小人。她不是趙姨娘，沒有小人那種種特徵，但是，她留下一種教訓：如果不能與小人保持距離，如果被小人包圍甚至被小人所左右，那麼，即使是高貴的人，也會做出傷天害理的事，落到小人的等次上去。王夫人平常吃齋、唸佛、拜菩薩，裝得像「木頭似的」，（賈母語）可是，這樣一個唸佛的「善女人」，偏偏正是她把兩個青春生命置於死地。金釧兒和晴雯的殺手不是別人，正是她。

着筆此文前不久，我讀了在哈佛大學客座的林同奇教授的《人文尋求錄》。此書重心是評介已故哈佛大學教授、著名漢學家史華慈教授。Benjamin Schwartz 對嚴復和中國古代思想史都有精深的研究，從他的猶太教背景出發，他一再強調不可以用浪漫的態度看人。他認為人是有嚴重問題的。他作為一個具有宗教超越情懷的學者，自然不會認君子與小人的劃分，但是，他強調，人確有一種「墮失性」，即墮落到黑暗深淵的邪惡性，人必須正視和警惕這種負面，才能「得救」。中國文化中的「小人」概念，正是人類墮失性、墮落性的載體，他們遠離真，遠離善，也遠離美。從史華慈教授的慈悲眼睛裏，他們是不幸的，而在曹雪芹眼裏，除了看到這一層不幸外，他可能還看到另一層不幸，這就是墮落的人間，往往會變成小人的天堂，正如賈母去世之後，賈府一時成了賈環們的天堂，他們幹起倒賣侄女巧姐給外藩王的勾當，簡直如魚得水，其樂無窮。

【二十七】尷尬人解讀
——賈赦等

《紅樓夢》第四十六回的回目是《尷尬人難免尷尬事　鴛鴦女誓絕鴛鴦偶》。所謂尷尬人，乃是思維與行為都不正常、都違反常理的人。中國語彙系統中有「荒唐」二字，尷尬人也就是荒唐人。賈赦和邢夫人這對權貴夫婦，就是讓人厭惡的尷尬人、荒唐人。

先說第四十六回所寫的尷尬事：賈赦想娶他的老母親的貼身丫鬟鴛鴦作妾。賈赦與前妻所生的兒子賈璉已經有了女兒巧姐，這個當了爺爺的襲榮國公世職的一等將軍，現有邢氏作妻子外，還有周姨娘、嫣紅作妾，但不滿足，又打鴛鴦的主意。而這個鴛鴦是賈母須臾不可離開的丫鬟，就像她的手臂，連甚麼行牙牌令都要她在旁提調。賈赦竟然想挖老母親的牆角，娶一個少女作妾。老傢伙娶少女，不能籠統地說是反道德，但至少可以說是反自然。這本就荒唐之極，可是，賈赦的妄念產生後，事情的過程是「又向荒唐演大荒」，賈赦這個尷尬人引出邢夫人這個更為尷尬的人，她更是違反常理常情地充當賈赦的說客，竟為丈夫娶妾事四處奔走，上竄下跳又找賈璉，又找王熙鳳，碰了一鼻子灰，還怪他們不努力。更荒唐的還直接找鴛鴦，「拉着鴛鴦的手笑道：『我特來給你道喜來了。』」明明是辦歪事，走歪道，竟又說出一套歪理。賈赦和邢夫人，不僅幹荒唐事，而且還有荒唐思維。曹雪芹精彩地寫出這對尷尬人極為荒唐的思維邏輯。先看邢夫人怎樣對鴛鴦說明她的「理」：

邢夫人道：「你知道你老爺跟前竟沒有個可靠的人，心裏再要買一個，又怕那些人牙子家出來的不乾不淨，也不知道毛病兒，買了來家，三日兩日，又要肏鬼吊猴的。因滿府裏要挑一個家生女兒收了，又沒個好的：不是模樣兒不好，就是性子不好，有了這個好處，沒了那個好處。因此冷眼選了半年，這些女孩子裏頭，就只你是個尖兒，模樣兒，行事作人，溫柔可靠，一概是齊全的。意思要和老太太討了你去，收在屋裏。你比不得外頭新買的，你這一進去了，進門就開了臉，就封你姨娘，又體面，又尊貴。你又是個要強的人，俗語說的，『金子終得金子換』，誰知竟被老爺看重了你。如今這一來，你可遂了素日志大心高的願了，也堵一堵那些嫌你的人的嘴。跟了我回老太太去！」說着拉了他的手就要走。鴛鴦紅了臉，奪手不行。邢夫人知他害臊，因又說道：「這有甚麼臊處？你又不用說話，只跟着我就是了。」鴛鴦只低了頭不動身。邢夫人見他這般，便又說道：「難道你不願意不成？若果然不願意，可真是個傻丫頭了。放着主子奶奶不作，倒願意作丫頭！三年二年，不過配上個小子，還是奴才。你跟了我們去，你知道我的性子又好，又不是那不容人的人。老爺待你們又好。過一年半載，生下個一男半女，你就和我並肩了。家裏人你要使喚誰，誰還不動？現成主子不做去，錯過這個機會，後悔就遲了。」

按照邢夫人的邏輯，自己的丈夫討鴛鴦作妾簡直是天大的好事、美事、盛事，而鴛鴦能被看中選中又是天賜的發達之機，榮耀之機，進入金門龍門之機，如果拒絕，那真是天笑的傻事。在這個庸俗到極點的女人看來，這世界的價值只有像她丈夫所擁有的爵位、權勢、金錢，誰沾上她的丈夫，誰能和她丈夫分上一杯羹，就是福氣、運氣、神氣，簡直幸運極了。這個女人沒有靈魂，所以她不知道人間有「羞恥」二字，不知道無論甚麼人都需要有做人起碼的尊嚴。正因為她不知道，所以就從一個俗人變成歪人，又從歪人變成妄人，一生充滿妄心、妄言、妄為、妄行，替丈夫當媒婆說客，只是其妄行的一種表現，而她平常則「只知承順賈赦以自保；次則貪財取貨為自得；家中一應大小事務，俱由賈赦擺佈。凡出入銀錢事，一經她手，便克扣異常；以賈赦浪費為名，須得我儉省方可償補。兒女奴僕，一人不靠，一言不聽的。」只能依靠娘家兄弟「邢大舅」和王善保家這樣的仗勢欺人的驕悍的奴才。那種抄檢大觀園的醜劇便是她發動起來的。傻大姐撿到一個畫有春意兒的繡春囊，竟使她嚇黃了臉，然後以此為由，聯合王夫人幹起欺凌底層奴僕的勾當。結果還是探春狠狠給了王善保家一巴掌，直接是打在倀人身上，間接是打在她的臉上。人的品性難以改變，賈母死時，她以長媳主持喪家，卻硬是不肯把治喪的銀子發放出來。直到家被抄，丈夫被拘捕，大難降臨於賈府，她還應允賈環把巧姐兒賣給藩王，一妄到底。這個妄心妄目的女人，最讓人感到匪夷所思的是她竟充當丈夫納妾醜行的先鋒與打手，千方百計地逼迫鴛鴦就範。但更不可思議的是賈赦竟有一種比邢夫人還荒唐的思維邏輯。他認定，如果鴛鴦拒絕，那一定是鴛鴦另有所愛，另有所圖。關於他的思路，小說寫道：

> 鴛鴦只咬定牙不願意。他哥哥無法，少不得去回覆了賈赦。賈赦怒起來，因說道：「我這話告訴你，叫你女人向他說去，就說我的話：『自古嫦娥愛少年』，他必定嫌我老了，大約他戀着少爺們，多半是看上了寶玉，只怕也有賈璉。果有此心，叫他早早歇了心，我要他不來，此後誰還敢收？此是一件。第二件，想着老太太疼他，將來自然往外聘作正頭夫妻去。叫他細

想，憑他嫁到誰家去，也難出我的手心。除非他死了，或是終身不嫁男人，我就伏了他！若不然時，叫他趁早回心轉意，有多少好處。」賈赦說一句，金文翔應一聲「是」。賈赦道：「你別哄我，我明兒還打發你太太過去問鴛鴦，你們說了，他不依，便沒你們的不是。若問他，他再依了，仔細你的腦袋！」

賈赦此時除了一臉惡相、兇相、無賴相、潑皮相之外，竟想到「自古嫦娥愛少年」的大俗話，可是這句大俗話套在自己的事上便成了鴛鴦不願意是因為看上寶玉甚至是看上自己的兒子賈璉了。心思一歪再歪，先是歪上鴛鴦，現又歪上寶玉、賈璉，馬上又要牽連到鴛鴦的哥哥嫂嫂了。歪曲、威逼、恐嚇、利誘、恫嚇，亮出手段，使出鐵腕，真是一肚子髒水壞水泥濁水。

在《紅樓夢》的敘事藝術體系中，常運用「對子」性格互襯手法。在賈家老爺人物中，賈政與賈赦顯然是一對：一個是正人，一個是歪人；一個是端方相，一個是尷尬相。雖說賈政也有儒冠面具，也有兇狠處（如狠打寶玉），但畢竟守着一定的道德邊界，也有自己的心靈原則。不忍之心，惻隱之心，同情之心，總還是有的。而這個賈赦，卻只有一張世襲的人皮，內裏卻全是一團爛泥。《紅樓夢》中的泥濁世界，其主體正是賈赦和其他一些同類濁物。此人身上除了權術、心術之外，便是荒淫無恥之念。林黛玉對男性格外警惕。寶玉將北靜王水溶贈予的鶺鴒香轉贈給她時，她竟拒絕說：「甚麼臭男人拿過的，我不要他。」（第十六回）黛玉所罵的「臭男人」，用於賈赦之流，極為合適。賈赦正是賈氏兩府中的頭號臭男人。豈止黛玉罵，連最馴良的襲人都罵：「這個大老爺，真真太下作了！略平頭正臉的，他就不能放手。」我們在這兩位女子罵完之後能說的只是：要知道中國男子從身體到靈魂會醜陋噁心到甚麼地步，看看賈赦這位一等將軍便可知道。

用尷尬人來界定賈赦之流，顯得太輕。賈赦夫婦開始出發的尷尬處境本是一種荒誕困境。正常人在困境中掙扎，想走出困境，總得遵循一定的心靈原則，持守一定的道德邊界，可是，這個賈赦偏偏無視維繫人類社會的基本原則，只迷信權勢的力量，以為憑借權勢可以得到一切，也可以踐踏一切道德準則和社會準則，於是，從尷尬走向無恥，從貪婪走向窮兇極惡，從貪慾走向剝奪與殺傷無辜的生命，也從尷尬人變成狼人與罪人。賈赦這種權勢濁物以為權勢可以改變一切，可以佔有一切，沒有想到權勢會使他變成最無價值的低等社會生物。

「尷尬」雖輕，卻極為確切。曹雪芹顯然在揭示一種世襲的尷尬。貴族的世襲制度總是愈襲愈尷尬。第一個被皇帝賜封爵位的多半應有一些功勳、一些本事，但繼位的後人卻不是憑才幹而是憑血統而承襲祖輩的光榮，多半有其名無其實。像賈赦這個人，承襲的是榮國公一等將軍的爵位，在清代九公爵位二十七等級中，他的地位是很高的。但是，其才能、風度、品格、作風沒有一樣能與「公爵」相稱。此人既無武功，又無文功，既無學問，又無道德，接近於廢物，但他卻不僅身居高位，而且懷有一種無休止地佔有一切的貪慾、貪婪之心。有這種本事很小、野心很大、心胸很窄、慾求很寬的尷尬，是一種普遍性的尷尬，至少在世俗貴族、世俗官僚中，是一種普遍性的尷尬。中國很有智慧的先賢，用「志大才疏」四個字來形容這種尷尬。其所謂志，並不是志氣、志向，而是一種不知滿足的權力意志。即囊括天下財色、女色於一身的狂妄大志，可惜其所謂才，卻等於零。《紅樓夢》文本中所說的「國賊祿鬼」，賈赦就是典型的一個了。

【二十八】勢利人解讀

——封肅、孌童師父等

第九十五回寫道，岫煙走到櫳翠庵，見了妙玉，不及閒話，便求扶乩。妙玉冷笑幾聲，説道：「我與姑娘來往，為的是姑娘不是勢利場中的人。今日怎麼聽了那裏的謠言，過來纏我。」勢利場中的人，也就是勢利人。這種人，在《紅樓夢》中常被嘲諷，是心性醜陋的一種人。但在勢利社會裏，這種人很多。如果我們把康德的美即超功利這一經典定義縮小一點內涵，那麼，美至少必須超勢利。勢利的眼睛是醜陋的眼睛，勢利的心腸是醜陋的心腸，這是無可爭論的。《紅樓夢》中的癡人、可人、玉人等真正的美人，她們一定是與「勢利」人、勢利場保持距離的，所以妙玉説她素來不與勢利人來往。

《紅樓夢》第一回就寫了一個勢利人，這是甄士隱的岳父封肅。甄氏本來是當地的望族，稟性恬淡，不以功名為念，每日只以觀花修竹、酌酒吟詩為樂，屬於神仙一流人品。美中不足的是年過半百，膝下無兒，只有一個三歲小女，乳名叫英蓮，這就是後來成為詩癡的香菱。在英蓮走失之後的第二年，甄家又被葫蘆廟所起的大火燒得一乾二淨，士隱只好帶着妻子封氏來投奔岳父封肅。這封肅是殷實農家，「見女婿這等狼狽而來，心中便有些不樂。幸而士隱折變田地的銀子未曾用完，拿出來託他隨分就價薄置些須房地，為後日衣食之計。那封肅便半哄半賺，些須與他些薄田朽屋。士隱乃讀書之人，不慣生理稼穡等事，勉強支持了一二年，越覺窮下去。封肅每見面時，便説些現成話，且人前人後又怨他們不善生活，只一味好吃懶作等語。」甄士隱這樣一個一流人品，就在這麼一個嫌貧慕富的岳父家過着忍氣吞聲的生活。他與賈雨村是朋友，原先曾鼓勵雨村應當「不負所學」，並贈五十両銀子及兩套冬衣，助雨村入都應試。賈雨村中了進士之後，回來任府太爺，並來探望有恩於自己的朋友。那時甄士隱已不顧妻子而隨跛足道人飄然遠走。在此次探望中，賈雨村向甄家士隱的妻子求娶她的丫鬟嬌杏作二房（這是奇緣，只因當年雨村和士隱相見時，此丫鬟曾偶然一顧）。此事可喜壞了封肅。關於這段故事，小說寫道：

> 至次日，早有雨村遣人送了兩封銀子、四匹錦緞，答謝甄家娘子；又寄一封密書與封肅，轉託問甄家娘子要那嬌杏作二房。封肅喜的屁滾尿流，巴不得去奉承，便在女兒前一力攛掇成了，乘夜只用一乘小轎，便把嬌杏送進去了。雨村歡喜，自不必說，乃封百金贈封肅，外謝甄家娘子許多物事，令其好生養贍，以待尋訪女兒下落。封肅回家無話。

凡勢利人，都是以錢財多寡、地位高低的標準來看人和決定自己的態度。這個封肅看不起窮愁而有才的女婿，可是，被女婿幫助的朋友有了權勢之後他卻巴不得奉承，一說要娶女婿家的丫鬟作妾，他竟喜得「屁滾尿流」。曹雪芹用這四個字，真把勢利人的醜態寫得淋漓盡致。封肅這種勢利蠢人，永遠也分不清偉大與渺小，崇高與鄙俗，永遠也不知道人生的根本是甚麼，只知崇拜錢勢與財勢。他永遠無法了解，他的女婿比他想巴結奉承的縣太爺好千倍萬倍，精彩千倍萬倍。可是封肅這種人到處都是。《紅樓夢》的一大藝術手法是諧音隱喻，所謂封肅，便是「風俗」。社會風俗風氣都嫌貧好利，欺窮崇富，封肅不過是風俗中人、風氣中人罷了。

紅學家吳恩裕先生曾對高鶚改掉「屁滾尿流」四個字很不滿意，並作如此批評：

> 曹雪芹寫《紅樓夢》多用出人意外之筆，第二回寫賈雨村「遣人送了兩封銀子，四匹錦緞，答謝甄家娘子，又寄一封密書與封肅，轉託問甄家娘子要那嬌杏作二房。封肅喜的屁滾尿流，巴不得去奉承，便在女兒前一力攛掇成了。」此等處顯係作者甚鄙封肅之為人，故作斯語，然高鶚續書，並此等處亦改之，乃作：『那封肅喜得眉開眼笑』，則悖雪芹原意遠甚矣。曹與高之高下，亦可於此覘之。

吳先生批評得好。但筆者還有一點沒有弄清的是，高鶚在續書時是不是也對原書（至少前八十回）作了改動？我一直讀人民文學出版社的一百二十回本（署名曹雪芹與高鶚），幸而還保留「屁滾尿流」，但讀浙江人民出版社的線裝本（也是署名曹、高的一百二十回本）卻是「眉開眼笑」了。

《紅樓夢》還寫了許多如王善保家這等勢利奴才，她們的本事全在巴結主子、欺負下人。也屬於見到金銀財寶便喜得屁滾尿流之輩。即使沒有屁滾尿流，至少也眼睛發亮，心裏發軟，變換一種心思。例如司棋的母親，因為嫌棄女兒所愛的窮表哥潘又安，有次竟然動手要打。最後氣得司棋撞牆而死。此時，這位勢利母親便哭着要潘又安償命。又安深知棋母的為人，便對她說：「你們不用着急。我在外頭原發了財，因想着她才回來的，心也算是真了。」說完從懷裏掏出一匣子金珠首飾來。司棋母親一看到金子，態度立即變化，「看見了便心軟了」，只怪女婿怎麼早不言語。（參見第九十二回）言下之意是，早知你有金銀財富，我哪能不成全。潘又安也是個癡人，接着便用小刀往脖子裏一抹，自殺隨司棋遠走了。勢利導致一對癡情兒女的慘死，這是曹雪芹給勢利人的一次告誡。

《紅樓夢》還有一段痛斥勢利人的書寫，十分精彩。開罵的是邢夫人的弟弟、邢「傻大舅」（邢德全）。那天他和薛蟠到賈珍府上聚賭，此次賭局規模甚大，光停在府前的大車就有四五輛，騎馬來的還不知多少，再加寧國府中的老爺少爺，真是熱鬧。招待賭客的是打扮得「粉妝玉琢」的兩個小個小孌童。薛蟠擲第二牌而成贏家後，賈珍叫暫停擺酒席，並陪着薛蟠吃。薛蟠在興頭上，便摟着一個孌童吃酒，又命將酒去敬邢傻舅。可是，邢德全此時是輸家，心裏有火，便趁着醉意罵兩個孌童只趕着贏家不理輸家。接着便是小說的一段描述：

……傻舅輸家，沒心緒，吃了兩碗，便有些醉意，嗔着兩個孌童只趕着贏家不理輸家了，因罵道：「你們這起兔子，就是這樣專洑上水。天天在一處，誰的恩你們不沾，只不過我這一會子輸了幾兩銀子，你們就三六九等了。難道從此以後再沒有求着我們的事了！」眾人見他帶酒，忙說：「很是，很是。果然他們風俗不好。」因喝命：「快敬酒賠罪。」兩個孌童都是演就的局套，忙都跪下奉酒，說：「我們這行人，師父教的不論遠近厚薄，只看一時有錢勢就親敬；便是活佛神仙，一時沒了錢勢了，便不許去理他。況且我們又年輕，又居這個行次，求舅太爺體恕些我們就過去了。」說着，便舉着酒俯膝跪下。邢大舅心內雖軟了，只還故作怒意不理。……這邢大舅便酒勾往事，醉露真情起來，乃拍案對賈珍嘆道：「怨不的他們視錢如命。多少世宦大家出身的，若提起『錢勢』二字，連骨肉都不認了。老賢甥，昨日我和你那邊的令

伯母賭氣，你可知道否？」賈珍道：「不曾聽見。」邢大舅嘆道：「就為錢這件混帳東西。利害，利害！」（第七十五回）

邢德全的醉罵雖然首先指向他的勢利姐姐邢夫人，卻說出一個重要信息：勢利人提起「錢勢」二字，連骨肉都不認了，為了錢財而六親不認是常事。也就是說，勢利人心裏只有權勢，沒有情義。上述這段描寫，還讓我們驚悉，人間社會還有一種從小就開始的勢利教育，這就是孌童師父教的令人驚心動魄的「道理」：不論遠近厚薄，只看一時有錢勢就親敬；便是活佛神仙，一時沒了錢勢了，便不許去理他。原來，小男妓的勢利，並非無師自通，而是有師父傳承的關係。他們的師父所傳授的徹底的勢利哲學看似簡單，細想起來真讓人毛骨悚然，人性居然可以自私到這等地步，勢利到這等地步。難怪孟子講了人禽之辨後，還要講利義之辨。原來，人一旦見利忘義並且走向極端之後就會變成只認錢勢的禽獸。勢利不僅行之有「道」，傳之有法，而且後繼有人，難怪勢利人總是生生不息，至今仍然是佈滿崇拜權勢的勢利人。七八十年前魯迅說，中國人一聽到某紳士有田三百畝就佩服得不得了，現在則是聽說某大款有數億資產便佩服得五體投地。難怪當年的傻大舅要感慨：權勢這件混帳東西，利害，利害！

【二十九】廢人解讀——薛蟠、賈敬等

寶釵的母親薛姨媽得知自己的兒子薛蟠在李家店打死了當槽兒張三，可能就要殺人償命，她雖不惜錢財營救，但也不能不說薛蟠是個「廢人」。第九十回寫道：

只見薛蝌進來說道：「大哥哥這幾年在外頭相與的都是些甚麼人，連一個正經的也沒有，來一起子，都是些狐群狗黨。我看他們那裏是不放心，不過將來探探消息兒罷咧。這兩天都被我趕出去了。以後吩咐了門上，不許傳進這種人來。」薛姨媽道：「又是蔣玉函那些人哪？」薛蝌道：「蔣玉函卻倒沒來，倒是別人。」薛姨媽聽了薛蝌的話，不覺又傷心起來，說道：「我雖有兒，如今就像沒有的了，就是上司准了，也是個廢人。」

廢人即毫無價值之人。一個母親說自己的兒子是毫無價值的人，可說是傷心至極之論。但母親不會歪曲兒子，薛蟠確實是個廢人。筆者在以往的評「紅」文字中，曾說薛蟠是慾望的化身，一輩子只有財色、女色的追求。他雖出身於書香繼世之家，但和妹妹寶釵完全不同。寶釵喜愛讀書，博古通今，而他卻不讀書，不明理，甚麼都一竅不通。他雖也上過學，但僅略識幾個字，腹中沒有半點墨水，終日只知

吃喝嫖賭，走馬鬥雞，驕奢淫逸。娶了香菱、夏金桂、寶蟾作妻妾之外，還不滿足。出門就泡進妓院與賭場。他雖是皇商，但對經紀世事卻全然不懂。仰仗祖父往昔的名聲情份，他在戶部掛了個虛名，實際上卻沒有經商能力。因親戚關係，他隨母親寄寓在賈氏貴族府第，卻成了府中只富不貴的大俗人。寶玉這種高貴之人，所以也能與他作朋友，是因為他還心直口快，沒有心機。當俗人本也就罷了，可是他總是不安份，以至搶奪民女，製造人命。先是打了馮淵，後又打死了張三。這就使他的生命價值不僅等於零，而且等於負數。不僅是個俗人，而且是個廢人。

《紅樓夢》寫了一幫子廢人和近似廢人。薛蟠只是其中一個，更多的廢人和近似廢人是些靠吃祖宗遺產、毫無本事、毫無作為的貴族傳人和貴族子弟，如賈赦、賈珍、賈璉、賈蓉等。第六十五回寫「賈二舍偷娶尤二姨」，所謂舍，便是舍人，宋元以來稱貴族官僚子弟為舍人。賈璉是二公子，所以稱之為賈二舍。這些舍人無功無才無德無品行，甚麼也不是，但他們世襲了祖宗的爵位或在朝廷中掛個虛銜，依舊享盡榮華富貴。賈赦襲榮國公一等將軍之職，賈珍襲榮國公世職（因賈敬一心煉丹求仙，便把世職讓給兒子），三品爵威烈將軍。也是靠家族的權勢，賈璉捐了個同知銜，賈蓉則捐了個五品防護內廷紫禁道御前侍衛龍禁尉。他們的共同點是除了拿祖宗的世襲爵位作一張堂皇的臉皮之外，內裏全廢掉、爛掉了。也就是「金玉其外，敗絮其中」。他們對家庭、對社會沒有任何價值，有的甚至是負價值。

這些廢人先是廢了自己，然後再廢了祖宗的榮譽與家業。其廢自己，關鍵還不在於廢了經世的能力，而是廢了自己作人的尊嚴。賈蓉幾乎變成人渣，他跪在尤三姐面前且不說，而尤二姐嚼了一嘴砂仁渣子，吐了他一臉，他竟用舌頭舔着吃了。世家子弟變得如此下流無恥，可說是真廢到底了。而他父親賈珍，也是個色鬼，焦大罵「爬灰的爬灰」，指的正是他。而把尤二姐讓給賈璉，導致悲劇，首先也是他製造的。他和他兒子不像人樣，還只是廢了自己，而整日聚賭抽頭，把好端端的貴族府第鬧成黑店似的，以至家產被抄，世職被革除，則是廢了寧國府。榮國府還有賈政撐着，寧國府則完全敗在他的手裏。但榮國府的賈赦卻也是一個不學無術、厚顏無恥的廢人。除了世故圓滑的本事外，一無所能。家中已有一妻二妾，還打母親身邊丫鬟鴛鴦的主意，導致鴛鴦掛繩自盡，既不知廉恥，也沒有同情心，靈魂整個廢掉了。後來御史得知他交通外官，恃強凌弱，把他參了一本，並奉旨查抄賈府家產，革除世職，算是把家族的豪門榮耀也廢了。

賈赦、賈珍、賈璉、賈蓉等世家子弟，從舍人變成廢人，從廢己到廢家，從廢族門遺風到廢社會道德原則，表現得十分噁心醜陋。他們實際上已成社會的多餘人，但是，他們與俄國偉大作家筆下的多餘人形象完全不同。像普希金的歐根·奧涅金，雖多餘，卻有思想，有靈魂，更有自己的尊嚴和心靈原則，而賈赦等則既是社會的多餘物，又是社會的害蟲。

薛蟠、賈蓉這種吃喝嫖賭之徒，人們容易看出他們是廢人。而另一種人，實際上是極其愚昧無知，卻以為自己是求仙得道。這種人走火入魔，於世無益，於家無補，也是廢人。寧國府中的賈敬，就是這種廢人。他是個荒誕的存在，生命全然沉迷於煉丹之中。他以延長原生命為目的，以生命「量」的追求代替生命質的追求。只知生命的長度，不知生命的深度。最浮淺的道家沒有「道」，只有「術」。而賈敬的荒誕是連「術」都沒有，丹砂吞得過多而亡。這種人既是荒誕的存在，也是無價值的存在。薛姨媽稱自己的兒子薛蟠為廢人，人們也只能看到紈絝子弟是廢人，忘記賈敬這種道、術皆無完全生活在虛幻中的蠢物也是廢人。賈氏兩府的敗落，是先從寧國府爛起，人們只知是爛於淫蕩，不知也爛於無知、愚蠢和妄念。

若從賈府中的廢人談開去，人類社會中的廢人大約有三類：第一是「天廢」之人；第二是「人廢」之人；第三是「自廢」之人。天廢之人係天生的殘廢人。像傻大姐就是這種人，天生的白癡，天生的一無所能、一無所用。對於這種人只能同情，不可取笑。第二種則是被社會逼成廢人。社會上一些多餘人，本來聰明，但被社會淘空了熱情、淘空了精神，變成了一無所用的寄生物。至於被權勢者打斷手腳而成殘疾之人，更無待多說。魯迅筆下的「孔乙己」原是善良的讀書人，他過不了科舉那道鬼門關，便淪為下等人，最後被打斷了腿，進而成了廢人。最不幸的還是第三類廢人。再殘暴的社會也只能摧殘人的身體，未必就能粉碎人的心靈。自廢者不是自戕身體，而是在精神上自我消滅。正常人或堅強者知道人世的險惡，但總有一種信念：你可以把我打敗，但不可把我征服；你可以消滅我的肉體，廢了我的四肢，挖了我的眼睛，但不能廢了我的靈魂和征服我的人格。因此，人的興廢，完全取決於自己。孔乙己成其廢人，除了社會原因之外，也有個人原因。在科場上失敗，不僅不會命定成為廢人，而且還可以通過自己的奮鬥拚搏成為卓越人物或者成為偉大詩人和偉大思想家。杜甫不就連進士也當不成嗎？世上的真失敗者都是在未被社會消滅之前在心理上首先消滅自己的人。不是「出師未捷身先死」，而是「尚未出師心先死」。

【三十】濁人解讀——賈蓉等

「濁人」概念出現在第一零九回。賈寶玉思念黛玉心切，便獨自到臥室的外間睡，期待黛玉能來入夢。夢想落空後，他尋思：「或者他已經成仙，所以不肯來見我這種濁人也是有的；不然就是我的性兒太急了，也未可知。」

賈寶玉自稱「濁人」，甚至「濁物」，彷彿是自辱，其實也很自然。他從小就認定「女兒是水作的骨肉，男人是泥作的骨肉」，並說「見了男人，便覺濁臭逼人」。而他現在已是男人，因此把自己界定為「濁人」也不唐突。只是黛玉死亡之前，他在淨水世界與泥濁世界之間，總是立於淨水世界一邊，即站在泥濁世界的彼岸，並與泥濁世界的主體在心靈上劃清界限，不像他們那樣走仕途經濟之路，不熱中於功名、權力、財富等等色相。他雖然屬於男性，卻是泥濁世界中的「檻外人」，也是身心乾淨的人。林黛玉雖沒有妙玉似的物質潔癖，卻有精神潔癖，寶玉轉贈手帕給她，她拒絕道，這是哪個臭男人用過的。黛玉生前真把男人當濁人，沒有任何一個男性朋友，惟獨把寶玉當作知己，也是心目中惟一的乾淨人，寶玉也明白這一點。可是，現在寶玉卻屈服於家族的壓力與寶釵成婚，辜負了黛玉的一往深情，並到另一寂靜的世界之中。此時她還會把寶玉看作淨人玉人嗎？還會進入他的夢中與他相會嗎？寶玉癡心待夢，除了思念至深之外，也想知道仙逝的林妹妹是否已把他當作濁物濁人。到外間獨睡之前，他就想着：「……林妹妹死了，那一日不想幾遍，怎麼從沒夢過。想是他到天上去了，瞧我凡夫俗子不能交通神明，所以夢都沒有一個兒。我就在外間睡着，或者我從園裏回來，他知道我的實心，肯與我相見一見。我必要問他實在那裏去了，我也時常祭奠。若是果然不理我這濁物，竟無一夢，我便不想他了。」在寶玉這番癡想裏，可以看到他自己無法判斷自己是不是濁人濁物，只能讓黛玉的魂魄來裁決。現在黛玉未能前來入夢，寶玉就懷疑自己是濁人了。

不過，「濁人」概念有輕重之分，廣義狹義之分。狹義的濁人是指相對於神仙的凡俗之人。這是佛教的定義。《十誦律》卷四九：「有四種人：一者麄人，二者濁人，三者中間人，四者上人。」麄人，也作「麤人」、「麁人」，這是指粗疏之人，相對於精細之人。佛教指小乘之行人為麁人，大乘行者為「細人」，也有粗細之分。《紅樓夢》受佛教影響甚巨，賈寶玉說自己是「濁人」，顯然是指相對於神仙的、《十誦律》中所界定的凡俗之人，所以他才說：「或者他已成仙，所以不肯來見我這種濁人，也是有的。」（第一零九回）洪昇的《長生殿．聞樂》一節中唱道：「想我濁質凡姿，今夕得到月府，好僥倖也。」也是把濁與凡相連，只指涉凡俗，不指涉髒污。

廣義的「濁人」，便涉及髒污、卑劣、卑鄙等。這種濁人乃是濁化人、惡濁人、五濁俱全之人。《太平廣記》卷三引《漢武帝內傳》云：「五濁之人，耽湎榮利，嗜味淫色。」所謂五濁，乃是佛教中所說劫濁、見濁、煩惱濁、眾生濁、命濁。此五種混濁不淨污染世界，使塵世充滿痛苦、煩惱與災難。《阿彌陀經》說：「釋迦牟尼佛，能為甚難希有之事，能於娑婆國土五濁惡世，劫濁、見濁、煩惱濁、眾生濁、命濁中，得阿耨多羅三藐三菩提。」這就是處污泥而不染，處濁世而持淨，在五濁惡世中仍保全明淨之身。而五濁之人正相反，他們集五濁於一身，從凡俗進入惡濁，「耽湎榮利，嗜味淫色」，變成污濁之人，卑鄙之人，即濁化人、惡濁人、重濁人。賈府中的賈赦、賈璉、賈環，寧國府的賈珍、賈蓉都可放入惡濁人榜。這種濁人常會讓人產生噁心之感，不僅心理上受不了，而且生理上也受不了。例如，賈蓉就是這樣的人。

賈蓉是個典型的貴族紈絝子弟，不可救藥的「垮掉的一代」的代表。他是一個只有慾望沒有精神的人，除了享樂吃喝嫖賭之外，不知人生還有其他內容。他有高貴的妻子秦可卿，還到處拈花惹草，連屬阿姨輩的尤二姐、尤三姐也要渾纏，一心想在她們身上沾點便宜。他先是充當王熙鳳的狗腿子整死賈瑞，不僅幫兇，而且乘機勒索了五十兩銀子。後又充當賈璉的牽線人（皮條客），慫慂賈璉討娶尤二姐，參與製造一大慘劇。秦可卿死後，他無所事事捐了個五品防護內廷紫禁道御前侍衛龍禁尉，有了空頭官銜，加上本來的苗條身段，很有人樣，可正是這個人，濁氣沖天，讓人不得不用「厚顏無恥」四個字才能貼切形容他。看兩個細節就夠了。

第一個細節是賈蓉竟然不顧祖父剛過世，戴孝在身，就調戲尤二姐和尤三姐，其嘴臉相當讓人噁心：（第六十三回）

> 賈蓉得不得一聲兒，先騎馬飛來至家，忙命前廳收桌椅，下槅扇，掛孝幔子，門前起鼓手棚牌樓等事。又忙着進來看外祖母兩個姨娘。原來尤老安人年高喜睡，常歪着，他二姨娘三姨娘都和丫頭們作活計，他來了都道煩惱。賈蓉且嘻嘻的望他二姨娘笑說：「二姨娘，你又來了，我們父親正想你呢。」尤二姐便紅了臉，罵道：「蓉小子，我過兩日不罵你幾句，你就過不得了。越發連個體統都沒了。還虧你是大家公子哥兒，每日念書學禮的，越發連那小家子瓢坎的

也跟不上。」說着順手拿起一個熨斗來，摟頭就打，嚇的賈蓉抱着頭滾到懷裏告饒。尤三姐便上來撕嘴，又說：「等姐姐來家，咱們告訴他。」賈蓉忙笑着跪在炕上求饒，他兩個又笑了。賈蓉又和二姨娘搶砂仁吃，尤二姐嚼了一嘴渣子，吐了他一臉。賈蓉用舌頭都舔着吃了。眾丫頭看不過，都笑說：「熱孝在身上，老娘才睡了覺，他兩個雖小，到底是姨娘家，你太眼裏沒有奶奶了。回來告訴爺，你吃不了兜着走。」賈蓉撇下他姨娘，便抱着丫頭們親嘴：「我的心肝，你說的是，咱們饞他兩個。」丫頭們忙推他，恨的罵：「短命鬼兒，你一般有老婆丫頭，只和我們鬧。知道的說是頑；不知道的人，再遇見那髒心爛肺的愛多管閒事嚼舌頭的人，吵嚷的那府裏誰不知道，誰不背地裏嚼舌說咱們這邊亂帳。」賈蓉笑道：「各門另户，誰管誰的事。都夠使的了。從古至今，連漢朝和唐朝，人還說髒唐臭漢，何況咱們這宗人家。誰家沒風流事，別討我說出來。連那邊大老爺這麼利害，璉叔還和那小姨娘不乾淨呢。鳳姑娘那樣剛強，瑞叔還想他的帳。那一件瞞了我！」

第二細節是賈蓉縱容賈璉偷娶尤二姐之後被王熙鳳發現，王一面大哭，拉着尤氏，只要去見官，「急的賈蓉跪在地上磕頭，只求姑娘嬸子息怒。」……

鳳姐姐一面又罵賈蓉：「天雷劈腦子五鬼分屍的沒良心的種子！不知天有多高，地有多厚，成日家調三窩四，幹出這些沒臉面沒王法敗家破業的營生。你死了的娘陰靈也不容你，祖宗不容你，還敢來勸我。」哭罵着揚手就打，賈蓉忙磕頭有聲說：「嬸子別動氣，仔細手，讓我自己打。嬸子別生氣。」說着，自己舉手左右開弓，自己打了一頓嘴巴子，又自己問着自己說：「以後再顧三不顧四的混管閒事了？以後還單聽叔叔的話不聽嬸子的話了？」眾人又是勸，又要笑，又不敢笑。（第六十八回）

尤二姐嚼了一嘴渣子，吐了賈蓉一臉，賈蓉竟用舌頭都䑛着吃了。這叫甚麼？這就是中國人最喜歡用的罵人話：不要臉！這句話用到賈蓉身上倒是極為準確。筆者一再反對語言暴力，但如果準確地描述了對象特徵，便不算暴力，例如指賈蓉「厚顏無恥」、「不要臉」就只能說是「貼切」，而不能說是「人身攻擊」。第一個細節是自䑛污穢，第二個細節是自打嘴巴，奴才自打的事倒是常見，但賈蓉的濁處是一邊左右開弓打還一邊唾罵自己和取媚王熙鳳。沒有人格，卻有一點生存小技巧，只要能鑽入王熙鳳的心，他怎樣縮小自己、踐踏自己都可以，踐踏中還把責任全推給賈璉，縱容出壞主意的問題變成只是「單聽叔叔的話不聽嬸子的話」。

賈蓉雖是侯門公子，可是連小丫頭都瞧不起他，笑他，推他，恨他，罵他，有個丫頭罵時含沙射影，用了「髒心爛肺」一詞，這算是罵人的頂尖話語了，但平心而論，這用於賈蓉又是很貼切。賈蓉確實是個髒心爛肺之人。即不僅身髒，而且心髒，徹頭徹尾、徹裏徹外地濁到底，髒到底。不知人間有「羞恥」二字之人，更不知還有甚麼「尊嚴」、「人格」等字眼之人。值得注意的是，他在聽到別人的惡罵後竟振振有詞地自我辯護，說「從古至今，連漢朝和唐朝，人還說髒唐臭漢，何況咱們這宗人家。」無恥之徒竟說出這種驚人之語，在他心目中，連中國最強盛的漢唐都又髒又臭，我何嘗不可又混又濁？遠的如此，近的自己的一族家人，從老到少，從男到女，哪一個乾淨，為甚麼獨恨我不乾淨？賈蓉這一番話，細讀起來讓人驚心動魄。他的辯護詞的中心意思是「無恥有理」：古往今來，裏裏外外皆無恥，為甚麼我不可以無恥？不可以髒？不可以臭？不可以提着「髒心爛肺」在世界上爭財色爭權力？不可以撕碎一切臉皮臉面過日子？這是賈蓉邏輯，也是一切流氓髒人、惡濁人的邏輯。

像賈蓉這種下流坯子，中國人常用一個最不堪的詞語來形容，這就是「人渣」，也就是人之垃圾。此外，還有一個也是夠狠夠徹底的意象，就是「不齒於人類的狗屎堆」。這種罵人話罵得很有力度。但是，不管是怎樣的罵人毒語，用到賈蓉身上都似乎不太過份。連他的父親賈珍，在對他生氣時，也不屑自己動口動手，只是命一個下人往他臉上啐一口唾沫。第二十九回，寫賈母帶着全家到清虛觀祈福，賈珍、賈蓉父子也去，「領隊」的賈珍和大家又忙又熱時，突然問道：「怎麼不見蓉兒？」一聲未了，只見賈蓉從鐘樓裏跑出來了。

> ……只見賈蓉從鐘樓裏跑出來了。賈珍道：「你瞧瞧，我這裏沒熱，他倒涼快去了！」喝命家人啐他。那小廝們都知道賈珍素日的性子，違拗不得，有個小廝上來向賈蓉臉上啐了一口。賈珍還瞪着他，小廝便問賈蓉：「爺還不怕熱，哥兒怎麼先涼快去了？」賈蓉垂着手，一聲不敢言語。那賈芸、賈萍、賈芹等聽見了，……一個一個都從牆根下慢慢的溜來。

賈珍真是不把兒子賈蓉當人，所以也不給半點尊嚴。而賈蓉本身也確實落入「人渣」堆中。

賈蓉雖無恥，但還有一點長處，就是承認自己濁、自己臭。他申辯的是濁臭有理，並沒有否認自己髒臭。如此赤裸裸，也有好處，就是不戴面具。這比滿口仁義道德、滿腹男盜女娼的偽君子還是強些。

像賈赦這種濁人，是「金玉其外，敗絮其中」，已經妻妾成群，還打着老母親身邊小丫鬟鴛鴦的壞主意，導致鴛鴦走投無路而自盡。一副貴族的架式，卻滿肚子都是壞水、濁水、髒水。人們可以說賈蓉是人渣，難道賈赦就不是人渣？穿着錦衣玉袍，戴着烏紗帽，就算是正人君子嗎？濁人關鍵是心濁心髒，像賈赦這樣髒心爛肺之人，把他放入「五濁之人」的濁人榜，大概不會冤枉他吧！有他在榜，至少可以給「身居高位，心實下賤」的權貴們提供一面鏡子。

《紅樓哲學筆記》

《紅樓哲學筆記》目錄

內篇：紅樓哲學筆記

外篇：紅樓哲學補述

附錄

不為點綴而為自救的講述（代序）

劉再復

去國十九年，海內外對拙著《漂流手記》（散文九卷）有不少評論，其中我的年輕好友王強所作的《漂泊的哲學與叩問的眼睛》一文道破了我的寫作「奧秘」：講述只是拯救生命的前提和延續生命的必要條件。他以講述《一千零一夜》故事的動因為喻，說明我的作品不是身外的點綴品，而是生命生存的必需品。相傳薩珊國國王山魯亞爾因王后與一奴隸私通，盛怒之下將王后及奴隸處死。這之後又命令宰相每天給他獻上一少女，同寢一夜，第二天早晨殺掉，以此報復女人的不忠行為。宰相的女兒謝赫拉查德為拯救少女，自願被獻給國王。她每夜給國王講一個故事，國王因為還想聽下一個故事就不殺她，結果她講了一千零一個故事。她的講述是生命需求，是活下去的需求。我的《漂流手記》第五卷《獨語天涯》，副題叫做《一千零一夜不連貫的思索》，全書寫了一千零一則隨想錄。王強的評論切中要害，說明我的講述理由完全是謝赫拉查德式的生存理由。王強講的是我的散文，其實，我的《紅樓夢》寫作，也是同樣的理由，同樣的原因。動力也是生命活下去、燃燒下去、思索下去的渴求。不講述《紅樓夢》，生命就沒勁，生活就沒趣，呼吸就不順暢，心思就不安寧，講述完全是為了確認自己、救援自己。正因為這樣，在寫作《紅樓夢悟》之前，我就離不開《紅樓夢》，喜歡和朋友講述《紅樓夢》，與那個波斯宰相之女一樣，不講述就會死。至於講完後要不要形成文字，倒不是那麼要緊。倘若不是學校、朋友、出版社逼迫，我大約不會如此投入地寫作，幾年內竟然寫了「紅樓四書」（包括《紅樓夢悟》、《共悟紅樓》、《紅樓人三十種解讀》、《紅樓哲學筆記》）。這一點，劍梅也可作證，如果不是她的逼迫，我大約不會對她講述，而且講完還認真地整理出《共悟紅樓》對話錄。

除了個體生命需求之外，還有沒有學術上的需求呢？當然也有。不過，這不是締造學術業績的需求，而是追尋學術意境的需求。說得明白一點，是想把《紅樓夢》的講述，從意識形態學的意境拉回到心靈學的意境，尤其是從歷史學、考古學的意境拉回到文學的意境，做一點「紅樓歸位」的正事。《紅樓夢》本來就是生命大書、心靈大書，本就是一個無比廣闊瑰麗的大夢（有此大夢，中華文化才更見力度）。夢可悟證，但難以實證，更難考證。在人文科學中，我們會發現真理有仰仗邏輯分析的實在性真理與非邏輯非分析的啟示性真理，後者就難以實證。熊十力先生把智慧區分為量智與性智，前者可實證，後者則只能悟證。世上幾個大宗教和中外文化中的一些大哲學家都發現第一義的存在（上帝、道、無等）難以言說，既不可證實也不可證偽。康德說「物自體」不可知，與老子的「道可道，非常道」相通。文學蘊含的多半是感性的啟示性真理，是難以考證、實證甚至有難以論證的無窮意味。《紅樓夢》中的所謂「意淫」，是一種想像活動。這種想像本身就是神秘的、反規範的、無邊無際的心理過程。這恰恰是典型的文學過程。賈寶玉和自己的許多「夢中人」的關係，都包含着這種「在想像中實現愛」的關係，這是《紅樓夢》很重要的一部份精神內涵，但很難實證與論證，只能悟證。再如小說文本中多次出現「幽香」、「香氣」，也無法實證。第五回寶玉夢中到太虛幻境，「但聞一縷幽香，竟不知其所焚何物。寶玉遂不禁相問。警幻冷笑道：『此香塵世中既無，爾何能知！』」第十九回中，寶玉在黛玉處，又「只聞得一股幽香」，於是「一把便將黛玉的衣袖拉住，要瞧籠着何物。黛玉笑道：『冬寒十月，誰帶甚麼香呢？』寶玉笑道：『既然如此，這香是那裏來的？』黛玉道：『連我也不知道，想必是櫃子裏頭的香氣，衣服上熏染的也未可知。』寶玉搖頭道：『未必，這香的氣味奇怪，不是那些香餅子、香毬子、香袋子的香。』」到底警幻仙子和黛玉身上飄散出的是甚麼香味，有的學人說，這是美人身上的體香，也有人說是衣服中的物香，而我卻通過悟證，說明這是警幻、黛玉「靈魂的芳香」，對於黛玉，也許正是其前世「絳珠仙草」的仙草味。這種不可實證卻可讓人通過感悟進行想像和審美的再創造，便是文學，便是歷史學、考古學和其他學科難以企及的文學。我在「紅樓四書」中使用的「悟證」法，既不同於知識考證與家世考證，也不同於邏輯論證，雖近乎禪的通過直覺把握本體的方式，但我卻在「悟」中加上證，即不是憑虛而悟，而是閱讀而悟，參悟時有對小說文本閱讀的基礎，悟證過程雖與「學」不同，卻又有「學」的底蘊與根據。這算不算獨立的自性法門，只能留待讀者去評論。

《紅樓夢》的情思浩如淵海，有待一代一代讀者去感悟，而悟證又有益於《紅樓夢》研究回歸文學。期待「紅樓歸位」，自然是有感而發。二十世紀紅學興旺，但也發生一個文學在紅學中往往缺席的問題。以意識形態判斷取代文學研究且不說，上世紀一些具有代表性的紅學家，固然有王國維、魯迅、聶紺弩、舒蕪等擁抱文學的學人，但無論索隱派、考證派、新證派都忽略了文學本身，所以才有俞平伯先生晚年「多從文學、哲學着眼」的呼喚。蔡元培是我最為敬愛的知識分子領袖人物，但以他的名字為符號的「索隱」研究，卻把《紅樓夢》的無限自由時空狹隘化為一個朝代的有限時空，儘管其經世致用、以評紅服務於反滿的目的可以理解，但其結果畢竟遠離了文學。在考證上開山劈嶺的胡適，其功不可沒，沒有他的努力，我們可能還不知道我國最偉大的小說，其作者叫做曹雪芹，也不知道《紅樓夢》大體上是作者的自敘傳，作品的故事框架與曹雪芹的人生家世框架大致相合。可是，胡適作為一個「歷史癖」，卻不會欣賞《紅樓夢》的輝煌星空，他竟然認為「《紅樓夢》比不上《儒林外史》；在文學技術上，《紅樓夢》比不上《海上花列傳》，也比不上《老殘遊記》」。他甚至認同蘇雪林的論斷：「原本《紅樓夢》也只是一件未成熟的文藝作品。」[1] 胡適這種看法十分古怪，他斷定《紅樓夢》「未成熟」，恰恰暴露了自己文學見解的幼稚。魯迅說：「博識家的話多淺，專門家的話多悖。」（《且介亭雜文二集．名人和名言》）專門家胡適倒應了魯迅「多悖」的評價。把胡適的考證推向更深廣也更見功夫的周汝昌先生給我們提供了非常豐富的曹氏家族滄桑的背景材料，使我們在閱讀文本時更明白曹雪芹在處理「真事隱」與「假語村」兩者關係時費了怎樣驚人的功夫（這可能是世界文學史上獨一無二的個案）。周先生的《紅樓夢新證》成了二十世紀紅學的一個里程碑，可是，周先生竟然把對《紅樓夢》的文學批評、文學鑒賞排除在「紅學」之外，把紅學限定在曹氏家世的考證和遺稿的探佚之中，這又一次使紅學遠離了文學。俞平伯先生早期也錯誤地認為「《紅樓夢》在世界文學中底位置是不高的」、「應列第二等」（《紅樓夢辨．紅樓夢底風格》）。後來他做了修正，認為可列「第一等」。可是，在一九八零年五月二十六日的國際研討會上他卻說：「我早年的《紅樓夢辨》對此書評價並不太高，甚至偏低了，原是錯誤的，卻亦很少引人注意。不久我也放棄前說，走到擁曹迷紅的隊伍裏了，應當說是有些可惜的。」[2] 連俞先生也未能理直氣壯地肯定《紅樓夢》為世界一流一等作品，勉強肯定之後又發生搖擺，這不能不令人感到困惑。不過，前賢的努力畢竟為我們提供了再思索的前提，即使偏頗也提供給我們再創造的可能，無論從哪一個角度上說，我們都應當銘記前人的功勞與足跡。說要把《紅樓夢》研究從歷史學、考古學拉回

1 一九六零年十一月二十日致蘇雪林的信，引自《胡適論紅學》第二六七頁，安徽教育出版社，二零零六年。
2 王湜華編《紅樓心解》，第二七六——二七七頁，陝西師範大學出版社，二零零五年。

到文學，這只是我個人的意願，並沒有「扭轉乾坤」、「改造研究世界」的妄念。

德國天才詩人海涅曾把《聖經》比喻成猶太人的「袖珍祖國」，我喜歡這一準確的詩情意象，也把《紅樓夢》視為自己的袖珍祖國與袖珍故鄉。有這部小說在，我的靈魂將永遠不會缺少溫馨。

是為序。

二零零八年七月十日於美國科羅拉多大學校園

內篇：紅樓哲學筆記

【一】無相哲學

曹雪芹是文學天才，又是哲學家，但他沒有哲人相、玄學相，所有深邃的形上思索都蘊藏在意象性的表述之中。其對宇宙人生的柏拉圖式的洞察與把握，全含蓄在《紅樓夢》的情節與人物裏。賈雨村關於「正」、「邪」二氣與中道之性的界說；賈寶玉關於「女兒水作、男人泥作」的怪論；史湘雲關於「陰陽一體」的妙語；林黛玉關於「無立足境、是方乾淨」的感悟；秦可卿關於「盛筵必散」、「否極泰來」的警告；妙玉關於「縱有千年鐵門檻，終須一個土饅頭」的提示等等直接的哲理表述尚可捕捉，而融會貫通於整部文本中的大觀視角、自然（石頭）人化、本真歸屬、故鄉定義、澄明止境、兼美情懷、青春理想國、女兒人極圖、「檻外人」異端意識、「大荒山」荒誕存在暗示以及有無、色空、真假、聚散、好了、觀止等不二法門哲學大思路、大礦藏則不容易充分發現。開掘這些大思路，也許正是曹雪芹後世知音的樂趣，倘若更為有心，把這一開掘作為「評紅」的一種使命，那就更好。

【二】石頭記：自然的人化

從哲學上說，《石頭記》是一部自然人化的大書，即石頭化為人的大書。從石到人，這是外自然的人化；從慾到情，從情到靈，這是內自然的人化。寶玉原是一塊石頭，一塊女媧補天時淘汰的石頭，黛玉原是一株草，一株需要澆灌的「絳珠仙草」。兩者都是大自然的一顆粒、一符號。用宇宙的大觀眼睛看地球，便會知道人類的世界原是洪荒的石頭世界，人的生命也是從洪荒的大自然中逐漸形成。人從自然界走入人界後，身上還帶着自然的特性。石為五色石。石是有色的，人之所以為人，也天生帶有色慾。王國維說，玉即慾的暗示，慾乃是悲劇之源，這道破了部份真理，但是，賈寶玉的人生過程恰恰是由慾昇華為情、為靈的過程，他開始喜歡吃鴛鴦的胭脂，喜歡寶釵肉感的胸脯，後來則愈來愈向林黛玉的深邃情感靠近，在林黛玉的導引下不斷向靈世界提升。這個過程是寶玉的內自然（包括感官、情感、心理）人化、精緻化的過程，也就是「因空見色，由色生情，傳情入色，自色悟空」的過程，即慾逐步減少，情逐步加深，最後達到情的純粹化和精神境界上的天人大圓融。

【三】 紅樓夢：情壓抑而生大夢

賈寶玉神遊太虛幻境時，警幻仙子命十二舞女演唱《紅樓夢》十二支曲，第一支《紅樓夢引子》云：「開闢鴻蒙，誰為情種？都只為風月情濃。」（第五回）

這個總問題可分為文學問題與哲學問題。

文學問題是感性問題。誰為情種？《聖經》的答案是創世紀的亞當與夏娃。而《紅樓夢》則是神瑛侍者與絳珠仙草。第一，情種神瑛侍者通靈入世之後，吃的第一顆禁果是名叫「兼美」的禁果，第二顆禁果是名叫「襲人」的禁果。前者導引情種向上神遊，後者推動情種向下追求；前者導向夢與審美世界，後者導向功名與世俗世界。

哲學問題是理性問題。誰為情種？答案應是「石頭」。《石頭記》、《紅樓夢》既可解為自然的人化與石頭的情化，也可解為風月情濃即性壓抑、情壓抑而產生的大夢。

【四】 叩問人生究竟

《紅樓夢》對於世界人生，除了文學把握之外，還有一個哲學把握。文學把握通過意象、夢境、語

言等手段，展示的是特殊性——個性現象。哲學把握則是心靈與思想的同時切入，它叩問的普遍性問題是：如同石頭通靈幻化入世後的寶玉，人降生於人間究竟是為了甚麼？存在的目的和意義是甚麼？這個星球上的萬物萬有萬相，最該嚮往、最該追求、最該憧憬、最該珍惜的是甚麼？這不是如何寫好一首詩、如何治好一個家、如何建設一個國的問題，而是一個如何生、如何死、如何觀、如何止、如何好、如何了的形上問題。《紅樓夢》通過文學展示一個以寶玉和諸女子為主人公的無比精彩的感性世界，又通過哲學思索所有人都無法迴避的生存困境與心靈困境。

【五】色透空也透

《紅樓夢》哲學是色空哲學，這是人們熟知的，但徐訏先生說：

> 一句「色即是空，空即是色」的話雖可以包括。可是所感受所表現的色，則是入世最深的色，他所感受所表現的空，則是出世最徹底的空。[1]

寶玉的入世，是對情最深的投入，以至被警幻仙子稱為「天下古今第一淫人」（第五回）。不像賈赦、賈璉、薛蟠等，根本不知情為何物。因為投入得最深，體驗得最真最切，經受的磨難也最重，所以最後也徹悟得最徹底，贏得的是最徹底的空。

1 《紅樓夢的藝術價值與小說裏的對話》，見《紅樓夢藝術論》，第七十六頁，台北，里仁書局，一九八四年。

《紅樓夢》貴在色透空也透。徐先生點破這部巨著文本策略是把色推向極致，把空也推向極致。色之美，美到極限；空之美，也美到極限。「極致」的文本策略背後是哲學的徹底性。財富之極，達至「賈不假，白玉為堂金作馬」、「東海缺少白玉床，龍王請來金陵王」；權力之極，達至皇妃寶座；功名之極，達至貴爵一品將軍。能把這些巨色絕色全看破全放下，才能大空真空。賈寶玉的出家不是告別常人之家，而是逃離人世間個個羨慕的最高的榮華富貴。這位主人公的心靈力度，就在告別、放下與逃離中。

【六】立人之道曰情與愛

《易經》的《說卦傳》云：「立天之道曰陰與陽，立地之道曰柔與剛，立人之道曰仁與義。」這就是天地人三極三才之道，也是儒家人文精神的哲學基點。把人提到與天地並行三極中的一極，從而提高了人的宇宙地位，這是儒家的功勞。《紅樓夢》作為異端之書，它的異端性在於只承認前兩者，不承認第三者。周易所界定的三極之道（天、地、人三極），《紅樓夢》只認兩極。對於立人之道，曹雪芹強調的不是「仁與義」，而是「情與愛」。以情為人間世界立極立心，這是《紅樓夢》的大思路也是哲學大思想。而最深地負載情、體現情的是青春少女，因此，女兒又是人之極，小說中的林黛玉、薛寶釵、史湘雲、妙玉、晴雯、鴛鴦、尤三姐等，都是人之極品，也是天地極品。天地之大美，上有星辰，下有「女兒」。《紅樓夢》正是一部重構立人之道的大書，呈現的是一部舉世無雙的青春人極圖。

【七】意象心學

《紅樓夢》哲學可稱為心靈學。王陽明的心學，其基本哲學語言是概念；《紅樓夢》的心靈學，其基本哲學語言是意象，因此，《紅樓夢》首先是石頭的心靈史，然後才是由心靈史提升的心靈學。賈寶玉的生命歷程，第一步是由石化為玉——通靈而幻化入世；第二步是由玉化為心。賈寶玉離家出走之前對寶釵、襲人說我已經有了心了，玉還有何用？聲明的是玉向心轉化的完成。《紅樓夢》的開端是降落——石的降落；而結局是升起——心的升起。石與心的中介是玉。女兒情的眼淚不僅洗淨玉，而且柔化玉，使玉變成心靈。贏得大心靈，夢落幕，太陽便升起了。

明瞭心靈才是世界的本體，便是覺。《紅樓夢》的心靈學提示的真理是心靈為最後實在、最後光明的真理。此悟與其稱之為唯心論，不如稱為明心論。

【八】棄表存深

《紅樓夢》集中了中國諸種大文化的精華，儒、道、釋三大家之外，還有法家文化、名士文化等。曹雪芹對待各家的態度是揚棄表層的淺薄舊套，吸收深層的哲學智慧和精神寶藏。對於儒，他讓主人公表達了對於道統（文死諫、武死戰）以及聖賢面具的深惡痛絕，但又接受其「親親」的親情哲學。對於道，他嘲弄了賈敬的煉丹與吞砂，卻酷愛《莊子》並實踐莊子的《齊物論》與《逍遙遊》，兼收平等與自由的思想制高點。對於佛，他一面解除迷信，把女兒二字放在阿彌陀佛之上，近乎釋家異端，一面則在主人公身上注入大慈悲精神，並讓他在佛的啟迪下破一切執，離一切相。蔑視各派的「術」，尊崇各派蘊含智慧的道，入乎其中，出乎其外，進入儒、道、釋，又超越釋、儒、道，自成輝煌一大家。

【九】破一切舊套

與其說《紅樓夢》反封建，不如說它反妄、反執、反分別，即借助佛教之光，破一切妄念，破一切執迷，破一切等級，破一切舊套。它是偉大的文學作品，不是佛學理念的形象轉述，因此，它又必須「入化」：破得出神入化，了無痕跡。所有的破除，都不訴諸說教，只訴諸筆下人物的悲歡歌哭。賈寶玉因色生情，傳情入色，但又不執於色，最後也不執於情。它破一切舊套，既破儒套，也破道套佛套，既破「才子佳人」套，也破「狀元宰相」套。妙玉自稱檻外人，寶玉、黛玉才是真正的檻外人。檻外人，也可稱為「套外人」。寶玉、黛玉這兩個主角的挑戰性，不是充當戰士，而是拒絕作賈政似的「套中人」。他們是破一切色相和一切舊套的異端。《紅樓夢》前無古人，正是它呈現並謳歌了異端美。

【一〇】悟中自度自佛

西方哲學（如康德）講超越，是外在超越，因為有上帝的條件。有上帝，有神，才能實現對經驗世界的超越。禪宗因為有佛的條件，雖無神，但有神秘體驗，因此也可借佛超越。禪從大乘佛教演化而來，確認佛就在每個人的自性中，只是自己往往不知道。任何大宗教、大哲學都具徹底性的特點，禪的徹底性表現在佛我一體，佛我一元，實際上暗示佛即我，我即佛。只是這個我，必須是覺之我、悟之我。迷則眾、悟則佛。以覺代神，以悟代佛，在悟中覺中自明自度自救自佛。《紅樓夢》哲學正是由禪宗的這種佛我同一的大思路推導出來的自我內部超越的哲學。賈寶玉的佛性——大慈悲、大愛精神，並非外部人格神（如上帝）所賜予，而是自身天性的開掘與提升。

【一一】女性本身就是道

斯賓格勒在《西方的沒落》中如此談論男人與女人的區別，好像在總結《紅樓夢》中的兩性。他說，女性本身即命運，即時間，即生成過程，而男性則只是已生成的事物。他還說，男性在製造歷史，而女性本身就是歷史。還有，男性熱衷於求道，而女性本身就是道。道不是因果，不是機械邏輯，女性天然地反對機械邏輯。[1]

斯賓格勒的論斷，在《紅樓夢》女主人公林黛玉身上得到許多證明，也在秦可卿、晴雯、芳官這些女子身上得到證明。她們天生地體現「率性之謂道」。率性正是反對世俗世界的機械邏輯。在貴族府中，賈敬、賈政都在求道，而林黛玉本身則是真之道、美之道。賈敬、賈政的生命沒有歷史，人生是既定的常人遵循的程序。而林黛玉的生成過程即構成時間、命運和生命的史詩。薛寶釵的悲劇是無意識地順從男人的機械邏輯，以為男人熱衷的功名事業是一種道，而自己的美麗生命不是道。

【一二】托爾斯泰型貴族

曹雪芹如果生活在十九世紀下半葉，甚至跨過二十世紀初，即大致與托爾斯泰、陀思妥耶夫斯基、尼采同時代，那麼，他可能會選擇托爾斯泰為心靈相通的最好朋友，選擇陀思妥耶夫斯基作為有爭論的朋友，但肯定會拒絕尼采。他作為主張持守尊卑不二哲學的貴族詩人，完全無法接受尼采那種偏激的貴族主義；他具有天生的貴族氣質卻又有天生的平民情懷，更無法接受尼采那種向下等人宣戰的強者哲

1 《西方的沒落》，第四六零—四六一頁，台北，桂冠圖書公司，一九七五年。

學；他以青春女子為價值塔頂，對於尼采那種蔑視婦女的傲慢，尤其難以容忍。尼采高舉意志哲學（權力意志），曹雪芹崇尚自然哲學，沒有共同語言。而托爾斯泰雖是貴族，卻滿心大慈悲，他擁抱大地，擁抱在地上耕作的下層人民。別爾嘉耶夫曾如此評說：

> 在自己創作道路的高峰階段，俄羅斯的天才尖鋭地感到自己的孤獨，意識到與土壤的脱離，意識到自己的罪孽，並投身於下層，想貼近土地，貼近人民。托爾斯泰、陀思妥耶夫斯基就是這樣。在這重關係上，托爾斯泰和尼采有很大的區別：民粹主義的世界觀具有大地的特徵，它依附於土地。1

曹雪芹寫劉姥姥，就是把「土地」帶入貴族府第，以讓賈氏貴族侯門最後一個青春女子——生於七月七日的「織女」巧姐兒復歸於土，重新投身下層，貼近大地上的「牛郎」們。《紅樓夢》不僅給林黛玉安排了返回天上之路，又給巧姐兒安排了地上之路，兩者都屬「質本潔來還潔去」。

【一三】旁觀冷眼人

《紅樓夢》一開頭就安排一個觀察賈府興衰浮沉的「冷眼人」，這個冷眼人叫做「冷子興」。第二回《賈夫人仙逝揚州城　冷子興演説榮國府》一開篇就有詩云：「一局輸贏料不真，香銷茶盡尚逡巡。欲

1 《俄羅斯思想的宗教闡釋》，邱運華、吳學金譯，第五十八頁，東方出版社，一九九八年。

知目下興衰兆，須問旁觀冷眼人。」

冷子興是個冷觀者，而他名字的諧音則可理解「能止興」或「令止行」。開篇詩末一句把冷子興界定為「旁觀冷眼人」，涉及到「觀」；而名字的諧音則暗示到「止」（子）。文本中說：「雨村最讚這冷子興是個有作為大本領的人。」其大本領就在於他既知觀又知止，能用觀止哲學即佛教的觀止法門觀察世界。佛教哲學的觀，就是慧，就是看破，而止則是定，則是放下。這個冷眼人對榮國府如此瞭如指掌，對它的過去、現在皆洞若觀火，原因就因為他不是用常人的肉眼、俗眼，而是用一雙觀止、慧定合二為一的佛眼，也就是「大觀園」所寄意的大觀眼睛、大觀視角。《紅樓夢》這部巨著牽涉時代的風雲變幻，豪門的大起大落，但筆調極為冷靜，這自然得益於史詩大結構的開端有一雙清明的冷眼佛眼。冷子興的位置，也可理解為曹雪芹的自我定位：作家不是造反者，不是社會批判家，而是歷史的冷觀者、見證人和藝術呈現者。

【一四】洞外井外之人

中國人所嘲諷的「井底之蛙」，眼睛受井底限定，從裏朝外看，只看到天空的一小片，全然不知宇宙的廣闊和天地的真實。正如柏拉圖所說的洞中囚犯，在篝火旁只看到牆壁上火光的影子，全然不知洞外世界的真實。《紅樓夢》的大觀視角，與井底之蛙、洞中囚犯相反，不是立足洞穴和深井觀看天地宇宙，而是立足宇宙極境而觀地上萬有萬物。賈寶玉和賈政的衝突，歸根到底是眼光的衝突。賈政認定的八股文章，只是洞穴牆上火光的影子。寶玉則天生是洞外之人，早已見過女媧補天的大世面，他到地球上走一遭，自然是帶着天外眼睛來看八股，看仕途經濟之路，看人間的五顏六色。

【一五】至貴來自何處

黛玉問寶玉：「寶玉，我問你，至貴者是『寶』，至堅者是『玉』。爾有何貴？爾有何堅？」（第二十二回）寶玉一時回答不出來，但悟了一生，離家出走前，他終於作了回答，這也是全書的回答：玉丟了沒甚麼，有心靈在就好。我有何貴？因為我有心。我有何堅？也因為我有心。寶玉，寶玉，至貴者、至堅者不是寶玉之名、寶玉之相，而是寶玉之心。《石頭記》的大提問，曹雪芹自敍自問自答的考卷，最後的答案是「唯心論」，唯有心最寶貴、最堅韌，唯有心是世界人生最後的實在，終極的真實。心是世界的本質，心之外的一切都不重要。

林黛玉的問題是《紅樓夢》的根本哲學問題之一。她的問題是，生命的質來自何處？是來自外，還是來自內？是來自門第、爵位、功名還是來自生命自身的品格、性情和精神？整部《紅樓夢》都在回答這個真問題。

【一六】兩番生命

空空道人的十六字訣「因空見色，由色生情，傳情入色，由色悟空」，是賈寶玉兩番生命的哲學故事。第一番生命在天上。他是女媧補天多餘的石頭。被造物主拋棄，未能進入補天行列，未能與天合一，屬結構外之物即「檻外物」。這是他經歷的第一番「空」，有了這次空，才想到人間來見色——女媧用五色土構造的色世界。這一經歷便是「因空見色」。

第二番生命在地上。在天為多餘石頭，在地則又是多餘人。身在檻內，心在檻外，未能進入財富、權力、功名的宮廷結構之中，屬於結構外人即「檻外人」。在結構外可以觀看色世界，可以有一番情的歌哭，最後悟到人生也不過是一場悲歡離合之夢，於是在覺迷渡口止於覺而歸於空，這一番經歷便是以色與情為橋樑的「自色悟空」。

「天外書傳天外事，兩番人作一番人」（第一百二十回），合成一個「由空到空」的故事。

【一七】止觀哲學

佛教哲學與中國哲學都講「止」。大乘佛教創立止、觀兩大法門。「觀」是看破，「止」是放下。儒家也講止於禮，止於至善。但作為西方哲學的典型範式——浮士德的精神卻不講止。浮士德與魔鬼打賭的內容是他將永遠無休止地追求幸福，追求無限之境，如果他在塵世上感到滿足，停止追求，他的靈魂就屬於魔鬼。東方哲學告誡「知止不殆」（《道德經》），西方哲學則認定止即墮落。兩者表面上看，不可相容，事實上，知止與不知止均有充分的理由。賈寶玉始於癡，止於悟，因止而得大自在，不能說「止」不對。而覺悟後他遊於心，遊於物之初，遊於太極，正是追求無限，又是止而不止，了猶未了。不了是好，了也是好。

【一八】雙重荒誕

賈寶玉週歲時，賈政為了「試他將來的志向」，便將無數物件擺在他面前讓他抓取，誰知他一概不取，伸手只把那些脂粉釵環抓來。（第二回）這一細節固然是寶玉個人性格的預告，但也是人類的普遍性徵兆。人一出生，既開始走向成年也開始走向死亡，天然地帶有悲劇性。這是以往哲學家早已意識到的。而曹雪芹通過寶玉的細節又揭示了人一出生，不僅是個悲劇性存在，而且是個荒誕性存在。連寶玉這種優秀生命，在年僅一歲、尚在搖籃中時就充滿慾望，表現出「好色」的生命走向。王國維用叔本華的哲學觀念評論《紅樓夢》，指出因為人有慾望，因此必定落入苦痛、落入悲劇。其實，無休止的燃燒的慾望不僅給人帶來悲劇，而且帶來巨大的荒誕。人既是歷史的人質，又是自身慾望的人質。人的處境充滿荒誕，人自身也充滿荒誕。《紅樓夢》揭示了社會與人的雙重荒誕。

【一九】本體歸一

《紅樓夢》的哲學從本體論層面說是一元論哲學。宇宙是本體，生命是本體。只有人的世界，沒有神的世界。而人的生命無尊卑、等級之分。《紅樓夢》受佛教哲學影響最深，但佛不是神。佛教以「覺」代替「神」，到了禪宗，便成了我即佛，佛即我。佛就在我的心性中，在我的未被污染的真性中，無須到山林寺廟中去尋找佛，佛就在自己身上。這樣，人性本體與佛性本體就同歸於一。因此從本體論上說，《紅樓夢》講色即空，空即色，好就是了，了就是好，也是一元論。史湘雲講陰陽一體，秦可卿講「盛筵必散」也是一元論。但是《紅樓夢》又分淨水世界與泥濁世界，又有對立與衝突，因此，從方法論上說，它是二，但二又是一，黛與釵的衝突，父與子的衝突，甄與賈的衝突，探春與寶玉的衝突，只是一元世界、一元靈魂的陰陽呈現而已。陰陽原為一體，父子原為一體。方法論上的區分不能否定整體論的一元。不二法門是本體論上不二法門，不僅是方法論上的不二法門。

【二〇】三種表述

《紅樓夢》是具有高度敍事藝術水平的偉大文學作品，又是具有深刻哲學內涵的偉大文學作品。它的哲學思想在小說文本中有三種表述方式：（一）直接性表述。如空空道人講「好便是了，了便是好」，如賈雨村暢談「大仁」、「大惡」和仁惡之間的第三種人性，如史湘雲對翠縷講說陰陽哲學；（二）間接性表述。如賈寶玉對晴雯談論扇子的多種功能和價值轉換；（三）連接性表述。這是貫穿於作品、浸透於人物與情節前後呼應而表現出來的意蘊，如寶玉時而至柔，時而至剛（拒絕仕途經濟之路的力量），時而執中，時而極端（狂與狷）而構成的哲學意味結構。小說中的色空哲學、止觀哲學、物我同一哲學等，都是連接性表述。

【二二】偉大的青春頌

中國數千年文學史上最偉大的「青春頌」，正是《紅樓夢》。在曹雪芹之前，初唐的王勃是最出色的青春歌者，他不作司馬相如似的帝國頌，也不作左思似的都市頌，也無後來李白的山河頌。但其《滕王閣序》，卻是一派少年氣息與青春氣息。《紅樓夢》則大規模、大氣魄地禮讚青春。小說中有少女頌，也有少男頌，有天上青春頌，也有地上青春頌。吟頌中有青春的剛勇，青春的單純，青春的狂歡，青春的寂寞，青春的乖僻，青春的張狂，青春的癡迷，青春的智慧，青春的吶喊，青春的感傷，還有青春至真至美的質，至真至美的性，至真至美的神與貌。由於《紅樓夢》的青春共和國的出現，中華民族抹掉了許多蒼老的皺紋，對生命更有另一番想像與設計。

【二三】覺與迷的分野

《紅樓夢》整體（一百二十回）最後結束於一個哲學地點，叫做「急流津覺迷渡口」。這一渡口名稱不可忽略，尤其是「覺」與「迷」二字。佛教乃是無神論，它以覺代替神，所以慧能認定，悟（覺）則佛，迷則眾。小説結局，其人物或覺或迷，或佛或眾，就在「覺迷渡口」上分野。賈寶玉始於癡，止於覺，終於「走求名利無雙地，打出樊籠第一關」（第一百一十九回），大徹大悟而解脱了。而另一個本來也有穎悟之性的賈雨村卻覺不過來。第一次是甄士隱來開導他，但「雨村心中恍恍惚惚，就在這急流津覺迷渡口草庵中睡着了」。第二次是空空道人將抄錄的《石頭記》給他看，「復又使勁拉他」，他才慢慢的開眼坐起，接過來草草一看，作了交代，「説畢，仍舊睡下了」（第一百二十回）。一個醒悟了，一個睡着了。《紅樓夢》這一終結，是禪的啟示性終結，極為成功的總句號。小説的續書，有妙筆、有敗筆，而最後這一筆則可稱為神來之筆。

【一二三】重物不重人的世界

賈寶玉到人間走一遭，體驗着人，體驗着世界。回歸青埂峰前，對人最根本的失望，也可説是絕望，就是人太重物質而不重自身。他對寶釵、襲人説：「你們這些人原來重玉不重人哪！」（第一百一十七回）這是他告別人間之前最深的感慨，也是最深的憂傷。人呵人，原來都是沒出息的人，原來都是勢利的人，原來都是被物質抓住靈魂的人，原來都是被色慾迷了心竅的人，原來都是把玉的價值放在心的價值之上的人。輕重顛倒，本末顛倒，心物顛倒，形神顛倒，可是，人人都自以為是，以為寶玉又説瘋癲話了。

【一二四】心外無玉

第一百一十七回（《阻超凡佳人雙護玉　欣聚黨惡子獨成家》）記載賈寶玉出家之前癩頭和尚來索玉，寶玉想還玉，寶釵、襲人拚命攔阻。襲人説：「那玉就是你的命，若是他拿去了，你又要病着了。」

寶玉道：「如今不再病了，我已經有了心了，要那玉何用？」

玉是至貴之物，但畢竟是物。《紅樓夢》的大哲學問題之一是心與物的關係。是心為本體，還是物為本體，是心為第一性，還是物為第一性，是心至貴，還是玉至貴？關於這個問題，寶玉最後作了回答：「有了心了，要那玉何用？」一點也不含糊。佳人們以為他在説瘋話，其實，這是最清醒的人所表述的最清明的意識：天地萬有，具有最高價值的是人不是物，是身內之心不是身外之玉。賈寶玉經歷了一回人生，體驗了悲歡離合，一悟再悟，最後終於贏得心覺：有了心了。到地球上來一回，有了心，自是明白人，便不虛此行。

【二一五】心的深邃

曹雪芹與王陽明都是大「心學」家，堪稱中國精神大地上兩座心學高峰。但讀王陽明的心學，只知心的重要，而讀《紅樓夢》，才知道心的深邃。曹雪芹筆下的心，是深海深淵，是無限的時空。對於王陽明，可以用學去把握，對於曹雪芹，卻只能以悟去把握，非有無盡之情難以進入其無盡之海。王陽明的心學展示在概念中，曹雪芹的心學隱藏在人物的意象中。心為世界本體，除了心之外，其他物質皆為幻象，這是兩位大心學家的共識。王陽明之心可以分析，曹雪芹之心無法分析，它只能意會，只能神通。對於王陽明的哲學可以論證，對曹雪芹的哲學，則只能悟證。

【二一六】秀美史詩

《聖經．舊約》中的耶和華，非常強悍，動不動就發怒，以致要毀滅城市。作為文學作品，《舊約》

體現的是壯美風格，《新約》中的基督倒是具有女性色彩，但沒有改變女人是用男人肋骨所製成的神話，因此並沒有改變性別歧視的宗教源頭。西方女權主義批評家在《舊約》中找到男權統治的源頭，中國則在《論語》中找到源頭，於是才有「五四」批判孔夫子而為中國婦女請命的運動。曹雪芹的《紅樓夢》承繼《山海經》的文化基因，把女媧（母性）視為創世的第一動力，把女子提到形而上的神本地位。《紅樓夢》開篇講正氣、邪氣、秀氣三氣造人。賈寶玉、林黛玉及其他青春女子全是靈秀之氣所生，這一哲學基點，便決定了《紅樓夢》的總體風格是秀美，不是壯美。作為史詩，便是柔性史詩，不是《伊利亞特》式的剛性史詩。中國文化從老子開始確立的尚柔傳統，到了《紅樓夢》便發展到極致。

【二七】無算計思維

以撒．柏林在與拉明．亞罕拜格魯（Ramin Jahanbegloo）的對話錄中，曾引用哈曼（Hamann）的話說：「上帝不是數學家，而是藝術家。」[1] 我們可以引申說，不僅上帝是藝術家，基督和釋迦牟尼也是藝術家，他們因為沒有算計性的思維，所以才有大愛和大慈悲。《紅樓夢》中的王熙鳳因為「機關算盡」，所以離上帝、基督、釋迦特別遠。我把寶玉視為未成道的準基督與準釋迦，因為他也是藝術家，完全沒有數學機能。他愛姐妹，也愛探春，但是當探春主持家政，精細地算計到「一個破荷葉，一根枯草根子，都是值錢的」（第五十六回），甚至想把蘅蕪苑和怡紅院的花草也出售賺錢時，他就受不了，並對探春很有微詞。他和探春的衝突，是藝術家與數學家的衝突，也是《卡拉瑪佐夫兄弟》中那種基督思維與大

1 《以撒．柏林對話錄》，楊孝明譯，第八頁，台北，正中書局，一九九四年。

法官思維的衝突。

【二八】人鬼之道無別

《紅樓夢》讓地獄的判官說出一條駭人聽聞的真理：陰陽並無二理，人鬼之道並無二致。這是第十六回中秦鐘魂魄請求還陽片刻，鬼判們說出的大實話。都判官聽到秦鐘說到「寶玉」二字唬慌起來，眾鬼便說：「你老人家先是那等雷霆電雹，原來見不得『寶玉』二字。依我們愚見，他是陽，我們是陰，怕他們也無益我們。」都判道：「放屁！俗語說的好，『天下官管天下事』，自古人鬼之道都是一般，陰陽並無二理。……」人世界與鬼世界沒有兩樣，陽間的官僚與陰間的都判差不多，自古皆然，從來如此。曹雪芹的哲學是陰陽一體，即史湘雲對翠縷講的「陰陽兩個字還只是一字」（第三十一回）與都判官所說的並無差別，只是都判官更落實，直接破道「人鬼之道都是一般」。是一般黑還是一般白，是一般無誠實可言還是一般無廉恥可言，他「老人家」沒講清楚。但說人之道與鬼之道是一回事，卻是真理。鬼話有時比人話還坦率。我們固然不能因人廢言，恐怕也不可因鬼廢言。

【二九】垂頭自審

「寶玉悶悶地垂頭自審」（第二十二回），這句話最能體現寶玉的佛性佛心。佛有喜相，也有憂相。但沒有我之執相，人之妄相，眾生之俗相，壽者之老相，凡遇矛盾衝突，不把責任推向對方總是在自己身上找原因。自審正是佛性的第一特徵。讀遍《紅樓夢》，見到數百人物，唯一能夠「垂頭自審」的人只有賈寶玉一人。幾乎所有的人都自以為是，自作聰明，自我膨脹，只有一個口銜玉石而降生的被視為呆子的人能夠反觀自己，能夠以他者為參照系而看到自己是「泥豬癩狗」、「糞窟泥溝」（第七回，寶玉見到秦鐘之後的自慚之語）。還有一個原也自以為是、但終於正視自己的致命錯誤「恥情而覺」的柳湘蓮，可惜在尤三姐灑盡碧血之前他也自視太高。至於賈赦、賈政、賈敬這些老爺和王夫人、邢夫人這些貴婦及賈璉、賈蓉這些少爺們，除了自美、自炫、自負之外，一點也沾不上「自審」、「自恥」的邊。曹雪芹在「垂頭自審」前加上「悶悶」二字，極為妥帖。老子《道德經》上說：「俗人察察，我獨悶悶。」俗人都聰明絕頂，唯獨寶玉是個傻子。

【三〇】破性別「執」

賈寶玉是單性人，還是雙性人？或是中性人？讀者愛問他是誰。西方的《紅樓夢》研究者也喜歡提問他是何「性」人。從精神歸屬上說，他既不是大仁之人，也不是大惡之人，而是正邪組合的中道之人，即第二回賈雨村哲學分類中的「第三種人性」：超越大紅大黑的灰色地帶人。從自然人性層面看，他愛青春少女，也愛青春少男，傾心於兩棲，既是快樂王子，又是「絳洞花主」。這奧秘，是他天生一身佛性，天生沒有我執，不執着於我是誰，不執着於世俗角色，不執着我為何物何人，甚至不執着我是男性或女性。從各個層面打破執，打破隔，才有大愛與大慈悲。寶玉正是徹底打破我執法執的真情真性人。

【三一】重在心靈

孔子之思，側重於人際；孟子之思，側重於人格；屈原之思，側重於社稷；杜甫之思，側重於民生；陶淵明之思，側重於自然；曹雪芹之思，則側重於個體生命的心靈。《紅樓夢》主角賈寶玉從不為人師表，唯有一次開導芳官，說敬神敬人應貴在「心誠意潔」，而他自己最高的覺醒是心覺。出家前夕，他說：「我已經有了心了，要那玉何用？」寶玉說的「心」，不是胸脯中那顆肉做的心臟，而是真心。即不是本能之心，而是本真之心。真心直觀萬物又主宰自身的生命，包括統率本能。梁漱溟先生在《孔家思想史》中說一切柔情都出於真心而不是出於本能。因為本能只是手段，真心才是真正的主宰。有了這一主宰，「人」才不為「物」役，也才不為「玉」等財色所役。佛學中講的心也是真心，包括六根在內的全部生命感知系統。所謂觀，也不只是肉眼的看，而是全生命系統的通觀。中國文化系統中「心」一詞的至深至廣涵義，就蘊含在《紅樓夢》中。

【三二】不爭之慧

《紅樓夢》全書只有一次論辯，這是第一百一十八回寶玉與寶釵關於「人品根柢」、「赤子之心」的論辯。寶玉與黛玉多次吵嘴，但不是論辯。寶釵是賈府中的女孔子，她遠離禪，所以需要爭論。禪的明心見性，沒有思辨過程，也沒有討論過程，它不相信真理愈辯愈明，只道破真理即發現真理。莊子和惠施有關於魚之樂的論辯，那是直觀方式與邏輯方式的論辯，慧能則從未有過論辯。唯一的一次是在他人進行風動與幡動的論辯中擊點要津，道破非幡非風而是「心動」，他知道論辯是種陷阱，熱衷論辯只能讓自己活在他人預設的前提與框架中，甚至讓自己在扭打中發瘋。大智慧者不進入「請君入甕」式的圈套。《紅樓夢》的哲學方式是禪的方式，賈寶玉從不承接他者的話題與前提，不予論爭，無論是對甄寶玉的酸論和對於父親的批評。他的不爭之德使他得大自在——未得大自在之前，也得了許多小自在。

【三三】四維整體

筆者在《紅樓夢悟》中，把《紅樓夢》的精神世界界定為慾、情、靈、空四維空間。

慾是對個體生命自身而言，是個體對外界的需求，目的是索取。慾是悲劇之源，更是荒誕之源。人一降生就有進入荒誕的可能，如賈寶玉在週歲時就抓住脂粉釵環，進入色世界。

情重在對待他人的態度。無論是戀情、友情、親情、世情，都需要對他者付出。

靈則是對慾與情的導引。慾無序，情也往往混亂無序。情可造就純情人，也可造就濫情人，既可推導出癡人，也可推導出冷人。《紅樓夢》主人公寶玉對釵黛都愛，但身心更深地投入黛玉，就因為她雖不及寶釵的「仙姿」，卻有更合寶玉生命方向的「靈竅」。這比情更內在，更深刻，更可產生靈魂的共振。

空則是慾、情、靈的形上化，或者說，是對三者的哲學把握。終極的真實是空。本體是空。慾、情、靈「在場」，空「不在場」，四者構成的「整體」，便形成海德格爾所說的澄明之境。

【三四】儒家生命極品

儒家文化的正面價值可能造就的最美生命是甚麼樣的風貌？

儒家文化可能抵達的生命高峰是甚麼樣的景觀？

放下儒家文化打造國家、打造社會的理想，它在打造個體生命的層面上可能形成怎樣的極品楷模？

三個問題是同一問題的三種表述，答案只有一個，這就是：《紅樓夢》中的薛寶釵。

《紅樓夢》中有三大賢人：賈元春、薛寶釵、襲人，以薛寶釵最賢。她不僅崇尚聖賢、讀聖賢書，而且是第一賢人。她是賢人，又是美人，更是學貫古今的通人，其德性、親情、學問、個體魅力等集於一身，都達到儒家的人格理想。她雖然世故一些，被視為冷人，但所以會「任是無情也動人」，就因為她把儒家深層的美好精神全化入生命之中了。她這個人與儒家文化一樣，是一種可質疑的存在，但又是一種推不倒的精彩存在。

【三五】慾望與功名的人質

如同愛因斯坦發現互相殘殺的戰場是人類墮落的深淵一樣，也如愛因斯坦為同類的墮落感到悲傷，曹雪芹更早就發現，互相爭奪的名利場是同類墮落的深淵。因此，他通過主人公賈寶玉悲傷地發現，連最美麗、最可愛的女子，如薛寶釵，也墮落為喜歡功名的物種。像寶釵這種呈現儒家美好德性的女子可以譴責各種罪惡，卻看不到功名腐蝕人性、腐蝕靈魂的罪惡。寶釵尚且如此，更何況他人。《紅樓夢》的悲觀主義是一種極清醒的意識。它意識到，人類已變成慾望的人質與功名的人質，連又賢又美又有學問的天地精英毓秀，也難以逃脱人質的命運。

【三六】扇子主體哲學

晴雯撕扇子，要性子，揮斥意氣。寶玉看了之後，不僅不生氣，還笑着説：「你愛打就打，這些東西原不過是借人所用。你愛這樣，我愛那樣，各自性情不同。比如那扇子原是搧的，你要撕着玩，也可以使得。只是不可生氣時拿它出氣。就如杯盤，原是盛東西的，你喜聽那一聲響，就故意的摔了也可以使得，只是別在生氣時拿它出氣。這就是愛物了。」（第三十一回）

這是賈寶玉的主體論與價值論。主體是一種尺度。事物的價值是由主體規定的。正如愛因斯坦發現時間的相對論，賈寶玉講的是器物價值的相對論。不管是杯盤還是扇子，只有當人使用它的時候，它才具有價值。物為人役，還是人為物役？物該人化，還是人該物化？這一哲學問題，賈寶玉回答得太精彩了！

【三七】荒誕命運

《紅樓夢》展示的女子很可愛，但展示的女子的命運卻很可悲，很可憐，甚至很可怕。高潔到極點的妙玉最後陷入盜賊骯髒的溝渠中，最懦弱的迎春嫁給最兇狠的中山狼（不是與狼共舞，而是與狼共寢），最後被狼所吞沒；「兼美」且至情至性、才貌雙全的秦可卿，其丈夫是貴族府中垮掉一代的代表，全然不知人間有「羞恥」二字的人渣賈蓉。而拒絕與狼共臥的鴛鴦則只有死路一條。這些女子的命運，都是人類的真實處境，也是永遠改造不了的生存困境。《紅樓夢》作為悲劇與荒誕劇的雙重結構，其荒誕不是貝克特、卡繆似的思辨，而是卡夫卡式的對於荒誕存在、荒誕世界的直接揭示。對於曹雪芹而言，荒誕不是哲學認知，而是現實屬性。命運難以把握，現實難以改變，人便注定是荒誕性與悲劇性的雙重生物。

【三八】極道與中道

端木蕻良是對《紅樓夢》哲學有真知灼見的現代作家。他說：

> 曹雪芹確實受到莊子思想的影響，不僅受到，而且深刻了解。也正由於深刻了解，他才跳出了莊周思想，有了自己的獨立思想。莊周主張「兩行」，也就是說，以「兩」為用。儒家主張「允執其中」，則是以「中」為用。曹雪芹不主張「中」，不主張「兩」，而主張「極」，

賈寶玉的行為乖張、怪僻、無能第一、不肖無雙、似傻似狂……正說明他是作到「極」了。提到哲學的高度來說，就可以說他主張「以極為用」。表現在他內心世界中，化為情感，就成了情極之毒。……因為作到「極」，所以就去而不返。雖到懸崖，仍然撒手而去。他走到「鹿回頭」處，也不回頭，仍然向天涯海角奔去。這時，他追求的是「極」，而不是「兩行」了。在這時，他就和莊周分手了，由「兩行」而發展到「至極」了。脂硯齋是比較能夠了解這一點的，所以居然運用了「毒」字來形容寶玉的「情極」。毒者，不治之疾也。[1]

端木先生捕住曹雪芹哲學「極」的要點，此「極」既超越莊周的「兩行」，又超越儒家的「執中」，確實如此。但是，端木先生沒有看到，曹雪芹恰恰又非常「執中」，非常「兩行」。因為執中，所以小說的開始就讓賈雨村講了一大篇中道哲學，即既非「大仁」也非「大惡」而取之中道的第三人性論。賈寶玉正是處於極惡與極仁中的秀美人格。他的立身態度也幾乎是處處「兩行」而不執於一端。會做人的襲人，不會做人的晴雯，檻內人的寶釵，檻外人的妙玉，野性的芳官，憨性的香菱，男性的秦鐘，女性的秦可卿等，兩種不同的性情性別，他都傾慕，都能容納。其「無分別」，便是兩行。其實，「中」與「極」並不矛盾。孔子講中庸之道，又講狂與狷。中庸如果沒有狂與狷的支持，就可能變成德之賊——鄉愿。有「極」的支持，「中」才有信念與原則。但是狂與狷如果沒有「中」的調節，也容易走火入魔：只知「極」毒，不知解毒，狷過了頭會變成怪物，狂過了頭就變成瘋子。

1 《說不完的紅樓夢》，第七十七頁，上海書店，一九九五年。

【三九】泥濁世界與豬的城邦

賈寶玉到人間走一回，帶着天使般的沒有任何雜質，也沒有任何先驗假設的眼睛觀看世界，結果發現有兩個世界，一是以女兒為主體的淨水世界，一個是以男子為主體的泥濁世界。這一發現，用極端的蘇格拉底的語言表述，即一個是無價之城，一個是「豬的城邦」。無價之城裏是「女兒」無價，青春無價，詩化生命無價，天地的鍾靈毓秀無價。「豬的城邦」是人的豬化、人的濁化、人的慾望化。在寶玉看來，吃喝嫖賭，巧取豪奪，這不是人的生活而是豬的生活。

【四〇】最怕世故哲學

賈寶玉最怕甚麼哲學？第五回作了揭示。他隨賈母來到寧國府，秦可卿引了一簇人陪他到上房內間，見到一副對聯，寫的是：「世事洞明皆學問，人情練達即文章。」一看了這兩句，他便如見狼虎，不顧室宇精美，鋪設華麗，忙說：「快出去，快出去！」

見到一副對聯，竟會產生如此的恐懼感與噁心感，可見他離這種哲學多麼遠。這副對聯鼓吹的是甚麼哲學？是世故哲學。是最精明又是最庸俗的哲學。可惜世人偏偏把這種滑頭主義哲學當作寶貝當作座右銘，只有賈寶玉的天真性情才有一下子就聞到它的沖天臭味。

【四一】完美主義導致冷漠

理想主義會讓人產生熱情，也會讓人產生絕望。完美主義會讓人產生嚮往，但也會讓人產生冷漠。

薛寶釵被視為「冷人」，是刻意服食「冷香丸」的冷，自造出來和壓抑下去的冷；而林黛玉的冷，則是天然地要求人的完美與世界的完美。除了寶玉，她把其他男子幾乎都視為「臭男人」，骨子裏是冷的，心靈離世俗世界很遠。莊子文字奇麗，但骨子裏也是冷的。相比之下，寶玉更靠近「佛」，黛玉更靠近莊。儘管寶玉老是讀莊子，但骨子裏總有溫熱，與黛玉的喜「散」不同，他總是喜「聚」，熱情在聚中，也在對不完美、不完善的寬容中。

【四二】天才的定義

「女兒是水作的骨肉，男人是泥作的骨肉。」（第二回）這是寶玉七八歲時的哲學，屬於小孩子的大見識。童言無忌，孩子的話常常道破天機，冒出天識。

識有常識、知識、見識、睿識、天識之分。寶玉這句話屬於天識，因有這句話，《紅樓夢》才劃開淨水世界和泥濁世界。具有常識、知識是常人，具有見識、睿識是智人，具有天識則是奇才與天才。《紅樓夢》裏充滿天識。林黛玉的「無立足境，是方乾淨」便是天識。天才實際上是天真（赤子之心）加上天識，再加上把天識轉化為審美形式的天賦超常能力。

【四三】確認人的不完善

完善是上帝的本質，不完善是人的本質。承認上帝的完善才有敬畏，承認人的不完善才有寬容。賈寶玉身處神與人之間，他確認天地的完美，又確認人的不完美，即使對其崇尚的「女兒」，如黛玉、寶釵、晴雯，他也理解其缺點。晴雯那樣任性，那樣在他面前撕扇子，耍脾氣，但他獻給她的輓歌《芙蓉女兒誄》，給予最高的禮讚，認為她兼有質美、性美、神美、貌美，近乎女神。

【四四】既講合理又講合情

西方文化講合理：合乎真理、合乎理性。中國文化不僅講合理，還講合情，即合情合理，通情達理。於是，便出現「理無可恕，情有可諒」的中道。賈寶玉面對賈環的加害，於理本不可恕，卻又念及兄弟之情而阻止王夫人去稟報祖母。寶玉做許多事和説許多話，如玉釧兒端的熱藥湯燙到自己的手，他反而問玉釧傷到沒有，這不符合邏輯（理），但符合情意。劉姥姥胡編一個在雪地上受難的姑娘（茗玉），他立即讓茗煙陪着到神廟裏探望，也是不合理而合情。中國文化因強調合情合理，結果增加了許多人際的溫馨，但也丟掉許多應有的原則。

【四五】物理與事理

賈雨村帶着甄士隱贈與的五十兩白銀，進京赴考，起程時留下一句話：「讀書人不在黃道黑道，總以事理為要。」黃道主吉，黑道主凶。賈雨村的話是向甄士隱表明，此去不管命運如何，也不在乎黑黃變易，當會超越兩端，持守「事理」，不失書生本色。可惜他未能實現自己的諾言。

中國讀書人確實以事理為要。中國哲學家朱熹等，所講的格物致知，指涉的「物」，不是西方哲學體系中的「物質」範疇，而是事理，即事與理。格物是格事，致知是明理。讀書人必須是個明白人，也就是明事理的人。西方哲學較多「物與理」的二元對立，中國哲學較多「事與理」的兩極思辨。《紅樓夢》的哲學基調則是心與理的多重變奏。

【四六】真性到哪裏去了

在第五十六回中，因江南甄府家眷到京，講起府中也有一個寶玉（甄寶玉），因此賈寶玉做了一個夢，夢中還叫着自己的名字。這個夢點破了《紅樓夢》的一個主旨：

只見榻上那個少年嘆了一聲。一個丫鬟笑問道：「寶玉，你不睡又嘆甚麼？想必為你妹妹病了，你又胡愁亂恨呢。」寶玉聽說，心下也便吃驚。只見榻上少年說道：「我聽見老太太說，長安都中也有個寶玉，和我一樣的性情，我只不信。我才做了一個夢，竟夢中到了都中一個花園子裏頭，遇見幾個姐姐，都叫我臭小廝，不理我。我好容易找到他房裏頭，偏他睡覺，空有皮囊，真性不知那裏去了。」

寶玉聽說，忙說道：「我因找寶玉來到這裏，原來你就是寶玉？」榻上的忙下來拉住，笑道：「原來你就是寶玉，這可不是夢裏了。」寶玉道：「這如何是夢？真而又真了。」

「空有皮囊，真性不知那裏去了？」這是《紅樓夢》對「唯有金銀忘不了」的世人的總認識，不僅是對世俗中人甄寶玉一個人的認識。兩百多年前，曹雪芹就發現人已出現了大問題，功名、財富、權力已掏空人的靈魂和人的真性，剩下一個空皮囊。只有皮囊，只有形骸，只有肥胖的身軀和裝潢身軀的錢財與名號，只能行屍走肉，只能攜着空囊四處奔波，這是人嗎？「人的真性到哪裏去了」的問題，是人是否還存在的問題，是人有沒有變成另一種生物的問題。同樣的名字、同樣的年齡、同樣的容貌，卻完全是兩種不同質的生命。兩個寶玉，哪一個是真人？哪一個是假人？哪一個才是體現人類本真本然的存在？哪一種存在才是詩意的存在？這是曹雪芹的真問題，貫穿於《紅樓夢》全書所有意象的哲學問題。

【四七】 隨心哲學

聽了探春的牢騷，寶玉說：「誰都像三妹妹好心多事。我常勸你別聽那些俗語，想那些俗事，只管安富尊榮才是，比不得我們沒有這個清福，應該混鬧的。」尤氏聽完嘲諷道：「餓了吃，困了睡，再過幾年，不過還是這樣，一點後事也不慮。」寶玉回應說：「我能夠和姊妹們過一日是一日，死了就完了，甚麼後事不後事。」又說：「人事莫定，知道誰死誰活。倘或我在今日明日，今年明年死了，也算是遂心一輩子了。」（第七十一回）

尤氏嘲諷的是「餓了吃，困了睡」的禪宗哲學。寶玉恰恰肯定這種「隨心」哲學，自然哲學。順乎自然，順乎心靈，不以主觀意志刻意改變世界，才能貼近生活。

寶玉在這席話裏還表明了他的充分活在當下、不執於未來的哲學。《莊子．應帝王》中說「不將不迎」，也是不執於過去和不執於未來，以至達到無古今的境界。賈寶玉的當下哲學，使得他的自然心性充分發揮，也使他充分地享受生活，充分地歌哭，充分地愛戀，也充分地感悟世界與人生。

【四八】 玩世與適世之分

袁宏道在其著《錦帆集．尺牘》中云：

> 弟觀世間學道有四種人：有玩世，有出世，有諧世，有適世。玩世者，子桑伯子、原壤、

莊周、列禦寇、阮籍之徒是也。上下幾千載，數人而已，已矣，不可復得矣。出世者，達摩、馬祖、臨濟、德山之屬皆是。其人一瞻一視，皆具鋒刃，以狠毒之心，而行慈悲之事，行雖孤寂，志亦可取。諧世者，司寇以後一派措大，立定腳跟，講道德仁義者是也。學問亦切近人情，但黏帶處多，不能回脫蹊徑之外，所以用世有餘，超乘不足。獨有適世一種其人，其人甚奇，然亦甚可恨。以為禪也，戒行不足；以為儒，口不道堯、舜、周、孔之學，身不行羞、惡、辭、讓之事，於業不擅一能，於世不堪一務，最天下不緊要人。雖於世無所忤違，而賢人君子則斥之唯恐不遠矣。（《致徐漢明書》）

如果以袁宏道的人論為尺度，可發現賈政、薛寶釵屬「諧世者」，即靠近道統遵循道德仁義者。而賈寶玉（出家之前）則屬「適世者」。組織海棠詩社時，薛寶釵給他起了「富貴閒人」的筆名，他也樂意接受，因為他正是「於業不擅一能，於世不堪一務，最天下不緊要人」。袁宏道說他「最喜此一種人，以為自適之極，心竊慕之」。這也難怪，因為這種適世者，正是性情中人，你說他是佛，他卻戒行不足；你說他是儒，他卻口不道堯、舜、周、孔之學，這種人最奇，也最招人恨，他們對社會沒有傷害，但賢人君子卻最看不慣。賈寶玉出家之後當然是達摩一類的出世者，但在賈府時期，說他是莊周似的「玩世者」，牽強一些，而把他界定為「適世者」，可能最接近他的本色。

【四九】通脱主體論

賈環為賭錢賭輸而哭，寶玉教訓他說：「大正月裏，哭甚麼？這裏不好，你別處頑去。你天天念書，倒念糊塗了。比如這件東西不好，橫豎那一件好，就棄了這件取那個。難道你守着這個東西哭一會子就好了不成？你原來是取樂頑的，既不能取樂，就往別處去再尋樂頑去。哭一會子，難道算取樂頑了不成？倒招自己煩惱，不如快去為是。」（第二十回）此一道理，在對晴雯撕扇子一事所發表的思想相似。

兩件事，兩席話，講的都是人與物的關係。寶玉的意思是，人是中心，人是主體。物應當人化，為人所用，而人卻不可物化，為物所役。賭場、扇子，都是物，都是人製造出來的「東西」，人被自己製造出來的東西所主宰、所擺佈，便是異化。被異化了的人，往往忘記製造東西（物）的目的是為了人自身——為了人的快樂與幸福。製造賭場也是如此，不管是輸是贏，只要有益於主體的快樂就好，千萬不要為物而生氣而生煩惱。這種哲學，雖不算解脱，但至少可稱為通脱。

【五〇】破我執與破法執

賈寶玉看到齡官在地上寫「薔」字，突然大雨降臨，自己被淋得像落湯雞，反而告訴齡官：「下雨了，快避雨去罷。」玉釧兒端藥湯燙了他的手，他反而問玉釧兒燙着了沒有。被父親打得頭破血流，想的不是自己而是別人。悲憫之心只投射給他者。賈寶玉的佛性，首先是破我執，無論是對待齡官、玉釧，還是對待父親，都無我忘我。除了破我執之外，他還破法執。他不喜歡八股文章，不喜歡聖賢之書，公然説除四書之外，其他書皆屬「杜撰」，表面上看是狂妄，實際上是遠離一切教條概念，破一切法執。《紅樓夢》給人的偉大思想力量，便是一破我執、二破法執的力量。人的解脱與飛升，關鍵就在於破除這兩大執着。

【五一】至美就在附近

當寶琴、李紋、李綺來到大觀園時，賈寶玉的感覺與眾不同，那是相當於天降天使的大事，他興嘆道：「老天！老天！你有多少精華靈秀，生出這些人上之人來！可知我井底之蛙，成日家自說現在的這幾個人是有一無二的，誰知不必遠尋，就是本地風光，一個賽似一個，如今我又長了一層學問了。」（第四十九回）

這是對美的發現，又是對美的驚嘆！這裏沒有媚俗，也沒有媚雅，更沒有功利欲求，只有純粹審美判斷。賈寶玉可說是青春美的第一欣賞者，第一知音。劉勰說知音難求，是因為人類有一共同弱點即貴遠賤近，貴耳賤目，不知身邊美的價值。寶玉的發現，正是發現美不必遠尋，美的資源就是本地風光，就在身邊，就在附近，就在眼前。天地的精華靈秀並不是在縹緲的雲外，而是在現實的視野之內。整部《紅樓夢》正是把世人習以為常、不懂欣賞、不知珍惜的生命重新呈現於筆端。寶玉感嘆自己又長了一層學問，大約正是發現「本地風光」、美在眼前的學問。

【五二】寶玉的天平

俄國宗教哲學家舍斯托夫創造了「約伯的天平」（其代表作為《在約伯的天平上》）。曹雪芹創造了一個前無古人的「寶玉的天平」。在寶玉的天平上，男子這些鬚眉濁物，可有可無，無足輕重，而女子尤其是青春女兒則比元始天尊、阿彌陀佛更尊貴、更有份量，「便為這些人死了，也是情願的」（第三十四回）。這一天平是個歷史的槓桿，它不僅打破了「惟女子與小人為難養也」的價值偏見，而且在中國歷史上第一次把男人看得不重要，看得不淨，即破天荒第一次把男人推出歷史舞台的中心，也推出宇宙平台的中心。地上的大觀園與天上的太虛幻境這些淨土與理想國，其主體全是清一色的女性。

【五三】結構的人質

王國維作為一個天才，他在二十七歲所寫作的《紅樓夢評論》，借叔本華、莊子、老子、佛陀的學說與眼睛發現了人的兩項悲劇性與荒誕性本質：第一，人是慾望的「人質」。一生下來就被慾望所抓住，無可逃遁。人質是沒有自由的，它注定在痛苦中掙扎。第二，人是結構的「人質」，即關係的人質。林黛玉的悲劇不是蛇蠍之人製造的悲劇，也不是盲目命運的悲劇，而是共同關係、相關結構的悲劇。人注定生活在共犯結構之中，也無可逃遁。所謂解脫，與其說是斷輪迴，不如說是從人質變成人的自由存在。

【五四】秦可卿：通天的巫女

《紅樓夢》中的秦可卿，其地位相當於中國文化中的「巫」——居巫山、造雲雨、通天際的巫女。

西方文化鄙視巫的角色，認定巫非神，乃是冒充神的騙子。中國文化則尊重巫。李澤厚先生更是認定中國文化從巫源起。上古的君王均為大巫師，他們是地上生民的首領，又是通天的中介。後來中國的「內聖外王」傳統也由此派生。秦可卿帶有巫的外觀：寧國府中的「淫」婦。這在世人眼中便是巫。她是警幻仙子的妹妹，半人半神的導引賈寶玉通天神遊太虛幻境的中介。她臨終前對賈府的行政王（王熙鳳）發表了一番警世聖言，與鳳姐形成一個「內聖外王」的結構。她去世時，享受人間最高的哀榮，這不是人的死亡，而是巫的飛升。

【五五】易信仰而非滅信仰

《紅樓夢》第二回就通過對賈寶玉童年的敍述，把「女兒」二字與元始天尊、阿彌陀佛並列，甚至把女兒淩駕於兩尊之上，透露了曹雪芹的一個重大思想資訊，這就是審美可以和宗教平行，審美可以代替宗教。《紅樓夢》中有黛玉談詩、寶釵談畫、寶玉談輓歌寫作，這是藝術觀。而曹雪芹的審美觀大於藝術觀。他的美學是一種對宇宙、對自然、對世界、對人生、對青春生命全面把握的通觀美學。這種美學觀又是世界觀、宇宙觀、人生觀，而且是立身態度。雖然審美可以與宗教平行，但曹雪芹不是把神推向美，而是把美推向神，謀求的不是滅信仰，而是易信仰（魯迅語，參見《破惡聲論》），以對美的信仰取代對神的信仰。

【五六】變易與不易

易即變。《易經》，便是變經。鄭玄（鄭康成）說《易經》包含三變，即簡易、變易、不易。《紅樓夢》三易皆有。《石頭記》首先就是簡易之理的實現。萬物中最簡易的石頭變成人這種最豐富、最複雜的生命，便是由簡到繁的簡易真理。石頭會變，人也是會變，王夫人「原是天真爛漫之人」，後來變成一個假慈悲、真兇狠的權貴女人，就是變易。不僅是王夫人，賈府內外每個人每一天都在變，賈寶玉也是天天有所悟，天天都在變。值得注意的是，曹雪芹特別注重「不易」之理，即變中有常，人間生生滅滅中有恆古不變的哲學真理。秦可卿臨終前託夢給王熙鳳，講「盛筵必散」，講「否極泰來」，講「月滿則虧，水滿則溢」，講「登高必跌重」，就是宇宙間永恆的真理。妙玉喜歡范成大「縱有千年鐵門檻，終須一個土饅頭」，即死是一種必然，這也是不易的真理。「天變，道不變」，強調的正是宇宙間的一些基本規律是不會變的。

【五七】只呈現而不演繹

八十年前，認真的評紅者就說：

「《易》言吉凶消長之道，《書》言福善禍淫之理，《詩》以辨邪正、《禮》以別等威，《春秋》寓褒貶，經天緯地，恆絕古今。而不意《紅樓》一書，竟能包舉而無遺。」又說：「《紅樓夢》推演性理，闡發《學》、《庸》，以《周易》演消長，以《國風》正貞淫，以《莊》、《騷》寓本旨，以《春秋》示予奪，結構細密，變幻錯綜，包羅萬象，囊括無遺。」[1]

這位化名的評紅高人看到《紅樓夢》的包羅萬象，兼容各家，囊括無遺，非常對。但說《紅樓夢》推演性理、闡發《學》、《庸》卻未必貼切。因為《紅樓夢》作為文學作品，它只陳述，並不推演，只呈現學、庸，並不闡發學、庸，對於儒、道、釋各家皆如此。

《紅樓夢》的哲學是藝術家的哲學，其特點是意象而非邏輯，直陳而非推導，感悟而非演繹，明斷而非分析。

1 境遍佛聲：《讀紅樓札記》，原載《說叢》，一九一七年三月，轉引自《紅樓夢研究稀有資料匯編上》，第六頁。

【五八】門庭愈高，情感愈薄

地位和情感往往不成正比，而成反比。貴族豪門的親情往往不如寒門庶族那麼單純與濃厚。賈府中賈政與他的兒子寶玉、賈環的情其實很淡，因為賈政思慮的重心是家族利益，進入不了超功利的純情。賈政與自己的女兒賈元春的情更為稀薄，那不僅是因為隔着宮廷的圍牆，而且父女之情已變質為嚴酷的君臣之禮。賈元春在宮廷牆內所感受到的各種情，包括與皇帝的所謂情其實只是幻象與幻影。且不說皇帝隨時都可以拋棄她，就以宮廷裏嚴格的秩序與規範，就足以使她注定只能活在寂寥之中。門庭愈高，規範愈多，秩序愈重，情感便愈薄，這是規律。元春說宮廷是見不得人的去處，這是大實話，讀者可從這句話了解她與皇帝的關係：名為夫妻，實為主奴。所以，哲學上對情的把握，不僅要關注「情感」，而且要關注「情境」，不是常人所想的那種簡單的卿卿我我。

【五九】護扇石呆子與銜玉石呆子

《紅樓夢》說板兒（劉姥姥之孫）是個「怯人」，即膽小怕事之人。小說中的怯人還有迎春、秦鐘等。與怯人相對的便是硬漢。那個寧死也不肯出賣祖傳古扇的石呆子就是個不怯不懼的硬漢。平兒在罵賈雨村時講述了石呆子的故事：

……今年春天，老爺不知在那個地方看見了幾把舊扇子，回家來看家裏所有收着的這些好扇子都不中用了，立刻叫人各處搜求。誰知就有一個不知死的冤家，混號兒世人叫他作石呆子，窮的連飯也沒的吃，偏他家就有二十把舊扇子，死也不肯拿出大門來。二爺好容易煩了多少情，見了這個人，說之再三，把二爺請到他家裏坐着，拿出這扇子略瞧了一瞧。據二爺說，原是不能再有的，全是湘妃、棕竹、麋鹿、玉竹的，皆是古人寫畫真跡，回來告訴了老爺。老爺便叫買他的，要多少銀子給他多少，偏那石呆子說：『我餓死凍死，一千兩銀子一把我也不賣。』老爺沒法子，天天罵二爺沒能為。已經許了他五百兩，先兑銀子後拿扇子。他只是不賣，只說，要扇子先要我的命，……誰知雨村那沒天理的聽見了，便設了個法子，訛他拖欠了官銀，拿他到衙門裏去，說所欠官銀，變賣家產賠補，把這扇子抄了來，作了官價送了來。那石呆子如今不知是死是活。老爺拿着扇子向二爺說：「人家怎麼弄了來了？」二爺只說了一句：「為這點子小事，弄得人坑家敗業，也不算甚麼能為！」……（第四十八回）

這個不羨金錢、不畏權勢、威武不能屈的石呆子，寓意很深。《石頭記》寫的正是石呆子的故事，只是一個是護扇的石呆子，一個是銜玉的石呆子。兩個都是傻子，都是保留天生一片混沌的不開竅的鹵人。賈寶玉這一青埂峰下被女媧遺棄的石頭，幻化入世後，仍帶着原始的渾厚，成了一個常常被人嘲笑的石呆子，他和護扇的石呆子一樣，並非造反派，但擁有力透金剛的拒絕力量，不管是硬的如父親的棍棒，還是軟的如寶釵、襲人的勸誡，都不能改變他對仕途經濟之路的拒絕。寧肯死，也不能進入國賊祿鬼之列。

【六〇】空空境與無無境

談論《紅樓夢》哲學的最高境界，所以非談黛玉的「無立足境，是方乾淨」不可，是因為賈寶玉的

「無以為證，是立足境」中的「無」，還是一個與「有」對立的概念，這仍然是一種法執。禪宗的「本來無一物」和「不立文字，明心見性」，強調的正是破法執，不僅要空諸所有，而且連空也空，換句話說，空化無化一切，應包括空本身無本身也空化無化。這便是「空空」「無無」。莊子說無境可以抵達，無無境則是他所難以企及的。林黛玉的智慧，高出賈寶玉的一籌，在此表現得最為明顯，她超越寶玉的空境與無境而抵達空空境與無無境，佔領了禪的制高點，把寶玉的無須證明之情推向連情也沒有的最純粹的理，甚至連理也要捨棄。禪發展為狂禪，正是最後連理想的立足之所也沒有。曹雪芹知道這一最高境界，並讓黛玉為之表述。但他在《紅樓夢》全書中把握的是「無為有處有還無」的悖論，是在有與無之間的彷徨，不是在無與無無之間的彷徨。

【六一】境界：求道而不求術

王國維的《人間詞話》給思想者與藝術家最大的啟示是不可只知功夫而不知境界。任何大宗教、大文化當然也包括大文學、大藝術，追求的應是境界。《人間詞話》標誌着中國文學對於境界的自覺。而這之前，《紅樓夢》則以自己的全部意象與全部情思顯示文學創作上境界的自覺。所以王國維的《紅樓夢評論》才從境界入手，區分《紅樓夢》與《桃花扇》境界上的區別。

《紅樓夢》塑造賈敬這一形象也表明，曹雪芹嘲諷求道只知功夫不知境界的虛妄。儒、道、釋的功夫是儒術、道術、佛術。儒術走向極致便是只有聖人面具而無聖者之心，道術走向極致便是賈敬似的連自己也葬身於丹砂妄火之中，佛術的表面功夫則是王夫人式的手不離佛珠但珠子顆顆沾滿奴隸們的鮮血。寶玉和黛玉揚棄表面功夫，求索的只是境界，因此談起禪來，便一境勝過一境。生命奇觀就在禪悟覺境中。

【六二】心的內涵

賈寶玉離家出走之前，自豪地對襲人說：「我有心了，還要那個玉做甚麼？」賈寶玉經歷了滄桑顛簸，最後甚麼都丟失或放下，卻贏得天地間最重要的東西，這就是「心」。

此「心」，不是人體內的那顆具有血液循環功能的心臟，不是物質機體的一部份。此心，是宇宙鍾靈毓秀凝聚成的生命質點，是慧根、善根等根性的總和。「為天地立心」，立的便是這種心。賈寶玉銜玉而降人間，讀者容易誤以為玉是天人之際的橋樑，其實，唯有此心此覺，才是天地中介，霄壤大橋。寶玉心覺之後，便成了可作逍遙遊的大鵬，甚至是連大鵬相也沒有的無相至人了。此心遊於物之初，遊於太極之初，其「至樂」只有他自己能感受。寶玉如果活在二十世紀，可能要對人類說：你們忘了「心」，所以天地萬物便要成為機器的原料了。

【六三】女兒視角

《紅樓夢》有大觀視角、中觀視角，還有一個獨一無二的文學視角，這就是「女兒」視角。賈寶玉的鹵人眼睛，也與此視角相通。用女兒視角看宇宙看人間，才會看透「臭男子」（黛玉語）和濁世界。女兒視角是徹底的超功名、超功利的視角，在此視角之下，黛玉認為虞姬在楚王失敗之際一劍自刎才是對的，她比起韓信、彭越等功臣最後卻成了劉邦的肉醬不知要高明多少倍。同樣，在女兒的視角下，東施比西施更為幸福。西子把自己的美貌變成男人爭鬥的工具，此生命意義何在？恐怕還是那個在溪邊的洗衣少女的生活更符合人性，也更符合自然。

【六四】生命目的論

神、上帝、元始天尊、釋迦牟尼，還有「女兒」——青春生命，哪個放在第一位？曹雪芹破天荒地宣告：不是神第一，而是人第一；不是上帝諸神第一，而是青春生命第一。絕對價值，終極目的，最後實在都在生命之中。基督以上帝為無上至尊，人為上帝而活，生命為了上帝，甚至可以為上帝犧牲，所以才有亞伯拉罕把孩子送上祭壇的情節。而曹雪芹絕對不能接受這種觀念。寶玉是孩子，黛玉、晴雯、芳官等少女也是孩子，她們的生命才是至高無上的，不可以充當神的祭品。

曹雪芹創造了另一種目的論：以生命尤其是青春生命為第一目的的偉大目的論。在此目的論之下，生命是宇宙極品，不是鬼神祭品，只能棲居於天地之間，而不能放在祭壇上。中國文化的獨特性與偉大性，就在《紅樓夢》的詩意哲學中。

【六五】薛寶釵的「移性」論

薛寶釵是賈府中的保守主義者，而保的守的是天生的德性，因此她兩次提醒要警惕「移性」。一次是面對寶玉禪悟而寫出的偈語，寶釵看了之後笑道：「這個人悟了。都是我的不是，都是我昨兒一支曲子惹出來的。這些道書禪機最能移性。明兒認真說起這些瘋話來，存了這個意思，都是從我這一支曲子上來，我成了個罪魁了。」（第二十二回）第二次是和黛玉談心論書時說的：「……你我只該做些針黹紡績的事才是，偏又認得了字，既認得了字，不過揀那正經的看也罷了，最怕見了那些雜書，移了性情，就不可救了。」（第四十二回）

一次說道書禪機最能移性，一次說雜書也能移性。她界定的移性，是壞事，並非好事。寶釵是個虔誠的儒者，自然是信奉「性本善」。她擔心的移性，是移了人之初的善性德性，在她看來，如果有損善性德性，還不如不讀書為好。寶釵是個德性本體論者，賈寶玉則是一個心性本體論者。寶玉以赤子之心為根本，他與寶釵的思路正相反，認為八股文章和許多所謂聖賢之書，反而會移動赤子之性。兩人的衝突就從這裏發生。最後的一場關於聖賢與赤子的辯論，與兩人不同的移性觀完全相通。

【六六】三毒只戒兩毒

賈璉是個色鬼，偏偏妻妾都不是癡人。王熙鳳既貪且嗔，絕非癡人。平兒則非貪非嗔非癡，屬於佛教所要求的去三毒的完人。還有一個小妾秋桐，嗔氣很重，也無癡情。從這一角度看去，倒是尤二姐真有一身癡情。賈璉對王熙鳳的積恨，最終給了一張休書（據第五回仙曲的命運預示），與尤二姐的死亡一定有關。曹雪芹的哲學思想太奇特，對佛教全力呼喚必戒的三毒，只恨貪、嗔兩毒，而對於情癡情種則充滿同情，其主人公賈寶玉、林黛玉不僅是一般的癡人，而且是奇特的癡絕。以癡化貪，以癡化嗔，正是《紅樓夢》與佛教哲學的大區別。

【六七】杏花與我為一

曹雪芹在《杏子陰假鳳泣虛凰　茜紗窗真情揆癡理》一回中寫賈寶玉對「杏子陰」進行審美活動：

寶玉……從沁芳橋一帶堤上走來。只見柳垂金線，桃吐丹霞。山石之後，一株大杏樹，花已全落，葉稠陰翠，上面已結了豆子大小的許多小杏。寶玉因想道：能病了幾天，竟把杏花辜負了！不覺倒「綠葉成蔭子滿枝」了！因此仰望杏子不捨。又想起邢岫煙已擇了夫婿一事，雖說是男女大事，不可不行，但未免又少了一個好女兒。不過兩年，便也要「綠葉成蔭子滿枝」了。再過幾日，這杏樹子落枝空，再幾年，岫煙未免烏髮如銀，紅顏似槁了。因此不免傷心，只管對杏流淚嘆息。正悲嘆時，忽有一個雀兒飛來，落於枝上亂啼，寶玉又發了呆性，心下想道：這雀兒必定是杏花正開時他曾來過，今見無花空有子葉，故也亂啼。這聲韻必是啼哭之聲，可恨公冶長不在眼前，不能問他。但不知明年再發時，這個雀兒可還記得飛到這裏來與杏花一會了？（第五十八回）

從這段描寫中，可看到寶玉（人）與杏花（自然）完全融合為一。這是活的齊物論，是對莊子「天地與我並生，萬物與我為一」最具體的註解。寶玉作為審美主體，他不是站在物（杏）的對面去分析辨別，而是在與物相融相契、共同運化時，以整個身心去體悟。貫穿於《紅樓夢》的人生觀、世界觀，也正是認為人生在世，首先不是以感性認識或理性認識去認知和把握萬物萬相，而是以自己真實的心和真實的情去與天地神人融為一體，讓情自然化與宇宙化，而這種化解主客體分裂的整體存在，才是本真的詩意的存在。

【六八】方與圓的生命結構

用酸、甜、苦、辣四個字來描述王熙鳳是很有趣味的。當賈珍決定邀請她來協理寧國府時，該府總管來升便傳齊同事人並警告說：「如今請了西府裏璉二奶奶管理內事，倘或他來支取東西，或是說話，我們須要比往日小心些。每日大家早來晚散，寧可辛苦這一個月，過後再歇着，不要把老臉丟了。那是個有名的烈貨，臉酸心硬，一時惱了，不認人的。」（第十四回）來升在這裏點到「酸」字，說她臉酸心硬。其實她不僅臉酸，而且是有毒的醋瓶子。其濃酸毒酸就殺了尤二姐和鮑二的老婆。至於辣，則在《紅樓夢》的開端中，賈母已給林黛玉作了介紹，這是有名的「鳳辣子」：「你不認得他，他是我們這裏有名的一個潑皮破落戶兒，南省俗謂作『辣子』，你只叫他『鳳辣子』就是了。」（第三回）賈母特別喜歡這個「辣」，其實是特別甜，其奉承話、獻媚話，甜到「老祖宗」的心裏去了。可惜，這個又酸又辣又甜的極端聰明人，最後結局是一個苦字：「一從二令三人木，哭向金陵事更哀。」生比他人苦辛，死比他人苦楚。

曹雪芹筆下沒有一般化的書寫，他把王熙鳳寫得酸透、辣透、甜透、苦透，性格的任何一面都有很強的力度。這是他的文本策略：把情致推向極端。其哲學基點是個「極」字。這是棱角的極，即方之極，但他並沒有把王熙鳳寫成壞人，其生命整體又屬圓形。方與圓的構造底下是哲學極與中的悖論。

【六九】終極來處不可言說

寶玉與黛玉的深情從哪裏來的？根在哪裏？源在哪裏？曹雪芹提供一個神瑛侍者和絳珠仙草的伊甸園似的傳說。但是，若再追問下去，侍者與仙草來自何處？根在哪裏？源在哪裏？則不可言說，難以求證。弗洛伊德追究文學源於何處？夢源於何處？追到性壓抑、戀母情結，那麼壓抑情結、戀母情結又從何處產生，也難實證。曹雪芹借佛說把起因界定為空。生命來自空，也歸於空。他對於此說，止於了解，不再追，也不作判斷裁決，只把全部心力用於呈現。智慧用於培育花朵，而不用於追根索源，所以當妙玉問寶玉：「你從何處來？」寶玉答不出，倒是惜春為他作答：「從來處來。」《紅樓夢》破一切執，也破了來處與去處的執。曹雪芹把握了自己的使命，一切都恰到好處。這也許可以啟迪《紅樓夢》研究，讓我們明白，欣賞、了解、感悟其精神和藝術，比追尋曹氏的家譜與索隱人物的來處更為要緊。

【七〇】悟者，千百難以得一

所謂天才，乃是善於把審美理想轉化為審美形式的巨大才能，也是善於通過悟性轉識為智（大智慧）的巨大才能。曹雪芹就是這樣的天才。劉禹錫在《大鑒禪師碑並序》中說：「……無修而修，無得而得。能使學者，還其天識。」（《全唐文》卷六一零）而清代《名家制義六十一家》有位無名氏說：「學也者，人得而至也；才也者，十不一得焉；識也者，百不一得焉；悟也者，蓋千百而不一得焉。夫悟者，學不為力，才不為思，識不為解。積於無題之先，觸於有題之後；不以有文生，不以無文滅。故悟得而文之，能事畢矣。雖然，閱歷而悟，是謂正學；憑虛而悟，是謂異學。所爭毫厘之間耳。」[1] 說《紅樓夢》是一部悟書，並不是說它憑虛而悟，而是說它閱歷而悟，沒有曹雪芹經歷的大苦難，就沒有《紅樓夢》。說《紅樓夢》是一部天才之書，也不是說它憑空而降，而是說它是一部大於學問、大於知識、大於歷史、大於政治道德的偉大著作。

【七一】了別與了義

《好了歌》多重暗示中的直接之義是大乘佛教的了義。所謂了義，便是最透徹、最後的真理。禪把外

1 《名家制義六十一家》，清抄本，國家圖書館藏。此書共六十一冊，引語見第十三冊。

三寶（佛、法、僧）轉變為內三寶（覺、正、淨），以覺代佛，覺即神，而一切佛法包括千經萬典化為正法，便是了生死、成佛道、渡眾生的方法。《好了歌》如此重要，正是它包含着內三寶的根本點，暗示人生無常，禍福相依，能深知了，才能把握好，若要完全好，就要善於了，敢於了，斷然了。佛教不講分別，只講了別。不講分別，所以好便是了，了便是好。講了別，就是要把握了義，以了作結，求得對人生有一大徹大悟。

【七二】父與子的衝突

范文瀾在《中國通史》中論述唐代文學，說杜甫詩呈現儒，李白詩呈現道，王維詩呈現釋。儒、道、釋三教，是精神，也是出路。《紅樓夢》則由賈政呈現儒，賈敬呈現道，賈寶玉呈現釋，也是三種道路與出路。賈敬求道太急而失敗。道的深層是老、莊，表層是煉丹術。寶玉、黛玉走的是深層之「道」，不過，對於寶玉，大乘更是他的大道。賈政選擇儒也無可非議。宋之後直到清代，社會已看不起世襲的士人與士大夫，因此，有了爵位之後還得努力爭得科場上的功名，為了家族群體的利益，非走仕途經濟之路不可，而寶玉偏偏拒絕此路即拒絕入世建功立業。這樣，賈氏家族便將失去光榮與永恆，因此，在賈政眼裏寶玉便成「孽障」和「無知的蠢物」。父與子的衝突，首先是個體生命自由與家族群體利益的衝突。

【七三】人已忘記人的根本

寶玉閱盡人間的山山水水形形色色之後，準備辭家遠走。從青埂峰下幻化入世，歷經浮沉、滄桑、變故，品嘗種種大小悲歡。觀看過，沉思過，胡鬧過，熱戀過，癡迷過，自審過，執着過，憧憬過，如今一切都放下，決心出走。臨行前，他對曾經相處過的「人類」作了一次總結性評價，那是「佳人雙護玉」的時刻，他對兩位屋裏佳人說：「你們這些人，原是重玉不重人哪！」這一大感嘆，真讓石破天驚。這不僅是對寶釵、襲人的評價，而且是對人類整體的告別總評說。身處十八世紀的人類，生命重心已向物質傾斜，看重的已是玉所象徵的物色、財色、器色、姿色，而不是人之為人的驕傲與尊嚴，也不是人的真情真性真品格真智慧。玉比心強，物比人重，利比情急，身邊的妻妾，尚且如此，更莫論屋外的陌生人群了。寶玉出自肺腑的大慨嘆，是何等傷感的評說，又是何等深邃的失望與絕望。但從哲學上說，他是在提示，人已忘記了人的根本是甚麼。

【七四】異道而取中道

賈寶玉在小說的開頭，就借「假語村」之言，被界定為「大仁」與「大惡」之外的中道之人。他屬中道、中庸，卻非庸人，更非「鄉愿」，因為他有狂與狷的支撐。「無故尋愁覓恨，有時似傻似狂。」其實不僅「似狂」，還常常真狂，說古書多是杜撰，說男人都是泥作，就夠狂了。而從不進入追逐功名之列，不讀八股文章，有所不為，則是狷。所以他遠離鄉愿，而成異端。異端而非極端，異道而取中道，獨立而又中立，溫中有厲，厲中有溫，且溫且厲，寶玉的立身態度，正是一部有血有肉的活哲學。

【七五】心之外，一切可「了」

天才的特點，一是極為敏銳，二是極為痛苦。曹雪芹正是這樣的天才。因為敏銳，便見到世人常人未能見到的悲劇，於是痛苦。也因為敏銳，所以能有大見識，能擊中要害。禪的「明心見性」正是擊中要害。《紅樓夢》作為天才傑作，它首先是明心，一部《紅樓夢》也可說是一部心傳、心經、心學，寫的是心事，吟的是心音，明了的世界本質是心靈。心之外，一切都可以「了」。《紅樓夢》為天地而立的心是淨水世界主體的少女高潔之心，真純之心。《紅樓夢》所見之性也是心性，縱承陸（象山）王（陽明），橫接釋迦牟尼，自己還強調一個來自《山海經》時代早已有之的天性，便形成了獨樹一幟的哲學。

【七六】中性人

《紅樓夢》的續書，最大的功勞是保留主人公的悲劇結局，而且這種悲劇不是大仁者與大惡者衝突的結果，即不是善惡鬥爭的結果。造成悲劇的不是「大惡者」（賈雨村語），不是「蛇蠍之人」（王國維語），而是一些親者、愛者、長者，由於處在不同的價值層面和具有不同的性格而互相作用的結果。林黛玉不是被害的結果，而是被選擇的結果，每個參與選擇者都出於「善」的動機，卻造成「壞」的結果，所以最後是「共同犯罪」又共同流淚。這裏沒有因果報應，沒有道德裁決，沒有社會干預，只有參與者個體的立場、思慮與性情的合力。這種深刻的悲劇，其哲學基礎就是第一回作者借賈雨村說出的「三維人性論」：天地正氣所生的大仁者，天地邪氣所生的大惡者，清明靈秀之氣所生的中性者。《紅樓夢》的悲劇乃是中性人共同犯罪的結果。包括賈母、王夫人、賈寶玉等，全是中性人。

【七七】直線情感與曲線情感

賈寶玉和晴雯、芳官等的情感往來是直線的，而和黛玉的情感交匯雖也直，卻有許多曲線。因為情

進入內心最深處，直線難以抵達。用詩通感，用禪暗示，用淚懷想，都屬曲線。寶玉和秦可卿的情感，更是曲線，線頭彎到天上，曲到太虛幻境。可卿一線雖曲但不複雜，唯有與黛玉的情感，既是曲線又是多線，既有外在又有內在，既有感性又有靈性，既有歡笑又有歌哭，既有爭吵又有暗示，既是身的投入又是心的投入，不僅曲曲折折，而且交交錯錯，因此，它才形成《紅樓夢》的主要情愛景觀。

【七八】哲學四要點

由賈雨村之口說出的《紅樓夢》人性哲學，乃是三維人性論。大惡者大仁者可稱為黑白對立的兩色，但第三種人則不能視為黑白兩色調節出來的灰色人。如果是灰色人，就一定會徘徊在黑白兩邊而投機取巧。可是屬於第三種人的賈寶玉與林黛玉卻全然沒有投機的特性。他不是天地正氣與天地邪氣的混和，而是一種被曹雪芹稱為「清明靈秀之氣」，「聰俊靈秀之氣」所生，並形成獨立自主的一種人格。以此人格為主角的《紅樓夢》，其美學風格是秀美；其精神風格是空靈；其思想風格是清明；其人物風格是俊逸。《紅樓夢》哲學如果借用老子《道德經》「一生二，二生三」的數字表述法，它的哲學要點可表述為：（一）天人一體形成的宇宙境界；（二）不二法門形成的無善無惡、無是無非、無真無假、無貴無賤的大慈悲與大自在；（三）三維人性論所提示的靈秀美學；（四）四句十六字訣（因空見色，由色生情，轉情入色，由色入空）而形成的人生觀與宇宙觀。

【七九】無聲「道言」

落花、落葉引起林黛玉那麼大的傷感，也引起寶玉那麼震撼的「同情」（聽了《葬花辭》而慟倒在地）。寶玉還常獨自和星辰、魚鳥對語。連一片葉、一朵花、一隻飛鳥、一條小魚的生滅都會引起如此的心動與情動，更何況對於一個心愛之人的消失與死亡，對於晴雯的死，林黛玉的死，以及秦可卿、鴛鴦、金釧兒等人的死，在寶玉心中引起何等的震動與痛惜，這種悲情達到怎樣的深度，言語難以表達。對於晴雯，寶玉還試着用言語詠嘆，對於林黛玉，則只有行為語言了。離家出走，告別知音無法生存的世間，是唯一可以表達的語言。這一行為語言是大言，是道言，是無聲無字的詩性語言。《紅樓夢》續書，能寫出這道言，便是功不可沒。

【八〇】寶玉的「煩」

梁漱溟認為西方文化（以基督教文化為代表）重來世（重天堂）；印度文化重前世（講因果）；中國文化則重現世（重生活）。中國人認定死後（來世）沒有天堂，也不可能轉世重生，所以就認定要在現世中好好過日子，認真生活、努力生活、享受生活，盡可能生活。中國皇帝和中國民眾都很能享受生活與中國文化的大觀念有關。於是，如何生，如何「好」，變成了中國哲學的主題。《紅樓夢》哲學沒有從根本上改變這一主題，但它帶入強大的新意蘊，這就是如何生得有意義，「好」又如何「了」。是賈寶玉的存在方式有意義還是甄寶玉的存在方式有意義？是父的方式（賈敬、賈政等）有意義，還是子的方式（寶玉等）有意義？聰明的寶玉看到周圍的王公少爺，各個有吃有穿，享盡榮華富貴，但沒有意義。寶玉的「煩」是超越性的「煩」，是如何生得有趣有味有意義的煩。寶玉的出家，不是奔向來世，也不是否定現世，而是超越現世的困境和存在方式，去作另一種尚無結論的追求。

【八一】心外仍有敬畏

寶玉最後的覺悟與王陽明的「心外無物」相通，但是《紅樓夢》及其主人公是不是除了對心的敬畏之外就沒有任何外在的敬畏呢？顯然不是。《紅樓夢》一開篇就借賈雨村談哲學，開口就說「天地生人」，講天地之正氣、邪氣、秀氣如何塑造人，以天地為人的前提和依據。而全書的結構又是天人無分，天地人「三才」合一，主人公來自天上又回到天上，可見對天地很有敬畏。中國大文化系統沒有上帝這種人格神，但有畏天命、尊天道的思想。《紅樓夢》容納中國文化的這種情感結構，保持對冥冥之中的大明淨與大秩序的敬意。宇宙的大明淨與大秩序，是超越性與神秘性存在，是天地人的協同共在，無神論者面對此一存在，就如同面對上帝。中國講太極，講天理，也是以這種無可懷疑、無可更改、無可證偽的無限存在為靈明神明。這與禪的絕對性的「去畏求慧」不同。《紅樓夢》雖立足於禪，但並不完全等於禪，所以說它是一個哲學的大自在。

【八二】不是苦行僧，但有精神苦旅

在印度，無論是佛教徒還是印度教徒，苦行僧很多。但在中國，則幾乎沒有苦行僧。這也許是佛教東來後受到中國樂感文化（儒）和逍遙文化（莊）的洗禮。賈寶玉雖天生富有佛性，熱衷於禪，但也拒絕苦行，樂於充當快樂王子，盡情享受生活，深信重要的是「心誠」。心淨則土淨，淨土就在心中。他雖未作苦行，卻感受過苦打（被父親往死裏打）、苦毒（中了趙姨娘—馬道婆的魔法）、苦戀（情感的打擊），這些都是內心的煉獄，精神的苦旅。雖不是苦行，卻也是覺醒的階梯，頓悟的條件。頓教（南宗）的精神飛躍（徹悟），不是文字（讀書）的結果，卻與經歷修煉有關，也屬閱歷而悟，並非憑虛而悟。

【八三】直面自我的糞窟泥溝

賈寶玉見到秦鐘後的那一段自思，值得一讀再讀：

> 那寶玉自見了秦鐘的人品出眾，心中似有所失，癡了半日，自己心中又起了呆意，乃自思道：「天下竟有這等人物！如今看來，我竟成了泥豬癩狗了。可恨我為甚麼生在這侯門公府之家，若也生在寒門薄宦之家，早得與他交結，也不枉生了一世。我雖如此比他尊貴，可知錦繡紗羅，也不過裹了我這根死木頭，美酒羊羔，也不過填了我這糞窟泥溝。『富貴』二字，不料遭我荼毒了！」（第七回）

這段話的重要性在於，一個貴族子弟對自我竟然有如此清醒的認識。賈寶玉不僅意識到自己無法「治國平天下」，而且認識到自己的身內藏着一個「糞窟泥溝」。搞不好，人就會變成另一種生物——變成泥豬癩狗。有這種「自知」，才有自明，才能從豬狗的城邦中跳出來。能跳出來，便是大智慧，佛教乃是喚醒智慧的宗教。《紅樓夢》的智慧，不是權術、心術，而是禪式的對世界與對自身清明的意識。賈寶玉對自身不淨的確認與意識，使小說智慧進入到前所未有的深度。

二十世紀西方第一個把哲學眼光切入自我內部的偉大學者是弗洛伊德。他揭示潛意識世界，揭示生命自我、本我、超我的內部主體性，從而開闢了認知自我的大思路。可惜弗洛伊德之後，西方哲學又走入死胡同，以語言取代心靈，心理分析被語言分析所替代。西方學者尚未發現，早在兩百年前，中國的偉大作家曹雪芹就深深觸及自我，觸及內心。

【八四】「自看」哲學

寶玉此時看他人，事實上是「自看」：「如今看來，我竟成了泥豬癩狗了。」以出身寒門的他人為參照系，一個貴族子弟能看到自身的「糞窟泥溝」，這是很了不起的自省精神。能自看、自省，才能自明。富貴人未必高貴，「人貴自知之明」，能自看自明自知才真高貴。《五燈會元》卷二載有崇慧禪師對僧人解說菩提達摩，說「他家來，大似賣卜漢，見汝不會，為汝錐破卦文，才生吉凶，盡在汝分上，一切自看」。意思是說，達摩從印度來，就像一個占卜大師，只告訴你一條真理：卦文是凶是吉，其實都在你身上，全靠你自看自決。寶玉見了秦鐘後如見到一面鏡子，接着便是自看，在接着的「自思」之語，便是自己讀出的卦文：明晰、誠摯而謙卑。在偌大的賈府中，具有「自看哲學」的，只有寶玉一人。

【八五】非邏輯中人

世人嘲笑寶玉自己燙了手，反問別人疼不疼；自己被雨淋得水雞兒似的，反告訴別人「下雨了，快避雨去」。嘲笑的是反邏輯。寶玉常常違反世人的生活邏輯，燙了手反問別人疼不疼，反的只是小邏輯，憎惡拒絕走仕途經濟之路，反的則是「理所當然」的大邏輯。《紅樓夢》更有意思的不僅是主人公的行為反邏輯，而且全書的思維方式也反邏輯。因為它的主要方式是禪的方式，禪本身是反邏輯的，明心見性沒有邏輯過程。「悟」與「覺」的特點正是它們具有超越邏輯中介和打破邏輯習慣的力量，這是取代神的另一種破執力量。賈母、王夫人不能選擇林黛玉作孫媳婦、兒媳婦，恐怕也是覺得林黛玉如寶玉一樣，都屬非邏輯中人，結合在一起，日子就無法過了。

【八六】「意淫」只可悟證

警幻仙姑說「意淫」二字，「惟心會而不可口傳，可神通而不可語達」。（第五回）用哲學的語言來解說「意淫」，那便是性愛的想像性解決、想像性實現。它大於精神之戀，也大於肉體之愛，是一種通過自由想像而達到身與心的雙重投入。在現實生活中，尤其是在賈寶玉時代，性愛沒有自由，要找到可以全身心投入的情愛對象更難，在此環境下，對於一個情感充沛而且對於青春少女具有崇拜感與欣賞熱情的人，就只能通過自由想像來完成深廣的愛。這種想像是一種心理活動，它是自我的、無邊的、隱私的，而且不受法律制約與道德裁判。這就是說，世上有些複雜的心理活動，語言無法抵達它的深處。如意淫，就既無法實證，也無法論證，只能悟證。意淫這種心理活動，既反邏輯，又反規範；既反道德，又反法律。它無邊無際，因此也無法證實，但它又是真實的存在，是所有的有血有肉的人都可能歷經的一種心靈生活。曹雪芹作為一個偉大作家，他又是一個最誠實、最無面具遮掩的人，所以他確認「意淫」，確認自己的人格化身寶玉是「天下古今第一淫人」。

【八七】智者了達

《好了歌》作為哲學歌，內涵很重。就「了」字而言，它包括了義、了達、了境，皆是佛家哲學的要點。了義即真實之義，這乃是最圓滿的義諦。了境則是止境，世上的荒誕是不知止，不徹悟，即不了達。《壇經．宣詔品》：「明與無明，凡夫是二。智者了達，其性無二。無二之性，乃是實性。」第五回說寶玉「天性所稟來的一片愚拙偏僻，視姊妹兄弟皆出一意，並無親疏遠近之別」。這種無親疏之別、無遠近之別、無內外之別，既是人性，又是佛性。既是無（無二之性），又是有（實性），而且是大有。

無分別的大有，便是妙有。妙在能夠對佛性整體的把握。寶玉被人誤認為是傻子，實際上卻是「智者了達」。

【八八】羨而不漁

君子臨淵，羨而不漁。這是曹雪芹對筆下「閨閣中人」的態度，也是賈寶玉對眾女子的真實態度。羨而不漁，便是只欣賞而沒有佔有慾望的審美態度。所謂「意淫」，也是這種態度，只有羨慕、愛慕、傾慕，沒有結網打撈之念。寶玉對女性如此，對少年男性也是如此，他對於秦鐘、琪官（蔣玉菡）等也止於羨。與寶玉不同，賈璉、薛蟠等則只知「漁」，不知「羨」，只知濫淫，不知意淫。只有慾望，不知審美。

【八九】善根與慧根的比重

妙玉的才情幾乎要壓倒黛玉與湘雲，可惜她慧根太強，善根太弱，聰明有餘，慈悲不足。如何對待賈母與劉姥姥兩個老人，檢驗的是她的善根，驗證的結果是未免勢利。賈氏兩府及大觀園的女子中，有的慧根強於善根，如黛玉；有的善根強於慧根，如香菱；多數是慧善兼有只是比重大小難分。就兩個主人公而言，黛玉的慧根強於寶玉，而善根則不如寶玉。賈寶玉是慧、善兼有，而且善根伸到無邊無沿，一直伸延到天上的星辰，地上的魚鳥，是天人合一的至善者。黛玉的慧根也伸展到無邊無際，抵達宇宙深處的「天盡頭」。

【九〇】寶玉只宜生活在兩種自然關係中

賈寶玉和姐妹們聽戲後，王熙鳳說小旦的扮相像一個人，湘雲口無遮攔，便說像黛玉，寶玉怕惹黛玉生氣，向湘雲使了個眼色。他本是好意，卻招惹湘、黛不滿，由此，他感慨道：「如今不過這幾個人，尚不能應酬妥協，將來猶欲何為？」從而悟到還是「赤條條來去無牽掛」更好。

賈寶玉是最單純的自然生命，他天生只適合生存在兩種自然關係之中：一是擁有日月星辰山水花卉的大自然中，一是擁有天真天籟的少女自然生命之中。可是，當他和少女一起進入人際之後，發現她們也帶上人際的複雜，因此感慨很深，悟到還是赤條條無牽掛的自然人更好。在與自然的關係中，心與心沒有隔。而在人際關係中，即使和最親近的人在一起，也要產生許多嫌隙。這種悟在寶玉的心中不斷積澱，導致他最後離家出走。

【九一】貴在生命之質

賈寶玉在《芙蓉女兒誄》中歌頌晴雯：「其為質則金玉不足喻其貴，其為性則冰雪不足喻其潔，其為神則星日不足喻其精，其為貌則花月不足喻其色。」在賈寶玉乃至曹雪芹眼裏，對於生命的審美理想應兼有質美、性美、神美、色美。而具有此四維美的生命，是天地之間的任何其他萬物萬有包括金玉、冰雪、星日、花月所不能比擬的。

人的生命，貴不在於量，而在於質。《金剛經》警告人不可有「壽者相」，就是只知生命的量不知生命的質。晴雯只是一個少女，卻體現出人的最高的生命之質。人的功名、財富、權力都不是生命的質，與晴雯這樣一個活生生的至美形象相比，賈府中的老爺們個個都是靈魂的木乃伊。賈寶玉的眼睛是中國文化中對生命之質具有最高敏感的眼睛。

【九二】純粹唯美主義者

賈寶玉在世上的一番人生，只做三件要事：一是戀愛，二是讀書，三是寫詩。但三件事都被父親賈政視為邪路。愛戀時把愛情放在親情之上，而且還泛愛；讀書不讀聖賢之書卻讀雜書；寫詩作賦則如同聲色犬馬，並非正業。三者都不入「檻」，所以寶玉如妙玉，屬於檻外人，即十足的異端。其實，寶玉的愛戀廣泛而單純，大體上屬於柏拉圖式的精神之戀；讀書時拒讀八股文章而讀《西廂記》等，尋找的是真情而不是面具；寫詩作賦更是發出內心的歌哭，寄託的是至真至善的夢。三者都證明這個銜玉而降生的賈寶玉，是個超功利的純粹唯美主義者。

【九三】故鄉哲學與終極歸宿

故鄉是甚麼？故鄉在哪裏？故鄉是有還是無？人該追求「色還鄉」（衣錦還鄉），還是「空還鄉」（赤條條來去、質本潔來還潔去）？這都是人生的真問題，也是真難題。思想者認為知難行易，僅知故鄉就不容易。曹雪芹正是對故鄉知之太深，所以筆下人物便有思之太切。林黛玉撫琴彈奏的（寶玉、妙玉偷聽的）其實是「思鄉曲」。《紅樓夢》中的故鄉有兩義：第一義是指生於斯、長於斯的父母之府、兄弟之園，這是「我們」的歸屬、現實的歸屬。第二義是真心所存之處，真諦所寄之所。在這大宇宙的空曠中，也在自己內在的深淵中。世人的衣錦還鄉（王熙鳳作了「衣錦還鄉」夢）是以第一義為人生目的，賈寶玉和林黛玉的鄉愁，則是對第二義的思念和思索。三生石畔、靈河岸邊、大荒山青埂峰全在他們的潛意識中，那是真心之所。他們頭一次見面就說見過、眼熟，其實，故鄉故人就在心底。《紅樓夢》的故鄉哲學是普世性哲學，它揭示人的終極歸宿不是籍貫，不是種族，而是普世的真性與真理。思之切便有行之真。賈寶玉和林黛玉的相戀苦戀，也可解釋為終極故鄉的苦苦追尋。林黛玉死後，寶玉離開寶釵和襲人到外間獨睡，期待林黛玉的魂魄能來入夢，這是他的鄉愁達到極點。

【九四】聚散一體

第三十一回寫道：

> 林黛玉天性喜散不喜聚。他想的也有個道理，他說，「人有聚就有散，聚時歡喜，到散時豈不清冷？既清冷則傷感，所以不如倒是不聚的好。比如那花開時令人愛慕，謝時則增惆悵，所以倒是不開的好。」故此人以為喜之時，他反以為悲。那寶玉的情性只願常聚，生怕一時散了添悲，那花只願常開，生怕一時謝了沒趣，只到筵散花謝，雖有萬種悲傷，也就無可如何了。

一個喜散不喜聚，一個喜聚不喜散。歸根結底，總是林黛玉想得比賈寶玉深。寶玉立足於「常聚」的理想主義，但理想終究要被撞碎「常散」的現實地面。而黛玉立足於「散」，反而對「散」有了心理準備，不必像寶玉那樣為「散」而長嘘短嘆。曹雪芹的哲學觀是聚散一體，一聚一散如一陰一陽，一體兩面，不斷相互轉化。「盛筵必散」是無可改變的規律，寶玉的「常聚」也只是個夢。不過，寶玉喜聚，說明他熱愛生活。想在歡聚時的瞬間充分享受生活，這一點乃是比林黛玉更積極地對待人生。

常人都以為喜聚是有情，是熱情，不知喜散也是有情，而且是更深的情感。林黛玉是《紅樓夢》中內心生活走向最深層面的人，也是精神最精緻、最細緻的人，她何嘗就不喜歡聚，不喜歡相逢？但她比他人想得更深的是聚散一體，相逢與相別一體。相聚時高興，但相別時會帶來更深的孤獨感。這是一種深刻的悲劇性心理。林黛玉對花開花落的感受比常人深，她的《葬花辭》為花朵的「散」而落淚。想到花開的情景，對於花落就有更深的悲傷。賈寶玉也會有相聚後分離的失落感，但沒有林黛玉聚散一體的深思，即未悟到聚的歡樂會給散帶來更深的憂傷。哲學感悟會深化情感，林黛玉是一個例證。

【九五】賈寶玉的「畏」

海德格爾在《存在與時間》中輾轉着三大範疇：煩、畏、死。《紅樓夢》中也充滿着這三種文化心理內容，甚至還有生理內容。賈寶玉的「煩」主要是牽掛——對其心上人夢中人的牽掛。其畏的內容則主要是對「散」的害怕。他不怕死，講起死來總是很輕鬆，滿不在乎，但一說起「散」，就不安、緊張，甚至痛苦。探春遠嫁時，他的一番痛哭，便是為離散而哭。襲人知道他畏的是甚麼，因此就以辭家出走為名逼他答應三件事，他果然一一應允。在寶玉的畏裏，其精神之核是對情的珍惜，人生這麼短，相逢已很難，相聚就更難。相聚包含着多少因緣、多少機緣、多少偶然，寶玉雖說不出道理，但明白：一旦與心愛的人離散，到地球來一回就失去意義。黛玉表面上與寶玉相反，喜散不喜聚，但骨子裏也是害怕離散，她認為人相聚後再離散，心裏更難受。還不如不聚（參見第三十一回）。這不是不愛聚，而是害怕聚的暫時性，歸根結底也是畏。

【九六】相信「死而不亡」嗎？

聚散往往只是在世俗人生的層面上說，至於靈魂層面，那就更複雜一些。北宋哲學家張橫渠講個體形成就是聚，個體消解就是散，但散不是消滅，而是歸於氣化的大流之中，也就是說形散而神並不真散。在這個大循環中，散即聚，聚即散，聚散不二。莊子也是這樣理解聚散，所以才會有「生死同狀」的思想，把妻子的死視為只是形的消失，而神則匯入宇宙陰陽大邏輯鏈中。王船山在解釋張橫渠的聚散觀時說，這是靈魂的「大來大往」，曹雪芹作為一個懷疑主義者，似乎半信半疑，他讓主人公賈寶玉期待黛玉能來入夢，但又講他的期待落空，「悠悠生死別經年，魂魄不曾來入夢」，神聚神交的夢想終歸破滅。張橫渠相信「死而不亡」，曹雪芹相信嗎？倘若相信，怎麼會有「十年辛酸淚」。看來，他只是在世俗層面上相信聚散同一的哲學，並不相信生死無分的神話。

【九七】敬是情感，不是虛名

寶玉對芳官說，無論對神還是對已逝的親人，重要的是「敬」，而不是虛名。這也是理解《紅樓夢》的鑰匙之一。真正的信仰是出自內心景仰，這就是「敬」。敬實際上是一種情感，而不是服從。真誠的信徒對上帝對佛教是傾注真情，是敬不是恐懼。《紅樓夢》中最深的情，都有「敬」的前提。寶玉對寶釵、黛玉、襲人、晴雯都有情，但對黛玉、晴雯的情更深，是因為有敬的情感在前。最為難能可貴的是，寶玉作為一個貴族公子，他對屬於「下人」階層的晴雯、芳官等，居然也有一種敬意，不僅只是戀情而已。如果沒有敬意，怎麼會有《芙蓉女兒誄》中那種絕對性的讚美。連日月都不足喻其貴，這是何等的敬意，何等的情感。

【九八】習性易變，天性難變

賈寶玉降臨人間，身上所佩戴的玉石只是心性的象徵，不是使命的象徵。他有基督的大愛大慈悲，但沒有基督的使命。基督來到人間，帶有救世的天職，而賈寶玉則完全沒有。他只是到人間走一回，看看人間，享受感受人間。他有關懷之情，卻無拯救之力，也無拯救之思。基督具有偉大的理念，教徒們也從理念出發去行動。而賈寶玉則沒有先驗理念，只是與生俱來就覺得人應該擁有尊嚴、自由和人格平等。他無師自通，一切全出自天性。

因為是天性，是內在生命的本然，所以就不會變。基督的偉大天性也不會變，但其教徒，立足於教義，不是出自天性，便容易變。

賈寶玉的品性在幼年時期就充分表現出來。週歲時，他的父親「要試他將來的志向，便將那世上所有之物擺了無數，與他抓取。誰知他一概不取，伸手只把些脂粉釵環抓來」。政老大怒了，說：「將來酒色之徒耳。」他第一次見到黛玉，只有七八歲光景，就口出妄言：「除四書之外，杜撰的太多。」他先天帶來口銜的玉石，也先天具有至真至善至美的品格，其善根慧根都是固有的。孟子說：「仁義禮智，非由外爍我也，我固有之也。」（《孟子．告子上》）寶玉的善根慧根也是天生固有的，不帶外爍性，所以一以貫之，無法動搖。父親的棍棒打不掉，送到學校教育也無效。他日後遁入空門，也是天性的自然結果。與惜春、紫鵑因外爍而入空門不同。所以，王國維才說他們兩人的解脫之道，其境界不如寶玉。如果唸經能唸到改變心性，從根本上發生變化，那就真了不起，但這種人十分稀少。

【九九】良知的鄉愁

林黛玉、晴雯去世後，寶玉只有刻骨的思念，第一百零九回《候芳魂五兒承錯愛》寫寶玉獨自在外間睡一宿，希望黛玉能入夢與他相會，起初睡不着，以後把心一靜，便睡去了。寶玉醒來，拭眼坐起來想了一回，並無有夢。第二天睡前又想起晴雯，還移情於五兒，瘋瘋傻傻起來，竟把五兒的手一拉，讓五兒急得紅了臉，心裏亂跳。

這兩個細節，寫的是寶玉良知的鄉愁。他到人間後，把黛玉、晴雯作為存在之家。如今，黛玉晴雯回到「無」何有之鄉，他只有刻骨的鄉愁了。到人間走一回，真的情感受盡摧殘，寶玉愛她們卻沒有力量保護她們，此時沉重的負疚之感只剩下這一點點鄉愁，能安慰這點鄉愁的，也只有對夢的期待，可是，連夢都等不到，只能「消愁愁更愁」了。魯迅說人生最大的痛苦是夢醒了無路可走，而賈寶玉是醒了之後還尋找夢，兩者都找不到存在之家。

【一〇〇】轉識成智非易事

佛教的「轉識成智」，講的是把第八識化為智慧。這一命題，我們可以把它延伸為「只有把知識轉化為智慧才是精神的飛躍」這一點，兩個主角（寶玉、黛玉）做到了，但寶釵沒有做到。她是《紅樓夢》人物最有知識的「通人」，而且還有關於繪畫的專業知識，堪稱繪畫學者。但是，她始終沒有賈寶玉、林黛玉的大徹大悟，觀止兩大法門均沒有掌握。觀是看破，但她始終看不破仕途功名的虛妄，也看不破正統教條的局限。她的詩比林黛玉略輸一籌，乃是境界之別，終究是大智慧之別。能轉識為智的除了寶玉和黛玉之外，還有妙玉、秦可卿。秦臨終前託夢給王熙鳳，並說出一套「盛筵必散」、「否極泰來」

的哲學，説明她有智慧，只是深藏不露而已。妙玉對黛玉撫琴的評論以及對史湘雲、林黛玉賽詩的評論，也説明她非一般知識者可比，但她的分別相，又説明其智慧不如賈寶玉。

【一〇一】摔玉的暗示

寶玉第一次見到黛玉時問：「可也有玉沒有？」當他知道黛玉「無」的時候，便從自己胸前摘下那塊玉石，狠命摔掉。歷來讀者都解説為這是情的真純，是向黛玉表明自己寧可不要玉石也要林妹妹，即暗示「若為林妹妹，寶玉也可拋」。這樣解釋並沒有錯。但從哲學上，則可以解説為寶玉天生具有「不二法門」的思維，天然地拒絕「分別」相。佛教以放下妄念、分別、偏執三者為最重要的觀止內容，賈寶玉無師自通，一墜地就拒絕分別，拒絕尊卑之分、貴賤之別。社會地位不同，世俗的角色不同，但心靈、人格則應是平等，「身為下賤，心比天高」，丫鬟的心靈水平不僅可以等同於貴族，而且可以高於貴族。寶玉摔玉，此一行為宣告他不僅與林黛玉無分別心，而且對待他人也無分別心。

【一〇二】本心與習心之別

熊十力先生一生研究佛學心學，把心分為本心與習心。本心為本來之心，繫永恒本體；而習心則是後起之心，即已被物化了的可作為心理學解剖研究對象的情感意欲。禪宗的明心見性，所明所見的是「本來無一物」的本心，而不是已物化和概念化了的習心。《紅樓夢》中的林黛玉與賈寶玉的戀情，是本心之戀，彼此説的話都是發乎本心的語言，而薛寶釵的許多話，特別是勸誡寶玉走仕途經濟之路的話，則是出乎習心。甄寶玉、秦鐘勸寶玉浪子回頭的話也是習心之語。他們的話已無自性，不過是搬用他人的本本（物）而已。因此，本心與習心之別，也就是自性與他性之別。

【一〇三】無事忙與無事惱

賈寶玉是賈府裏的「快樂王子」，過着最富有、最榮耀的生活。他所以被稱為「無事忙」，是因為他熱愛生活，喜歡奔走於生活之中。但是，他和賈璉、薛蟠這些兄弟哥們不同，他不能安於世俗的快樂，在他的潛意識裏，吃喝玩樂不過是高級動物的生活。人確實有類似動物的一面，但人可以跳出這一面，即可以跳出物質的牽制，甚至可以跳出金銀、妻妾、功名的誘惑與限制，儘管常常跳得不遠或者跳出之後又回到原來的點上，但有跳出的意識才有別於動物，才有另一種質的生活。賈寶玉既快樂又苦惱。他那苦惱的一面是想跳出「豬的城邦」又總是被阻擾。

【一〇四】寶玉的「易」與「不易」

用「易」到「不易」的視角看賈寶玉，可看到他有易的一面：開始喜歡女人的胭脂，喜歡肉感的胸脯，後來逐步昇華，把慾化為情，最後又化為純情。而不易的一面，則是他的基本性格，他的童心，他的赤子情懷，始終不變。易與不易的內涵都精彩。易，心性不斷提升，很難得；不易，美好天性的守持，更為難得，人是會變的，賈寶玉最寶貴的地方，是本真狀態始終沒有變。他是個永遠的孩子，永遠的頑童。他胸前的通靈寶玉失靈過，跛足道人說是因為他在脂粉中變了，但他又及時治癒。孟子所說的「富貴不能淫」，是富貴之後依然不變其質樸之心。人性脆弱，一有地位、權力、財富、功名，人就變了。

【一〇五】「玉人」自判為「濁人」

黛玉死後，寶玉思念太切，希望她能來入夢。等候落空之後，他自言自語道：「或者他已經成仙，所以不肯來見我這種濁人也是有的；不然就是我的性兒太急了，也未可知。」（第一百零九回）在寶釵、襲人聽來，這是寶玉又犯糊塗。其實，能把自己界定為「濁人」，最為清醒。他從小就說，女兒水作、男人泥作，把人間分為淨水世界與泥濁世界。在他眼裏，黛玉是淨水世界第一人，他本想向她靠攏，卻落入泥溝暗渠之中，此時做夢，已涇渭分明，一是玉人，一是濁人。《紅樓夢》沒有好人壞人、惡人善人的道德法庭，但仍有審美法庭，這個法庭只作美醜之別、清濁之別的審美判斷。寶玉此時說自己是濁人，便是審美性的自我判斷。

【一〇六】崇神聖與崇正直的衝突

別爾嘉耶夫在分析俄羅斯的國民靈魂時說，俄羅斯崇尚神聖，卻未能崇尚正直。這一點，中國與俄羅斯相似，只是俄羅斯崇尚的是東正教教義之下的神之聖，而中國崇尚的則是孔夫子所設計的人之聖，中國士人士大夫崇尚的人格目標是聖人聖賢，而不是崇尚真理與正直品格。中國和俄國一樣，沒有騎士傳統，缺少正直的文化資源。

賈政與賈寶玉這對父子的矛盾內涵十分豐富，其中一項矛盾便是崇尚聖賢與崇尚赤子（正直）的矛盾（寶玉與寶釵關於赤子的爭論也是如此）。賈政想當聖賢，處處擺一副聖賢面孔，難免有點裝模作樣。五四運動批判孔家店時，揭露舊道德就因為舊道德要求人們當聖賢，道德標準太高太玄，做不到，只好戴面具偽裝，結果就落入虛偽。而虛偽又最能腐蝕人性。賈寶玉不喜歡讀聖賢之書，而喜歡讀有真情真性的詩詞戲曲，且始終保持一份赤子心腸，處處能直面事實真相，一點面具也沒有。賈政背地裏還「走私」，賈寶玉則絕對光明磊落，更接近古代聖賢。正直，是一種本體性美德，是所有品德中最根本的美德。《紅樓夢》通過對寶玉的塑造，便具有一種映照天地的正直美。

【一〇七】大觀「四念」

「大觀園」的第一主體是賈寶玉，這不僅是「園中所有亭台軒館皆係寶玉所題」（賈政向元春的匯報語），實際上的「絳洞花主」，更重要的是他真正具有一雙大觀眼睛（大觀視角），能站在比常人更高的地方觀世界也觀自在。佛家所講的觀，就是慧。大觀園也可稱為大慧園，最美的詩篇和最有詩意的生活都在這裏發生。但只有寶玉一人，不僅是園的主體，而且是觀的主體。只有他，具備觀的四念：「觀身不淨」、「觀心無常」、「觀受是苦」、「觀法無我」（佛教所講的四念處，觀是起點）。大觀園裏裏外外沒有第二個人（包括林黛玉）能有四觀，特別是第一觀（觀身不淨），更是無人具備。寶玉見到秦鐘後發現自己「竟成了泥豬癩狗了」，這就是「觀身不淨」。貴族府中，貴族府外，還有哪一個老爺少爺、夫人小姐能如此正視自身內部的污濁？人自身充滿妄念（心無常）、充滿苦痛（受是苦），他都一一用慧根感知感悟。前三觀是人生觀，第四觀則是宇宙觀，「觀法無我」即觀至萬法皆空，看穿萬相非實相。他最後離家出走，「止」於大徹大悟，正是大觀的結果。

【一〇八】閒適方生妙語

賈寶玉樂於接受薛寶釵給他起的別號：「富貴閒人」，除了這一別號準確地描述了他的外部生命形態之外，寶玉可能還朦朧地意識到，富貴中只有物質，閒散中才有精神。或者說，閒才能擺脫物的奴役也才有沉思的可能。別爾嘉耶夫曾說，生命之質不在物質之中，而在精神之中。我們也可延伸說，心靈之質不在富貴中而在閒適中。尤其是語言，其原創性、獨創性的語言都在閒散從容的狀態中產生。人一浮躁，語言也一定簡單、粗糙、沒有幽默和情趣。閒適中的清淡，才能產生妙語，也才有語言的快樂。寶玉那些「女兒水作、男人泥作」的妙語，都產生在閒散之中。

【一〇九】不打誑語為第一義

林黛玉與賈寶玉以禪說愛時，黛玉試探寶玉的情感，寶玉回答說，「弱水三千，只取一瓢飲」，表明了愛的專一。從哲學上說，這便是禪所說的「定」。有了定根，才不會有心的輕浮善變，才能開花結果。情如此，學也如此。學須一門深入，長期薰修，以定致慧。禪宗六祖慧能所強調的不二法門，首先講的便是定慧不二，定慧一體。定則靜，靜則慧，缺少定力的浮躁者，只能站立於智慧的門外，也只能站在真性的門外。此次對話中，寶玉說了「禪心已作沾泥絮，莫向春風舞鷓鴣」的詩句，黛玉立即警告說：「禪門第一戒是不打誑語的。」《紅樓夢》以真為魂魄。「真」者在語言層面上必須是《金剛經》所說的「真語者、實語者、如語者、不誑語者、不異語者」。如語即佛語，不異語即不兩舌。一旦有誑語、異語，即不真。黛玉是不許寶玉有任何一點賣弄和言語中摻進任何一點虛假與敷衍的。

【一一〇】敬在誠心，不在虛名

曹雪芹通過賈寶玉表達了對唸佛拜佛的一種根本態度，他對芳官如此說：「愚人原不知，無論神佛死人，必要分出等例，各式各例的。殊不知只一『誠心』二字為主。即值倉皇流離之日，雖連香亦無，隨便有土有草，只以潔淨，便可為祭，不獨死者享祭，便是神鬼也來享的。你瞧瞧我那案上，只設一爐，不論日期，時常焚香。他們皆不知原故，我心裏卻各有所因。隨便有新茶便供一鍾茶，有新水就供一盞水，或有鮮花，或有鮮果，甚至葷羹腥菜，只要心誠意潔，便是佛也都可來享，所以說，只在敬不在虛名。以後快命他不可再燒紙。」

這是不可忽略的一段話、一種思想、一種態度。事實上仍是對待信仰的態度。在賈寶玉看來，無論是敬仰還是信仰，也無論是緬懷還是懷念，關鍵是心的抵達，心的皈依，明心見性即可，不在於外部的各種虛名世相，包括文字相、語言相、符號相、紙錢相等等。這正是慧能的「無念為宗，無相為體，無往為本」。對人「以心傳心」，才有對人的真誠，對神和佛「以心傳心」，才有對神對佛的真誠。這個心，不是生理意義上的心臟，而是精神意義上的全靈魂、全性情。賈寶玉如此深得禪宗要領，排除敬仰的一切世間法，並非讀書的結果，而是天生的悟性。千百年來，中國唸佛拜佛有三法：一是正法即心法。以心傳心，印證本心便是此法；二是相法，即借助外部的寺廟、衣鉢、範疇、概念、紙錢、香火等作祭奠的方法；三是末法，即以拜佛而求功名物利之法，即魯迅所說的把「教」當作敲門磚的方法。可惜中國多數人走的是末法，名為信教，實為「吃教」。賈寶玉開導芳官的要義是要她放棄相法，進入心法。寶玉內心沒有說出的言語應是，即使是獻上大千世界萬千寶塔，也不如心中那至真至誠的一片真情感。

【一一】多心與素心

從身與心的視角看寶玉、黛玉、寶釵三個主人公的悲劇，似可作如下解說：

黛玉是心的悲劇。她在《紅樓夢》中被人視為多心人（連寶玉也曾說：「林妹妹是個多心的人。」）

（第二十二回）。她自己也在寶釵面前承認：「我最是個多心的人。」（第四十五回）但在獨自撫琴發出心聲時，卻是「素心何如天上月」。唯有知音者才明白她是一個素心人。多心是智，素心是情。對於寶玉，她的專情素如明月，潔如明月。可惜此心最終還是無處可以存放。

寶釵是身的悲劇。身美貌美到被稱作「仙姿」，但是，她得到寶玉之身卻得不到寶玉之心，獻身於寶玉卻得不到寶玉的真愛情。

賈寶玉的悲劇則是始終得不到一個身心可以一起投入的對象，始終處於身心分離之中。黛玉是他的夢中人，卻不是他的屋中人。寶釵是他的屋內人，卻是他的心外人。因此，與寶釵最終成眷屬，卻留下人生的大遺憾：「嘆人間，美中不足今方信：縱然是舉案齊眉，到底意難平！」

【一一二】伊甸園、桃花源、舍衛城

端木蕻良先生所著的《曹雪芹》，寫到賈寶玉少年時到過「桃花源」——圓明園裏的「武陵春色」，這是否真實且不論，但他把「伊甸園」、「桃花源」、「舍衛城」三大意象帶入《紅樓夢》的思索，則很有意思。他說：「我覺得，甚至可以這樣去着眼，『伊甸園』是人類嬰兒時代、少年時代的樂園，桃花源是人類成年、中年時代的樂園，舍衛城是人類經過了人世全過程後的老年時代的樂園。世界上還沒有聽說有哪一個國家仿造伊甸園的呢。中國當然更不會有。但造過桃花源和舍衛城，而且都在圓明園內。我認為這兩個寄託東方人理想的地方，……才是華胥夢境。」[1]

1 《説不完的紅樓夢》，第一二二頁，上海書店，一九九五年。

端木先生因着眼於曹雪芹的生平，講的太實，我們不妨虛一些，揚棄圓明園，作另一種解說：

三生石畔、靈河岸邊是伊甸園，即是創世紀神瑛侍者與絳珠仙草（如同亞當與夏娃）相戀的地方。這是寶玉、黛玉「混沌」時代的樂園。

大觀園是桃花源，是寶玉、黛玉和姐妹們少年時代的樂園。園中的詩社是超越功利世界的審美共和國，曹雪芹的夢中花園。

舍衛城則是《紅樓夢》最後部份的「急流津覺迷渡口」。《金剛經》開篇講的舍衛城，是釋迦牟尼走出宮廷而成道的地方。而覺迷渡口則是賈雨村睡着而賈寶玉大徹大悟大覺的地方。這裏雖然不是老年的樂園，卻是走向「至樂」、走向「逍遙遊」的出發點。

【一一三】權貴無明

自我是一個極為神秘的內宇宙。《紅樓夢》揭示，自我可以無限擴充、無限膨脹，以致發展到如王熙鳳的不怕任何「陰司報應」，即不怕神、不怕鬼，不怕任何懲罰的極端狂妄，也可發展為「寧教我負天下人，休教天下人負我」的極端自私。王熙鳳雖妄，但說的做的有跡可尋。而像賈赦這種「世襲一等將軍」，其內心如何黑暗、冷漠、陰毒則無法猜度。《紅樓夢》具有「破我執」意識的只有賈寶玉一人，其他人都自以為是，尤其像賈赦這些達官貴人更是自以為是。他們的心靈不曾有自審自省的瞬間。而王熙鳳雖極端「聰明」，卻又是極端「無明」，因為她始終未能自看自明。有靈魂才能自明，才能自救。《紅樓夢》人物，多數無明。即如《好了歌》所嘲諷的世人，只知功名、金銀、姣妻、兒孫，而不明何為人生根本。

【一一四】愛與悔

梁漱溟先生用「愛」與「悔」二字，概說宗教的核心精神。他解釋說：「悔」是對自己的不容，愛是無外。此恰是與功利的「有對」或「有外」相反。[1]其實，愛與悔二字也是《紅樓夢》的精神支撐點。它既是一部大愛之書，又是一部偉大的懺悔錄。其主人公賈寶玉首先是「愛」的載體，他去「有對」，即沒有爭奪對手，沒有敵人；又去「有外」，即沒有刻意排斥的異己，沒有另眼相看的「外人」，無內外之別，也無等級社會的尊卑之分，對天下人皆以同懷視之。其次，寶玉又是「悔」的呈現，他常「垂頭自審」（第二十二回），有自審意識，敢於正視自己的污濁和承擔罪責。他的人生過程是始於癡、止於悟，其大徹大悟乃是對癡時造成的罪責的體認（諸女子因他而死）。因為有愛與悔支撐，所以《紅樓夢》全書充滿宗教情懷。但它又不同於宗教，無論是愛是悔，都不是通向神靈，而是通向天地人三者共和與真善美三者相契的人類本真心靈。

【一一五】靈魂在悲歡歌哭之中

基督教的「上帝」在中國的大文化中被他物他念所取代。孔子以天代替上帝，老子莊子以自然取代上帝，朱熹以太極取代上帝，王陽明以「靈明」（心）取代上帝，佛教以無和空取代上帝，而到了慧能則以「覺」取代上帝。慧能其實是「自佛」、「自上帝」。《紅樓夢》受禪影響極深，也重自性、樹自佛，以「女兒」為至尊。其女兒崇拜，說到底，是以青春少女取代上帝。如果把女兒視為真善美的一體化，

1 《梁漱溟先生講孔孟》，第一四三頁，廣西師範大學出版社，二零零三年。

則是以三位一體的協同存在取代上帝。不過，曹雪芹找到的女兒是肉身，並非純精神理念，因此，書中展示的靈魂並不是超越肉身的靈魂。其靈魂全寓於人的悲歡歌哭之中，不屬於超驗範疇，這與西方（基督教）的上帝內涵大不相同。

【一一六】寶玉無須「克己」

基督徒做善事時，是聽從基督聽從《聖經》的教導，因此行為之前有理解、思考、選擇甚至有自我說服、自我克服的過程。儒者做善事與此相似，也有一個「克己」「克己復禮」的過程。但賈寶玉做善事，都出於本心本真本然，出於內心發出的命令，沒有「克己」過程，沒有焦慮過程，沒有思辨過程。他的負疚也沒有這個過程，因此，他的懺悔是無相懺悔，即無須概念理念參與的懺悔，負疚感出於自然，出於內心需求，不是自我作戲，也不求他人與社會的肯定。

因為是天性，是內在生命的本然，所以不會變。基督不會變，但其教徒聽從教義不是出自天性，反而會變，會為教義的不同解說而爭奪從而產生惡。

【一一七】石頭人化後的兩種前景

從宇宙的極境之眼看，不僅寶玉是石頭變來的，薛蟠也是石頭變來的。石頭帶有泥濁性，它可以化為泥，也可以變成玉。

石頭人化後還帶有石頭原來的泥濁性，這就是物慾、食慾、性慾等等，這些慾望愈是人化，就離動物愈遠，也離石頭的泥濁性愈遠。《紅樓夢》呈現石頭（自然）人化後的兩種前景：一種是賈寶玉的高級人化即高級情感化、靈魂化，也就是石頭化為玉始終保持玉之高潔，進而化為心之高潔的前景；一種是薛蟠的前景，他是慾望化身，在完成外部自然人化之後無法進一步完成內部自然的人化，其感官、其心理都仍然停留在原始慾望的階段中，身心全都佈滿泥濁性。他的母親薛姨媽在他入獄之後悲傷地稱他為廢人，用哲學語言說，便是他沒有完成內部自然的人化，徒有人形而已。賈蓉、賈璉在不同程度上都沒有完成內自然的人化。王熙鳳形容賈環的眼睛像「凍貓子」之眼，這也可以理解為未完成人化的動物的眼睛。

【一一八】淨性與染性

大乘佛教「唯識宗」講八識，第八識——阿賴耶識中，有染淨兩種種子。染法種子，自能生染法；淨法種子，自能生淨法。淨性在真心中，染性在妄心中。按曹雪芹的看法，世界分為淨水世界與泥濁世界，少女是淨水世界的主體，代表人間淨性；男子是泥濁世界的主體，代表人間染性。少女所以乾淨，是她們體現淨性，未被污染。寶玉說少女嫁出後就會變成「死珠」、「魚眼睛」，具有多種意思。其中一義便是嫁出後則進入男人的泥濁世界，由淨入染，發生變質。男子之染來自他們的迷妄之心，迷妄的主要內容是《好了歌》所揭示的功名、女色、財富等。男子世界所以會變成不乾淨的泥濁世界，全因他們放不下對於功名、權力、財富的執着。曹雪芹所設置地上樂園（大觀園）和人間淨土，全然排除男子和他們所象徵的內容。

【一一九】真人無須「文妙」

寶玉出家遠走，算是止。始於癡，止於悟。全書能作這一結局，算是成功之筆。可是，走之前，卻有聖恩浩蕩，賞賜給賈寶玉一個「文妙真人」的道號。這就成了畫蛇添足，多一處敗筆。

《紅樓夢》受莊禪影響很深。在整個思想框架中，道之真人比儒之聖人地位高得多。真人與聖人的區別是，聖人謀求世俗大角色，而真人則是世俗角色的空化，因此，既然是真人，就無須「文妙」；若要「文妙」，便非真人。何況賈寶玉在林黛玉「無立足境」的禪思導引下，由莊入禪，已走上更高的「無」境，更無須欽定的道號。莊與禪最大的區別是莊子還樹立真人、至人等理想人格，而禪則打破一切權威偶像只求神秘性的心靈體驗，從而更加內心化、靈魂化，也更加遠離宮廷體系與世俗榮耀。

【一二〇】來兮止兮

賈寶玉在《芙蓉女兒誄》的結尾，朝天呼喚：「來兮止兮。」止的哲學與觀的哲學是《紅樓夢》的基本哲學。大乘佛教的觀止哲學浸透《紅樓夢》全書。《好了歌》也可解說為觀止歌。觀是看破，止是放下。大觀之後最終是大幻滅，大癡之後最終是放下——止於悟，止於覺。《紅樓夢》不是宗教，沒有人格神。但與禪相通，以悟代佛，以覺代神。寶玉最後的結局是大止即大解脫。在大觀園中冷眼觀看塵世百態，人生萬相之後走向大止之路，這是《紅樓夢》的情感之路，也是哲學之路。

【一二一】無所歸屬，是方乾淨

世上各大主流宗教和主流哲學，都有其徹底性的特點。愛一切人，包括愛敵人，這是基督教；愛一切生命，包括愛獅虎螞蟻，這是佛教。經過老莊的洗禮，佛教化為中國的禪宗，其徹底性是把龐大的教義簡化為「我即佛」這麼一個公式：佛就在我身上，就在自性中，就在生命深層本有的真心中。這一本真之性便是佛的立足之境，便是存在之家。此外，別無立足之境，別無歸屬。企圖立足於外部世界的其他境地，便不乾淨。佛即人格的高峰，精神的尖頂，生命的靈山，這種山頂與巔峰，就在自己生命的無底深淵中，求佛就是在生命深淵中發現那點不滅的光明，就是自明與自救。林黛玉的「無立足境，是方乾淨」，核心意思是拒絕求諸外境，打破一切外部歸屬。

【一一二】文化重心的轉折

美國名著《白鯨記》（梅爾維爾著）呈現的舊約精神，其主人公亞哈船長身上的血液是耶和華的血液，而不是耶穌的血液。而白鯨莫比．迪克的性格也是耶和華的性格。馬丁．路德的宗教改革，其關鍵點是把基督教的重心從舊約轉向新約，從耶和華轉向基督，從聖父轉向聖子，從嚴厲轉向慈悲。中國「五四」新文化運動也是一個人文化重心從「父」向「子」的歷史性轉變，魯迅在《我們現在怎麼做父親》的文章中說，過去是以長者為本位，現在應是以幼者為本位。而在這之前，《紅樓夢》早已完成了一個馬丁．路德式的轉變和「五四」式的轉變，即精神本位與哲學基點從父轉向子，從賈政轉向賈寶玉，從孔夫子轉向慧能，從大男子轉向小女子，從王夫人轉向林黛玉，從李紈等節婦轉向晴雯等狐媚子。中國近現代的文藝復興，《紅樓夢》是偉大的起點。

【一一三】精神底蘊之差

秦鐘與賈寶玉都長得很清脱很漂亮，寶玉第一次見到秦鐘時便為其美貌而傾倒，並成為摯友。但兩人畢竟有一巨大差別，就是精神底蘊的差別。精神底蘊不足，再機靈的生命也會往世俗的低窪處滑落。

秦鐘在生命彌留之際，撐不住原先的理念，魂魄返回陽間規勸寶玉放棄本真信念而迎合時尚，便是底蘊不足的暴露。個體生命如此，民族整體生命也是如此，所以各個民族都要開掘自己的文化本源和守護文化寶藏。難怪英國要說出「寧可失去印度，也不可失去莎士比亞」的「絕話」。如果沒有莎士比亞，英國的精神底蘊就不會那麼足；同樣，如果沒有康德和歌德，德國的精神底蘊也不會那麼足。美國雖強大，但總讓人覺得文化底蘊不足。而中國，幸而遠有先秦諸子，近有《紅樓夢》，所以才感到有生命的底蘊在，尚可面對現代的世界文化。

【一二四】襲人的誤解

襲人用返家威脅寶玉從而提出三條要求，其中有一條是不可「毀僧謗佛」。其實，寶玉只是嘲弄僧佛的表面功夫，內心卻接受佛的光明。佛既看大千，又觀自我，既熱愛眾生，又不膨脹自己。尤其是慧能闡釋的佛，更是放下所有的執着與妄念，留下唯一的「有」，便是覺，便是悟。所謂成佛，也並不是成為救世主，只是內心平和、質樸、純粹、安靜、慈悲而已。慧能不信佛全知全能，更不信自己全知全能，只是在日常生活中一點一滴地感悟與提升，一步一步從癡迷中解脫。如果承認這些道理正是佛理，那麼，寶玉離佛最近，身上最有佛性，可惜襲人雖然愛他卻不了解他，以為他是儒的異端也是佛的異端。

【一二五】貴族文學三個案

中國的氏族貴族傳統過早中斷，但也產生貴族文學的三個偉大個案。一是屈原，二是李煜，三是曹雪芹。屈原《天問》之後找不到精神歸宿，最後只能投江而亡，以「無」否定現實的「有」。而李煜和曹雪芹，皆走向大慈悲，把個人的憂傷化作對一切生命的大愛。用王國維評價李煜的語言，是「擔荷人間罪惡」，走向釋迦牟尼和他們不知其名的基督，靈魂終究與釋迦牟尼、基督的偉大靈魂相逢。但他們都不是救世主，而是心靈的天才，都在審美中得到某種解脱。如果曹雪芹出生在十九世紀與二十世紀之交，他也不會走向尼采而追逐超人，而仍然會走向基督和慧能，從真我進入無我。

【一一六】黛玉真冷，寶釵假冷

林黛玉只愛寶玉一人，對社會對他人有一種天生的冷漠，所以她喜散不喜聚。寶玉卻滿身熱情，所以才喜歡聚會。《紅樓夢》文本説寶釵是冷人，她固然是冷人，但黛玉也是冷人。相比之下，黛玉是真冷真看透，寶釵則是假冷看不透，她內裏很熱，所以才需要冷香丸化解熱、壓制熱。

寶釵外冷內熱，黛玉外熱內冷。熱與冷的對峙、聚與散的對峙、俗與雅的對峙、剛與柔的對峙、鹵與乖的對峙、呆與巧的對峙、通與專的對峙、博與約的對峙、誠與偽的對峙等佈滿《紅樓夢》小説文本。這是雙重結構的敍事藝術。支持藝術的哲學基點是有與無、真與假、色與空、好與了、觀與止、陽與陰、覺與迷等相反相成即一體二用的轉化運動。「假作真時真亦假，無為有處有還無。」無論是有還是無，也無論是熱還是冷，都在變易中，轉換中，相互浸透中。

【一一七】中華文化的存在合理性

人類史上一些大文化系統如古印度文化、瑪雅文化、巴比倫文化、埃及法老文化等都滅亡了。但中華文化卻一直健在。它可以消化掉別種文化，別種文化卻消化不了它。其根本原因就因為它有存在的合理性。黑格爾說「凡存在的都是合理的」，我們可以補充說，凡數千年一直存在的，更是合理。即具有更巨大的合理性。《紅樓夢》就充分展示這一合理性。從小說文本中可以看到，中華文化乃是儒、道、釋、法、名等多種文化共生的多元結構文化。有和無可以互通，儒和道可以互補，儒和法可以互用，儒和釋可以互相調節。共生結構中有重秩序重倫理的理由，也有重自由重自然的理由，有賈政、薛寶釵的世界原則，也有賈寶玉、林黛玉的宇宙原則。文化整體既能導致慾望，也能破除慾望，靈與肉都有其存在的權利與義務。《紅樓夢》不是一種社會形態的百科全書，而是中華文化、包括中華哲學文化的百科全書。

【一二八】寶玉無「隔」

《葬花辭》與《芙蓉女兒誄》是《紅樓夢》中的長詩，又是最精彩的代表作。《芙蓉女兒誄》近賦，有些句子還有「隔」，而《葬花辭》則類似詠嘆調，全然不「隔」。王國維把「隔」與「不隔」作為重要尺度評價詩詞，獨創一說。但他只以此說評詞，從未以此說評人。如果讓他以此評論《紅樓夢》人物，一定會發現賈寶玉和宇宙沒有「隔」，與大自然沒有「隔」，與萬物萬有沒有「隔」，所以他才會「時常沒人在跟前，就自哭自笑的。看見燕子，就和燕子說話；河裏看見了魚，就和魚兒說話。見了星星月亮，他不是長噓短嘆的，就是咕咕噥噥的。……」（第三十五回）對於寶玉，山川大地，日月星辰，千花萬卉，飛鳥鳴禽，不僅是朋友，而且就是他自己——全是他自己靈魂的一角，所以他不僅是詩人，而且是人詩，「天地與我同根，萬物與我一體」——無言大美與我同心共在的人詩。

【一二九】詩人的雙重文本

林黛玉的《葬花辭》之所以異常動人，而且肯定能夠感動千秋萬代的後世知音，是因為不僅詩寫得好，而且有詩人本身一生的悲劇行為語言作註，特別是葬花之後的詩人之死，和死前的葬詩（焚詩）行為語言，葬花時注入的是淚，葬詩時注入的是血。大詩人總是提供雙重文本：書寫語言的文本和行為語言的文本。屈原因為有自沉汨羅江的行為文本，才使他的書寫文本中關於生死的形上思索大放光彩；王維在安祿山政權中擔任偽職的行為則給他的禪詩蒙上陰影。大觀園裏的詩人，個個既是詩人又是人詩，寶玉也是人詩，於是，詩人的書寫語言給人詩作註，人詩的行為語言又給詩人之詩說解。

【一三〇】知覺與心覺

晴雯和襲人性情不同。晴雯的性情包含着自身對個體生命權利朦朧的知覺，這種知覺無師自通，因此也可能是天生的心覺。襲人則沒有這種知覺或心覺。在王夫人眼中，小女子的知覺度愈低愈好，知覺度愈高愈危險。晴雯臨終前對寶玉說：「早知如此，我當日也另有個道理。」她要寶玉把自己的話宣示以人，不可畏縮。這是對寶玉的呼喚。賈寶玉最後看破紅塵，是大心覺。而他的啟蒙者，除了林黛玉之外，就是晴雯、鴛鴦等小丫鬟。

【一三一】三種永生之路

賈政、賈敬、賈寶玉三者都在尋找人生的永恆之路。賈政的儒之路，通過建功立業以求不朽；賈敬的道之路，通過煉丹吞砂以求不死；賈寶玉的佛之路，則通過大徹大悟以不執「不住」：應無所住而生其心，讓心靈在無立足境中得大逍遙。他在最後日子品讀《秋水》，擺脱了河伯原先的狹小眼界，進入永恆時空。

【一三二】寶玉無我相

賈寶玉被父親打得皮破血流後，沒有向賈母伸冤、訴苦、告狀，沒有痛哭，不思報復，完全沒有人相、眾生相。養傷時，玉釧兒送藥湯燙到他的手，他反而問玉釧兒燙到了沒有，傷痛時還想到別人，完全沒有「我相」。在眾人面前被打，大失面子，受了侮辱，但他不僅忍辱，連忍辱相也沒有。這一表現與《金剛經》中釋迦牟尼的前身被歌利王砍下耳朵、手腳而離諸相一樣。他真正做到「應無所住而生其心」。高尚、單純的內心，沒有任何對怨恨的執着。佛在哪裏？佛就在這種開闊的沒有仇恨、沒有報仇之念的心靈中。

【一三三】黛玉曾有我相

林黛玉是《紅樓夢》人物中悟性最強，破「執」最徹底的詩人，但有時也有所執，放不下。元春省親時，她想好好展露一下自己的詩才，固然有率性，但也是放不下「我相」。與人爭辯時，咄咄逼人，愛説刻薄話，動不動撕破人家的臉皮，固然也率性，但也是沒有全放下。一個最有悟性的人，並不就是一個能夠一悟到底，一次完成徹悟的人。悟是一個生命的內在歷程，有時悟，有時不悟，有時此處悟，他處不悟。寶玉從情癡到情悟到最後大徹大悟也是如此，他的徹悟不是一次完成，而是一生的實踐過程。

【一三四】心靈的接生婆

對話是一種思想與心靈的接生。對話的方式是西方哲人所說的接生婆方式。美好深邃的情思心思匿藏於心底的深淵中，通過對話把它開掘出來，如同接抱初生的嬰兒。賈寶玉和林黛玉談禪，是深邃的對話，彼此互為接生婆。禪宗的棒喝是接生，寶玉和黛玉的對話是接生，詩社中的賽詩也是接生，接下來的思與詩，正像春蠶的縷縷絲。寶玉與黛玉的禪語對話，是悟的碰撞，是智慧的聯歡，是佛的相逢與相迎。寶玉說：「禪心已作沾泥絮，莫向春風舞鷓鴣。」黛玉立即警告：「禪門第一戒是不打誑語的。」（第九十一回）悟的碰撞，佛的相逢，要緊的是真到底，一點敷衍都不可以。

【一三五】內心的禪悅

寶玉和黛玉最高興的時候是禪心相逢、禪機相遇之時，那是沒有語言障礙的心靈相會，即使猜不出禪偈，也有大快樂。第二十二回，寶玉、寶釵、黛玉三人鬥禪，黛玉笑問：「寶玉，我問你，至貴者是『寶』，至堅者是『玉』，爾有何貴？爾有何堅？」寶玉竟不能答。三人（包括襲人）拍手笑道：「這樣鈍愚，還參禪呢。」寶玉的三個情侶竟一起拍手笑談，寶玉自然也是樂在其中，這種樂，便是心無任何掛礙的禪悅。大觀園裏的詩社比詩，不僅有詩興，還有禪悅。陶淵明生前禪宗尚未進入中國，但他自明自悟自得，無師自通，竟然也有禪悅，那是羈鳥飛出籠子回到舊林的解脫感，是池魚重入廣闊淵海的大自在感和回歸故鄉感。可惜王維、孟浩然，雖也談禪，卻缺少發自內心的禪悅，於是境界迴然不同。

【一三六】時間性珍惜

賈寶玉「想到《莊子》上的話，虛無縹緲，人生在世，難免風流雲散，不禁大哭起來。」寶玉平素就喜聚不喜散，此時，不僅是聚會小散，而且是戀人姐妹遠離家園的風流雲散，這才是真的孤獨，真的傷感，需要大哭。在意識或潛意識裏，寶玉是最明白人生是個短暫的、剎那的存在，正如李白「秉燭夜遊」，也是意識到人生的短暫。因為有此感，他才珍惜此時此刻，珍惜當下。他從不說也不想過去與未來。不將不迎是他的天性，既不被過去所束縛，也不被未來所蒙蔽，只在當下充分生活。喜與人聚，是因為熱愛生活。曾經是一塊被拋到宇宙邊緣的石頭，來到人間，最懂得時間性的珍惜。

【一三七】去遮蔽即空無

《紅樓夢》講「無」、講「空」、講「了」，讓人看破看透，奇怪的是，讀了《紅樓夢》更有精神。這原因大約是書中講空無，固然有否定，但不是全部否定、一概否定；它只否定那些遮蔽生命本真、生命根本的各種「色」，只拒絕被功名、財富、權力所役；與此同時，它卻以最充分的理由和最大的力度肯定生命，肯定真善美，肯定慈悲與智慧。於是，「空」與「無」便化為否定與肯定、拒絕與響應互動的力量，這是無須神助、無須上帝肩膀而擁有的力量，是哲學產生的偉大力量。這種力量不是來自外，而是來自內，它也支撐着人類的生命去奮鬥、去創造、去犧牲。這種哲學將不會滅亡，因為它只把生命的遮蔽層化作虛無，並不把生命本身化作虛無，這是一種永恆的合理性。

【一三八】大敘述與大關懷

「禪心已作沾泥絮」，這是寶玉獻給黛玉的誓言，深情不改的表白。如果借用這一禪語來說明《紅樓夢》的寫作，那是曹雪芹把大關懷緊貼於文本的敘述中，大敘述與大關懷合二為一，水乳交融。一切文采，都如沾泥之絮，緊貼着作品的大心靈。這與當代時髦的結構主義者、語言本體主義者不同，這些主義把《聖經》和其他文學經典中的大關懷剝離出文本，只作形式上的闡釋。把本來不可分裂的文心與文體加以分裂，把大關懷從文本中抽離，進行所謂純文本分析，這是當代文學批評的致命傷。

【一三九】異端卻又合目的性

古埃及文明（法老文明）滅絕了，巴比倫文明滅絕了，瑪雅文明滅絕了，印度古文明滅絕了……。但中國的古文明沒有滅絕，一直延續到今天。中國大文化大文明為甚麼不會滅亡？眾多學者論述眾多理由，但從哲學上說，其最根本的理由是合目的性這一理由——合人類生存、溫飽、發展的大目的。合目的性並不是沒有問題與缺陷，只是儘管有缺陷，但它卻相對合理又合情。說《紅樓夢》將經久不衰，永遠不會滅亡，也是因為它既寫出中國文化特別是儒家文化表層的問題與缺陷，但又呈現出它的合情與合理。主人公們（寶玉黛玉等）作為異端，對正統文化提出許多叩問與質疑，但在自身的生命中，又浸透着正統文化的合理部份，例如充滿親情，充滿對父母的孝敬和對兄弟姐妹的溫馨。賈寶玉確有反叛性，但不是造反派，把他描繪成反封建的激進革命者，既遠離寶玉的性格真實，也遠離寶玉身心所投射的豐富的多面的中國文化內涵。這個形象啟迪我們反省故國文化，但並不引導我們去打倒故國文化。

【一四〇】戀情大於親情

基督講救贖，只講天父不講家父，親情往往被忽略。孔子則尊家父重親情，並推父及君，推孝及忠，又重世情。《紅樓夢》中儒、道、佛皆在，世情、戀情、親情都有。但它的劃時代意義是把個體生命的戀情放在第一位，愛情大於親情，也大於世情。鴛鴦與賈母同時死，寶玉大哭，為鴛鴦並非為祖母，鴛鴦重於親奶奶。寶玉週歲時別的不顧，只抓脂粉釵環，賈政說他是好色之徒，他真的是把個體的情感放在親情、世情之上。

【一四一】時代與時間

說《紅樓夢》是宇宙的，是說它實現了最大的超越，即超越社會形態。賈寶玉、林黛玉既是社會中人，又是宇宙中人，他們的生命不僅在有限的「時代」中，而且在無限的「時間」中，其故鄉也不是在有限的家園中，而是在無限的空間中。曹雪芹不能給寶玉、黛玉任何頭銜、任何世俗角色，例如給予「進士」、「廷尉」、「子爵」等頭銜身份，這種轉眼即碎、過眼煙雲的招牌桂冠都會錯置人物的位置。寫過《風蕭蕭》的徐訏畢竟是作家，他對《紅樓夢》有一真見解，說：「《紅樓夢》的人物是個個有充實的個性與人性的表現的人物，這些人物正像賈府這個家庭一樣，他們並不是在時代中淘汰，而是在時間中消滅。《紅樓夢》所表現的不滿，不光是對於一個社會一個時代不滿，而是對整個人生的現實不滿。在文藝永恆的題材上，作者對於時代可以說是不放在眼裏的，時代在永恆的時間裏算得了甚麼？……」[1]

1 《紅樓夢的藝術價值與小說裏的對白》，見《紅樓夢藝術論》，第七十六頁，台北，里仁書局，一九八四年。

【一四二】愛的無邊與有限

賈寶玉的泛愛，包括廣義上對一切眾生的尊重與狹義上對不同女子的傾慕與戀情。說他是尚未成道的釋迦牟尼，是他還未達到大乘佛教那種「普度眾生」的情懷。他的泛愛還是有選擇性。他不喜歡老媽子而喜歡小姑娘，這裏還有老、少之別，抵達不了釋迦牟尼的高度。《紅樓夢》是文學作品，不是宗教經典，寶玉既有愛的無邊，又有愛的局限，所以他才是人，而不是神。

【一四三】止於莊嚴的女子

大乘佛教講觀止二法並倡導止於莊嚴。《紅樓夢》人物止於莊嚴的並非王侯貴冑，反而是小人物。尤三姐、鴛鴦毅然而死，其莊嚴無人可比。晴雯雖止於淒涼，但淒涼中也有莊嚴。她毅然剝下指甲，告訴寶玉「早知如此，何必當初」，並要寶玉把自己的話宣示出去，這也是莊嚴。至於鴛鴦拒絕賈赦的那一番話，更可視為莊嚴的人格宣言。主角林黛玉雖止於悲憤，但也有莊嚴。其焚燒詩稿的行為語言也是莊嚴之詩。一把火焰，燃燒的是人的尊嚴與驕傲，可歌可泣。而賈寶玉雖不能說止於莊嚴，但可以說止於空寂。黛玉穿過莊嚴最後也是止於空寂。「冷月葬詩魂」就抵達了空寂之境。空寂是最高境界，不僅是空，而且是空空，連空相都沒有。不僅是無，而且是無無，連無相也沒有。白茫茫一片真乾淨，那是寂寥，也是離一切相的莊嚴與明淨。

【一四四】始於潔，止於潔

「質本潔來還潔去」，其外部意義是大來大往，來自潔天潔地，又回到潔天潔地，始於潔，止於潔。

老子《道德經》的復歸於太極，也是指涉這一外部意義。而其內部意義則是指生命的自我回歸，即回到生命原初的本真之中，類似老子的「復歸於嬰兒」。禪宗認定人自性的處女地是一片至潔的淨土，入世後才被世俗的塵埃所遮蔽，因此，回歸淨土，開掘自性中的「佛」，便是人的使命。但是，這還是俗諦說的自性，而真諦（佛）說的自性則是空。空與無，才是自性的第一義。林黛玉回歸的潔處，第一站是自性中的淨土，第二站則是產生第一義的無何有之鄉，即「無立足境」之境。兩者都是最後的寓所與家園，也是真正的故鄉。在這個故鄉裏，無世俗世界裏所營造的角色、歸屬、事業，甚至無所謂主體。回歸到「無歸屬」之中，才是大解脱。

【一四五】清潔人僅屬少女

寶玉得知自己的姐妹迎春即將嫁給孫紹祖，又聽説有四個丫頭陪過去，便跌足自嘆道：「從今後這世上又少了五個清潔人了。」（第七十九回）

寶玉把少女視為淨水世界的「清潔人」，一嫁出去，便入濁泥世界，不算清潔人了。這之前，他就説過，嫁出的女子是死珠、魚眼睛，這回進了一步，變成濁人濁物了。《紅樓夢》之夢是止於潔的夢，女兒不要出嫁的夢。如果説，這是烏托邦，卻也是至清至潔的烏托邦，不是妻妾成群，要甚麼有甚麼的烏托邦。兩百年後的魯迅筆下的阿Q也有烏托邦，那是「要甚麼有甚麼，要誰就是誰」的皇帝夢。世間的夢都是「有」的夢，曹雪芹的夢則是「無」的夢，「清潔人」之夢也是「無為有處有還無」。

【一四六】「情不情」與「真不真」

說賈寶玉「情不情」（脂硯齋透露的情榜類型），實際上是把情推及不情者。寶玉與天地同體，心胸如同天地廣闊，所以他能推情及物，推情及天，推情及地，推情及不情人，推情及不情物，推情及下等人，推情及邊緣人，推情及戲子，推情及奴隸，推情及掛在牆上的畫中人等。最後他還把情推到劉姥姥胡謅編造的在雪地上受苦受難的姑娘——根本就不存在的廟中女。基督與釋迦牟尼的慈悲，是推情於全人間。基督的徹底是推情及敵人；釋迦牟尼的徹底是推情及獅虎飛鳥等一切生物。寶玉之徹底是把真推向不真——推向他人編造的故事。因此，他不僅是「情不情」，而且還「真不真」，甚至還「善不善」。

【一四七】空感的不同質

同樣面對軒閣瓊苑，卻產生兩種不同質的空感。一是覺得它不屬於自己，於是惆悵、失落。「一生幾許傷心事，不向空門何處銷？」這是王維的空感。另一種則是賈寶玉，父母府邸的瓊樓玉宇，都屬於他，但他沒有感覺，更沒有佔有的慾望。這些身外艷色，進入不了他的眼睛，更進入不了他的心靈。面對剛剛落成的大觀園，他只產生一縷幻覺，這是潛意識中的空覺。王維雖然說禪，卻未能悟到空的真諦，所以至死也放不下往昔輝煌的記憶，所作的禪詩也有「為賦新詩強說禪」的味道；而賈寶玉則不同，他與黛玉說禪，句句出自內心，所悟所吟，不將不迎，完全沒有對於過去「繁華」的執着。

【一四八】人焚詩還是詩焚人

葬花與焚詩是林黛玉的兩大行為語言。這一語言暗示，在這位天才少女的心目中，人與花無分，人與詩無分。人便是花，花便是人；人即詩，詩即人，全是真生命。是人葬花，還是花葬人？是人焚詩，還是詩焚人？也分不清，正如是莊周夢蝴蝶還是蝴蝶夢莊周分不清一樣。物我同一，天人同一，在世人腦中可能只是理念，但在黛玉身上，則是心靈。黛玉作為大觀園的首席詩人，不僅詩寫得最好，而且她的生命最奇特：淚詩化了，情詩化了，花詩化了，天地詩化了，生死詩化了。她的生命具有詩人的純粹性，所以最美。

【一四九】簡化與深化

黛玉生命的跨度沒有邊界，「天盡頭，何處是香丘？」「人向廣寒奔」等等詩句，都說明她的內生命抵達了天宇的盡頭，那個被稱為「無」的難以言明的至深處。但她的外生命——她的所謂身軀卻處於最狹窄的圈子，其人際關係的外延小到除了一個朝思暮想的寶玉之外就是周邊的幾個小女子。因為外延小，心靈內涵便往深處擴展，她想得比誰都深，想像力比誰都高，人際關係簡化到接近零，而心靈卻深化到接近無限。

【一五〇】寶玉沒有表率相

「那寶玉是不要人怕他的」，也不覺得「須要為子弟之表率」（第二十回）。這是《紅樓夢》作者對主人公的評介性描述。賈環為賭輸錢而哭，正好寶玉走來，人們都期待作為兄長的哥哥能教訓一下弟弟，但寶玉不作訓誡，不作價值判斷，既沒有兄長相，也沒有表率（榜樣）相。他不要人怕他，當然也就不會通過種種生存技巧和人生策略來樹立自己的權威。中國帝王講究「深居簡出」，就是要讓人覺得高深莫測而怕他。賈寶玉揚棄一切人生策略，絕不刻意建構自己的「光輝形象」，也沒有改造他人的企圖，只尊重生命自然，既尊重自己的自然，也尊重他者的自然。因此，與其說寶玉是個真人，不如說他是個自然中人或大化中人。

【一五一】紅樓感悟場

《紅樓夢》不僅是部悟書，而且是一部「神悟」之書。所謂神悟，不是指悟的主體是神，而是指悟的主體的神秘體驗。其神秘不是老子的「道可道，非常道」那種不可言說，也不是上帝存在那種不可知的面貌，而是有限個體對無限宇宙深淵的永恆叩問和對話，是對不在場的故鄉、對缺席的家園和對看不見的太虛幻境的猜想與眷戀。生而口銜寶玉是神秘，玉石忽靈忽不靈是神秘，誰賦予寶玉靈魂是神秘，寶玉從哪裏來到哪裏去是神秘。《紅樓夢》的哲學貢獻，是創造了一個讓有限人生感悟無限時空的大感悟場。進入《紅樓夢》不僅進入情意場（戀情、親情場），還可進入大哲學場。

【一五二】紅樓立道言

賈寶玉嘲笑甄寶玉「立功立德立言」的酸論，指涉的言，乃是八股文章一類的言，這種言其實是小言、人言、概念性與功利性語言。曹雪芹寫作《紅樓夢》，何妨不是立言，但他立的是大言、道言、太初之言、詩性語言。八股文章是語言的異化，文學的變質，但它卻是進入宦門的敲門磚。道本無言。但這不是說大道不言，而是說，道只能通過太初語言和詩性語言去抵達概念性語言無法抵達的境界。無論是寶玉與黛玉借禪語而作心靈交流，還是黛玉作《葬花辭》，都是和萬物相通相融的道言。寶玉獨自面對天空大地嘟嘟囔囔，長吁短嘆，也許是一時找不到詩性語言表述心中的感受，也許是悟了道的深層而無法言說的道言。

【一五三】發乎情，止於心

儒者說：「發乎情，止於禮。」儒有兩面，情在內，禮在外。但把禮作為情的歸宿點，賈寶玉不能接受。《紅樓夢》是部大「情」書，它的公式是「發乎情，止於悟」，即始於癡，止於悟。悟是看破外部諸相並非真實，也看清世俗的「止於禮」的種種情感儀式並非真實，唯一真實的，包括情的真實，只在內心的深淵中。原名《情僧傳》的主角，應是發乎情，止於心，最後帶着一點情遠走高飛。他破了塵緣，並未破了心中的情緣，所以才在對「空」的大悟之後還有對周圍女子的緬懷，也才有《紅樓夢》。

【一五四】寶玉沒有精神奴役的創傷

不應要求自己和他人為完美的人，這種苛求只能導致虛偽，但可以要求自己也希望他人為完整人。所謂完整人便是「大制無割」（《道德經》語）之人，靈魂不破碎、不分裂的人，完全不戴面具的人。佛教反對的「兩舌」人，當代所蔑視的「兩面派」，都是完整人的對立項。《紅樓夢》中的林黛玉並非是毫無缺陷的完美人，但可以說她是天生只有一舌、一心、一身、一副完整人格的完整人。她的可愛在於她的率性，這種率性的特徵便是沒有任何虛偽、虛假的痕跡，靈魂沒有任何裂縫，精神上沒有被奴役的創傷。

賈寶玉也是完整人。他有樂感，有傷感，有悲感，但沒有恐懼，也沒有仇恨。他說出男人泥作，女人水作一類的驚人之語，固然是童言無忌，但也是沒有被概念所奴役的創傷。

【一五五】《芙蓉女兒誄》的多重指向

寶玉祭奠晴雯的《芙蓉女兒誄》，意象密集，辭采鋪張，文體上近似漢賦。但漢賦把宮廷氣象呈現到了極致，卻只有外部景觀，沒有個體生命情感，也無精神指向，屬中國文學中非個人化的文學典型。而《芙蓉女兒誄》則不僅充滿生命的悲情與激情，而且具有哲學指向。這是關於理想人格的指向，關於正直高於神聖的指向，關於人的生命比星辰、日月、花草更美的指向，關於生命之美必須擁有質、性、神、貌四維結構的指向。此外，還包含着破尊卑之執、貴賤之執等一切舊套的指向。讀漢賦始終只能站在情感與哲學的門外，讀《芙蓉女兒誄》則進入情感與哲學的深淵。文學眼睛不能只看辭采，其理由從司馬相如的「賦」與曹雪芹的「誄」的對比中則可充分證明。

【一五六】悲憫、寬容、幽默兼有

個體生命老是憤怒，老是燃燒復仇之念，是極大的不幸。可是中國小說中卻太多憤怒，太多嘲諷，太多復仇火焰。相應地，則缺少悲憫，缺少寬容，也缺少幽默。《水滸傳》、《三國演義》集中了這種文化弱點。而《紅樓夢》則「怨而不怒」（俞平伯先生語），它揚棄憤怒與復仇之心，卻投入最深邃的悲憫與同情，對人也呈現最大的寬厚。即使對於邪惡現象，也多用幽默取代人身攻擊，並不溢惡。魯迅與曹雪芹相比，雖也有悲憫，但憤怒與復仇理念顯得太多。

【一五七】悟是方法，又是本體

《紅樓夢》以「急流津覺迷渡口」為故事終點，哲學上以覺和迷為歸結。覺迷二義不僅是終點，而且也是起點。第五回，賈寶玉神遊太虛幻境時，警幻仙子已預告寶玉的精神歷程與精神目標是一個能否從「迷人圈子」走出而贏得一悟。她說：

> ……適從寧府經過，偶遇寧、榮二公之靈，囑吾云：「吾家自國朝定鼎以來，功名奕世，富貴傳流，雖歷百年，奈運終數盡，不可挽回者。故遺之子孫雖多，竟無一可以繼業者。其中惟嫡孫寶玉一人，稟性乖張，生情詭譎，雖聰明靈慧，略可望成，無奈吾家運數合終，恐無人規引入正。幸仙姑偶來，萬望先以情欲聲色等事，警其癡頑，或能使彼跳出迷人圈子，然後入於正路，亦吾弟兄之幸矣。」如此囑吾，故發慈心，引彼至此。先以彼家上中下三等女子之終身冊籍，令彼熟玩，尚未覺悟。故引彼再至此處，令其再歷飲饌聲色之幻，或冀將來一悟，亦未可知也。

《紅樓夢》作為文學，其發端處是大荒山、無稽崖；作為哲學，其發端處是迷與覺的玄思幻境。可見，這部巨著是部悟書，而且是浸透禪宗「迷則眾，悟則佛」哲學的大書。在大書中，悟不僅是方法，而且是本體，即悟不僅是抵達佛的階梯，而且是佛本身。只是這佛不是泥塑偶像，而是無上精神境界。

【一五八】陰陽一字哲學

在《紅樓夢》第三十一回中，曹雪芹通過史湘雲對中國的陰陽哲學作了一次認真的、具體的表述。

這是《紅樓夢》哲學非常重要的一頁，不得不花些篇幅，全文引述於下：

湘雲聽了，由不得一笑，説道：「我説你不用説話，你偏好説。這叫人怎麼好答言？天地間都賦陰陽二氣所生，或正或邪，或奇或怪，千變萬化，都是陰陽順逆。多少一生出來，人罕見的就奇，究竟理還是一樣。」翠縷道：「這麼説起來，從古至今，開天闢地，都是陰陽了？」湘雲笑道：「糊塗東西，越説越放屁。甚麼『都是些陰陽』，難道還有兩個陰陽不成！『陰』『陽』兩個字還只是一字，陽盡了就成陰，陰盡了就成陽，不是陰盡了又有個陽生出來，陽盡了又有個陰生出來。」翠縷道：「這糊塗死了我！甚麼是個陰陽，沒影沒形的。我只問姑娘，這陰陽是怎麼個樣兒？」湘雲道：「陰陽可有甚麼樣兒，不過是個氣，器物賦了成形。比如天是陽，地就是陰，水是陰，火就是陽，日是陽，月就是陰。」翠縷聽了，笑道：「是了，是了，我今兒可明白了。怪道人都管着日頭叫『太陽』呢，算命的管着月亮叫甚麼『太陰星』，就是這個理了。」湘雲笑道：「阿彌陀佛！剛剛的明白了。」翠縷道：「這些大東西有陰陽也罷了，難道那些蚊子，虼蚤，蠓蟲兒，花兒，草兒，瓦片兒，磚頭兒也有陰陽不成？」湘雲道：「怎麼有沒陰陽的呢？比如那一個樹葉兒還分陰陽呢，那邊向上朝陽的便是陽，這邊背陰覆下的便是陰。」翠縷聽了，點頭笑道：「原來這樣，我可明白了。只是咱們這手裏的扇子，怎麼是陽，怎麼是陰呢？」湘雲道：「這邊正面就是陽，那邊反面就為陰。」翠縷又點頭笑了，還要拿幾件東西問，因想不起個甚麼來，猛低頭就看見湘雲宮縧上繫的金麒麟，便提起來問道：「姑娘，這個難道也有陰陽？」湘雲道：「走獸飛禽，雄為陽，雌為陰，牝為陰，牡為陽。怎麼沒有呢！」翠縷道：「這是公的，到底是母的呢？」湘雲道：「這連我也不知道。」翠縷道：「這也罷了，怎麼東西都有陰陽，咱們人倒沒有陰陽呢？」湘雲照臉啐了一口道：「下流東西，好生走罷！越問越問出好的來了！」翠縷笑道：「這有甚麼不告訴我的呢？我也知道了，不用難我。」湘雲笑道：「你知道甚麼？」翠縷道：「姑娘是陽，我就是陰。」說着，湘雲拿手帕子捂着嘴，呵呵的笑起來。翠縷道：「說是了，就笑的這樣了。」湘雲道：「很是，很是。」翠縷道：「人規矩主子為陽，奴才為陰。我連這個大道理也不懂得？」湘雲笑道：「你很懂得。」

史湘雲所講的陰陽哲學，有兩個要點：一個是陰陽一體（「陰」、「陽」兩個字只是一個字）；二是陰陽只是氣，不是道。言下之意是一陰一陽互動互補、相反相成才是道。史湘雲這番哲學議論，倒是與程（伊川）朱（朱熹）的說法相通。程伊川說，陰陽是氣，「所以陰陽」才是道。「所以陰陽」，有「因為……所以」，有邏輯，有相互依存、相互補充、相互轉化，這才成道。史湘雲說連那一片樹葉兒都分陰陽，那邊向上朝陽的便是陽，這邊背陰覆下的便是陰；一把扇子，這邊正面為陽，那邊反面就是陰，這是物，還不是道。一陰一陽，陰了又陽，陽了又陰，有前提，有結果，變化不停，體現這陰陽變化的緣故、規律才是道。《紅樓夢》講聚散哲學也與陰陽哲學相通，聚與散是現象，不是本體，「所以聚散」即聚散的緣由根據、規律才是道。陰、陽、聚、散都是中國的古老哲學語言，《紅樓夢》自創的哲學語言是好和了。《好了歌》講好和了不二分，好便是了，了便是好，好和了都是現象，把握如何好、如何了，才是道。

曹雪芹是一元論者，確認世界本體本源為一。第三十一回史湘雲與翠縷講陰陽哲學，要點便是陰陽一體，「『陰』『陽』兩個字還只是一字，陽盡了就成陰，陰盡了就成陽，不是陰盡了又有個陽生出來，陽盡了又有個陰生出來。」所謂陰陽，並非陰陽二體，乃是陰陽一體二氣。所以史湘雲又說：「天地間都賦陰陽二氣所生，或正或邪，或奇或怪，千變萬化，都是陰陽順逆。」現象為多（千變萬化），本體為一，史湘雲講的是一而二、一而多的哲學。

說陰陽，還是前人已有的哲學語言。曹雪芹在《紅樓夢》中使用的是另一套自身創造的哲學意識語言。一體兩面，一體多樣，在小說文本中便是《好了歌》的好就是了，了就是好，便是「風月寶鑒」的色就是空，空就是色，美人即骷髏，骷髏即美人，也便是瞬間盛筵，散即聚，聚即散，寶玉喜聚不喜散，黛玉喜散不喜聚，實則也是兩向一如。我說，《紅樓夢》是一部無真無假、無是無非、無善無惡、無因無果的藝術大自在，乃是從哲學上說它把聚散、好了、色空、是非、善惡、有無、生死、榮辱、得失、成敗、正邪、凶吉、動靜等，視為一體之變。

【一五九】內外相對論

賈璉的乳母趙嬤嬤為自己的兩個兒子向王熙鳳討點工做，王熙鳳答應說：「媽媽你放心，兩個奶哥哥都交給我。你從小兒奶的兒子，你還有甚麼不知他那脾氣的？拿着皮肉倒往那不相干的外人身上貼。可是現放着奶哥哥，那一個不比人強？你疼顧照看他們，誰敢說個『不』字兒？沒的白便宜了外人。——我這話也說錯了，我們看着是『外人』，你卻看着『內人』一樣呢。」（第十六回）錢鍾書先生在論說「順」與「逆」可以互讀與位置互換時說：「顧後則於既往亦得曰『逆』，瞻前則於將來亦得曰『順』，直所從言之異路耳。故『前』、『後』、『往』、『來』等字，每可互訓。」[1] 講的也是從不同角度看，前後、往來也如內外一樣互相轉化。

先放下王熙鳳對趙嬤嬤說這番話的真實意思，僅就她指涉的外人、內人而言，倒是說出了曹雪芹「不內外」的思想。正如史湘雲說「陰陽兩個字還只是一字」，王熙鳳說的也是內與外為一體兩面，難以分別，在一個參照系之下是「外」，在另一個參照系之下則是「內」。前輩研究者張畢來先生在談小說中的「雅」、「俗」相分時曾說：「……把賈雨村、賈寶玉、妙玉三人叫來排個隊，讓賈寶玉居中，以便作比較的考察。排好隊，從賈寶玉說來，他向右看是賈雨村，二人之間是不當官與當官的不同，賈雨村俗而寶玉雅；向左看妙玉，二人之間是在家與出家的不同，妙玉雅而寶玉俗。所以，有一天賈雨村來訪的時候，史湘雲勸寶玉去與他周璇，寶玉說：『我也不敢稱雅，俗中又俗的一個俗人罷了，並不願同這些人往來。』（第三十二回）賈寶玉說的是反話。他是自以為雅而把賈雨村視為俗的。一旦掉過頭來向左看，是妙玉，賈寶玉的態度就相反了。可看第四十一回，那天賈寶玉與黛玉、寶釵等在妙玉那裏喝茶時的談論。」[2]

張畢來先生所舉的例子和王熙鳳的內外哲學，都說明《紅樓夢》中有一個曹雪芹的「相對論」。真與假、有與無、聚與散、好與了、色與空、外與內、雅與俗，和陰與陽一樣，是相反相成的統一體，只是在不同層面、不同視角下才看出它的分別。因此，在注視分別相時又不可遺忘把握整體相。

1 《管錐編》第一冊，第五十四頁。
2 《紅樓佛影》，第三十一頁，上海文藝出版社，一九七五年。

【一六〇】風月寶鑒的哲學暗示

「風月寶鑒」具有雙重結構。表層結構是美人，是色；深層結構是骷髏，是空。哪一層是最後的真實，這是《紅樓夢》的哲學問題。寶鑒暗示的是人須把握真實、悟透本體才能自救。道人叮囑賈瑞須緊緊盯住骷髏這一面，便是終極真實的一面。

但「風月寶鑒」又是一種比喻與隱喻。錢鍾書先生說比喻具有「二柄」與「多邊」的性能。「同此事物，援為比喻，或以褒，或以貶，或示喜，或示惡，詞氣迥異」，這是二柄。而「蓋事物一而已，然非止一性一能，遂不限於一功一效。取譬者用心或別，着眼因殊，指（denotatum）同而旨（significatum）則異；故一事物之象可以孑立應多，守常處變。」這是多邊。曹雪芹曾想用「風月寶鑒」作書名，可提攜全書哲學內涵。以色而言，色也有二柄與多邊，色可生慾生淫，也可生情致美，況且色有物色、器色、財色、女色等俗色，也有花色、草色、山色、水色、月色、日色等自然之色。以月而言，月有二性，時而形圓體明，時而形缺體黑，人有悲歡離合，如同月有陰晴圓缺。所以「風月寶鑒」也不僅是道德暗示，而且也是生命充滿色彩、命運充滿變幻的暗示。因此，《紅樓夢》即使改名為《風月寶鑒》，也不是一部道德説教書，而是呈現多姿多彩人性的文學書。

【一六一】王國維未明破慾之功

王國維引入叔本華，論證慾望、痛苦、悲劇，開風氣之先，但他太執於一念。只知《紅樓夢》有慾的訴求，未知《紅樓夢》的偉大處恰恰在於破慾之執、化慾之迷、悟慾之空。一部文學巨著，把一切色相化得空空蕩蕩，這是大手筆的勝利，又是大心靈的成功。抓住《紅樓夢》破執、破慾、解慾、化慾的一面，才抓住正題。《紅樓夢》對人生的永恆啟廸是確認慾望的權利，又確認破慾的可能。它把慾提升為情，提升為靈，提升為空。

《紅樓夢》的哲學是破一切執的哲學，不僅破世俗社會的功名之執、財富之執、權力之執，而且破理念上的是非之執、善惡之執、尊卑之執、貴賤之執，甚至還破了男女性別之執。賈寶玉迷戀林黛玉、晴雯等女性，也傾慕秦鐘、蔣玉菡等美男子。這不是性的混亂，而是跨越性別之執，對人類完美形體的審美普遍性。

【一六二】釵黛的「圓」、「方」之分

如果以「圓」和「方」來劃分人物類型。林黛玉屬第一「方」人，她只有情感生活和意境生活，不懂得世俗生活和關係生活，在狹小的關係網中只憑自己的棱角左碰右撞，説刻薄話，結果是不討人喜歡。而第一「圓人」則非寶釵莫屬，她會做人，善於處理人際關係，圓潤周全，哪怕有點棱角，也被冷香丸化掉了。屬於方型的還有晴雯、芳官、鴛鴦等，結果都碰得頭破血流，屬於圓型的襲人、平兒等倒有了出路。方使人正直，圓使人渾厚，但圓過頭就變成世故，甚至虛偽；方過頭則會變成偏狹甚至刻薄。有人特別喜歡史湘雲，大約她是不方不圓，亦方亦圓。寶玉也是如此，屬於不方不圓的中道，他和所有的人都相處極好，是徹底的圓，但他內心與泥濁世界絕不妥協，對國賊祿鬼深惡痛絕，又是徹底的方。圓透方透，又非大仁大惡，所以是奇美的生命景觀。

【一六三】「檻外人」即異端

曹雪芹的「檻外人」（妙玉），卡繆的局外人、異鄉人，説法不同，都是「異端」。《紅樓夢》

歸根結底是一部異端之書，甚至可以說，是中國文化史上最大的異端之書。異端之說並非杜撰。在第五十八回中，曹雪芹自己就使用「異端」一詞。那是寶玉提醒芳官說的話：「……這紙錢原是後人異端，不是孔子的遺訓。……」這裏透露了極為重要的思想信息：賈寶玉把異端界定為違背孔子遺訓的言行。所謂異端，首先是儒家道統的異己；所謂檻外人，首先是走出孔門的準則與規範之檻。《紅樓夢》的異端代表人物，不是妙玉，而是賈寶玉和林黛玉。「潦倒不通世務，愚頑怕讀文章」，從小就怕讀聖賢文章的頭號異端賈寶玉，把林黛玉作為自我意識的主要投射對象，兩人情感相印，思想相通。通就通在拒絕充當正統的附庸，自立另一種心性與人格。五四運動高喊打倒「孔家店」，寶玉，黛玉無此高調，但他們卻是最早的孔家「店外人」。不過，他們只是走出孔家店的異端，並非「五四」型的動不動就「推翻」、「打倒」的造反派。

以往的評紅者都知道寶玉、黛玉等是儒統的「檻外人」，其實，他們有時也是道與佛的「檻外人」，說「女兒」二字比元始天尊和釋迦牟尼還尊貴，就夠異端的了。《紅樓夢》太獨特，它吸收各種文化的精華，又超越各種文化而獨樹一幟，因此，曹雪芹這種異端，完全是建設性的異端，「邪」而正，「異」而端。

【一六四】被聲色所迷則玉石不靈

第二十五回《魘魔法姊弟逢五鬼　紅樓夢通靈遇雙真》寫寶玉和王熙鳳中邪後本可以用賈寶玉落地時口銜的那塊玉治病，因為上邊分明刻着「能除邪祟」，可是這回卻不靈驗了。幸而後來癩頭和尚和跛足道人點破了原因：「只因他如今被聲色貨利所迷，故此不靈驗了。」這一節故事蘊含着佛教的最基本原理：人（寶玉）通靈降生之後，本體清淨，是種本真狀態，但是進入社會之後，卻被社會的灰塵所污染所遮蔽，被聲色貨利所堵塞，所以，本來潔淨的玉石也變混濁，本有佛性的心靈也佈滿妄念、分別、執着，有了功名障、貨利障、權力障、概念障等，因此寶玉就不靈驗了。這裏牽引出一個自救原理：人所以會中邪，並非外部邪氣的強大，乃是自身喪失了除邪的能力與機制，原因在內不在外。人具有強大的本真之心，邪氣就無法進入。人心變為妄心，邪氣則暢通無阻。玉石不靈，這是警告，玉石再次通靈，則是自救的可能。

【一六五】人性惡無藥可治

江湖醫生王一貼（王道士）標榜自己的藥一到，「百病千災無不立效」，但賈寶玉問他能否治好女人的嫉妒病時（「可有貼女人的妒病方子沒有？」），他胡謅一番後，不得不承認「不可能」。他先開了一貼「療妒湯」，然後說：「……這三味藥都是潤肺開胃不傷人的，甜絲絲的，又止咳嗽，又好吃。吃過一百歲，人橫豎是要死的，死了還妒甚麼！那時就見效了。」胡謅一番後，講了大實話：「……實告你們說，連膏藥也是假的。我有真藥，我還吃了作神仙呢。有真的，跑到這裏來混？」（第八十回）

曹雪芹通過王一貼的坦白，說的是醫藥可治身體之病，但不能療治人性的弱點。最高明的醫生可以起死回生，但在人性的劣根性面前卻無能為力。正如高度發展的現代科學技術可以導致效率但無法修復良知。曹雪芹的悲觀，是他清醒地看到人性難以改造，難以療治。人畢竟不是神仙，王一貼在真人面前不說假話，他確認沒有改造人性惡的真藥方。

【一六六】錢鍾書的距離論

錢鍾書先生曾對王國維在《紅樓夢評論》中的「悲劇之悲劇」說提出質疑。他說：

（王國維）似於叔本華之道未盡，於其理未徹也……苟本叔本華之說，則寶黛良緣雖就，而好逑漸至寇仇，「怨家」終為怨耦，方是「悲劇之悲劇」。然《紅樓夢》現有收場，正亦切事入情，何勞削足適履。王氏附會叔本華以闡釋《紅樓夢》，不免作法自弊也。蓋自叔本華哲學言之，《紅樓夢》未能冢理教而抉道根；而自《紅樓夢》小說言之，叔本華掃空萬象，斂歸一律，嘗滴水知大海味，而不屑觀海之瀾。夫《紅樓夢》，佳著也，叔本華哲學，玄諦也。利導則兩美可相得，強合則兩賢必至相阨……

錢先生這一論說，乃是他一貫的人生悲劇的悖論，即婚姻如同圍城，未進入之前想進入，一旦進入則想「突圍」出來。圍就是牢獄，就是自由與真情感的喪失。因此，他認為《紅樓夢》寶黛這對主人公沒有婚姻的結局正好可以避免一雙美好情侶墜入怨偶與寇仇的悲劇。是免去悲劇，不是「悲劇之悲劇」。按錢先生的邏輯，薛寶釵倒是進入婚姻圈子的不幸者，她才是真正的悲劇人物。錢先生守持的是審美距離。寶釵最後失去距離，倒是黛玉永遠擁有距離，因此，她永遠被衷心緬懷和衷心讚美。王國維雖看不到這一點，但他依據叔本華學說，看到《紅樓夢》的悲劇，不是盲目命運導致的悲劇（如《俄底浦斯王》），也不是蛇蠍之人造成的悲劇（如《奧賽羅》），而是結構的悲劇即人物共同關係的悲劇，則極有見地。人間的無可逃遁的悲劇，都是這種「幾乎無事的悲劇」，人際結構自然運作的悲劇。王國維的解釋不是附會，而是發現。錢先生的評論雖成一理，但只是假設。

【一六七】妙玉未能潔到深處

美是超功利、超勢利。「潔」也是超功利、超勢利。超勢利之法才是心潔大法。妙玉「欲潔何曾潔」，不僅表現在結局落入不潔的泥潭，更為重要的是人生旅程中總有些勢利。同樣進入櫳翠庵，她對賈母百般奉承，一味想鑽入這位賈府至尊的心中，對寶玉也竭力討好，而對劉姥姥則全不看在眼裏，非但如此，甚至連她用過的杯子也嫌髒。這種行為語言說明妙玉只有口潔、身潔，不真知何為心潔、根潔。她雖潔生，卻未能潔死。而其潔生中，又未能把潔貫徹到深處根本處，讓人惋惜。

【一六八】「以美育代宗教」的先驅

寶玉有信仰但不迷信，信仰有很多類型，有宗教信仰，天地信仰，道德信仰，傳統信仰，祖先信仰等。從哲學上着眼，則有形上信仰與形下信仰，中國人信仰財神、火神、土地神等，均屬形下的實用性信仰。賈寶玉的信仰是對天地精華所形成的少女生命的信仰，這是對美的絕對信任與仰慕。這種信仰是超實用、超功利、超意識形態的愛的絕對性和情的徹底性。《紅樓夢》中有信仰，但不是宗教，它以美的信仰代替神的信仰，因此，可以視為近代「以美育代宗教」的先驅。康德很了不起，他說明上帝宗教是情感，不是理性存在，因此難以用認識論把握，即難以用理性與邏輯論證其真偽。既然是一種情感，人類就可以按照自己的情感需要，設定一種宗教或類似宗教的宗教。曹雪芹的「女兒」崇拜和對美的崇仰，就是為情感而設定的類宗教（類似宗教但不是宗教），而林黛玉和警幻諸仙子也是曹雪芹情感需要而設定的類女神，不是真女神。

【一六九】青春共和國之夢

說大觀園是少女少男的樂園，是青春共和國，是曹雪芹的夢、曹雪芹的理想國，乃是因為在這個國度擁有自由，人可以在這裏把自己的天賦才能發揮到最高程度；其次是這個國度擁有平等，每個成員位置不同，但在競賽面前機會與人格完全平等。這兩個特徵正是歐洲文藝復興運動的兩項偉大思想成果。曹雪芹不知歐洲這段歷史，卻與它不謀而合。大觀園的表層果實是詩，深層果實是思想。賈寶玉在詩賽中常居最後一名，但他總是為勝者鼓掌，這是為詩鼓掌，也是為詩所蘊含的自由夢與平等夢鼓掌。

【一七〇】天眼看世界

在《紅樓夢》第七十八回（《老學士閒徵姽嫿詞　癡公子杜撰芙蓉誄》）中，賈政命寶玉、賈環、賈蘭作詞，這之前，小說寫了賈政對這三人的印象，竟認為賈寶玉「不算個讀書人」。在賈政這位「老學士」看來，只有四書五經才算書，雜書不算書，讀八股文章才算讀書，讀詩詞小說不算讀書。賈政這種看法在當時帶有普遍性。中國歷來把詩文當作正宗，把小說戲劇當作邪宗，賈政進一步把詩也視為邪宗。一百年後，梁啟超超越中國，用廣闊的普世眼睛看文化，才得出「沒有新小說就沒有新國家」的結論，小說何等重要！後又有王國維用「天眼」看詩詞，發現李後主具有基督、釋迦牟尼負荷人間罪責的偉大情懷。這之後，我們讀《紅樓夢》才明白老學士賈政原來是小觀小知。《紅樓夢》對元春省親別墅給予「大觀園」的命名提醒我們，這部巨著有一大觀眼睛所以才肯定賈寶玉這個異端，不認同賈政這個賈府孔夫子。梁啟超、王國維用的也是大觀的眼睛。兩千年前，莊子的「大鵬」，從九萬里高空就用大觀的眼睛看大地，才知道「秋水」的局限，蜩與學鳩的小知，才悟到萬物平等的大道理。在長篇小說中，建立一個大觀視角，把大鵬的道眼和逍遙遊的氣魄以及齊物論的哲學大思路，帶給中國讀書人，是曹雪芹的天才業績。

【一七一】「才性異」與「才性同」的論辯

「才性異」或「才性同」是魏晉哲學中的兩大命題，也是當時玄學兩派論辯的主題之一。為了給政治服務，鍾會持「才性合」、傅嘏（尚書）論「才性同」，迎合司馬氏需要；李豐（中書會）的「才性異」與王廣（屯騎校尉）的「才性離」，則與曹操的求才三令相呼應。曹操把人的出身與才能分開，不講血統而唯才是舉。他出身寒門（父為宦官），但才能足以平天下；而司馬氏出身貴族，以為能人皆出於貴族血統，總是瞧不起出身於平民的曹氏。《紅樓夢》第一號「才性異」貫徹者是賈寶玉，無論出身於哪門，哪怕是最卑賤的庶民之門，只要有才氣，他都欣賞。那些男女戲子，從琪官（蔣玉菡）到芳官、藕官等，他個個鍾情，着迷於他們的歌唱，完全把性（出身）與才分開。

【一七二】儒化與異化

賈政是個儒，又是個「正人」，可惜太儒化。過份儒化其實也是異化。自己被自己所製造所接受的概念所主宰，便是異化。他與兒子賈寶玉相比，缺少一個內在的生命，尤其是真實的感性生命。寶玉不管有多少缺點，但他是活蹦蹦的有血有肉有情的生命，而賈政卻像個戴着儒家面具的機械人，人生只跟着他人規定的準則走，完全活在他人規定的準則之中。薛寶釵也很「儒」，也遵循聖賢的準則，但她沒有完全被儒化。她是個通人，甚麼書都讀，還醉心於繪畫、詩詞，不會像賈政只認「文章」，以為聖賢之書才是書；加上天生的麗質美貌，無愧是個活人。她才是新儒家的活典範。

【一七三】「四海之內皆兄弟」的實踐者

「四海之內皆兄弟」是孔子說的。這是他的理想，可惜只是烏托邦而已，很難在制度層面上和操作層面上實現。因此，它往往成為一句空話。雖也有人用之實踐，如《水滸傳》中的宋江也打着這一旗號；但是，他並未真的實行。一百零八將之內，可以稱作兄弟，一百零八之外，則可濫殺濫屠，吃人肉也無妨。所以魯迅說賽珍珠把《水滸傳》譯為「四海之內皆兄弟」是不妥的。這一美好理念在《水滸傳》中是假的；但在《紅樓夢》中則是真的。賈寶玉就是一個真有「四海之內皆兄弟」大情懷的人。他以平等之心兄弟之心對待一切人，府內的賈環、薛蟠，府外的柳湘蓮等，皆以兄弟同懷視之。

【一七四】異端而不極端

要說「拿來主義」（魯迅的概念），曹雪芹正是氣魄最大的拿來主義作家，他拿來佛，拿來道，拿來莊，拿來禪，拿來易。書中有佛的慈悲精神，道的「謫仙」結構，莊的齊物思想，禪的立身態度，易的陰陽哲學等等，但又超越拿來的一切，獨創一格。它沒有佛的輪迴，沒有道的貶謫下界後返回原位的歡喜（只有悲情），沒有莊的「鼓盆而歌」，沒有禪後期的狂躁，沒有易的玄奧。哪怕是對於正統儒學，它也拿來其重親情的深層意蘊，只拒絕其表層的典章制度和意識形態，異端而不極端。《紅樓夢》拿來一切文化精華，又不執於一種文化理念。它破各種層面的執，也破對於各種文化的執，既把一切色相化解得空空，也把對各種文化的迷信化解得空空，所以它才得大自在，也成其藝術大自在。

【一七五】不將迎，不內外

二十年前，佛學教授、弘一大師的弟子虞愚老先生教我進入佛哲學之門的方法，贈我「不將迎，不內外」六個字。後來我才知道這六字乃是對整體佛性的把握。「不將不迎」其實是莊子用過的概念。將是過去，迎是未來。不將不迎是時間與人生的提示。時間是個整體，不要分割，既不執於過去，也不執於未來，而應充分活在當下。對於過去，無論是成就還是苦難，都不要執着；對於未來，無論是太虛幻境還是其他烏托邦，也不要執着。永恆的意義就寓於當下之中。不內外則是不分別，它暗示，空間是個整體，生命是個整體。萬物萬有同根同源同體，有同體整體意識，才有大慈悲。賈寶玉沒有貴賤尊卑之分，「齊物」又「齊人」，正是不內外的態度。

【一七六】只重當下存在的把握

老子的「道可道，非常道」，是說人間價值的總源頭，那個超越的本體、終極的真實是不可言說的。禪宗慧能所以「不立文字」，也是認定那個稱作「無」的終極存在是無法用概念表述的，林黛玉對寶玉「你證我證、心證意證」的八字補充，強調「無立足境，是方乾淨」，也是確認最後的真實本無一物。林黛玉臨終前焚毀詩稿，也是看透詩中的心證意證並非終極的真實。寶玉不重自己的起因與來源，不喜歡身上的「玉」也不問玉從哪裏來。有次妙玉問他「你從何處來」，他也答不出，還是惜春提醒他答以

「從來處來」即可。不重根，不重果，只重花開時節，即只重當下存在的把握與敞開，這是寶玉也是《紅樓夢》的哲學精神。與弗洛伊德那樣追究文學起因還追出哈姆雷特的戀母情結不同，曹雪芹完全是另一哲學方式。他以巨著表明：對生命此在的了解與把握比追究根源重要得多。

【一七七】信仰變成面具

或依傍儒，或依傍道，或依傍佛，方向不同，畢竟都有依傍。有依傍便有心靈原則與行為原則。薛蟠、賈環、賈蓉等靈魂無依，成了廢人。人世間因為有宗教或半宗教的哲學，人才有敬畏，有憐憫，有慈悲。仁義之心，齊物之心，慈悲之心雖然有別，但都提醒人們遠離禽獸和遠離野蠻。沒有任何靈魂的依傍，沒有信仰，不僅會產生廢人，而且會產生暴徒。廢人是零，暴徒是負數。然而，依傍不是標榜；有所依，也不等於有所立。賈雨村標榜儒，賈敬標榜道，王夫人標榜佛，卻都是假人。信仰如果只停在口裏，不進入心中，只能變成面具。

【一七八】生命被俗流裹脅

《好了歌》描述了功名、嬌妻、金銀裹脅着人的生命向前滾動。功名伴隨着喧囂，姣妻伴隨着背叛，金銀伴隨着血腥，但世人照樣讓他們裹脅着自己的生命往前滾動。裹脅者打着事業之旗，立功立德之旗，衣錦還鄉之旗，五顏六色，浩浩蕩蕩，滾動不止，追逐不已，「好」總是難「了」。世人要錢不要命，要名不要命，要色不要命，所以命才會被裹脅。這個命，是個體生命的自由與尊嚴。《好了歌》揭示的是俗氣大潮流席捲一切。這種潮流使人類世界變成豬的城邦和心的荒原。

【一七九】寶玉無君子小人之分

薛蟠的缺陷如此嚴重，以至他的母親說他是個廢人；賈環的缺陷如此嚴重，以至他的母親說他是個劣種；王熙鳳的缺陷如此嚴重，以至後來的評紅者稱她為「蛇」。但是，曹雪芹卻未把他們界定為壞人。賈寶玉和薛蟠、賈環、鳳姐的兄弟之情沒有因為他們的嚴重缺陷而改變，他的寬容是基督式的寬容。賈寶玉和他們相處，不是用學問和理念，而是用天性和天性包含的哲學。這是一種很高的哲學境界，是高於法律、高於道德也高於一切理念的境界，在這個境界裏沒有好人壞人之分，沒有善人惡人之分，沒有君子小人之分。這是《紅樓夢》的一種沒有直接訴諸文字的人的哲學，它超越世俗價值標準無數的層面。在《紅樓夢》中，薛蟠、賈環、王熙鳳是大觀眼睛下的人。

【一八〇】曹雪芹的懷疑精神

《紅樓夢》中沒有神，不是宗教，但有對美的信仰。除了這種信仰之外，全書卻貫穿着深刻的懷疑精神。從開篇對中國文學慣性模式的懷疑開始，直到對人生意義的懷疑，全書懷疑不斷。而最根本的懷疑是對常人世人所確認的人生大前提、大目標的懷疑。「從來如此，便對嗎？」這是魯迅的大懷疑，而在二百年前，曹雪芹就對從來如此的價值目標：功名、財富、權力，提出懷疑，相應地，也對從來如此的仕途經濟之路，「文死諫，武死戰」之路，立功立德立言之路，治國平天下之路等提出懷疑。這些大前提、大思路的致命傷是缺少對個人生命自由和個人尊嚴的尊重。思想者天然地生活在疑問之中，並不提供答案。曹雪芹的懷疑不是消沉，而是對當下個體生命存在意義的清醒把握。

【一八一】寶玉沒有王維式的焦慮

王維退隱後，「以禪誦為事」，在山明水秀中過着隱士般的生活。但細讀他的詩，便會覺得其詩離真禪慧能尚遠。他身雖逍遙，心卻不逍遙，所寫的「空」，只是感官之空，而內心則充塞失落感與淒清感，一點也不空。他未能抵達真正的空境，乃因身雖「止」，而心未「止」，即未能真正體會到「了」就是「好」。沒有真放下。要真「止」、真放下，需要一個修煉過程。《紅樓夢》由空見色後還要經過對色的看破和情的幻滅這一中介，然後才能「自色悟空」，得大自在。賈寶玉最後出走，是大徹大悟後的大解脱，他最後出走時沒有王維式的焦慮感，倒有陶淵明式和慧能式的回歸故鄉的自在感。

【一八二】放不過一個弱女子

賈赦、賈璉已有那麼多妻妾，前者還要再佔鴛鴦，後者則還要再娶尤二姐，終於導致鴛鴦、尤二姐的慘劇。但王夫人乃至賈政絕不會阻撓、勸誡或嘲諷，讀者聽不到一句微辭。而對金釧兒、晴雯，只因為與寶玉靠近，便驅逐並造成死亡。許多中國人就像王夫人，可以寬容殺害人的王公貴族，卻不放過一個談戀愛的弱女子。皇帝也如此，老百姓殺一個人需要償命，而帝王將相殺千萬人也理所當然。許多皇帝與王公貴族，其實都是大縱火犯、大殺人犯。朱元璋當了皇帝之後，僅胡惟庸和藍玉兩案就殺了四萬多人。胡藍再邪惡，也不可殺這麼多人。還有項羽，功過先不説，他憑甚麼燒掉阿房宮？憑甚麼毀滅那麼輝煌的大建築與大藝術？可是，中國人可以寬容這些縱火犯和殺人犯，卻無法寬容一個批評縱火與批評濫殺的異端。

【一八三】愛的填充

人不怕痛苦，只怕痛苦的無意義。人也不是不能忍受孤獨，只是害怕孤獨的無意義。基督教徒在陷入孤獨的深淵時，需要上帝補充。《紅樓夢》的主角賈寶玉與林黛玉都害怕孤獨與孤獨的無意義，因此需要愛來填充。第九十三回，寶玉搬到外間去住，等待林黛玉的魂魄來入夢，便是等待愛的補充。離開寶釵與襲人的照顧，獨自在另一房間，自然更為孤獨，但最痛苦的不是孤獨，而是沒有另一顆相通的心和他一起支撐孤獨的靈魂。愛是一種創造性生命，它會放射出無形的生命能量，這種能量可以產生意義。

【一八四】拒絕道統邏輯

《卡拉瑪佐夫兄弟》中小弟阿廖沙，曾對他的兄長伊凡說：「愛生活吧，不要管邏輯⋯⋯」伊凡是個理性主義者，他的大思路與康德相通，把道德邏輯視為最高邏輯，而阿廖沙則認為道德衝動來自人的心靈深處而非道德理性。這一點賈寶玉和阿廖沙相似，他拒絕中國道統儒統那些邏輯，因為在這些聖賢的邏輯面前，存在無法敞開。一個遵循「非視勿言」「非禮勿動」邏輯的人，便沒有靈魂的活力。賈寶玉嘲諷「文死諫，武死戰」，正是這些人完全活在效忠道統邏輯之中，並無自己的生活。因為寶玉拒絕千古皆然的邏輯，置身於此邏輯之外，因此他也可稱為「檻外人」即異端。

【一八五】在愛的面前存在才充分敞開

孔夫子「割不正不食」，連吃飯細節都很正統。這一行為語言說明其「禮」的徹底性，無論是大節還是小節都必須貫徹「禮」。君臨於《紅樓夢》的，不是禮，而是愛。賈寶玉對於一切繁禮縟節都很討厭，而對愛則連細節都很在意很周到。他的「無事忙」，並非為禮而忙，而是為愛為情而忙。曹雪芹在故事描述中對繁瑣的禮儀也有微詞。第十四回寫王熙鳳協理到寧國府已經夠忙了。秦可卿出殯在即，已忙得團團轉，但就在同一時刻，竟有一系列禮節需要應對。原文寫道：「裏面鳳姐見日期有限，也預先逐細分派料理，一面又派榮府中車轎人從跟王夫人送殯，又顧自己送殯去占下處。目今正值繕國公誥命亡故，王邢二夫人又去打祭送殯，西安郡王妃華誕，送壽禮，鎮國公誥命生了長男，預備賀禮，又有胞兄王仁連家眷回南，一面寫家信稟叩父母並帶往之物……」像王熙鳳這種大俗人正可以在「禮」面前把生命充分敞開，而寶玉卻毫無作為，他只有在「愛」的面前生命才充分敞開。他平常時剛毅木訥，但在林黛玉、晴雯面前卻有一副伶牙俐嘴，會說出許多動人的真摯的語言。

【一八六】「女兒」信仰

無論是基督教還是佛教，宗教形態與教義雖不同，但都是信仰。禪宗雖去偶像，但仍有信仰。信仰與學說最根本的區別，是信仰以情感為第一義，學說則以理念為第一義，稱上帝為天父，這是情感。《紅樓夢》不是宗教，它沒有宗教形態，沒有神的絕對權威，但有信仰，這是對美的主體——女兒的信仰，即對「女兒」注入最深最徹底的情感。因此，可說《紅樓夢》是一部以情為本體的書，一部沒有宗教形態但有宗教式情感與宗教式境界的書。魯迅在《破惡聲論》中說，十九世紀的歐洲，以對真善美的崇拜代替對神的崇拜，把真善美請入神祠，這不是「滅信仰」，而是「易信仰」。《紅樓夢》是以對情對美的信仰取代對神對道統的信仰。

【一八七】兩條眼睛路線

常人眾人的眼睛路線是自近而遠，自低而高，所謂「立足中國，放眼世界」也是這種路線。曹雪芹的特別處是他的大觀視角，其投射方向和程序，與常人眾人相反。他是「立足宇宙，放眼中國」，立足於宇宙極境，然後觀察地球、人、賈府以及整個人世間的生存狀態與人性困境。因此，他先確立了青埂峰、三生石畔、靈河岸邊、太虛幻境這些宇宙視點。大觀園雖然坐落於人間，但詩人們的審美視角，也是自上而下，從天上看地面，以超越的天眼看待和呈現人間情感。曹雪芹的視線——眼光路線與莊子相同，以道眼俯看天地萬物，以大鵬的眼睛冷觀人間滄桑，因此其眼光便有別於斑鳩一類小鳥，於是能贏得大知，而非小知。

【一八八】四春皆無戀情

賈府的嫡系四春：元春、迎春、探春、惜春，雖是貴族侯門最高貴的「女兒」，卻都沒有享受一項生命最高的幸福，這就是青春戀情。她們只有親情，只有婚嫁，儘管元春登上婚嫁的尖頂，進入宮廷，但仍然沒有戀情。迎春、探春告別家門時只有對父母兄弟姐妹的依戀，沒有情愛。林黛玉、薛寶釵等，儘管有痛苦，有悲情，但都享受過戀情的甜蜜。連妙玉也有暗戀，儘管她暗戀的「公子」是寶玉還是陳也俊還有爭議，但她有戀情的寄託對象則是可以肯定的。從這種情感幸福的意義上看，三春連丫鬟襲人、晴雯的命運都不如。

【一八九】「圍城」哲學

賈元春進入宮廷，並得寵幸，封為鳳藻宮尚書，加封賢德妃，可謂尊到極點，貴到極點，讓一些目光羨慕到極點；其實，她很可憐，用她自己的話說，是被拋入「見不得人的去處」。回家省親時滿腹心事也只能化作幾滴眼淚。她生活在人間的寶塔尖頂，人們只看到尖頂上的金碧輝煌，卻體會不到「高處不勝寒」的滋味，能領略這種滋味的，只有嚐盡孤獨和恐懼的王妃自己。元春的處境心境與宮牆外人的處境心境，正如錢鍾書先生所講的「圍城」哲學：未進圍城的人們千方百計想進入圍城，進了圍城的圍城中人則竭力想走出圍城。人類處於不同層面的生存困境，很難相互了解。元春滿腹經綸，少女時就是寶玉的「教母」，「寶玉未入學堂之前，三四歲時，已得賈妃手引口傳，教授了幾本書，數千字於腹內了。」「情狀有如母子」。可惜皇帝恐怕只需要她的美貌與「賢德」，不需要她的經綸與才華。伴君如伴虎，這是不入圍城不會明白的。

【一九〇】寶玉的異端性

儒者有很多類型。有陋儒、腐儒、小人儒、君子儒，還有大儒。《紅樓夢》裏沒有大儒級如朱熹、王陽明、程頤、程顥這類人物。賈政「自幼酷喜讀書」（第二回），為人也算清正，稱他為君子儒，應無爭論。而賈雨村不是大仁，也不是大惡，本來也想做一番治國平天下的事業，所以一聽到馮的冤情，立即拍案而起，像是君子儒。但是為了保其烏紗帽，也只好相信「護官符」徇私瀆職。他靠賈家往上爬，靠山一倒，趕緊劃清界線，又像小人儒。至於賈瑞之輩，只能歸入陋儒、腐儒。賈政「酷喜讀書」，而寶玉則「極惡讀書」（第三回王夫人向黛玉介紹寶玉的評說），無論說「善」說「惡」都是指儒家原典的「聖賢書」。可是寶玉離儒很遠，不用說小人儒、君子儒，連大儒也不放在眼裏。他第一次見到黛玉時就說：「除《四書》外，杜撰的太多。」賈寶玉是個異端，他的異端性，主要表現就是不喜讀聖賢書，聖賢便是大儒。賈政稱他為「孽根」「禍胎」，從根本上說，是離儒太遠。

【一九一】十六字訣的「情中介」

第一回的十六字訣「因空見色，由色生情，傳情入色，自色悟空」，是《紅樓夢》的哲學總綱，是小說主角賈寶玉由石頭變成情僧的哲學路程。

因空見色和自色悟空是佛的哲學，這兩者之間加入「情」的中介，便成了人的哲學。因空見色是外自然的人化，由色生情、傳情入色，自色悟空是內自然的人化。宇宙的本體是空，而人的本體是情。空是世界的本源與終極，情則是人的最後實在與最後根據。賈寶玉到人間走一回，是由色生情、傳情入色、自色悟空的完整過程。佛教打破人與動物的分別，把大慈悲推向一切生命，但是動物只有色，沒有情，便無法悟空。只有人能實現色與情、情與空的轉化，曹雪芹把握十六字訣這條哲學鏈，呈現人總是處於「空→色→情→空」的循環之中。「輕薄人」、「濫情人」（《紅樓夢》中的概念）具有「色」的敏感，卻沒有情的真摯，他們無法實現由色生情、傳情入色的環節，更無法實現自色悟空的環節。無論名為《石頭記》還是名為《情僧錄》，都離不開此一哲學鏈所呈現的心靈傳記。

【一九二】形上性質的罪感

中國人的罪惡感太實，只知世俗罪、形下罪，如對殺人放火等。而對形上性質的良知罪、心靈罪，則缺乏敏感。中國文學對壓迫者只有詛咒與報復，沒有壓迫者內心良知的掙扎。像莎士比亞的《麥克白》描寫如此掙扎的靈魂的作品，在中國找不到。《紅樓夢》了不起，是寫作動機乃是作者的罪感。這是良知壓抑的罪感。曹雪芹沒有世俗之罪，但在良心上欠了「閨閣中人」的債——欠了淚。林黛玉為還淚而下凡，曹雪芹為還淚而寫作。負疚感是《紅樓夢》產生的第一原動力。表面上看是「性發動」，實際上是良知發動。

【一九三】遠離「豬的城邦」

《金瓶梅》是寫實的，作品中的男人女人都很真實。要知道中國世俗男人何等粗糙低劣，看看《金瓶梅》中的西門慶與《紅樓夢》中的薛蟠、賈蓉、賈璉就明白。《金瓶梅》通過西門慶，把中國男人怎樣生活、怎樣追逐、怎樣享受、怎樣無恥，寫得很充分。這部小說見證了中國的所謂夫妻關係，其實離動物很近。男人何等卑鄙，女人何等不幸，看這兩部小說就明白。但《紅樓夢》給我們信心，讓我們知道人類還有一些離動物很遠的詩意生命，她們離豬的城邦、猴子的城邦都很遠；在西門慶的彼岸，還有一種類似賈寶玉的精緻生命，他們遠離粗糙，也遠離卑鄙。他們是一些需要食性的人，但又是一些能夠跳出食性的人。

【一九四】共存秩序與個體生命

薛寶釵與林黛玉思維的重心不同。薛考慮的是家族群體利益，即人的共存秩序；林考慮的是個體生命的自由。一個重在群體生存，一個重在個人幸福，兩者必有衝突。賈寶玉既沒有修身之念，更沒有「齊家治國」之思，其胡愁亂恨的核心也是個體生命的尊嚴與自由，所以他的心靈與林黛玉更為相通。歷史的悲劇性是為了共存秩序的完善與發展總是要傷害個體生命的自由與幸福，智者所考慮的只能是如何減輕這種悲劇性，但無法完全避免悲劇性。

【一九五】拒絕無人文化

五四發現中國傳統文化不僅造成僵化的群體秩序，而且以「宗法」理由消解「人」，消解個體生命，消解婦女與兒童的權利，乃是一種無「人」文化，即無具體人、個體人、活人的文化。本是發現無人文化，但為了引起震動與驚醒，便說成是吃人文化，雖說得過重，但其基本發現卻沒有錯。《紅樓夢》在思想層面上也完成了這一發現，賈寶玉、林黛玉的先鋒性，正是他們拒絕無人文化而爭取人的文化。賈政、薛寶釵並非「壞人」，但他們沒有發現傳統文化中的根本弱點。他們自己也只是秩序中人、宗法中人、權力結構中人。

【一九六】續書冤枉了鳳姐

王熙鳳雖是有名的「烈貨」、「潑辣貨」，但對賈家的「正人」即嫡系親家兒女都很親近，很有情意。她從未侵犯賈家嫡系的任何一個人（賈瑞並非嫡系）。趙姨娘無端恨她，但她從未對趙姨娘說過一句壞話。她不僅對寶玉好，視寶玉為親兄弟，對林黛玉也好，在和林黛玉開的善意玩笑中，真把她和寶玉看成天生的一對。高鶚的續書，除了把寶玉送入科場並中舉是一大敗筆外，第二個敗筆恐怕就是讓王熙鳳出壞主意，把寶釵與黛玉掉包而湊合金玉良緣。這不符合原著的邏輯，也冤枉了這位鳳姐。

【一九七】天上星辰，地上女兒

《紅樓夢》如此奇特，如此豐厚，如此精彩；如何說明它的第一主題確非易事，但可以借用康德這位偉大哲學家的語言來表述。康德哲學體系如此深厚、如此龐大，但他由博返約，用一個最簡約的程式來概括他的思想，這就是「天上的星辰，地上的道德律」。而曹雪芹的核心價值精神，則可表述為：天上的星辰，地上的女兒。

《紅樓夢》的理想國，是女兒青春共和國；《紅樓夢》的大夢，是女兒不嫁、青春不謝的大夢；《紅樓夢》的悲劇，是女兒毀滅的悲劇；《紅樓夢》的哲學是女兒淨水、男人泥濁、女兒把男子導向「無立足境」的哲學。

【一九八】天然心靈原則

《聖經》裏的一個著名情節，是基督制止了信徒們對妓女扔石頭。基督對信徒們說：想想你們哪個人身上沒有缺點。基督用愛的教義教誨信徒，啟發他們去愛一切人，包括敵人，也包括妓女。賈寶玉在馮紫英家與薛蟠帶來的妓女雲兒一起飲酒聚會，還一起唱和詞曲，此時寶玉對待雲兒，是出自天性那種「人人生而平等」的胸懷，沒有雜念。一切都很自然，他沒有貴賤之分也沒有君子小人之分，也無須基督提示的那種道理。賈寶玉從天上帶來的通靈玉石讓人感到驚奇，而他從天上帶來的天然心靈原則，比玉石更奇，只是常人的眼睛往往看不見。

【一九九】秦可卿的哲學遺言

秦可卿彌留之際，託夢給王熙鳳，說是「還有一件心願未了」，非告訴嬸子不可，別人未必中用。於是講了一番「盛世危言」。短短的一席告誡，竟用了五個哲學性成語：「月滿則虧」、「水滿則溢」、「否極泰來」、「盛筵必散」、「登高必跌重」。除了這些形而上警示之外，還有兩件形而下事務（祖塋、家塾）的具體關懷。虛實皆擊中要害，其意識之清明，賈氏兩府中無人可比。王熙鳳的才幹早已被發現，秦可卿的哲學才能卻一直深藏不露。

秦可卿的形上危言，講的是中國哲學（包括《易經》、《道德經》）已經道破的事物由正而反、由反而正的運動規律。陰陽哲學從物極必反、否極泰來的原則出發，總是提示世人應當「居安思危」、「知榮守辱」、「知雄守雌」、「見機而作」。秦可卿不僅是個未被發現的管理家，而且是個未被發現的哲學家。賈府中有哲學思維能力的，除了秦氏之外，還有史湘雲（談陰陽）、林黛玉、賈寶玉、薛寶釵、妙玉等。

【二〇〇】從「齊物」到「齊人」

《紅樓夢》與《南華經》，都崇尚不二法門，無尊卑貴賤之隔。從表面看，都講《齊物論》，但曹與莊還是不同。莊子的齊物，以物為重心，說人與物皆物。而曹雪芹的齊物，則以人為重心，把齊物引向齊人，即人與物皆人。物也是生命，與人同一，所以寶玉才會對星星、魚兒說話。黛玉的《葬花辭》，不僅是以花喻人，而且把花視為人。辭中句句說花，也句句說人。莊子視人如物，導致情的冷漠，妻子死時鼓盆而歌，從理上（萬物萬有同源同體）說得過去，但從情上說不過去。視物如人，則導致情深；物尚能愛，更何況人？樹猶如此，人何能不感傷。

【二〇一】審美與算計性思維

以蘇格拉底、柏拉圖為開端的西方理性，上端是精神性，下端是工具性。走了兩千多年的路，當下世界彷彿只剩下工具理性，一切都是為了滿足原始的慾望，理性只是慾望的算計。人類的算計腦袋愈來愈大，審美的腦袋愈來愈小。《紅樓夢》早已預示這兩種特性的衝突，賈寶玉和探春的不同，便是一個追求精神性卻完全不知工具理性（寶玉），一個是具有工具理性的頭腦卻忘了花草審美價值（探春）。要是讓美國的實用主義哲學家杜威閱讀《紅樓夢》，然後問他最喜歡哪種文化？他一定會回答，是那個曾主持榮國府家政，說過一朵花、一片蘆葦都可賣錢的探春文化。可是，工具理性可以導致效率與富裕，卻不能導致良知與赤子之心。

【二〇二】難容「臭男人」

一個民族，其民族精神的墮落，人心的黑暗，品格的沉淪，即國民性的弱點，該民族的卓越作家看得最清。二十世紀的大作家幾乎都對自己的同胞進行過不留情面的鞭撻。在中國有魯迅通過阿Q對民族劣根性的批判；在愛爾蘭，有喬伊斯對都柏林人和愛爾蘭人市儈嘴臉的揭露；在德國，有君特·格拉斯通過《鐵皮鼓》對日耳曼人無端傲慢的嘲笑；在美國，有福克納通過《喧囂與騷動》對美國垮掉一代的展示；在英國，還有奈波爾對祖國（印度）同胞們的絕望。而十八世紀中葉，曹雪芹通過《紅樓夢》早已展示一幅中國泥濁世界中的人性醜惡，那些貴族老爺太太，全是一些「嫌隙人」、「尷尬人」、「濫情人」、「輕薄人」。林黛玉見到寶玉想送她的手巾，她立即敏感到，這是哪個「臭男人」用過的。林黛玉敏銳地感覺到男人精神的墮落，完全無法容忍世人習以為常的臭氣。

【二〇三】大制不割與自然分際

曹雪芹與莊子的哲學語言有很大區別。莊子以寓言、重言、卮言為基本哲學語言。《莊子・寓言》曰：「寓言十九，重言十七，卮言日出，和以天倪。」重言即先賢先哲的言論；卮言即自然不定之言，合自然分際，不作人工分別。曹雪芹則以詩語、小説語（假語村言）、人物語等意象語為基本哲學語言，哲學寶藏掩埋在意象語言中。《紅樓夢》除了開篇有多餘石頭（女媧補天時被淘汰的石頭）和神瑛侍者、絳珠仙草等兩則寓言之外，沒有其他寓言。《紅樓夢》因不喜歡先賢先聖之書，所以除了引證慧能「本來無一物，何處染塵埃」等個別先哲之語算是重言之外，別無重言。唯有卮言（無人工分割之言），曹莊兩位大哲相似相近。非分別的哲學，在莊子中表現得最為充分、完整。非分別的精神導致平等精神。由於莊子，中國在兩千多年前就佔領了人類社會平等思想的制高點。《紅樓夢》也完全放下分別哲學，把非分別法推向社會直至推向宇宙，所以才物我無分、天人無分，更沒有儒家那種君子與小人的道德之分及君君臣臣、父父子子的等級分別。但是，它還有沿用大乘佛教的淨染二法門，把人間分為以「女兒」為主體的淨水世界和以男子為主體的泥濁世界。沒有善惡判斷卻有審美判斷。大制不割（無分別）又有自然分際，這是《紅樓夢》的哲學玄奧。

【二〇四】質樸的雄偉

慧能了不起，他「不立文字」，人們卻感受到無言的偉大；他不事喧嘩，人們卻感受到質樸的雄偉。《紅樓夢》中凡是寶玉與黛玉借禪明心之處，我們都感到機鋒的深邃和希聲中的大音，而黛玉、寶琴的懷古吟古詩，我們則看到最純粹的眼睛，她們用女子最單純最質樸的眼睛看歷史，淘汰了史家眼中的雜質，跳出孔夫子和司馬遷的框架，另有一種質樸的雄偉。《紅樓夢》哲學也屬「無言的偉大」，所謂無言，不是不說話，而是無「重言」，不引經據典，不拿先賢先哲作面具，只說內心感悟到的真理。孔子曾表達過「繪事後素」的期待，《紅樓夢》之素，是雖有大哲學卻無哲學家的姿態，所有的邏輯都化作深邃的直觀與精彩的藝術呈現。

【二〇五】人生下來要甚麼

人生下來要甚麼？這是人生觀，也是哲學觀。物色滿桌，琳琅滿目，擺在週歲的賈寶玉面前，他要的是胭脂釵環，把賈政氣得連叫「好色之徒」，其實寶玉所要的是胭脂釵環所象徵的鍾靈毓秀，是至柔至真至美之生命。寶玉是個詩人，一個詩人要甚麼？這是詩人的存在本義和本題。是要真與美，還是要功名、財富與權力，二者難以兼得。詩人一旦進入權力帝國、功名世界、財富角逐場就要失去詩人的本真、本體。《紅樓夢》揭示的人生困境是魚與熊掌二者不可兼得的困境，它暗示詩人：你要寫出真詩，要守持真情真性，就不能從政、不能服從宮廷原則，也不能歸屬於世人忘不了的那個榮華富貴的黃金世界。賈政與賈寶玉要得的東西太不相同，所以父與子的衝突就連綿不斷。其實，寶玉並不干預他人要甚麼，也尊重他人要甚麼，只是他自己不要他人之要，因此就被社會所不容。

【二〇六】智的直覺

牟宗三先生認為不只上帝有智的直覺，人也有智的直覺。李澤厚先生不贊成，並作了嚴厲批評。他認為牟宗三先生誤解了康德哲學的基本概念。康德是排斥神秘主義的。康德認為只有上帝才具有無分本體與現象的智的直覺，他講的是認識論，而牟先生把它帶入倫理學，以為可以通過「內在超越」達到智的直覺，這是把理性律令的道德與宗教神秘經驗混為一談。[1]

兩位哲學家都未談及《紅樓夢》是不是有「智的直覺」。而我想說，《論語》沒有智的直覺，《紅樓夢》卻有智的直覺。但這不是理智直覺，而是審美直覺。《紅樓夢》沒有上帝的條件，卻有佛的條件，仰仗禪性它可實現對功利與概念的超越。禪宗把佛移向「我」的內心，佛即我，我即佛，於是「我」可借覺悟抵達許多知識和理念無法抵達的領域，既超越國家境界，也高於道德境界，而走向「無立足境」等澄明神秘之界。倘若能搭一哲學平台，讓兩位智者來討論《紅樓夢》，他們不知是否認同此一論點，即認同曹雪芹是一個出現於東方的偉大的「智的直覺」者。

【二〇七】清明意識即人生意義

自由閱讀《紅樓夢》是蒼天賜予生命的一種特權。在這顆藍色星球上居住的居民超過六十億，而擁有這種權利與幸運的只有少數曹雪芹的後世知音。進入《紅樓夢》，便可把握生命的當下存在，不管生活還會有多少波折，但已擁有一個永恆的青春共和國。

「會當凌絕頂，一覽眾山小」，站立於《紅樓夢》，便是站立於文學絕頂，但它不是帶給我們蔑視其他文學作品的傲慢，而是讓我們以博大的胸襟和大鵬似的眼光來看待剎那人生，明瞭在宇宙的大敍事中，人不過是小小的一個標點。明瞭就好。清明意識便是人生意義。

1 《讀書》雜誌，二零零七年第一期。

【二〇八】環境令性格變形

賈環雖然拙劣，讓人討厭，但也有可同情的一面，這就是環境對他的拋棄與冷落。雖屬貴族公子，但母親卻是不能稱為「夫人」的姨娘，小妾所生，出身就低人一等，加上母親不爭氣，沒人瞧得起，也殃及到他。賈府中人，除了寶玉之外，其他人都不把他當作公子看，甚至不當人看，只當他是一隻動物，一隻「凍貓子」。所以像妙玉這種人，是從不看他一眼的。這種環境使他的性格產生病毒。如果說，賈寶玉是性格的自然發展，那麼，賈環則是性格的變形發展。變到最後，是他見到賈家敗落而興高采烈，和王仁等一起策劃賣掉巧姐兒。賈環最恨寶玉，但只有寶玉一人了解他，給以兄弟的同情與溫情。所以不管賈環怎麼傷害他，他都不給賈環的生存環境增添寒冷。

【二〇九】大意象無相

詩的意境之美，來自感覺的新鮮，也來自意象的自然。最好的詩不僅沒有概念痕跡，也沒有意象痕跡，更沒有腔調。曹操的「對酒當歌，人生幾何……老驥伏櫪，志在千里」，抒發抱負，既有思想又有意象，卻無意象痕跡。李後主的「問君能有幾多愁？恰似一江春水向東流」，也是具有巨大思想感情含量的意象而沒有意象的痕跡。林黛玉的《葬花辭》，通篇意象迭出，全無意象痕跡。「花謝花飛飛滿天，紅消香斷有誰憐？」「昨宵庭外悲歌發，知是花魂與鳥魂？花魂鳥魂總難留，鳥自無言花自羞。」「天盡頭！何處有香丘？未若錦囊收艷骨，一抔淨土掩風流。」等等，寄情寄意極深，雖意象密集，卻了無意象痕跡。表面上看這是文學功夫，往深處看，詩的背後乃是無相哲學的支持。既無文字相，也無詩人相，更無營造者主體之相。大意象而無相，大悲歌而無腔調，非大手筆而不能如此，難怪《紅樓夢》要成為千古絕唱。

【二一〇】何為最後的真實

《紅樓夢》一開始所展示的大語境是「大荒山無稽崖」，主角賈寶玉前身「石頭」的座落處。大荒山，無稽崖，不僅是石頭的居所，而且是人的存在狀態。爭權奪利，巧取豪奪，人們以為自己生活在大金山、大銀山之中，不知靈魂卻在大荒山、無稽崖之中。「金滿箱、銀滿箱，展眼乞丐人皆謗」，在五顏六色的背後，是精神的「荒原」，靈魂的廢墟，良心的殘骸。面對「風月寶鑒」，第一眼看到的是美色，第二眼看到的是骷髏，第三眼看到的是空無。哪一眼看到的是最後的真實？《紅樓夢》的開場哲學提示，人從大荒山來終究要回大荒山去，把握這大來大往，才明白往來中見到的「有」和色。這是存在價值的虛無化，又是存在價值的層次化。石頭沒有資格去「補天」，但它可以正視自己處於大荒山無稽崖的荒誕存在狀態和正視自己無才補天的脆弱。唯有正視，才有自知、自明、自救。《紅樓夢》不是拯救的高調文學，而是低調的逍遙文學，其原因大約正是作者有此清明冷靜的意識。

【二一一】野性的呼喚

都知道文學上有「野性的呼喚」，美國作家傑克·倫敦乾脆把此一思想作為小說的名字。其實，哲學上也有野性的呼喚，十九世紀末的尼采便是衝破上帝原則的野性之聲。《紅樓夢》的思想大異於尼采，卻也有野性的呼喚，其中晴雯和芳官，就被王夫人等正統貴婦人視為野狐（狐狸精）。這兩個人，一個是丫鬟，一個是戲子，兩人都是寶玉的知己，又都是野性的生命。晴雯倒箱子、撕扇子是典型的野性行為語言。芳官是第二個晴雯，甚至比晴雯還野，連晴雯都用手戳在她的額上說道：「你就是個狐媚子。」她或「只穿着海棠紅的小棉襖，底下綠綢花夾褲，敞着褲腿，一頭烏黑油似的頭髮披在腦後」，或「只穿着一件玉色紅青酡絨三色緞子鬭的水田小夾襖，束着一條柳綠汗巾；底下是水紅撒花夾褲，也散着褲腿。……」她的頭上眉額編起一圈小辮，加上面如滿月、眼如秋水，眾人竟笑她和寶玉像是雙生的弟兄兩個。她是戲子，很敢在貴族公子寶玉面前撒嬌撒野，她是下人，卻敢與趙姨娘打成一團。所以寶玉特地給她起了個番名，叫做「耶律雄奴」。雄奴讀音，又與匈奴相通，都是犬戎名姓。這個番名不好叫，大家叫錯了音韻，竟叫出「野驢子」，也帶上一個野字（第六十三回）。把一個「狐媚子」、「狐狸精」、「尤物」塑造得如此迷人，如此可愛，正是曹雪芹對野性的肯定，即對人性解放的呼喚。

【二一二】《紅樓夢》之夢的局限

關於《紅樓夢》中的大夢、中夢、小夢，評紅者早已注意到了。道光十二年出版的《新增批評繡像紅樓夢全傳》附有王希廉（字雪薌、雪香，號護花主人）的《紅樓夢批序》、《紅樓夢問答二十三則》、《大觀園圖說》、《紅樓夢總評》、《音釋》，每回末又有評點。王對《紅樓夢》之夢特別關注，說：「《紅樓夢》……前後兩大夢，皆遊太虛幻境，而一是真夢，雖閱冊聽歌，茫然不解；一是神遊，因緣定數，了然記得。且有甄士隱夢得一半幻境，絳雲軒夢含糊，甄寶玉一夢而頓改前非，林黛玉一夢而情癡愈錮。又有柳湘蓮夢醒出家，香菱夢裏作詩，寶玉夢與甄寶玉相合，妙玉走魔惡夢，小紅私情癡夢，尤二姐夢妹勸斬妒婦，王熙鳳夢人強奪錦匹，寶玉夢至陰司，襲人夢見寶玉，秦氏、元妃等託夢，寶玉想夢無夢等，穿插其中。」王希廉細讀文本，列出夢的單子，還與其小說中的夢作了比較，可惜他沒有看到《紅樓夢》中雖有許多夢，名為太虛，實際上卻太實。警幻仙境雖在天上，好像就在人間，其美好生活也無非是飲酒（只是酒好一些）聽歌，究竟不夠「神秘」。與莎士比亞的《仲夏夜之夢》相比顯得不夠恢弘、活潑。托爾斯泰也讓安娜．卡列尼娜做夢，她的夢似乎更神秘一些。這大約與西方的宗教背景有關，那裏多了一個上帝的彼岸世界。中國的神仙之境往往只是現實人世界的投射與伸延，曹雪芹的想像力也無法突破這一局限。

【二一三】魂與魄的歸宿

中國文化中的「魂魄」如同「命運」，是兩個概念合成一個大概念。也如同命與運內涵具有很大差別，魂與魄也有很大差別。魂在天，魄在地。《紅樓夢》的思想框架，是魂不在場，魄在場。太虛幻境中的警幻仙姑是魂，大觀園裏的黛玉、寶釵等詩人們是魄。兩位一體——天上地上魂魄一體。全書設置了一個「巧姐兒」，沒有故事，形象單一，但在思想框架中不可缺少。她是魂，又是魄，魂魄皆歸於土。巧姐兒是魂往魄裏歸，而黛玉則是魄往魂裏回歸。

【二一四】大空寂為最高境

向秀的《思舊賦》是中國輓歌的絕唱，淒美的極致，雖短卻千載不滅。在刻骨的思念中詩人感到嵇康這個兄長和師友的消失是整個世界的消失，從此世界空掉了，天地滅掉了，只剩下大孤獨和大空寂。林黛玉死後，賈寶玉的所感所思與向秀相似，一個人走了，一個世界消失了，天地間只剩下大空寂，能期待天地憐憫的只有使所想之人進入自己的夢中，如同向秀在幻覺中聽到淒清的笛聲。

文學的深度並非時代和社會性深度，而是個體生命靈魂與情感的深度。白茫茫一片大地真乾淨，《紅樓夢》主角的情感之深，深到了大空寂的最高境界。

【二一五】「在場」只是一刹那

閱讀《紅樓夢》，借助它的空眼、大觀眼，領悟石頭幻化入世又情悟出世的故事，方感到人到地球走一回，只是在一顆小星辰上出現一陣兒，一刹那，一會兒，只是露了一下臉，聚了一次會，亮了一回相，然後就煙消雲散，重新歸入大海、歸於深淵、歸入宇宙、歸於永遠說不清的太極。人生真短，「在場」（在地球）的時間真少，生命個體真渺小。有限的人，在極其有限的時間、有限的空間、有限的聚會中，該怎麼活，該怎麼活得充分，活出意義？充滿爭論。賈寶玉不追隨《好了歌》中那些「世人」，不贊成他們那種唯有金銀、功名、姣妻忘不了的活法，也不順從父親賈政和寶釵所指示和提示的活法。可是，賈府內外，真正能以有限去悟無限的只有他和林黛玉。

【二一六】天才的直觀

法國哲學家柏格森（H. Bergson）獲得諾貝爾文學獎並不奇怪，他的哲學（代表作《創化論》）本身就像一首長詩。他認定哲學方式與科學方式絕對不同。科學方式是機械的，理智的，而哲學的方式是直覺的，帶有藝術意味的。他的見解用來說明中國哲學更為準確。中國的哲學家，從孔子、老子、莊子到慧能、朱熹、王陽明，都是直覺的天才。曹雪芹的方法與莊子的方法更為相似，更帶文學藝術意味。兩人都是以天才的直觀講述宇宙與人生的故事。直觀之下，天地間只有生命的衝力和創化的活動才是真實，才是本體，才是真我。而情愛、友愛、親情之愛以及閱讀、歌哭、詩賦、琴畫、自由追求、精神創造等都是本體的衍生。一切生命與天為一，與物共生共變，因此，對於世俗眼睛下的是非、善惡、尊卑、愛恨、輸贏等，均可以給予理解和同情。曹雪芹正是以天才的直觀理解人生的千姿萬態，對一切生命存在形式都給予理解和同情，這就給《紅樓夢》的大慈悲提供了哲學基石。

【二一七】翻歷史三大案

《紅樓夢》翻了三個歷史大案：一是美麗有罪；二是情慾有罪；三是女子才華有罪。自從把商代的妲己視為狐狸精之後便開了美麗有罪的理念傳統，美女子便成了誤家禍國的尤物。

王夫人承繼這一傳統也把晴雯、金釧兒、芳官等視為狐狸精。但小說讓晴雯提出抗議：「我死了也不甘心。我雖然生得比別人好些，並沒有私情勾引你，怎麼一口死咬定了我是個狐狸精。」也讓寶玉提出大質疑：「我究竟不知道晴雯犯了甚麼彌天大罪？」之後又作《芙蓉女兒誄》對晴雯作出最高禮讚。如果說晴雯犯了「狐狸精」罪，那麼秦可卿則犯了所謂情慾罪，但她贏得「兼美」的名號，死時傾城厚葬又給予最高的哀榮。除了美麗、情慾之外，女子才華也被視為不祥之物，所以才有「女子無才便是德」的潛規則，但《紅樓夢》設置大觀園詩壇詩社，讓女子比賽詩才，王妃元春省親也要檢閱妹妹們的才華，眾女子中的第一德人薛寶釵則身兼詩人與「通人」（學貫古今之人），才華非凡。有《紅樓夢》為美麗請命，為情慾請命，為才華請命，中國的女性精華便開始邁向光明的時代。

【二一八】精神之鷹

按照莊子《逍遙遊》的見解，飛翔於九萬里高空的大鵬無須與地上的蜩與學鳩對話與論辯。凡被俗物所傷大約都因飛得太低或與俗物處於同一水平線。賈寶玉的身體不得不隨俗，所以也被俗人（如賈環）所傷，但他的心靈卻一直飛得很高，所以不予計較。他被賈環的燭火燙傷之後，王夫人要到賈母那裏告狀，而寶玉立即制止，此時，他的心靈不僅飛得比賈環高，也飛得比母親高。在大貴族府邸裏，他其實是一隻精神之鷹。他寫《芙蓉女兒誄》那麼情真意切，是因為能抵達「心比天高」的晴雯高度，心靈可以和他一起在「天盡頭」飛翔的只有林黛玉。

【二一九】「黃金」與「黃土」

在《紅樓夢》第一回中，「黃金」與「黃土」是對應的一對重要語彙。甄士隱給《好了歌》作註寫道：「說甚麼脂正濃、粉正香，如何兩鬢又成霜？昨日黃土隴頭送白骨，今宵紅燈帳裏臥鴛鴦。金滿箱，銀滿箱，轉眼乞丐人皆謗。」黃金與黃土，哪一個是最後的真實。曹雪芹以為金滿箱、銀滿箱是幻象，「黃土隴頭」才是最後的真實。「縱有千年鐵門檻，終須一個土饅頭」，別的尚未決定，但黃土、白骨、土饅頭則是已定的必然。面對黃土，估量黃金的價值才會有清醒的意識。正如面對白骨，評價白銀才會有清醒的意識。「風月寶鑒」的意義相同：面對骷髏對於色相才會有清醒的意識。死亡是人生的結局，又是人生巨大的參照系。

【二二〇】「忘不了」的風氣

在清朝雍正、乾隆時代，人的生命已經物化、異化。世人個個都被身外之物所裹脅，連世人中的精英也個個被功名所挾持。《好了歌》發現人已大規模變質，變成功名的人質，金銀的人質，姣妻的人質，兒孫的人質。甚麼是人？甚麼是好？甚麼是真價值？甚麼是生命的本體？世人用他們的狂熱的行為作出的回答是甚麼都忘了，唯有功名、金銀、姣妻、兒孫忘不了。這種「忘不了」是時代的風氣，歷史的潮流。個個都當風氣中人，潮流之中；而小說的主人公卻走出風氣，超越潮流，成了「檻外人」。所謂檻外人便是風氣外人，潮流外人，便是異端。《紅樓夢》是部異端大書，又是守持生命本真本然的大書，拒絕充當功名人質、財富人質、權力人質，也拒絕被風氣所裹脅的至真至善至美之書。

【三三二】老子之「道」與韓愈之「道」

韓愈作《原道》，宣揚的「道」與老子《道德經》的「道」完全不同，甚至相去萬里。老子之道，是宇宙存在的形上大道；韓愈的道則是儒家道統，形下的生存之道。兩者有大道與小道之分，也有道言與人言之分。大道本無言，老子不得不言，被迫宣講的是道言，即大制無割、萬物一體之言，非日常概念。《紅樓夢》是文學，但它把道加以詩化，用詩性語言展示心靈大道與情感大道，也是道言，而非人言。讀了韓愈「原道」，仍舊茫茫然，生命仍然不知去向。讀了《紅樓夢》，則明白甚麼才是生命的正道與大道。

【三三三】故鄉不在常人秩序中

《聖經》中只有伊甸園，沒有大荒山，沒有無稽崖，沒有青埂峰，沒有三生石，這些實體，都是地球上陪伴人類生活的山川大地，並非神靈世界。那裏的一切原始圖景，只是人類棲居的現實世界的一個投影。基督教《聖經》中有神與人、此岸與彼岸分殊的兩個世界，《紅樓夢》只有一個「人—此岸」世界。在此世界中，曹雪芹給主人公安排一個先行於自身的存在（石頭）與故鄉，這一故鄉仍然具有此岸世界的模樣。只是這一故鄉只有自然關係，沒有人際關係——與他人「共在」的關係。《紅樓夢》的主題之一，是尋找個體生命的故鄉，即生命可以贏得自由的地方。但主人公最後發現，這一故鄉不在常人編排的秩序中，也不在父母提供的府第中，即不在與他人的共在情理結構中，而在個體的情感世界與心靈深淵中，也就是主觀宇宙中。青埂峰下、三生石畔、絳珠仙草，便是這種意義的故鄉。但是，這一故鄉的背後有一個無法言說的「無」，那是故鄉之母，第一義的終極故鄉。《紅樓夢》的個體家園雖神秘但不是神。

【二二三】揚棄「傷時罵世之旨」

政治不僅沒有道德可講，而且沒有道理可講。所言所思所為只有利益原則，而且是當下的利益原則。《三國演義》軍事遊戲背後是機關算盡的政治遊戲。爭鬥的三方皆不講道德、道義、道理，只知奪得地盤與權力。為了達到目標，可以使用一切最黑暗、最血腥的手段。

曹雪芹深知政治為何物，因此遠離政治，不把《紅樓夢》寫成政治小說，「毫不干涉時世」，無「傷時罵世之旨」。但文章偶而嘲弄政治，則入木三分。薛寶釵的《螃蟹詠》如此描畫政客：「眼前道路無經緯，皮裏春秋空黑黃。」無經緯即無道理。此詩把政客說成是一種皮裏春秋、信口黑黃的橫行生物，用筆甚重。所以特讓眾口評說：「這些小題目，原要寓大意才算大才，只是諷刺世人太毒了些。」小說中的「毒筆」還不只此處，但很稀少。這兩句詩，可視為曹雪芹概括的政治哲學。

【二二四】故鄉「不在場」

釋迦牟尼從宮廷出走之後，便從有限走向無限，如同走出湖泊而歸入大海。賈寶玉從天上走入賈府，即從無限走向有限。但他不大安於有限，不執着於常人的故鄉故園，把自己定位為檻外人、異鄉人，經常聽到無限故鄉的呼喚。《紅樓夢》破一切執，也破「故鄉」之執，從而把故鄉擴展為無邊無際，擴展為對世間歸屬的超越。有此超越，才有大自在。王熙鳳與寶玉完全不同，她只有世俗的衣錦還鄉之夢，完全執於世俗的家園，因此，賈府一旦被查抄，她立即變成一隻死貓，完全喪失原先的活力，完全不知家門檻外的無限世界。她的眼睛視線只能覆蓋在場的東西，不能覆蓋不在場的東西。

【二二五】往來均是大氣

《紅樓夢》全書橫貫着天地大氣。《芙蓉女兒誄》的結語是「來兮止兮」的感嘆與呼喚。整部巨著中的主人公和在天上註冊的人物，都是大來大往，大觀大止的詩意生命。妙玉問寶玉「何處來」，寶玉答不出。惜春笑説：「你不會回答從來處來嗎？」不知從何處來，也不知到哪裏去？沒有具體的時空。只知來自無限空間和回歸無限空間。止也不是止於一個朝代，而是止於無限的時間中。黛玉為「還淚」即為情而來，也因淚盡情空而去，來自無盡深淵又歸入無盡深淵。她針對寶釵説：「早知她來，我就不來。」只是來還情，並非來爭情，到人間走一回，倘若陷入爭端，那還有甚麼意思。來有大道，往也有大道，所以，往來均是大氣。

【二二六】女子是物還是人

《水滸傳》與《三國演義》中的女子，大體上都不是人，而是物。其「物」又分三類：尤物，器物，動物。潘金蓮、潘巧雲、閻婆惜等均被視為尤物；扈三娘武藝高強，又長得漂亮，但沒有性情與靈魂，前七十回未曾說過一句話，婚姻也由人擺佈，屬於器物。貂蟬則二者兼之，既是可讓帝王將相傾倒的尤物，又是政治陰謀的工具即器物。此外，孫二娘、顧大嫂等則直接開人肉店或殺人如麻，屬於吃人動物；相比之下，孫權的妹妹孫夫人和貂蟬雅一些，可說是政治馬戲團裏的動物。《紅樓夢》全然改變女性的地位，賦予女人以人及人之精華的地位。當王夫人把晴雯、芳官視為「狐狸精」尤物時，作者則讓主人公進行抗議。小說的基調也是為尤物請命的大書。

【二二七】悟空並非憑空

王國維說惜春、紫鵑的出家解脱，境界不如寶玉。這是因為寶玉的出家有一個從情癡到情悟的過程，經歷了情感的磨難，贏得了刻骨銘心的體驗，所以最後的徹悟是真徹悟，大徹悟。惜春的出家則屬低檔次的皈依，她自始至終與情無涉無關，幾乎不知情的存在，談不上情癡，更說不上情悟。妙玉雖是出家的先鋒，但又太聰明，知道情的危險，所以始終未敢真正進入情的深處，所以也未有情悟。倒是紫鵑在保留着黛玉的殘存之情時，看到寶玉的「無情」從而看破情的脆弱與虛幻，真有所悟。唯有賈寶玉，投入了大情感，所以也有了大徹大悟。《紅樓夢》開篇說「因空見色，由色生情，傳情入色，自色悟空」，對空的感悟不是憑空而生，而是必須經歷一個破色執與破情執的過程。

【二二八】云空未必空

《紅樓夢》人物，第一個出家的女子是妙玉，然後是惜春、紫鵑、芳官等，男性出家的則是甄士隱、柳湘蓮、賈寶玉。

「云空未必空」，妙玉出家不成功，這不僅是她的結局遭大劫而落入黑暗泥潭，還在於這之前把僧與俗的分別絕對化，一直沒有悟到眾生皆有佛性的基本佛理。佛與道不在於表面的佛、法、僧，而在於內裏的覺、正、淨。執於相而不明於心，從而失去對劉姥姥這些「眾生」的大慈悲，這是妙玉的致命傷：空只掛在口裏，不在心裏，至死進入不了不二法門。

【二二九】平和的異端

日本文化有兩個象徵物，一是富士山，一是櫻花。後者燦爛溫馨，前者則有潛在的爆發性。二者都不複雜，難怪日本文化既沒有英國文化的理性，也沒有中國文化的中庸。最能反映日本文化精神的三島由紀夫，再活一千年，也不會有哈姆雷特的猶豫和賈寶玉的中性中道。賈寶玉是排斥大仁大惡兩極而行中道的兩棲人。他不喜歡孔夫子，卻近中庸，但因為他的中庸裏有「狂」（乖張）和「狷」（清高、不入仕途經濟）的支持，所以不會變成鄉愿，再加上莊禪的洗禮，便成了平和的異端，因此，既大異於三島由紀夫的爆炸性，又無儒家的道統氣息，只有一種孩子般的單純。

【二三〇】重構的大氣魄

海明威的《老人與海》，是海氏全部作品最深刻也最有形上意味的一部，可惜結尾過於匆忙，沒有造成《紅樓夢》似的哲學深淵。海明威的另一部代表作《永別了，武器》，其哲學意蘊就大不如《老人與海》，其記者的新聞味全然壓倒哲人味，精神內涵顯得更輕。海明威的長處是男人氣魄，不是兒女情長。從表層看，曹雪芹的《紅樓夢》正相反，似乎只有兒女情長，沒有男人氣魄。其實不然，《紅樓夢》

雖然不喜歡男人濁氣，卻有曠古未見的男兒大氣，其對八股與仕途之路的拒絕，力透金剛。整部小說重構歷史，重構文化基石，重構價值體系，也重構哲學魂魄。其哲學意蘊之深廣也是《老人與海》所難以企及。

【二三二】「他平他」的思辨

平兒被有些讀者讚美為完人全人，在處理人際關係中確屬一絕。曹雪芹把生活在賈璉與王熙鳳夾縫中的這個由丫鬟提升起來的小妾，命名為平兒，也許是諧音平和，但平字在中國「和而不同」的哲學中本來也有重要位置。《國語．鄭語》史伯對鄭桓公說：「夫和實生物，同則不繼。以他平他謂之和，故能豐長而物歸之；若以同裨同，盡乃棄矣……」這是史伯總結晉亡的原因而闡釋「和而不同」時說的哲學道理。錢鍾書先生在《管錐編》中非常讚賞這道理，他說：「史不言『彼平此』、『異乎相平』，而曰『他平他』立言深，契思辨之理。」[1] 他是他人與他物。自我與他人之間，他人與他人之間，這一關係屬主體間性。他平他即尊重他人的主體性，在主體之間求得平衡。這一平衡不是要他人認同，而是首先尊重他人的不同，包括尊重王熙鳳這種可怖的不同，然後再求同。這便是真正的和。歷來的專制者只知以同求同，誤認為和就是絕對同一或絕對統一，不知多元共生的道理。史伯告訴鄭桓公「和而不同」的道理，是和的真諦。《紅樓夢》中的平兒以及她的名字、行為所負載的正是「他平他」及「和而不同」的哲學。

1　《管錐編》第一冊，第二三六—二三七頁。

【二三二】不求全即快樂

第七十六回，有「事若求全何所樂」句，講對人對事不可求全責備。對他人求全則無寬容；對自己求全則無輕鬆；對社會求全則無理解；對文章求全則無個性無棱角。賈母與賈寶玉的快樂，便是建立在對人對事均不求全責備的基點上。賈母若對人求全就不會那麼喜歡王熙鳳，也不會從王熙鳳身上得到那麼多樂趣，她明明知道王熙鳳是個潑皮破落戶。賈寶玉是個名副其實的快樂王子，他的樂也來自寬容。他擁有許多與賈環結仇的理由，但不結仇，他擁有許多怨恨父親的理由，但不怨恨。他的泛愛與兼愛，雖也帶給黛玉一些苦痛，卻帶給他自己許多歡樂。

【二三三】兩類「荒誕」

佛教發現「苦海無邊」，乃是發現人類生存環境的無限荒誕性；而發現「孽海無邊」，則是發現人自身的無限荒誕性。二十世紀西方的文學思想者創造了荒誕小說與荒誕戲劇，也有兩大脈絡，一是卡夫卡發現生存環境本身的荒誕性，把荒誕視為現實的屬性；二是貝克特、卡繆等，把荒誕視為人的主體混亂和無意義。前者側重於對荒誕客體的呈現，後者側重於對荒誕主體的思辨。前者認為荒誕本來就在那裏，不是哲學的認知；後者則認為人無理性可言，人性不可改造。一切努力均是悲劇性的重複。《紅樓夢》作者的荒誕意識，也是雙向的：向外正視人的真實處境，呈現泥濁世界的荒誕屬性；向內則正視「濁人」、「濫情人」、「嫌隙人」、「尷尬人」等主體的黑暗與卑劣，人生不過是「葫蘆僧亂判葫蘆案」的「又向荒唐演大荒」的過程。

【二三四】自悟、自覺、自明

慧能以「本來無一物，何處染塵埃」的思想，把「無」的虛境強調到極端，贏得弘忍的激賞。但他的偉大貢獻並非把人引向虛境，而是借宗教把「解脫」引入日常生活，讓人在挑水、劈柴的實境中感悟人生的真諦，擺脫虛妄的束縛。賈寶玉正是慧能哲學的呈現者，他不求成仙，不求長生，不當救世主，不活在虛無縹緲中，倒是腳踏實地，認真生活，享受每一瞬間，領悟每一情景。他看到齡官在地上書寫「薔」字，便悟到人間各有各的情份，不可有壟斷女性的妄念。他看到自己最心愛的林黛玉死亡而自己無能為力，更是悟到該止於何處何方。他的悟與覺，不是來自天上，而是來自自身，即悟為自悟，覺為自覺，明為自明，這正是慧能開闢的新思路。

【二三五】賈寶玉與阿廖沙

哲學雖為玄思，但它提供視角。有了新的視角就會看到另一片生命景觀。

如果用陀斯妥耶夫斯基的眼睛看《紅樓夢》，一定會發現阿廖沙與百年前的賈寶玉如此相似又如此不同，相似處是均如此可愛、如此單純、如此慈悲、如此拒絕貴族社會的準則，也都是世俗泥濁世界的檻外人、局外人、異端人。他們的根源都在天上不在地上，都帶有天使的特點，都沒有世人的貪婪、嫉妒、仇恨等各種生命機能，都是半人性半神性的人，也可說是充分人性也充分神性的人。總之，是擁抱人間又超越人間的人，是用世界原則和宇宙原則等雙重原則構成的心靈原則在地上生活的真人。

阿廖沙是真人，但更像聖人——東正教教義光輝下的聖人。他把「義」（教義）放在第一位；而寶玉則把情放在第一位。前者追求神聖，後者崇尚真情。前者是聖嬰，後者是赤子；前者天生有救世的使命，希望改變世界；後者則只是到人間走一回，雖有大悲憫，卻無使命感，只是充分享受生活，無心改變生活和改造世界；因此，前者雖也與女色交往，但沒有狂熱的戀情；後者則以戀情為第一等生命，大愛與泛愛中注入認真的情愛，以致被稱作「天下第一淫人」。陀斯妥耶夫斯基甚至會譴責筆者把寶玉稱為準基督（未成道的基督），唯阿廖沙可稱基督的投影；而如此靠近女色，如此熱烈擁抱世俗生活的賈寶玉怎可同日而語？但我要辯護說，比喻總是有缺陷的，我只是喻指寶玉的愛一切人、寬恕一切人的大慈悲精神，而其對世俗生活的激情只是未成道的表現。賈寶玉確實不像基督與阿廖沙那樣相信背負十字架（苦難）是通向天堂的階梯，是返回上帝懷抱的必由之路，他沒有這種理念，也完全無法接受人間的種種壓迫與不平等。與阿廖沙不同，他無法忍從，無法忍受苦難，所以他最後不是撲向大地，不是與大地上的苦難生命一起經歷煎熬，他沒有選擇大地，而選擇天空，他告別了走過一遭的人間，在空中向父親鞠了一躬，然後遠走高飛，回到那被稱為「無」的故鄉，那個心內與心外的永恆家園。

【二三六】何為高貴

甚麼是高貴？這是最根本的價值觀與人生觀，人間的各種哲學也都想回答這一問題。就其「高貴哲學」的徹底性而言，東、西方兩極可借曹雪芹和尼采兩個名字為符號。尼采旗幟鮮明地自問自答：「甚麼是高貴的？對等級的信仰。」[1] 他把貴族社會的等級之分、尊卑貴賤之分視為高貴的源泉，也視為高貴哲學的基石，把高貴獻給高等人。曹雪芹正相反，他以禪宗的「不二法門」和莊子的齊物哲學完全打

1 《權力意志》中譯本上卷，第八十五頁，商務印書館，二零零七年。

破尊卑貴賤之分，把高貴獻給一切詩意生命，特別是獻給處於等級社會下層的奴隸、戲子等「下等人」。像晴雯這樣的女奴，作者讓主人公歌頌她「其為質則金玉不足喻其貴」。曹雪芹不像尼采那樣着眼於意志尤其是權力意志，而是着眼於心尤其是自然純淨的本心，晴雯等儘管在等級社會中「身為下賤」，但其心靈則可以「心比天高」。高貴不高貴，全取決於心，而不是取決於等級分野和權力意志。人類社會最終會發現，東方的高貴哲學才是真理。

【二三七】無染之情

鴛鴦自盡之後，其魂魄進入太虛幻境，並與秦可卿的靈魂相逢。小說第一百一十一回敍述道：

鴛鴦的魂魄疾忙趕上，說道：「蓉大奶奶，你等等我。」那個人道：「我並不是甚麼蓉大奶奶，乃警幻之妹可卿是也。」鴛鴦道：「你明明是蓉大奶奶，怎麼說不是呢？」那人道：「這也有個緣故，待我告訴你，你自然明白了。我在警幻宮中原是個鍾情的首座，管的是風情月債，降臨塵世，自當為第一情人，引這些癡情怨女早早歸入情司，所以我該懸樑自盡的。因我看破凡情，超出情海，歸入情天，所以太虛幻境癡情一司竟自無人掌管。今警幻仙子已經將你補入，替我掌管此司，所以命我來引你前去的。」鴛鴦的魂道：「我是個最無情的，怎麼算我是個有情的人呢？」那人道：「你還不知道呢。世人都把那淫欲之事當作『情』字，所以作出傷風敗化的事來，還自謂風月多情，無關緊要。不知『情』之一字，喜怒哀樂未發之時，便是個性，喜怒哀樂已發，便是情了。至於你我這個情，正是未發之情，就如那花的含苞一樣。若待發洩出來，這情就不為真情了。」

這段話出自後四十回，與曹雪芹的少女不嫁而免於變成「死珠」的思想相符，可視為《紅樓夢》的情本體哲學。此哲學明示，未發之情最真最美。曹雪芹和高鶚把情與慾分開，也把情與淫分開，認定未沾上淫慾的情才是至美之情。美的發生是自然的人化，從慾提升為情，是內自然的人化。鴛鴦的情，是昇華了的情，她未經「傳情入色」的過程，就直接由情入空，從未被色所染，屬最純粹的情，所以警幻仙姑讓她掌管癡情一司。曹雪芹的審美理想是多元的，鴛鴦也是其中一元，屬於最完美的不帶任何瑕疵、任何缺陷的一元。

【二三八】賈珍也有眼淚

《水滸傳》沒有眼淚，連李逵講述返鄉尋母而母親卻被老虎吃掉的悲慘故事，英雄們也只有一陣笑聲，沒有眼淚。《三國演義》有些眼淚，但淚的真假難辨。諸葛亮在周瑜死後到吳國去弔輓，是小說中哭得最傷心的一幕，但其眼淚是假的。內心高興到極點，哭聲也響亮到極點。而《紅樓夢》卻佈滿眼淚，女主人公林黛玉本身就是個淚人，她為「還淚」而來到人間。賈寶玉在心愛之人死亡之後都有大哭泣。甚至連被一些讀者所鄙薄的賈珍，也並非就是假人，他在秦可卿死時，也哭得像「淚人」一般。在《紅樓夢》中，賈珍因為有淚，顯得與賈政、賈蓉等不同，所以不可用「好色之徒」、「色鬼」等概念把賈珍簡單化，他是一個也有真情感的圓型人物。

【二三九】夏金桂一旦成為帝王

《紅樓夢》敘事中，對薛蟠剛娶來的妻子夏金桂作了如此評介，說她「愛自己尊若菩薩，窺他人穢如糞土」，又說她「外具花柳之姿，內秉風雷之性」（第七十九回）。這是作者對人性的深刻洞察。「愛自己尊若菩薩，窺他人穢如糞土」，是一種普遍人性。此種性情並非夏金桂一人所具有。人應當有自尊心，但不可唯我獨尊，更不可對自己尊如菩薩，要他人也對自己敬若菩薩，奉若神明。唯我獨尊的人，不會尊重他人的尊嚴，肯定視他人為糞土，一體兩性，歷來如此。這種「愛自己尊若菩薩」者，一旦成為「家長」，則為一家之暴君，視家人為奴隸；一旦成為帝王，則為一國之暴君，視百姓為豬狗；一旦君臨天下，則橫掃一切，視人類為草芥。

夏金桂的性格，是容不得任何人的性格。賈府上下人人敬愛的薛寶釵容不得且不說，連最單純最善良的香菱，也容不得，最後把她置於死地。香菱是人人憐愛之人，唯獨夏金桂不能憐愛。一個把自己尊如菩薩的人，恰恰離菩薩最遠，不僅沒有佛的慈悲之心，連人的不忍之心也沒有。向來都說中國男人常具專制人格，而女人也有如夏金桂者，一旦專制起來，其風雷之性，狼虎之威，蛇蠍之毒全都具備。

【二四〇】對友人說真話也難

薛蟠將娶夏金桂為正房妻室時，身為小妾的香菱竟一點也不知「醋意」為何物，不僅如此，還興高采烈地為夏氏的過門喜事而奔走，甚至對寶玉說：「我也巴不得早些過來，又添一個作詩的人了。」面對如此單純而充滿幻想的香菱，寶玉提醒道：「雖如此說，但只我聽這話不知怎麼倒替你耽心慮後呢？」香菱聽了，不覺紅了臉，正色道：「這是甚麼話！素日咱們都是廝抬廝敬的，今日忽然提起這些事，是甚麼意思！怪不得人人都說你是個親近不得的人。」一面說，一面轉身走了（第七十九回）。

寶玉「鹵」，香菱比寶玉還「鹵」；寶玉單純，香菱比寶玉還單純。但這一回是寶玉對了，他對香菱說了真話，還惹得香菱搶白他一陣，好心碰了一鼻子灰。此事也說明，對人世間的帝王將相說真話難，對自己的友人、親人、戀人說真話也不容易。

【二四一】惡的無限可能性

夏金桂嫁到薛家成為薛蟠正室妻子時，才是一個十七歲的花朵似的姑娘，但是，一旦野心膨脹，風雷之性發作，竟把薛氏一家攪得天翻地覆，把薛蟠整治得時而像狗熊時而像瘋子，把薛姨媽整治得「暗自垂淚，怨命而已」，把香菱整治得丫鬟不如，一身是病，最後還想拉薛蝌下水，企圖毒死香菱。她年紀很輕，可是機心很深，手段很毒，甚麼計謀都敢用，甚麼陰謀都敢使。

《紅樓夢》的這一形象暗示：人性的善可以擴展到無限，人性的惡也可以膨脹到無限。即使是一個未曾經歷人世太多滄桑歲月的女子，也具有惡的無限可能性。人需要自救，需要通過修煉、教育、法律限制惡的生長，否則只能像夏金桂這樣，要麼自掘墳墓，要麼無窮盡地危害人間。

【二四二】詩人的純粹

讀了《紅樓夢》，自然會記得貴族府中的一群「詩人」：賈寶玉、林黛玉、薛寶釵、史湘雲、妙玉、探春、李紈、薛寶琴、香菱等，但常常會忽略這些詩人又是精彩的「人詩」。即她們不僅是作詩的人，而且其生命本身就是一首精彩的詩。包括不會寫詩的晴雯、鴛鴦、尤三姐、芳官等也是精彩的人詩。詩的性格，是真，是善，是美，人詩便是具有真善美品格的詩意生命。我們可以斷言，《紅樓夢》裏的詩人是真正的詩人。如果說「文如其人」的命題值得質疑，文與人往往不相等，那麼，《紅樓夢》中的詩人，則是詩與人相等，詩如其人，人如其詩，詩如其行，行如其詩。以最末的一個初學詩人香菱而言，她不僅有作詩的純粹性，而且有做人的純粹性。當夏金桂即將進入薛家之門，一隻即將撲向她的虎狼，即將立在她的面前時，她還對她充滿熱情，以為「又添一個作詩的人」。她滿心是詩，以為世界是詩，人人都是詩。賈府中這些詩人想不到詩中的功名，詩外的功夫，更想不到兩百年後的詩人會把詩當作敲門磚，當作旗幟、炸彈與號角。

【二四三】人與人的差別

魯迅很喜歡赫胥黎的一句話：「人與人的差別常常比人與獸的差別還要大。」《紅樓夢》主角賈寶玉和《水滸傳》的主角之一李逵，其差別就比人與獸的差別大。不是指外形，而是指心性。李逵路過狄家莊時，聽狄公說起自己的女兒正在談戀愛，他便無端地升起仇恨，掄起大斧把這兩個相戀中男女剁成幾段，邊喝酒邊砍殺，在剁砍中得到最大的快感。而賈寶玉則把戀愛中的少男少女視為天地鍾靈毓秀，以至崇拜「女兒」二字，給青春生命以最高禮讚和最高尊重。可惜中國的世人，總是視寶玉為傻子，視李逵為英雄。

【二四四】人人憐愛的女子

平兒、香菱、寶琴這三個女子，是人人憐愛的女子，用當代的語言說，是沒有爭議的個個都覺得可愛的人物。但三個人的命運與處境不同。寶琴除了受寵愛之外沒有任何曲折與坎坷；香菱則是一個顛沛流離、幾乎無處可以立足的不幸者；平兒則是生活在險惡環境中能夠化險為夷的特殊生命，她能平衡各種人際關係，卻沒有世故與圓滑，她直接表明的哲學是「得饒人處且饒人」（第五十九回）。

饒人，便是寬恕、寬容、寬厚。被人傷害之後有了「饒」字，是放下仇恨，放下報復。「饒」之難是不傷害他人卻往往帶來自傷，自己必須躲在角落裏舔平自己的傷痕。平兒就暗自舔傷過。香菱之可憐，是連饒人的機會都沒有，甚至連暗自舔傷的地方都沒有；被薛蟠無端打了一頓之後，薛姨媽想把她賣出，幸而寶釵把她留在身邊。她饒了人而他人卻不饒她。

【二四五】「鬥」也美

《紅樓夢》中有兩類「鬥」的形態，一類是鈎心鬥角的利益衝突，用的是機謀、計謀、陰謀，王熙鳳的「機關算盡」，皆屬這種鬥爭。人的智慧發生變質，也多半是因為落入這種爭鬥。另一類則是詩意的比賽競賽，這是超越功利的遊戲。如對點子、鬥詩、鬥字、鬥草、鬥猜謎等。同在六十二回中，寶玉、寶釵、湘雲等鬥的是詩與字「對點子」，而香菱、芳官、藕官、荳官等則是「鬥草」。先看看兩處遊戲的片斷：

> 底下寶玉可巧和寶釵對了點子。寶釵覆了一個「寶」字，寶玉想了一想，便知是寶釵作戲指自己所佩通靈玉而言，便笑道：「姐姐拿我作雅謔，我卻射着了。說出來姐姐別惱，就是姐姐的諱『釵』字就是了。」眾人道：「怎麼解？」寶玉道：「他說『寶』，底下自然是『玉』了。

我射『釵』字，舊詩曾有『敲斷玉釵紅燭冷』，豈不射着了。」湘雲說道：「這用時事卻使不得，兩個人都該罰。」香菱忙道：「不止時事，這也有出處。」湘雲道：「『寶玉』二字並無出處，不過是春聯上或有之，詩書記載並無，算不得。」香菱道：「前日我讀岑嘉州五言律，現有一句說『此鄉多寶玉』，怎麼你倒忘了？後來又讀李義山七言絕句，又有一句『寶釵無日不生塵』，我還笑說他兩個名字都原來在唐詩上呢。」眾人笑說：「這可問住了，快罰一杯。」湘雲無語，只得飲了。大家又該對點的對點，划拳的划拳。（第六十二回）

外面小螺和香菱、芳官、蕊官、藕官、荳官等四五個人，都滿園中頑了一回，大家採了些花草來兜着，坐在花草堆中鬥草。這一個說：「我有觀音柳。」那一個說：「我有羅漢松。」那一個又說：「我有君子竹。」這一個又說：「我有美人蕉。」這個又說：「我有星星翠。」那個又說：「我有月月紅。」這個又說：「我有《牡丹亭》上的牡丹花。」那個又說：「我有《琵琶記》裏的枇杷果。」荳官便說：「我有姊妹花。」眾人沒了，香菱便說：「我有夫妻蕙。」荳官說：「從沒聽見有個夫妻蕙。」香菱道：「一箭一花為蘭，一箭數花為蕙。凡蕙有兩枝，上下結花者為兄弟蕙，有並頭結花者為夫妻蕙。我這枝並頭的，怎麼不是。」荳官沒的說了，便起身笑道：「依你說，若是這兩枝一大一小，就是老子兒子蕙了。若兩枝背面開的，就是仇人蕙了。你漢子去了大半年，你想夫妻了？便扯上蕙也有夫妻，好不害羞！」香菱聽了，紅了臉，忙要起身擰他……（第六十二回）

《紅樓夢》寄託的夢之一，是人世間只留下這種鬥詩、鬥草遊戲，這是詩意的競賽，也是詩意的棲居。人的心靈也在這種「鬥」戲中生長。夢的一面是結束「機關算盡」的你死我活的爭鬥，這種爭鬥的每一場都只能給自己和世界留下噩夢。走出王熙鳳鬥死尤二姐似的噩夢，走進君子竹與美人蕉的對應遊戲中，應是曹雪芹的一種審美理想。

【二四六】大敘事與小標點

曹雪芹用大觀的眼睛看宇宙看世界看人生，所以《紅樓夢》是一部無限時間中的大敘事，宏觀性、宇宙性的大敘事，不是一個時代一個社會的小敘事。每一生命個體，在大敘述中只是一個小小的標點，有的是問號，有的是感嘆號，有的是句號。一個家族，一個朝代，雖然是大一些的標點，但也只是轉瞬即逝的標點而已。在宏大的大敘述中，活潑的生命用自己的方式對待上蒼，對待宇宙，理所當然。賈寶玉就是這樣的生命，所以他拒絕被規定，拒絕在天地宇宙的無盡無限圖畫中去編造沒有靈氣的八股文章。

【二四七】揚棄一切相

賈寶玉無我相，無我執，天生破一切執。與生俱來的「玉」是他生命的一種象徵，但他動不動就想把它摔破於地上，這也是破我執的本能行為。他與常人不同，生來就不執着於自己的世俗角色，不執着於「我是誰」的問題，甚至不執着於自己是男是女。如果他執於自己是個男性，便是「我相」、「我執」。林黛玉在元春省親時，還想表現一下自己的詩才，呈露一下我相——詩人相，而寶玉則全然沒有，他不在乎親姐姐的榮華富貴，僅以平常心對待一切，連他是王妃的最親的弟弟，也絕不着「國舅相」，一着相，便是我執。打破我執，需要棒喝，但寶玉無須外力的提示，無師自通地化解一切執着。

【二四八】世俗原則與宇宙原則

王國維在《紅樓夢評論》中除了論說小說的悲劇意義，還論說了倫理學意義。他用佛教語言表述其倫理意義在於「解脫」。這一概念本是針對輪迴而言。解脫即斷輪迴與超輪迴。這雖不是人與世界的解放，但包含着擺脱倫理束縛、爭取心性自由的真諦。儘管王國維用悲觀主義立場看待宇宙人生，懷疑「解脱」的可能，但他認定人還是必須做解脫之夢的。

王國維採用佛學語言，又超越佛學語言，他把道德分為普通道德與絕對道德兩種，這便是世俗性道德與宗教性道德的區分，也是世界性道德與宇宙性道德的區分。他認為賈寶玉也在兩種道德中掙扎，最後婚姻上的棄黛就釵，乃是遷就世俗道德，違背個體生命自由選擇的宇宙絕對道德。王國維雖缺少體系性論述，卻天才地道破人類生存困境與心靈困境的關鍵所在。人，永遠是矛盾的生物，永遠是在世界原則（普通道德）和宇宙原則（絕對道德）的衝突中悲劇性地前行。

【二四九】不滅不亡只是夢

「盛筵必散」，是對自然規律的哲學把握。它從哲學上預告一種滅亡的必然，提醒人們不可有「萬壽無疆」、「永遠健康」、「永垂不朽」的幻想。這不是社會性的預告，而是宇宙性的警告。即不是警告一次聚會、一個強盛家庭、一個強大朝廷的必然衰落，而是告知一切都要經歷誕生、衰老和死亡。《紅樓夢》的意義不是告知一個貴族階級必將死亡，而是告知任何燦爛輝煌、任何滿箱金銀、任何姣妻美妾都有一個滅亡的必然，無可挽回，無可逃遁。不亡不滅只是夢。《紅樓夢》做的是天地精英靈秀——青春少女不散、不滅、不死的夢，但也只是夢而已。

【二五〇】面對如此巔峰

讀了《紅樓夢》，再也不敢驕傲。面對如此巔峰，如此絕頂，只能永遠高山仰止，永遠謙卑。

讀了《紅樓夢》，又贏得驕傲。面對人間同類中竟有如此美的生命，如此美的性情，怎能不驕傲？思想學問的精彩應到希臘、德國去觀賞；人的精彩，尤其是女子的精彩，還是在中國的大觀園裏欣賞。

【二五一】甚麼是不幸

閱讀《紅樓夢》之後才知道甚麼叫做「不幸」。原來，不幸是追逐「好」而不知「了」，一生都為功名、財富、權力、姣妻、兒孫而殫精竭慮地爭奪奔波，日日夜夜都充當它們的人質。

【二五二】破除覆蓋層

禪宗大師慧能知道每個人都願意追求美好的東西，他只是告訴你，別找錯方向，最美好的東西就在你自己身上，關鍵是你必須破除遮蔽層與覆蓋層。《紅樓夢》佈滿禪思，它告訴你，這遮蔽層與覆蓋層就是你正在追求的功名、金銀、權力、概念等等。

【二五三】「破執」大啟迪

《紅樓夢》給我最大的幫助，是它以意象語言的力量，幫助我破一切「執」：在破我執、法執的總題下，又破功名執、概念執、方法執、家國執、族群執等等，此刻我如此輕鬆地談論《紅樓夢》，也是破執的結果。

【二五四】放下心累

愛上《紅樓夢》之後，總的感覺是人生輕鬆了很多，不是不努力的輕鬆，而是放下許多負累的輕鬆。妄念之累，分別之累，執迷之累，所有的負累都匯成心累。偉大的小說讓我放心，便是讓我放下心累。

【二五五】開闢偉大傳統

《水滸傳》說劫富濟貧，爭的是物；《三國演義》講皇位正統，爭的是權；《金瓶梅》寫妻妾成群，爭的是色。《紅樓夢》開闢一個輕物質輕權力而重情感重精神的偉大傳統，完成了一個自色悟空、從外向內轉變的偉大文學使命。

【二五六】人性脆弱

往往只記得王熙鳳是個女強人，忘記她又是一個容易破碎的「玻璃人」。賈府被查抄，第一個「氣厥」暈死過去的是她。其實，地位再高、權力再大的大人物，其人性都有極脆弱的一面。或災難，或誘惑，或威武，或貧賤，或委屈，或孤獨，任何一種都可以把他擊倒。

【二五七】甄寶玉無「明心見性」之語

賈寶玉見了甄寶玉之後很不滿意，原想引為知己，談了半天，卻冰炭不投，還罵甄是祿蠹。寶釵問他為甚麼？寶玉回答說：「他說了半天，並沒有明心見性之談，不過說些甚麼文章經濟，又說甚麼為忠為孝，這樣人可不是祿蠹麼！只可惜他生了這樣一個相貌。我想來，有了他，我竟要連我這個相貌都不要了。」（第一百一十五回）賈寶玉把「明心見性」視為關鍵性尺度，這就是禪宗的心性本體論。談了半天，不見根本，倒是捨本逐末，可見只是同貌而不同心，太讓人失望了。其實兩人都有心臟的跳動，但佛家所要「明」的心，是真心，是本心，是本有之淨心。這個心，不是物質，不是頭腦，不是本能，不是工具，它是人的情感本體、情感源泉。賈寶玉講的話都發自這一本心真心，而甄寶玉的語言則發自心外的遮蔽層與覆蓋層，所謂文章經濟，便是真心的覆蓋物。所以賈寶玉一聽便知甄寶玉是「無心無明」之輩，和自己不是一路人。心不同，道也不同。

【二五八】曹雪芹的價值觀

曹雪芹是一位大觀萬物、通審萬有的大美學家，他發現功名沒有美學價值，權力沒有美學價值，財富沒有美學價值。唯一有審美價值的是尚未變質、尚未衰敗的生命，尤其是青春少女生命。

【二五九】「無事忙」與當下哲學

海棠社結社之初，詩人們都起個別號，寶玉要大家替他想一個，寶釵笑道：「你的號早已有了，『無事忙』三字恰當的很。」之後，又替他想了一個「富貴閒人」。兩個「筆名」都很妥貼。後者我在《紅樓人三十種解讀》已作註疏，而「無事忙」這一名號也有哲學意蘊，它並非人們通常所想的以為是指沒有事情可做也瞎忙乎。寶釵笑中當然也有這一層意思，但深一層的「無事忙」，則是指無事於心、不將（牽掛過去）不迎（等待未來），充分活在當下。梁漱溟先生說：「心裏無事便是當下。人心本不着在一物上。小孩之一片天機，他時時是現在，時時未跑開，他的心完全未想旁的事。」[1] 無論是「無事忙」，還是「富貴閒人」，都是精神貴族的特點，也都是禪宗所倡導的「放得下的人生」態度。賈寶玉「赤條條來去無牽掛」，心不着世俗的功名利祿，前無功業嚮往，後無恩仇記憶，總是小孩的一片天機。他雖無當下哲學的概念，卻是當下哲學活生生的體現。

【二六〇】傾聽的意味

林黛玉吟誦《葬花辭》時，只有一個人傾聽，這是為之慟倒的賈寶玉；寶玉吟誦《芙蓉女兒誄》時，也只有一個人傾聽，這是林黛玉。知音者便是傾聽者。傾聽，才不是敷衍；傾聽，才是身心的投入；傾聽，才是沉浸；傾聽，才是真審美和真敬重。

【二六一】聰明的誤區

聰明不一定能導致自救。王熙鳳聰明到極點，但聰明使她愈變愈壞。

【二六二】丟掉幻想

賈寶玉具有絕對的真，絕對的善，但仍然有人對他恨之入骨，如趙姨娘，就想借魔法把他置於死地。因此人不可以心存免受委屈、免受打擊的幻想。

1 《孔家思想史》第六篇，引自《梁漱溟先生講孔孟》，第六十三頁，廣西師範大學出版社，二零零三年。

【二六三】不把玉石放在心裏

寶玉與世人不同之處，是他天生擁有玉石還嫌累贅，他只把玉石佩戴在胸前，而世人則把玉石放在心裏，整個靈魂被金玉財寶所抓住。

【二六四】對肉體之痛無感覺

寶玉被父親打得差些丟了小命仍無怨言，少女們幾滴眼淚就足以治療他的傷痕。此種態度可解說為呆，為孝，但最貼切的解釋是這個人對肉體缺少感覺，對精神情感卻敏感到極點。讓許多世人「驚心動魄」的事件，對於寶玉卻好像甚麼也沒有發生。

【二六五】「不為物役」的徹底性

賈寶玉沒有莊子的「不為物役」的表述，但其生命的行為語言則是「不為物役」最徹底的宣言。他不為功名所役，不為財富所役，不為門第所役，不為科場所役，不為八股所役，不為本本所役（聲明除「四書」外，其他皆杜撰），不為概念所役。更有意思的是，他也不為至貴之物所役，他在黛玉面前摔掉胸前的至貴玉石，在晴雯面前支持撕破寶貴扇子，都說明，世上任何名物名目卻不可主宰他的自由心靈。除了不為物役之外，他還不為鬼役（不怕鬼，瀟湘館鬧鬼時他想去看一看）、不為神役（主張不必祭神，心誠即可），其自由意志一貫到底。人生的「盡性」，大約便是這種不為他者所役的徹底性。

【二六六】永不開竅之人

讀者喜愛賈寶玉，並不是喜愛他的聰明伶俐，也不是喜愛他的浪漫好色，而是喜歡他的「呆頭呆腦」，正如探春所說的，他是個「鹵人」。自始至終在心中保持着「鹵」，保持着天生的一片混沌。常人都懂得仇恨、嫉妒、算計、虛榮等，但他對這一切永遠也不開竅。

【二六七】只為美驕傲

人的最美好的特質，與動物不同的高貴品格，都集中在青春少女身上，尤三姐的自刎，鴛鴦的自絕，林黛玉、晴雯的自傷，這才是美，才值得驕傲。人不可以為自己佔有大量財富而驕傲，不可以為佔有無限的權力和名聲而驕傲，但可以為「美」而驕傲。《紅樓夢》的價值觀，永遠顛撲不破。

【二六八】按其本性生活

曹雪芹通過各種意象提醒人的最終結局是一具骷髏、一個土饅頭（墳墓），全為了提醒你應當按照你的本真天性去度過一剎那的人生。

賈寶玉的人間之旅顯示，人要按照自己的本性去生活是一件極其困難的事情。人類離本真之我已經很遠，竟以為活在八股與聖賢的概念之中才算正常，按本真生命去思去作反而不正常。「孽障」、「禍胎」、「蠢物」等一大串帽子，都是給寶玉似的赤子準備的。

【二六九】眼淚只獻給一個人

林黛玉雖不斷流淚，但她的眼淚只獻給一個人、一種情、一顆心靈。寶玉的眼淚雖獻給所有無端消逝、無端被摧殘的青春生命，但他從來不為自己的所謂「失敗」、「挫折」、「損失」哭泣過。

【二七〇】美好心性價值無量

對那些比自己美的人，他衷心地激賞（如對秦鐘）；對那些比自己有才華的人，他熱烈鼓掌（如海棠社賽詩時為勝利者叫好）；對那些比自己貧寒的人，他全身心關懷（如對劉姥姥胡謅的茗玉）。黛玉問他：何為至寶？他回答不出。其實，賈寶玉身上的無價之寶，就是他的徹底善良的心性。托爾斯泰曾說，我不知道，除了善良之外，還有甚麼優秀品性。

【二七一】無善無惡

把王熙鳳說成惡人，太本質化，儘管她確實常作惡。人的生命豐富而多彩，所以不可本質化。本質化就是簡單化。說《紅樓夢》無善無惡，是說它具有一個比道德境界更高的宇宙境界，在更高的精神層面上把握善惡一體和善惡的轉化，而不是說，它不把惡視為惡。

【二七二】人的旗幟

所有的貴族，老爺、夫人、少爺、小姐都以為自己比別人高貴乾淨，唯有一個人正視自己的「糞窟泥溝」，這就是賈寶玉。他永遠是人的一面旗幟，就是他能自看、自審、自明、自度、自救。

【二七三】佛性之美

佛眼，說到底是超勢利之眼，佛性，說到底是超勢利之性。佛的不朽是它超越一切階級、等級之分，把平等的目光投向苦海中的眾生。賈寶玉的性情之美，是兼有人性佛性之美。

【二七四】內宇宙

心靈也是宇宙。相對於外宇宙而言，這是內宇宙。《紅樓夢》所描述的內宇宙，是一個燦爛的星空，這裏有名叫寶玉、黛玉、妙玉、湘雲、寶釵、晴雯的星辰，也有名為悲歡歌哭的陰陽聚散與風雲變幻，更有天際的大潔淨與大光明。心中有此星空，生活便有另一番風貌。

【二七五】靈魂的香味

有回寶玉聞到黛玉身上有種「幽香」，便要查看她衣服藏着甚麼東西。此時黛玉告訴寶玉：「實話告訴你，連我自己也不知道。」此香不是物香，也不是體香，而是黛玉靈魂的香味。也可說是絳珠草的仙草味。如此判斷，無法考證實證，但可作心證：打開《紅樓夢》，總是聞到赤子靈魂的芬芳，與名利之徒的臭味完全不同。

【二七六】不可令人噁心

人可以有缺陷，但不可以讓人噁心。《紅樓夢》中的賈蓉，舔着尤氏姐妹唾沫星子的賈蓉，就是這種惡濁人。

【二七七】和諧中道哲學

讀了威廉・葛德文（William Godwin）的《政治正義論》，心靈被震盪之餘，想到中國與西方所追求的政治哲學的最高境界不同：西方追求的是正義，中國追求的是和諧。所謂和諧，自然是多元的和諧，「和而不同」的和諧，確認差異尊重差異的和諧。和諧哲學崇尚生存而不崇毀滅（與海德格爾的赴死哲學全然不同）；崇尚適度而不崇極端；崇尚建設而不崇破壞（與「破字當頭」的哲學全然不同）。於是，尚和、崇生、知幾（分寸）、明度以及中庸、中道等理念便經久不衰。《紅樓夢》哲學不是政治哲學，而是審美哲學，但它追求的至高審美境界也是和諧境界，包括天地人和諧共在的審美秩序，天人合一、物我無分的審美理想等等，而其主人公之所以異端卻不極端，挑戰卻不造反，拒絕「大惡」卻又懷疑「大仁」（所謂「文死諫、武死戰」），背後也是和諧哲學所支持。

【二七八】為拆除面具而來

林黛玉到人間來，固然是來「還淚」，但也是來拆除人的面具的。她的率性，就是對面具的撕毀。她的缺點是喜戴面具的人類眼中的缺點。而在真性情的寶玉眼中，她恰恰是一個完整人和一個人間面具的拆除天使。

【二七九】王夫人離佛最遠

王夫人手不離佛珠，可是心離佛最遠。她對晴雯、金釧兒下此毒手，不僅把兩個女子推向死亡，也把自己推向離佛十萬八千里的黑暗深淵。

【二八〇】與佛交易

一些拜佛的人對佛的利用是求取交易最大效應，用幾碗肉、幾盤水果或幾疊紙錢就要求佛酬報他們以億萬黃金甚至一座天堂，其貪婪與苛刻總是出乎佛的想像。鑒於此，所以寶玉對芳官說，拜神拜佛，重要的是心誠，而不是虛名。

【二八一】權力意志導致荒誕

賈迎春，一個最懦弱的「懦小姐」，偏偏在兩家權力的主宰下嫁給一個最強悍的中山狼，終於被狼吃掉。這就是人世間的荒誕。《紅樓夢》作為一部荒誕劇，其荒誕性不是哲學思辨，而是迎春與狼共臥的這類現實屬性。但蘊含在這種屬性中的內容仍然有哲學。這種哲學是對權力意志的嘲諷和抗議。尼采的哲學正相反，他把權力意志視為存在的最內在的本質，把善界定為權力意志和權力本身，而把惡界定為「一切源自虛弱的事物」（《反基督》第二節）。面對迎春走入狼穴一事，他一定要謳歌中山狼嘲笑弱小姐。然而，這種謳歌將更是大荒誕。說到底，尼采的哲學是瘋人哲學，曹雪芹的哲學才是正常人也是智慧人哲學。

【二八二】無中生有

《紅樓夢》第一回就講「無中生有」。無中生有，在哲學上是深刻的命題。一般地說，有神論者講「無中生有」，無神論者則講「有中生無」。但在倫理學上無中生有則是不可實行的反動命題。在哲學上，無中生有，是確認「無」是萬物萬有的本源，是第一因，也是人的第一故鄉，最初與最後的真實。所有的美好的東西都從那裏獲得。在倫理學上，最高的善是誠實，騙子是倫理學的第一批判對象，這門科學嚴禁無中生有。

【二八三】婚外戀者的地獄與天堂

潘金蓮是婚外戀者，被稱為「淫婦」；秦可卿也是婚外戀者，沒有人稱她為「淫婦」。三部中國古代小說經典，所謂淫婦也具有三種命運：在《水滸傳》中被判入地獄；在《金瓶梅》中被判入人間；在《紅樓夢》中被判入天堂。《水滸傳》中有嚴酷的道德法庭，《金瓶梅》中沒有這種法庭，《紅樓夢》更是沒有，但它有一個審美法庭，秦可卿被這一法庭判為「兼美」，因此，她逝世時，贏得最高的哀榮，最隆重的葬禮。

【二八四】閱讀的眷戀

在雲空中靜思，才覺得不斷閱讀《紅樓夢》，乃是一種緬懷，一種嚮往，一種依戀。原來，故國文化進入自己內心最深處的是《紅樓夢》，自己最傾心、最眷戀、最難遺忘的是這部偉大小說中的詩人與詩國，癡情與純情。許多經書典籍，拿起來又放下，唯有《紅樓夢》拿起來後再也放不下。走過許多山、許多水，山間曾有歡樂，水上曾有歡笑，但帶給自己動心的「至樂」的，卻只有大觀園裏的青春共和國。

【二八五】「誠」的哲學意味

本書第一一〇則筆記，引述寶玉對芳官說，對待祭奠祭拜的對象，不在於虛名，而在於「心誠意潔」，以「誠心」二字為主（第五十八回）。強調一個「誠」字，也說明寶玉不是簡單的反儒派。因為「誠」

字乃是儒家思想的內核，朱熹說他的全部學說講的也不過是「正心誠意」四個字。關於「誠」的哲學意味，賀麟先生作了如下精闢的闡釋：

> ……以誠字為例，儒家所謂仁，道德意味比較多，而所謂誠，則哲學意味比較多。《論語》多言仁，而《中庸》則多言誠。所謂誠，亦不僅是誠懇、誠實、誠信的道德意義。在儒家思想中，誠的主要意思是指真實無妄之理或道而言。所謂誠，即是指實理、實體、實在或本體而言。中庸所謂「不誠無物」，孟子所謂「萬物皆備於我矣，反身而誠」，皆寓有極深的哲學意蘊。誠不僅是說話不欺，復包含有真實無妄、行健不息之意。「逝者如斯夫，不舍晝夜」，就是孔子借川流不息以指出宇宙之行健不息的誠，也就是指出道體的流行。其次，誠也是儒家思想中最富於宗教意味的字眼。誠即是宗教上的信仰。所謂至誠可以動天地泣鬼神。精誠所至，金石亦開。至誠可以通神，至誠可以前知。誠不僅可以感動人，而且可以感動物，可以祀神，乃是貫通天人物的宗教精神。就藝術方面言，思無邪或無邪思的詩教即是誠。誠亦即是誠摯純真的感情。藝術天才無他長，即能保持其誠、發揮其誠而已。藝術家之忠於藝術而不外騖亦是誠。總之，誠亦是儒家詩教、禮教、理學中的基本概念，亦可從藝術、宗教、哲學三方面加以發揮之，今後儒家思想的新開展，大抵必向此方向努力，可以斷言也。[1]

賀麟先生這段話像一首哲學詩，他把中國文化中最美的「核」描述得最清楚不過了。賈寶玉講

1 賀麟：《儒家思想的新開展》，原載於《思想與時代》第一期，一九四一年八月，此處轉引自《賀麟集》，第一三五頁，北京大學出版社，二零零五年。

「誠」，其實，他本身就是誠的化身。在他身上，承載着「誠」的全部意味：道德意味、哲學意味、宗教意味、藝術意味。他所以感人至深以及《紅樓夢》所以感人至深，就是在他的身心和小說的整部文本，全浸透着一個誠字。「誠」字是打開寶玉心靈的金鑰匙，是打開《紅樓夢》深層門窗的金鑰匙。偉大作家曹雪芹所創造的也將永遠立於中國精神大地的賈寶玉形象，他是誠的大寫的象徵，他的名字和他的心靈內容，就是中國深層文化的實理、實體、實在和本體。曹雪芹為中國立心，為世界立心，為天地立心，立的就是一個剝掉全部虛偽外殼的「誠」字。

【二八六】「誠」與「信」的差異

賀麟先生講「誠」的意蘊之後，李澤厚又講誠的來源和誠在中西兩大文化系統中的位置。他說，基督教講「信」，因「信稱義」。中國講「誠」，「至誠如神」。前者來自《聖經》，後者來自巫史傳統。由兩者生發出來的情慾關係、情理結構、感情狀貌的相同、相似、相通和相異之處頗值仔細分疏（參見《論語今讀》）。李澤厚用「信」與「誠」這兩個字把中西兩大文化之核分疏出來。以「信」為核，基督教文化派生出的基本概念或範疇是主、愛、贖罪、得救、盼望、原罪、全知全能等；而以「誠」為核，儒家文化派生出的基本概念或範疇則是仁、禮、學、孝、忠、恕、智、德以及義、敬、哀、命等。「誠」本是巫術禮儀中的接受或出現神明時的神聖感情，以後被儒家將之不斷理性化、道德化、內在化，而成為對人的品格和感情的基本要求。賈寶玉在講「誠」時，特別提到紙錢「不是孔子的遺訓」，並說「一心誠虔，就可感格」（即誠可通神通天），顯然，他也認為孔子講誠不是表面文章，而是心誠，也承認「誠者，天之道也；誠之者，人之道也」（中庸），在哲學上確認「誠」為道體。可見，他雖是「檻外人」（異端），但他只是拒絕儒家的典章制度和「非禮勿視」一類意識形態的異端，並不是孔子誠之遺訓的異端。對於孔子思想深層中的「誠」，他不僅心領神會，而且貫徹到自己的全部行為和語言中。筆者把他比作基督，也深知他與西方基督在大文化上畢竟不同，西方是立足於「信」的基督，東方則是立足於「誠」的基督。

【二八七】人沒有那麼好

王國維作為借用西方哲學參照系審視《紅樓夢》的先驅者，他選擇的第一個參照系是德國的叔本華。這位德國哲學家的千言萬語，就告訴我們一個哲學真理：人沒有那麼好。我們作為闡釋者，可補一句：人沒有文藝復興時代的思想者所說的那麼好。因為人已被魔鬼——慾望鑽入身內心內，並且永遠無法滿足它與戰勝它。人作為魔鬼的人質與俘虜，注定要扮演悲劇角色。曹雪芹比叔本華更早就發現這一哲學真理，看到男權社會的主體——男人們沒有那麼好，他們個個的肚子裏都深藏着一個忘不了功名、財富、權力的魔鬼，同樣也無法滿足它與戰勝它。但曹雪芹還發現世上有一部份人確實好，如林黛玉等青春少女，她們是不許「臭男人」即魔鬼沾邊的。曹雪芹、叔本華和自殺的王國維都是悲觀主義者。因為悲觀，所以深刻。但曹雪芹在黑暗王國又看到「女兒」的一線光明，更為深刻。

【二八八】看不透的人最怕死

王熙鳳被李紈稱作「玻璃人」（第四十五回）。所謂玻璃人乃是強硬其外、脆弱其中的外強中乾之人，相當於當代人所嘲諷的「紙老虎」、「泥足巨人」等。王熙鳳在聽到抄檢賈府的消息時，嚇得死厥過去。平常時，她受寵於賈母，掌權家政，頤指氣使，不可一世，但事實證明，這個外表最有力量的人，內裏卻最沒有力量，口力有餘而心力不足。這是為甚麼？除了她貪贓枉法作賊心虛之外，還有一個根本原因，是因為她生來機關算盡，甚麼也放不下，甚麼也看不透，沒有真知識、真智慧。放不下看不透的人其實最怕死，最脆弱。在災難和鬼神面前，寶玉比鳳姐顯得有力量，滿不在乎，這除了他心實（從不做壞事）之外，還因為他早已看透權力財富這些幻想。赤條條本就來去無牽掛，即使賈府倒塌，也不過如此。

【二八九】看破人生又眷戀人生

賈寶玉內心嚮往的「夢」，是空而無的夢？還是空而有的夢呢？其憧憬的詩意棲居是無還是有？他與黛玉不同，喜聚不喜散（黛玉則是喜散不喜聚）。他所喜的聚，有世俗狀態的聚，有詩意狀態的聚。所謂空，雖然排除世俗負累，但不可能完全排斥世俗棲居，所以賈寶玉在排除世俗負累之後仍然活在現實的地上。他的可貴是在世俗聚會時又有所超越和飛升，努力尋求讓心靈豐富與人生豐富的詩意之聚，所以才熱衷於辦詩社，抒詩情，享受獨一無二的人生，不離生存本義，又追求存在意義。他看破人生又眷戀人生，說明他夢的是空而有而不是空而無。

【二九〇】充分人化後再求人的自然化

用哲學語言表述，孔子學說的重心講的是「自然的人化」，而莊子學說的重心講的是「人的自然化」。從動物變成人，從不講倫理、只講慾望的野蠻人變成文明人——講仁、講義、講禮的人，這是自然的人化。有了這一前提，才可講人要反抗禮教、反抗束縛、反抗偽道德。《紅樓夢》中人如薛蟠、賈蓉等，其實尚未完成人的進化，而黛玉、寶玉則是在充分人化以至心靈精緻化之後才反抗八股文章與虛偽道德束縛。他們的反叛是充分人化之後的反叛，是擁有高度心靈原則之後的謀求意志自由，是在實現「自然人化」大前提下的謀求生命自然。賈政掌握不了這種哲學區分，他開口閉口的「孽障」，用於罵薛蟠、賈蓉等可以，用於罵寶玉則不妥。

【二九一】曹雪芹與海德格爾的區別

死無法把握，只可知死的必然，但不可知死於何時、何地以及死後是否還有靈魂？因此，死比生帶有更多的神秘性。《紅樓夢》人物從秦可卿到晴雯均是活着時真實，赴死的時候更真實。她們都在臨終前的一刻，說了最真實、最想說的話。海德格爾確認人在赴死時最真實，唯有此時存在才充分敞開。曹雪芹早已如此思索，哲學的鋒芒早已射到死前的瞬間。但他與海德格爾不同，他不崇尚死亡，更不崇尚毀滅，只為生命的毀滅而悲傷，而海氏哲學則可以鼓動士兵去赴死。曹氏哲學的指向是不怕死又珍惜生命。

【二九二】把哲學還給人

探索《紅樓夢》哲學，其無窮樂趣與無窮意義是探討一位人類的天才，一雙最真最美的眼睛，一個最有靈性悟性也最有人情人性的大作家怎樣看宇宙、看世界、看人生。通過求索，可把蘊含於精彩敘述中的哲學視角、審美視角開掘出來，以啟迪我們的眼睛，我們的耳朵，我們的「六根」。曹雪芹通過最美的形象意象，借助舉世無雙的少男少女，把哲學還給人，還給生活，讓哲學意象化，具體化，讓哲學玄而不玄，空而不空。《紅樓夢》啟示我們：哲學並非知識，並非學問，並非科學，並非認識，它是對話，是觀照，是把握，是交匯，是提高人生的智慧提綱。

【二九三】審美秩序高於道德秩序

《西遊記》展示的宇宙秩序是政治秩序，天上的宮廷與人間的宮廷沒有兩樣。《水滸傳》暗示的宇宙秩序是道德秩序，天罡星與地煞星暗示的是善與惡，從孔夫子、董仲舒到現代新儒家描述的宇宙秩序也是道德秩序。而《紅樓夢》所呈現的宇宙秩序則是審美秩序。其天上警幻仙境的主體是美人美女子，其境遇乃是情天情海，其主體的功能是「司人間之風情月債，掌塵世之女怨男癡」，其天際宮門的對聯是：「厚地高天，堪嘆古今情不盡；癡男怨女，可憐風月債難償。」這一宇宙圖像，是以人（少女）為主體，以情為本體的審美圖像，這一圖像是對道德秩序的顛覆，警幻仙姑對人間來客賈寶玉說：我愛你是「天下古今第一淫人」，她勸寶玉「留意於孔孟之間」則是對道德秩序的反諷。但嘲諷的只是偽道德，並非真道德。《紅樓夢》的審美秩序是超道德秩序，不是反道德秩序。賈寶玉的「意淫」正是地地道道的審美。

【二九四】看破之後更有力量

悟空看透並不是消極，更不是沉淪。如《好了歌》所暗示的把功名、財富、權力看破看穿，再活下去，就無世俗重擔而活得更自由，更積極，更有力量。賈寶玉和賈政誰更有力量？是拿着棍棒痛打寶玉的父親，還是被打了之後無語無言無相的兒子？俗人佈滿天下，各個都在宮廷皇帝面前拜倒顫慄，唯寶玉有力量不在乎宮廷王妃，也唯有他敢笑「文死諫」、「武死戰」的文臣武將，有力量拒絕八股文章和僵化科場的誘惑。曹雪芹本人則在看透看破之後，產生了偉大的創作力量，建構了中國文學和人類文學的不朽經典，書中蘊含的天地元氣，乾坤大氣，空前啟後，其雷霆萬鈞之力真會磅礴於千秋萬代。

【二九五】哲學與思想的區別

哲學不同於思想至少有兩點：一是哲學必有視角（思想無須視角）；二是哲學總是致力於把握永恆（思想一般僅着眼於時代）。《紅樓夢》「以道觀物」（莊子語），即用道的視角觀物，便無分別。泯是非，齊善惡。嚴復說：「格物之事，以道眼觀一切物，物物平等，本無大小，久暫、貴賤、善惡之殊。」[1] 所謂道高無正邪，便是用道眼看人間，人人平等，無正教邪教之分，無君子與小人之別。寶玉與薛蟠、蔣玉菡為友，在賈政看來，是走邪門歪道，但在曹雪芹眼中，卻是平常道，佛性大道。《紅樓夢》中充滿着生死、陰陽、聚散、有無、好了、色空等哲學思考，這是易經時代的問題，也是今天與未來的永恆問題。

【二九六】傷感的本質

說《紅樓夢》是傷感主義的作品，沒有錯。從文學上說，僅僅林黛玉的流不盡和還不清的淚就足以說明，更不用說晴雯、鴛鴦等的死亡帶給寶玉的悲傷。但從哲學上說，其傷感的本質則是至真至美之情在時間中的暫時性與有限性。人生如此短暫，有情人共同創造的戀情癡情如此脆弱，有甚麼比至親至愛之人的消失更值得哀傷？有甚麼比曾經活着的詩意生命的永遠離別更值得緬懷？《紅樓夢》正是把曾經存留在時間中與記憶中的痛惜心理情感，化作歷史的本體與宇宙的本體，從而抵達永恆。所以有心人讀《紅樓夢》，總要讀出「珍惜」二字。

1 《嚴復集》第一冊，第四十五頁。

【二九七】發自本心的語言

賈寶玉跟王熙鳳的口才都好，但是其語言卻有不同的質。後者雖口若懸河，但真假難辨。她對賈瑞說的話全是假話，但賈瑞信以為真，結果上了死當。她對尤二姐說的話，也全是假話，而尤二姐不知其假，也上了死當。她的巧言令色，連丈夫賈璉都分不清其真假，更何況老實懦弱的尤二姐。王熙鳳對賈母說的許多幫閒的奉承話，其中有真有假，虛虛實實，賈母是個聰明人，即使明知是假，也認假為真，能取樂就好。王熙鳳的語言，用當今的概念說，屬於外交辭令與謀生工具，而賈寶玉的語言則句句坦白率真，他發自本心，出乎真情，是生命血脈跳動流動的一部份。語言上的「復歸於樸」，不是摒棄文采與情趣，而是回到賈寶玉式的這種發自質樸內心的聲音，拒絕王熙鳳的吞雲吐霧。二十世紀語言學把語言說成是「存在之家」，雖屬誇張，但如果是指發乎本心之處的語言，倒也可以成立。出自本心的語言也是最後的一種實在。

【二九八】叩問無上究竟

曹雪芹具有深厚的哲學思想，卻不是玄學家，他不追問甚麼是「無上究竟」，老子的無極，朱熹的太極，黑格爾的絕對精神，康德的物自體，《聖經》的上帝，都是無上究竟，而《紅樓夢》則只把「女兒」二字當作無上究竟。地上的大觀園，天上的太虛幻境，上天下地唯有女兒是至真至美的本體。西方的聖經以上帝為最高本體，他的兒子基督是本體的化身。而曹雪芹的「文學聖經」則以宇宙的協同共在為本體，它的鍾靈毓秀形成的女兒，是本體的化身。「女兒」象徵的是：宇宙間的無上究竟，乃是難以名狀的大美與大潔。

【二九九】人的定義

曹雪芹如何定義人？通觀《紅樓夢》，大體上可以如此把握，他是把人視為以天為眼（視角）、以己為體（以人自身尤其是人之情感為本體）、以物為用的存在。他不以肉眼俗眼看人，而以天眼道眼即大觀的眼睛看宇宙人生；他以女兒為至尊為根本，便是以人為根本。他在晴雯撕扇子時發表的那一番話（說扇子撕了也無妨，一物可多用，扇子既可以作搧風用，也可以作取樂用），便是以人為主體，以物為用具的哲學。莊子認為人的悲劇是只有肉眼物眼而沒有道眼，所以總是神為形所役，人為物所役，顛倒了本末。曹雪芹也做如是觀，也不斷揭示人的「情意我」被「形骸我」所役，所以總是壓抑真情真性而汲汲於功名利祿，不明白最可珍貴的一切不在物中而在心中。《紅樓夢》中唯有主人公寶黛二人真正明白己為體，物為用，因此，他們的心靈贏得了別人所沒有的自由。

【三〇〇】真知、真明、真淨

寶玉離家出走後，皇帝賜予他一個「文妙真人」的稱號，讓賈政們得到許多慰藉。儘管此號並不通（因真人不是世俗角色，無所謂文妙不文妙），但寶玉倒是具有常人難以企及的「真」。他除了有真情之外，還有一種容易被疏忽的「真知」。古希臘哲學家把知人——知道你自己，視為哲學的最高問題。而寶玉便是賈府內外唯一有自知之明的人，唯一承認黛玉寶釵是比自己「先知」的人，也是唯一承認自己乃是「濁人」的人。蘇格拉底強調的「自知其無知」乃是人類哲學的第一真命題。因此我們可以說，自知其無知，是真知；自明其未明，是真明；自淨其不淨，是真淨；從這個意義上說，賈寶玉倒是名副其實的真人。

外篇：紅樓哲學補述

《紅樓夢》與西方哲學

——《紅樓夢》哲學內涵續篇

拙著《紅樓夢悟》中的《〈紅樓夢〉哲學內涵》一章，本是在台灣東海大學的講稿，已過兩年，我想再作些補充。當時講的題目實際上是《〈紅樓夢〉與中國哲學》，未能多講《〈紅樓夢〉與西方哲學》，我現在想以西方哲學為參照系再說說《紅樓夢》。這一角度我在與劍梅的《共悟紅樓》中已有涉及，如把曹雪芹與陀思妥耶夫斯基作為東西方兩大哲學景觀作了初步比較。此外，在《紅樓夢悟》及《紅樓哲學筆記》中也使用了許多西方哲學參照系，以借助叔本華、尼采、荷爾德林、海德格爾等哲學理念來深化對《紅樓夢》哲學的感悟與認識。今天，我放下《悟語》形式而用論說的形式，不過是把過去的講述加以綜合而已。

一、雅典與耶路撒冷

無論是講述《紅樓夢》文學，還是講述《紅樓夢》哲學，我都使用一種有別於考證與論證的方法，這就是「悟證」的方法。悟的思維方式被禪宗特別是被慧能推向了極致，最後從方法論變為本體論，斷定「悟即佛」。悟不僅是手段，而且是目的；不僅是用，而且是體；不僅是抵達佛的路徑，而且是佛本身。但我是學人，不是僧人，仍然把悟作為方法，並且把它看作是不僅屬於禪宗，而且也屬於莊子，甚至是屬於中國哲學的有別於邏輯論證的一種普遍性方法，這就是直覺、直觀的方法。這種方法沒有思辨過程，即無須「證」。因為悟完全靠自己去發現、感受、捕捉、道破，沒有普通必然的原理法則可作依據，也不是語言可以抵達，甚至難以解說。但為了解說與講述，也為了把宗教性之悟與學理性之悟區分開來，我便使用「悟證」一詞（正如宗教與宗教學不同，宗教只講信仰與情感，悟即可以，而宗教學則要有所證。），悟證也可以稱作直證，即無須邏輯中介的直接把握；論證也可以稱作曲證，即需要邏輯思辨這一中介的間接把握。關於這兩種不同「證」的方法，賀麟先生講得十分清楚。他說：

> 證明也有兩個意義：第一，直接的證明，第二，間接的證明。直接的證明由體驗去證明，如求仁得仁，知天即天知，見道即道之自覺。間接的證明，是理智的證明，也是外在的證明，由前提推結論，由因證果。直接的證明又名先天證明，間接的證明是後天的證明。黑格爾指總念的推論是直接證明，形式的證明是間接證明。直接證明在某種意義下不是推論，也不是證明，而是一種直覺或體驗。直證上帝，直證本體都是超理智的。康德反對用形式的間接的方法證明上帝存在，因為他認為上帝存在的問題非理智的而是信仰的問題。[1]

賀麟先生是西方哲學的翻譯家，本人又是哲學家，他說直接證明在某種意義上不是證明而是一種直

1 《黑格爾理則學簡述》，見《賀麟選集》，第二五二頁，吉林人民出版社，二零零五年。

覺與體驗。我所說的悟證，也是如此，它並不是理智性的邏輯性的證明，而是一種直覺與體驗，但同時它是一種本體論的把握，可以直證本體，並可以由體證用，由思證有，由源證流，由知證行，因此也可以說是一種證。例如莊子與惠施在濠上關於「魚樂」的論辯，莊子就是直覺與體驗，他是由思證有的本體性把握，而惠施則是理智性邏輯性的駁難：「子非魚，安知魚之樂？」（你不是魚，怎麼知道魚快樂？）惠施使用的是邏輯，但莊子則摒棄邏輯，讓人與魚自然合一，也就是思與有合一，本質與存在合一，體與用合一，用自樂而證魚也樂，由主觀之誠證客觀之在，如同用對上帝信仰之真誠證明上帝之存在。

直證與曲證，實證與悟證的區分，背後是兩大知識類型、兩大真理體系的區分，即實在性真理體系與啟示性真理體系的區分，也是希臘理性精神和希伯萊神性精神的區分，雅典知識類型與耶路撒冷知識類型之分。文學更接近宗教，它訴諸信仰與情感，而不是訴諸理智與理性。它不同於科學，呈現的不是實在性真理，而是啟迪性真理。因此，它對真理的把握方式乃是本體性的直接把握，也就是直證悟證，而不是曲證實證。《紅樓夢》作為一部大徹大悟的悟書，它對宇宙真諦、人間真諦的把握，對美的本源、美的本質的把握，對生命真理、詩意存在的把握，都不是理智與邏輯，因此，我們對它的閱讀，也不應當訴諸理智的方法與實證的方法。其實，不僅是《紅樓夢》，而且整個文學活動都是以耶路撒冷的方式為前提。有這個前提，文學才有存在的理由。如果訴諸雅典訴諸實證與邏輯，文學怎樣也比不過科學。因此，抓住「悟」，恰恰抓住文學的基本特點和基本優勢。曹雪芹自己也說「『意淫』二字，惟心會而不可口傳，可神通而不可語達。」（第五回）也就是不可以用語言論證或實證，只可直覺與體驗。《紅樓夢》中的數百人物，其性格與心理，也可用兩種證法：一種是由行為證性格、由作風證理念的現象學證法（屬於實證）；另一種是由性格證行為，由理念證作風的本體論證法（屬直證悟證）。例如我們從小說文本的開頭，就知道賈寶玉週歲紀念時於百物中只抓住脂粉釵環，從而被賈政視為好色之徒；後在夢遊太虛幻境時，又被警幻仙子界定為「天下古今第一淫人」（第五回），便知他的性格總體特點。由此，我們便可推證他的許多行為的動機和文化心理內涵，包括他的夢中人是哪些人（他對那些人具有愛意）。所謂悟法，便是這種由源證流，由思證有的方法，而《紅樓夢》這部偉大小說的寫法，本身也是一種由源到流，由思到有的結構，它在開篇不久（第五回），就通過警幻仙子的十二支歌曲，對主要人物的性格與命運作了揭示。這些揭示都是後來故事情節的源頭。我們憑借這一源頭可以悟證許多現象。我說寶玉聞到黛玉身上的香味是靈魂的芳香，便是從黛玉的生命源於絳珠仙草出發，有了這一本源，便可直覺到她身上具有仙草的芬芳。這種直證雖沒有邏輯演繹，但可抵達事物真諦。

說悟證法門屬於對啟示性真理的把握，屬於類似直證上帝的本體性證明，屬於耶路撒冷的知識類型，只是說《紅樓夢》的哲學方式和我的閱讀方式屬於耶路撒冷，並不是說《紅樓夢》的精神內涵整個屬於耶路撒冷，與上帝—基督教文化相通。從哲學內涵上着眼，可以說《紅樓夢》既不屬於耶路撒冷，也不屬於雅典，它完完全全屬於中國文化。小說中的哲學張力場不是雅典與耶路撒冷的對峙，而是儒家道統哲學與莊禪異端哲學的對峙和只屬於曹雪芹的其他對峙內涵。用耶路撒冷的參照系來看《紅樓夢》哲學，可以看到《紅樓夢》哲學與基督教哲學具有以下四點巨大的差別：

（一）基督教文化屬於「有」的哲學，《紅樓夢》屬於「無」的哲學、「空」的哲學。整部小說是「無為有處有還無」，即有和無的矛盾、衝突、徘徊、彷徨，但其對宇宙、世界、人生的本體性把握，基督屬有，曹雪芹屬無。前者以上帝為宇宙本體，後者以「空」為宇宙本體。在基督教哲學體系中，不僅上帝是個神聖巨大的存在，而且上帝創造的這個地球，這個人間，以及這個地球上的各種生命，都具有實在性。而《紅樓夢》受佛學尤其是受莊禪哲學的影響，則認定世界、人生來自空而歸於空，來自無也歸於無，「質本潔來還潔去」，最後的故鄉是白茫茫一片真乾淨的無，《好了歌》具有多重暗示，其哲學暗示是世界與人生，最後了於無，止於無。「來兮止兮」（《芙蓉女兒誄》），本來無一物，最終也無一物。所有的物，所有的色，包括金銀、姣妻、權力、功名等都是幻影幻相。總之，基督教是直證上帝之有，《紅樓夢》則直證諸相之無。前者以上帝為獨一無二的最高境界，後者則以「無立足境」的空空境、無無境為最高境界。

（二）基督教文化和《紅樓夢》文化都是大愛的文化，其哲學又都是「以情為核」的哲學。但基督教的愛是「聖愛」，情的總根是天父天主之情，人間一切溫情都源於此。而《紅樓夢》的愛與情，卻全然是人間之情，其情感系統（戀情、親情、友情、世情等等），全與聖愛無關，全源於人與人的相關互動，即情感不是神性的產物，而是人性的產物。因此，一旦心愛的人消失，主人公賈寶玉就會產生大哭泣，大悲情，確知消失之後不可能進入神聖之愛的懷抱之中。

（三）基督教哲學與《紅樓夢》哲學都有罪感，即都有罪的哲學意向。基督教所定義的罪是因為人離棄了父親（天父）而破壞了人與上帝的關係從而也破壞了人與人的關係。因此，這種罪乃是因忘恩負義引起的內疚。失去天父也就失去存在的根據，因此可把這種罪定義為存在之罪，降生下來就有罪的「原罪」。而《紅樓夢》沒有這種原罪感，卻有負疚感，其罪的原因是欠了淚——欠了情，沒有情就沒有存在的價值，這種罪乃是歷史之罪，是「我的過去」欠了債，犯了罪。因此，兩者的懺悔內容也不同，基督的懺悔是為了救贖，屬於拯救靈魂的神性內容；曹雪芹的懺悔則是思念與慰藉，屬於撫慰靈魂的人性內容。

（四）基督教與《紅樓夢》都面對苦難，都有大慈悲精神。但基督教以苦為樂，認定擁抱苦難才是走向天堂的路徑，因此接受苦難，甚至沉迷於苦難並以苦難為幸福。因為具有返回大地與苦難生命共負罪責的精神，因此，產生了自我犧牲的崇高感。而《紅樓夢》雖也正視苦難，正視血腥的現實，卻不以苦為甜（不以苦難為幸福），而是期望擺脱苦難，超越苦難。因此，《卡拉瑪佐夫兄弟》中的阿廖沙返回苦難的大地，而賈寶玉則離家出走，逃離苦難的大地。但賈寶玉的原型——《紅樓夢》作者本身，他的逃離只是逃避人間的卑鄙、污濁與黑暗，這之後他用一種看破幻相的最清醒的意識觀照人間，他的逃離並非潰敗，也非放棄關懷，而是贏得心靈自由進行精神價值創造。

二、《紅樓夢》與叔本華的悲觀主義哲學

第一個認定《紅樓夢》是一部哲學大書並第一個以德國哲學為參照系評論《紅樓夢》的是王國維。這位先知型的中國人文天才用叔本華的悲劇論解説《紅樓夢》，發現《紅樓夢》的悲劇並非幾個蛇蠍之人所造成而是人與人的共同關係即共同犯罪的結果，把《紅樓夢》的評論一下子提高到形而上水平。關於王國維的《紅樓夢評論》的得失，筆者已經論述過。論説的重心是認為王國維雖借叔本華揭示慾望造成悲劇，但未注意慾望還造成荒誕劇，也未注意《紅樓夢》的主題精神不是被慾望所主宰的消極精神，而是反抗慾望（包括反抗財色、物色、功名、權慾等）、質疑慾望的積極精神。讀了《紅樓夢》會使人產生力量，原因就在於此，即能在看透諸種色相之後得到積極的精神提升。

此次講述想要補充和強調的是，曹雪芹從文學上説，《紅樓夢》是部大悲劇，而從哲學上説，則與

叔本華的悲觀主義相通。叔本華悲觀主義哲學的深刻性在於確認人永遠被人自身內在的魔鬼——慾望所統治。這是一種永遠不知滿足的魔鬼。一時滿足了，又有新的衝動與慾求，不斷滿足，也不斷膨脹。這種人性的惡難以消滅又不可改造。他的思想體系暗示，人並不是上帝能夠主宰的，其生命意志並非上帝所能決定，反而是魔鬼所決定。人生所以注定帶着悲劇性，就是人改造不了魔鬼，因此人唯一的出路就是走向與功利無關的超意志的審美愉悦之中。

曹雪芹也是一個悲觀主義者。魯迅說《紅樓夢》：「悲涼之霧，遍被華林，然呼吸而領會者，獨寶玉而已。」（《中國小說史略．清之人情小說》）《紅樓夢》的確佈滿悲涼之霧，它對世界是悲觀的，對人是悲觀的，對情愛是悲觀的。無論是甄士隱對《好了歌》的註解，還是《紅樓夢》預示命運的總結曲（《收尾．飛鳥各投林》：為官的，家業凋零；富貴的，金銀散盡；有恩的，死裏逃生；無情的，分明報應。欠命的，命已還；欠淚的，淚已盡。冤冤相報實非輕，分離聚合皆前定。欲知命短問前生，老來富貴也真僥倖。看破的，遁入空門；癡迷的，枉送了性命。好一似食盡鳥投林，落了片白茫茫大地真乾淨！）都極為悲觀。曹雪芹認定，人生沒有意義，說到底只是為他人做嫁衣裳而已，這個世界到頭來是「白茫茫大地真乾淨」，甚麼也不剩。沒有誰可以充當救世主，沒有人可以挽救美好生命的毀滅和世界的墮落，無論是儒、是道、是釋都挽救不了改造不了那個金玉其外、敗絮其中的荒誕社會。正是這種徹底的悲觀主義，所以《紅樓夢》的思想才深刻，才不製造任何幻相、任何烏托邦，才一反中國大團圓的老套，如實地呈現出美好的生命一個一個被濁泥世界所吞沒。受悲觀主義哲學的影響，《紅樓夢》文本中設置了冷子興一開篇就說賈府「一代不如一代」（第二回）。三雙冷觀賈府的冷眼：一是冷子興，二是秦可卿，三是妙玉，他們都帶出悲觀的結論。秦可卿在臨終前託夢對王熙鳳說的那番話，全是「盛筵必散」、「諸芳散盡」、「登高必跌重」、「樹倒猢猻散」的悲觀預言。而妙玉偷聽林黛玉彈琴更是預感到斷裂之聲的不祥之兆。三者全是曹雪芹的悲觀主義眼睛。《紅樓夢》的清醒意識恰恰來自這些悲觀主義的眼睛。《紅樓夢》有大夢，但沒有膚淺的樂觀主義和膚淺的浪漫氣息。這正是他有一種與叔本華相似的哲學意向。第三十六回中，賈寶玉在批判「文死諫，武死戰」的儒家道統時這樣說：

「……我此時若果有造化，趁着你們都在眼前，我就死了，再能夠你們哭我的眼淚，流成大河，把我的屍首漂起來，送到那鴉雀不到的幽僻去處，隨風化了，自此再不託生為人，這就是我死的得時了。」後來他又說：「我想這個人，生他作甚麼？天地間沒有了我，倒也乾淨。」（第九十一回）這種話，簡直與叔本華如出一轍，而且說在叔本華之前。叔本華（一七八八——一八六零）正是說，人最大的錯誤是被生下來了。他引用西班牙劇作家加爾德隆（Calderón，一六零零——一六八一）在《人生一夢》中的一句話旁證自己的思想：「因為一個人最大的罪過就是，他已誕生了。」[1] 不僅生下來為多餘人（如同補天時多餘的石頭）是錯誤的，而且壓根就不應該生，出生就是錯，這是對人生極深的絕望。難怪寶玉要對同到塵世來走一回的知己林黛玉說出如此至痛至傷之語：「原是有了我，便有了人；有了人便有無數的煩惱生出來，恐怖，顛倒，夢想，更有許多纏礙。」（第九十一回）曹雪芹讓自己的人格化身賈寶玉所說的這些話，如果叔本華抹去原作者的名字，引進自己的代表作《作為意志和表象的世界》，恐怕讀者都會相信這是出自叔本華內心的悲觀主義哲學語言。

曹雪芹悲觀主義的徹底性不僅僅表現在對生的懷疑，而且還表現在認定人性不可改造。這一點，高

1《作為意志和表象的世界》，石沖白中譯本，第四六八頁，北京商務印書館，一九八二年。

鶚在續書中很了不起地領會了，所以寫下了賈寶玉在與薛寶釵結婚之後的那一場辯論，並讓寶玉表明了這樣的觀念：

古聖賢說過，「不失其赤子之心」，那赤子又有甚麼好處？不過是無知、無識、無貪、無忌。我們生來已陷溺在貪、嗔、癡、愛中，猶如污泥一般，怎麼能跳出這般塵網？……既要講到人品根柢，誰是到那太初一步地位的？（第一百一十八回）

這段話既把世界描述成不可救藥的污泥塵網，又把人性描述成不可救藥的無知無識之體，連「赤子之心」也不相信。更有甚者，賈寶玉不僅認定世界、人性不可能變成更好，而且會愈來愈壞，歷史是在退化，人性也在退化，再好的現實人性也比不上太初時的那種人性程度。這是甚麼哲學？這就是悲觀主義的人性退化論哲學，與進化論反其道而行之。賈寶玉這類悲觀的論點遍及全書且不說，更讓我們感到震撼的是，叔本華和曹雪芹兩人都是「表象」論者，都是「人生如夢」論者。只不過叔本華用的詞彙是「表象」，曹雪芹用的是「幻相」。叔本華在《作為意志和表象的世界》的第一篇第一節就直截了當地說：

世界是我的表象：這是一個真理，是對於任何一個生活着和認識着的生物都有效的真理。……人不認識甚麼太陽，甚麼地球，永遠只是眼睛，是眼睛看見太陽；永遠只是手，是手感觸的地球；人接着就會明白圍繞着他的這個世界只是作為表象而存在着的；也就是說這世界的存在完全只是就它對一個其他事物、一個進行表象者的關係而說的。這個進行表象者就是人自己。

在叔本華看來，世界只是表象，人也只是一個表象者而已，並沒有實在性。這與曹雪芹的空為本體、諸色乃是幻相的色空哲學完全一致。由於世界是人的表象幻相，因此現實世界的存在同人的夢境就沒有多大區別。於是，東、西方這兩位智者便不約而同地道破一個悲觀主義哲學，這就是人生乃是一場大夢。叔本華說：「人生和夢都是同一本書的頁子，依次連貫閱讀就叫做現實生活。」他引證諸多哲學家的論說證明自己這一判斷：「柏拉圖常說人們只在夢中生活，唯有哲人掙扎着要覺醒過來。賓達爾說：『人生是一個影子所做的夢』；……而索福克利斯說：『我看到我們活着的人們，都不過是，幻形和飄忽的陰影。』索福克利斯之外還有最可尊敬的莎士比亞，他說：『我們是這樣的材料，猶如構成夢的材料一樣，而我們渺小的一生，睡一大覺就圓滿了。』由此便可得出結論：『人生是一大夢。』」[1]在叔本華之前，曹雪芹就說「悲苦千般同幻渺，古今一夢盡荒唐」，整部《紅樓夢》，也不過是人生一夢而已，因此，兩個劃給人生的句號便是「歸於空」（佛教理想）或「歸於梵天」（叔本華推崇的印度教理想，「歸於梵天」的表述可參見《作為意志和表象的世界》的第四篇），全是「無」。

王國維的天才正是他敏銳地感覺到叔本華與曹雪芹的哲學相通，而且是在悲觀主義哲學上相通。儘管他的論述的主要語彙是悲劇，不是悲觀主義，也未能完全穿透與把握叔本華、曹雪芹悲觀主義的徹底性內容，但他畢竟是「第一個吃螃蟹的人」（魯迅語），畢竟為我們打通並嫁接了東西方的悲觀主義哲

1 《作為意志和表象的世界》第一篇第五節，石沖白中譯本，第四十四—四十五頁，北京商務出版社，一九八二年。

學血脈，使得我們今天有了再認識的可能。而王國維自己最後也投湖自殺，用自己的行為語言，表明他自身也是一個徹底的悲觀主義者，一個對世界看得很透的懷疑主義者。

三、曹雪芹與尼采貴族主義

歐洲在二十世紀上半葉興起的現代主義思潮，其始作俑者其實是十九世紀的叔本華與尼采。也就是說，德國哲學是現代主義思潮的故鄉。如果說，西方文藝復興活動是第一次對人的發現，那麼，現代主義思潮則是第二次對人的發現。但兩次發現的內涵完全不同。第一次發現是發現人的崇高，人的偉大，人的了不起；第二次發現則是發現人的荒誕，人的渺小，人的混沌與卑劣。《紅樓夢》作為一部「人書」（聶紺弩語），它兼有兩者的深邃內容。

在現代主義思潮的源起中，叔本華與尼采（一八四四—一九零零）都對西方理性系統進行了一次大解構，也是對基督教文化的大解構。他們發現，人並不是理性的載體，反之，恰恰是非理性、反理性的載體，人的本身問題極大，而且常常混亂得不可理喻。叔本華發現人是慾望的生物，慾望的人質；而尼采則發現，人已變成沒有力量的「末人」，奉行的完全是非人的奴隸道德與弱者道德。這位最後連自己也瘋掉的大哲學家，其整個哲學體系所暗示的「真理」是：我們感受到的宇宙和世界，乃是強者駕馭的，歷史的列車是強者開動的。那些上等人即那些貴族的精英便是強者。強者有強者的道德譜系，弱者有弱者的道德譜系。世界這部大車如果要繼續開動下去，就得向弱者、向下等人開戰，拒絕一切為弱者、為下等人說話的哲學，包括基督的哲學。基督的道德是奴隸道德，基督哲學是下等人哲學，所以不可接受，所以要宣佈「上帝死了」。

尼采對叔本華的意志哲學進行發揮，把世界的本質、生活的本質、存在的本質歸結為「權力意志」，把世界、生活和一切存在物都視為權力意志的表現。權力意志不僅是永恆的戰鬥力量的源泉，而且是判斷界定善惡的唯一尺規。他斷定，人之中一切增強權力意志和權力本身的事物便是善，而一切虛弱的事物便是惡。他的「超人」理想正是把權力意志發揮到極端的理想。超人本身也正是權力意志在人類世界中的最高產物。這種權力意志哲學當然沒有悲憫與大慈悲精神。

尼采去世之後，第一次世界大戰發生，接着又是第二次世界大戰，地球上奉行理性的土地竟會出現納粹、奧斯維辛集中營、古拉格群島等等。在這一歷史行程中，一方面納粹利用尼采向弱者宣戰的權力意志哲學，產生巨大的破壞效應；另一方面歷史事實又說明現代主義哲學具有它的不可抹殺的深刻性，人本身確實有問題，確實沒有理性。以尼采為坐標，我們可以看到作為中國最偉大的貴族文學的《紅樓夢》，其思想與尼采根本不同。最重要的區別在於，曹雪芹本身是貴族，也具有貴族的精神氣質，但他反對貴族特權，完全拒絕上等人與下等人的等級分別，反抗的恰恰是權力意志。在貴族社會裏，貴族與平民的尊卑貴賤界線極為嚴格，尼采想要守持的正是這一界線，他武斷認定，只有等級之分，才有高貴。他提出「甚麼是高貴的？」的重要問題，然後自行回答說，高貴就是「對等級的信仰」，就是分清「主人道德與群盲道德」。[1] 等級分明，道德界線分明，分別的哲學非常徹底。而曹雪芹恰恰徹底地打破對等級的信仰，恰恰打破主人道德的優越。他沒有經濟平等的烏托邦，但有人格平等的理想。他把「齊物

1 尼采：《權力意志》，孫周興中譯本，上卷，第八十五頁，北京商務印書館，二零零七年。

論」與「不二法門」貫徹到作品精神內涵中，讓主人公的價值標尺完全超階級，超等級，超尊卑（甚至超性別），與「超人」理念完全相反。那些處於貴族社會最底層的奴隸，即那些丫鬟、戲子們，在他的心中，幾乎等同天使。主人公賈寶玉甚至顛倒地位，把自己視為「神瑛侍者」（侍者即僕人），服務於一切美麗的青春少女，包括為奴隸的小丫鬟。曹雪芹打破尊卑的態度，其哲學基石是禪宗「不二法門」，即不分別的哲學，齊物也齊人的哲學，最徹底的平等哲學。這種哲學，向古看是莊子哲學；向今看，是托馬斯·杰斐遜在美國《獨立宣言》開篇上寫着的「人人生而平等」的哲學。《紅樓夢》哲學和尼采的超人哲學及等級信仰完全對立。

但是，曹雪芹在《紅樓夢》中卻包含着西方兩次人的發現的巨大哲學內涵。首先具有「文藝復興」的發現內容，它發現人的少女部份的至真至善至美。「女兒」（青春少女）不僅是淨水世界的主體，而且是宇宙的本體。天地的鍾靈毓秀全凝聚在女兒身上，因此「其為質則金玉不足喻其貴，其為性則冰雪不足喻其潔，其為神則星日不足喻其精，其為貌則花月不足喻其色」。質美、性美、神美、貌美集於一身。曹雪芹發現，人，青春少女，是天地之精英，美的本質與根源。另一方面，《紅樓夢》又有第二次人的發現的內容，它發現人的荒誕與醜陋。這是泥濁世界的主體，爭名奪利的男人，總是忘不了金銀、忘不了姣妻、忘不了功名的忙碌生物。從賈赦到薛蟠、賈環、賈蓉等，個個都是被慾望拖着走的不知到地球上來一回要幹甚麼的荒誕肉人。曹雪芹把人的美與人的醜都推到極致。這一點又近乎尼采的超人與末人之分的思路。

儘管與尼采相比，曹雪芹顯得很冷靜。但他與尼采一樣，也是一個大解構者。如果說，尼采解構的是西方理性哲學對世界對人的基本理解和基本規範，那麼，曹雪芹解構的則是儒家道統對世界對人的基本理解和基本規範。尼采看到現代社會大輝煌下貴族精神瓦解的可能性，而曹雪芹則看到大輝煌下貴族社會崩潰的可能性。兩人都是現存秩序現存理念的「檻外人」（異端）。還有一點相似的是，無論是尼采還是曹雪芹，都把哲學、文學表述視為生命存在方式本身，換句話說，都是通過自己的感性語言描述自身的體驗。尼采也是個天才，他有足夠的力量建構宏大的哲學體系，但是，除了《悲劇的誕生》具有傳統哲學講述的形態之外，幾乎沒有一部著作使用傳統的邏輯論證的哲學方式。他顯然是害怕自己活潑的噴射式的豐富思想被束縛在內封閉的符號系統之中，因此，它寧可用隨想錄等接近文學的方式來表達它的哲學思索，這一點，使得東西方這兩位天才相通，它們的哲學都不是僵死的經院哲學，而是充滿生命活力、充滿生命之氣的哲學。

四、曹雪芹與斯賓諾莎的泛神論

如果王國維當年對歐洲哲學的理解不是局限於康德、叔本華，而是還能注意到生活在十七世紀的斯賓諾莎（出生於一六三二年荷蘭阿姆斯特丹），而且又能把斯賓諾莎和曹雪芹聯繫起來思索，那將會對《紅樓夢》的哲學獲得一些更新的認識。至少會發現兩人在哲學方法與哲學思想上均有相通之處（曹雪芹出生於一七一五年，即在斯賓諾莎去世（一六七七）後的第三十八年出生），甚至會像郭沫若那樣把莊子與斯賓諾莎連在一起而把曹雪芹與斯賓諾莎放在一起思考，從而發現他們都是泛神論者，即把自然視為神，把神視為自然。十六世紀中葉至十七世紀，歐洲出現了培根（一五六一——一六二六）、笛卡爾（一五九六——一六五零）、霍布斯（一五八八——一六七九）等具有全新宇宙觀的哲學家，也出現了布魯諾（一五五零——一六六零）、波墨（一五七五——一六二四）等泛神論者，斯賓諾莎和他們一樣，否認人格神上帝的存在，否認天使的存在，認定上帝就在自然之中。他在其代表作《倫理學》中（《倫理學》中譯本由商務印書館出版，一九八三年，賀麟譯）把實體、神、自然、宇宙四者等同起來，強調作為萬物本源的神就是自然。泛神論既是無神論，又是有神論，但歸根結底是無神論。說它是無神論，是因為它否認一個具有絕對意志和絕對理智並凌駕於人類和自然之上的人格神。說它是有神論，是因為它也推出一個無所不在的創造萬物的神聖存在，這就是宇宙的本體，就是大自然與大宇宙的和諧共在秩序。他把神泛化到宇宙、自然，也泛化到人自身與物自身。他如此定義神：「神，我界說為由無限多的屬性所構成的本質，其中每一種屬性是無限的，或者在其自類中是無上圓滿的。這裏應當注意，我把屬性理解為凡是通過自身被設想並存在於自身內的一切東西。」[1]仔細閱讀這段話，就會發現，這一對神的界說幾乎也是曹雪芹對神的界說。斯賓諾莎的泛神論，上個世紀二十年代曾被充分注意。郭沫若在《女神》中謳歌「三個泛神論者」是莊子、斯賓諾莎（郭譯為斯皮諾莎）及印度佛教之前的優婆尼塞圖。郭沫若還說明，他之所以會接近歌德，其重要原因也是因為歌德具有泛神論思想。[2]他還對歌德的泛神論思想作了五點概括，這些概括，有益於理解《紅樓夢》的泛神論，因此我們略去第一點而引述於下：

二、……他的泛神思想。泛神便是無神。一切的自然只是神的表現，自我也只是神的表現。我即是神，一切自然都是自我的表現。人到無我的時候，與神合體，超絕時空，而等齊生死。

1《斯賓諾莎書信集》洪漢鼎中譯本，第五頁，北京商務印書館，一九九六年。
2《郭沫若論創作》，第二一八——二一九頁，上海文藝出版社，一九八三年。

三、他對於自然的讚美。他認為自然是唯一神之所表現。自然便是神體之莊嚴相，所以他對於自然絕不否定。他肯定自然，他以自然為慈母，以自然為友朋，以自然為愛人，以自然為師傅。他說：「我今後只皈依自然。只有自然是無窮地豐富，只有自然能造就偉大的藝術家……一切的規矩準繩，足以破壞自然的實感，和其真實的表現！」他親愛自然，崇拜自然，自然與之以無窮的愛撫、無窮的慰安、無窮的啟迪、無窮的滋養。所以他反抗技巧，反抗既成道德，反抗階級制度，反抗既成宗教，反抗一切的學識。以書籍為糟粕，以文字為死骸，更幾乎以藝術為多事。

四、是他對於原始生活的景仰。原始人的生活，最單純、最樸質、最與自然親睦。崇拜自然、讚美自然的人，對於最原始生活自然不能不發生景仰。所以他對於詩歌，則喜悅荷默和莪相。在井泉之旁，覺得有古代之精靈浮動。岩穴幽棲、毛織衣、棘帶，是他靈魂所渴慕着的慰安。他對於農民生活也極表同情：「自栽白菜，菜成拔以為蔬，食時不僅嘗其佳味，更將一切種之植之時的佳日良辰，灌之溉之從而樂其生長之進行時的美夕，於一瞬間之內復同時而領略之。」他說，這種作為人的單純無礙的喜悅，他的心能夠感受到，真是件快心事。要這種人才有真實的至誠，虔誠的努力，熱烈的慈愛，能以全部精神灌注於一切，是剎那主義、全我生活的楷模！

五、是他對於小兒的尊崇……[1]

1 《〈少年維特之煩惱〉序引》，見《郭沫若作品經典》第Ⅳ卷，第一五六—一五七頁，中國華僑出版社，一九九七年。

如果郭沫若謳歌的三個泛神論者，第三個的名字改為曹雪芹，那麼讀者也不會有異議，因為曹雪芹完全與斯賓諾莎、歌德的泛神論思想相通，在《紅樓夢》全書中貫徹着連自己也未必意識到（如同莊子）的泛神論的宇宙觀、哲學觀。這明顯地表現為：

（一）全書故事起於自然（青埂峰、大荒山、無稽崖、三生石畔等），終於自然（寶玉離開社會走入雲端），基本情節是「自然（石頭）的人性化」和「人性的自然化」（寶黛人化之後追求自由自然），關於這點，下文再細說。

（二）小說開篇的女媧，類似創世的上帝，但不是全知全能的上帝，更不是主宰世界與主宰人類命運的上帝，也不是聖愛的源泉，因此，她不是被信仰的人格神。《紅樓夢》立足於禪宗哲學，以「悟」代佛，以「覺」代神，覺即神，我即神（此點與歌德的泛神論也相通）。

（三）《紅樓夢》始終有一種對不可言說的終極真實的敬畏。這一真實在小說中時而是「空」，時而是「無」，時而是「天地」，時而是道與自然，歸根結底，是對宇宙本體的敬畏。換句話說，是對一種於冥冥之中產生萬物萬匯的相當於創世主但又不是創世主的天道即宇宙秩序的敬畏。也可以說，這是對天、地、人和諧共在的「天人合一」的天地宇宙境界的敬畏。這一秩序與境界相當於神，但又不是神，因此可稱為泛神。

（四）全書充滿對大自然的嚮往、同情與仰慕，主人公賈寶玉常與星星對語，也常和魚兒鳥兒說話，林黛玉更是常常對花流淚，葬花如葬己，物我無分，與自然合一。

（五）對以劉姥姥為符號的農民及其棲居的鄉村質樸土地充滿悲憫與愛意，連最能算計的潑辣女人王熙鳳也沒有偏見，她不僅善待劉姥姥，而且把唯一的女兒（巧姐）託付給她，最後巧姐兒復歸於土，圓了「牛郎織女」之夢。

（六）小說以大量篇幅描寫男女主人公的原始出身與兒童時代生活，賈寶玉童言無忌，講了許多「女子水作，男子泥作」的天言天語，更把「女兒」（青春少女）直接視為與釋迦牟尼、元始天尊同一級的「神」，把神「泛」入兒童生命與青春生命。

放下歌德，另有一點值得特別注意的是哲學視角上斯賓諾莎與曹雪芹相似。筆者在《紅樓夢的哲學內涵》中說，《紅樓夢》有一種哲學視角，這就是大觀視角。這種視角不是以肉眼、俗眼即人的尋常眼睛觀物，而是用「天眼」（《金剛經》概念）、「道眼」（莊子概念）、「宇宙極境之眼」（愛因斯坦的眼睛）觀物。《紅樓夢》中空空道人、茫茫大士、癩頭和尚、跛足道人的空眼也是這種眼睛，正因為以空見色，才清醒地看到世界與人性的荒誕，追名逐利的無意義。斯賓諾莎本是以磨鏡片為生，他不僅成為光學家，而且發明了一種形而上學的望遠鏡與顯微鏡，即「從永恆的範式之下」（Under the form of elemity, Sub specie aeternitatis）觀認萬物萬相的方法，通常被稱作第三種知識（絕對客觀知識）直觀法。愛因斯坦說從宇宙極境看地球，地球不過是一粒塵埃，正是站立於宇宙永恆範式之下直觀天地萬物的方法。斯賓諾莎把執着我見的知識稱作第一知識，把共同概念形成的理性知識稱作第二知識，把宏觀思維把握下的絕對客觀知識稱作第三種知識。他的永恆範式直觀之眼，正是穿越各種幻相看透事物本質的天眼，道眼，佛眼，也正是曹雪芹的大觀眼睛。至此，可以看到曹雪芹與斯賓諾莎兩個驚人的相似之點：

（一）排除上帝人格神而以宇宙自然的永恆共在範式為廣義之神，並以對這一共在範式的敬畏取代對人格神的敬畏。

（二）排斥我執、法執而立足於永恆範式的精神至高點，大觀、直觀一切物性、人性。斯賓諾莎出生在曹雪芹之前，如果他生活在中國，也許會從《紅樓夢》中找到自己的哲學例證，尤其是發現曹雪芹有一雙自己所追求所想建構的大觀眼睛。

五、《紅樓夢》與馬克思的歷史唯物論

二十世紀下半葉，以馬克思為參照系解説《紅樓夢》是中國當代學術史上的重要現象。對於這一現象，絕對肯定與絕對否定都是不妥的。馬克思不僅是偉大的政治經濟學家，而且是歐洲近代最偉大的哲學家之一。他的哲學具有一種「唯物」的徹底性。這個「物」不是常人所理解的那種物件、物色、物種，也不僅是現實物質世界。在歷史唯物論的框架內，它是區別於心、區別於意識、區別於思想的人類的歷史實踐活動。它不僅認定人是歷史的存在物，而且認定人類的歷史是人類從事階級鬥爭、生產鬥爭和改善生產工具的科學實驗的歷史。既然人是歷史的結果（文化也是歷史的結果），那就無法離開具體的歷史場合即時代的社會形態來認識人及人的各種活動。上世紀從五十年代到七十年代的紅樓夢評論，其主流就是用馬克思的歷史觀與哲學觀對《紅樓夢》的把握，即以馬克思的理念作為參照系認識《紅樓夢》。在此參照系之下，就發現《紅樓夢》是封建時代政治、經濟、文化、人情的百科全書，或者説是那個時代的一面巨大的鏡子。這並沒有錯，確實《紅樓夢》所見證的歷史狀況和文本中所蘊藏的時代信息（包括政治信息、經濟信息、文化信息以及那個特定時代的日常生活信息、心理信息等），其豐富的程度，是任何歷史著作無法比擬的，但是，這些無比豐富的信息不是封建與反封建的階級鬥爭這種本質化的概念可以涵蓋與描述的。《紅樓夢》除了包含着時代性的歷史內容之外，它作為文學作品，又有超時代、

超歷史的更為廣闊也更為永恆的宇宙語境與人性內容。小說中的生存困境、人性困境、心靈困境以及父與子等種種衝突，也不是兩個時代裏兩個階級的衝突，而是永恆的生存問題與人性問題的爭論。也就是說，其困境與問題的內涵不是屬於時代之維，而是屬於時間之維。王國維說《紅樓夢》不是歷史的，而是宇宙的，關鍵就在於這部小說擁有無限自由時空的框架，它無始無終，無邊無際。其父子衝突、釵黛衝突的內涵，既有那個時代的特定內容，又有超時代的永恆內容。人類文化中重秩序、重倫理、重教化的脈絡與重自然、重自由、重個性脈絡的衝突永遠不會結束。而這種衝突所折射的世俗貴族與精神貴族的矛盾，世界原則與宇宙原則的矛盾，平常棲居狀態與詩意棲居狀態的矛盾，也永遠不會終結。《紅樓夢》的永恆價值，正是它負載的永恆性的人性內容。

在這些矛盾衝突中，反映到哲學中，有一個哲學究竟，是「心為本體」還是「物為本體」的巨大衝突，這是《紅樓夢》文本本身所顯示的巨大衝突，也是馬克思最為關注的哲學的第一基本問題。如果用馬克思的哲學觀來閱讀《紅樓夢》，那就會發現《紅樓夢》的哲學觀與唯物論格格不入。《紅樓夢》可說是唯心論的集大成者。老莊的自然本體論，佛家的空無本體論，禪宗的心性本體論，王陽明的心學，全都被《紅樓夢》吸收容納，並化為自己的哲學之魂。王陽明徹底到「心外無物」，慧能徹底到「不是風動，不是幡動，而是心動」，全被曹雪芹所認同。心是世界的本源，宇宙的本質，心外的一切都是幻相幻影，都沒有實在性，這是《紅樓夢》的哲學基本點。關於這點，《紅樓夢》文本毫不含糊地作了表述。第一一七回《阻超凡佳人雙護玉　欣聚黨惡子獨承家》，賈寶玉見到索玉的癩頭和尚，就要把玉還他，對着阻攔的襲人，他說：

> 如今不再病的了，我已經有了心了，要那玉何用！

襲人急着哭喊後，寶釵也來阻攔，此時，賈寶玉又對着她們說：「你們這些人原來重玉不重人哪。」（第一一七回）賈寶玉在離家出走之前對襲人寶釵所說的話，是他最後的大徹大悟的宣言，這一宣言是批判性的，又是充分哲學性的。玉是物，而且是至貴之物，但在賈寶玉的價值觀裏，最寶貴的是心而不是物，「有了心了」，這才是根本。人只有找到心，才找到本體，找到本質。這個心不是物化之心，而是空靈之心，蘊含六根根性之心，天地所立之心。賈寶玉這句話，不僅是價值觀，而且是哲學觀，心為第一義、物為第二義的唯心論哲學觀。

但是，如果借此就本質化地斷定曹雪芹是絕對唯心主義者，則又是簡單化。尤其是小說文本中所見證的現實與歷史，更不能說是唯心主義哲學所支撐。曹雪芹比任何一個同時代的作家都更加客觀、更加透徹地呈現現實生活狀態。無論是曹雪芹還是馬克思，都是天才。一個屬於十八世紀（曹），一個屬於十九世紀（馬）。天才人物均極為豐富，包括哲學思想，也極為豐富，在西方的哲學史上，馬克思是若干最偉大的哲學家之一，而曹雪芹哲學也將在未來被充分發現。過去以馬克思主義為參照系解說《紅樓夢》，雖有些偏頗，但不能說不可以以此為參照系考察這部偉大小說。以往的解說的問題主要有兩個：

（一）把馬克思主義簡化為階級鬥爭觀念，然後把這一觀念強加給小說文本，以至使薛寶釵等也蒙上「封建階級」的不白之冤，倘若馬克思還在，他也會對這種濫貼階級標籤的現象進行駁議。

（二）只注意馬克思主義關於人與社會形態關係的理論，未注意馬克思關於人與自然關係的思想，即自然的人性化與反異化等極為深刻的論說。如果注意後者並以此為參照系，我們會發現，貫穿《紅樓夢》全書結構的兩大情節流程，正是馬克思早已揭示的「自然人性化」和「人性自然化」過程。馬克思在著名的《經濟學—哲學手稿》中，有兩段經典性的論述早已被中國的學者廣泛引用，可惜沒有人把它用來解說《紅樓夢》的哲學意蘊，我們不妨再重溫一下這兩段論述。

第一，關於自然的人性化：

男女之間的關係是人與人之間的直接的、自然的、必然的關係。在這種自然的、人類的關係中，人同自然界的關係直接地包含着人與人之間的關係，而人與人之間的關係直接地就是人同自然界的關係，就是他自己的自然的規定。因此，這種關係以一種感情的形式、一種顯而易見的事實，表明屬人的本質在何種程度上對人說來成了自然界，或者，自然界在何種程度上成了人的屬人的本質。因而，根據這種關係就可以判斷出人的整個文明程度。[1]

第二，關於人性的自然化：

共產主義是私有財產即人的自我異化的積極的揚棄，因而也是通過人並且為了人而對人的本質的真正佔有；因此，它是人向作為社會的人即合乎人的本性的人的自身的復歸，這種復歸是徹底的、自覺的、保存了以往發展的全部豐富成果的。這種共產主義，作為完成了的自然主義，等於人本主義，而作為完成了的人本主義，等於自然主義；它是人和自然界之間、人和人之間的矛盾的真正解決，是存在和本質、對象化和自我確立、自由和必然、個體和類之間的抗爭的真正解決。它是歷史之謎的解答，而且它知道它就是這種解答。[2]

1 《經濟學—哲學手稿》，參看何思敬譯本，第八十五頁，人民出版社，一九六三年。

2 馬克思：《一八四四年經濟學—哲學手稿》，第七十三頁，人民出版社，一九七九年。

關於這兩大論點，我國當代的美學家李澤厚作了透闢的闡釋並以此建構了他自己的美學理論基石。他把美的根源界定為「自然的人化」，包括外自然的人化與內自然的人化，前者產生外部工藝技術體系，後者產生屬於人類的新感性即心理情感本體，尤其是美感（如自然的眼睛變成審美的眼睛）。而「人的自然化」則是人性的復歸即反抗異化對人性的剝奪。李澤厚把馬克思這兩大哲學命題帶入美學，並吸收康德的主體論哲學的成果，指出實現兩化的中介乃是人類的主體性實踐，即歷史積澱的實踐活動。這就揚棄了康德的以「判斷力」為中介的論點，而沿着歷史唯物論前行與深化。如果我們嘗試一下用馬克思兩大論點來解釋《紅樓夢》，也會發現這部偉大小說蘊含着「兩化」的哲學內涵。

第一，《石頭記》乃是一部以石頭為象徵的大自然人性化的傳說史記。這塊石頭是女媧補天時淘汰掉的石頭，後來「通靈」即贏得了靈性人性而進入人間。這一大框架正是大自然的人化。林黛玉的前身絳珠仙草，也是自然的符號，她化為人到人間還淚，也是自然的人性化。從石頭變成賈寶玉，從仙草變成林黛玉，即從木石變成戀人，這是自然人性化的第一內容（即外自然的人化）。而寶玉、黛玉到了人間之後，又完成了一個內自然人化的過程，這就是從三生石畔的自然關係變成人的社會性關係，其自然感官也變成審美感官，寶、黛都是詩人，但他們降生時的第一聲啼哭並不是一首詩，其生命的過程乃是詩化過程。詩化過程是人化的高級階段，人類追求詩意棲居便是追求這一詩化的高級過程。內自然的人性化是自然人化的第二內涵。關於這一點，賈寶玉的歷程極為典型，他的內自然有一個明顯的由情慾上升為情感的過程，即逐步淘汰動物性、把性慾轉化為愛情的過程。他在年少時和襲人初試雲雨，吃鴛鴦臉上的胭脂，注視寶釵豐滿的胸部（還妄想能移到黛玉身上）等等，都是性慾的表現。後來這一切都被提升，愈來愈傾心於真情真性，他特別敬愛林黛玉從不勸他走國賊祿鬼之路，這意味着把心靈的相通視為第一要義，也說明文明程度進入更高級的階段。馬克思說人的自然界在何種程度上成了人的屬人的本質是判斷文明的尺度，寶黛的愛情所以感人所以精彩，正是它反映極高水平的文明程度。

關於「自然的人性化」在《紅樓夢》中的呈現，一經點破並不難理解。不過，如果從這一角度來審視《紅樓夢》還會發現一些有趣的現象，例如有些人物的人性化尤其是充分人性化非常難，例如薛蟠、賈環、賈蓉等，身上的動物性幾乎壓倒人性，這些人在身體上完成了人的進化，但在心靈上並未完成，也就是說，並未完成從慾到情的人化進程。薛蟠和他的妻妾的關係大體還是自然關係（動物關係）而非「人的本質」關係，他自始至終未能從「濫淫」提升為「意淫」，未能從「濫情人」變成「有情人」。每個人物的人性化程度不同，造成不同的性情性格，也就是個性。

與「自然人性化」相反的命題是「人性自然化」，即人的本性的復歸。這又是《紅樓夢》的重大精神內涵。莊禪的哲學主題正是人的自然化。莊子發現機器會產生「機心」即會發生人的異化，這是哲學史上的重大發現，很了不起的對於人性異化的發現。兩千多年前此一發現，應是那個時代的思想制高點。而曹雪芹的《紅樓夢》則發現對色的瘋狂追求，包括對功名、財富、權力等等的追求，也把人推向人的本真本然之外。如果說莊子提醒的是人被物役的異化現象，那麼，曹雪芹則更為具體地見證了人被功名所役、被財富所役、被權力所役、被書本所役、被道統所役、被科場所役，甚至被自我所役等各種異化現象。賈寶玉的精神正是不為物役的精神，正是守持和回歸到生命本真本然的精神。馬克思的終極理想是對人的自我異化的積極揚棄，即人對人的本質真正佔有。賈寶玉雖沒有這種自覺意識，但他的全部行為語言、情感態度和心靈取向都呈現出這種意識，他對科場的輕蔑，對八股文章的鄙視，對仕途經濟之路的拒絕，對「文死諫」、「武死戰」的批判，都是對人性異化的揚棄。他的本色是「通靈寶玉」，進入泥濁世界之後，如何保持玉石的本真成了他人生的第一課題，像賈雨村就回不到自我的本真狀態了，而寶玉還回得去，他的「覺」，就是回歸生命自然，也就是完成人性的自然化。

賈寶玉把林黛玉引為知己，只敬愛黛玉，他對寶釵雖然也有情感，但缺少敬愛之情，其原因是寶黛都嚮往人的自然化，而寶釵則把生命交給現存社會的規範與秩序，太儒家理念化，或者說太道統化。一旦道統化，就反自然。因此，寶黛與寶釵的衝突是「人性自然化」與「人性理念化」的衝突。賈寶玉和賈政這對父與子的衝突，也可作如是觀。父與子的衝突可解讀為人性秩序化與人性自然化的較量。所謂「檻外人」，便是拒絕被各種人為的門坎所束縛、所異化的人。也就是追求「人性自然化」的人。

講述至此，筆者想強調說，《紅樓夢》關於「自然的人性化」與「人性的自然化」的整體思路，乃是一部完整的美學，而且是詩化與故事化的美學。以往的《紅樓夢》研究與美學研究尚未充分注意到這一美學寶庫。《紅樓夢》中有藝術學、詩學，有各種關於詩、關於畫、關於音樂的見解，但這是《紅樓夢》美學的局部。曹雪芹美學乃是「自然性人化—人性自然化」的通觀美學（或稱大觀美學），是美的發生學與發展學，即對美的產生與本質進行把握的美學。因此，《紅樓夢》美學大於《紅樓夢》藝術學。曹雪芹的美學觀，又是曹雪芹的宇宙觀、世界觀與價值觀。掌握了「自然人性化—人性自然化」的美學思路，便掌握了《紅樓夢》的第一哲學要點，除此之外，筆者還想說明，關於自然的人性化與人性的自然化的思想，還可以推及到美學之外的其他領域，尤其是教育領域。對美國的教育產生巨大影響的美國著名哲學家杜威就接受黑格爾的對應統一辯證法，主張手段與目的的合一，理想與行為的合一（知行合一），人文和自然的合一，即自然應當人文化，人文也應自然化。他的「學校如社會」的思想，正是這種哲學的延伸。我國近代以來，王國維、蔡元培等所提倡的美育代宗教，也並非僅僅是藝術教育，而是

「自然人性化—人性自然化」即生命充分人文化、充分人性化的教育。

六、曹雪芹與海德格爾的死亡哲學

引用馬克思「自然人性化」的學說闡釋《紅樓夢》，可以言之成理，但是也一定會遭到挑戰。首先可能會遭到海德格爾、薩特等存在主義者的挑戰。在這些存在論者看來，《紅樓夢》的主角「石頭」，並非自然，它乃是一種先通靈、後人化即先行於自身（賈寶玉）的存在。也就是說，石頭乃是已經在世的人先行於自身的靈物。絳珠仙草也可作如此解說。她是黛玉此在先行於自身的存在，在未人化之前就已經靈化。如果說，生命的本真本然是人的本質，那麼，存在（石頭）已先於本質。因此，把這一先行存在界定為自然是不恰當的。這種挑戰，帶有極大的思辨性和哲學內涵，而筆者的使命止於感悟，不想陷入這一思辨的深淵，只承認無論是馬克思還是海德格爾都可以自圓其說，如果確認真理的開放性，那麼，就應確認二者都道破了《紅樓夢》的一部份真諦。放下這一思辨，我想回到海德格爾關於「死亡」這一哲學前提。在海德格爾的存在論裏，死既是時間的標界，又是生的參照系，因為有這一未定的必然，才使人對存在意義的把握成為可能。

筆者在《紅樓夢的哲學內涵》中認為，曹雪芹思索人生時，有一思路與他去世之後近兩百年才出現的海德格爾的「未知死，焉知生」的思路相通，即首先面對一個無可逃遁的必然，這就是人必有一死，正如宴席必有一散，然後再思考如何生。他在小說裏揭示，無論身份、地位、權力、財富有多大差別，但最後都要化為「風月寶鑑」中骷髏的那一面，「縱有千年鐵門檻，終須一個土饅頭」，最後的實在是

墳墓。能夠面對必死這一定律，對人生的安排與設計就完全不同。這種思路與孔夫子的「未知生，焉知死」思路相反，在哲學上變成一種對峙的理念。筆者在《哲學內涵》中強調的是曹雪芹與海德格爾相同的一面，而不同的一面尚未涉足，此時想作點補充。

海德格爾強調的是，存在只有在死亡面前才能充分敞開。他指出，在死神威逼下的時刻，生命最為真實。中國古話說，人之將死，其言也善，也是說在死亡面前更能說真話，生命更真實，《紅樓夢》中秦可卿、晴雯等在臨終時說的那些話的確是最真實的。可以說，句句都是肺腑之言。這一點，海德格爾與曹雪芹又是相通。但是兩者卻有一種「態度」上的巨大區別，簡要地說，海德格爾哲學在死神面前鼓動的是赴死的悲壯，而曹雪芹呈現的則是對死的感傷。據已揭開的歷史事實發現，在第二次世界大戰的戰場上，德國的許多士兵身上都攜帶着海德格爾的《存在與時間》。這不是因為海德格爾「這個人」當時的政治立場站在希特勒一邊，而是海德格爾這種哲學乃是赴死的哲學，即士兵的哲學。這一哲學的中心點是禮讚毀滅、鼓動毀滅、在毀滅中實現存在意義的哲學。而曹雪芹完全不是這樣。主人公賈寶玉看到生命一個一個死亡，他也一個一個為之感傷，特別是對於青春生命的死亡，更是悲痛不已。儘管晴雯、尤三姐、鴛鴦等均有赴死的勇敢，即赴死時全然沒有「畏」，但她們也滿腔悲憤，而見到她們死亡的大愛者更是悲傷欲絕。柳湘蓮為尤三姐之死而從此了斷塵緣，賈寶玉為晴雯之死而撰寫且歌且哭的《芙蓉女兒誄》，為鴛鴦之死也痛哭一場。面對死亡的痛惜，背後是對生命的極端珍惜。賈寶玉來到人間，一面看到人間地獄般的黑暗與荒誕，另一方面也看到地獄中的一線光明，這就是青春女兒所展示的至真與至美，他為自己能與她們相守相處而感到無窮的快樂，因此，他在看破功名利祿的同時又珍惜每一天每一刻，喜聚不喜散。無論是詩社的聚會還是平常與戀人、丫鬟、戲子朝朝夕夕的相處，都使他從內心深處感到生活的美，其珍惜之情處處表露出來。《紅樓夢》的色空哲學雖看空看破，但閱讀之後並不會讓我們消沉下去，因為蘊藏於整部小說中的是對生命的珍惜，是對生與愛的眷念。曹雪芹在家道衰落之後，還「十年辛苦不尋常」，嘔心瀝血地唱出《紅樓夢》這部人生的悲劇，緬懷曾與自己相廝相守的諸女子，也是對生與愛的至深眷念。這種眷念，是良知，是情感，而這，正是《紅樓夢》寫作的動因。

在海德格爾的哲學裏，讀不出「珍惜」，談不上「眷念」，看不到死亡後的感傷。因此，同樣是「未知死，焉知生」的思路，一個是絕情主義哲學，一個則是傷感主義哲學，天差地別。德國近現代哲學，除了海德格爾，其實尼采也是肯定與謳歌毀滅。尼采哲學在二戰中同樣被納粹所利用。希特勒那種為了達到自己的目標不惜用鐵靴踐踏無辜花草的「氣勢」，正是建立在尼采那種絕對權力意志的哲學之上。尼采哲學正是鼓動在屍首與廢墟上站立起「超人」形象的哲學。這與中國那種「天地之大德曰生」的哲學方向完全相反。中國儒家哲學重視「生」是世所公認的。而莊子哲學，雖然有「生死同狀」的命題，但也「道是無情卻有情」，處處以尋求人生「至樂」的天地境界為最高境界，並不以悲壯赴死為最高境界。莊子的源頭《道德經》，曾被人視為兵書，以為它與海德格爾相通，然而，這也錯了。老子固然也涉及兵事，但其大前提是反戰的，它明明寫道，「兵者，凶器也」，「大兵之後，必有凶年」，明明主張「勝而不美」，以「喪禮」對待勝利。老子崇尚的是水之至柔，不是火之至剛，強調的不是爭，而是不爭。不要爭，不要戰爭，不要輕易送死，不要崇拜毀滅，這才是老子道德經的主旋律。《紅樓夢》與中國哲學的靈魂完全相通。因此，曹雪芹雖也面對死亡思索人生，但不像海德格爾那樣，認定唯有在死亡面前存在才充分敞開，他創造的哲學揭示的是另一命題：在愛的面前存在才充分敞開。

七、《紅樓夢》與荷爾德林的詩意棲居

還有一點是眾所周知的，海德格爾推崇荷爾德林，把這位被埋沒於歷史塵土中一個多世紀的重要詩人與哲學家重新開掘出來，並把荷爾德林的「人類應當詩意地棲居於大地之上」作為自己的一個哲學指向。筆者在「紅樓四書」中也多次把荷爾德林與曹雪芹作了比較。認為這兩位身處地球東西不同方位的文學家都嚮往着詩意的棲居，都屬於隱逸性詩人。整部《紅樓夢》所追求的「夢」，就是詩意戀情、詩意棲居和詩意生命永存永在的夢。小說展示的生活包含兩大層面，即平常棲居層面與詩意棲居層面。兩種生活背後是兩種生命狀態與兩種人性狀態的永恆衝突。當然，《紅樓夢》作為文學作品，它遠比我們的概述豐富得多。即便是世俗平常棲居狀態，它也展示出各種細微差別，本身也有許多層面，例如賈赦與賈政、賈政與賈環、賈珍與賈蓉、王夫人與趙姨娘等的棲居狀態者雖都世俗，但很不相同，這裏還是有雅俗之分、文野之分、正邪之分、貴賤之分。不過，如果用大觀眼睛加以觀照，還是可以看到平常棲居與詩意棲居兩大棲居狀態具有質的差別，因此，其衝突就不可避免。主人公賈寶玉、林黛玉雖然身處世俗世界，也有世俗棲居的一面，尤其是賈寶玉，更是與社會上的三教九流人物如蔣玉菡、柳湘蓮、雲兒等有交往，但他們都始終嚮往、追求詩意的棲居。在可視的層次，他們建詩社、作詩詞、談戀愛等等，都是對世俗生活的跳出；而在不可視的層次，他們的憂煩內心，夢遊太虛，談禪悟空，憧憬大自由與大自在，更是對世俗棲居的超越。作為異端性的「檻外人」，他們對檻內的世俗規範、世俗理念、世俗功利的棲居狀態不滿，所以才以「富貴閒人」自居，在富貴閒散中與泥濁世界拉開距離，這種檻外的追求，也正是對詩意棲居的嘗試與嚮往。把曹雪芹與荷爾德林放在一起比較，不僅會發現雙邊的許多共

同之處，而且會發現人類的大夢可以相通，即人性的嚮往可以相通。

但是，曹雪芹與荷爾德林的文化背景與哲學基點又有區別，這裏的關鍵是荷爾德林具有上帝神聖價值的宗教背景，而曹雪芹則完全是中國文化背景，包括本屬於佛教的禪宗，也是中國文化化了的無神論背景。關於荷爾德林不同於中國莊禪的要點，劉小楓在二十年前已經揭開。他在《拯救與逍遙》的第二章中，把荷爾德林與陶淵明作了比較並涉及到海德格爾，認為荷爾德林之詩意棲居與曹雪芹之詩意棲居性質完全不同，也就是詩意生活、詩化生命的尺度不同，荷爾德林的尺度是神性，陶淵明的尺度是自然性，在荷爾德林看來，存在的充分敞亮和人類的詩意棲居都離不開神性的聖愛，離不開神性的價值尺度，而這種神性並不是天地人自身的本然性規定。而以莊子為哲學基點的陶淵明，正是以自然性取代神性。劉小楓講陶淵明，也可以說，講的是曹雪芹，因為曹雪芹的詩意棲居內容恰恰是回到自身的本然性規定，儘管桃花源與大觀園又有區別。小楓說：

荷爾德林「恨沉醉像恨嚴寒」，不能容忍那種無所住心的冷靜的理解，當然也更不會容忍那種「好讀書不求甚解」式的淡泊。他對詩人的要求是「要熱愛諸神並且友善地想到世人！」只有虔敬的人，頭上有神的人才能做到這一點。荷爾德林最害怕的正是清冷而不知祈禱的靈魂。他在致友人的信中寫道：「我的心渴望着在月光下與人，與物結為姊妹。我幾乎相信，我實在是出於純粹的愛才迂腐不堪。我並不膽怯，因為我害怕現實摧殘我的情懷。然而我確實膽怯，因為我害怕現實摧殘我熱忱的關注，因為我正是靠這種關注來與別的甚麼事情取得聯繫，我擔心我內心中熱忱的生命會被冰冷的日常生活所冷卻。」

荷爾德林的擔憂與陶淵明的擔憂不是判然有別？這兩位大詩人對現實的畏懼不是判然有別？一個要維護「熱忱的關注」，維護「純粹的愛」；一個要「去情無累」，不喜不懼；一個害怕冷卻；一個渴望冷卻。毫不奇怪，這兩位大詩人要返回的本源呈現為兩個截然不同的境界。陶淵明要返回的是無象無跡無知無情的原始自然本體，返回混沌未開的本然性自然，荷爾德林要返回的是浸透着愛的温柔的神性本源，返回神靈光照的超自然性的家園。這是兩種截然不同的審美之路。

這種本質上的差異也體現在對大自然的崇拜上。陶淵明所崇尚的自然是本然性的大自然，本然性的天地形態，在那裏，和諧和寧靜是自然性本的和諧，自然性本的寧靜。荷爾德林所崇尚的自然是神性化的大自然，有神靈居住的天地形態，在那裏，和諧和寧靜都體現出神聖的温馨和神性的光照。自然的寧靜和恬美的本質中因而有超自然性的意味，它不僅給人自然性的慰藉。[1]

應當說，小楓非常準確地指出荷、陶的根本區別，因而也非常準確地為我們說明了荷爾德林與曹雪芹「詩意棲居」的不同的文化內涵與哲學基點。但我們要提出的問題或者說要進入的問題是詩意詩化的標尺是不是只有一個「神聖價值」即上帝的神性標尺？陶淵明與曹雪芹在上帝缺席條件下的生活，是否也有詩意的可能？換句話問：除了上帝的存在使人的詩意棲居成為可能，那麼，人自身存在的本真狀態是不是也會使詩意棲居成為可能？小楓說，神性是聖愛，而這種愛乃是源於通體浸潤着愛並無

1 《拯救與逍遙》，第二五二—二五三頁，上海人民出版社，一九八八年。

限地惠予愛的那一位天父。這種神聖昭示給予人的就是「良善」，就是「仁愛」，神聖的愛的顯現就是「純真」，真的顯現就是神聖中的另一個世界之顯明。詩化的標尺就是天父的聖愛對人心的召喚並惠臨人心，而且要求人關切神性尺度。小楓對詩化的界定的前提是現實世界之外另有一個世界，也就是說，其前提是神與人絕對分離的兩個世界，詩意的根源只能在神世界中產生，沒有神的存在，人世界的詩意便只是空想。但整個中國文化恰恰只有一個世界，一個「人」的世界，一個沒有神的此岸世界。中國文化中所講的良善、仁愛、純真，全部產生於此岸世界，並非另一個世界的惠予，那麼，是不是可以說，在中國數千年所講的一切愛都是假的？天地人合一的本然性秩序都沒有詩意？換句話說，是不是只有「拯救」才有詩意，逍遙就沒有詩意？這個問題涉及中國大文化體系的總評價，可能永遠爭論不休。但筆者一直對此採取中性立場，一方面肯定聖愛確實可以惠臨人心與召喚人心，可以產生詩意。而中國所建構的相當於神，即比人的地位更高、比世俗諸境界更高的天地境界，同樣可以惠臨人心與召喚人心，同樣可以產生詩意。中國所講的「天道」、「太極」、「無極」、天地境界等，實際上也是一種神聖秩序，這是宇宙、自然、人（天、地、人）三者協同共在的秩序，這種秩序不是人格神，不是上帝似的神聖存在，但它也是一種超越性神秘性的大自在。中國所講的天地良心，正是說人的良心受着天地宇宙的神秘秩序所制約。它使人產生敬畏，也使人產生莊子所說的「至樂」，即與天地和諧共處、相融相契的身心大解脫，這種和諧與解脫，是不為物役不為世俗功利所役的純真人性的回歸，這難道不擁有大詩意嗎？我這樣說，用的標尺不是神性的標尺，也不是世俗的標尺，而是人性的標尺，合目的性的標尺，即合人的解放、人的幸福、人的存在充分敞亮。只要符合這一標尺，便有詩意。條條道路通羅馬，曠野呼喚即上帝的呼喚可以使人的存在更加敞亮，我們應當尊重；而鄉村情懷即自然性呼喚可以使人的存在敞亮，也應當尊重。神性尺度只是一種尺度，但不是絕對的唯一的尺度；本真存在狀態也是一種尺度，但也不應成為絕對尺度。無論是荷爾德林，還是曹雪芹，儘管文化背景不同，但都渴望和呼喚合人自身的總目的，不被外在之物（身外之物）所役而求心靈豐富、心靈自由的總目的。誰能幫助人反抗物的奴役，誰就會給人帶來詩意。這個誰，可能是上帝，可能是釋迦牟尼，可能是老子、孔子、莊子、慧能，甚至可能是自身；換句話說，可能是神聖秩序，可能是宇宙—自然秩序，可能是道德秩序，可能是審美秩序。尺規是流動的、多元的、開放的，但應在不確定中有所實踐，有所發明，有所建構，以創造一個屬於自己的存在之家，一個與宇宙自然秩序相融相契的澄明之境。

本文還想要強調另外兩點：

（一）《紅樓夢》告訴讀者，在上帝缺席的生存環境中，實現詩意的棲居更為艱難。或者說，有了詩意棲居的大夢之後，實現這種夢更為悲苦。魯迅說：「人生最苦痛的是夢醒了無路可以走。」（《墳．娜拉走後怎樣》）在中國的語境中，詩意棲居的夢不是上帝設計好的天堂，而是現實土地上的存在方式；而這種方式的創建之路，又不是上帝規定好的，要自己去尋找；即使找到路，又只能靠自己的肩膀與雙腳而無法仰仗上帝的肩膀和天使的翅膀，安身立身全靠自己，也就是要靠自己去自明，自救，自度，自立，「天行健，君子自強不息」，全部詩意就在自強不息的悲劇性前行中。這種沒有神的指引、全靠自己身心負重的前行，比靠聖愛庇護的前行，自然更加坎坷，更加痛苦，其悲劇性也更加深刻。賈寶玉、林黛玉、妙玉、香菱等，都嚮往詩意棲居，但他們的靈魂不能上天，身體不能復活，生命不能不朽，他們爭取自由面對着父權專制，皇權專制，族權專制，沒有上帝提供的惠予，全得靠自己去爭取，包括瞬間性的天堂——建立在現實土地上的大觀園，還有那些暫時可以贏得快樂體驗與自由體驗的詩社詩園，也全得靠自己去創造。賈寶玉的詩意棲居之夢需要愛情去滋潤，也需要友情去創造，但是，這種情誼總是被摧殘。他們無法靠上帝的聖水滋潤，只能靠自己的淚水滋潤，這種從內心深處湧流出來的帶着更多傷痛也帶着更多不屈不撓的艱辛的生命泉流，難道不帶詩意嗎？它難道不也可歌可泣嗎？「念天地之悠悠，獨愴然而涕下」（陳子昂），這種仰望上蒼而面對人生的悲愴之情，浸透着《紅樓夢》，曹雪芹的十年辛苦，借林黛玉意象所完成的還淚寫作並創造了屬於中國的「文學聖經」，這一過程以及巨著文本，全都佈滿詩意。

（二）《紅樓夢》發現了一個具體的就在每個人身邊的詩意源泉，這就是「女兒」（青春少女）身上所負載、所蘊含的詩意。這些生命，不是天使，但她們都帶有天使的超世俗的美，因此她們在太虛幻境中都入了「冊」。她們是現實的人，但又站立於現實泥濁世界的彼岸。她們就在附近，就在我們身邊。《紅樓夢》揭示，主人公只有在「女兒」這些詩意生命面前，存在才充分敞亮，在地球上只有一次的棲居才有光彩。這些青春少女提供的愛，不是聖愛，但是她們的眼淚與微笑所象徵的愛，既讓靈魂獲得居所，又讓時間化作虛無。

總之，中國文化有自己的詩意尺度，詩意源泉，《紅樓夢》寫出了海德格爾、荷爾德林未必充分發現的那些巨大的深淵般的詩意生命與詩意生活。正因為如此，《紅樓夢》才成為具有巨大原創性的經典作品。

二零零八年十二月寫於劍梅寓所

#《紅樓夢》的澄明五境

關於《紅樓夢》的哲學問題，我在《〈紅樓夢〉的哲學內涵》中已作了初步講述。但還保留一個關鍵性詞語，以作進一步表述。這一概念，就是海德格爾的「澄明之境」（the clearing）。十年前，我讀到張世英教授的新著《進入澄明之境——哲學的新方向》（*Into the Clearing - The New Orientation of Philosophy*），使我的目光從「主體際性」移到「澄明之境」。我不是哲學家，但文學真理的求索又逼迫我不斷尋找新的哲學基點。當我讀完張教授的這部著作之後，才更明晰地了解，當代哲學已完成了一個方向性的轉變，這就是從「主客體關係」的認識進入超主客體關係的對世界整體的把握，即以超越的態度主導主客體關係，從無限整體的觀點看待有限的存在者（包括自我），而不執着於當前的有限之物，從而抵達一種融合當前的東西（在場）與無盡的未出現的東西（不在場）為一體的境界，即澄明境界。張世英教授從多種視角闡釋澄明之境，其中有一段說明使我對《紅樓夢》哲學的關注更有興趣也更有信心。他說：

任何事物包括人的思想在內，都源於這個澄明之境，都以它為前提。它是「無」，卻又是萬有之源；它超越了存在，卻又不在存在以外。如果說海德格爾在《存在與時間》中尚有把澄明之境看成在存在以外、而以「此在」為其展示場所的思想成份〔海德格爾在那裏把這個在存在以外的領域稱作「存在的意義」（der Sinn von Sein）〕，那麼，在《哲學的終結與思想的任務》中，這個領域便明確地作為萬事萬物本身的澄明之境來看待了；澄明之境不是人或「此在」的屬性，不是屬於人或「此在」的思或領悟，澄明之境乃是使「思」與「在」得以發生的根源。[1] 海德格爾把這種澄明之境叫做「神性」，這「神性」當然不是宗教上有意志、有人格的上帝，但「神性」的意思表明此澄明之境不能被理解為相互聯繫、相互作用、相互影響的一種盲目呆滯的集合，而是富有生動意義的、就像王陽明所說的「靈明」或「靈昭不昧」的意思（當然要去掉王陽明的封建道德意識）。海德格爾的「神性」與王陽明的「靈明」或「靈昭不昧」在遣詞用意上頗有異曲同工之妙。照此說來，我以為詩人「作詩」(Dichten, poetizing) 也就是把隱蔽在無窮盡的相互聯繫、相互作用、相互影響中的「一點靈明」或「神性」亦即澄明之境，通過意象性的東西 (Bild, image) 而顯示出來。[2] 所謂「詩意的想像」應作此解。我主張用「詩意的想像」代替西方傳統哲學所講的認識（但又不是拋棄認識），以作為進入澄明之境的主要途徑。這也就是我所講的哲學新方向的目標。[3]

海德格爾把「澄明之境」界定為一種「神性」，但不是宗教上有意志、有人格的上帝那種「神性」，而是一種萬有之源、存在之根的終極真實，這不是一種實體，卻是一種使「思」與「在」得以發生的根源。它超越了存在，卻又不在存在之外，它是「無」，但又是「有」的母體。把握這一母體，不是通過概念去認知，而是通過「詩意的想像」去領悟和把握。正如老子所說的那個「道」，無法用概念去認知

1 海德格爾：*Zur Sache des Denkens*，第七十五頁。
2 John Sallis, *Echoes*, Indiana University Press, 1990, p.189.
3 《進入澄明之境——哲學的新方向》，第一四一頁，商務印書館，一九九七年。

（不可道、不可名），只能通過詩意的想像去抵達。如果把「澄明之境」與《紅樓夢》的夢境和大觀園詩人們尋覓的詩意之境聯繫起來，我們就會有一種心情難以平靜的發現，即發現《紅樓夢》恰恰蘊藏着一個澄明之境，這個境，使寶玉發生，使黛玉發生，使情發生，使詩發生，使太虛幻境發生，使大觀園發生，這是一個神秘之「本」，一個神意的深淵。這個本正是「無」。作為小說，《紅樓夢》呈現「有」的故事，「有」的悲劇，「有」的荒誕劇，但所有的「有」，都來源於無，而最後又回歸於「無」。「質本潔來還潔去」，無的特性是甚麼也沒有的潔，一切從潔發生，又回歸於潔。「白茫茫大地真乾淨」，從乾淨處發生又返回乾淨處。「無」超越了「有」，又不在「有」之外。有有無無，好好了了，色色空空，觀觀止止，「假作真時真亦假，無為有處有還無」，生動活潑，處處閃射「靈明」之光。《紅樓夢》既是一個文學大故事，又是一個哲學大故事。

有了上述的哲學理念，就會明白對《紅樓夢》哲學的最大誤解是把它理解為虛無的哲學，頹廢的哲學，消沉的哲學，揚棄這種誤解，就可把握《紅樓夢》哲學恰恰是積極的呈現澄明之境和追尋澄明之境的哲學。也可以說，在海德格爾之前，地球的東方就有一個天才的作家領悟到澄明之境，只是表述的語言與表述的方式不同。曹雪芹除了也用「無」來表述外，還有「萬艷同杯」、「無立足境」、「太虛幻境」等詞語來表述。

一、澄明幻境——澄明之境的第一種表述

《紅樓夢》第五回（《遊幻境指迷十二釵　飲仙醪曲演紅樓夢》）寫寶玉在警幻仙姑引導下，於夢中

遊覽太虛幻境，欣遇四大仙姑（癡夢仙姑、鍾情大士、引愁金女、度恨菩提）。眾仙姑以仙酒招待寶玉，並介紹這種仙酒說：「此酒乃以百花之蕊，萬木之汁，加以麟髓之醅、鳳乳之麯釀成，因名為『萬艷同杯』。」

以往的《紅樓夢》研究，注意到「萬艷同杯」四個字中的「杯」實際上是「悲」，即「萬艷同悲」。這種解釋道破了一重暗示，可自圓其說，但未注意到這四個字卻負載着曹雪芹的審美理想，也是社會理想、世界理想。太虛幻境的本質乃是無，這個幻境可視為《紅樓夢》的第一澄明之境。幻境中的四大仙姑就是人間林黛玉（癡夢仙姑所化）、史湘雲（鍾情大士所化）、薛寶釵（引愁金女所化）、妙玉（度恨菩提所化）四大女主人公的生命之源。她們所釀所飲的仙酒之名，也正是太虛幻境的精神之核。萬艷同悲，是共此情感，萬艷同杯，又是同此本源。「萬艷同杯」，如同萬花同根、萬木同本一樣，各種美艷生命都出自同一「太虛」，同一「無」境，都是一個整體，一個「澄明」。這正是曹雪芹的「大同」理想。把賈寶玉推入夢境即推入太虛澄明之境的女子秦可卿，乳名為「兼美」。「萬艷同杯」，便是兼容萬艷不同類型、不同氣質、不同作風之美，這是大同審美理想，也是大同的多元情懷的世界理想。而這種理想的哲學基石正是萬物萬有相互通融、和諧共在的整體性。這種整體性，既是理想，又是方法，不僅是對眼前在場事物的認知。

將「澄明之境」引入思索之前，我曾說，《紅樓夢》是一部無真無假、無善無惡、無是無非、無因無果的藝術大自在。意思是說，《紅樓夢》完全超越了世俗判斷標準，既超越道德標準——善惡判斷，也超越知識標準——是非判斷，甚至也超越宗教標準——因果判斷。它的判斷是一種高度超越世俗功利尺度的精神判斷和審美判斷。這種判斷的特點正是把握整體相，揚棄分別相。也就是禪宗把握佛性整體的不二法門甚至是泛不二法門。將「澄明之境」引入思維框架之後，可以說，上述這種無善無惡、無真無假也是無主無客的大自在之境，正是澄明之境，這是高於道德境界的宇宙境界，又是高於知識境界的神秘境界。

所謂「萬艷同杯」，也可作另一種表述。這就是天地之間，萬種顏色、萬種姿態、萬種類型的生命的發生與結局都相互關聯，「我中原有你」。如果把「艷」解説為女色，則世上有萬種女子類型，萬種女子風貌，萬種女子氣質，萬種女子性情，千差萬別，千分萬殊，都可以用博大的多元情懷加以兼容，不分好人壞人，善人惡人，即使是王熙鳳，即使是趙姨娘，即使是薛蟠、賈環，也不作壞人、惡人的判斷。

處於人世社會中的「萬艷」，除了性情不同，還有社會地位的巨大差異。林黛玉、薛寶釵、史湘雲、三春姐妹等，是貴族少女；王夫人、賈母、尤氏等是貴族夫人；晴雯、襲人、鴛鴦等是平民少女；這之外，還有芳官、藕官等戲子，雲兒等妓女。如何對待這些不同身份的女子？曹雪芹的態度由他的人格化身賈寶玉去呈現，這就是打破世俗的分別態度，即打破尊卑之別，無論是富貴之艷，還是貧賤之色，都給予尊重，這也是「萬艷同杯」的澄明之境，即萬種女子生命各得一席地位的自由之境。可是，在等級森嚴的社會裏，這種澄明之境只是一種夢，一種烏托邦。賈寶玉看到的是貧賤女子一個個被摧殘、被扼殺。「萬艷同杯」理想下看到的是萬艷都有自己的悲劇性命運，所以把「萬艷同杯」理解為「萬艷同悲」也不牽強。

不過，「萬艷同悲」情感性太濃，更近文學；「萬艷同杯」則是中性描述，更近哲學。它可以解釋為萬物萬有萬眾一體同心的意思。這正是佛教的理想。佛教雖有不同教門，但都主張用潔淨、平等、真誠的態度來調節心靈，從而使眾生在世間相處時能進入大和諧與大圓融的境界。世俗社會原是「不同」的社會，有不同的立場、理念、性情、趣味、追求等，有三教九流，才成其社會；因此社會總是充滿差別、矛盾、衝突、紛爭。正因為正視社會的真實構成，所以中國文化才有「和而不同」的觀念產生。佛教的理想也是通用潔淨、平等之心調和矛盾，調和到極處，便產生虛空法界一切眾生還原於「真如一體」。「同杯」即一體。慧能講明心見性，就是要見真如自性。虛空法界都是自性演化出來的，見性之後，一切障礙與遮蔽消除，「迷」變成「覺」，於是成「佛」。所謂「萬艷同杯」，正是萬物萬有萬眾在真如境界上的大和諧。這也是曹雪芹的大夢與總夢。這個大夢是建立在虛實法界同源、真性一體的哲學基點上。

因為有此理想，所以才要破妄念、破分別、破執着。佛家認為阻礙抵達真心真性的障礙是妄心，分別心，自私心。破我執，不是破真我，而是破假我；不是破真心，而是破虛妄之心，破自私自利之心，也包括破分別心。《紅樓夢》由主人公賈寶玉所體現的真純之心，非常突出的正是破分別心。在賈寶玉的心性中，沒有貴賤之分、尊卑之分、內外之分、善惡之分、好人壞人之分。賈寶玉生命的獨特性首先是他自身生命這種無分別的整體性。這是一種大圓融、大沖和的生命奇觀，也是愛一切人、理解一切人的生命奇觀。如果說，他愛晴雯是因為她很美，質、性、神、貌皆無人可比的話，那麼，他能和薛蟠、賈環等保持兄弟之情，能和柳湘蓮、蔣玉菡等結為好友，都說明他有一種無分別的大真性、大佛性，類似基督也類似釋迦牟尼。在釋迦牟尼的心性中，眾生絕對平等，慈悲沒有界限，不僅人界中沒有分別，連動物界的生命也尊重，其無分別心推及到虎豹鳥禽，從而產生「不殺生」的觀念。這都是萬有同源、萬艷同杯的澄明境界。

我在《紅樓夢悟》中曾說，《紅樓夢》中佛光普照，讀後讓人感到悲傷，但也讓人感到溫暖。原因就是有「萬艷同杯」這一佛的精神。佛經中常講，「十方三世佛，共同一法身」，確認四面八方是一體一個法身，慈悲心就遍及法界，即對一切眾生都以慈悲同情之心對待，哪怕對待趙姨娘也不例外。

二、澄明空境——澄明之境的第二種表述

《〈紅樓夢〉的哲學內涵》對「無立足境」已作了如下初步闡釋：

> 這一「無立足境」對於一個思想者來說，乃是不立足於任何現成的概念、範疇、主義之中，即拒絕外界提供的各種角色規定而完全回到自身。也就是說，當外部的一切精神範疇（精神支撐點）都被懸擱之後，最後只剩下自性中的一個支撐點，一切都求諸自己那含有佛性的乾淨之心，一切都仰仗於自性的開掘，一切美好的事物都只能立足於自己人格基因的山頂上。因此，可以把「無立足境，是方乾淨」視為曹雪芹對個體人格理想的一種嚮往，一種徹底的依靠自身力量攀登人格巔峰的夢想。正是這八個字，曹雪芹把慧能的自性本體論推向極致。

這裏所理解的「無立足境」，乃是以自性為本體、沒有其他歸屬的空境。換句話說，自己的心靈就是自己的故鄉，自己的靈山，自己的歸宿，自己的存在之家。一切外部的糾纏、羈絆和依附統統放下，回到本真本然的自我，回到赤子嬰兒狀態，回到無遮蔽、無污染的心靈，這便是最高的人格境界。今

天，我們可以將此境界視為澄明之境的一種形態。

天地之間，可立足境是一種可視的東西，一種在場的東西，是人在日常生活中確認的寓所與家園。從古到今，人們都這麼看，都認定在場的、可立足的、可歸屬的房間、空間、世間、家庭、國家、皇統、道統、關係網絡、世俗理念等等是自己的寓所與家園，是主體（自我）的寄存之所，個個奔忙於日常事務，也奔忙於認識立足之境（客體）和征服佔有立足之境的「事業」之中。可是，正是在贏得功名、財富、權力的同時，人們發現自己喪失了生命的本真與自由，丟掉了心靈的寓所與家園。林黛玉關於「無立足境」的提示，是提示世俗立足境之外有一種大自在、大自由之境，這就是超越日常生存狀態的另一種存在狀態，也就是超越世俗規範、編排、命名、判斷的無歸屬狀態，這是人的真我無我狀態，放下「立足境」牽制的狀態，也就是生命的澄明狀態。

張世英先生在《進入澄明之境——哲學的新方向》一書的「餘論」（《寓所與深淵》）中說：

> 海德格爾的這些思想啟迪我們：人生的真正的寓所與家園，或者說，人的真我或本己，不是任何有限的事物可以界定的，人如果能體會到自己本來植根於無底深淵之中，體會到自己本來歸屬於「無歸屬」之中，那就是找到最可靠的寓所。無底深淵乃是人生真正的寓所，在這個寓所裏，所謂主體、自我營造、日常生活中的歸屬，都可以以曠達的胸懷放置一旁。[1]

1 《進入澄明之境——哲學的新方向》，第二六三頁，商務印書館，一九九七年。

海德格爾所講的「無底深淵」，也就是林黛玉所說的「無立足境」，這是本真自我（本己）的生根之處，是真正的故鄉，換句話說，正是這種無立足境才是本真己我原來的立足境，原始的故鄉。《紅樓夢》一開篇就嘲弄常人俗人眾人「反認他鄉是故鄉」，便是說，他們都以有所歸屬、有所界定的現實的無自由之所為家園為故鄉，不知本真己我的故鄉是在無歸屬、無疆界、無糾纏、無依附、無羈絆的心境中——與宇宙之境打通為一的生命深淵中。無立足境之境，才是真正的故鄉。

禪宗慧能「不立文字」的偉大思想，正是它把握了「無底深淵」，意識到自由的靈魂不可依附於概念之中。一旦把文字視為立足之境，人就會異化為概念的生物。林黛玉把慧能的思想徹底化，以「無立足境，是方乾淨」表述了澄明之境。這種心境無須他證，無須法證（文字之證）。它自證、自立、自明。它所以澄明，是它沒有灰塵的污染，包括沒有任何法塵（文字塵）的遮蔽與污染。

三、澄明詩境——澄明之境的第三種表述

太虛幻境在天上，大觀園在地上。大觀園在場，太虛幻境不在場，但兩者相通相映相照，構成一個天地人和諧共在的整體，即構成一個完整的澄明之境。

大觀園裏的「詩國」（詩社），是青春共和國，又是曹雪芹的「理想國」。這一理想國與柏拉圖的理想國完全不同。柏拉圖把詩人逐出他的國度，完全以理念為它的根基，在他看來，具體事物變動不居，只有理念是永恆的「在場」。他所以把詩人驅逐出去，就因為他們懸擱理念，從事想像，重視想像中那些不在場的東西。而曹雪芹的理想國則以詩人為主體，完全放下概念、理念，用詩的語言代替理念

邏輯的語言。西方舊傳統哲學，以蘇格拉底—柏拉圖為發端，所講的全是抽象的、永恆在場的東西，即以「有」為最高哲學原則，而曹雪芹的詩國則以「無」為最高原則，這是一個充滿想像的國度。詩國中的詩人，除了賈寶玉之外，全是女性，她們通過詩意的想像表達自己的形而上思索。

大觀園與太虛幻境不同，它坐落在人間，如同陶淵明所說，「結廬在人境」，所以它又是一種棲居形式。只是這種棲居，不是世俗棲居，而是詩意棲居。人生可劃分為兩種基本狀態，一是世俗——生存棲居狀態，二是詩意——存在棲居狀態。大觀園狀態是屬於第二人生狀態。曹雪芹把第二狀態（詩意棲居）視為人類應有的生活狀態，這是對人類已有的生活狀態（第一狀態）的超越。雖是超越，但又有聯繫，即不在第一狀態之外，也就是說，詩國立足於人類生活的大地之上，又飛翔於超大地的環宇之間，超越大地而不脫離大地。大地是在場之物，想像空間是不在場之物，兩者的融合便形成一種整體性的詩意空間，即澄明詩境。這又是人類一種真正的家園與故鄉。不被世俗原則所限制、所羈絆的自由心靈的故鄉，與功名、財富、權力為架構的現實寓所不同的故鄉。

曹雪芹的詩國——理想國，所以能成為詩意棲居的澄明之所，所以能成為人類理想的家園，根本的一點是它使用的是詩性語言。詩性語言和概念語言最大的區別在於：詩性語言超越了主客體關係邏輯，也超越善惡道德判斷邏輯以及是非、真假知識邏輯，而以在場的東西顯示不在場的東西，以有限時空呈現無限時空，把在場的有限事物和不在場的無限事物在內心中打成一片，從而構成一個無邊無際的詩性整體。賈寶玉和林黛玉等詩人們都不是通過概念去認知世界，而是通過詩意想像和詩性語言去抵達宇宙的任何一個角落，包括「天盡頭」那些烏有之鄉。詩性語言正是海德格爾「無底深淵」中的聲音，也是林黛玉「無立足境」中的聲音，這才是人類的本質之聲，也是人生真正的故鄉。

大觀園詩國，實際上是一個審美王國。賈寶玉本來是青埂峰下的一塊石頭。一種粗糙的自然物而已。經過修煉，它通靈幻化為人，這本身就是美的發生，審美的第一前提。如果把美定義為「自然的人化」，那麼，《紅樓夢》原名《石頭記》，也就是石頭人化、自然人化的大故事。講「自然的人化」，是在講美的發生學，即講美的根源與本質。事實上，《紅樓夢》正是最形象也最具體的美的發生學、發展學。從石頭到人，這是第一次昇華；從「色」到「情」，這是第二次昇華（寶玉開始時喜歡吃胭脂，還有色感眼睛，以後才進入情的真摯）；而把情呈現為詩，這是第三次昇華。大觀園中的詩國，不是自然的人化之所，而是情感的詩化之地，也可以稱作情感昇華的澄明之地。在大觀園裏，作為詩國的主體，詩意棲居的公民，她們本身也經歷一次大昇華。用禪宗「山是山、水是水—山不是山、水不是水—山還是山、水還是水」的語言表述，賈寶玉和其他女性詩人們都經歷了這麼一個過程：（一）嬰兒是嬰兒，赤子是赤子；（二）嬰兒不是嬰兒，赤子不是赤子；（三）嬰兒還是嬰兒，赤子還是赤子。也就是說，他們剛踏入人間的第一聲啼哭並不是詩（魯迅語）。那時混沌未鑿，尚無主體（自我）意識，也無主客之分，用周谷城先生著名的話，是無差別境界，內外無別，主客無別，此時雖是赤子，卻不是詩人，這是第一階段。混沌打開，嬰兒成人，赤子有了主體意識，嬰兒不再是嬰兒，但他們面對新鮮的世界卻產生驚異感，這是作詩的條件，但還不是詩，而只是面對對象化世界的散文式反應（黑格爾語），這是第二階段。第三個階段，是他們進入詩國，復歸於嬰兒，此時他們再次物我不分，天人合一，通過詩意想像把情感宇宙化，撫四海於一瞬，挫萬物於筆端，主客界限完全化解，再度進入「無差別境界」，此次才是澄明之境，有別於第一次嬰兒狀態時的混沌之境。我們可以看到，賈寶玉一旦進入詩社活動，便最快樂，這是他的遊戲狀態也是他的審美狀態。在比詩的活動中，他常被列為最差的一名，在眾女詩人之後，但他對評比結果總是口服心服，衷心地稱讚評判者公平。因為，他真正進入超功利的審美狀態，其主體也是完全不知算計、不知輸贏成敗的嬰兒赤子狀態，他在詩國中，其心境完全是澄明之境。其詩心，也正是澄明之心。

四、澄明鄉境——澄明之境的第四種表述

既然「無立足境」是最高境界，現實棲居的故鄉就不是最後的故鄉。那麼，甚麼是真正的故鄉，便構成《紅樓夢》哲學的另一項根本內容。曹雪芹在第一回就說明自己的故鄉理念與世間的故鄉不同，所以他才在第一回由甄士隱在回應《好了歌》的解註中以重新定義故鄉作為尾聲：「……亂烘烘你方唱罷我登場，反認他鄉是故鄉。甚荒唐，到頭來都是為他人作嫁衣裳。」

在曹雪芹看來，故鄉並非我們出生和居住的寓所，並非在地圖上出場的那一個點。以賈寶玉來說，他的故鄉並不是南京或北京城中的父母府第（賈府）。他原先是一塊青埂峰下的石頭，被女媧補天時淘汰的多餘的石頭，青埂峰下才是他的故鄉。以哲學語言表述，在人世間出場在場的居住地並不是故鄉，只有那個遙深的看不見的、不在場的地方才是真正的故鄉。只有那個地方，才是容納本真己我的處所，才是讓真我與天地萬物萬有相融相契的立足之境，即澄明之境。賈寶玉在這個地方，其生命最本源、最本真的東西才向大宇宙敞開。而在賈府這個父母府第，他卻生活在各種人際關係中，不是自然中人，而是關係中人。他不是他，賈寶玉不是賈寶玉，他是賈政之子，王夫人之子，賈母之孫，是薛寶釵的丈夫，賈環的兄長等等，在關係網絡中，他沒有自由，沒有生命本真狀態。但是，常人眾人世俗之人，卻

把這個由各種關係建構的寓所作為故鄉，都為這個寓所的榮華富貴而爭鬥而辛苦奔忙。衣錦還鄉，光宗耀祖，成了人生的目的和存在的目的。其實，這是一種荒唐的人生。曹雪芹告訴讀者：人來自無、來自空、來自潔，也將歸於無、歸於空、歸於潔；來自一個不可名的故鄉也將歸於不可名的故鄉。小說中所說「大荒山」、「無稽崖」、「青埂峰」、「靈河岸」等等，全是「無」，全是「無何有」之鄉，不可證之鄉，不出場之鄉，然而，唯有這些不在場的家園，才是終極的家園，也唯有這些非在之在，才是終極的最後的實在。曹雪芹的故鄉觀念與莊子的故鄉觀念相通，也以「無何有之鄉」為終極的真實，終極的故鄉。妻子去世，莊子鼓盆而歌，乃是因為他認定妻子只是離開形骸的暫時居住之所而奔向終極的故鄉，死亡乃是一次回鄉，回到本真之性永遠可以寄寓的家園。莊子的哲學重在一個「遊」字，《逍遙遊》中大鵬的眼睛着眼於萬物萬有的宇宙整體，涵蓋着人世間在場與不在場的所有事物，打破生死之界（「生死同狀」），也打破世俗的故鄉之界。曹雪芹也因為超越在場的有限的故鄉理念，從而給故鄉提供一種詩意非常濃厚的哲學思索。在他的哲學思索中，故鄉有三個大層面，曹雪芹相應地投以三種哲學態度。

一是世俗的在場的居住之鄉：這是世人通常所說的故鄉，也是他們的功名、金銀、姣妻歸宿的地方。第一百零一回，寫王熙鳳到散花寺抽籤，抽到了「第三十三籤，上上大吉」，查籤簿時，只見上面寫着「王熙鳳衣錦還鄉」。這個王熙鳳是漢朝求官的王熙鳳，如此巧合，說明鳳姐的理想也就是「衣錦還鄉」。而籤簿上的詩註也正是她的人生小結：「去國離鄉二十年，於今衣錦返家園。蜂採百花成蜜後，為誰辛苦為誰甜？」這首詩仍然是曹雪芹的基本哲學問題：為甚麼活着？為誰活着？活着的意義何在？這個問題與故鄉理念緊密相關。活着就為金銀、為功名、為姣妻、為光宗耀祖嗎？為個「衣錦還鄉」嗎？如女強人王熙鳳，在貴族府中縱橫捭闔二十年，執掌無數金銀財寶，如今把它帶回故鄉了，那麼，這個故鄉就是自己該為之獻身的地方嗎？是自己本真靈魂該永遠寄寓的家園嗎？曹雪芹的作品，只有一個字的回答：否。《紅樓夢》續書第一百零一回寫寶釵對「衣錦還鄉」另有看法：寶釵笑道：「我給鳳姐姐瞧一回籤。」寶玉聽說，便問是怎麼樣的。寶釵把籤帖念了一回，又道：「家中人人都說好的。據我看，這『衣錦還鄉』四個字裏頭還有原故，後來再瞧罷了。」寶玉道：「你又多疑了，妄解聖意。『衣錦還鄉』四字從古至今都知道是好的，今兒你又偏生看出緣故來了。」寶釵與他人看「好」不同，猜出是「了」的預示。第一百一十四回寫王熙鳳果然死亡。死前滿嘴胡說，嚷着要船要轎要到金陵歸入冊子，所謂「衣錦還鄉」，到頭來也只是「歷幻返金陵」，一場虛空。

與「衣錦還鄉」的世俗理念不同，曹雪芹寫了另外兩種「還鄉」、兩種歸宿，這是在天的無何有之鄉和在地的「實有」的土地之鄉，與王熙鳳的衣錦「假有」之鄉全然不同。

我在《紅樓夢悟》中曾說明這兩種澄明之鄉：

《紅樓夢》貴族女子的復歸之路有兩種路向：一是林黛玉似的向「天」回歸，一是巧姐兒式的向「地」（即「土」）回歸。前者「人向廣寒奔」的暗示，便是向天宇回歸的暗示。也許奔向明月，也許奔向太虛幻境，也許奔向曾與神瑛侍者相戀過的靈河岸邊。後者則無須暗示，巧姐兒經劉姥姥的因緣，最後嫁給周氏莊稼人家，從貴族豪門走向庶民土門，真正是「舊時王謝堂前燕，飛入尋常百姓家」，巧姐兒生於七月七日，最後也有一個與「牛郎」相逢的結局。果然回歸於土。《易經》說，「安土敦乎仁，故能愛」，有土才能安寧，才能敦篤，也才有人性的真實與溫馨。林黛玉式的回歸是夢想的，巧姐兒的回歸是現實的，但兩者都不悖「質本潔來還潔去」。倘若用佛教語言解說，林黛玉乃是回歸於空，而巧姐兒則是回歸於「有」。前者是真諦，後者是俗諦，但兩者都是「諦」，都帶真理性。俄國十二月黨人的貴族理念，正是巧姐兒式的向土回歸的民粹理念。

林黛玉在《葬花辭》中問：「天盡頭，何處有香丘？」她自己早已預設死亡是向天回歸。她一直有一種他人無法理解的鄉愁，第八十七回她在瀟湘館裏獨自撫琴低吟，寶玉和妙玉在館外聽見：「風蕭蕭兮秋氣深，美人千里兮獨沉吟。望故鄉兮何處？倚欄杆兮涕沾襟。山迢迢兮水長，照軒窗兮明月光。耿耿不寐兮銀河渺茫，羅衫怯怯兮風露涼。子之遭兮不自由，予之遇兮多煩憂。之子與我兮心焉相投，思古人兮俾無尤。人生斯世兮如輕塵，天上人間兮感夙因。感夙因兮不可惙，素心如何天上月。」妙玉聽了感慨：「何憂思之深也！」林黛玉的憂思確實極深，鄉愁確實極深。這種鄉愁不是緬懷江蘇父母故居、自己的出生地，而是「山迢迢兮水長」、無盡遼遠的宇宙深處。而與她一起到人間的寶玉，雖然也是她的故鄉，與她也是心意相投，可是沒有實現情意的自由。林黛玉臨終之前握着紫鵑的手說：「我的身子是乾淨的，你好歹叫他們送我回去。」回到哪裏去？自然是回故鄉。但這不是「衣錦還鄉」，是乾淨而來，乾淨而返，質本潔來還潔去。無論是奔向廣寒，還是回到靈河岸邊，她都與天地融合為一，贏得絳珠仙子的本真本然。那個大自由大自在之所，才是她永恆的故鄉。

林黛玉回到了澄明鄉境，無論是明月深處，還是靈河岸邊，都帶有神性，那裏是光之源、靈之源，這種鄉境，是存在，但又在存在之外。而巧姐兒嫁給莊稼人，回到牛郎織女最初的鄉土，那算澄明之境嗎？澄明之境原是「無」，林黛玉的故鄉才是真正的澄明鄉境，而巧姐兒所歸宿的「土」是「有」，是人間大地上的實有之鄉，這算澄明之境嗎？按照曹雪芹的提示：「無為有處有還無」，那麼，復歸於「土」，也可以進入「無」。老子、莊子、陶淵明、慧能都是通過復歸於土、復歸於樸、復歸於嬰兒而復歸於太極（無）。陶淵明在田園農舍的「土」中就創造了澄明詩境，那就是他詩意想像出來的「桃花源」烏托邦。

向「土」回歸，包含着很深的哲學意蘊。以往的《紅樓夢》研究對巧姐兒即貴族最後的種子向土回歸的哲學隱喻開掘得不夠。向土回歸的哲學意義非常豐富，有生存價值（經濟價值）上的意義，有道德價值上的意義，有審美價值上的意義，有最高哲學境界上的意義。秦可卿臨終時託夢給王熙鳳，特別提醒她兩項內容：一是要有「盛筵必散」的意識，即再好也終有一了；二是要留條最後的退路，這就是「土地」。她說：「目今祖塋雖四時祭祀，只是無一定的錢糧；第二，家塾雖立，無一定供給。依我想來，如今盛時固不缺祭祀供給，但將來敗落之時，此二項有何出處？莫若依我定見，趁今日富貴，將祖塋附近多置田莊房舍地畝，以備祭祀供給之費皆出自此處，將家塾亦設於此。……便是有了罪，凡物可入官，這祭祀產業連官也不入的。便敗落下來，子孫回家讀書務農，也有個退步，祭祀又可永繼。」（第十三回）秦可卿想到是興與衰、存與亡的最後關頭上土地的意義，有了土地就不會落入絕境。這與美國小說《飄》（*Gone with the Wind*）的女主人公郝思嘉相似，她在最後走投無路的時候，想到腳下踩着的土地，於是抓了一把「土」，像抓住生的火炬與希望，又重新獲得生活的信念。

在中國傳統中，土不僅代表安寧，還代表質樸、純樸的道德意義。《易經》講「安土敦乎仁，故能愛。」這一思想曾深深地感動、觸動過新儒家代表人物牟宗三先生，他在《周易哲學演講錄》中曾帶着濃厚的個人情感作了如此闡釋：

「安土敦乎仁，故能愛。」所以儒家講仁這個觀念，孔子就說：「仁者樂山，智者樂水。」（《論語》）仁者為甚麼樂山，山是安定呀。水是動蕩的。有土才能安，不能離開土。現在這個時代，不管你是海洋國家，還是大陸國家，統統沒有土的，就是沒有安呀。大陸國家有土，但有土不知道利用土，天天在天翻地覆挖那個土，把土挖成坑。所以這個時代沒有土，不能安。

牟宗三先生所講的「沒有土，不能安」的思想與秦可卿的告誡相通。但牟先生接着則深一步講「土」的道德意義，他說：

……香港這個地方對小孩不利，他沒有土呀，他的生命不成，聰明才智發不出來，出小聰明的人可以，真正的人才出不來。真正的人才從鄉間出。我一生二十多年在鄉間，它使你生命結實、健康、頭腦也簡單、單純。漫山遍野地跑，這個原始的生命呀。現在的人就是失去這個原始性，你們都成熟得太早。……有土，生命才能滋潤，安土才能敦厚。沒有安土，你那個仁也不敦篤。你就是表現那個仁，你的表現也不敦厚，也不篤實。「敦」是動詞，敦篤這個仁道。所以說：「仁者樂山」，不要說了不起的聖人：孔子、耶穌、釋迦牟尼，鄉間的農人就是真正的聖人，在他們看來，你們那些大教授、生意人通通是壞人，思想不乾淨。鄉間的農人頭腦最單純，所謂簡易啦，他們取簡易原理，真心誠意。他們不會騙人、耍花樣。……他們的道德當然比我們現代人高。……我現在懷念我的家鄉就是這個道理。[1]

我所以引述這麼一大段牟宗三先生的話，是因為這樣有益於對曹雪芹思想的理解。曹雪芹讓巧姐兒能在家道中落之後回歸於土，並視為幸運，即王熙鳳善待劉姥姥積德的報應。中國近代思想史上的思想家們有兩種不同傾向（或稱兩種思潮），一是康有為、梁啟超、胡適等為代表的西化派思潮，一是章太炎、梁漱溟、毛澤東為代表的民粹派思潮，後者批判資本主義，崇尚農民並以農民道德為最高道德。牟宗三先生也有民粹思想。有意思的是在二百年前，作為貴族子弟的曹雪芹也有民粹思想，還設置了一個織女牛郎的故事，讓貴族少女嫁給莊稼人，回歸到單純、質樸的鄉村。用牟宗三先生的話說，曹雪芹大約也認為那些熱衷於功名的宰相狀元都是壞人，唯有鄉間的農人才敦厚敦篤，巧姐兒在賈府裏的「了」，對她來說，正是「好」。

「土」除了有道德的意義之外，是否還有超越性的澄明意義呢？有。「土」還有使人返璞歸真、使人獲得本真自我的重大哲學意義，也就是找到真我本己家園的澄明意義。「土」不同於可視的、在場的「山脈」、「田地」的意義，它除了具有這些在場物之外，還包含着一種看不見的、不在場的「無」即生命本源的東西，哲學家稱之為「原素」的東西。法國當代哲學家埃馬紐埃爾·勒維納斯（Emmanuel Levinas）曾對「土」作過如此定義，他說：

1《周易哲學演講錄》，第一零八頁，華東師範大學出版社，二零零四年。

> 土是在現實中的某種特殊的物（黑格爾把土稱作原素的個性）。但是，同時，土不是特殊的物，而是原素。在這原素中，有着不是物的別的物。萬物都由固體、液體等等構成；它們與那個不可以被叫做物的範疇不同，它們掩蓋了它們的原素性。土既不是工地，也不是田地，也不是山，它歸結到一種基礎所在，一種穩定的基礎，土的定義恰恰就在於此。[1]

在此定義中，土是萬物之基，萬物之根，萬物之源。它不僅是在場的果（山、田地等），而且是不在場的因（原素、根基），即中國遠古時期敬為神明的「息壤」。曹雪芹顯然把「在」之源看成是雙向的，既有天之源，也有地之源。萬物萬有的發生，來自最單純的原素，石頭在天上，也在地上。所以他的《芙蓉女兒誄》所招之魂也是雙向的：「天何如是之蒼蒼兮，乘玉虬以遊乎穹窿耶？地何如是之茫茫兮，駕瑤象以降乎泉壤耶？」這「泉壤」便是「土壤」，「息壤」。它具有靈明之性，它不是有意志的「土地神」，但它卻是萬有之源。因此，天上的太虛幻境是個澄明之境。地上的純樸土壤也可展開澄明之境，曹雪芹對陶淵明非常崇尚，小說中雖沒有直接性的評價之語，但在詩中卻有崇高的至尊地位，這也說明，他完全認同陶淵明借土（田園）詩化的澄明之境。第三十八回（《林瀟湘魁奪菊花詩　薛蘅蕪諷和螃蟹詠》）寫海棠社眾詩人（林黛玉、薛寶釵、史湘雲、賈寶玉、李紈、探春等）競作菊花詩，結果林黛玉一人壟斷了頭三名（《詠菊》第一，《問菊》第二，《菊夢》第三），評審李紈宣佈後，寶玉拍手叫「極是，極公道」。這三首詩與眾不同，全以陶淵明的詩境為境，對陶淵明作了空前絕後的評價。

1 《上帝．死亡和時間》，第一零零頁，北京，三聯書店，一九九七年。

詠菊

無賴詩魔昏曉侵，繞籬攲石自沉音。
毫端蘊秀臨霜寫，口齒噙香對月吟。
滿紙自憐題素怨，片言誰解訴秋心。
一從陶令平章後，千古高風說到今。

問菊

欲訊秋情眾莫知，喃喃負手叩東籬。
孤標傲世偕誰隱，一樣花開為底遲。
圃露庭霜何寂寞，鴻歸蛩病可相思。
休言舉世無談者，解語何妨話片時。

菊夢

籬畔秋酣一覺清，和雲伴月不分明。
登仙非慕莊生蝶，憶舊還尋陶令盟。
睡去依依隨雁斷，驚回故故惱蛩鳴。
醒時幽怨同誰訴，衰草寒煙無限情。

「一從陶令平章後，千古高風說到今」，「登仙非慕莊生蝶，憶舊還尋陶令盟」，都是對陶淵明的崇高評價。尤其值得注意的是，這些詩境完全是打破主客體之分、物我之分、天人之分的相融相契境界。莊周的蝴蝶夢，是主客不分，陶淵明的菊花詠，也是主客不分。這些菊產生於土（田園），而這些菊境也正是「息壤」所孕育的澄明之境。

五、澄明止境——澄明之境的第五種表述

在《紅樓夢悟》中，我對《紅樓夢》的止境作了初步揭示：

> 知其所止，這是中國的道德律令。《中庸》第三章，確認做人應「止於至善」：為人君，止於仁；為人臣，止於敬；為人子，止於孝；為人義，止於慈；與同人交，止於信。老子另有「止」的內涵，《道德經》曰：「知足不辱，知止不殆。」
>
> 知其所止，也是《紅樓夢》哲學思考的主題之一。但它不是儒家「止於至善」的直接告誡，而是對生命止處的連綿叩問。它不說止於何處，只說必有一止，並要「知止」。秦可卿告訴王熙鳳「盛筵必散」，正是「止」的提示。縱有千好萬好，總有一「了」。《好了歌》既是荒誕歌，又是觀止歌。「好」是觀，「了」是「止」。閱盡人間諸色，應當知止，應當放下。那麼，應當止於何處？有小止處，有大止處。激流勇退，說的是小止處；「大造本無方，云何是應住，既從空中來，應向空中去。」（惜春之偶語）說的是大止處。來自空，止於空；始於癡，止於

悟。知止，便是自明自覺，便是自救。

止觀哲學，本是佛教哲學的一項重大內容。大乘佛教的止觀二門，包括止門和觀門。甚麼是止，甚麼是觀，佛教哲學家各作闡釋，我們不妨先看看《大乘止觀法門》的最初界定：

> 所言止者，謂知一切諸法，從本已來，性自非有，不生不滅，但以虛妄因緣故，非有而有。然彼有法，有即非有。唯是一心，體無分別。作是觀者，能令妄念不流，故名為止。所言觀者，雖知本不生，今不滅，而以心性緣起，不無虛妄世用，猶如幻夢，非有而有，故名為觀。[1]

從引述的這段話，可以看到，曹雪芹把小說命名為《紅樓夢》，把府中的閣園命名為「大觀園」，均與佛教的止觀哲學相關。整部小說的哲學故事，便是觀止、止觀的轉化故事，即「雖知本不生，今不滅，而以心性緣起，不無虛妄世用，猶如幻夢，非有而有」的故事。因此，不了解止觀哲學，就不能把握《紅樓夢》哲學，也不可能了解《紅樓夢》的思想精髓。

上述這段話，只是一個定義，一個綱。定義之下，還有很細的內涵。避開繁瑣的說明，可以把握到，觀是講生、講有、講因、講過程；止是講滅、講無、講果、講終點。佛家經常說的「提起」屬於觀，

1 《大乘止觀法門》卷一，《大藏經》卷四六，第六四二頁。

「放下」則屬於「止」，而且強調的是「知止」。有大悟，才能有大止；有徹悟，才能有終止。何時止，何處止，止於甚麼，如何止，都是止觀哲學的中心問題。《大乘止觀法門》說：當知觀門，即能成立三性，緣起為有；止門即能滅三性，得入三無性。入三無性者，謂除分別性，入無相性；除依他性，入無生性，除真實性，入無性性。佛學所講的「真實性」，是指「橫執之真」，即太執着、放不下，並非真如本體。即並非破真我，而是除假我。陷入佛學概念之中，常常走不出來，而曹雪芹對佛學融會貫通，又處處是意象性表述，倒使我們容易了解止觀哲學的內容和《紅樓夢》對止觀哲學的穿透與超越。

《紅樓夢》創造了一套獨特的語言，包括蘊含着止觀哲學的語言。所以我說《好了歌》，也可理解為觀止歌。好是觀，是生，是有，是色。「了」是止，是滅，是無，是空。曹雪芹嘲諷的是追逐功名、金銀、姣妻而不知所「止」的世人。跛足道人說：「你若聽見『好』『了』二字，還算你明白。可知世上萬般，好便是了，了便是好。若不了，便不好；若要好，須是了。」《好了歌》和跛足道人這席哲學談話，說明曹雪芹不僅接受觀止哲學，而且「發展」了觀止哲學。發展之處是把「好」與「了」融合為一，把「觀」和「止」融合為一。觀止不二，正如史湘雲談陰陽哲學，陰陽不二，只是一體兩面。好便是了，了便是好。不知了，不知止，那些好就會走向反面，因此，知止才能好，不知止也不知好。曹雪芹把禪宗的「不二法門」徹底化，走向「泛不二法門」，在哲學上，也把「好」與「了」打通，把色與空打通（「風月寶鑒」喻示兩者是一體兩面），把陰與陽打通，也把觀與止打通。於是，大觀園也可視為大止園，用大觀的眼睛看世界，就能看清大止處，明白該如何大止，止在何處，止於何義。

如果說，《紅樓夢》提出了如何止的大問題，那麼，它是不是也如《中庸》，有一個「止於至善」即止於道德頂點的總提示呢。對於這個問題，我們可以回答：《紅樓夢》提示的就是「止於悟」。無論是小止、中止、大止，都需要有所悟。按照禪宗「迷即眾，悟即佛」的說法，止於悟，便是止於佛，大徹大悟則成正果。第五回，警幻仙姑見到寶玉時嘆道：「癡兒意尚未語」，是說寶玉還在癡中、觀中、色中，尚未「悟」。但到了最後一回（第一百二十回），賈雨村和賈寶玉都走到「急流津覺迷渡口」，結局卻是一個覺，一個迷。賈寶玉止於覺，賈雨村則止於迷。關於止於悟的總回答，脂硯齋在第七十七回的評語中非常準確地道破：「寶玉至終一著全作如是想，所以始於情終於悟者，既能終於悟而止，則情不得濫漫而涉於淫佚之事矣。」

脂硯齋認定，賈寶玉是個知止並止於悟的人。他和其他人一樣，以生性緣起，有性有情，這是正常的。有性情是好，但是，性情的發展則有兩種結果，一是知止而成有情人；一是不知止而成濫情人，如薛蟠就成了濫情人與廢人。賈寶玉、林黛玉等都是癡情人，但她們癡而不濫，最後都有「情悟」。晴雯、鴛鴦、尤三姐也都有情悟，所以她們的情成了澄明之情。

多年前我在闡釋《好了歌》時，就把「了」分為小了、中了、大了、總了。死亡便是總了。用觀止哲學語言表達，死亡便是大止、總止、終止。因此，觀止哲學面臨最大最核心的問題也是如此總了、總止，即死亡問題。以此視角去看《紅樓夢》，便會發覺《紅樓夢》的人生終止，一是止於污濁，一是止於澄明。止於前者其實是妄念不知止、人生不覺悟而最後死於「染」，死於「濁」，死於不潔不淨，如賈瑞、趙姨娘、王熙鳳，均是如此。《紅樓夢》特呈現她們的死狀，我在《紅樓夢悟》第七十則曾寫道：

> 《紅樓夢》人物的死亡，除了如賈母等的「自然死」之外，還有其他幾種不同的情狀。最低級的死亡是「虛妄死」，也可稱為誤死凶死，如賈瑞的思淫虛脫而死，趙姨娘的中邪而死，夏

金桂的誤毒自身而死，這些人都是妄人，死得很慘也很醜。賈瑞死時沒有人樣，「汗津津的」，「身子底下冰涼漬濕一大灘精」，金桂死時「鼻子眼睛裏都流出血來，在地上亂滾，兩手在心口亂抓，兩腳亂蹬……也說不出來，只管直嚷」，趙姨娘死時跪在地上叫饒叫疼，「眼睛突出，嘴裏鮮血直流，頭髮披散……聲音只管喑啞起來了，居然鬼嚎一般」。與「虛妄死」完全不同的是自覺死。這種死亡具有三種不同境界：一是「道德死」，即殉主而死，如秦可卿的丫鬟瑞珠；二是「情意死」，即殉情而死，如晴雯、司棋，其死不是「道德」，而是反道德——抗議道德專制；三是「徹悟死」，即看透人生憂鬱而死，如林黛玉、尤三姐。尤三姐不是殉情，而是「恥情而覺」，有一種看透情的覺悟。林黛玉更是如此，她死時看透一切假相，燒掉詩稿，不僅看透，而且也不給人間製造新的假相。既然稱第一類為「道德死」，第二類不妨稱為「文學死」，第三類則可稱為「哲學死」。最後這兩種死亡都是詩意死亡。依據這種分類，鴛鴦是屬於殉主死還是殉情死，王熙鳳是屬於自然死還是虛妄死，則必定會有爭論，但把鴛鴦視為殉主死，肯定是荒謬。

在此段悟語中，我把林黛玉之死和尤三姐之死，界定為「哲學死」，就是說，她們的情是止於「覺」，止於悟，止於哲學境界。尤三姐是「恥情而覺」，她對柳湘蓮一片真情，一片癡情，一片真純與乾淨，卻被誤解為不真、不潔、不淨，還得到一席羞辱之言。在聽到柳湘蓮與賈璉那席話的瞬間，她突然大徹大悟，從癡於情變成恥於情，並因情悟空，一劍自了，止於覺、止於悟。她的死是自殺，是對其當下存在的一次斷然把握，唯有自殺，她的存在意義，即她的生命尊嚴、生命驕傲、生命壯美才充分敞開。在鮮血灑落的一剎那，她回到生命本己，回到本真的心靈，這才是她最真實的不再被任何幻象所遮蔽的家園。柳湘蓮也才看到一個最真實、最高尚的內心，他也因此大徹大悟，終於斷髮為僧，了卻塵緣。尤三姐的「止」，是止於澄明之境，這是情的澄明，心的澄明，死的澄明。王熙鳳臨死時，神魂飄蕩，噩夢聯翩，白日見鬼，雙手在空中亂抓。她未能理解秦可卿「盛筵必散」的忠告，妄念不知所止，死時也只能止於「亂」，止於恐懼，止於不知所措，總之，她不是止於澄明之境，而是止於黑暗之境，和趙姨娘、金桂的止處沒有質的不同。而尤三姐則完全是另一種境界，她自覺地舉起劍，選擇死，並知道自己為甚麼選擇死。她的死，是美的毀滅，比美本身還美，正如太陽落山，落日比太陽本身還美。

林黛玉的死，除了《紅樓夢》續書所呈現的死亡情景之外，還有原書的聯句預告：「人向廣寒奔。犯斗邀牛女。」「窗燈焰已昏。寒塘渡鶴影。」「冷月葬花魂。」（第七十六回）這些詩句預示兩種死亡方式，一是如同嫦娥奔月，潔身擁抱潔月潔光而死；二是如同白鶴渡影，投身寒塘自殺，潔身擁抱潔水潔蓮而亡，兩者都是自覺的選擇，都是止於覺，止於悟，止於潔。與「質本潔來還潔去」的預告相符。這也是止於靈魂重新回到原來的高潔之鄉，回到本真的己身，從有限之境化入無限之境，充滿「靈明」之光，這當然是進入澄明之境，止於澄明之境。

在高鶚的續書中，林黛玉的死亡結局與這些詩的預告不同。他寫了黛玉焚詩稿斷癡情，寫了最後「直聲叫道：『寶玉，寶玉，你好……』說到『好』字，便渾身冷汗，不作聲了。」此一結局黛玉有怨恨，有不平，有放不下的滿懷心事，但也有覺有悟，死前焚燒詩稿是她的重大行為語言，也是她自己設計的死亡儀式。詩稿是她的心思、心事、心靈、心聲，也是她的心證、意證、情證，但她選擇一把火把它燒了，這倒是實踐了她「無立足境，是方乾淨」的偈語。她的詩，早已悟到空，但立文字，畢竟還有空相，此次焚燒詩是「去空相」，連空相也剔除，屬於「空空」，算是看透，算是大徹大悟。應當說，在焚燒詩稿的那個瞬間，她已把甚麼都放下，甚麼都「了」了，連其生命象徵的詩稿也放下了。她對紫鵑說，我的身子是乾淨的，我應回去了。到地球上走一回，她的身子守持了高潔，現在回去不帶地球的半點塵土，連詩稿可能染上的「法塵」也不帶。詩（文字）是詩人最後的立足之境，連這一立足境也不要，真的「無」了，真的「乾淨」了。高鶚能寫出「焚稿」，便與「葬花」作了對應與延伸，使黛玉之死能夠止於覺、止於悟，止於神明似的大潔大淨，也就進入澄明止境，可謂成功之筆。

按照海德格爾的哲學，人在面臨死亡時，恰如掉進無底的深淵，一切根底都消失了。林黛玉在面臨死亡時，連詩稿這一生命根底也讓它化作灰燼，說明她已完成擺脫世俗社會的一切糾纏、羈絆和歸屬，找到真正的自我，回到自己的故鄉，即從此超越主—客關係模式中的有限主體（自我），而把生命重新與未出場的三生石靈河岸以及整個天地宇宙融為一體，真正是始於潔，止於潔，始於澄明之境，也止於澄明之境。

佛家的止觀法門，是佛教哲學綱領性的話語。概括地說，「觀」是慧，是看破，是過程；「止」是定，是放下，是結果，但又相反相成。大乘佛法修學的總綱是禪定，「因戒得定，因定得慧」。慧能的不二法門，最重要的內涵便是「定」、「慧」一體，定慧不二，即兩者相反相成。「禪那」翻譯成中文是「靜慮」，也翻成止觀；靜就是止，慮就是觀。禪師其實就是靜慮師、止觀師。釋迦牟尼就是第一個偉大禪師。因此，禪與其說是宗教，不如說是一種靜觀世界的方式，一種立身態度，一種審美方法。在止觀時放下概念，放下世俗功利的算計，看破一切假相幻相，直接抵達心靈的深處、生命的本真，把握生命的當下存在。「觀」是屬於有門，屬於生滅門；「止」是屬於空門，屬於真如門。所謂「離一切相」，便是止；所謂「即一切法」，便是觀。所以觀是智慧，是能夠通達世出世的一切法。大觀園的意思是大智慧園。觀的時候萬善相隨，對人、對事、對物，起心動念純善；止的時候則一念不生，放下萬緣，深厚的佛家功夫得煉就「止觀雙運」，方達到大徹大悟。天台宗智者大師講三種止觀：（一）漸次止觀；（二）不定止觀；（三）圓頓止觀。禪宗慧能（南宗）與神秀（北宗）的分歧實際是漸次止觀與圓頓止觀的衝突。佛學中的「觀」，有兩項內涵特別需要注意：（一）觀不僅是指用眼睛觀看，還指用耳朵觀聽，用身體上的六根（眼、耳、鼻、舌、身、意）觀受，也可以說是用全身心去感受領悟。（二）觀不是用頭腦去思考、分析、推理、論理，即不是「意識」，而是用心性（六根）去感受領悟。我的書名叫做《紅樓夢悟》，用「悟」取代「論」與「辨」，換種語言表述，便是以「觀」代替「識」，以感受代替意識、代替概念。《紅樓夢悟》中曾說林黛玉作詩說話好像不用「腦」，只用心：

> 林黛玉雖有智慧，卻沒有起碼的生活常識。她活在世俗社會中卻完全不知道怎麼活法。作為一種特殊生命，她面對生活的唯一觸角，是心靈。除了心靈功能之外，似乎沒有別的功能，連頭腦的功能也沒有。她好像是一個不必用腦的詩人，寫詩作詩只憑心靈直覺一揮而就，對外部事件的反應也只憑心性「一觸即跳」。（《紅樓夢悟新作一百則》第五十四則）

林黛玉的智慧是心靈智慧，不是頭腦智慧，她的詩是「觀」的產物，不是「識」的產物，所以其詩離概念化的東西最遠，完全是從內心中抽出來的詩。她是大觀園中的首席詩人，她的詩所以寫得好，是因為她具有天眼、天耳、天身，即具有大觀的眼睛、大觀的耳朵、大觀的六根。光用腦或普通的肉眼、肉耳、肉身，無法看破諸相。唯有用大觀眼睛、大觀身心才能穿越時空的多重維幕把一切幻相看穿看破，看到萬相萬色的暫時性和非實在性，這裏應當指出的是，用心靈（不是心意識與腦意識）去觀的時候，這一心靈是真心，不是妄心。一有妄心妄念就甚麼也看不清、看不破。曹雪芹在《好了歌》中說，「世人都曉神仙好，唯有功名忘不了」，意思是說世人常人在腦子的意識裏知道神仙好，但內心——真實心中卻不這麼「觀」，貪慾的種種妄念阻礙他們把功名看破。只有當我們在內心深處切實把功名、財富、權力看透看破，才能從「迷」走上「覺」，才能進入澄明之境。

佛家講觀，除了觀外在萬物萬相，還觀自在的身性心性，既明宇宙萬有的真相，也明心見性明瞭自身的真相。見性便是觀見內心之佛。但是，恰恰是人自己身上的妄念、分別、執着成為心障，阻礙與遮蔽我們去見性去與佛相遇。換句話說，最大的敵人不在外而在內，若言拯救，乃需自救，而非期待他救——不求救星與菩薩。《心經》的第一句就是：「觀自在菩薩，行深般若波羅蜜多時，照見五蘊皆空。」觀就是常照見，觀自在必須照見五蘊皆空（五蘊：指色、受、想、行、識等物質世界與精神世界的五大因素）。如何「照見」即如何「觀」五蘊皆空呢？佛家又講究從「四念處」入手，即「觀身不淨」、「觀受是苦」、「觀心無常」、「觀法無我」。前三觀屬人生觀，後一觀屬宇宙觀。最後一觀是觀宇宙間的萬事萬法，講究的是「無我」。所謂「無我」便是「空」，《紅樓夢》十六字訣的頭四個字是「因空見色」，也可以解說為無我之真性來觀色、觀萬物萬相。王國維在《人間詞話》裏所說的「以我觀物」和「以物觀物」兩種觀法，後一種境界是放下我觀物，即無我觀物，因此，實際上是以空觀物、觀法。不能說以物觀物。觀是人的觀，人觀物只能借助比人更高的眼睛和工具，而不能借助比人更低的眼睛與工具。用任何物（不管是動物還是植物）的眼睛和工具觀物，只能看到物的表象，不可能看到物的真相。我們可以替王國維作辯護，說王國維的「以我觀物」是指「主觀」之觀，「以物觀物」是指「客觀」之觀。但所謂客觀之觀，也就是無我之觀，也得分清是空的無我，還是物的無我。即以空見色還是以色見色。可以肯定，以空見色，才能看到色的真相；以色見色，則只能看到色的假相。事實上，以空見色，是以本真之眼（六根）去明瞭通達萬物萬相，它既是主觀的，也是客觀的，它既不同於以我觀物，也不同於以物觀物，是真正的詩人的眼睛。《紅樓夢》的大觀眼睛，就是空的眼睛，其哲學的大思路就是十六字訣：「因空見色，由色生情，傳情入色，自色悟空。」是始於空，止於空。中介是色與情。俞平伯先生談《紅樓夢》哲學時，只談「色空」，未談「空色」，其局限是只涉及「止」，未涉及「觀」。十六字訣所提煉的哲學總綱，實際上包括觀止兩大法門，即觀止兩大哲學內涵。「因空見色」是觀，「自色悟空」是止。觀是以大智慧的天眼、天耳、天身等六根之真性來把握萬相萬有的真相，這是空色。「由色生情，傳情入色」，是觀的過程，即以六根之性去感受領悟的過程，也是空色。最後達到看破色和放下癡而歸於空、止於空，「自色悟空」，這是色空。看破色歸於空，便是《紅樓夢》的哲學大思路。

六、結語

引入「澄明之境」這一意象性大語彙闡釋《紅樓夢》，也許可以更準確地貼近這部小說在文學形式覆蓋下的哲學意蘊。講色空，講聚散，講好了，講生死，都與澄明之境相關。《紅樓夢》從《好了歌》開始到「急流津覺迷渡口」結束，全書所提出的問題就是石頭化為人到地球上來走一回「要甚麼」、「要過怎樣的生活」即究竟「如何是好」的問題，是有錢有勢有名有色但屬於非本真狀態「好」，還是有性有情有心有意的本真存在狀態「好」？上述蘊含於小說文本中的澄明幻境、澄明空境、澄明詩境、澄明鄉境、澄明止境等全與這一整體性問題相關。而這些不同表述方式的「澄明之境」，都不是理性、知識所能把握的，即不是政治學、歷史學、社會學以及哲學上的反映論、主體論等語彙所能把握的（包括文學理論上的現實主義、浪漫主義等也無法把握）。它無論是作為「思」與「在」的本源還是作為「審美理想」，都只能通過直覺、直觀、感悟、「詩意想像」去神會和抵達。《紅樓夢》所以不能像儒家那樣提供一個「止於至善」的明確論斷，只能提供一個終於悟、止於覺的意象性提示，這不僅是因為《紅樓夢》的審美境界高於道德境界，而且因為澄明之境本身就是永無止境、永遠讓人感悟不盡的哲學境界和宇宙境界。《紅樓夢》的男女主人公不是止於現實世界，不是止於理性概念可描述的去處，不是止於現象學的結論；而是止於澄明之境，止於形而上意味，止於對本體論問題的無窮叩問。《紅樓夢》中的小夢和一些人物的從生到死，都有句號，但其大夢卻是個永遠的問號。筆者的寫作形式寧可使用隨感錄似的哲學筆記，以悟語代替論文，也是感到對《紅樓夢》的領悟永無止境，其終極叩問永無句號，因此，不能把自己緊鎖在封閉性的符號系統中。澄明之境的哲學命題着眼於打破一切對存在之真的遮蔽，《紅樓夢》的深廣精神主旨也在於此，那麼，我們對《紅樓夢》的哲學思索，當然也不要被已有的概念與邏輯所遮蔽。

附錄

輕重位置與敘事藝術

——和李歐梵談《紅樓夢》

（一）

劉再復：（以下簡稱「劉」）出國一晃就是三年。在芝大的兩年，和你一起討論那麼多問題，日子真是沒有白過。看來出國還是對的。這一年，我在落基山下，和大自然靠得更近，人也輕鬆得多。Boulder 真是個好地方。要是上帝委託我設計天堂，大約可把 Boulder 作為樣本，大學城、松石山、千秋雪、清澄空氣、透明陽光、古典氛圍、現代設施，組合得非常完美。

李歐梵：（以下簡稱「李」）我在美國這麼多年，還沒有到這裏玩玩，這次特地來看你，也可以進山玩玩。這裏是有名的好地方，你真是個福將，能在這個地方立足定居。

劉：你到這裏來，我們可以借此難得機會再討論一些問題。我在國內時太沉重，工作寫作都太重，好像沒有生活。出國後突然有種失重感，覺得太輕，難怪昆德拉離開捷克後會寫出《生命中難以承受之輕》。幸而你主持的研究項目和課程，讓我們進入文化反思，放入一點重的東西，心理才平衡一些。

李：明天我們到山裏去，今天正好可以飲茶說書，談龍說虎。你剛才說的這個輕與重的交織與選擇，就是個好題目，我們就從這裏說起。

劉：我在國內時真的感到太重。不僅是表層的重，不僅是工作、寫作的重負，而且深層也重，就是心也重。出國後想想，這「心重」是為甚麼？我想就是使命感、責任感太重，好像全中國全世界的苦惱都集在自己的身上。現實的負荷、歷史的負荷、學術的負荷、靈魂的負荷，種種負荷加起來真的是超負荷了。我非常羨慕你，羨慕你在音樂裏找到唯一的祖國，羨慕你把全部忠誠都獻給藝術。

李：我對中國也關心，也思考，但沒有你這種負荷感，更沒有使命感。這不光是我的思路近乎「世界主義」，不局限於中國，而且還有一點是我個人對一切重的問題，都想用輕一點的辦法去駕馭。除此之外，我還覺得必須把知識分子角色與作家角色分開，把知識分子概念與藝術家概念加以區別。責任感、使命感、為民請命、為歷史負責，全是知識分子概念，沒有一個是藝術家名詞。在西方，從十八世紀以來，知識分子與藝術家有時合一，有時分離。但兩種角色可以分清。中國比較複雜，古代知識分子稱為「士」和「士大夫」，但藝術家是甚麼？不清楚。勉強地說，從晚明開始，「士」與文人才分開。馮夢龍是文人而不是「士」，他的科舉之路走不出來，但在文學上創造出成就。他早期喜歡民歌，後來編三言。知識分子與文人有時又混在一起，如李卓吾，他是知識分子，是「士」，老是進行文化批判與社會批判，可是，他評點小說，寫散文，是個作家與文學批評家。「五四」運動知識分子掛帥，又是文學打先鋒，運動的主將既是作家又是知識分子。所以我想給藝術家作個小小的界定，覺得藝術家可以為藝術而藝術，不要談那麼多使命感、責任感，尊重他們自己的選擇，為藝術而藝術是天經地義的。當然，他們要用藝術影響批評社會，也是天經地義的。中國現代、當代作家的歷史感、使命感太強，太知識分子化，因此筆法也太重。

劉：我很贊成把兩種角色加以區分。作家藝術家願意兼作知識分子，當然無可非議，但不能強求，更不能作為價值尺度。作家藝術家完全有不理會政治甚至不擁抱社會的權利，完全有逍遙的權利。一百多年來，中國作家太知識分子化，這有很多原因，而國家危亡陰影的籠罩是根本原因。在危機面前，像梁啟超這樣有影響的思想家和啟蒙者，給文學的責任大幅度加碼，對小説下的定義過重，説沒有新小説就沒有新國民、新社會、新國家，顯然説得太重了，重到小説要擔負改造中國、改造社會、扭轉歷史乾坤的責任。小説哪有這麼大的能耐？文學哪有這麼大的力量？「五四」新文學運動，沿襲梁啟超的大思路，把文學視為啟蒙工具，改造中國的工具，救孩子救中國的工具，也太重。到了一九四二年，進而把文學藝術視為另一種形式的軍隊，不穿軍裝的打江山的軍隊，這就更重了。魯迅把雜文當作匕首與投槍，本來有它的具體語境，後來我們把它普遍化了，片面強調文學的戰鬥性和殺傷力量，也加劇了文學的片面「重」化。

李：魯迅本來就比較重，而大陸的魯迅研究又強調他的重，加劇他的重。其實，魯迅固然比較重，固然常常肩負「黑暗的閘門」，但也有輕的一面。尤其是他的小説藝術，可以説基本上是輕的寫法。他只寫短篇和若干中篇，沒有長篇，這一事實本身就比較輕。一九八六年你在北京主持魯迅學術討論會，我故意和你搗亂一下，刻意多講講魯迅輕的一面。

劉：文化大革命時，幾乎要把魯迅描述為第二救主，魯迅的負擔實在太重、太可憐了。你在那次學術討論上，確實給我們帶去一股新風，也可以説帶去一股「輕風」。一九八六年我們第一次見面，儘管那時我已經逐步擺脱神化魯迅的框架，但多數研究者，包括我，還是只注意魯迅重的一面。對象已經很重，而我們的態度更重，而你是個異數，你發出另一種聲音。你不講魯迅「革命」的、戰鬥的那一面，而講他喜歡頹廢藝術的那一面，非常輕的、非常低調的那一面。記得你當時特別提醒大家注意魯迅對被我們視為頹廢派的比亞茲萊（Aubrey Beardsley）的批評和欣賞，還提醒大家注意魯迅臥室裏掛的裸體畫《夏蛙與蛇》。陳煙橋的回憶文章裏提到魯迅指着比亞茲萊的畫說「你看那畫面多麼純淨美麗」，這一細節你捕捉到了，而我以前確實忽略了。那次聽你演講和私下聽你對魯迅的闡釋，對我真有啟發。可以說，從那之後，我開始注意魯迅輕的一面，特別是注意魯迅在藝術上如何以輕馭重、舉重若輕的敍述功夫。

李：不錯，我想給你召開的那個魯迅會唱點反調，講魯迅非革命、非左翼的一面，把「唯美」與「頹廢」這兩個名詞和魯迅連在一起。我對魯迅的態度也有點頑皮，不像國內的研究者那麼沉重，把魯迅太神化聖化，也太實用太功利化。

劉：這就是你的得天獨厚，能有孫行者的頑皮與輕鬆，孫行者哪怕對待佛祖，也有一番輕鬆，在至尊手掌上撒把尿，重中有輕，可謂神來之筆。在中國現代作家中，魯迅總的來說，確實比較重，鐵屋子、黑暗的閘門、吃人的筵席、「並非人間」的人間，哪樣不沉重，再加上他那「救救孩子」的使命感，熱烈擁抱是非的戰士情懷，就更重了。但是，魯迅的寫作藝術，並非全是以重對重。《狂人日記》可以說精神內涵重，筆觸也重，但是《阿Q正傳》則是內涵重，筆觸卻很輕。阿Q這個意象負載國民劣根性的全部病態，可說是很重，也可說是悲劇性極深，但魯迅用的是喜劇性的、叫你笑個沒完的筆調。連最後阿Q要被砍頭的悲慘細節，也有叫喊「二十年後還是一條好漢」的喜劇氛圍。這種以輕馭重、以喜劇筆觸駕馭悲劇內涵的本領，正是高明的小說敍事藝術。在俄國，最高明要算契訶夫，在中國現代，那就是魯迅了。

李：魯迅的小說敍事藝術意識很強，可說是中國現代文學史上有意識地發展敍事藝術的第一人。他的《孔乙己》也如你所說的「以輕馭重」，在沉重的主題與現實主義的基調下，放下不協調的怪異的喜劇性細節。孔乙己從名字到形體到行為，均可憐又可笑。一篇兩三千字的短篇，輕盈地揭露科舉制度下失敗者的悲慘與沉重，真不簡單。我在《鐵屋中的吶喊》裏曾說，孔乙己很像塞萬提斯的堂·吉訶德先生或岡察洛夫的奧勃洛莫夫，是喜劇角色，又是悲劇角色。韓南曾說，魯迅的方法不同於安德烈夫的象徵主義，也不同於果戈理、顯凱微支和夏目漱石的諷刺與反諷，有自己的獨創敍事技巧。我在《鐵屋中的吶喊》裏也作了一些解釋。

劉：魯迅喜歡果戈理，否則就不會花那麼大的力量翻譯《死魂靈》，他的時間那麼寶貴，花這麼多時間和精力翻譯這部小說，我總覺得可惜。魯迅的諷刺更近契訶夫，笑後讓你落淚，與果戈理的純諷刺不同。

李：契訶夫的《櫻桃園》沒有甚麼故事，只寫一點愛情，但它也涵蓋歷史，寫的就是俄國貴族的沒落史。契訶夫的戲劇、小說，藝術水平都很高。他的小說總是讓你一邊流淚，一邊笑，永遠是悲喜劇。不像四十年代的電影《一江春水向東流》，只有重，看了讓你眼淚直流。契訶夫小說裏有俄國的眾生相，其中有很重的相，但他的寫法是輕的寫法。

劉：前些年我在國內一直鼓吹創作方法的多元。但我並不是反對現實主義方法，只是說，不要把現實主義這種方法單一化和意識形態化。還有一點，就是作家寫作時要與現實拉開一點距離，也可說是審美距離吧。你剛才說契訶夫寫的是社會現實，但寫法是輕的。怎麼輕，這裏很重要的一點是作家雖寫現實，但又要從現實中抽離，超然一點，作家不應直接介入現實是非的裁判，不直接進入譴責與控訴。你在《鐵屋中的吶喊》裏，提到韓南的魯迅研究。韓南到北京時，我和他見了兩次面，覺得他非常注意魯迅的敍述藝術，他說魯迅的小說，常有作者第一人稱出現，但很少表現自我。的確如此，魯迅表現的是社會，不是自我。第一人稱只是冷靜的旁觀者，表面上是「以我觀物」，實際上是「以物觀物」，很冷靜，《孔乙己》、《阿Q正傳》皆如此。作者與筆下人物、事件有距離。這種距離，是避免和社會一起沉重的辦法。如果作者自我與筆下的事件、人物沒有距離，就太重。丁玲的《太陽照在桑乾河上》和張愛玲的《赤地之戀》從相反的政治立場寫土改，但在藝術上都缺少審美距離，都寫得太重，都讓政治話語壓倒了文學話語。魯迅的小說技巧主要是借鑒外國小說，特別是俄羅斯的小說。中國小說的諷刺喜劇傳統不能算是很發達，但《儒林外史》倒是非常成功的一部長篇，它甚至可以視為中國諷刺喜劇傳統的真正奠基石。但就我們今天討論的主題來說，輕重並舉，以輕馭重的藝術達到極致的還是《紅樓夢》。如果從輕重視角來評論一下《紅樓夢》與其他中國長篇小說，倒是很有意思。

李：我覺得中國古代長篇小說有四部經典：《水滸傳》、《三國演義》、《西遊記》、《紅樓夢》。我最不喜歡的是《水滸傳》，最喜歡的是《紅樓夢》。《三國演義》也喜歡。這部演義是重頭戲，人物、事件都重，講的是帝王將相，描寫的是戰事，這本身就重，題材重。除此之外，它對歷史的重寫與反思，也重。如果用盧卡奇的英雄史觀評述《三國演義》，最值得研究的人物是諸葛亮。這位大智者，不僅扮演歷史故事中的人物，而且又評論自身和評論其他歷史人物與歷史事件，也對正史進行反思。他尚未出山就知道未來的天下格局和自己會扮演怎樣的角色。劉備三兄弟三顧茅廬，他開始不動聲色，以後才指點江山，評說歷史動向。這個人物重得不得了，多方面的重，重到沒有任何兒女私情。將來如有時間，我想寫一篇專論諸葛亮的文章。與《三國演義》相比，《紅樓夢》是輕頭戲，輕中有重，重中有輕。它的內涵重心，不是歷史，而是文化。它把中國文化的精華、中國文化的各個方面都吸收進去，然後構築他的藝術殿堂。諸葛亮沒有兒女私情，賈寶玉卻全是兒女私情。

劉：我不喜歡《水滸傳》，也不喜歡《三國演義》，倒是喜歡《西遊記》，《紅樓夢》就更不用說了。

我無法接受《水滸傳》中那種暴力和使用暴力的大理由，也無法接受《三國演義》中那些層出不窮的權力把戲。《西遊記》有天真，沒有權術。但從文學藝術上講，這四部小說都寫得好。《三國演義》的確寫得很重。這是歷史之重，亂世之重。而《紅樓夢》從內容上講，的確有你說的文化含量，但我覺得它也有很深厚的歷史含量，也有歷史之重。只是它把「真事隱去」，完全小說藝術化，所以顯得輕。《紅樓夢》寫的是個大悲劇，那麼美好的生命，一個一個毀滅，不善於寫小說的人，可能會把它寫得很沉重，寫成譴責小說或傷痕小說，但曹雪芹很了不起，他真的是舉重若輕，用那麼多美妙的情愛故事，用那麼美麗的大觀園和詩社詩國來組合它的訴說和駕馭它的大傷感。尤其了不得的是，他用《好了歌》，用空空道人高出現實的眼睛來看人間的爭名奪利，更是賦予沉重的泥濁世界以荒誕色彩和喜劇氛圍，使全書顯得輕重錯落有致。小說中的薛蟠、賈環、賈瑞、夏金桂等，都是喜劇人物，而賈雨村等則是悲喜劇交錯。曹雪芹之前，馮夢龍編三言（《喻世明言》、《警世通言》、《醒世恆言》），僅從書名就知道有訓世的意思。這不僅是馮夢龍，中國的許多作家，都把自己的作品當作訓世的誡言甚至是聖人的聖言，都太沉重。三言二拍本來是輕的，但加上一些誡語，變成舉輕若重，這不是好辦法。曹雪芹正相反，這部大著作的方式不是聖人言、誡言的方式，而是石頭言，假語村（賈雨村）言、冷子興言等方式，款款道來，是很平常很輕的方式。

李：你說的「假語村言」，正是虛構。這是真小說。《紅樓夢》的主要事件發生在「大觀園」，這個設計很重要。藝術應當把小說中的世界與小說外的世界分開。大觀園的一草一木都是空中樓閣的倒影，如夢如幻但又是人間，又虛又實，真真假假，極真實又極虛假，為甚麼呢？因為它是一個中介體。曹雪芹真了不起，他是中國第一個真正把小說看成虛構的文學樣式，而且可以虛構得那麼真實。以前的小說家總是要說，我寫的是真的，是現實與歷史的真相，曹雪芹不這麼說。他很了不起，他的小說一開始就聲明我說的是假的，主人公賈寶玉姓「假」，而甄（真）寶玉是陪襯的。《紅樓夢》是中國古典小說中最偉大的一部，它創造出一個小說式的真實宇宙，或者說小說式的真實的人世大景觀。當代的米蘭·昆德拉擅長寫小村鎮，《紅樓夢》所創造的是大觀園，為甚麼是大觀園而不是一個小村鎮？這是很有講究的。中國畫，本來畫的是自然的山水，到了宋、明以後，知識分子住在城裏，離開了大自然，但又懷念大自然，因而它就用人工辦法造一個假的大自然。大觀園就是一個假的大自然。每個人都住在花園裏，而且有意無意地把西方的宗教情景也拉進來，創造了中國自己的亞當與夏娃，年輕，純真。大觀園的營造法，人物角色的配合法，愛情關係的交織法等等，都有詩意，有抒情詩式的，有敍事詩式的。女子的故事，開始是輕的，但結局很重，許多是死亡與失落的沉重。林黛玉的激情我說不出來，可以說她是一種特殊的性格，命運注定是悲傷的。《紅樓夢》象徵陰性文化，女性文化，連賈寶玉不也是半個女性化的人嗎？他注定要在胭脂堆裏混。中國的陽剛文化給儒家搞壞了，文學中也缺少陽剛氣。但陰性文化通過《紅樓夢》卻表現到極致，也極為精彩。

劉：你的這一「陰性文化」概念，我想用「柔性文化」來表述。中國的文化本就是尚柔的文化。老子的《道德經》中的「至柔馳騁至堅」的思想，就是柔性文化最鮮明的表述。尚柔，也可以說尚水，老子說：「上善若水，水善利萬物，而不爭，處眾人之所惡，故幾於道。」水柔和，水不爭，水總是處於低處。曹雪芹創造了以少女為象徵的淨水世界，這一詩化的淨水世界，便是曹雪芹的理想世界。《紅樓夢》寄託的夢，是淨水世界常在的夢，可惜這種夢最後還是歸於幻滅。女主人公林黛玉的水，是至柔的淚水，是詩化的淨水。她在「伊甸園」時期作為夏娃（前身絳珠仙草）被亞當（賈寶玉前身神瑛侍者）

的甘露所澆灌，下凡之後要還淚，還以詩化的淚水，她的詩也是淚水的結晶品。林黛玉的情愛悲劇，本是很沉重的悲劇，但曹雪芹用至柔的意象來表述，舉重若輕，真是天才的大手筆。大陸前幾十年的《紅樓夢》評論太意識形態化，把《紅樓夢》說成是四大家族的歷史，說成是反封建的教科書，過於誇大其重的一面，完全未看到它的基調是柔性的基調，也完全不了解它的以輕馭重的敘事藝術。

李：你說得很好。《紅樓夢》的敘事藝術的確太高明了。我記得你寫過《紅樓夢》多層面的內外兼有的性格對照，這就涉及到敘事藝術。林黛玉與薛寶釵是主要的一對，一個「Pair」。林黛玉會彈琴，寶釵會作畫，林黛玉的詩寫得好，寶釵的詩也不錯，一個任性，一個矜持，二者是不同的美的風格。賈寶玉同時愛她們兩個人，不可能只愛一個。只不過是心靈更與黛玉相通。中國哲學從《易經》開始就講陰陽交織、陰陽合一。說「釵黛合一」並沒有錯，只是釵黛也有很大區別。《紅樓夢》真是天下奇文奇觀，可是大陸以往的紅學研究真是太庸俗，太走題了。這麼美這麼豐富的作品，被解釋得極為政治，極為意識形態，竟然把它拉進階級鬥爭的框架，把薛寶釵說成是封建衛道者，把林黛玉說成是反封建的急先鋒，給王國維、俞平伯扣上「反動唯心論」的帽子，胡批亂扯，簡直是對《紅樓夢》也是對文學藝術的褻瀆。我們應當還以《紅樓夢》的本來面目，還以它的豐富性和高度藝術性。回到我們今天討論的主題，我還想說，藝術家對社會、歷史和對人的觀照與把握，是完全不同於知識分子尤其是不同於政治家的觀照與把握的。曹雪芹是個藝術家，《紅樓夢》是大文學作品，不要把「反動」、「進步」、「封建主義」、「階級壓迫」等政治語彙強加給這部傑作。

劉：用當代流行的政治大概念來解釋《紅樓夢》是五十年代到七十年代的時代病。概念用得愈大愈重，離《紅樓夢》就愈遠。一旦被大概念阻隔，便無法進入《紅樓夢》人物的性情性靈深處，也無法進入《紅樓夢》了不得的敘事藝術。就你剛才所說的釵黛配對現象，在小說中就處處可見。襲人與晴雯，探春與迎春，尤二姐與尤三姐，王熙鳳與平兒，等等，每一種性格與命運，都有多重暗示，決不是簡單的政治傾向所能描述與界定的。劉鶚說，文學就是哭泣，只說到文學重的一面。《紅樓夢》中就有許多眼淚，許多哭泣，許多悲傷，但是它在敘述中卻沒有全被眼淚所覆蓋，無論是從整體說還是從局部說都是如此。從整體上說，悲劇喜劇交叉交錯，從局部描寫上更有另一番功夫。例如晴雯臨終之前賈寶玉到她家裏去探望的那一幕，可以說是悲傷悲絕到極點，委屈、冤屈、孤獨、病痛、奄奄一息、生離死別，那是最沉重的瞬間，是眼淚在心底翻滾的瞬間；然而，就在這樣的時刻，曹雪芹特別穿插了一個晴雯的嫂嫂即放蕩的燈姑娘來胡鬧一通，硬是要調戲一下賈寶玉這個貴族美少年，讓寶玉嚇得不知所措。這一喜劇性細節，使沉重的敘述中突然出現一種輕盈，淚中見笑，讓讀者在心情下墮時獲得片刻的休息與平衡；但從這一細節中，又深一層地了解，晴雯這個無辜的少女是何等悲慘，即使在自己的家中，也沒有安生之處。這種輕重交錯，悲喜劇交錯的敘事藝術，非大手筆是不能完成的。晚清的譴責小說，都寫得太重，只有諷刺鞭韃，沒有幽默。《老殘遊記》是晚清小說中最好的一部。面對苛政與腐敗，心中有淚，筆下也有譴責，基調偏於重，但他除了寫社會之遊，還有山水之遊，心靈之遊。記得你寫過一篇文章，說《卡拉瑪佐夫兄弟》、《童年與社會》（愛理生）和《老殘遊記》等三本書，對你的青年時代影響很大，正是他的山水、心靈之遊所表達的哲學感吸引了你。你特別欣賞描寫申子平登山遇虎，與道家賢士談心論道的那一段，那是復歸自然、萬念歸淡的超脫境界，是《老殘遊記》的重中之輕。有這一點輕，就比其他部譴責小說多一些文學性與哲學感。

李：不錯，我寫這一篇叫做《心路歷程上的三本書》，後收入《西潮的彼岸》。我的確很喜歡《老殘遊記》，中學時代就讀了，也就羨慕這位走遍天涯的遊俠式的老殘了。社會黑暗醜惡，但山水中還有心靈可以寄存之處。山下的老虎被社會同化，它是重的；回歸山林的老虎，復其本性，與山川歸一，又變成輕的。《老殘遊記》有重有輕，輕重大體相宜，可惜最後部份又落入公案小說模式中，草草收場。相比之下，《紅樓夢》的藝術就很完整。剛才你所說的那種悲喜劇參差，筆法千回百轉，輕重變化無窮，真是無人可比。僅僅《紅樓夢》的敘事藝術，就可以寫出一部很好的研究專著。

劉：不僅一部，可以寫出許多部，近代梁啟超提倡「新小說」以來，中國作家接受西方的小說觀念，可是，多數作家只有「小說觀念」，卻沒有「小說藝術意識」，換種說法，就是忘記小說是門藝術，並非只是講故事、編排故事。既然是門藝術，就得講究敘述角度、敘述方式、敘述語言、敘述技巧等。現在西方的小說家藝術意識比較強，他們早已放下全知全能的敘述方法，敘述主體已變得非常多元，誰敘述和如何敘述變得非常重要，所謂「意識流」不過是新敘述方式的一種。中國文學研究的圈子，其實很大，但還沒有充分注意《紅樓夢》的多種敘述方式和世所罕見的敘事藝術。你大概注意到了，《紅樓夢》一開始就有不同的敘述者，有冷子興的敘述，有賈雨村的敘述，有石頭的敘述，有空空道人的敘述（《好了歌》也是一種敘述方式）。所有的敘述中，空空道人的《好了歌》是最輕的，這是遊世主義的歌，穿透泥濁世界的歌。人世間血腥的沉重的權力場、名利場、交易場全被這首輕歌荒誕歌解構了。

李：《好了歌》是佛家思想的歌，也是看透世界的歌。世俗世界看得很重的。它看輕了。《好了歌》又不僅是一首嘲諷詩，它的思想貫穿整部小說。我曾想和余國藩一起開《紅樓夢》的課，但後來還是留在現、當代文學。國藩兄特別注意《紅樓夢》中的佛家思想。

劉：余國藩先生的研究文章我還沒有讀到。五十年代批判俞平伯先生的時候，就批判他用佛家的「色空」觀念解釋《紅樓夢》。其實，《紅樓夢》好就好在「色空」，所謂「色空」，就是把一切都看透了，就是確信世人追求的功名、權力、財富等色相沒有實在性。《紅樓夢》要是沒有這種哲學駕馭，它可能也會變成一般的抒情文學或譴責文學。「色空」哲學使《紅樓夢》贏得對泥濁世界的超越，贏得輕重的藝術和諧。最近我看了《紅樓夢》電視連續片，其中有不少漂亮的鏡頭，但結尾把悲劇落實到形而下的層面，表現現實社會的黑暗與沉重，削弱了《紅樓夢》的形上品格。

李：你在《性格組合論》中不少地方論述了《紅樓夢》，以後還應當再寫。《紅樓夢》真是說不盡。

（二）

劉：昨天我們從輕與重的視角談論文學，涉及的對象還是中國比較多，今天我想繼續這個話題，不過，我們可以多講講西方文學。

李：很好，不過還是你開個頭吧。

劉：作家對輕、重的敏感興趣不同，所以形成不同的藝術風格，不同的藝術類型，我們都應尊重。經典作品無論輕重，我都喜歡。剛日讀左拉，柔日讀普魯斯特，不是很好嗎？《神曲》（但丁）、《地下室手記》（陀思妥耶夫斯基）重得不得了，連魯迅都受不了，但我還是樂於走進，並不害怕地獄的沉重。《堂．吉訶德》輕得讓你笑倒，但我也喜愛。莎士比亞的戲劇，無論是悲劇之重，還是喜劇之輕，我都入迷。從敘事角度說，值得師法的是，即使很重的悲劇其中也有丑角作輕盈的調節。莎士比亞創造了哈姆雷特、奧賽羅、麥克白、李爾王等大悲劇人物，也創造了乎斯塔夫這個很輕的大喜劇人物。輕、重藝術價值都很高。普魯斯特寫瑣碎事，家庭事，愛上一個女人，寫出一本書，寫鄰居也寫一本書，寫一個人喝咖啡，也寫了幾十頁，寫他媽媽也寫很長。中國讀者可能不欣賞，但它確實很有味。我原來是喜歡重的，出國後開始喜歡輕的，喬伊斯的《尤利西斯》、《一個年青藝術家的自畫像》，納博科夫的《洛麗塔》，我都喜歡。我感到普魯斯特寫的是自己的歷史，他把自我作為中心，寫得非常輕，但可以欣賞品味它的情感細節、精神細節。

李：對作家來說，難的是內涵重，筆法卻自如，而筆法輕又不能陷入輕浮。所以要不斷變換敍述角度、敍述方式。如何以輕馭重，也是需要不斷探索。在西方，社會寫實小說很快走向心理寫實小說，福樓拜是一個重要里程碑。福樓拜之後，福克納把心理問題寫得很豐富，強化內（心理）而淡化外（社會），「意識流」就出現了。中國的小說，正如你以前講的心理資源不足。只知反映現實，這就產生不了喬伊斯、普魯斯特。今天我們先不討論心理小說，還是討論書寫歷史與社會的作品。這種作品也不是注定重的。這與對歷史的認識有關。如果說歷史是重的，那麼，作家如何去駕馭歷史。這一點，米蘭·昆德拉的例子可以借鑒。昆德拉的《笑忘書》可能是他幾本書中內容最尖銳的一本。另一本對文革很有啟發的《詩人的一生》，國內翻譯成《生命中難以承受之輕》，是哲理性的。昆德拉對於歷史的看法，與中國當代學者有很多不同的地方。我寫過文章，這裏再講一點。中國是一個歷史感最強的民族，由於歷史悠久（書寫的歷史、正史和野史都很多），中國傳統上有一種大家公認的說法，即歷史就是真實，就是曾有的客觀存在，歷史代表最後的真實，歷史判斷是一種最客觀的裁判。中國的歷史學家從司馬遷、司馬光到章學誠，都認為歷史是完全真實的存在。可是昆德拉不一樣，如果中國的看法是重的，他就是輕的。他認為歷史總是在開玩笑，不必把它看得那麼重，那麼真。《笑忘書》裏的歷史，簡直是人和人之間開的一串不大不小的玩笑。捷克有個黨員外交部長，他看到總書記要照相沒有帽子，便借給他戴，結果他被打成反革命。歷史就是一頂帽子，就是當權者篡改和定性的荒唐故事。

劉：米蘭．昆德拉喜歡嘲弄歷史，他站在比歷史更高的歷史肩膀上嘲弄歷史。他認為歷史從來就是不公平的，而且總是在開玩笑，事實上是在強調歷史的偶然因素和歷史演變中的荒誕因素。對昆德拉來說，歷史就是一種解脫，一種闡釋，是你講的和我講的故事。我講的一套和你講的一套不一樣。有話語權力的人講的和沒有話語權力的講的不一樣。這和福科的理論完全相通。昆德拉通過對內戰、侵略的觀察和思索，得出結論：歷史是人生悲喜劇的一部份。這裏關鍵是歷史的闡釋主體。每個人都可以是闡釋主體。統治者對歷史的壟斷是為了對現實的壟斷，包括對話語權力的壟斷。他們總是想獨佔權威闡釋主體的地位。在福科、昆德拉看來，並不存在一種絕對純粹、絕對真實的「歷史文本」，每一個闡釋主體都賦予歷史文本以某種意義。作為一個作家，如果不能賦予歷史新的意義，就不是一種個性的存在。《紅樓夢》通過林黛玉的《五美吟》和薛寶琴的《懷古絕句十首》重新定義歷史：歷史不但是男人的歷史，而且是女人的歷史；不僅是權力中心人的歷史，而且也是邊緣人的歷史。

李：另一點是昆德拉對男女關係的看法也是一種歷史的闡釋。一個人對於過去，往往不想記住過去所做的荒唐的傻事。當一個人追憶過去時，往往是不客觀的，不可靠的。因此，小說就從這裏出來了。一部小說，哪怕是自傳體小說，其實是一個人（或作家）對過去的記憶與闡釋，這種小說絕對不是客觀的，而是非常主觀的。個人記憶中的歷史是主觀意識的一部份，此時自我的一部份。如果我們說國家歷史是重的，個人歷史是輕的，那麼，作家一定是把輕的自我放在第一位。

劉：歷史的過程是昨天向今天的伸延，而書寫的歷史，則是今天向昨天的流動，是此刻生命向後的一種把握。《笑忘書》不是描寫在捷克的官方陰影下多少人要平反的故事，這與中國人總是要求平反要求得個清白保個面子的思維習慣很不相同。中國人說死「有的重於泰山，有的輕於鴻毛」，總是把重放在第一位，昆德拉卻認為人生最重要的意義在於人本身，在於此時此刻的生活，歷史只是為人本身所作的一種註解。他最關心的是愛情，是一個人與另一個人的愛情，是一個男人與一個女人或幾個女人的愛情，或是媽媽與兒子的愛情。他從一個極為具體的、極為情感化的立場來解構歷史，解構歷史的沉重。從這種立場出發，他認為，歷史常常在人生的舞台上也扮演悲喜劇的角色。不把人視為歷史的齒輪與螺絲釘，反而把歷史視為人生舞台上的配角與陪襯，這樣，人就從歷史結構的限制中超越出來，作品中人物就不是歷史模子裏印出來的標籤。我在《性格組合論》書中曾說，我喜歡托爾斯泰的《安娜·卡列尼娜》超過喜歡《戰爭與和平》，原因是後者把歷史寫得太重，人物總是受到歷史結構的牽制，而《安娜·卡列尼娜》則沒有這種牽制，因此，文學性更強。

李：我覺得昆德拉正把托爾斯泰倒過來。托爾斯泰很複雜，他寫《戰爭與和平》，是一個很大的題目，他描寫歷史，也描寫最細緻的感情、最具體的人物，像安德烈、娜塔莎、彼爾。托爾斯泰的文學觀既是刺猬，又是狐狸，既寫重也寫輕。但他基本上還是把重的放在第一位，他的偉大只是在重的層次裏面把輕的也寫得非常細緻，重中夾輕。昆德拉是倒過來，他從不寫重，即使寫重東西也往往避重就輕。《笑忘書》刻意迴避捷克的革命，僅用幾筆交代了捷克建國、受蘇聯壓迫和蘇聯進軍捷克等。可是他寫男女主角之間的愛情，人與人之間的關係，寫得非常細緻。

劉：我很喜歡《笑忘書》和《生命中難以承受之輕》，其中的愛情描寫，每一次都有獨特的情趣。裏頭有一段寫一個捷克老太太在法國的咖啡館裏當侍女，這個老太太是從捷克跑出來的，被蘇聯放逐的，她的愛情很特別。

李：昆德拉把愛情寫得很細，最關鍵的是寫一念之差的愛情，歷史只是一個陪襯。我認為張賢亮筆下的愛情就沉重有餘，輕盈不足，他如果把輕的寫好，就不得了。一個文學家的歷史感應與知識分子的歷史感區別開來。知識分子的歷史感可以很重，但小說家、藝術家則不可太重，不可陷入歷史深淵，而應側重於考慮如何在藝術作品中以具體細節和具體人物去映射歷史。這是一個問題，現在我還表達不好。

劉：中國現代作家從托爾斯泰那裏學到不少寫重的經驗，他們的作品中歷史負荷很重，如果能從昆德拉這裏學到一些寫輕的，將是極有益的。作家、藝術家在作為歷史的闡釋主體時，還是現實主體，只有當他超越歷史把自己上升為藝術主體時才能區別於一般的知識分子。昆德拉的作品中還是可以看到歷史因素的，但他除了把歷史因素化為人的情感因素之外，還有一點是很值得一提的，就是他的作品有一種人類普世命運感，他沒有停留在對蘇聯侵略行為的政治批判與聲討，而是進入對整個人類生存困境的感受。其主角勞倫斯，離開祖國而和國外知識分子的接觸中，感到迷失。這種迷失不是政治原因，而是存在的原因，是意義的失落，是靈魂無法交流溝通、無法產生共振的苦痛。這是普世問題。《生命中難以承受之輕》不是政治譴責小說，其境界高於譴責小說，它是知識分子無以立足，心靈無處存放的精神悲劇。出國之後，我自己有過一段切身的體驗，對於失重感，對於無意義感，才有較深的感受。

李：大陸的文革傷痕文學比起以前的戴英雄面具的那些文學，當然好得多。但是都寫得太重，控訴、譴責不是沒有理由，可是如果重到底，也很容易變成通俗的政治小說。

劉：傷痕小說還沒有達到索爾仁尼琴的水平。但我也嫌索爾仁尼琴太重。他揭露了許多斯大林極權的黑幕，但從文學價值來說，則不如帕斯捷爾納克的《日瓦戈醫生》，這部小說的基調不是譴責革命，而是思索革命在何處迷失，它帶給情愛、家庭、日常生活怎樣的困境。不管生活多麼艱難，但人性深處的詩意並未被革命的風暴全部捲走。它牽掛的是個體生命，不是政治體制。《日瓦戈醫生》中的歷史最真實。

李：柏林牆一倒，蘇聯東歐體系一瓦解，斯大林鐵幕一揭開，索爾仁尼琴的作品使命似乎也終結。太重的東西反而沒有永久性價值。《日瓦戈醫生》與《古拉格群島》相比，前者雖然也重，但因為其人性與審美的因素較多，輕重的比例就比較和諧。

劉：我們這兩天從輕重的位置、比例來討論文學很有意思。這使我想起意大利的天才小說家卡爾維諾在哈佛大學的那個題為《寫給下一千年的備忘錄》，他預感到，下一個世紀，下一個一千年，這個世界將愈來愈沉重，愈來愈晦暗；但他似乎又感到，作家與思想者要改造這個世界，要抹掉這沉重與晦暗是不可能的，作家唯一能做的，就是從沉重中抽離，站在邊緣的地帶對沉重進行關照，以較輕盈的筆觸去駕馭和呈現這沉重的世界。我們這兩天所講的中心也正是這個以輕馭重的問題。

李：卡爾維諾的寫作智慧是盡量「減重」，儘管削減沉重感。從語言、結構到內容都「減重」。

劉：卡爾維諾是個天才。按照尼采所講的天才的特徵，其中有一個是遊戲狀態。面對沉重的世界，作家不妨有點遊戲狀態。遊戲不是玩世不恭，不是輕浮，而是心態放鬆，努力創造活潑的形式，當然，這首先需要在超越現實的更高的審美層面上，用清醒的眼光穿透沉重。

一九九二年夏，劉再復美國 Boulder 寓所
劉劍梅整理

搜索《紅樓夢》的精神天空

——《亞洲週刊》江迅專訪錄

旅美學者劉再復的《紅樓夢悟》由三聯書店（香港）有限公司在二月下旬推出。大陸版也將由北京三聯出版，這是十多年來劉再復在大陸出版的破禁之書。劉再復認為，中國文化最大的寶藏就在《紅樓夢》裏，他是用生命、用心靈閱讀《紅樓夢》的，有如甄寶玉與賈寶玉相逢，欣慰的是不會像甄寶玉那樣見到賈寶玉時只會發一通「酸論」（相逢不相識），而是充滿與本真己我重逢的大喜悅。他說，英國人對莎士比亞的崇拜永遠不會減退，莎士比亞是英國人的精神天空，曹雪芹終有一天也會成為中國人的精神天空。

二月二十五日，在《明報月刊》創刊四十週年專題講座上，劉再復作了《再論〈第三話語空間〉》演講；二十八日，由三聯書店（香港）有限公司主辦的講座上，劉再復作了題為《〈紅樓夢〉與中國哲學》的演講。在劉再復眼中，《紅樓夢》是人類世界精神高度的坐標，就像荷馬史詩、但丁的《神曲》、莎士比亞的《哈姆雷特》、哥德的《浮士德》、托爾斯泰的《戰爭與和平》等，中國就只有《紅樓夢》可標誌人類的最高精神水準；《紅樓夢》與中國人的關係，就像莎士比亞與英國人的關係，「寧可失去印度，也不能失去莎士比亞」，經劉再復考證，此話是《英雄與英雄崇拜》的作者卡萊爾所言。他說：「中國文學乃至文化最大的寶藏就在《紅樓夢》中，這裏不僅有最豐富的人性寶藏、藝術寶藏，還有最豐富的思想寶藏、哲學寶藏。我讀《紅樓夢》，不為考證和研究，完全是出於內心生命的一種需求而閱讀它的。」

劉再復說，他閱讀《紅樓夢》，大約經歷了四個階段：大觀園外閱讀，知其大概；生命進入大觀園，面對女兒國，知其精髓；大觀園（包括女兒國與賈寶玉）反過來進入他自身生命，得其性靈；走出大觀園審視，得其境界。他最早讀《紅樓夢》是在上大學時，當時只是「用頭腦閱讀」。二十年前，他撰寫的《性格組合論》一書中，就有專門一章論述《紅樓夢》，也是知性閱讀；十年前在海外出版的《漂流手記》第四卷《獨語天涯》，有專門一章訴說《紅樓夢》。他說，這才是「用生命閱讀」，「用心靈閱讀」。

劉再復說：「這是新的生命感受，是我第二人生的開始。我放下很多東西，不斷回復到生命的本真狀態，對我而言，主要是禪宗和《紅樓夢》的啟迪。這兩樣是一致的，沒有禪宗就沒有《紅樓夢》。禪宗講的是自性本體論，推動你開掘生命的赤子狀態。《紅樓夢》受佛學影響極深，由色入空，把一切都看破，然而，看破了還得活。那麼，該怎麼活，該如何詩意地生活在大地之上？這才是《紅樓夢》的哲學問題。《紅樓夢》整部小說告訴我們：要詩意地生活，就得走出爭名奪利的泥濁世界，保持生命的本真狀態。」

他認為，兩百多年來，《紅樓夢》的閱讀與探討主要有兩種形態：論與辨。現在他嘗試第三種形態：悟。「辨」是指考證、探佚、版本辨析等；「論」是分析的、邏輯的。「悟」是直觀的、聯想的。「論」無法表達心靈上最深的感受。要用悟的方式閱讀，也就是禪宗的方式，「這是明心見性、道破文眼，以生命穿透書本的方式。禪性是超世俗、超功利的一種審美性，也是一種閱讀態度」。

他坦言：用禪性閱讀，有兩個原因，首先《紅樓夢》本身就是一部悟書，一部切入心靈的大徹大悟的書，可以說它是中國乃至世界悟性最高的一部書，因此必須以悟讀悟；悟主要在大家熟知的文本裏，讀出蘊藏其中的情感之核、心靈之核。就像中醫點穴，要點到要害。他說他比較少讀別人的研究著作，而是從文本裏讀出新的東西。因此，用頭腦的閱讀方法和用生命的閱讀方法不同，後者是完全出於心靈的需求、內心的需求，閱讀中總是與書中人物發出「靈魂共振」。但是他不否認「論」和「辨」所取得的成就。

當下的中國大陸，新一波紅學熱掀起大潮，是三十多年來所未見。據悉，中國大陸在過去的一年，「紅樓書」一下子出版了五十七種，張愛玲、王蒙、李國文、周汝昌等人的「紅樓書」熱銷不斷。網上更是熱鬧。這新一波紅學狂歡，被認為主要是由北京作家劉心武所引發的。自認為「紅學票友」的北京作家劉心武，在中央電視台《百家講壇》開講座後，紅學界對他的非議就不曾斷過。劉心武研究《紅樓夢》的主要觀點是，解讀《紅樓夢》應從秦可卿入手，並將自己的研究稱為「秦學」。劉心武認為，秦可卿的生活原形，就是康熙朝兩立兩廢的太子胤礽的女兒。主流紅學家群起而攻之，匯成一股反詰之潮。他們認為劉心武的觀點「想當然」和「生造」，為了轟動效應而不顧學術規範。中國藝術研究院《文藝理論與批評》雜誌社社長吳祚來批評劉心武走胡適的老路，在小說中尋找歷史，把紅學研究異化成探佚學、釋夢學或獵奇獵艷學。中國紅樓夢學會副會長蔡義江認為，「秦學」立論的重要支柱尚且沒有根據，其他那些證據和理由，更全是牽強附會、捕風捉影。蔡強調，《紅樓夢》不是謎，它無秘可揭，無謎可猜。

面對批評，劉心武說自己歡迎批評，但既然大家是討論，就應該完全平等地對話。中國紅樓夢學會副會長胡文彬說：「你在家怎麼猜謎都可以，寫出著作也可以，問題是你不能把猜的結果拿到中央電視台上宣傳。」劉心武則說：「中央電視台邀請我，我作為公民，怎麼就不能應邀去錄節目呢？我可以接受邀請，去講我個人研究《紅樓夢》的觀點，這是我絕不能放棄的公民權利。」劉心武認為，紅學應該是一個公眾共享的學術空間，要打破機構和權威的壟斷，允許「外行人」說話。他覺得自己的研究為平民紅學研究群體出了一口悶氣。

在一片質疑和不屑聲中，《畫梁春盡落香塵——解讀〈紅樓夢〉》（中國廣播電視出版社）一書風頭甚勁。根據他的講稿整理出版的《劉心武揭秘〈紅樓夢〉》（東方出版社）第一、第二部，更是越賣越火。讀者、觀眾和網友也自然而然分作兩派，不過，民眾特別是網民卻是支持劉心武的居多。北京作家、學者王蒙認為，「紅學研究」向來是個見仁見智的話題，某一家、某一學派的研究只要自圓其說即可。「紅學研究」是一個相當複雜的課題，歷來有史學研究、圖書版本研究、民俗學研究、文化學研究、意識形態研究等多種分類。就目前的「紅學熱」，《亞洲週刊》走訪了剛剛從台灣訪問歸來抵達香港的劉再復。以下訪談摘要：

問：你認為時下的這一波紅學熱是泡沫嗎？

答：絕對不是泡沫。英國人對莎士比亞的崇拜永遠不會減退的。莎士比亞是英國人精神的天空，曹雪芹終有一天會成為中國人精神的天空。劉心武說得好，《紅樓夢》是人們共享的精神空間。我現在談的《紅樓夢》哲學，且不說與易、老、莊、禪的關係，就說與儒家的關係，決不是「反儒」、「反封建」可以概說的，其態度有多重層面，要不斷開掘，我們現在的開掘才剛剛開始。

問：如何評價劉心武的研究？

答：劉心武像是周汝昌先生的弟子，走的是考證的路。周汝昌的考證很有成就，但他近來認為《紅樓夢》的主人公最好是由甄寶玉與史湘雲來當，實在難以讓人認同。劉心武有一個極大的優點，就是對小說文本的細讀，像迎春獨自在花蔭下拿繡花針穿茉莉花，歷來不被人注意，但劉心武發現這是一個弱小的生命與時空的瞬間中顯現出來的全部尊嚴，對我很有啟發。有人說劉心武是新索隱派，我不贊成。劉心武側重於文學和歷史的連結，重心與落腳點在文學。他研究的是文學原型，也就是曹雪芹如何把歷史上存在過的生活原型轉化為藝術形象。《紅樓夢》是一部自敘性小說，其藝術形象與作者親自見過交往過的生活原型關係極深。《紅樓夢》作為偉大的藝術工程，有一個從實到虛的創造過程。因此，研究這個轉化過程很有意義。以前我曾納悶，秦可卿這麼個人物只出現那麼點場景，怎麼那麼重要，死時那麼隆重，經心武的考證，才明白原來是個公主、廢太子的女兒。你可以不信，但他自圓其說。

問：你如何看待那麼多學者和專家對劉心武的批判？

答：可以討論批評，但不要批判。《紅樓夢》是非常豐富的世界，研究也應該是多元的豐富的。可以不贊成某人的研究結論，但不能不讓人作各種嘗試。上世紀五六十年代，我們有過嚴重的教訓，就是用政治干預學術，圍剿、打擊俞平伯先生，把他的考證界定為資產階級唯心論，結果還得為他平反。我們不要重複歷史的錯誤。英國出現莎士比亞狂歡是好事，中國「紅樓夢狂歡」也是好事，如果出現「三國狂歡」、「水滸狂歡」，那中華民族就麻煩了。從價值觀來看，《三國演義》是權謀、心機、權術、陰謀的大全，大家以此狂歡，那可怎麼辦？《紅樓夢》則集中了中國人的優秀人性。《紅樓夢》熱不要怕，是好事情。

問：你還會去台灣嗎？

答：去年十月起，我在台灣中央大學三個半月，任客座教授和駐校學者，今年二月至六、七月，任台灣東海大學講座教授。我要讀中國社會三部大書，讀大陸幾十年了，讀香港已經有三年了，讀台灣還剛開始。我要比較三地不同的社會制度、文化上的差異，自己直接感受才可靠。民主、自由、法治，這些大範疇，不是光讀圖書館裏的藏書就會明白的，要讀社會大書。

問：在兩岸三地走，你最喜歡在哪裏生活和工作？

答：我目前比較喜歡香港，香港是多元社會，這麼有活力，這麼有秩序，又有這麼高的自由度，十分難得。我說香港好，不是簡單地說甚麼都好，香港的人文深度就比大陸差得遠。但應當承認，香港擁有最廣闊的第三話語空間，擁有最完善的世俗生活秩序。

悟《紅樓夢》，悟人間事

——答香港電台節目主持人江素惠問

江素惠：（以下簡稱「江」）劉教授對於《紅樓夢》很有研究，你最近的一本書是《紅樓夢悟》，對《紅樓夢》有另外的解讀，可不可以簡單地介紹這一本書？

劉再復：（以下簡稱「劉」）過去《紅樓夢》的研究有兩個大的路向，一是「紅樓夢論」，王國維先生的《紅樓夢評論》是第一部開創性論著，有分析、有論證、有邏輯；另外一個是「紅樓夢辨」，這是考證、探佚、版本清理等；我想走的是第三條路，就是「紅樓夢悟」。「紅樓夢悟」與「紅樓夢論」是有區分的；論是分析的、邏輯的；悟是直觀的、聯想的。悟是禪宗的方式，明心見性，擊中要害，就是在大家熟悉的情節中悟一點新意。例如甄寶玉與賈寶玉的相逢就是很深的隱喻，哪一個才是真的？賈寶玉是本真己我，而我們這些社會常人卻多半是類似甄寶玉的角色。甄寶玉追求功名、追求世俗利益，看到賈寶玉的時候，也就是看到本真己我，反而不認識，還要教導他，希望他浪子回頭。通過甄、賈寶玉的故事，我們可以悟到人類已經很難與本真己我相逢的深刻危機，人類已經被權力與財富異化成不認識真我的金錢動物與政治生物。這次我寫了兩百多段「悟」，還有幾篇論文與散文，構成了這本《紅樓夢悟》。

看破一切色相　立不朽「大言」

江：《紅樓夢》的性情世界在你的「悟」中，是很美的。社會的形形色色與此卻有很大距離，世俗社會追求的是功名與利益，這在社會中是很普遍的現象，你如何悟出《紅樓夢》新的道理？

劉：「人類社會活動」與「人類心靈活動」是一對巨大的悖論。兩者都有充分理由，但兩者總是矛盾的。社會追求的是現世的功利目標，是麵包、功名、財富與權力，這有它的理由。但呈現人類心靈的文學，其本性恰恰是非功利、非功名的，它要與世俗的功利活動拉開距離，它要對形形色色的功利活動進行冷觀與反省，它要思索一切功利活動在何處迷失，然後作出真實的心靈訴說。曹雪芹寫《紅樓夢》完全是為情而寫，為「還淚」而寫，沒有功利目的。小說中的「詩國」，是曹雪芹的「理想國」，追求的是如何詩意地棲居於地球之上。《紅樓夢》作的是詩意存在方式的大夢，在這種大夢的啟迪之下，我的寫作我的悟也是非功利、非功名的，只是自娛、自省、自救，只是心靈的訴求與呈現，只是曹雪芹之夢的繼續。

江：《紅樓夢》講色空，好像甚麼都看破，可是在現實世界中，我們還得做事，還得努力工作，不能陷入虛無。怎麼看待這種困境？

劉：《紅樓夢》認定現實世界中所追求的財色、物色、美色，其實是幻象，也就是說，權力、財富、功名等你爭我奪的東西並沒有實在性，這一點對我們很有啟迪。它告訴我們，人生應當學會放下一些並非根本、並非實在的東西。《紅樓夢》的哲學感和形上品格，就在於此。但是《紅樓夢》不是虛無主義作品，它的特別寶貴之處，是在放下各種妄念和世俗追逐之後仍然有對「情」的大執，放下功名利祿之後仍有大哭泣、大眼淚、大思念，「無」中「無」後仍保存「大有」。但這個「有」是看破假相後的「有」。去年十二月我在台灣中央大學和東海大學作了《〈紅樓夢〉與中國哲學》的學術講座，說人生的難點是悟到「空」即一切都看破了之後怎麼辦？看破了又不能去自殺去出家怎麼辦？其實，「看破」是一種精神飛升，並非甚麼都不做。禪宗所講的三境界（第一，山是山，水是水；第二，山不是山，水不是水；第三，山還是山，水還是水）體現在曹雪芹哲學上便是：第一，色是色，相是相；第二，看破了色的虛幻，即色不是色，相不是相；第三，看破之後即精神提升之後，在最高的形上層面上把握色與相並呈現色與相。曹雪芹尖銳地嘲諷仕途經濟，嘲弄「立功、立德、立言」三不朽，但自己最後還是立了一部千古不滅不朽的「大言」，功德無量，這就是《紅樓夢》。這是看破了功名、看破了一切色相之後所立的言，是精神無限飛升之後的言。曹雪芹看破泥濁世界的虛幻之後，並不是甚麼都不幹，而是不辭十年辛苦，費盡全部心血地寫作，創造出驚天動地的業績，在世俗世界裏，我們每個人都要做事，但也要明白確實有比金錢、權力、功名更根本的東西。同樣都在謀生，境界卻大不相同。一個人，如果擁有巨大權力、巨大財富、巨大名聲，卻付出人性的巨大代價，心地變得非常黑暗、非常卑鄙，這種人生有多大意義呢？

江：你曾談論過中國尚文的歷史傳統。你能再說說尚文、尚武的區別和今天我們要追求的是甚麼方向？

劉：尚文或尚武，是大文化精神，不同民族有不同的傾向。我在美國十幾年，就覺得美國人相當尚武，他們對運動員特別是對籃球運動員、拳擊運動員的崇尚，大大超過對詩人作家的崇尚。錢穆先生在《國史大綱》中曾指出中國與歐洲的立國大文化精神很不相同，歐洲從亞歷山大、凱撒到拿破崙都熱衷於向外征服擴張，非常尚武。而中國是自滿自足的農業大國，無須向外擴張。在理念層面上，中國的尚文、尚和傳統早在先秦時就確立了，老子、孔子、孟子、墨子等思想家討論的總主題就是「不爭」，就是「和平」。不尚戰爭、尊重生命，這是人與禽獸的第一區別點，是文明的發端。我們的先賢在兩千五百年前就立足於人類世界的思想制高點。在制度層面上，有諸侯貴族制度，才有對武力的崇尚，這種制度一瓦解，武力就不吃香了。秦漢派出中央文官代表皇帝到各地統治（中央集權郡縣制），廢除分封制，這就打掉了尚武的社會基礎。隋唐之後科舉大發展，會寫文章就可當進士當大官，社會動力來自社會底層，就更尚文了。我從小就唱《國際歌》，不是一個民族主義者，但是，我認為對民族土地、民族文化、民族習慣、民族語言、民族傳統等的認同是天經地義的。我也有這種認同感。但作家的文學創作不可熱心於「認同」，而應追求「不同」，追求「特異」，追求創造。

江：尚文的思想在幾千年前就表現了出來，儒、道的思想，都是尚文，不希望有戰爭、不希望戰爭帶來苦難。如果把尚文的思想放諸兩岸關係上，是不是可以發揮和平的積極作用？如何來發揮尚文的精神？

劉：這是很重要的，中國已經很強盛，現在已沒有哪個國家可以打倒中國，但是中國有可能把自己搞壞，兩岸問題一定要共同努力以和平的方式解決。中華民族是地球上最聰明的民族，是文化積累最雄厚的民族，我們的同胞應當選擇最有智慧的方式即民族內部自我調節的方式來解決兩岸問題，這種方式的背後有強大的尚和文化支持。尚和、尚文的精神是要談判、要妥協、要自然發展。現在兩岸的問題以經濟的發展、文化的發展去自然解決，是最好的辦法。中國的二十一世紀，應該成為沒有革命、沒有內戰、沒有饑荒的世紀。當然也不是分裂的世紀，所以我不贊成「去中國化」的口號。我不知道台灣去中國化之後還剩下甚麼。

《水滸》太殘酷　《三國》害人心

江：我想這也是大家所追求的目標，像你說的兩岸的事情要自然地解決，那就沒有尚武的情況發生，和平的兩岸也是大家努力的目標。另外，你對《三國演義》、《水滸傳》，都有許多的評論，你對這兩部中國傳統經典小說中的文化、價值觀對中華民族潛意識的影響有深刻的批評，可不可以再詮述一下你的批評？

劉：在尚文大傳統中，我們還有小傳統，小傳統並不尚文。中國的農民革命，無論是造反者還是鎮壓者，雙方都很殘酷。我批評《水滸傳》並不是文學批評，而是文化批評，是價值觀批評。《水滸傳》中的「造反有理」，是在「替天行道」的名義下使用任何黑暗的手段、血腥的手段都有理，連武松砍殺小丫鬟、李逵砍殺小衙內（四歲小嬰兒）也有理。對這種小傳統要反省，中國歷來造反的一方很殘酷，鎮壓的一方也很殘酷，包括大儒曾國藩也很殘酷，他被稱為「曾剃頭」，也是無情掃蕩太平軍如剃頭。我不是籠統地否定造反，對孫悟空的造反，我就很同情，孫悟空身邊有唐三藏，唐三藏的緊箍咒就是一個制約，造反是有規則的。如果不是唐三藏的制約，孫悟空就會變成牛魔王。孫悟空本來就和牛魔王結拜兄弟，這一點寓意很深。有制約就不會濫殺無辜，不會變成魔。可是在《水滸傳》中的造反，卻往往不擇手段。《三國演義》對中國的人心危害極大。這部權術大全的破壞力極大，它把中國人的人心破壞得太厲害太嚴重了。如果不批判《三國演義》，中國的人心一定會愈來愈黑暗，愈來愈不可收拾。上世紀六七十年代，文化大革命中流行三大運動策略：第一條是政治無誠實可言，第二條是結成死黨，第三條抹黑對手，這三條都是從《三國演義》學來的。《三國演義》的權術心機影響非常深遠，從劉備到諸葛亮到司馬懿，每個人都很會裝。智慧進入權力系統，智慧就變質了。義氣也是如此。人當然要講義氣，要講情義、仁義，這種義氣是非功利、非集團性質的。但在《三國演義》中的義氣卻是一種組織原則，一種排他性的政治結盟。這種義氣就變質了，變成結黨營私。

江：謝謝劉先生在短短的時間中，跟我們詮釋了中國古典文學，同時也剖解了中國文學的發展，對我們民族意識的發展有很多的見解，這些都是很新的觀念。謝謝！

原載香港《明報月刊》二零零六年，第七期

劉再復著作出版書表（整理：葉鴻基）

序	類別	書名	出版社	出版年份	備註
1	文學理論與批評	《性格組合論》	上海文藝出版社（上海）	一九八六	
2			新地出版社（台灣）	一九八八	
3			安徽文藝出版社（安徽）	一九九九	
4			中國人民大學出版社（北京）	二零零九	
5		《文學的反思》	人民文學出版社（北京）	一九八六	
6			福建教育出版社（福建）	二零一零	
7		《放逐諸神》	天地圖書有限公司（香港）	一九九四	
8			風雲時代出版公司（台灣）	一九九五	
9		《罪與文學》	牛津大學出版社（香港）	二零零二	與林崗合著
10			中信出版社（北京）	二零一一	
11	中國古代文化與古代文學	《傳統與中國人》	三聯書店（北京）	一九八八	與林崗合著
12			三聯書店（香港）	一九八九	
13			人間出版社（台灣）	一九八八	
14			安徽文藝出版社（安徽）	一九九九	
15			牛津大學出版社（香港）	二零零二	
16			中信出版社（北京）	二零一零	
17		《論中國文化對人的設計》	湖南人民出版社（湖南）	一九八八	與林崗合著
18		《雙典批判》	三聯書店（北京）	二零一零	

<table>
<tr><td>19</td><td rowspan="15">中國古代文化與古代文學</td><td colspan="2">《賈寶玉論》</td><td>三聯書店（北京）</td><td>二零一四</td><td></td></tr>
<tr><td>20</td><td colspan="2">《〈西遊記〉悟語 300 則》</td><td>中國藝文出版社（澳門）</td><td>二零一九</td><td></td></tr>
<tr><td>21</td><td colspan="2">《西遊記悟語》</td><td>湖南文藝出版社（湖南）</td><td>二零二零</td><td></td></tr>
<tr><td>22</td><td colspan="2">《紅樓夢悟讀系列》（六種）</td><td>三聯書店（上海）</td><td>二零二零</td><td></td></tr>
<tr><td>23</td><td colspan="2">《白先勇、劉再復紅樓夢對話錄》</td><td>中華書局（香港）</td><td>二零二零</td><td>與白先勇合著</td></tr>
<tr><td>24</td><td rowspan="10">紅樓四書</td><td rowspan="4">《紅樓夢悟》</td><td>三聯書店（香港）</td><td>二零零六</td><td></td></tr>
<tr><td>25</td><td>三聯書店（北京）</td><td>二零零六</td><td></td></tr>
<tr><td>26</td><td>三聯書店（香港）</td><td>二零零八</td><td rowspan="2">增訂版</td></tr>
<tr><td>27</td><td>三聯書店（北京）</td><td>二零零九</td></tr>
<tr><td>28</td><td rowspan="2">《共悟紅樓》</td><td>三聯書店（香港）</td><td>二零零八</td><td rowspan="2">與劉劍梅合著</td></tr>
<tr><td>29</td><td>三聯書店（北京）</td><td>二零零九</td></tr>
<tr><td>30</td><td rowspan="2">《紅樓人三十種解讀》</td><td>三聯書店（北京）</td><td>二零零九</td><td></td></tr>
<tr><td>31</td><td>三聯書店（香港）</td><td>二零零九</td><td></td></tr>
<tr><td>32</td><td rowspan="2">《紅樓哲學筆記》</td><td>三聯書店（北京）</td><td>二零零九</td><td></td></tr>
<tr><td>33</td><td>三聯書店（香港）</td><td>二零零九</td><td></td></tr>
<tr><td>34</td><td rowspan="6">中國現當代文學</td><td colspan="2" rowspan="2">《魯迅與自然科學》</td><td>科學出版社（北京）</td><td>一九七六</td><td rowspan="2">與金秋鵬、汪子春合著</td></tr>
<tr><td>35</td><td>爾雅出版社（台灣）</td><td>一九八零</td></tr>
<tr><td>36</td><td colspan="2" rowspan="2">《魯迅美學思想論稿》</td><td>中國社會科學出版社（北京）</td><td>一九八一</td><td></td></tr>
<tr><td>37</td><td>中國社會科學出版社（北京）</td><td>一九八一</td><td></td></tr>
<tr><td>38</td><td colspan="2" rowspan="2">《魯迅傳》</td><td>人民日報出版社（北京）</td><td>二零一零</td><td rowspan="2">與林非合著</td></tr>
<tr><td>39</td><td>福建教育出版社（福建）</td><td>二零一零</td></tr>
</table>

40	中國現當代文學	《論中國文學》	中國作家出版社（北京）	一九九八	
41		《論高行健狀態》	明報出版社（香港）	二零零零	
42		《書園思緒》	天地圖書有限公司（香港）	二零零二	楊春時 編
43		《高行健論》	聯經出版事業公司（台灣）	二零零四	
44		《現代文學諸子論》	牛津大學出版社（香港）	二零零四	
45		《李澤厚美學概論》	三聯書店（北京）	二零零九	
46	思想與思想史	《橫眉集》	天津人民出版社（天津）	一九七八	與楊志杰合著
47		《告別革命》	天地圖書有限公司（香港）（共印八版）	一九九五—二零一五	與李澤厚合著
48			麥田出版社（台灣）	一九九九	
49		《思想者十八題》	明報出版社（香港）	二零零七	
50			中信出版社（北京）	二零一零	劉劍梅 編
51		《共鑒「五四」》	三聯書店（香港）	二零零九	
52			福建教育出版社（福建）	二零一零	
53		《教育論語》	福建教育出版社（福建）	二零一一	
54	散文與散文詩 散文	《人論二十五種》	牛津大學出版社（香港）	一九九二	
55			中信出版社（北京）	二零一零	
56		《漂流手記》	天地圖書有限公司（香港）	一九九三	漂流手記（1）
57			風雲時代出版公司（台灣）	一九九五	
58		《遠遊歲月》	天地圖書有限公司（香港）	一九九四	漂流手記（2）
59		《西尋故鄉》	天地圖書有限公司（香港）	一九九七	漂流手記（3）

	散文與散文詩				
60	散文	《獨語天涯》	天地圖書有限公司（香港）	一九九九	漂流手記（4）
61			上海文藝出版社（上海）	二零零一	
62		《漫步高原》	天地圖書有限公司（香港）	二零零零	漂流手記（5）
63		《共悟人間》	天地圖書有限公司（香港）	二零零零	漂流手記（6）與劉劍梅合著
64			上海文藝出版社（上海）	二零零一	
65			九歌出版社（台灣）	二零零四	
66		《閱讀美國》	明報出版社（香港）	二零零二	漂流手記（7）
67			福建教育出版社（福建）	二零零九	
68		《滄桑百感》	天地圖書有限公司（香港）	二零零四	漂流手記（8）
69		《面壁沉思錄》	天地圖書有限公司（香港）	二零零四	漂流手記（9）
70		《大觀心得》	天地圖書有限公司（香港）	二零一零	漂流手記（10）
71		《隨心集》	三聯書店（北京）	二零一二	
72		《我的心靈史》	三聯書店（香港）	二零一九	
73		《我的思想史》	三聯書店（香港）	二零二零	
74		《我的錯誤史》	三聯書店（香港）	二零二零	
75	散文詩	《雨絲集》	上海文藝出版社（上海）	一九七九	
76		《深海的追尋》	湖南人民出版社（湖南）	一九八三	
77			新地出版社（台灣）	一九八八	
78			廣東旅遊出版社（廣東）	二零一三	

編號	類別	分類	書名	出版社	年份	編者
79	散文與散文詩	散文詩	《告別》	福建人民出版社（福建）	一九八三	
80			《太陽·土地·人》	百花文藝出版社（天津）	一九八四	
81				新地出版社（台灣）	一九八八	
82				廣東旅遊出版社（廣東）	二零一三	
83			《潔白的燈心草》	天地圖書有限公司（香港）	一九八五	
84			《人間·慈母·愛》	人民文學出版社（北京）	一九八八	
85				廣東旅遊出版社（廣東）	二零一三	
86			《尋找的悲歌》	天地圖書有限公司（香港）	一九八八	
87				廣東旅遊出版社（廣東）	二零一三	
88			《讀滄海》	安徽文藝出版社（安徽）	一九九九	
89				福建教育出版社（福建）	二零零九	
90		散文選本	《劉再復散文詩合集》	華夏出版社（北京）	一九八八	
91			《生命精神與文學道路》	風雲時代出版公司（台灣）	一九八九	陳曉林 編
92			《尋找與呼喚》	風雲時代出版公司（台灣）	一九八九	陳曉林 編
93			《劉再復精選集》	九歌出版社（台灣）	二零零二	
94			《我對命運這樣說》	三聯書店（香港）	二零零三	舒非 編
95			《漂泊傳》（海外散文選）	青年書局（新加坡）、明報月刊出版社（香港）聯合出版	二零零九	
96			《遠遊歲月——劉再復海外散文選》	花城出版社（廣東）	二零零九	
97			《師友紀事》（散文精編1）	三聯書店（北京）	二零一零	白燁、葉鴻基 編

98	散文選本	《人性諸相》（散文精編2）	三聯書店（北京）	二零一零	白燁、葉鴻基編
99		《讀海文存》	遼寧人民出版社（遼寧）	二零一二	
100		《歲月幾縷絲》	海天出版社（深圳）	二零一二	
101		《世界遊思》（散文精編3）	三聯書店（北京）	二零一二	白燁、葉鴻基編
102		《檻外評說》（散文精編4）	三聯書店（北京）	二零一二	白燁、葉鴻基編
103		《漂泊心緒》（散文精編5）	三聯書店（北京）	二零一二	白燁、葉鴻基編
104		《八方序跋》（散文精編6）	三聯書店（北京）	二零一三	白燁、葉鴻基編
105		《兩地書寫》（散文精編7）	三聯書店（北京）	二零一三	白燁、葉鴻基編
106		《天涯悟語》（散文精編8）	三聯書店（北京）	二零一三	白燁、葉鴻基編
107		《莫言了不起》	中和出版有限公司（香港）	二零一三	
108			東方出版社（北京）	二零一三	
109		《散文詩華》（散文精編9）	三聯書店（北京）	二零一三	白燁、葉鴻基編
110		《審美筆記》（散文精編10）	三聯書店（北京）	二零一三	白燁、葉鴻基編
111		《又讀滄海》	廣東旅遊出版社（廣東）	二零一三	
112		《天岸書寫》	廈門大學出版社（福建）	二零一四	
113		《四海行吟》	中華書局（香港）	二零一四	
114			中國人民大學出版社（北京）	二零一五	
115		《童心百說》	灕江出版社（廣西）	二零一四	
116		《吾師吾友	三聯書店（香港）	二零一五	

117	學術選本	《劉再復論文集》	天地圖書有限公司（香港）	一九八六	
118		《劉再復集》	黑龍江教育出版社（黑龍江）	一九八八	
119		《劉再復——二〇〇〇年文庫》	明報出版社（香港）	一九九九	
120		《劉再復文論精選》上、下	新地出版社（台灣）	二零一零	
121		《人文十三步》	中信出版社（北京）	二零一零	林崗 編
122		《走向人生深處》	中信出版社（北京）	二零一零	吳小攀 訪談
123		《魯迅論》	中信出版社（北京）	二零一零	劉劍梅 編
124		《文學十八題》	中信出版社（北京）	二零一一	沈志佳 編
125		《感悟中國，感悟我的人間》	人民日報出版社（北京）	二零一一	對話集
126		《回歸古典，回歸我的六經》	人民日報出版社（北京）	二零一一	講演集
127		《高行健引論》	大山文化（香港）	二零一一	
128		《甚麼是文學》	三聯書店（香港）	二零一五	
129		《文學常識二十二講》	東方出版社（北京）	二零一六	
130		《我的寫作史》	三聯書店（香港）	二零一七	
131		《甚麼是人生》	三聯書店（香港）	二零一七	
132		《怎樣讀文學》	三聯書店（香港）	二零一八	
133		《讀書十日談》	商務印書館（北京）	二零一八	
134		《文學慧悟十八點》	商務印書館（北京）	二零一八	
135		《劉再復片段寫作選集》（四種）	香港城市大學出版社（香港）	二零二零	

編號	叢書	類別	書名	出版社	年份	備註
136	劉再復文集	文學理論部	①《性格組合論》	天地圖書有限公司（香港）	二零二一	
137			②《罪與文學》	天地圖書有限公司（香港）	二零二一	與林崗合著
138			③《文學四十講》	天地圖書有限公司（香港）	二零二一	
139			④《文學主體論》	天地圖書有限公司（香港）	二零二一	
140		人文思想部	⑤《告別革命》	天地圖書有限公司（香港）	二零二一	與李澤厚合著
141			⑥《傳統與中國人》	天地圖書有限公司（香港）	二零二一	與林崗合著
142			⑦《教育論語》	天地圖書有限公司（香港）	二零二一	與劉劍梅合著
143			⑧《思想者十八題》	天地圖書有限公司（香港）	二零二一	
144			⑨《人論二十五種》	天地圖書有限公司（香港）	二零二一	
145		古典文學批評部	⑩《紅樓夢悟》	天地圖書有限公司（香港）	二零二二	與劉劍梅合著
146			⑪《紅樓人三十種解讀》	天地圖書有限公司（香港）	二零二二	
147			⑫《賈寶玉論》	天地圖書有限公司（香港）	二零二二	
148			⑬《雙典批判》	天地圖書有限公司（香港）	二零二二	
149		現當代文學批評部	⑭《高行健論》	天地圖書有限公司（香港）	二零二二	
150			⑮《魯迅論》	天地圖書有限公司（香港）	二零二二	

（不包括外文版）

劉再復簡介

一九四一年農曆九月初七生於福建省南安縣劉林鄉。一九六三年畢業於廈門大學中文系，被分配到中國科學院《新建設》編輯部。一九七八年轉入中國文學研究所，先後擔任該所的助理研究員、研究員、所長。一九八九年移居美國，先後在美國芝加哥大學、科羅拉多大學，瑞典斯德哥爾摩大學，加拿大卑詩大學，香港城市大學、科技大學，台灣中央大學、東海大學等高等院校裏擔任客座教授、訪問學者和講座教授。現任香港科技大學人文學部客座教授。著作甚豐，已出版的中文論著和散文集有《讀滄海》、《性格組合論》等六十多部，一百三十多種（包括不同版本）。中文譯為英文出版的有《雙典批判》、《紅樓夢悟》。韓文出版的有《師友紀事》、《人性諸相》、《告別革命》、《傳統與中國人》、《面壁沉思錄》、《雙典批判》等七種。還有許多文章被譯為日、法、德、瑞典、意大利等國文字。由於劉再復的廣泛影響，冰心稱讚他是「我們八閩的一個才子」；錢鍾書稱讚他的文章「有目共賞」；金庸則宣稱與劉「志同道合」。

#「劉再復文集」

① 《性格組合論》 劉再復

② 《罪與文學》 劉再復、林崗

③ 《文學四十講》 劉再復

④ 《文學主體論》 劉再復

⑤ 《告別革命》 李澤厚、劉再復

⑥ 《傳統與中國人》 劉再復、林崗

⑦ 《教育論語》 劉再復、劉劍梅

⑧《思想者十八題》劉再復

⑨《人論二十五種》劉再復

⑩《紅樓夢悟》劉再復、劉劍梅

⑪《紅樓人三十種解讀》劉再復

⑫《賈寶玉論》劉再復

⑬《雙典批判》劉再復

⑭《高行健論》劉再復

⑮《魯迅論》劉再復

書　　名　紅樓人三十種解讀（「劉再復文集」⑪）

作　　者　劉再復

責任編輯　陳幹持

封面題字　屠新時

美術編輯　郭志民

出　　版　天地圖書有限公司
香港黃竹坑道46號
新興工業大廈11樓（總寫字樓）
電話：2528 3671　傳真：2865 2609
香港灣仔莊士敦道30號地庫（門市部）
電話：2865 0708　傳真：2861 1541

印　　刷　亨泰印刷有限公司
柴灣利眾街德景工業大廈10字樓
電話：2896 3687　傳真：2558 1902

發　　行　香港聯合書刊物流有限公司
香港新界荃灣德士古道220-248號荃灣工業中心16樓
電話：2150 2100　傳真：2407 3062

出版日期　2022年1月／初版

ISBN：978-988-8550-14-2